Joana Marcús

LAS LUCES
DE FEBRERO

Penguin
Random House
Grupo Editorial

Luces de febrero

Primera edición: enero de 2024

D. R. © 2023, Joana Marcús

© 2023, Penguin Random House Grupo Editorial, S. A. U.
Travessera de Gràcia, 47-49, 08021, Barcelona
© 2023, derechos de edición mundiales en lengua castellana:
Penguin Random House Grupo Editorial, S. A. de C. V.
Blvd. Miguel de Cervantes Saavedra núm. 301, 1er piso,
colonia Granada, alcaldía Miguel Hidalgo, C. P. 11520,
Ciudad de México
© 2024, Penguin Random House Grupo Editorial USA, LLC
8950 SW 74th Court, Suite 2010
Miami, FL 33156

penguinlibros.com

ISBN: 979-88-909803-3-5

Impreso en Colombia – *Printed in Colombia*

24 25 26 27 10 9 87 6 5 4 3 2 1

*A quienes, como Ellie, a veces el orgullo
les pesa más de lo que debería, pero saben
que nunca es tarde para enmendar errores.*

*A quienes, como Jay,
a veces cuidan tanto a los demás que se olvidan
de que ellos también necesitan ayuda.*

*A ti,
que me has acompañado en estos cuatro libros.
¿Le ponemos un punto final a esta historia?*

1

El baño de la discordia

Ellie

No me gusta llegar tarde. Es algo que deberías saber antes de empezar con todo esto.

Por eso, cuando me desperté y miré el móvil, experimenté el pequeño momento de pánico que sientes cuando sabes que estás a punto de cagarla a lo grande. O, mejor dicho…, cuando estás a punto de llegar tarde al único día de pruebas del equipo de baloncesto de tu ciudad.

Me levanté de golpe, presa del pánico, y busqué frenéticamente la agenda del día en el móvil. De mientras, iba corriendo hacia la puerta, donde recogí el uniforme de pruebas que había tenido que comprar al club. Era tan feo como poco útil.

Empezamos positivas, como de costumbre.

Y, justo cuando pensaba que la mañana no podía empeorar, me di de bruces contra la puerta cerrada de *mi* cuarto de baño.

—No me lo puedo creer —mascullé—. ¡Jay! ¡JAY!

—¿Quééé…?

—¡Que abras la puerta!

Solté la ropa para aporrear la madera, furiosa. Por lo poco que oía, mi hermano mayor estaba bajo el chorro de agua, con la música puesta.

—¡JAAAY! —insistí, cada vez más furiosa.

—Pero ¡déjame cinco minutos!

—¡Necesito ducharme ahora mismo, no dentro de cinco minutos!

—Ellie, te juro que llegar tarde no supone el fin del mundo.

—¡Que abras! ¡AHORA MISMO!

No me hizo caso y, presa del pánico, miré a mi alrededor. Necesitaba apoyo y, aunque mi primera idea fue mamá, la opción más rápida era mi padre: estaba saliendo de su habitación. Por su bostezo, deduje que acababa de despertarse. Oh, mierda. Mi padre por las mañanas no funcionaba a la misma frecuencia que el resto del mundo.

—¡Papi! —salté con mi mejor voz de niña buena—. ¡Necesito ayuda!

Pese a mis diecisiete años, el tema pucheros a veces seguía funcionando. Sin embargo, como he mencionado, mi padre no era una persona muy mañanera. Lo único que conseguí fue una ceja enarcada.

—A ver… —murmuró, todavía con la legaña colgando del ojo—, ¿qué pasa ahora?

—¡Dile a tu hijo que salga del cuarto de baño!

—¿A cuál de ambos?

—¡Al que está dentro!

—Ah, claro.

Se frotó los ojos con un puño y, con los pasitos más cortos y desesperantes que había visto en la vida, se plantó ante la puerta que yo acababa de asaltar.

—¡Dile que salga! —insistí, desesperada.

Él suspiró, como siempre que le tocaba la ardua tarea de encargarse de nuestros conflictos.

—¿Jay? —preguntó al tiempo que daba un golpecito a la puerta, a lo que dejó de oírse el agua repiqueteando contra *mi* plato de ducha—. ¿Estás molestando a tu hermana?

—Se molesta ella sola.

—¡Mentira! —salté.

—Es una infeliz.

—¡MENTIRA! ¡Soy muy feliz!

—¡Solo me estoy duchando!

—¡En *mi* baño! ¡Tiene el suyo propio, papá!

—¡Era el que me pillaba más cerca!

—A ver, en esta casa hay baños de sobra —expuso nuestro padre, impaciente. Apenas había llegado y ya estaba harto de nosotros—. Ellie, ¿por qué no te vas a otro y lo dejamos estar?

—¡Porque mis cosas están aquí! ¿Sabes cómo se me pone el pelo si no uso el…?

—¿Qué más da? Sudarás y tendrás que ducharte otra vez.

—¡Pero no es justo! ¡Él es quien…!

—Piensa en tooodo el tiempo que estás perdiendo en esta discusión. ¿No es mejor ducharte más tarde, cuando vuelvas?

Y, así de fácil, papá había zanjado la discusión. Me dio una palmadita en el hombro y se marchó felizmente a desayunar.

Lo que él no entendía era que cambiarme de cuarto de baño no entraba en el horario planeado y que, por lo tanto, era incapaz de hacerlo. Daba igual el ansia que tuviera de ducharme; solo podía hacerlo en mi baño. Nada me sacaba más de quicio que un cambio de planes.

Frustrada, golpeé la puerta y volví a mi habitación, donde no me quedó más remedio que vestirme a toda velocidad.

Ojalá Jay se resbalara y se cayera de culo.

Exclamó la dulce hermana.

El salón olía a comida recién hecha, pero ya sabía que no era obra de papá. Cuando olía bien, significaba que mamá se encontraba en casa. Estaba apoyada en la encimera con la cadera y hablaba por teléfono. Por su atuendo —que consistía en una camisa blanca y unos pantalones azul oscuro— deduje que estaba lista para marcharse a trabajar. Me pregunté si nos traería algún regalo de dondequiera que fuera esa vez.

Mamá siempre se las arreglaba para estar divina mientras hacía mil cosas, algo que yo siempre había querido hacer; sin embargo, era totalmente incapaz.

Había preparado, por cierto, desayuno para todos. En cuanto vi un plato de huevos revueltos, me hice con él y me lo llevé a un rincón de la barra, donde mi hermano pequeño ya estaba desayunando, ignorándonos a todos.

—Buenos días, enano —murmuré.

Tyler —«Ty» para los amigos, aunque lo odiara— pasó de mí y siguió mirando su tablet. El flequillo castaño le caía por debajo de las cejas, y todavía llevaba la parte de la nuca aplastada por la almohada. Su pijama tenía un patrón de cuadritos escoceses, como el de un señor mayor. Estaba tan ocupado mirando la pantalla y engullendo cucharadas de cereales que ni me miró.

Mamá sí que sonrió nada más verme, incluso lanzó un beso de buenos días. Dijo algo incomprensible al teléfono y, entonces, su sonrisa se evaporó. Más que nada, porque vio que yo comía a toda velocidad para marcharme cuanto antes.

—Un momento —le dijo al móvil sin despegar la mirada de mí—. ¿Adónde vas con tanta prisa?

—Tengo laf puebaf —expliqué con la boca medio llena.

—Ya sé adónde vas. Lo que quiero decir es que de aquí no sales sin desayunar.

—¡Ma-á! —protesté, y por fin me tragué el bocado de huevos revueltos—, ¡ya llego tarde por culpa de Jay!

—Nada es tan importante como para dejar de comer. Siéntate y desayuna algo decente.

—¡No tengo tiemp…!

Gesticuló con seriedad para que me sentara y, acto seguido, volvió al móvil. Le puse mala cara y como respuesta me metió un bollo de crema en la mano; luego, otro gesto, esta vez para que comiera. Lo hice tan rápido como pude.

Esperaba no ahogarme, porque ya era lo que me faltaba para llegar tarde.

Grandes prioridades.

Papá llegó en ese momento a la cocina y, aunque se acercó a mamá para besarla, ella le clavó un dedo en la frente para detenerlo. Estaba muy enfrascada en la conversación y parecía algo irritada con su interlocutor. Papá se limitó a encogerse de hombros y robar una tostada.

—¡Ya eftoy lita! —grité con la boca llena—. ¡Adiós!

Corrí hacia la entrada para que mamá no pudiera pensárselo mejor, pero, aun así, oí el último grito de papá:

—¡Machácalos a todos!

Sin embargo, me encontré un obstáculo justo delante de la puerta principal. Y ese obstáculo era mi hermano pequeño, Tyler. Estaba de pie frente a ella con los brazos cruzados. Pasmada, me volví hacia atrás, intentando descubrir cómo puñetas había conseguido plantarse delante de mí con tanta rapidez.

—Quieta ahí —me advirtió—. ¿No se te olvida algo?

—¿A mí?

—Pues claro, idiota.

—¡Oye, no me insul…!

—¿No se te olvida algo? —repitió con impaciencia, como siempre que pasaba de alguna de sus preguntas.

—¿Qué quieres?, ¿un besito en la frente? ¡Apártate de una vez, Ty! ¡Voy a perder el bus!

—Salió hace dos minutos.

Abrí la boca, supongo que para decir algo en mi defensa, y pronto me di cuenta de que era una pérdida de tiempo. Lo único que me salió fue indignación.

—¡¿Y no me dices nada?!

—¿Cómo voy a decírtelo si no me dejas hablar? Lo que se te olvida son mis velas aromáticas, esas que me prometiste compr... ¡Oye!

Intenté reprimir una palabrota delante de él —porque era un chivato y seguro que se lo contaría a mamá— y salí corriendo de nuevo hacia la cocina. Ella seguía al teléfono, y papá estaba sentado en la barra, zampándose un cruasán con mantequilla y mermelada. Tenía restos de las tres cosas en las comisuras de los labios, pero no parecía muy preocupado por ello.

—¡Necesito ir en coche a las pruebas! —chillé nada más entrar.

—¿Ahora? —preguntó mamá, tapando el micrófono.

—¡Sí, es urgente!

—Ellie, ya te dije que tengo un avión a las nueve y me lleva Daniel. No le da tiempo a acompañarte y volver.

Daniel era nuestro conductor, un tipo bastante simpático que había contratado papá hacía algunos años. Solía llevarnos adonde necesitáramos ir, pero el problema radicaba en que él era uno y nosotros cinco, y a veces lo necesitábamos todos a la vez.

Ahora era una de esas veces.

—¿Y tú? —le pregunté a papá—. ¿Por favor?

Él, que aún llevaba restos de comida alrededor de la boca, me contempló con confusión.

—Tengo una reunión en diez minutos, no me da tiempo.

—Entonces ¿nadie me ayudará?

Intercambiaron una mirada y, solo por sus expresiones, deduje la respuesta.

—Jay no cuenta —aclaré—. Estoy enfadada con él, así que paso de pedirle un favor.

Mamá suspiró con pesadez. Quien fuera que le hablaba por teléfono había empezado a gritar, pero ella pasaba.

—¿No puedes perdonarle por un rato? —sugirió—. Que te lleve a las pruebas como símbolo de paz y...

—¡He dicho que no! —me enfurruñé—. Gracias por nada, ¿eh? Ya me pediréis cosas, ya.

No les di tiempo a responder porque tenía una misión muy clara y me apresuré a llevarla a cabo. Salí al patio trasero de un portazo y crucé el jardín, pasando junto a la bañera de hidromasaje, el muelle y la terraza, y fui a parar a la pequeña edificación junto a nuestra casa: la casa de invitados, que nunca había albergado invitados porque en ella siempre habitaba —cito textualmente a papá— «un invasor».

Tío Mike era la última esperanza de mi vida.

Ya a todo lo llamamos esperanza.

Si bien es cierto que su casita no era muy grande, sí que era muy guay. Su patio trasero consistía en una barbacoa con tumbonas y flamencos de plástico medio corroídos por vivir en la intemperie. El delantero no tenía tanto misterio: siempre tenía su coche rojo ahí aparcado.

Como no era una persona muy organizada, ni siquiera tuve que llamar al timbre para que me abriera, porque la puerta ya estaba entreabierta. Únicamente cerraba con pestillo cuando hacía cosas que no quería que vieran los demás.

Por dentro, solo veías montones de ropa, cajas de comida, platos sin fregar… A él no parecía molestarle vivir entre aquel caos. A mí, en cambio, me entraban ataques de nervios cada vez que cruzaba el umbral de la puerta.

Lo encontré en el salón. Se había dejado el televisor encendido el día anterior. Tenía puesto un canal de esos de adivinas y se había quedado dormido. Supuse que cayó al sofá al quitarse la ropa, porque ahí seguía tumbado, boca abajo y con los pantalones a la altura de las rodillas.

Carraspeé de forma ruidosa; sin embargo, el único movimiento que noté fue el de un pequeño hurón de pelaje marroncito. Estaba dando brincos entre la ropa y no se detuvo hasta llegar a mi altura.

Sentado en la cabeza de su dueño, me contempló con lo que habría considerado una sonrisa…, si no fuera un hurón, claro.

—¿Qué tal, Benny? —pregunté—. ¿Te molestaría mucho que le lanzara un cubo de agua fría a tu padre?

Benny debió de entender que se encontraba en una posición peligrosa, porque se apresuró a dar un saltito hacia la salvación, que era el otro sofá.

Aproveché para sacudirle el hombro a mi tío.

—Oye, ¡OYE!

Abrió un ojo muy lentamente, aunque no pareció que me estuviera mirando. Todavía estaba ocupado ubicándose en el espacio-tiempo.

—¿Mmm…? —murmuró.

—¿Estás despierto?

—Ajá.

—Tengo un problema y necesito ayuda urgente.

—¿Es un embarazo?

—¿Eh? ¡Claro que no!

—Ah, entonces será fácil.

Todavía más lentamente que en el proceso de abrir los ojos, se fue incorporando. Empezó por las manos; luego, los brazos; luego, la espalda…, poco a poco, terminó sentado en una posición medio decente. Luego se quedó mirándome con expresión adormilada.

—Estaba teniendo un sueño bonito, ¿sabes? —protestó—. No sé de qué iba, pero sé que era bonito.

—Tengo las pruebas de baloncesto y empiezan dentro de nada. ¿Crees que podrías llevarme en coche?

—¿Y tus padres?

—Han pasado de mí. Por favor, ¿puedes llevarme tú?

Él sonrió y se puso de pie. De pronto, parecía encantado con la idea. Y para nada dormido.

—¡Pues claro que sí! Para mi sobrina favorita, lo que sea.

Se le olvidaba añadir que también era la única que tenía, pero preferí no comentarlo.

Mientras yo suspiraba de alivio, él se agachó para buscar entre los montones de ropa. Recogió una camiseta arrugadísima, la olisqueó y, con una mueca de desagrado, la lanzó de nuevo al montón. Después me sonrió con inocencia y siguió buscando. Una segunda camiseta aterrizó sobre el pobre Benny, que se sacudió y huyó en dirección contraria.

Instantes más tarde, el hermano mayor de papá se había decidido por una camiseta que parecía medio limpia y, con Benny encima de un hombro, me miró con curiosidad.

—¿Dónde tienes esas pruebas? —Mientras lo decía, iba abrochándose el cinturón.

—En el polideportivo que queda aquí cerca.

—Ah, sí, sí… ¿Y no hay bus?

—Lo he perdido. Es una larga historia.

Una historia que me ahorraría si me despertara un poco antes y no me empeñara en seguir escrupulosamente con mi horario preestablecido, por otro lado.

Tío Mike no me juzgó. Se limitó a sonreír y a ponerse unos zapatos.

—No te preocupes, yo te llevo.

—¡Gracias, gracias, gracias!

Unos minutos más tarde, estábamos los dos en su coche rojo. Me había puesto el cinturón de seguridad, pero parecía que a él le resultaba un poco más complicado. Más que nada, porque ya había fallado cinco veces.

A la sexta, ya no estaba tan segura de mi plan.

—¿Estás bien? —pregunté—. Si no puedes conducir…

—¡Estoy genial! Ya verás como llegas a tiempo, no te preocupes.

Y, finalmente, consiguió encajar el cinturón.

Oh, Diosito, ampáranos.

Jay

No suelo llegar tarde. Es algo que deberías saber antes de empezar con todo esto.

Si tengo que llegar a un sitio a las nueve, me levanto a las ocho, sin prisas, y me doy una ducha tan tranquilo. Después me visto, bajo a desayunar y me voy adonde sea que me estén esperando. El tiempo de los demás es oro y no me gusta que lo pierdan por mi culpa.

El problema llega cuando tienes una hermana histérica que, si no sigue las indicaciones que ella misma se pone…, se le cruza un cable y deja de comportarse como un ser humano racional.

Supongo que por eso no me tomé muy en serio sus gritos, sino que acabé de ducharme, me sequé con calma, me vestí y bajé a desayunar con los demás. Ty ya había terminado, por lo que asumí que estaría en el patio trasero con sus rutinas de yoga. Mamá y papá, en cambio, sí que seguían en la cocina.

Era una de mis salas preferidas de la casa. No solo porque se trataba del único lugar en el que solíamos reunirnos todos, sino también porque el olor a comida recién hecha me resultaba totalmente adictivo. Me recordaba a casa, de alguna forma. Sabía que sería lo que más echaría de menos si algún día me marchaba, aunque no parecía que ese día fuera a llegar pronto; ni siquiera con la universidad —la excusa perfecta para independizarte a esa edad— me había animado a mudarme. El centro estaba tan cerca de casa que, honestamente, no valió la pena buscar una residencia.

Mamá estaba junto a una encimera, despidiéndose de alguien por teléfono, e iba mordisqueando la manzana que había pelado y troceado. Con su camisa blanca planchada, los pantalones de línea azul, el cabello castaño recogido y su maquillaje minimalista, era la viva imagen de la elegancia. Al verme, me saludó sonriente.

Y después estaba papá, claro. Me senté a su lado y le hice un gesto para que se limpiara la boca de mermelada y mantequilla. Él resopló y decidió hacerme caso. Todavía llevaba el pijama, que consistía en unos pantalones de algodón y una camisa lisita. Su pelo castaño claro, como el de mis hermanos, estaba totalmente desordenado.

—Buenos días —le dije.

—Buenos días, roba duchas. ¿Cuándo aprenderás que es mejor no molestar a tu hermana?

—¿Nunca te has planteado que quizá lo hago a propósito?

Papá sacudió la cabeza con dramatismo.

—He criado a un pequeño kamikaze.

—No soy un niño, ¡tengo veinte años!

—Vale, señor adulto, ¿ya has pedido la jubilación? Cuidado que ahora tardan mucho en darla.

Mamá, que había estado escuchando toda la conversación, se apartó un poco el móvil de la oreja y nos contempló con el ceño fruncido. Especialmente a papá.

—No anules sus sentimientos —exigió en voz baja, como si por algún motivo yo no pudiera oírlo—. Si se siente adulto, déjalo ser.

—¿«Si se siente»? —repetí con retintín—. ¿Eso qué quiere decir?, ¿tú tampoco crees que lo sea?

—¡Ay!, la llamada —murmuró, y volvió a lo suyo.

Papá ocultó una sonrisa tras el último trozo de tostada, mientras que yo me limité a suspirar y a meterme un bollo en la boca.

Sabía que lo decían de broma, pero para mí era un tema sensible. Después de dejar la universidad el año anterior, no tenía muy claro qué hacer con mi vida. Había encontrado un trabajo durante el invierno como entrenador de fútbol, pero en verano todos los críos se habían ido de vacaciones y me habían dejado colgado. Ni siquiera mis alumnos creían en mí. Desde entonces, no tenía nada que hacer.

Sabía que a papá y mamá no les importaba que siguiera viviendo con ellos o que no llevara dinero a casa, pero habría estado bien encontrar alguna otra cosa con la que sentirme más útil.

—Bueno —dijo mamá, ya con el móvil en el bolsillo—, creo que ya va siendo hora de ser productiva. ¿Alguien ha visto a…? Oh, ahí estás.

Daniel, nuestro conductor desde hacía años, esperaba de pie en la puerta con las llaves del coche en la mano. Sonrió con educación. Tenía la habilidad secreta de aparecer sin que nadie se diera cuenta.

Es un X-Men.

—Buen provecho —nos dijo a nosotros, y luego se volvió hacia ella—. Si quiere llegar a tiempo, señora Ross, deberíamos irnos cuanto antes.

—Cada vez que me llamas «señora Ross» me sale una arruga nueva.

Daniel enrojeció un poco, pero no dijo nada. Mamá sonrió y se nos acercó. A papá le dio un toquecito en la cabeza y le señaló la boca, a lo que él frunció el ceño y empezó a limpiarse la mantequilla y la mermelada otra vez. Conmigo, en cambio, se inclinó y me dejó un beso en la coronilla.

—Llamadme si necesitáis cualquier cosa —dijo—. Y portaos bien, ¿eh? Encárgate de que tus hermanos no vuelvan loco a tu pobre padre, que tiene un guion que escribir.

El aludido asintió con energía.

—Eso, eso. No me volváis loco.

—¿Cuándo vuelves? —pregunté.

—Pasado mañana. No te dará tiempo a echarme de menos, ya verás. ¡Nos vemos pronto, chicos!

Fui incapaz de responder a su gesto. Más que nada, porque sí que tendría tiempo de echarla de menos.

Mamá era pintora. Tenía el estudio justo al lado de la entrada, y a veces organizaba visitas para que los expertos le echaran un vistazo. Mi abuela Mary la había ayudado durante muchos años, pero se había jubilado hacía un año, así que ahora otra persona gestionaba su carrera. Era algo bueno, porque la nueva estaba especializada en relaciones internacionales, de modo que mamá había expandido sus contactos más allá del país. Aun así, eso de que se marchara tantas veces…

La contemplé mientras se detenía en la entrada, estrujaba a Ty en un abrazo —aunque este intentara escabullirse— y se despedía de todos con un gesto. Forcé una sonrisa y, finalmente, se marchó con Daniel.

Me gustaría decir que, a mis veinte años, ya había superado que mi madre se ausentara por trabajo…, pero no era así. A veces desearía ser como Ellie o Ty, mucho más independientes que yo. No necesitaban a ningún familiar para tener un poquito de vida social. Yo, en cambio, siempre sentía que los únicos en el mundo que me entendían eran mis padres. Y cuando uno de ellos faltaba, me encontraba perdido. Como una gotita más en medio del mar. Ellos me hacían sentir especial. Cuando no estaban, dejaba de serlo.

Veo que estamos profundos.

—¿Qué planes tienes hoy?

La pregunta de papá me devolvió a la realidad.

—Le dije a la abuela que iría a verla, y luego he quedado con Beverly y los demás en la playa.

—Oh, suena divertido —dijo con una sonrisa—. ¿Por qué no te llevas a Ty? Así le da un poco el aire.

Contemplé a mi hermano pequeño, que estaba subido a un taburete para asomar la cabeza entre las cortinas y ver lo que hacían nuestros vecinos.

—Mmm…, creo que él se lo pasa bien en casa, papá.

—*Demasiado* bien. ¿Te puedes creer que el otro día le propuse charlar un poco y me dijo que, si quería hablar, hiciera yoga con él? ¿En qué momento se cree mi hijo con derecho a darme órdenes?

—Se las da a todo el mundo —aseguré con media sonrisa—. No te lo tomes como algo personal.

Terminé de desayunar con él, que pronto tuvo que ir a vestirse. Yo me quedé sentado en el sofá con el móvil en la mano un buen rato, y no me levanté hasta que oí a papá diciéndole a mi hermano pequeño que iba con él porque no quería dejarlo solo. No había nada que Ty odiara más que el cine, y detestaba acompañar a papá a estrenos o similares, ya que, según él, era una pérdida de tiempo.

Aun así, nuestro padre seguía insistiendo porque, aunque no lo admitiera, le preocupaba que Ty fuera incapaz de encontrar entretenimiento en casi nada. Seguramente quería que desarrollara alguna afición más allá del yoga, pero cada vez lo veía más difícil.

Se marcharon un poco antes que yo y aproveché para disfrutar un poquito de la soledad que me brindaba la casa vacía. Observé a mi alrededor. Los cuadros de mamá, los pósters de películas de papá firmadas por sus respectivos directores, nuestras fotos de infancia... y me pregunté qué verían mis hijos de mí cuando yo fuera mayor.

Sin embargo, no era el momento de pensar en ello. Sacudí la cabeza, volví a centrarme y, tras hacerme con mis llaves, salí de casa.

2

De pruebas y entrevistas

Ellie

Los acelerones y frenazos de mi tío hicieron que me agarrara al asidero de la puerta. Me gustaría decir que fue algo disimulado, pero era un poco difícil comportarme con discreción en dos metros cuadrados. Me pregunté si eso de pedirle ayuda había sido una buena idea, y luego me di cuenta de que, buena o mala, había sido mi única opción. Por lo menos, él me estaba echando una mano.

No hubo trágicas muertes en el trayecto, tan solo insultos a otros conductores, pero al menos eso no nos ponía en peligro de muerte por atropello.

No subestimemos su poder.

En cuanto detuvo el coche delante del polideportivo, le agradecí efusivamente que me hubiera traído y me bajé a toda velocidad.

—¡Mucha mierda! —Oí que gritaba.

Hizo que todo el aparcamiento, para mi desgracia, se volviera hacia nosotros.

—¡Y si tienes que patear a alguien, apunta siempre a los huevos! —añadió.

Para cuando entré en el edificio, ya estaba más roja que el uniforme.

Gracias por tanto, tío Mike.

Mi querido conductor se había equivocado en cuatro desvíos distintos, así que llegué mucho más tarde de lo planeado. Crucé el umbral del gimnasio a la carrera, y cuál fue mi sorpresa al ver que los demás candidatos ya se habían marchado.

Espera, ¿las pruebas ya habían terminado? ¡Mierda!

Por lo menos, los miembros oficiales seguían jugando. El grupo de cinco chicos gigantes y sudorosos corriendo alrededor de su entrenador fue, cuanto menos, intimidante. Lo único que quedaba de las camisetas de las pruebas —iguales que las mías— estaba en el suelo, junto a uno de los banquillos: eran los números que los otros participantes se habían arrancado a medida que los habían rechazado.

¿Ese iba a ser mi destino?, ¿un papelito arrugado en el suelo?

Chica, qué profundos estáis hoy.

El gimnasio no era tan grande como para que una recién llegada pasara desapercibida. Al cruzar la entrada te encontrabas un pasillo con un vestuario y un despacho, y después llegabas a la puerta de los jugadores. La sala principal estaba compuesta por la cancha y varios banquillos a un lado; las gradas, en el contrario, con su propia entrada. No era de lo más espectacular, pero no estaba nada mal.

Como iba diciendo, todo el mundo se dio cuenta de que había llegado. Me aferré un poco más a mi bolsa de deporte, tensa, cuando vi que los jugadores pasaban frente a mí. Me miraban de reojo entre sonrisitas burlonas y codazos mal disimulados.

—¡Oye! —Oí que gritaba el entrenador, y di un respingo cuando me di cuenta de que me lo decía a mí—. ¡Estamos entrenando, fuera de aquí!

¿Es que no veía mi uniforme de prueba?

¿Es que no ves que las pruebas han terminado?

Ah, sí. Verdad.

Pese a que me había echado, crucé el gimnasio trotando y llegué a su altura. Era un señor de unos cincuenta años, con las patillas largas y grises, abundante papada y barriga, y un gorrito de béisbol puesto —¿por qué demonios llevaría uno de esos para entrenar a un equipo de baloncesto?—; transportaba una libreta en la mano. Por la forma en que me miró, supe que no estaría muy interesado en una conversación.

—Estoy aquí por las pruebas —dije sin aliento.

Me miró de arriba abajo. Varias veces. A cada vez, su ceño se fruncía más. Finalmente, llegó a una sólida y robusta conclusión:

—Eres una chica.

—Eso dicen mis padres, sí.

—¡Nuestro equipo es de chicos!

—Pero… ¡es el único equipo de la ciudad!

Mientras hablábamos, los chicos habían dejado de dar vueltas al gimnasio y se congregaban a nuestro alrededor. No necesité mirarlos para saber que estaban escuchando con curiosidad.

—No podemos jugar con una chica —opinó uno de ellos.

Y el que estaba a su lado no tardó en unírsele:

—Hará que nos eliminen.

—¡Mira lo baja que es! No podría bloquear a nadie.

—Además, ¿por qué no se forma su propio equipo de chicas?

—Eso, ¿por qué tiene que molestar aquí?

Vaya, qué simpáticos eran esos dos.

A mí, el método del tío Mike cada vez me parece más viable.

—Mira, chica, lo siento mucho —me dijo el entrenador, encogiéndose de hombros—, pero no pod…

—Para empezar —lo detuve, levantando un dedito—, me llamo Ellie.

Se oyó un «Uuuuuuh» general y burlón a mi alrededor, pero lo ignoré.

El entrenador, por cierto, pareció de todo menos complacido.

—Muy bien, pues, Ally.

—Ellie.

—Eso. No podemos hacer excepciones. Las normas son las normas y si las incumplimos podrían echarnos de la federación.

De nuevo, mis queridos compañeros hicieron sonidos de mono en celo para indicar que estaban de acuerdo con él.

—¿Y dónde pone que una chica no puede participar?

—En el código.

—¿Qué código?

—El de baloncesto.

—¿Dónde está?

—En… un sitio.

—¿Qué sitio?

—¡Búscalo en internet!

—Lo hice la semana pasada y no ponía nada de todo esto. De hecho, ponía que, en caso de que en una ciudad solo hubiera un equipo activo, la federación podía hacer excepciones puntuales. ¿No le parece que este es el ejemplo perfecto de una excepción puntual?

Se había quedado sin argumentos y eso le molestó mucho. Me miró con la mejor expresión de pereza que me habían dedicado en la vida y sacó su libretita, fingiendo que leía.

—Uy, no estás en la lista, así que no puedes hacer la prueba.

—¡Sí que estoy!, ¡soy la número 43!

—No estás, ¿lo ves? Nada.

—En realidad… —Un chico se asomó por encima de su hombro y señaló el papel—. Está justo ahí, entrenad…

—¡Silencio, Tad!

Tad —un chico relativamente bajo en comparación con sus compañeros, de brazos delgados y ojos alargados— dio un paso atrás y se aseguró de no volver a abrir la boca.

—Vale, estás en la lista —me concedió el hombre, muy serio—, pero no es tan fácil como llegar y ponerte a exigir cosas. Tenemos pruebas. Pruebas muy duras que deberás superar.

—¿No era solo jugar uno contra uno? —preguntó otra voz confusa.

Era la de un chico bastante alto y corpulento, con la piel de color bronce y una generosa mata de pelo oscura.

—¡Oscar, no interrumpas!

—Pero…

—¡OSCAR!

—¡Vale, vale!

—¡Tú! —El entrenador me señaló—. ¿Quieres participar en las pruebas? Pues, ya que has llegado tarde, dejaremos que vote el equipo. Si alguien te quiere dentro, te dejamos hacer las pruebas. Si no, te vas a tu casa y nos dejas en paz.

No era justo. ¡Estaba claro que, por lo menos, dos de ellos ya me odiaban! Intenté no poner mala cara, pero no me salió del todo bien.

Será puñetero.

—Muy bien, chicos —anunció con una sonrisita triunfal—. Si hay alguien que quiera que Ally haga la prueba, por favor, que levante la mano.

—O que calle para siempre —susurró el tal Oscar, y todo fueron risitas.

Miré a quienes podían ser mis compañeros. Tad rehuyó mi mirada y se frotó las manos de forma un poco ansiosa. Oscar mantenía una sonrisa por su propio chiste. Un chico de pelo castaño y mandíbula cuadrada me devolvía la mirada sin compasión alguna. Otro de pelo rubio se reía de mí disimuladamente. Y el último, un pelirrojo, tenía la cabeza ladeada y parecía que me estaba analizando.

Un momento.

Revisé mejor a ese último. Alto, esbelto, piel paliducha, pelo pelirrojo, pecas en la cara y ojos dorados. Mierda. Víctor. ¡¿Todavía jugaba en ese equipo?! Debió de ver el momento exacto en que lo reconocí, porque, muy lejos de sonreírme o darme ánimos, apartó la mirada y pasó de mí.

Ese sí que era un puñetero.

Oye, no me robes los insultos.

La última vez que había hablado con Víctor, pese a ser vecinos, había sido dos o tres años atrás. Después de una amistad de milenios con su hermana Rebeca y nuestra amiga Livvie, cada uno había tomado su propio camino por motivos que tampoco hacía falta recordar. El problema fue que yo no acepté esa separación y, por algún motivo estúpido, pensé que sería buena idea declararle mi amor en una carta llena de purpurina y corazoncitos.

Por una vez en la vida que me puse romántica… y salió como el culo.

Básicamente, creí que sería más bonito dejarle eso en la taquilla que mandarle un mensaje de texto —porque lo de decirlo en persona estaba muy descartado—. El plan era que lo leyera y me contestara; así que, imagínate mi sorpresa cuando, al día siguiente, fingió que no había visto nada. Me miraba de reojo en los pasillos y en clase, pero no me dirigía la palabra.

Y entonces, el muy puerco, se lo contó a sus amigos.

Las burlas de los demás murieron pronto, porque a los pocos días perdí la razón y a uno de ellos le metí la cabeza en la basura. No me arrepiento de esa parte. De la bronca de papá y mamá… sí que me arrepiento un poquito.

Y eso era lo último que había sabido de él. Ni siquiera estaba al corriente de que, más allá del instituto, hubiera seguido en el equipo de baloncesto. ¿Habría alguna forma de evitarlo, pasando tantas horas juntos? Bueno, si él era el polo norte y yo el sur, el equipo sería el continente que solo pisaríamos para darnos guerra. Él sería el Joker y yo Batman. Él, Darth Vader, y yo, Luke Skywalker. Él, Alien, y yo, la comandante Ripley. Él, Voldemort, y yo, Ha…

Vale, lo pillamos.

Lo siento, muchas horas viendo películas.

—¿Y bien? —insistió el entrenador, devolviéndome a la realidad—. ¿Alguien quiere que Ally haga las pruebas?

Nadie levantó la mano. Miré de soslayo a Víctor. El rubio se había acercado a él y le dijo algo al oído. Soltó algo parecido a una risita malvada, pero Víctor no reaccionó.

—¿Nadie? —El entrenador usó el tono de sorpresa más exagerado que encontró, provocando más risitas—. ¡Qué lástima, tendremos que…!

Todo el mundo se quedó parado. Tad acababa de alzar la mano. Su cara se volvió roja de golpe, pero no bajó la mano que tan tímidamente había subido para ayudarme. Estaba tan sorprendida que ni siquiera yo reaccioné de inmediato.

—A mí me parece simpática —dijo, como si les debiera una explicación—. Además, les hemos hecho la prueba a todos… Es lo más justo, ¿no?

—Bueno, eso es verdad —opinó Oscar, que por fin había vuelto a nuestro planeta—. Todos deberían tener la misma oportunidad.

—Pues a mí no me parece justo —opinó el guaperas de pelo castaño—. ¿Qué es esto?, ¿un club de integración? ¡Es una chica! ¿Cómo nos van a tomar en serio si se pone a corretear entre nosotros?

—Yo no correteo —protesté, pero nadie me hizo mucho caso.

—¡Estoy de acuerdo con Marco! —exclamó el rubio enseguida.

—Pero ¿tú alguna vez has tenido opinión propia, Eddie? —quiso saber Oscar.

El rubito se puso furioso en cuestión de segundos.

—¡Yo tengo *mucha* opinión propia!

—No me digas.

—No estamos aquí para discutir vuestra opinión propia —les recordó el entrenador, perdiendo la paciencia—, ¡sino para que la chica haga la prueba! A ver, ¿quién será el listo que quiera hacerla con ella?

En esa ocasión, no hubo ni un solo momento de titubeo. Una mano se alzó al instante. Supe quién era antes incluso de darme la vuelta, resignada.

—Yo me encargo de la novata —sentenció Víctor sin mirarme.

Cinco minutos más tarde, ambos nos encontrábamos cara a cara en medio de la cancha. Todo el equipo nos observaba desde unos metros de distancia. Tragué saliva. Había jugado con él cientos de veces y sabía que era bueno. Y más alto. Y más fuerte. Mi único punto fuerte era la rapidez, pero Víctor lo sabía, así que no estaba muy segura de poder usarlo a mi favor. Vaya mierda.

Intenté buscar la mirada de mi examigo, que seguía sin devolvérmela. Me pregunté por qué se comportaba como si no me conociera, y me dio mucha rabia sentirme como si hubiera sido yo quien la hubiese cagado en su momento.

—El juego es sencillo —declaró el entrenador, a nuestro lado. Y volví a centrarme en él.

—Ally tiene que encestar y Víctor tiene que pararla —añadió—. Hay cinco intentos, así que el ganador será quien consiga su objetivo tres veces.

—Oh, venga, entrenador. —Por la forma en que Marco lo dijo, ya supe que no iba a ser nada bueno—. ¿La has visto? Vas a tener que dejárselo más fácil. ¿Y si la pones con Tad, que está más en su nivel?

Tad agachó la cabeza, mientras que Marco y Eddie —el rubio larguirucho y pálido— empezaban a reírse. Estuve tentada a protestar. De hecho, abrí la boca para hacerlo. Entonces, la voz de Víctor me interrumpió:

—No te quejes.

Me volví hacia él. Por fin me estaba mirando y no supe cómo sentirme al respecto. Jugué con la pelota entre los dedos, un poco más nerviosa de lo que querría admitir, y luego fruncí el ceño.

—Me quejo de lo que me da la gana.

—¿Y no prefieres un reto más fácil?

Mi parte miedosa dijo que sí, pero mi parte orgullosa, que era mucho más grande, se ofendió profundamente.

—No necesito que me lo pongan más fácil, ¿te enteras? Puedo contigo y con diez como tú.

Víctor me contempló unos instantes. Pensé que intentaría cambiar mi manera de verlo, como había hecho tantos años cuando yo me ponía cabezona sobre un tema en el que no tenía la razón. Pero no. Tan solo se encogió de hombros.

—Cada uno se complica la vida como quiere.

El pitido del entrenador hizo que me irguiera un poco más, asustada. Me estaba señalando con una sonrisa perezosa.

—Marco tiene razón, Ally. Para facilitarte las cosas, basta con que encestes una vez. Tienes tres intentos. ¿Qué te parece?

—Me parece que sigo llamándome «Ellie».

—¿Aceptas el reto o no? También podemos ponerte con Tad.

No miré a Víctor. Me negaba. Y más me negaba todavía a que el equipo entero me viera agachando la cabeza y aceptando un reto más fácil.

—Lo haré con Víctor —sentencié, tozuda.

—Tú verás lo que te conviene. —El entrenador aplaudió una vez—. ¿Estáis listos? ¿No? Me da igual. ¡Adelante!

Hizo sonar otra vez el estridente silbato, y Eddie, que estaba sentado justo a su lado, se lanzó hacia un costado como si acabara de explotarle algo junto a la cabeza.

Mientras tanto, yo miraba fijamente al oponente, que esperaba mi primer movimiento. Él me devolvió la mirada y, pese a que yo esperaba cierta burla en sus ojos, la expresión permaneció impasible.

Bueno, ¿cuál es el plan?

Buena pregunta. No se me ocurría otra cosa que evadirlo lo máximo posible y aprovechar cualquier momento de distracción. Probé un poco, moviéndome hacia un lado y otro, y enseguida me di cuenta de que estaba mucho más centrado que cuando éramos pequeños.

Mmm… Resultaría más difícil de lo esperado. ¿Quizá debería haber aceptado jugar con Tad y…? ¡No! Me negaba. Si quería entrar en el equipo, jugaría con compañeros mucho peores que Víctor. Habría que acostumbrarse.

Tanteé un poco en posición defensiva, a lo que sus compañeros empezaron a gritar que nos dejáramos de tonterías e hiciéramos algo.

No me manejaba bien en la presión, así que cedí a los gritos de mis compañeros y, tras intentar eludir a Víctor, pasé por su lado botando la pelota. Él no me detuvo y traté de lanzar a canasta con la mayor velocidad posible.

Antes incluso de que la pelota se alzara por encima de mi cabeza, Víctor apareció de la nada y la atrapó con una mano. El ruido sordo que hizo contra su palma me hundió un poco en la miseria.

Vale. No iba a ser *nada* fácil.

Suspiré y me coloqué de nuevo delante de Víctor, que me devolvió la pelota con un rebote. La recogí sin romper el contacto visual. De nuevo, no había un solo rastro de burla en su mirada, solo concentración.

Doblé un poco las rodillas, apoyé el peso en la planta de los pies y me incliné hacia delante. Él hizo lo propio, pero con los brazos un poco abiertos para prepararse contra mi ataque. Lo miré de arriba abajo, analizando su posición y cualquier punto débil que pudiera encontrar en ella. No vi ninguno.

El contraste entre nosotros era espectacular. Melena larga y castaña contra cabello pelirrojo y cortito; ojos marrones y entrecerrados con furia contra ojos grandes, dorados y calmados; cuerpo grueso y con curvas bastante pronunciadas contra cuerpo esbelto y fibroso; estatura media contra altura preocupante; piel bronceada contra piel pálida; marcas de antiguo acné contra pecas…

No nos parecíamos mucho, no. Ni siquiera en nuestro modo de encajar las derrotas. Para Víctor siempre había sido fácil, mientras que yo me desesperaba. Me encantaba ganar. A él le daba igual.

Y, sin embargo, ahí estaba, intentando impedírmelo.

Hice ademán de lanzarme hacia la derecha, pero me bloqueó al instante. Lo mismo pasó con la izquierda. Nuestros zapatos rechinaron contra el suelo del gimnasio, interrumpiendo el denso silencio que se había formado a nuestro alrededor. Él seguía cada uno de mis movimientos con la mirada, controlándome y procurando no dejarme ni un solo respiro. Y lo peor es que lo estaba consiguiendo a la perfección. No podía moverme sin sentir su presencia pegada a mí.

En cierto momento vi seguro un lanzamiento, pero su brazo se interpuso en el camino. Intenté detenerme antes de tocarlo, pero fue inútil y choqué contra él. Tuve la intención de, al menos, lanzarlo al suelo, pero Víctor me sujetó la cintura con la mano y me devolvió a mi lugar sin siquiera parpadear.

De nuevo en mi posición, ya estaba roja y alterada. Aún podía sentir sus dedos en mi cintura, y eso me distraía mucho. En cambio, su expresión era casi divertida. ¡¿Se estaba riendo de mí?!

—Eso ha sido falta —recalqué, haciendo botar el balón.

—Díselo al árbitro. Ah, no…, que no hay ninguno.

—¿Y el entrenador qué?

—No se lo ve muy centrado, la verdad.

Lo miré de reojo. Estaba sacándose un moco con cara de concentración, completamente ajeno a nosotros.

Y Víctor, claro, aprovechó el instante para golpear el balón y arrebatármelo de las manos.

Cuando empezó a botarlo con media sonrisita, todos sus compañeros se pusieron a aplaudirlo entre risas y vítores. Yo solo quería darle la patada que me había recomendado mi tío Mike. Lástima que entonces me echarían incluso antes de entrar en el equipo.

—Dos fallos —me recordó Víctor—, solo te queda uno.

—Dame la dichosa pelotita.

Me la lanzó y, por suerte, la atrapé y no hice el ridículo. Mientras volvía a botarla, ambos nos colocamos otra vez en posición defensiva. Él seguía con la media sonrisita en los labios y me estaba dando mucha rabia. Solo quería quitársela.

Quítasela con un beso.

Mejor con un balonazo.

Es la otra opción.

—Estás jugando muy sucio —le dije sin perderlo de vista. No iba a cometer dos veces el mismo error.

—Si quieres entrar en el equipo, tendrás que acostumbrarte a que se burlen de ti.

—Quiero entrar para jugar, no para estar con vosotros.

—Me rompes el corazón.

Hice ademán de pasar por su lado y volvió a bloquearme.

—Si en esas estamos —le dije—, podría darte una patada y pasar por tu lado.

—Podrías probarlo, sí.

No parecía muy preocupado.

Otro intento de pasar. Otro bloqueo.

—Por estas cosas siempre me has parecido insoportable —mascullé.

La reacción fue inmediata. Víctor enarcó una ceja.

—¿Insoportable?

—Sí.

—No parecías pensar lo mismo en la cart…

—¡Cállate!

—Eso me parecía.

—No la escribí yo. Fue una broma. Y te la creíste.

—Lo que tú digas, Ally.

—¡Sabes perfectamente que mi nombre es Ellie! —espeté, irritada.

—Y tú sabes perfectamente que esa carta no era ninguna broma. Pensaba que se trataba de decir mentiras.

No quería seguir con la conversación. Me lancé hacia un lado sin pensarlo y, por su cara de sorpresa, supe que lo había pillado con la guardia baja.

Y conseguí cruzar.

¡Toma esa, zanahorio!

Sin embargo, volvió a bloquearme apenas dos segundos después. Los vítores del grupo eran cada vez más ruidosos; enseguida advertí que se debía a que el partido se había puesto interesante. Incansable, intentaba pasar a Víctor, moviéndome de un lado a otro mientras él me bloqueaba —ahora con expresión de concentración—. Lo miré a los ojos unas cuantas veces y, pese a que me devolvió la mirada, me convencí de que solo quería distraerme y lo ignoré por completo.

Entonces me coloqué para lanzar a canasta. Él ya había aparecido para detener el lanzamiento. Suerte que, en el último momento, aproveché que Víctor ya estaba en posición y pasé por su lado, apunté y lancé de verdad.

La pelota pasó por el aro a la perfección.

¡Eeesooo!

Durante unos instantes, lo único que se oyó en el gimnasio fue el sonido de la pelota rebotando contra el suelo, cada vez más seguido, hasta que rodó hacia las gradas, donde todos mis compañeros me miraban con la boca abierta. Incluso el entrenador se había sacado el dedo de la nariz.

Llegó un punto en que el silencio se hizo tan incómodo que quise decir algo, solo para romperlo, pero entonces alguien me interrumpió. Miré a Víctor, sorprendida, cuando me di cuenta de que se había puesto a aplaudir lentamente. De forma un poco incómoda, los demás se le unieron y me aplaudieron unos segundos. Parecían más confusos que contentos. Y mientras dejaban de hacerlo, Marco se me acercó y me ofreció una mano.

—Bienvenida, supongo.

Miré su mano con desconfianza y luego lo miré a él. No parecía que llevara malas intenciones, pero era mejor no fiarse del todo. Sin embargo, al final acepté su mano. Cuando apretó los dedos en torno a la mía, tragué saliva y traté de mantener la expresión.

Justo cuando pensaba que me soltaría, me dio un tirón tan fuerte que me dejó plantada justo delante de él.

—Si te crees que a partir de ahora será más fácil, es que no tienes ni idea.

Tras eso, me soltó, me dedicó media sonrisa encantadora y volvió junto al resto.

Jay

Hubo una época en la que mi abuela Mary vivió en la casa donde crio a mi padre y al tío Mike. Yo conservaba muchos recuerdos bonitos de ella, pero, a medida que se hacía mayor y nosotros fuimos creciendo, se dio cuenta de que era demasiado grande para ella sola. Terminó vendiéndola y mudándose al piso que en su momento había sido de su suegra, quien falleció poco después de que yo cumpliera los diez años. Le gustaba decir que se había ido con una botella de whisky en la mano y los altavoces a todo volumen; la verdad, no estaba muy seguro de que fuera una broma.

Con el dinero que había conseguido, vivía tranquila y hacía sus propios planes para distraerse. Le gustaba tejer, por ejemplo. Lo hacía fatal y la ropa siempre nos quedaba mal; aun así, todos nos la poníamos. También tenía un grupo de amigas con el que jugaba al mus todas las semanas. Alguna vez las había pillado apostando dinero y pastillas, pero ¿quién era yo para juzgar?

La abuela necesitaba ahora un poco más de ayuda, porque la chica que solía encargarse de su casa había encontrado otro trabajo, relacionado con su propia carrera. Se había quedado sola, así que yo solía visitarla por las mañanas para echarle una mano con todo lo que necesitara. Total, tampoco tenía nada mejor que hacer.

Dijo el nieto del año.

Subí las escaleras, me planté frente a la puerta y llamé al timbre. Oí unos pasitos acercándose y, unos segundos más tarde, abrió la puerta para recibirme con una gran sonrisa.

—¡Jay! —exclamó, como cada mañana, como si le sorprendiera verme ahí—. Qué alegría, mi niño. Entra, entra.

—He comprado dulces —dije al pasar por su lado—. Son de esos de chocolate, de los que te gustan.

—No sé si darte las gracias u odiarte.

Sonreí y dejé la bolsa sobre la encimera. Luego volví a la puerta para cerrarla.

Era una mujer pequeñita, de pelo canoso y corto, de manos nervudas y expresión un poco decaída por el cansancio. Papá decía a veces que estaba mucho más agotada de lo que correspondería a alguien de setenta años, pero que se había ganado un descanso. Nunca quería entrar en detalles sobre ello, así que me ahorraba las preguntas.

Tenía puesto un programa de cocina y una libreta abierta junto al sofá. Había estado tomando notas sobre un pastel de chocolate.

—¿Por qué no ves una serie? —pregunté, y me dejé caer a su lado.

—Porque ahora no echan ninguna, ¿no lo ves?

—Abuela, te puse todas las plataformas en el proyector, ¿por qué no buscas una serie por ahí?

—Es como si hablaras en otro idioma.

Me pasé las manos por la cara, sin saber si reírme o llorar. Daba igual la cantidad de veces que se lo explicara, era imposible.

—No importa —aseguré—. ¿Cómo estás?

—Bien, bien.

Por lo menos, su tono fue más liviano. Especialmente cuando levantó el mando de la Xbox que había heredado de mi bisabuela

—Me he comprado un juego nuevo —señaló—. Tengo un lanzacohetes y voy explotando ciudades.

—Abuela, cuidado con los micropagos.

—¿Con qué?

—Da igual. —Dejé estar el tema otra vez. Después de todo, era mayorcita para saber lo que le convenía hacer y lo que no—. ¿Necesitas ayuda con la colada?

—Ah, ¿no te lo dije? ¡Encontré a alguien para ayudarme! Empieza hoy.

—¿Tan pronto?

—Me dijo que necesitaba el dinero, y parecía de fiar.

—Pero ¿ya lo has contratado? —pregunté, pasmado—. ¿Le has hecho entrevista, por lo menos?

—Le pregunté si sabía cocinar y me dijo que sí.

Prioridades.

Volví a pasarme las manos por la cara, aunque esta vez de una manera mucho menos disimulada. Ella me miró con una sonrisa.

—Te estresas muy rápido, querido. ¿Qué puede salir mal?

—¿Y si es un ladrón?, ¿o un secuestrador?, ¿o ambas cosas?

—Si es un ladrón, lo único que puede llevarse es la consola. Y si fuera un secuestrador, tengo un bastón con el que defenderme.

—Sí, me dejas muy tranquilo…

—¡Oh, vamos, Jay! Confía en el buen juicio de tu abuela. Llevo en este mundo bastantes más años que tú.

Esbocé una sonrisa irónica, pero se me borró en cuanto oí el timbre. Ella aplaudió con entusiasmo; en cuanto quiso ponerse de pie, le indiqué con un gesto que se quedara sentada y fui a la puerta.

Bueno, hora de conocer al nuevo cuidador.

Abrí la puerta con un poco más de fuerza de lo que había planeado y la persona del otro lado retrocedió un pasito, sorprendida por mi agresividad. Y me quedé mirándolo con el ceño fruncido para dejarle saber quién mandaba. O lo intenté, por lo menos. Enseguida se me cruzó la expresión.

Mi primera conclusión fue que el chico que tenía delante era más joven de lo que esperaba. La anterior persona tenía unos cuarenta años y este parecía de mi edad o quizá un poco mayor. Dudaba que superara los veinticinco. La segunda conclusión fue que vestía una camisa blanca con cisnes azules que llevaban un cigarrillo en el pico. No entendía nada.

—¡Hola! —saludó con una sonrisa simpática—. Busco a Mary. No eres tú, ¿no?

Desde ese momento, decidí que me caería mal.

Dame cuatro capítulos más y ya veremos.

—¡ES AQUÍ! —chilló la abuela desde el salón—. ¡PASA, PASA!

El chico no se movió. Seguía mirándome con expresión divertida y no lo entendí hasta que me percaté de que estaba en medio de su camino. Me aparté, sobresaltado, y él avanzó hacia el salón con una sonrisa.

No supe muy bien por qué me había apartado. Se suponía que ahí mandaba yo y que era quien llevaba la voz cantante. Y que iba a intimidarlo. Lo único que había conseguido sacarle había sido una sonrisa. Vaya desastre.

Lo seguí al salón, donde ya estaba junto a la abuela, se estrechaban la mano. Ella parecía encantada y él mostraba una expresión amable y amistosa. Fruncí el ceño con desagrado.

—Tengo entendido que no has hecho ninguna entrevista —comenté en el tono que Ellie solía calificar como «insoportable».

La abuela contuvo una sonrisa a la vez que él volvía a centrarse en mí.

—Pues no, la verdad —admitió con despreocupación—. El currículum que suelo enseñar es esta sonrisita tan bonita.

—¿Y te funciona?

—Más de lo que podrías pensar.

La abuela se rio —para mi mayor rabia— y el chico se metió las manos en los bolsillos de los vaqueros.

—Lo dudo mucho —mascullé.

—Puedo asegurártelo.

—Entonces ¿qué haces aquí? Vete a trabajar a la NASA o algo.

—Jay —me advirtió la abuela.

—Está bien, señora —aseguró él—. Dispara preguntas, si quieres. ¡Pium, pium!

Eso último lo había dicho con los dedos flexionados como pistolitas. Oh, sí, me iba a caer fatal.

Gesticulé indicándole el otro sillón, donde se sentó con toda la tranquilidad del mundo. Yo fui directo al sofá de florecillas de la abuela, quien observaba la situación como si fuera un *reality* del que disfrutar tranquilamente. Incluso se comía los dulces que le había traído.

Ahora que tenía al chico nuevo un poco más situado, me permití a mí mismo mirarlo mejor y, sobre todo, analizar cada uno de los datos que con ello estaba bridándome. Parecía relajado. Mucho más que yo, al menos. Tenía un tobillo sobre la rodilla y los codos apoyados en los reposabrazos. La actitud de alguien que sabe que ya ha ganado, antes incluso de empezar la partida. Me puso un poco nervioso, pero lo disimulé apretando los labios.

—Antes que nada, ¿cómo te llamas?

—Nolan.

—¿Y tienes algún tipo de experiencia cuidando a personas mayores, Nolan?

—Sí. Empecé a los dieciséis años.

—¿No tenías clases o qué?

—Mi abuelo se puso bastante enfermo y mis padres no tenían a nadie que los ayudara. Pasaba las tardes con él, hacía las tareas del hogar… Después de que falleciera, seguí trabajando con otra persona mayor. Y ahora estoy aquí.

Vaya, no me esperaba una respuesta tan estructurada. Fruncí los labios, tratando de centrarme.

Su aspecto era agradable. No era el chico más guapo que había visto en la vida, pero estaba seguro de que mi hermana, por lo menos, se quedaría prendada nada más verlo. Tenía la piel bronceada, el pelo rubio y largo hasta los hombros —ahora, atado en un moño mal hecho—, los ojos del color de las avellanas y la mandíbula cubierta por una fina capa de barba que tenía pinta de picar un poco. Como si quisiera confirmar mis sospechas, se la rascó en ese momento. La gente que no se afeitaba bien me ponía de los nervios.

¿Y su ropa? Dios, eso sí que me ponía frenético. Vestía unos vaqueros con más agujeros que tela, la camisa apenas le cubría el ombligo y sus pulseras eran de mil colorines distintos. Nolan era una extraña mezcla entre un *hippie*, un vikingo y un señor extraño con el que no querrías cruzarte en un callejón oscuro.

Un cóctel interesante.

Como no sabía qué más mirar sin ser indiscreto, me centré en mi abuela. Ella asintió con aprobación y yo me obligué a volverme hacia Nolan otra vez.

—¿Sabes cocinar?

—Sí.

—¿Fregar, barrer…?

—Sí.

—¿Planchar ropa?

—Sí.

—¿Poner una lavadora?

—Sí.

—¿Entiendes de plantas?

—Un poco.

—¿Solo un poco? Vaya, vaya.

—No tengo plantas —comentó la abuela con confusión.

—Pero ¿y si un día decides tenerlas? ¡Habrá que estar preparado!

—Oye, tío —intervino Nolan entonces, divertido—, ¿por qué no me dejas trabajar toda la mañana y te quedas por aquí? Así podrás ver cómo funciono y si encajo con tu abuela. Y ella podrá decirme si le ha gustado o prefiere que la ayude otra persona. Será más fácil para todos, ¿no?

Que fuera una propuesta tan razonable me tocó un poco la moral. Más que nada, porque estaba acostumbrado a tener yo ese papel y no me gustaba que me estuviera sustituyendo. Por una cosa que veía clara en la vida, y tenía que aparecer un completo desconocido a trastocarla.

Mi intención era decirle que no con un argumento que lo dejara sin palabras, pero lamentablemente estaba de acuerdo con él, así que solo puede asentir con la cabeza.

—Bueno... —murmuré—, vale.

Ellie

Y pensar que la prueba que hice con Víctor fue lo más fácil de ese día...

El entrenador decidió que la mejor forma de determinar si estaba preparada o no era pasar un día de prácticas con los demás, ya que así verían si era capaz de trabajar con ellos. Y resultó que la balanza estaba un poco inclinada hacia la parte negativa. No porque no supiera jugar —que sabía hacerlo, joder, eso lo tenía clarísimo—, sino porque no entendía su modo de entrenar y, desde luego, nadie se molestó en explicármelo.

Cuando tocaba jugar en parejas, nadie quería ponerse conmigo; si había actividades en las que tuviéramos que formar dos equipos, era la última en salir elegida; si el balón se escapaba rebotando, era yo quien tenía que ir a recogerlo. Y los dos chicos que no dejaban de reírse de mí, Marco y Eddie, solo intervenían para complicármelo todavía más.

¿Lo peor? Cuando terminé, toda sudada y roja, no había vestuario en el que cambiarme de ropa.

A ver, sí, estaba el de los chicos..., pero no me apetecía verles las colitas, y mucho menos que me vieran las amiguitas. Lo que me faltaba ya para completar el día. Como única alternativa, quedaba el despacho del entrenador. Sospechaba que él estaría lo suficientemente centrado en explorarse las fosas nasales como para no darse cuenta de que yo estaba ahí; aun así, no me parecía un escenario demasiado prometedor.

Así que ahí me encontraba, de pie junto a la parada del bus que había frente al gimnasio, con el uniforme todavía puesto y una chaqueta encima. Intenté ignorar el pelo sudado y pegado a la frente. Ya me ducharía en casa. Daba un poco de asco, sí, pero ¿qué remedio?

Por lo menos, había pasado la prueba. Debería estar contenta, ¿no? Ya tenía un equipo. Sin embargo, solo me sentía cansada. Y con ganas de echarme una siesta.

El bus todavía no había llegado cuando mis nuevos compañeros de equipo empezaron a salir del gimnasio. Era imposible que no pasaran por delante de mí, así que —supuse— no me quedaría otra que aceptar unas cuantas burlas más.

—¿Has pensado en ir andando a casa, Ally? —comentó Marco con retintín, y Eddie empezó a reírse—. Así entrenas las piernas y corres más rápido.

Siguieron echándose unas risas, a lo que les dediqué la sonrisa más irónica que había tenido la desgracia de esbozar.

—¿Has pensado en hacer un sudoku, Marco? Así entrenas el cerebro y quizá te vuelves gracioso.

Eddie se llevó una mano al pecho, escandalizado.

—¡Qué falta de respeto!

Quise decirles que lo suyo estaba al mismo nivel, pero ya se estaban alejando y parloteaban entre ellos.

Oscar sí que me dedicó un asentimiento a modo de despedida. Fue a por su bicicleta —la tenía aparcada al otro lado de la calle— y se marchó silbando una melodía que yo desconocía. Tras él estaba Tad, que también había llegado en bici, aunque se veía mucho más vieja y desgastada. La recogió y se detuvo a mi lado mientras se ponía el casco.

—¿Qué tal tu primer día? —quiso saber; el tono de su voz indicaba que ya se lo imaginaba.

—Maravilloso…

—Bueno, piensa que las cosas siempre pueden mejorar. Conmigo también fueron muy duros al principio. Especialmente, Marco.

Considerando que parecía tener una fijación absurda por él, no entendí por qué hablaba en pasado.

—¿Y ya no lo son?

—Se burlan todos de todos —dijo a modo de consuelo—. No te lo tomes como algo personal.

Tad continuaba ajustándose el casco, pero mi mirada se desvió de forma inconsciente. Víctor acababa de salir del gimnasio. No lo inspeccioné tanto como a los otros; con él me daba un poco de vergüenza. Más que nada, porque no habíamos vuelto a intercambiar palabra desde el momento en que había encestado.

Si me miró, nunca lo supe, ya que siguió andando como si nada. Tenía el coche aparcado cerca de nosotros y se subió sin mediar palabra. Me pregunté si algún día podría ir con él. Después de todo, su familia vivía justo al lado de mi casa. Supuse que no, porque la conversación resultaría bastante incómoda.

Además, no me rebajaría tanto como para pedírselo.

Orgullo, ante todo.

—Seguro que para la semana que viene ya te tratan como a una más —me aseguró Tad, que ya se había subido a la bicicleta roja, totalmente ajeno al momento incómodo que acabábamos de vivir—. Impones mucho más que yo… Aprenderán a respetarte, ya verás.

Para evitar decirle que no estaba del todo de acuerdo con su afirmación, me limité a asentir.

Víctor pasó frente a nosotros en ese momento y me sorprendió que detuviera el coche justo entonces. Con la ventanilla bajada, se asomó y nos miró a ambos.

—¿Necesitáis transporte? —preguntó.

Abrí la boca para responderle, pero enseguida siguió hablando, esta vez con una gran sonrisa:

—El bus es más barato que un taxi.

Indignada, le saqué el dedo corazón. Él empezó a reírse y, sin más preámbulos, se marchó carretera abajo.

—Se cree muy gracioso —comenté con retintín.

Tad sí que sonreía.

—Tiene ese tipo de humor, sí…

—Bueno, gracias por levantar la mano. He entrado al equipo gracias a ti. Te debo una.

—Oh, no. No me debes nada.

Por un momento pensé que era la típica frase hecha. Luego me percaté de que se refería a algo más y de que su expresión había cambiado.

—¿Qué? —pregunté.

—Que…, mmm…, no he sido exactamente yo.

—Claro que has sido tú, nadie más ha levantado la mano.

—Ya, pero es que no ha sido por voluntad propia.

—¿Eh?

—Víctor me ha dado cinco dólares para que lo hiciera.

Me quedé sin palabras mientras él, tan tranquilo, se subía a la bicicleta.

—Pero me alegra que lo haya hecho, porque así estás en el equipo —dijo con alegría—. ¡Eres mucho más simpática que todos ellos juntos! En fin, nos vemos mañana, ¿eh? ¡Descansa!

Gritó lo último mientras empezaba a rodar calle abajo y solo fui capaz de contemplar su espalda mientras se alejaba.

Jay

Bueno, el tal Nolan era odiosamente perfecto.

No debería molestarme tan profundamente, pero es que había estado inspeccionándolo desde el inicio con la maligna esperanza de corregirlo. No fue el caso. No había *nada* que corregir. Era tan despreocupado como perfecto. Y la abuela no dejaba de remarcarlo, cosa que me ponía de muy mal humor.

Para cuando terminó la supuesta jornada laboral, solo podía pensar en lo mucho que odiaba que alguien fuera tan feliz. Era imposible. Nolan terminó de guardar los utensilios de limpieza que había usado, se quitó los guantes de goma y se plantó en el marco de la puerta del salón con una sonrisa de satisfacción.

—Pues… yo diría que eso es todo —comentó con los brazos en jarras—. ¿O me he dejado algo, inspector?

La abuela, que se estaba tomando el té helado que le había preparado Mary Poppins, se volvió hacia mí para observarme con diversión.

—No sé. ¿Se ha dejado algo, Jay? —Su sorbito fue muy ruidoso.

Sabía que me ardería decirlo en voz alta, y por eso me encerraba en esa encrucijada. Me encogí de hombros.

—Que yo sepa, no.

—¡Qué bien! Pues, todos contentos.

—No he dicho que estuviera contratado.

—Pero lo está —aseguró la abuela, guiñándole un ojo a Nolan. Este sonrió.

—Listo, querido —continuó la abuela—. Ya tienes otro trabajo que añadir al currículum.

—Se lo agradezco mucho, señora Ross.

—Si me haces un té de estos cada vez que vengas, puedes llamarme «Mary».

Nolan se rio a carcajadas y yo me crucé de brazos. Me daba rabia que incluso su risa sonara perfecta. ¿Cómo podía parecer tan desastre y, a la vez, ser tan organizado?

—Pues yo me iré a casa —comentó él, tan tranquilo—. Ha sido un placer conoceros.

La abuela se mostró de acuerdo, mientras que yo me limité a soltar un sonidito de desaprobación. Nolan simuló que no lo había oído y fue directo a la puerta.

En cuanto cerró, ella volvió a dedicarme una ojeada por encima de la taza. Solo por su expresión, ya supe exactamente lo que estaba pensando.

—No me gusta ese chico —murmuré.

—Bueno…, algo me dice que terminará gustándote, no te preocupes.

3

La moto amarilla

Ellie

El camino de nuestra urbanización era muy bonito. O de eso intentaba convencerme cuando, cada día, tenía que recorrerlo después de salir del autobús al volver de los entrenamientos. Estaba bordeado por arbustos y zonas verdes que daban paso a las entradas del resto de las casas de la zona. En primavera se llenaba de flores y olía bien. Era la época preferida de Ty, que —tras asegurarse de que no haría daño a la planta— se hacía con un ramo de flores y se las llevaba a mamá. Vaya pelota.

Para entrar en nuestra urbanización teníamos que pasar frente a una cabina de seguridad en la que uno o más guardias comprobaban que o bien eras un residente o estabas invitado. A mí me daba un poco de pereza, pero papá y mamá lo preferían porque nos ofrecía cierta intimidad. Tras pasarlo, recorrí la perfectamente cuidada carretera y pasé por delante de una casa tan grande como la nuestra. Al tomar el desvío a la derecha, ya solo había lugar para dos casitas más: la nuestra, que era la del fondo, pegada al lago…

… Y la del puñetero Víctor.

Nuestras casas tenían un aspecto muy similar, con una fachada de estilo mediterráneo, ventanas oscuras y rectangulares, muros blancos, techos rojizos… Ambas tenían en común el jardín perfectamente cuidado, la casa de invitados —aunque supuse que la suya estaría vacía, no como la nuestra—, la piscina —en nuestro caso era un lago—, la cantidad indignante de habitaciones y cuartos de baño…

En realidad, pese a ser vecinos, no solía ver a Víctor a menudo. Siempre había supuesto que era porque se pasaba más tiempo fuera de casa que dentro de ella. Sí que nos cruzábamos cuando íba-

41

mos o volvíamos del instituto, pero fingíamos no ver al otro. En ocasiones lo veía en el salón o en el jardín con sus padres y su hermana. Algunas veces, nuestras familias incluso decidían juntarse para hacer alguna comida o barbacoa. En esos casos, él no estaba en casa, y yo —que probablemente sí que estaba— no me molestaba en bajar.

Pero, justo ese día que estaba agotada del entrenamiento, tuve que encontrarme a Víctor frente a su casa.

Maldita sea.

No había forma humana de llegar a mi casa sin pasar por delante de él, así que hice de tripas corazón y avancé con la cabeza bien alta. Él estaba centrado en el coche rojo que no había dejado de lavar pese a advertir mi presencia. Lo frotaba con una esponja llena de espuma.

Sin embargo, eso no fue lo primero en lo que me fijé. Primero me fijé en que iba sin camiseta.

Bueno…, cabeza alta y, a fingir que no estaba.

Llegué a creer que había alcanzado mi casa sin incidentes, y entonces vi por el rabillo del ojo que Víctor me seguía con la mirada. No le habría dado importancia de no haber sido porque empezó a acercarse.

Mierda.

—¡Oye, Ellie!

¿Era obligatorio *oír*?

Sí.

Dejé de andar, respiré hondo y lo miré. Mi expresión dejaba bastante clara la gracia que me hacía lo de quedarme a hablar con él. No sé hasta qué punto fue efectiva, porque eso de que un chico guapo —aunque me jodiera admitirlo—, semidesnudo y cubierto de espuma se me acercara disminuía mi cara de mala leche.

Y es que Víctor era guapísimo. Vale, quizá a mí me lo parecía más de lo que era en realidad, pero me daba igual. Lo tenía todo: pelo rojizo echado hacia atrás de forma desgarbada, medias sonrisas perennes, labios carnosos, ojos ligeramente alargados y dorados, pecas que le cubrían el rostro y parte de los hombros… Intenté no bajar mucho más la mirada, pero estaba segura de que, si lo hacía, vería muchas más.

Vaya, vaya… Hora de concentrarse otra vez. Parpadeé, me di una bofetada mental y carraspeé de forma muy poco elegante.

—¿Ya te acuerdas de mi nombre? —le solté.

Él se detuvo al oír el tono agresivo. Sin embargo, lejos de molestarse, pareció que le resultaba divertido. También le había resultado muy divertido llamarme «Ally» durante todos y cada uno de los entrenamientos.

—Elisabeth... —entonó dramáticamente—. ¿Cómo podría olvidar un nombre tan bonito?

—¿Vamos a hablar de nombres o quieres algo más?

Mi subconsciente me traicionó y, antes de percatarme de lo que hacía, miré hacia abajo. Víctor estaba lanzándose la esponja mojada de una mano a la otra. Volví a subir la mirada enseguida, pero ya me había pillado, de lleno.

Honestamente, me sorprendió mucho que no se aprovechara de ello para reírse de mí. Se limitó a mirarme unos segundos antes de carraspear y retomar la conversación:

—Aunque lo de hablar de nombres es muy interesante... —empezó—, lo que quería decirte es que no hace falta que vayas en bus cada día. Puedo llevarte en coche.

—Mmm..., no.

—Vaya, casi no te lo has pensado.

—Es que no hace falta.

—Ya me rompes el corazón otra vez...

—¿Qué ibas a pedirme a cambio?

Dejó de cambiar la esponja de mano, con expresión de sorpresa.

—Nada.

—Sí, claro. ¿Se supone que tengo que creérmelo?

—Puedes creerte lo que te dé la gana, pero solo intentaba ser amable.

—Amable, sí...

—Sigue cogiendo el bus, entonces —dijo, encogiéndose de hombros—. Gracias de parte del medio ambiente.

—De nada.

Dando por finalizada la conversación, Víctor hizo media vuelta y además de retomar sus quehaceres. No se lo permití.

—¿Le diste dinero a Tad para que levantara la mano?

Se detuvo y me miró de nuevo. Esperaba que mi acusación lo pillara por sorpresa, pero tan solo logré que parpadeara con desgana. No parecía tener ganas de darme explicaciones.

—¿No habría sido más fácil levantar tú la mano? —añadí.

—Supongo.

—¿Y por qué no lo hiciste?

—Mmm…

—¿Y bien?

—Mmm…, mmm…

Había una cosa que me sacaba mucho de quicio, y era que me sonriera como si no estuviera oyendo las preguntas.

—Si hubiera levantado yo la mano —me dijo entonces, con el mismo tono de quien explica una tontería a un crío—, te habrías negado a entrar en el equipo, solo para llevarme la contraria. ¿O te crees que no te conozco?

Lo peor no era que sonara tan infantil, era que tenía razón.

—¿Y por qué te interesa que entre en el equipo?

—Porque eres buena y necesitamos una sustituta que esté a la altura de Fred, que se fue hace unos meses.

—Igualmente, podrías haberte arriesgado a levantar la manita —repliqué con los ojos entrecerrados.

—¿Para qué?

—Oye, Víctor, que yo también te conozco. ¿Qué me estás ocultando?

—Nada.

—Última oportunidad.

Abrió la boca para negarlo, pero entonces dudó. Debió de adivinar que no estaba para bromitas, porque al final sacudió la cabeza y dijo:

—Saben lo de tu carta.

Mi cerebro tardó una cantidad muy vergonzosa de segundos en captar a qué carta se refería. En cuanto lo conseguí, fue como si acabara de lanzarme la esponja a la cara. Y el cubo. Y el coche, ya de paso.

—¿Qué…? —Me quedé paralizada un segundo, entonces mis mejillas se volvieron completamente rojas de rabia—. ¡¿Se lo has contado?!

—¡No!

—¡No me mientas!

—¡No te estoy mintiendo!

—Entonces ¿cómo lo saben?

—Creo que Marco se enteró, no sé cómo, y se lo contó a todos. Si hubiera levantado la mano o me hubiera acercado a ti de cualquier manera, les habría dado la excusa perfecta para restregarte lo de la carta y burlarse de ti. Supuse que Tad sería una opción mucho más neutral.

Retrocedí un paso, tratando de discernir si me decía la verdad o no.

—¿Y qué quieres? —pregunté—, ¿que te lo agradezca?

—Bueno, no diría que no a una pequeña muestra de gratitud, pero también lo he hecho por mí. Las bromas saldrían en ambas direcciones. Digamos que nos he salvado el culo.

—Por ahora.

—Sí, por ahora. Pero tú eres más retorcida que yo, seguro que se te ocurre un plan mejor.

Solté una risita irónica que, por algún motivo, le hizo sonreír. Uf.

Vale, la conversación se había terminado. Estaba claro. Ninguno de los dos sabía qué añadir y nos limitamos a mirarnos el uno al otro de forma un poco incómoda. Finalmente, como él no parecía estar por la labor y yo no sabía qué decir, solo me salió señalar vagamente el coche.

—¿Es tuyo?

Víctor parpadeó, volviendo a la realidad, y dio una palmadita un poco torpe en el capó.

—No, es de mi padre. De vez en cuando me ocupo de él para que no pueda echarme en cara que no ayudo en casa.

—Yo hago lo mismo —admití—. Me hago la cama todos los días solo para que mi madre no pueda decirme que mi habitación es una pocilga. Aunque el resto sí que lo es.

Víctor desvió la mirada un momento hacia la ventana que pertenecía a mi dormitorio; la que había justo frente a la suya. Parecía divertido.

—¿Todavía tienes esa estantería llena de peluches terroríficos? —preguntó.

—Mis peluches no eran terroríficos…, y no, ya no los tengo. Reformé la habitación. Ya no la reconocerías.

—Tendrás que enseñármela algún día.

Esbocé una sonrisa estúpida y me encogí de hombros. Espera. ¿Yo? ¿Sonriéndole? ¡¿A él?!

¡Alerta! ¡Alerta! ¡Desvía la conversación!

—¿Cómo está tu hermana? —pregunté con la voz un poco aguda.

Víctor pareció un poco confuso por el cambio de tema y se apoyó en el coche de forma muy poco natural, como quien intenta parecer casual y no lo consigue.

—Bien —murmuró.

—Ah.

—Sigue bailando y…, eh…, haciendo cosas de las suyas.

—Ah…

Dudó un momento.

—También ha empezado en una academia de música y baile —añadió—. Esta mañana, de hecho.

—Como Livvie, entonces.

Me arrepentí de decirlo casi al instante. Se suponía que ya no éramos amigas ni me pasaba por su perfil de Omega a cotillear cómo le iba. Además, había sido el nexo de problemas de todo nuestro grupo de amigos.

En cuanto a Víctor se le iluminó la mirada, a mí me hirvió la sangre.

—¿Livvie sigue por aquí? —preguntó, todo entusiasmo—. Hace años que no la veo, ¿sabes cómo está?

Apreté la bolsa de deporte sin darme cuenta, pero a él le pasó por alto. Estaba ocupado pensando en otras cosas. Di media vuelta.

—¡Adiós, eh! —Oí que decía mientras me alejaba—. ¡Tan simpática como de costumbre!

Quizá en otro momento le habría sacado el dedo corazón, pero no estaba de humor.

Jay

Aparte de ser familia, papá, Tyler y yo no teníamos muchas cosas en común. Por lo tanto, para hacer cosas juntos, alguien tenía que aguantarse y aceptar una actividad que no le entusiasmaba demasiado. Ese era mi caso al ver películas de superhéroes; me aburrían, me parecían todas iguales y no les encontraba el sentido. A Ty y a papá, en cambio, les gustaban mucho, así que tocaba aguantarse y fingir que no me importaba verlas.

—Por eso es el mejor superhéroe que existe —comentó papá en ese momento.

Compartíamos sofá, mientras que Ty había decidido ocupar un sillón con su postura de esfinge orgullosa. Papá, en cambio, tenía los brazos estirados en el respaldo y me sacudía los hombros en cuanto se acercaba una escena que le gustaba.

En ese momento, por cierto, hablaba de Iron Man.

—Técnicamente no es un superhéroe —opiné.

—¿Eh?

—A ver, no tiene poderes. Lo único que tiene es dinero. Igual que Batman.

—Oye, cuidadito con lo que dices.

Me encogí de hombros mientras su querido Iron Man, como en todas las películas, aparecía en el último momento para salvar la tarde. Papá sonrió ampliamente, como un niño, mientras que Ty lo analizaba con intensidad.

—¿Cuál es tu favorito, entonces? —me preguntó papá.

Sentí que lo hacía solo para poder criticar a mi favorito, como yo había hecho con el suyo, y no pude evitar una pequeña sonrisita.

—Mmm…, no sé. ¿Thor, quizá?

—Anda que no has salido a tu madre…

—¿A ella también le gusta?

—Le gusta Wonder Woman.

—Ah, sí, esa también está genial.

Papá puso los ojos en blanco.

—Estoy rodeado de enemigos. ¿Y tú, Tyler?

Mi hermano pequeño balanceó las piernas que le colgaban del sillón, pensativo.

—A mí me gusta Thanos.

—¿El malo? —repitió papá, confuso.

—No es tan malo, es que la película se cuenta desde la perspectiva de los otros.

—Ya, pero… mata a mucha gente.

—Es que *hay* mucha gente. Demasiada.

Papá tenía la boca entreabierta, me contempló como si buscara ayuda.

—A ver, sabíamos que a Ty no le gustaría el Capitán América —comenté.

—Ya, ya…

Honestamente, las películas tenían más de veinte años y los

efectos especiales me parecían muy cutres, así que no le presté demasiada atención. Me limité a contemplar la pantalla mientras esperaba que llegara la hora de ir a ver a la abuela Mary.

Justo cuando entrábamos en la fase final de la película, oí la puerta de entrada. Ellie apareció unos segundos más tarde. Como cada día, llevaba una coleta medio deshecha, la cara roja por el ejercicio y la ropa de baloncesto. No estaba muy seguro de qué hacían en ese equipo, pero cada vez volvía de peor humor.

—¿Dónde está mamá? —preguntó. O, más bien, exigió saberlo. Todas sus preguntas sonaban así.

Papá puso mala cara.

—Primero se saluda.

—Hola, familia —ironizó en tono empalagoso antes de volver al anterior—. ¿Y mamá?

—No está —dijo Ty con la mirada clavada en la pantalla—, ¿nunca escuchas cuando te hablan?

—Cuando me hablas tú, te aseguro que no.

—Ya sé por qué sigues sin traerme las velas, entonces.

—Se ha ido de viaje esta mañana —le recordé.

—Ah. —Ellie consideró un instante sus posibilidades, como siempre que algo no salía como ella quería. Ya estaba empezando a fruncir el ceño—. ¿Adónde?

—Le tocaba Milán. Una exposición. Con el cambio horario, creo que estará bien que la llames ahora.

Y ya está. Se marchó con el móvil en la mano, sin dar las gracias ni nada. La seguí con la mirada, torciendo el gesto, y me di cuenta de que papá me contemplaba. Lo hacía con cierta simpatía, y me dio una palmadita en el hombro.

Ellie

Subí las escaleras, dejé la bolsa en la entrada de la habitación y fui a sentarme en la alfombra. Mamá era el único contacto que solía usar, así que la encontré enseguida.

Tras unos segundos de mirarme a mí misma en la pantalla del móvil, por fin oí una campanita alegre y la cara de mamá apareció ante mí. Estaba sentada en un vehículo, probablemente un taxi, y se colocaba los auriculares para oírme mejor.

—¡Ellie! —exclamó con una sonrisa—. ¿Cómo estás? ¿Qué tal el equipo nuevo?

—Estoy bien. El equipo…, bueno…

Su sonrisa se transformó en una mueca de preocupación.

—¿Qué ha pasado?

—Nada. A ver, ahora estoy en el equipo, sí…

—¿Y no te hace ilusión?

Bajé la mirada y, con la mano libre, empecé a juguetear con los cordones de mis zapatillas.

—¿Ellie? —insistió mamá.

—Es que… los del equipo no son muy simpáticos. Ni siquiera el entrenador.

—¿Te han dicho algo?

Más bien, qué *no* me habían dicho.

Quizá con otra persona no me atrevería a admitir que quería rendirme, pero ella era mi madre. Y mamá siempre entendía por lo que estaba pasando, aunque ella nunca hubiera experimentado nada similar. No tenía que preocuparme por ser la fuerte o por decepcionarla al no cumplir las expectativas que me había impuesto a mí misma. Mamá, simplemente, lo entendía.

—¿Qué te dicen? —insistió, ahora un poco molesta.

—Que por ser una chica no debería entrar, que estorbo… Ni siquiera me dan sitio en los juegos o en los vestuarios. Me hacen el vacío a propósito. ¡Y ya sé que solo ha pasado una semana! Pero, aun así…

Mamá analizó lo que le había dicho. Por la ventanilla del taxi podía ver las calles de Milán pasando a toda velocidad. Me habría gustado estar con ella. Siempre nos invitaba a todos, pero con los años habíamos dejado de acompañarla.

Esos días, sin embargo, no me parecía una mala idea. ¿Sería muy tarde para abandonarlo todo y subirme a un avión?

—Mira, Ellie —dijo entonces—, lo que te están haciendo, desgraciadamente, es muy común. Pero no puedes dejar que te influya tanto como para abandonar algo que te gusta.

—Pero ¡no quiero pasarme el día así!

—Hay imbéciles por todos lados. En todos los trabajos y en todas las actividades del mundo. ¿O te crees que yo no me encuentro con ninguno en mi trabajo? Lo hago continuamente. ¿Y por eso lo voy a dejar? Pues no. Porque es mi trabajo, es lo que me gusta y no voy a dejar que nadie me impida hacerlo. Sé que es muy difícil aplicarlo en ciertos casos, pero, Ellie…, puedes elegir. O te retiras y te vienes conmigo, que sabes que siempre eres bienvenida, o te plantas ahí y haces que te respeten.

Sabía que tenía razón y que, por mucho que decidiera marcharme, continuaría encontrando dificultades en cualquier lugar. Quizá lo mejor era seguir intentándolo. O ir a los entrenamientos procurando estar a mi aire, pasando de los demás. También era una opción.

Solté un suspiro y asentí.

—Vale, me quedo —murmuré.

—Claro que sí —me sonrió—. Y, si te siguen molestando…, ¿no hay nadie simpático con quien puedas estar? Seguro que alguno habrá.

—Bueno, hay dos que no parecen muy malos. Se llaman Oscar y Tad.

—¿Lo ves? Puedes estar con ellos. Y seguro que los demás no son tan malos.

—Bueno, uno de ellos es el vecino…

Mamá abrió mucho los ojos, entusiasmada.

Oh, oh.

—¿Víctor?

—Sí…

—Pero ¡si es un encanto!

Tuve que contenerme para no rechinar los dientes.

—No tanto.

—Oh, Ellie, no seas mala.

—Es que me cae mal.

—Pues yo creo que siempre le has gustado.

—Si tú lo dices…

—Todas hemos estado un poco ciegas alguna vez. Si se lo preguntas a tu padre, seguro que te dice que yo también lo estaba.

Sonreí un poco, a lo que ella retomó la conversación:

—Inténtalo otra vez, vamos. El baloncesto te encanta, no dejes que te lo quiten tan fácilmente.

Las palabras de mamá terminaron convenciéndome y, aunque seguía sin estar del todo segura, decidí darle otra oportunidad.

Jay

Antes de llegar a casa de mi abuela, había decidido hacer una paradita en un supermercado para comprarle otra vez sus dulces favoritos, unos que estaban hechos de miel y chocolate. A mí, que no me gustaba el dulce, me parecían asquerosos.

Nunca habrá peleas para ver quién se come más.

Con los dulces en el asiento del copiloto, avancé por la ciudad hasta la zona de fábricas, que habían sido abandonadas muchos años atrás y que, poco a poco, habían ido rehabilitando para expandir un poco la zona urbana de la ciudad. Ahora contaba con espacios verdes y pequeños puestos locales, cosa que a mi abuela le encantaba.

Abrí la puerta del garaje con el mando y, como cada día, aparqué en mi lugar habitual.

Menos mal que me fijé y frené a tiempo, porque no me esperaba la enorme moto amarilla que había justo en medio.

Mmm...

Detuve el coche justo a tiempo para no chocar y me quedé mirándola, confuso. ¿Quién...? Oh, claro. Nolan.

Me bajé del vehículo —ahora, mosqueado— y me planté al lado de la moto con los brazos en jarras. No sabía qué hacer. Meterle una patada parecía una opción, pero era más propia de Ellie que mía, además, luego me sentiría fatal. Así que, en su lugar, me quedé contemplándola.

Efectivamente era amarilla. De un tono chillón, por si no fuera suficiente. Tenía abalorios hechos de cuerda colgados en el manillar y el asiento trasero, y junto a la rueda había una pegatina que rezaba: «*Cuidado, felicidad al volante*». Casi me entró una arcada.

Tras meditarlo unos instantes, pensé en mover la moto. Sin embargo, luego me di cuenta de que no me apetecía. Lo que quería era que él bajara y la moviera, ya que era él quien la había puesto en medio de mi camino. Así que cogí el móvil y marqué el número de la abuela.

—¡Hola, Jay! —me dijo alegremente—. ¿Va todo bien?

—No.

—¿Cómo?

—¿Me explicas qué hace una moto fea en mitad de mi aparcamiento?

—Ah, eso. —Se alejó un momento del móvil. Sonaba divertida—. Querido, ¿puedes bajar a mover un poco la moto? Así podrá aparcar.

—Claro, Mary.

¿«Mary»?, ¿«querido»? ¿Por qué de repente se tenían tanta confianza?

—Ya está de camino —dijo ella, de nuevo dirigiéndose a mí.

—Sí, lo he oído.

—Cuida ese tono, jovencito, que eres muy guapo como para estar todo el día enfadado.

—Mmm...

La abuela colgó y me quedé de brazos cruzados esperando a Nolan. Apareció un rato más tarde, me sorprendió que lo hiciera por las escaleras y no por el ascensor. Ese día llevaba puesta otra camisa muy suelta, solo que tenía las mangas recortadas con tijeras y un estampado naranja de monos dando piruetas. Sus vaqueros cortos volvían a estar llenos de agujeros y se había dejado suelto el pelo largo, a la altura de los hombros.

Supuse que se daría cuenta de que no estaba para sonrisitas; aun así, vino con mucha alegría.

—¡Hola de nuevo! —exclamó.

—Tu moto me molesta.

—Perdona, tío, no sabía que el lugar estaba reservado.

—Pues lo está. Y no soy tu tío.

Se detuvo a medio paso, me contempló con las cejas enarcadas y finalmente se decidió a moverse. Hice hincapié en observar todos sus movimientos para que supiera que no le dejaría ni un respiro, y él fingió que no se daba cuenta. O eso o le importó un bledo.

Apuesto por la segunda.

Nolan quitó el seguro de la moto y la movió a un lado, de forma que yo tuve espacio más que suficiente para aparcar. Y eso hice, claro. Una oleada de inseguridad me recorrió el cuerpo ante la posibilidad de hacerlo mal y que me juzgara. Pero, aunque no se había movido, tampoco prestó demasiada atención al coche.

Bajé, cerré la puerta y me quedé contemplándolo con la barbilla bien alta. Él enarcó una ceja con curiosidad, pero no dijo nada. Y yo tampoco.

Debió de adivinar que eso iba para largo, porque entonces señaló por encima del hombro.

—¿Te gustan las motos?

—No.

—Oh, ¿eres más de coches?

—No.

—¿Entonces?

—Me gusta andar.

—Ah, a mí también.

—Pues vale.

Con esa última frase, ya había empezado a encaminarme hacia el ascensor. Una parte de mí creyó que él volvería a utilizar las escaleras, pero se plantó a mi lado con una sonrisa. Cualquiera diría que mis rechazos constantes le daban igual.

—No eres muy hablador, ¿eh? —comentó con diversión.

—Mmm…

—Tu abuela ya me lo ha comentado.

—¿Qué te ha comentado? —pregunté enseguida, a la defensiva.

—Nada malo, tío, tranqui.

—Sigo sin ser tu tío.

—Dijo que no te gustaban mucho los cambios —añadió, ignorando mi comentario—. Veo que tiene razón.

Por el tono, no parecía decirlo con mala intención. Yo, sin embargo, me lo tomé muy mal.

—¿Y qué quieres decir con eso?

—Nada, que no tienes por qué preocuparte —aseguró—. Después de todo, yo no te voy a sustituir. Solo estoy aquí para apoyar lo que tú siempre has hecho.

—No necesito que me digas eso. Ya lo tengo muy claro.

Por suerte, el ascensor llegó justo en ese momento. Me subí yo primero y pulsé el botón a toda velocidad, deseando que se cerrara cuanto antes. No sirvió de mucho, subió a mi lado. Al ver que lo miraba, me dirigió una sonrisa que no le devolví.

Ellie

Pese a haberme duchado, todavía conservaba esa sensación de suciedad que siempre me acompañaba después de hacer ejercicio; a pesar de que, en mi horario de ese día, también tenía apuntado hacer unos largos en el lago del jardín.

Todavía en mi habitación, abrí la libretita rosa y taché todo lo que ya había hecho. Lo único que me faltaba era prepararme la cena. Sencillo.

Ya con el pijama puesto, bajé las escaleras de dos en dos, intentando no matarme en el proceso. Papá y Tyler estaban otra vez en el salón, en esa ocasión el primero tecleaba en su portátil y el segundo estaba buscando vídeos de yoga en la tablet.

—¿Qué vamos a cenar? —pregunté.

—Hay pizza —informó papá sin levantar la mirada.

No me molesté en ocultar el suspiro. En cuanto mamá se iba, se encendía una luz verde para traer cualquier tipo de comida basura a casa. Y no me gustaba en absoluto. No encajaba en mi agenda.

—Me prepararé algo más sano —informé.

—¿No vas a preguntar si alguien quiere?

—*Sé* que nadie quiere.

—¡No toques mi comida! —advirtió Ty en cuanto empecé a alejarme.

Su comida era una balda de la nevera repleta de productos de nombre impronunciable. Los recomendaban en el blog de meditación y bienestar que seguía todos los días. ¿El dueño del blog? Uno que decía que la verdadera felicidad estaba en la sencillez, aunque él vivía en una mansión de cinco pisos.

Decidí tirar por el camino fácil y me preparé una ensalada con pechugas de pollo a la plancha. Mientras esperaba que se hicieran, empecé mi especialidad: cotillear a la gente por internet. Me encantaba tener a todo el mundo controlado, aunque luego no hiciera absolutamente nada con la información.

Di un respingo al recibir un pellizco en el hombro. Papá acababa de pasar por detrás de mí y se asomó para ver qué me preparaba.

—¿Ensalada? Uf…

—Hay que comer de todo.

—También hay que ser felices, ¿eh?

Le puse mala cara, y entonces me di cuenta de que estaba poniendo platos y vasos sobre la isla de la cocina. Ty también había entrado, y seguía tecleando en su tablet en busca de nuevos conocimientos.

Jay llegó casi a la vez que las pizzas y fue directo a sentarse en su lugar. No estaba muy segura de qué le había pasado, pero estaba claro que se sentía molesto por algo. Dio un mordisco furioso a una pizza y, acto seguido, la masticó con toda su rabia.

—¿Todo bien? —le preguntó papá, que también se había dado cuenta.

—Sí.

—No lo parece.

—Pues está todo bien. La abuela tiene un cuidador nuevo que le encanta; así que genial.

—¿Estás celoso? —pinché con una sonrisita malvada.

Jay dejó de masticar y entrecerró los ojos en mi dirección.

—No. Y da las gracias que te cuente cómo está, porque si dependiera de que tú fueras a verla...

Oh, golpe bajo.

Fruncí el ceño casi al mismo tiempo que papá hacía un gesto de «Corten» entre nosotros. Ambos nos volvimos hacia el plato. No sé quién estaba más molesto.

—Idiota —murmuré.

—Ya basta —advirtió papá—. Ellie, come. Y tú, trágate la pizza que tienes en la boca, que ya debe de estar enfriándose por ahí dentro.

Jay no pareció muy convencido con la orden, pero hizo lo que le decía. Yo también, claro. El único ruido que nos interrumpió un rato fue el de mi lechuga mientras me la comía.

Papá no se llevaba muy bien con los silencios incómodos, así que, tras echarnos una ojeada, decidió tirar por un camino más fácil.

—¿Qué tal tu día, Ty? —quiso saber.

Mi hermano pequeño —que no era la persona más sociable del mundo— lo miró como si le hubiera salido una segunda cabeza. O eso o como si el hecho de preguntárselo fuera algo terriblemente maleducado.

—Bien.

—¿Qué haces con la tablet?

—Busco el perfil de Omega del maestro que he encontrado.

—¿El perfil de qué?

—La red social que usa todo el mundo, papá —le aclaré.

—Pero ¿eso no era Instagram?

Jay y yo nos reímos a la vez, sin mirarnos.

—A ver, ¿qué es tan gracioso? —preguntó nuestro padre, ofendido.

—Hace como… veinte años que nadie usa Instagram, papá —dijo Jay, casi sintiéndose mal por recordárselo.

—¿Y qué?

—Que es para viejos —recalqué sin tanta sensibilidad como mi hermano—. Actualízate.

—Gracias por llamarme «viejo».

—Es que dices cosas de viejo.

—Pero ¡tengo el espíritu muy joven!

Tyler soltó una palabrota en voz alta —no encontraba el perfil—, y toda la atención de nuestro padre se volvió hacia él. Aproveché para mirar a mi hermano mayor, que estaba claramente afectado por alguna cosa. Enarqué una ceja de forma inquisitiva, a lo que él negó con la cabeza. No quería darme explicaciones.

Mientras papá regañaba a Ty por las palabrotas, yo volví a centrarme en la cena.

4

Pañuelos voladores

Jay

Nunca he tenido días de la semana favoritos, pero si tuviera que escoger, podría ser el martes. Sobre todo, durante el verano, ya que era el único día en el que todos mis amigos libraban y podíamos vernos en la playa.

Algunos de ellos eran conocidos de instituto, mientras que otros habían ido apareciendo por el camino. Después de casi seis años jugando al fútbol, había tenido tiempo de sobra para intimar con los compañeros del equipo. Pensé que, pese a dejarlo, todos ellos permanecerían en mi vida. Resultó no ser así para la gran mayoría de ellos. El contacto se fue perdiendo con todos, menos con Fred.

Con Freddie, hasta el infinito y más allá.

Esa mañana llegué a la playa a las once. En mi grupo había dos tipos de personas: quienes llegaban cuando acordábamos y quienes llegaban siempre veinte minutos tarde. Dentro del primer grupo estábamos yo, Lila y Diana, mientras que en segundo contaban Fred y Beverly.

Cuando me acerqué a nuestro rincón de siempre, Lila y Diana ya estaban sentadas sobre sus toallas. Solíamos encontrarnos en una playa que quedaba a veinte minutos en coche de mi casa, pero que estaba muy cerca de las suyas. Fred incluso venía andando.

Se trataba de un lugar bastante grande pero relativamente íntimo, y nosotros siempre nos quedábamos en la parte de las rocas porque era la más vacía.

—Hola, chicas —saludé, dejando mis cosas junto a las suyas.

Ambas se volvieron hacia mí a la vez. Desde que habían empezado a salir juntas, tenían la mala costumbre de hablar, moverse y prácticamente respirar a la vez. Un poco tenebroso para mi gusto, sí.

Físicamente, sin embargo, eran dos polos opuestos: Diana era alta, de pelo oscuro y corto, tez morena y aspecto risueño, mientras que Lila era mucho más bajita, curvilínea, de tez muy pálida y pelo largo y rubio. Antes también vestían de formas muy diferenciaditas, pero eso había cambiado con su relación. No estaba muy seguro de en qué punto habían empezado a hacerlo, pero habían llegado a la sólida conclusión de que necesitaban vestirse a juego. Y lo hacían. Fred fingía arcadas cada vez que le tocaba presenciarlo.

Todos lo hacemos.

—Buenos días. —Lila, sentada sobre su toalla de rayas, me contempló con los ojos entrecerrados—. ¿Has dormido mal? No tienes muy buena cara.

Me dejé caer a su lado y, como un crío, me abracé las rodillas y apoyé el mentón en ellas. Lila y Diana intercambiaron una mirada un poco preocupada y esta última me dio una palmadita en el hombro.

—¿Todo bien, Jay?

—Sí, sí… Es lo de siempre.

Lo de siempre era una mezcla entre frustración por los cambios, incapacidad de ordenar mi vida y ganas de morirme.

Un surtido muy equilibradito.

Lila hizo un puchero, como siempre que alguien estaba mal, y rodó como una croqueta sobre la toalla para sentarse a mi otro lado, de modo que quedé entre ambas. Por supuesto, las dos empezaron a darme arrumacos.

—¡Pobre Jay, que está frustrado con la vida! —exclamó Lila mientras me apretujaba.

—Oye, que tampoco es eso.

—Todos estamos un poco frustrados con la vida —aseguró Diana—. No pasa nada.

—Que no es la vida —insistí—. Es que…, joder, ¿no se supone que a estas alturas ya debería saber a qué me quiero dedicar? Tengo veinte años, no doce, y me he metido en dos carreras que no me han gustado. ¿Y si no me gusta nada?

—Algo te gustará —dijo Diana enseguida.

—¡O no! ¿Y si me muero sin destacar en nada? ¿Y si nunca llego a tener una habilidad mínimamente aceptable?

—¿Y si morimos todos mañana por una bomba nuclear? —Lila se llevó una mano al corazón.

—No tiene gracia…

—Ya, ya lo sé. Lo digo para que veas lo absurdo que es preocuparse de eso. ¿Tú crees que Fred piensa alguna vez en esas cosas?

Lo consideré un momento. No imaginaba que Fred —la persona que terminaba lanzándose a las piscinas desde un segundo piso en todas las fiestas— fuera a preocuparse demasiado por nada.

—No…

—Exacto, porque le da igual. Y mira lo feliz que es.

Sabía que tenía razón; aun así, me quedé callado.

Diana sonrió sin añadir nada. Era la última incorporación del grupo y debía de sentirse un poco intrusa, como una extra. A mí no me lo parecía; de hecho, me caía genial. Pero entendía que meterte en un grupo de amigos que se conocían desde hacía muchos años no podía ser fácil, y que por eso prefería mantener un perfil bajo. Sobre todo, cuando Beverly estaba presente.

Conocí a Di cuando ya salía con Lila, y la noticia me pilló muy por sorpresa. Más que nada, porque Lila solo había tenido una pareja en su vida, y todos sospechábamos que seguía enamorada. Habían cortado mucho tiempo atrás, sí, pero hay cosas que no se pueden fingir.

¿He mencionado ya que esa pareja era Fred? Sí, *ese* Fred. El de nuestro mismo grupo de amigos.

Qué endogámicos son los jóvenes hoy en día.

En resumidas cuentas… Lila estaba enamorada, Fred no; Lila quería hacer planes cada día, Fred no; Lila pensó que sería para toda la vida, Fred no; Lila quedó destrozada con la ruptura… y, bueno, Fred no.

No es que Fred fuera un desalmado o un idiota que pasara de ella. De hecho, hizo todo lo que pudo para suavizar el golpe. Su problema había sido la sorpresa de que, tras una noche en la que ambos se acostaron juntos, Lila asumió que estaban saliendo y él no. ¿Podría Fred haber hablado con ella? Totalmente. Pero lo pospuso y, a medida que fue pasando el tiempo, se complicó más y más.

Todo eso había pasado a nuestros diecisiete años y, a los veinte, seguíamos pensando que Lila estaba enamorada de él. Por eso lloraba cada vez que él decidía enrollarse con alguien delante de ella. Y por eso nos sorprendió tanto que, después de irse de vacaciones con su familia, volviera diciendo que le gustaba la hija de una amiga de sus padres. Y ahí entró en juego Diana.

Bev decía que Diana no era más que un parche para poner celoso a Fred. Este último apenas le daba importancia. ¿Qué creía yo?, te preguntarás. Pues no estaba muy seguro, pero no me sentía bien hablando de Lila a sus espaldas. Si algún día ella decidía consultármelo, ya le aconsejaría lo que me pareciera mejor.

De todas formas, Diana no sabía nada de la relación de su novia con Fred; yo sospechaba que así seguiría. Mejor no sacar el tema.

—¿Mejor? —preguntó Lila, devolviéndome a la realidad. Todavía achuchándome.

—Sí… Gracias, chicas.

—No las des. —Diana me dio una última palmadita y volvió a sentarse correctamente—. Estamos aquí para eso.

—Aunque sospecho que hay algo más —añadió Lila.

—Bueno… —Lo consideré unos instantes, pensando en si la presencia del innombrable me afectaba hasta el punto de querer contárselo a mis amigas—. Hay alguien nuevo cuidando a mi abuela. Parece que se llevan bien.

Diana parpadeó, confusa.

—Se supone que eso es algo bueno, ¿no?

—Sí…, debería…

—Está celoso —le susurró Lila.

—¡No son celos! Es…

No supe cómo seguir y agradecí que no insistieran, porque no estaba muy seguro de si quería terminar la frase. Lo único que tenía claro era que nada de aquello me gustaba.

—Pues nosotras tenemos algo que contarte —añadió Lila con una sonrisita sugerente. Diana se la devolvió.

Oh, oh.

—Si es una guarrada —supliqué—, censuradla.

—No es eso, idiota. Es que voy a conocer a su madre.

—Bueno, ya la conoces —aclaró Diana—. Se refiere a que la presentaré como mi novia. Así, de forma oficial.

—Oooh. ¿Cuándo?

—Hoy mismo. —La voz ilusionada de Lila hizo que se me relajaran un poco los hombros. Me gustaba ver así a mi amiga, después de que lo pasara tan mal—. Esta tarde, de hecho.

—Veremos qué tal —añadió Diana en un susurro.

—Seguro que bien —opiné—. Si ya conocen a Lila, el peor trabajo está hecho.

—Oye, ¿se puede saber qué insinúas con eso?

Mientras Diana se reía y ella se cruzaba de brazos, yo decidí callarme. El resto de mis amigos se acercaba por el caminito de la playa.

Ellie

Qué asco, estaba sudando como un pollo.

No entendía quién le había dado potestad al entrenador para ordenar ejercicios cuando él, claramente, había hecho muy poquitos. Seguro que no sabía ni el nombre de un solo músculo. Pero ahí estábamos. Y no se había cortado en absoluto, porque todos resoplábamos del agotamiento.

Por lo menos, nuestro querido profesor había tenido un momento de lucidez al mover los entrenamientos a la tarde, ya que el sol no daba directamente sobre el gimnasio. Eso de no sentirse como en una sauna resultaba agradable.

Como cada día, habíamos hecho sentadillas, lanzamientos, chocado codos…, lo típico. Y mi cansancio no era por falta de entrenamiento —por mi cuenta, entrenaba continuamente—, sino porque estaba demasiado descompensado. No podía pretender que lo diéramos todo cada día y sin parar. Sin descanso, era imposible.

Cuando hizo sonar el pitido, dejé de correr de golpe y me apoyé sobre las rodillas, tratando de recobrar el aliento. El entrenador se había plantado justo fuera del campo con una bolsa de galletitas saladas en la mano. Entrecerró los ojos de forma amenazadora.

—No os hagáis ilusiones, que todavía vamos por la mitad.

—¿«La mitad»? —repitió Eddie sin aliento.

—Eso he dicho.

Al pasar por su lado, Tad contempló la bolsa de galletitas con desesperación.

—¿Me da una?

—No. Cállate.

El hombre se quedó mirando la cancha en la que entrenábamos, pensativo, hasta que por fin llegó a una conclusión. Se volvió hacia la sala donde guardábamos todo el material de clase y la señaló con una galletita.

—Ve a por los pañuelos —ordenó al aire, sin señalar a nadie en concreto.

Tras unos instantes de duda, Víctor y Oscar suspiraron y fueron hacia allí.

—Vamos con los pañuelos… —Oí que comentaba Marco, riendo.

Y tuve la impresión de que la burla iba hacia mí.

—… Alguien va a llorar a los dos minutos.

—Nah. —Eddie sacudió la cabeza—. Le has dado demasiado tiempo. Un minuto.

—Mejor treinta segundos.

Si no hubiera tenido la respiración atascada en medio de la garganta, quizá habría respondido. Me incorporé lentamente, acalorada, cuando Víctor y Oscar volvieron con la famosa bolsa de pañuelos. Eran todos de color rojo.

—Pues ya sabéis cómo funciona esto —dijo el entrenador.

—Yo no lo sé —remarqué.

—Pues aprende.

Gran entrenador, mejor persona.

Cuando fue a sentarse a las gradas, lo seguí con la mirada. No podía contener mi indignación. ¿Para eso le pagaban?

Si es que alguien le paga.

Busqué con la mirada entre mis compañeros, pero ninguno parecía muy dispuesto a ayudarme. Tad estaba ocupado entrando en pánico, Víctor rebuscaba en la bolsa de pañuelos, Eddie y Marco entrenaban juntos…

Al final, mi única posibilidad fue Oscar, que intercambió una mirada conmigo y soltó un suspiro.

—Vaaale… Ya te lo explico yo.

—Gracias.

—Solo es un juego —aclaró, haciendo botar el balón—. Todo el mundo se pone el pañuelo en la cintura del pantalón, como si fuera una colita. Luego hacemos dos equipos de tres. Es tan fácil como intentar robarle el pañuelo a los del equipo contrario sin que te roben el tuyo.

Mientras veía que Eddie y Marco se colocaban el trozo de tela, tragué saliva.

—Suena muy fácil, pero dudo que lo sea…

—No lo es. —Oscar estuvo a punto de reírse ante mi cara de espanto—. Si consiguen robarte tu pañuelo, tienes que salir del campo y solo puedes volver a jugar si uno de tus compañeros roba otro y te lo da. Gana el equipo que deje sin pañuelos al otro. ¿Sabes qué significa eso?

—¿Que va a ser muy divertido?

—Que la gente se pone violenta —aclaró tranquilamente, haciendo girar la pelota sobre el índice—. Hay empujones y golpes por tooodas partes.

—Ah, muchas gracias… Me dejas muy tranquila.

—Me has pedido instrucciones, no consuelo.

—Espera —se me ocurrió de repente—, si hasta ahora erais cinco… ¿Cómo jugabais a esto? Los equipos habrían quedado impares.

—Tad nunca jugaba. Siempre éramos Víctor y yo contra Marco y Eddie. Hoy será su gran estreno.

Ya entendía mejor la cara de pánico del pobre Tad, que ahora se colgaba el pañuelito con dedos temblorosos. Y era comprensible, porque Eddie y Marco no dejaban de mirarlo fijamente. Estaba claro que sería su primer objetivo.

Muy egoísta, me alegré de que al menos no fuera yo.

—Así que los dos seremos novatos —deduje en voz baja.

—Sí. Disimula esa alegría, que nos la contagias.

Víctor se acercó a nosotros para ofrecernos la bolsa de pañuelos y recogí el mío sin mirarlo a la cara. Lo colgué como una colita. Aunque no me gustara admitirlo, el gesto me puso un poco nerviosa.

¿Por el juego o por Víctor?

—¿Podemos empezar? —gritó Marco al entrenador.

—¿Cuáles son los equipos?

Hubo un momento de silencio. Marco fue el primero en reaccionar y agarrar el brazo de Eddie para acercárselo. Tad parecía demasiado asustado como para moverse, yo no sabía qué hacer y Oscar seguía rodando la pelotita con tranquilidad.

El único que intentó moverse fue Víctor, pero Marco también le enganchó el brazo y lo atrajo a su lado.

—¡Equipos hechos! —anunció alegremente.

Así que éramos Oscar, Tad y yo… contra esos tres gigantes.

Suerte cuando llegues al infierno.

El entrenador no debió de verlo muy compensado, pero se limitó a encoger los hombros y a gesticular para que empezáramos.

Para su desgracia, yo era incapaz de dejarlo pasar.

—¿No le parece un partido un poco injusto? —pregunté, adelantándome un poco.

—¿Eh?

—Está claro que los equipos están descompensados. Tad y yo nunca hemos jugado, entrenador. ¿No sería más justo poner a dos jugadores experimentados con uno inexperimentado? Así podríamos…

—¿Tanto miedo te damos, Ally? —preguntó Marco entonces, divertido.

—Si lo que quieres es librarte de Tad —añadió Eddie, a su lado—, solo tienes que decirlo.

Me volví enseguida hacia el aludido. No pretendía librarme de él, ni mucho menos, y me preocupó que lo malinterpretara. Sin embargo, estaba tan centrado en su pánico que apenas nos prestaba atención.

—Tad es mucho mejor compañero que vosotros tres juntos —espeté en voz baja.

Víctor, por su parte, dio un respingo.

—Pero ¿se puede saber qué he hecho yo?

—¡Existir!

—¡Si no he dicho nada!

—Los equipos ya están hechos —concluyó el entrenador, poco interesado en la situación—. Empezad de una vez y dejad de perder el tiempo.

Al pitido del silbato todos nos giramos de golpe para no dar la espalda a ningún rival.

Espera, ¿ya habíamos empezado?

Contemplé a mis dos compañeros. Tad se preparaba para salir corriendo en caso de emergencia, mientras que Oscar había soltado el balón de baloncesto para centrarse mejor, aunque no estaba muy preocupado. Marco era el único que parecía metido en el juego. Les dijo algo en voz baja a sus compañeros y, casi al instante, Víctor fue directo hacia Oscar, Eddie hacia Tad… y él hacia mí.

Genial.

Los únicos que parecían pasárselo bien eran Víctor y Oscar, que daban círculos y se picaban entre sí, riendo y charlando. Luego estaba Tad, que correteaba como un loco con Eddie pisándole los talones.

Y, finalmente…, Marco y yo.

A ver, no era el más grandullón del equipo, pero a su lado yo era muy pequeñita. La lucha estaba descompensada y ambos lo sabíamos. De ahí su sonrisa malvada y mis labios apretados con frustración.

Plantado delante de mí, solo pude oler su desodorante carísimo y verle el pelo perfectamente engominado para que no se le saliera un solo mechón. Me pregunté qué aspecto tendría yo y supe, al instante, que no sería ni la mitad de bueno. No podía ganarlo ni en eso.

—Vamos, Ally —me picó, arqueando las cejas—, si me das el pañuelito, esto acabará más rápido.

Intentó colarse por mi izquierda y yo me moví al instante.

—Es un juego —mascullé—, se supone que tengo que ponértelo difícil.

—No cuando está tan claro quién ganará.

Intentó colarse —esa vez por la derecha— y yo pisé la línea del exterior sin querer. ¿Estaba eliminada si salía? Prefería no arriesgarme a descubrirlo.

El breve momento que me tomé para recuperar el equilibrio fue suficiente para que Marco me eliminara. Noté que el pañuelo desaparecía y, por si eso fuera poco, me caí de culo al suelo. Al levantar la cabeza, me pareció que era mucho más alto de lo habitual.

—Ha sido más rápido de lo que pensaba —confesó, riendo, y se marchó con mi pañuelito.

Cabrón.

Esa boquita.

Me quedé sentada un momento más. Ya resultaba triste ser la primera eliminada, pero más cuando todo el mundo hacía de testigo. Solté un suspiro y me incorporé. Solo quedaba esperar a que alguien me salvara, aunque lo veía poco probable.

Por lo menos, mi soledad de eliminada duró poquito. Alguien apareció apenas unos segundos después y se plantó a mi lado. No era Tad, sino Víctor. Acababan de eliminarlo también a él.

Como estaba muy concentrado en el juego de los demás, aproveché para echarle miraditas por el rabillo del ojo. Si lo descubrió, fingió no hacerlo. Teniendo en cuenta su rapidez, me pilló muy desprevenida que fuera el segundo eliminado. Podría ganarnos a todos si así lo quisiera. Simplemente supuse que Oscar era más listo que él.

Los que seguían jugando, por cierto, no descansaban. Oscar corría con el pañuelito al aire, divertido, y aunque intentó llegar a mí para salvarme, se chocó de frente con Marco. Este, por supuesto, quería salvar a Víctor. Ambos se quedaron sentados en la cancha, medio desorientados, hasta que reaccionaron a la vez y empezaron a perseguirse.

No los perdí de vista hasta que Tad —en modo pánico— pasó corriendo frente a nosotros. Eddie lo hizo apenas unos segundos después. A ambos les caían gotas de sudor por la cara.

—No me gusta este juego —dije en voz baja.

Víctor me echó una breve ojeada, pero enseguida volvió a centrarse en los demás.

—Solo te gustan los juegos en los que ganas.

—Podría ganar este.

—Pues estás eliminada. A mí me ha eliminado Oscar, que es muy bueno. A ti te ha eliminado Marco, que es… Marco.

—Cállate.

—Cállate tú, que has empezado la conversación.

—Cállate tú.

—No, tú.

—Tú.

—Tú.

—¡Tú!

—¡TÚ!

—¡¡¡TÚ!!!

—¡¡¡TÚ!!!

Iba a seguir, pero me interrumpí a mí misma cuando dos pañuelos volaron directos hacia nuestras cabezas. Tanto Víctor como yo los pillamos por inercia, entonces vimos como Oscar y Marco pasaban corriendo por delante de nosotros.

Nos acababan de salvar. Lo que significaba… que tenía dos opciones: podía huir como estaba haciendo Tad o podía enfrentarme a Víctor.

Y pensábamos que tener a Marco era mala suerte.

Intercambiamos una mirada y, pese a que ambos tardamos unos instantes en reaccionar, dimos un respingo y nos colocamos los pañuelos. Después giramos los cuerpos a la vez, cada uno salvaguardando el acceso a su propia espalda.

—La cosa se pone interesante —comentó Víctor en voz baja.

No supe qué decirle. Estaba nerviosa. Era una chorrada de juego, pero Víctor era mejor jugador que Marco y resultaría más difícil eludirlo. Mi orgullo estaba en juego. No podía permitir que volvieran a eliminarme en cuestión de segundos.

Valoré mis posibilidades y bajé la mirada a su pañuelo, que asomaba por uno de los lados de su cuerpo. Víctor viró para bloquearme la vista. Tenía los brazos un poco extendidos y las rodillas flexionadas. Sabía perfectamente lo que hacía.

No podría robárselo en la vida, ¿verdad?

Verdad.

Solo me quedaba una opción.

Ajá.

Le di un empujón en el pecho y, aprovechando el pequeño momento que tardó en equilibrarse, salí corriendo en dirección contraria.

—¿Qué…? ¡¡¡OYE!!!

Empezó a perseguirme, así que aumenté el ritmo y, cuando estaba a punto de salirme del campo, giré en redondo y continué en la otra dirección. Cuando él también dio media vuelta para seguirme, oí el rechinar de sus zapatillas sobre la cancha.

—¡Deja de correr! —protestó por ahí atrás.

—¡Deja de perseguirme!

—¡Cobarde!

—¡Cansino!

Oscar estaba con Marco en medio de mi camino y, como no llevaban ninguna intención de apartarse y yo andaba corta de tiempo, no me quedó otra que agacharme y gatear bajo sus brazos. Luego, cuando quise incorporarme, estuve a punto de caerme de morros contra el suelo. No sé cómo me las apañé para seguir corriendo.

Oí sus protestas seguidas de un estrépito cuando Víctor hizo exactamente lo mismo. Había chocado contra Marco y estaban ambos en el suelo. Me giré para mirarlo y, al ver lo irritado que estaba, solté una risita y retomé mi plan de escape.

Sin embargo, no pude reírme mucho tiempo. Como me había despistado por culpa del golpe, no vi a tiempo a Tad, que todavía escapaba de Eddie. Su chillido de advertencia casi me hizo reaccionar, pero fue demasiado tarde. Y el golpe resultó ser un poco humillante. Tad terminó boca abajo en el suelo y yo acabé estirada sobre él.

Todo un cuadro.

Mientras contemplaba el techo y me frotaba las costillas, noté que algo se deslizaba por mi espalda. Por un momento temí que fuera sangre, pero no. Solo era el pañuelo. Eddie se había agachado para robárnoslo a ambos.

—¡Los tengo! —chilló, entusiasmado.

Al otro lado de la cancha, Marco se estiró en el suelo para quitarle el suyo a Oscar, que estaba demasiado ocupado mirándonos como para darse cuenta.

—¡Hemos ganado! —exclamó Eddie, emocionado, y empezó a correr alrededor del lugar con sus dos pañuelos en la mano.

Mientras tanto, el entrenador sacudía la cabeza desde las gradas.

—La partida más lamentable que he visto en mi vida.

Jay

Como casi siempre, Beverly y Lila me preguntaron si podía llevarlas de vuelta a casa, así no tenían que ir andando tras pasar toda la tarde en la playa. Por consiguiente, Diana también iba con nosotros. Ella estaba atrás con su novia, mientras que Beverly había decidido sentarse delante conmigo.

Y la tensión… era palpable, la verdad.

Eché una ojeada a Bev, que se contemplaba las uñas con aburrimiento. Era una de esas personas que había encontrado un estilo propio a los catorce años y que nunca había necesitado la opinión de otro para terminar de explotarlo. Le gustaba la ropa negra —pero también los brillantes—, los pantalones ajustados —pero también las medias rotas—, las botas con plataformas vertiginosas —pero también las zapatillas— y que su pelo estuviera teñido según el humor que le diera ese día. Como uno de sus padres era peluquero, cumplir con esa parte resultaba relativamente fácil.

Ese día, por cierto, le tocaba una mezcla de rosa y lila bastante curiosa.

—¿Podemos poner música? —preguntó ella con impaciencia—. ¿O vamos a estar todo el viaje en silencio?

No quise decirle que la razón del silencio era ella, aunque vi que Diana y Lila intercambiaban una mirada. Cuando hablaban, Bev trataba a Diana como si fuera un aditivo malo para el grupo, Lila se enfadaba con ella y Diana se ponía triste. Si teníamos que elegir entre eso o el silencio, yo prefería la segunda opción.

—Claro, pon la canción que quieras —murmuré, y le di el móvil a Bev. Mientras ella buscaba algo que le gustara, me asomé para mirar por el retrovisor—. Oye, ¿os dejo a las dos en casa de Lila o voy también a casa de Di?

—Las dos en mi casa —informó Lila.

—Sí —asintió Diana. Su voz sonó bajita y medida.

Bev soltó un resoplido burlón, pero no dijo nada. Lila, en cambio, no tenía tan claro que quisiera callarse:

—¿Hay algo que te haga gracia, Beverly? —preguntó.

La aludida seguía buscando canciones que le gustaran. Se encogió de hombros sin levantar la mirada.

—No me estoy riendo.

—¿Y eso que acabas de soltar?

—Oye, ¿no se supone que estáis enamoradas y felices? Porque os noto un poquito a la defensiva.

Lila quiso decir algo más, pero Diana le puso una mano en el brazo y negó con la cabeza.

Por suerte, aparqué el coche al cabo de pocos minutos. Lila bajó sin despedirse. Diana, en cambio, se inclinó para darme un apretón cariñoso en el hombro.

—Gracias por traernos.

—Para eso estoy. —Fue un triste intento de broma, pero nadie se rio demasiado.

Ella sonrió, todavía un poco incómoda, y siguió a Lila, que la esperaba en la puerta del edificio.

Una vez a solas, eché una ojeada a Bev. Ella, como siempre, trató de fingir que no se daba cuenta, pero al final no le quedó más remedio que devolvérmela.

—¿Vas a regañarme? —preguntó.

—No soy tu padre.

Pero casi.

—Y yo no soy psicóloga, pero no me gusta esa chica.

—¿Diana? —Sacudí la cabeza, ahora centrado en la carretera—. Es simpática, divertida y hace que Lila sea mucho más feliz. ¿Qué más quieres?

—Quiero a alguien que encaje en el grupo.

—No puedes controlar con quién nos vemos, Bev.

Ella resopló con desagrado y subió el volumen de la música.

Mientras volvía a arrancar, pensé en lo mucho que solía recordarme a mi hermana pequeña. Ambas tenían algo en contra del mundo y, cuando este no les daba exactamente lo que querían, lo pagaban con cualquiera. La única diferencia era que Ellie lo hacía desde la inseguridad hacia sí misma y Beverly, en cambio, por inseguridad hacia los demás.

Su casa no estaba muy lejos del edificio de Lila, aunque el viaje se me hizo bastante largo. El silencio no era tan tenso como antes, pero ella sabía que yo no estaba de su parte y apenas me miraba. Beverly era así. No solía pedir perdón, incluso cuando sabía que los demás se lo merecían. Y, pese a ello, la consideraba una muy buena amiga.

Finalmente aparqué el coche frente a su casa, un pequeño edificio de dos plantas; en la baja estaba la peluquería de su padre. La de arriba era su casa, y se accedía por unas escaleras que ascendían por el costado.

Beverly estuvo a punto de salir, pero en el último momento se volvió y me miró de reojo.

—¿Quieres entrar?

—¿Quieres que entre?

—Mis padres me preguntarán cómo está su hijo favorito. Mejor se lo dices tú directamente.

Con media sonrisa, me quité el cinturón y bajé con ella.

Ellie

Una bronca y una ducha más tarde, todos salíamos del gimnasio. O debería decir que *ellos* salieron del gimnasio recién duchados, porque yo seguía sin tener un sitio en el que hacerlo. Así que ahí seguía, con el uniforme, la bolsa de deporte y mi cara roja de mal humor.

No me apetecía volver andando a casa, y la perspectiva de subirme de nuevo al bus con el conductor amargado se me hacía muy deprimente, así que se me ocurrió la fantástica idea de llamar a mi prima Jane, a ver si podía pasarse un momento. Nada. Me dijo que justo ese día no podía porque tenía una entrevista de trabajo. Jay era otra opción, supuse, pero entonces Víctor pasó por delante de mí sin decir nada. Lo contemplé unos segundos, y cuando se subió a su coche tuve la idea más absurda del siglo.

Me acerqué a la ventanilla del copiloto y di dos golpecitos al cristal. Víctor parpadeó, suspiró y siguió a lo suyo.

—Sé que me has oído —recalqué.

—No he oído nada.

—Pues me has contestado.

Silencio.

Fruncí el ceño y volví a darle al cristal, esta vez con más fuerza. Él puso los ojos en blanco y bajó la ventanilla.

—¿Qué? —preguntó.

—Llévame a casa.

—No.

Fruncí el ceño aún más.

—Oye, que el otro día me lo ofreciste.

—Mi yo del pasado sintió compasión, mi yo de ahora siente pereza.

Como iba a cerrar la ventanilla otra vez, metí una mano para impedírselo. Podría haber optado por aplastármela, pero por suerte prefirió ser un poquito más civilizado y soltó el botoncito.

—No seas cabrón —dije, toda delicadeza.

—¡No seas hipócrita! Me pides favores y luego te pasas el día criticándome.

—¡Si no querías que te lo pidiera, no habérmelo ofrecido en primer lugar!

—¡Si quieres que te lleven a algún lado, pídelo con educación!

—No.

Como todavía tenía una mano dentro del coche, abrí la puerta desde el interior y me senté a su lado. Me puse el cinturón a la velocidad de la luz. Cuando me volví hacia él, tenía una ceja enarcada.

—Podrías ir en autobús —remarcó.

—Ay, justo hoy no pasa por aquí.

—Está justo ahí. Lo estoy viendo.

—Pero no acepta a gente en uniformes sudados.

—¿Dónde pone eso?

—En la normativa.

—¿Me dejas verla?

—Es solo para abonados. ¿Podemos irnos de una vez?

Víctor me revisó con la mirada, poco satisfecho con la sucesión de los hechos, pero por lo menos encendió el motor.

Nada más girar la llave, un pitido indicó que una puerta estaba mal cerrada. Claramente era la mía. Víctor soltó un suspiro y, sin siquiera pensárselo, se estiró sobre mí, la abrió de nuevo y la cerró de un golpe. Cuando volvió a su lugar, me rozó el torso con la manga de la camiseta y yo contuve la respiración.

—¿No sabes ni cerrar una puerta? —protestó en voz baja.

Eso me hizo soltar todo el aire de golpe, como un globo pinchado, y ponerle mala cara.

—¿Tienes que criticar todo lo que hago?

—Todavía estás a tiempo de bajarte del coche.

Entrecerré los ojos, pero no se me ocurrió ninguna respuesta ingeniosa. Y mira que me molestó, porque me sentí como si él hubiera ganado el asalto.

Como no había nada más que decir, Víctor apoyó un brazo en mi asiento para mirar atrás y sacó el coche del aparcamiento. Mientras nos alejábamos del gimnasio, aproveché para subir la ventanilla. Ya estaba oscureciendo y, aunque la temperatura era de verano, el viento se sentía bastante frío. Podría haber cogido mi chaqueta, todavía en la bolsa de deporte, pero Víctor iba en manga corta y yo no podía ser menos.

¿Es que tienes que competir con todo el mundo?

Quizá me habría fijado en eso en otro momento, pero ahora me despistó que mi compañero zanahorio girara hacia la derecha y no hacia la izquierda.

—¿Vas borracho o qué? Nuestras casas están por allí.

—Lo sé.

—¿Me estás secuestrando?

—Nadie te secuestraría, Ellie, porque luego tendría que aguantarte veinticuatro horas al día.

Miré con curiosidad por la ventanilla. Estaba entrando en una zona urbanizada de la ciudad que yo desconocía. El sol lo iluminaba todo con una tenue luz anaranjada, y alcancé a ver las casas particulares, los jardines con flores, la gente cruzando el patio delantero de sus hogares… ¿Qué estábamos haciendo por ahí? Estaba casi segura de que nunca había cruzado ese barrio.

—Tengo cosas que hacer antes de volver a casa —explicó al cabo de unos instantes—. Por eso no quería que te subieras.

—Así que no era porque no quisieras verme.

—Eso tampoco lo quería.

—Sí, seguro. ¿Y adónde vamos?

—A casa de una amiga.

¿Amiga?

Intenté no hacerlo. Sabía que era muy irracional de mi parte. Y, aun así, me fue imposible desactivar todas y cada una de las alarmas de mi cerebro. Fue como si todas me gritaran a la vez la palabra «*¡PELIGRO!*», y lo único que yo podía hacer era mirar fijamente a Víctor.

—Ah —me limité a decir en tono de indiferencia.

Él me echó una ojeada.

Lo peor no era divagar en esa corriente de pensamientos con un chico que no me debía una sola explicación, sino haberlo vivido muchas otras veces. Cuando éramos amigos, se lo hacía constantemente. Y podía ver cómo se irritaba por mi culpa, pero era incapaz de controlarme.

Tampoco lo intentabas con muchas ganas.

En esos momentos, por cierto, Víctor estaba empezando a desquiciarse.

—Tú eres la que ha querido subirse —me recordó.

—Claro.

—Tendrás que adaptarte adonde vaya, ¿no?

—Haz lo que quieras, Víctor. Me da igual.

—Ya.

Tras esa palabra, nos quedamos en silencio absoluto.

Por suerte, la casa de su amiga no quedaba muy lejos del gimnasio. En cuestión de cinco minutos ya estaba aparcando el coche en la calle de enfrente. No era el único que lo hacía; varios vehículos estaban estacionados de forma francamente torpe alrededor de esa casa en particular, y se intuían luces de focos ascendiendo desde el patio trasero. Tan solo había que bajar la ventanilla para oír la música que tenían puesta a todo volumen.

—¿Has venido a emborracharte? —pregunté confusa.

—No. Espera aquí.

—Pero ¿vas a tardar mucho?

—Que nooo…

—Oye, no me hables así.

—Y tú no me hables. En general.

Y, sin decir nada más, salió del coche y me dejó sola.

Seguí a Víctor con la mirada. Había cruzado la carretera y avanzaba por el patio de la casa como si todo lo que pisaba fuera suyo. Siempre se movió así, incluso cuando éramos pequeños. Mamá solía decir que era su manera de mostrarle al mundo quién estaba al mando, mientras que mi teoría era que parecía que llevaba un palo metido por el culo. Me gustaba más la mía, la verdad.

Otra cosa que siempre lo había caracterizado era el hecho de conocer a todo el mundo. Mientras avanzaba, Víctor saludó con una sonrisa a la mayoría de las personas con quienes se cruzaba. Tenía el don de caer bien, claro. Quizá era por el pelo rojo y la piel paliducha, pues les daba lástima y por eso empatizaban. Yo era más interesante y no me hacían caso, y eso no me parecía razonable.

En cuanto se metió en la casa, suspiré y encendí la radio para entretenerme.

Durante un buen rato —o quizá no tanto, pero se me hizo largo—, esperé a que volviera. No quería entrar yo sola en una fiesta, y mucho menos en una donde no conocía a nadie. Miré el móvil; mis únicos mensajes eran los pesados de Omega y no me interesaba responderles. Al menos, en ese momento. Miré la hora. Ya habían pasado casi cinco minutos.

A la mierda. ¿Qué hacía ahí dentro durante tanto rato?

Son cinco minutos, no cinco horas.

Me seguía pareciendo excesivo.

O simplemente quieres una excusa para ir a bichear.

Bajé del coche con bastante más decisión de la que esperaba e hice el mismo recorrido que él unos minutos antes. A mí nadie me saludó, claro, y eso que los revisé a todos con la mirada. Quería saber si conocía a alguien que pudiera decirme de quién era aquella casa, o al menos a qué se debía aquella fiesta. Si íbamos a emborracharnos, al menos me gustaría saber qué se celebraba.

El interior del lugar, por cierto, era un verdadero caos. La gente gritaba, bailaba, levantaba vasos de plástico, y las botellas de alcohol pasaban de mano en mano como si no estuvieran hechas de cristal. Tuve que esquivar una de ellas que terminó estrellándose y haciéndose añicos contra el suelo. Las escaleras estaban repletas de parejitas dándose el lote y gente que las esquivaba para subir al piso de arriba. Los sofás del fondo habían quedado rodeados de vasos vacíos, y allí sentado, un grupo parecía esnifar algo de una bandeja. De la lámpara del techo colgaba un sujetador. La cocina estaba repleta de gritos de ánimo dedicados a dos chicos que competían entre sí para ver quién bebía más cerveza. El patio trasero tenía a gente semidesnuda corriendo y riendo. La piscina estaba llena de gente bebiendo y nadando…

Tardé unos segundos en procesarlo, pero entonces me di cuenta de que esa gente no tenía mi edad. Eran mayores. Y aquella no era una casa cualquiera, sino una fraternidad.

Una fiesta de universitarios.

Oh, oh…

Nunca había estado en una fiesta con ese nivel de locura, y una oleada de pánico me invadió al mirar atrás. La puerta parecía mucho más lejana de lo que recordaba y, aunque quería alcanzarla, recibí un empujón que me metió en un pasillo de la casa. Choqué de lleno con una pareja que estaba enrollándose contra una pared, y soltaron un gruñido de protesta cuando el chico me empujó de vuelta con la multitud, solo que hacia el otro lado del pasillo. Ya no sabía en qué sala estaba ni dónde había quedado la salida.

No tardé en darme cuenta de que, pese al caos que reinaba en el lugar, la gente me seguía con la mirada. El uniforme de baloncesto les llamaba la atención, y no porque fuera un uniforme, sino porque me cubría muchísimo. No había visto a nadie que no fuera en ropa de baño.

La cosa era… ¿dónde coño se había metido Víctor? ¿Qué hacía allí?

Busqué una cabeza pelirroja, pero resultaba imposible encontrar a nadie con tal cantidad de gente, y menos bajo esa luz que no dejaba de parpadear. Me froté los ojos, molesta, y traté de avanzar entre la gente. No había forma de que dejara de chocar contra los demás, y empezaba a agobiarme.

Al menos, hasta que choqué de frente con alguien que me sujetó de los hombros y me separó un poco para mirarme.

—Eh… ¿Ellie?

La voz de Rebeca —la hermana melliza de Víctor— casi me hizo soltar una palabrota.

Por suerte, verla después de tanto tiempo me distrajo lo suficiente como para no poner mala cara. Ella sí que estaba completamente integrada en la fiesta. Con un bikini minúsculo, la melena pelirroja recogida y el maquillaje perfecto... Parecía una más del grupo de universitarios, y eso que tenía mi edad.

No la había visto desde el día en que nuestro grupo se separó y, pese a que había cotilleado su perfil un millón de veces, no estaba preparada para encontrármela en persona. En mi cabeza, seguía siendo una niña bajita y delgaducha. No sabía cómo enfrentarme a la Rebeca madura que me sacaba una cabeza de altura.

—Este... ¡No sabía que estuvieras por aquí! —exclamó, devolviéndome a la realidad.

Su grupo de amigos, detrás de ella, me observaba con curiosidad. Me sentía como la muestra exótica de un zoo.

Justo cuando una de sus amigas se escabullía y yo me estiraba para verlo, Rebeca se metió otra vez en medio de mi campo visual.

—¿Qué haces con el uniforme de baloncesto?

Duda razonable.

—Tenía entrenamiento —expliqué torpemente.

Ella asintió, algo confusa, e hizo un esfuerzo por mantener la sonrisa.

—Oh, claro. ¿Quieres que te dejemos un bikini o algo así?

—No, no... En realidad, no creo que me quede mucho rato.

Nunca me había parado a pensar cómo sería un reencuentro con Beca, pero no lo esperaba tan frío. Ella parecía algo incómoda y yo no sabía qué decirle. No hubo un solo «*Te he echado de menos*», ni siquiera un «*¡Cuánto tiempo!*», no. Simplemente nos miramos la una a la otra esperando que alguien rompiera aquel silencio incómodo.

Me pareció un poco triste que, después de tantos años de amistad, apenas fuéramos capaces de mirarnos a los ojos.

—Claro —dijo al final, carraspeando—. Bueno..., si quieres quedarte, hay alcohol gratis al fondo. ¡Seguro que te lo pasas muy bien!

Que me lo pasara bien, pero no con ella. Eso sentí que me gritaba. Di un paso atrás, algo dolida.

—¿Has visto a tu hermano? —quise saber.

—Ah…, que buscas a Víctor.

No lo dijo en un tono demasiado hostil, pero yo me sentí interpelada. Rebeca nunca había estado a favor de la relación-no-relación que mantenía con su hermano. Según ella, yo trataba a Víctor de una manera muy ofensiva y degradante. Según yo, ella podía meterse en sus propios asuntos y dejarnos en paz.

Sí, quizá por eso el encuentro es tan frío.

—Está fuera con Jane —añadió.

Ya estaba dando media vuelta, pero me detuve de golpe al oír la última palabrita mágica.

—¿Mi prima está aquí? —se me escapó.

¿Por qué no me había dicho nada de la fiesta? Vale, no estaba obligada a invitarme, pero ¿no podría haberlo mencionado, al menos? Quizá me habría apetecido ir con ella.

Está bien, no habría ido ni en broma. Pero ¡podría haber dicho algo!

—Sí, claro —me dijo Rebeca, sorprendida por el tono que había usado—. Em…, antes de que vayas…

—¿Qué?

—Livvie está con ellos.

En mi cabeza, fue como si acabara de pronunciar las palabras que daban la entrada al infierno.

No solo estaba en la fiesta…, ¡sino que estaba con Olivia!

Me sentí como si me acabaran de clavar una puñalada en la espalda, y no supe muy bien si era por Jane o por Víctor, porque en mi cabeza estaba segura de que la *amiga* de la que me había hablado en el coche era Livvie. Me había traído hasta aquí solo para verla a ella.

Ni siquiera recordé que estaba en medio de una conversación con Beca. La dejé con la palabra en la boca, me volví y empecé a avanzar entre la gente para llegar al patio trasero que había visto poco antes. Tardé casi diez minutos más, pero entonces conseguí alcanzar la puerta y abrirme paso entre la masa de gente para ver la piscina y la zona del césped.

Encontrar a Víctor fue relativamente fácil. Después de todo, un chico altísimo y pelirrojo era difícil de obviar. Se encontraba cerca de la piscina, aunque no parecía tener intención alguna de nadar. De hecho, estaba hablando con dos personas, y yo conocía a ambas. Una era mi prima Jane, que llevaba puesto un bañador de color morado y blanco y se estaba riendo a carcajadas con él. La otra era Livvie. Vestía un bikini de color verde y tenía los brazos cruzados, como si no estuviera del todo cómoda con tan poca ropa. No se reía con ellos, pero tenía una pequeña sonrisa tensa en los labios.

Me irritó mucho que Olivia —o Livvie, ugh— adoptara esa actitud. ¡Estaba fingiendo que era insegura, y no lo era! Lo sabía perfectamente. Yo sí que veía debajo de esa fachada de niña buena que no dejaba de mostrar dulzura a los demás, y era de todo menos eso. Sabía que estaba haciéndose la inocente para impresionar a Víctor, pero ¡no era verdad! ¿Cómo podían estar tan ciegos como para no verlo?

Justo cuando iba a darme la vuelta, la mirada de Livvie fue directa hacia mí. Y coincidió con el momento en que Víctor, riendo, le puso una mano en el hombro.

Se acabó. Me marchaba de ese sitio.

Volví a entrar en la casa, pero no logré encontrar la salida. Estaba tan enfadada, me sentía tan humillada… En realidad, me daba igual encontrarla o no. Solo quería alejarme del foco de mi desprecio, que estaba justo en el jardín y llevaba un bikini verde.

De alguna forma, terminé en la cocina, donde varias personas me ofrecieron algo de beber. Después de todo, era la única con las manos vacías. Les dije que no a todos ellos. Lo que me faltaba ya…, emborracharme para no controlar lo que hacía e ir al patio trasero a liarla con esos tres.

Conseguí un refresco sin nada raro y me senté en un rincón de la cocina para sacar el móvil. La música estaba muy alta y me resultaba complicado pensar con claridad, pero logré encontrar el contacto de mi hermano.

Jay

Beverly podía parecer muy dura, pero en el fondo era una de las personas más sensibles que conocía. Tan solo necesitaba que rascaras un poco en la superficie para que abriera su interior. Me gustaba compararla con una cebolla a la que ibas descubriendo por capas hasta llegar al corazón. Ante esa comparación, ella ponía cara de asco y me decía que le recordaba demasiado a Shrek.

Qué cumplido, eso de que te comparen con un ogro verde.

Como uno de sus padres seguía en la peluquería, solo pude saludar al otro. Me dio un abrazo, me preguntó cómo estaba y si nos lo habíamos pasado bien. Bev esperó con la cadera apoyada en el mueble de la entrada, impaciente. No le gustaba hablar con sus padres, aunque en general eran bastante amables. Preguntó si nos faltaba mucho, que quería enseñarme algo de su habitación. Su padre puso los ojos en blanco y nos dejó marchar.

—Te quieren más que a mí —protestó, una vez a solas.

—Tampoco es muy difícil.

Bev soltó una carcajada y me dio un codazo que casi me partió por la mitad, la muy bruta.

Su habitación era muy pequeña, o quizá lo parecía porque siempre lo tenía todo tirado por todas partes. Olía a tinta, como siempre, y tenía hojas y hojas de papel esparcidas por el suelo y por la alfombra. El único sitio que se salvaba era su cama individual, ya que era donde tenía el montón de ropa que, con tal de no ordenar, esquivaba a la hora de dormir.

—¿Qué querías enseñarme? —pregunté.

Esto puede salir muy bien o muy mal.

Bev esbozó una sonrisa de ilusión muy impropia de ella y fue a sentarse sobre la alfombra. Yo aparté algunos dibujos y me coloqué a su lado. Mientras ella buscaba debajo de la cama, aproveché para hacer un montón con algunos de los papeles. Si se dio cuenta de que se lo estaba ordenando, no hizo ningún comentario al respecto. Estaba acostumbrada, desde luego.

—Me he comprado… la máquina —dijo al final, con una cajita en las manos.

—¿Eh?

—¡La que te dije!

—¿La de…?

—¡La de tatuajes!

Mi tono era de espanto, pero el suyo de entusiasmo. Y entonces abrió la caja para enseñarme todo el kit. Estaba claro que ya lo había usado y que lo cuidaba como si fuera oro puro.

—¡Bev! —medio chillé, medio susurré.

—¿Qué? No tiene nada de malo.

—¿Te piensas hacer un tatuaje tú sol…? —Me detuve a media frase. Más que nada, por su cara. Entonces, entrecerré los ojos—. Dime, por favor, que no te has hecho ninguno.

—¡Es muy pequeñito!

—¡BEVERLY!

—¡No me chilles como si fueras mi abuelo! —protestó—. Es en un sitio donde no se ve mucho, por si acaso.

—¿En el culo?

—No, idiota. Mira.

Se levantó un poco la camiseta sin mangas y vi que tenía retazos de tinta negra justo debajo del elástico de los pantalones. Se lo bajó para que pudiera ver mejor de qué se trataba. Era una lunita creciente.

Yo me haría un saltamontes en la rodilla.

Me agaché para verlo desde más cerca. Seguía un poco rojo e hinchado, pero la silueta estaba bien hecha. Y no me extrañaba, porque después de varios años estudiando dibujo, Beverly había decidido centrarse en el campo de los tatuajes. Como hacía pocos meses que se dedicaba a ello, todavía no tenía permiso para tocarle la piel a nadie. Al menos, de forma oficial. Consigo misma ya había hecho varios intentos, aunque nunca con tinta permanente.

Todavía agachado frente a ella, negué con la cabeza.

—No me lo puedo creer —murmuré.

—¿El qué?

—Te pasas el día llamando «básica» a la gente… ¡Y resulta que te has hecho el tatuaje más básico de la historia!

—¡Oye!

—Ya que te saltas las normas, hazte un lobo o algo, no sé.

—Vete a la mierda, ¡la lunita es preciosa!

—Y es lo único que te has hecho, ¿no?

—Por ahora.

Me llevé una mano a la frente, alarmado, a lo que ella sonrió.

—A ver, ¡tengo que practicar y nadie me deja hacerlo! —Fue su protesta—. Solo me queda la opción de hacerlo así.

—También podrías seguir haciéndolo con lienzos en blanco, ¿no?

—Eso es aburrido. Y tengo que practicar con la piel, si no ¿cómo voy a aprender? —Hizo una pausa muy significativa—. Lo que me lleva a…

No terminó la frase, y tampoco necesité que lo hiciera. Alarmado, di un respingo.

—¡Ni de broma!

—¡Oh, venga! Por nuestro amor.

—Pero ¿qué amor, si nos pasamos media vida discutiendo?

—Los amores reñidos son los más queridos.

—¡Que no!

Hizo un puchero, decepcionada.

—Ya me imaginaba que no colaría…

—Y cuidado con seguir haciéndote cosas raras. ¡Imagina que te infectas o algo!

—Pero ¡que estoy estudiando para esto! Sé todas las pautas, solo me falta ponerlas en práctica.

—Ah, y te parecerá poco…

Ella se encogió de hombros, poco alarmada, y volvió a esconder la caja.

—Bueno —comentó—, ¿qué te pasa?

—¿Eh?

—No lo he preguntado delante de la pareja del año, pero se nota que algo te pasa.

Como cada vez que se refería a Lila y Diana de esa manera, yo entrecerré los ojos.

—No las llames así.

—¿Es por lo del cuidador de tu abuela? —insistió, ignorándome—. Podemos cotillearle el perfil.

—No me sé su apellido, Bev.

—¿Y? Se llama Nolan, ¿no?

Asentí con la cabeza y ella sacó el móvil. Beverly tenía la habilidad especial de encontrar a la gente con tan solo dos datos. Un nombre y el color de pelo eran suficientes, por ejemplo. Sin embargo, había una opción que no había contemplado.

Ambos tumbados en su alfombra y con los ojos clavados en su pantalla, nos dimos cuenta de que quizá no tenía perfil.

—¿No tiene redes sociales? —preguntó con una mueca de asco.

—Puede que no.

—Pues no me fío de él.

—Yo apenas uso mi perfil, Bev.

—Pero lo tienes, ¿no?

Me encogí de hombros. A mí no me parecía un dato demasiado importante. Mientras tanto, miré mi móvil. Llevaba vibrando unos segundos. Al ver los tres mensajes de Ellie, no pude evitar enarcar las cejas.

—¿Quién es? —preguntó la chismes, asomada junto a mi hombro.

—Mi hermana…, qué raro. Quiere que vaya a buscarla no sé adónde.

—¿Y no puede arreglarse sola? Mis padres querían invitarte a cenar.

—Debería ir a buscarla.

Beverly torció el gesto. No le gustaba que saliera corriendo cada vez que me lo pedía, pero es que era mi hermana pequeña, ¿cómo iba a ignorarlo?

—Pues nada —murmuró—. Que te sea leve.

—Nos vemos mañana.

Ella asintió y, en cuanto salí por la puerta, se lanzó al escritorio a diseñar más tatuajes.

Ellie: ¿Puedes pasar a buscarme?

Ellie: Es urgente.

Ellie: Te paso la ubicación.

Ellie

Ya casi había empezado a desesperarme cuando noté que alguien se me acercaba. Me tensé de pies a cabeza ante la perspectiva de que fuera Víctor. O Livvie, incluso. Pero no era ninguno de los dos. Se trataba de un chico bajito, rubio y con un tatuaje en el brazo que ya había visto antes. Concretamente, en los mensajes privados de mi Omega cuando me mandó fotos bajándose la ropa interior. No recordaba su nombre —ni me importaba, siendo totalmente sincera—, pero habíamos coincidido en otra fiesta y, reto tras reto, habíamos terminado enrollándonos en una de las habitaciones de la casa.

Mierda, ¿cómo se llamaba? Rápido, rápido…

—¡Hola, Ellie! —saludó alegremente.

Vaya, él sí que se acordaba de mi nombre. La presión iba en aumento.

Qué desastre.

—Hola, em…, tú —respondí, no muy metida en la conversación.

—No sabía que estuvieras invitada.

—Sinceramente, yo tampoco.

—Ah.

Silencio incómodo.

El chico se balanceó sobre sus pies de forma un poco nerviosa, como si no supiera qué más decirme, y yo lo observé mejor. Mi hermano seguía sin responder, me había quedado sola y me aburría.

Supuse que ya había encontrado una actividad para entretenerme.

—¿Por qué no me dices directamente lo que sea que hayas venido a buscar? —le solté.

Él se ruborizó un poco, pero no perdió la oportunidad.

—¿Te apetece…, eh…, ir a dar una vuelta? Tengo una botella de alcohol.

—¿Qué tal si cambias el alcohol por un condón y vamos directamente al piso de arriba? Quiero irme a casa temprano.

Quizá fui demasiado directa, porque se quedó mirándome, pasmado.

—¿O no quieres? —añadí.

—¡Sí, sí! ¡Como la última vez!

—Pues venga.

Sin más que añadir, me puse de pie, lo sujeté de la muñeca y me metí en la muchedumbre junto a él.

Al final, no saber su nombre fue un poco irrelevante.

Después del rato que pasamos en el baño, me di cuenta de que habría sido mejor mantener su recuerdo que intentar repetirlo. Quizá fuera porque esa noche yo estaba muy distraída, pero no había sido ni la mitad de bueno de lo que recordaba. Mientras me colocaba el pelo frente al espejo y él se subía el bañador, noté que no dejaba de mirarme. Estaba claro que quería decir algo, pero no se atrevía a hacerlo. Y yo no estaba de humor para sonsacárselo.

Además, mi hermano por fin me había contestado. Si no había calculado mal, ya debía de estar por ahí abajo.

—Bueno —murmuré, haciéndole un gesto de despedida—, ha sido un placer y todo eso, ¿eh? Ya nos veremos.

—Pero…

No me quedé para escucharlo. Seamos sinceros: a él no le interesaba una relación conmigo y a mí no me interesaba una conversación con él. El único intercambio que podía interesarnos a ambos había tenido lugar unos minutos antes y dudaba que alguno quisiera repetir. Había sido un poco aburrido.

Vaya desastre de día.

No cantes victoria, que todavía puede empeorar.

Y, justo cuando ese pensamiento fugaz me cruzaba, me encontré de frente con la última persona con quien querría cruzarme en una situación así: Livvie.

Ella pareció sorprendida al verme, y más todavía cuando el rubio salió del mismo cuarto de baño que yo acababa de abandonar. Nos miró a ambos, pasmada, hasta que el chico se marchó y su atención volvió a mí.

No estoy muy segura de cómo la miré, pero sí que estoy convencida de que la estaba retando. Casi quería que dijera algo malo de mí, algún comentario despectivo, y confirmara así mis sospechas de que no era tan buena como parecía.

Y, finalmente, su expresión cambió. Lo que no me esperaba era verla tan decepcionada.

—Víctor te ha estado buscando por todas partes, ¿sabes?

Aquello me pilló un poco desprevenida, pero enseguida me crucé de brazos.

—¿Y por qué lo dices como si fuera tu problema?

Livvie apartó la mirada. De nuevo, parecía decepcionada. Me dio mucha rabia. ¿Por qué no decía lo que quería oír?

La pregunta es: ¿por qué quieres que te diga cosas malas?

Cállate.

—Métete en tus asuntos —concluí en voz baja, y pasé por su lado.

Livvie se limitó a observarme mientras me alejaba. Al menos, hasta que alcancé el inicio de las escaleras.

—Tres años y no has cambiado nada… —murmuró, más para sí misma que para mí.

Tuvo suerte de que un grupo de gente se metiera entre nosotras, porque ya me había dado la vuelta para responderle de un modo muy poco cordial. No. No se merecía mi tiempo. Era una… una… Mejor que no dijera ni qué era. No se merecía que ocupara mis pensamientos con ella.

Por fortuna, encontrar la salida no fue una tarea tan complicada. El coche de Víctor seguía ahí, pero también el de mi hermano mayor. Me esperaba de brazos cruzados, no muy lejos de él.

Al llegar a su altura, el comentario de Livvie ya había calado muy hondo. Y no solo eso, sino la culpabilidad respecto a Víctor y el rechazo hacia mí misma por lo que había hecho con ese chico. Había sido el impulso del momento, pero ya me arrepentía. Me abracé a sí misma, como si de esa forma fuera a darme algún tipo de consuelo, y me apresuré a pasar junto a Jay.

—¿Qué pasa? —preguntó, siguiéndome con la mirada.

—Nada.

—¿Y tus cosas?

Mierda, estaban en el coche de Víctor.

Estuve tentada a esperarlo, pero no quería verle la cara. Jay debió de darse cuenta, porque soltó un suspiro y con un gesto me indicó el coche.

El trayecto fue muy silencioso. Me sentía muy pequeñita, ahí sentada con las rodillas pegadas al pecho y la mirada clavada en un punto muerto de la carretera. Quería llegar a casa, ducharme, ponerme el pijama y fingir que mañana no tendría que ver a Víctor, porque no sabía cómo enfrentar una sala en la que ambos estuviéramos presentes.

Jay respetó mi silencio, aunque apenas me fijé en él. Podría haber provocado un accidente y no me habría dado cuenta. Casi me había olvidado de que estábamos compartiendo espacio cuando, de pronto, detuvo el coche delante de casa y se volvió hacia mí.

—¿Puedo decirte una cosa, Ellie?

La forma en que repiqueteaba un dedo sobre el volante me resultó curiosa.

—¿Qué cosa?

—Tío Mike, Tía Naya… algunas veces me han hablado de cómo era papá cuando tenía nuestra edad. Con muchos detalles, además. —Hizo una pausa sin mirarme—. Algunas veces, me recuerdas a él.

No supe qué decirle.

—Gracias, supongo.

—No…, no era un cumplido.

Su seriedad me pilló un poco desprevenida. Estaba acostumbrada a pelearme con él, a criticarnos, a reírnos el uno del otro…, pero no solía ver a mi hermano tomándose tan en serio una de nuestras conversaciones.

—Está bien pedir ayuda si la necesitas —aseguró en un tono suave—. A veces, te dejas llevar tanto por tu cabeza que no te paras a pensar en cómo te hará sentir lo que haces. O cómo hará sentir a los demás.

—Porque soy así.

—Eso no es excusa.

—Oh, ¿ahora vas a darme consejos baratos de psicología?

—Estoy intentando ayudarte. Intento decirte que no estás sola.

—¿Y se puede saber quién te ha dicho que necesito tu ayuda o que me siento sola? Métete en tus asuntos, Jay.

Hubo algo en su expresión que hizo que me arrepintiera de mis palabras, pero no me dio tiempo a retirarlas y, honestamente, no lo habría hecho pese a tener el tiempo suficiente.

Sin dejarme margen de respuesta, salió del coche y me dejó sola.

5

El caramelo que quiso ser libre

Jay

—No entiendo por qué pones esa cara, con lo guapo que eres cuando sonríes...

Las palabras de la abuela no hicieron más que aumentar mi expresión de rechazo. Era la que solía tener alrededor de Nolan, aunque en ese momento no estaba a la vista porque seguía pasando la aspiradora por la habitación.

—Se despreocupa demasiado de todo —murmuré.

—Y tú te preocupas demasiado, querido. Siempre lo has hecho. Incluso con Ellie y Tyler.

—Soy su hermano mayor —dije, confuso.

—Y aparte de hermano también eres hijo. Tus padres pueden cuidar de los tres, Jay. No dejes que todo recaiga sobre ti. Aprende a relajarte, que también es muy sano.

—No es tan fácil.

Sí, mis padres ayudaban, pero siempre he pensado que una parte de ser el hermano mayor es tener que cargar con la responsabilidad de que los pequeños estén bien. A veces era un poco complicado, porque Ellie siempre rechazó cualquier tipo de ayuda y Ty nació siendo un pequeño abuelito; aun así, siempre habían dependido de los demás. Ellie lo hacía a nivel emocional y Ty a nivel personal. Una era incapaz de gestionar sus propias emociones y el otro era incapaz de establecer relaciones con personas nuevas porque, aunque le costara admitirlo, le daba muchísimo miedo desencajar.

Quizá por eso yo tenía esa necesidad de controlarlo todo, no sé. Me gustaba que la gente me necesitara porque eso quería decir que era útil. Si no me necesitaban, ¿cuál era mi rol?, ¿qué podía ofrecer yo a los demás?

Por eso me molestaba tanto que Nolan fuera don perfecto a la vez que era un irresponsable. No tenía sentido. Iba en contra de todo lo que había aprendido.

Además, me caía mal. Y punto.

Sólida conclusión.

En esos momentos, Nolan salió de la habitación y empezó a pasar la aspiradora por el salón. Yo lo miraba con el ceño fruncido. Iba cantando alguna canción de música *hippie* que sonaba en los cascos que llevaba puestos. Lo tenía tan fuerte que, cada vez que apagaba la aspiradora, se oía a la perfección.

En una de esas pausas, mi abuela murmuró:

—¿Por qué no aprovechas para ir a ver a tus amigos, querido?

Solo supe que me lo decía a mí porque el otro no podía oírla, pues, al parecer, él ahora también era su querido.

Ahora repítelo con una gran sonrisa.

Estábamos los dos en el sofá, ella con una revista de cotilleos y yo con el móvil, aunque apenas le prestaba atención. Al ver que no le respondía, me observó por encima de las gafas de medialuna.

—¿Qué pasa, Jay?

—Ya lo sabes.

—Sí, y tú sabes que estás siendo un poco exagerado.

Justo cuando fui a hablar, Nolan volvió a encender la aspiradora y a mover la cabecita de un lado al otro. Apreté los labios mientras la abuela sonreía.

Una vez apagada la máquina, insistió:

—Es un buen chico. Si le dieras una oportunidad…

—No me interesa si es un bu…

Otra vez, la aspiradora. Apreté aún más los labios y ella sonrió el doble.

—No te dejes llevar por los celos —añadió en voz bajita cuando hubo otra pausa.

—¡No son cel…!

Y… aspiradora. Casi empecé a darme cabezazos contra las paredes.

Qué bien me cae este chico.

Me puse de pie, airado. Hasta ahí llegaba mi paciencia. Y cuál fue mi rabia cuando vi que Nolan desenchufaba la aspiradora y levantaba por fin la cabeza. Al percatarse de que recogía mis cosas, se quitó los cascos.

—Oh, ¿ya te marchas, tío?

—Sigo sin ser tu tío.

—Espérate, que bajo contigo. ¡Yo también he terminado!

Estuve a punto de mandarlo a la mierda, pero me detuve ante la mirada de advertencia de la abuela.

Nolan se lo tomaba todo con mucha calma, así que estuve esperando cinco minutos enteros junto al sofá. Con impaciencia, me crucé de brazos y empecé a repiquetear la punta de un pie contra el suelo. La abuela fingía que no se daba cuenta, y él estaba tan metido en sus mundos que ni siquiera se fijó.

Cuando finalmente apareció con su riñonera medio deshilachada, esbozaba una gran sonrisa.

—Listo. Te lo he dejado todo preparado, Mary —añadió en voz más alta—. Si necesitas algo más, ya sabes.

—¡Gracias por todo, querido!

La ceja se me disparó en un tic irritado.

Nolan se encaminó hacia la puerta sin decir nada más y la sujetó para que yo pudiera pasar. Lo hice rápido y sin mirarlo, pero no le dio demasiada importancia.

—Oye —dijo entonces mientras esperaba conmigo el ascensor—, ¿por qué no me llevas a casa?

Ni siquiera un triste «por favor». Entrecerré los ojos.

—¿Por qué iba a hacerlo?

—Porque la alternativa es ir andando. No me considero particularmente enemigo del ejercicio, pero si puedo ahorrármelo, lo hago.

—¿Y esa moto cochambrosa?

—¿Cocha…? —Parpadeó varias veces, tratando de procesar la palabra, y luego decidió que le daba igual el significado—. Hoy la tiene mi hermano. Vamos turnándola entre todos.

Pude ver la cara de advertencia de mi abuela, así que en lugar de negarme en rotundo subí al ascensor y me crucé de brazos.

—¿Dónde vives?

—Oh, de camino a tu casa.

—¿Y cómo sabes dónde vivo?

—Mary me lo dijo.

—Veo que habláis mucho.

—De alguna forma habrá que entretenerse cuando paseamos por la ciudad —dijo con alegría, ignorando mi tono—. Y hablando, se le hacen siempre más llevaderos.

No supe qué decirle, así que permanecí el silencio hasta que llegamos a mi coche. Nolan se tomó todas las libertades del mundo para quitarse la riñonera, lanzarla al asiento trasero, abrir la ventanilla por completo, estirarse y entrelazarse los dedos en la nuca. La eché una miradita reprobatoria, pero no pareció darse cuenta.

—¿Estás cómodo? —remarqué.

—Ajá. Cuando quieras nos vamos.

Oh, santa paciencia.

Arranqué el coche y salí del garaje sin mediar palabra. Mientras tanto, él bostezó de manera ruidosa y echó el asiento hacia atrás para estirar todavía más esas piernas de diez metros que tenía. Carraspeé con desagrado.

—¿Y el cinturón? —pregunté.

Lo señaló.

—Aquí está.

Chico listo.

—Que si vas a ponértelo.

—Ah, pues no sé. Depende. ¿Cuántas ganas tengo de vivir hoy? —Empezó a reírse de su propio chiste.

Yo mantuve la expresión impasible y la mirada clavada en la carretera.

—Oye, alegra un poco esa cara, parece que se te haya muerto el cuy —comentó.

—No sé qué es un cuy.

—Es como un hámster, pero en más bonito.

—Suena fascinante.

—Lo es. La gente se los come. Los estiran así, las patitas y…

—Pero ¡no me lo cuentes!

—Da lástima, ¿eh? Yo casi lloré al verlo.

Pero ¿de qué puñetas hablaba?

Sacudí la cabeza y traté de centrarme en la carretera que tenía delante. No tardamos en alejarnos de casa de la abuela y meternos en una autovía. Nolan se puso a silbar mientras el viento, ahora mucho más fuerte por la velocidad del coche, le agitaba el pelo y le hacía parecer todavía más descuidado.

—¿Te gusta más la fresa o el melocotón? —preguntó de repente.

—¿Eh?

—¿Fresa o melocotón?

—Pero ¿qué…?

—Rápido, no pienses: ¿fresa o melocotón?

—Es que no entiend…

—¿Fresa o melocotón?

—¿Puedes dejar de…?

—¡¿Fresa o melocotón?!

—¡Fresa!

Silencio. Me contempló unos instantes, pensativo.

—Mmm…, pensé que elegirías melocotón.

—Pero ¡¿para qué puñetas…?!

—Espera, espera.

Entonces se metió una mano en el bolsillo y rebuscó sin dejar de silbar. Estuvo así un rato y fue sacando de todo: un reloj sin pila, un tubo de crema solar del que había exprimido hasta la última gota, una pinza para el pelo, lo que parecía un lente de gafas de sol… Cada vez estaba más perplejo.

Al final, se oyó el ruido de un plastiquito y sacó un puñado de caramelos mal aplastados.

—¡Bingo! —Sonrió ampliamente—. A veeer…

Empezó a descartarlos hasta quedarse solo con dos en la palma. Me los ofreció con toda su alegría.

—¿Quieres? Tengo de piña y melón.

No sé qué me molestó más, que ninguno de los dos correspondiera a las opciones que me había ofrecido hasta ese momento o que me los hubiera plantado ante la cara. Solté un ruido exasperado mientras estiraba el cuello para esquivarlo.

—¿Quieres? —repitió como un loro.

—¿Se puede saber cuánto hace que llevas eso en los bolsillos?

—¿Qué más da? Los caramelos no caducan.

—¡Claro que caducan!

—Que no.

—¡Que sí! —solté, irritado—. Mira el puñetero plastiquito, si quieres.

Él dudó un instante, luego se volvió a acercar la mano y se puso a inspeccionarlos desde muy cerca. Pasados unos segundos, soltó un silbido de sorpresa.

—Coño, pues sí que caducan.

—¿Cuánto hace que se pusieron malos?

—Muy poquito. Seguro que se pueden comer sin problemas.

Cuando volvió a estirar el brazo, yo volví a estirar el cuello.

—¿Cuánto es «un poquito»?

—Nada, unos pocos meses. Abre la boca y…

—¡Aleja eso de mí!

Mi grito lo asustó y, por impulso, sacudió el brazo. El caramelo ya abierto voló por el coche a la vez que yo daba un volantazo, espantado. Entonces noté que algo chocaba contra mi frente y se quedaba ahí pegado.

No. Podía. Ser.

Esto va in crescendo, *por lo que veo.*

—Coño. —Nolan se contuvo dos segundos exactos; entonces empezó a reírse con todas sus fuerzas—. ¡Deberías verte ahora mismo!

Mucho menos divertido, respiré hondo y me quité el caramelo pegajoso de la frente. Me dejó una sensación muy desagradable en la piel. Lo tiré por la ventanilla sin dudar un segundo.

—No tiene gracia —siseé.

A Nolan le dio absolutamente igual y siguió riéndose a carcajadas. Al menos, hasta que salimos de la autovía y llegamos a la carretera que bordeaba la costa de la ciudad. Era la playa en la que solía encontrarme con los amigos. Lástima que esa mañana no hubiera nadie disponible, porque si hubiese estado con ellos me habría ahorrado todo el…

—¡COÑO! ¡FRENA, FRENA!

En modo pánico, di el segundo volantazo del día y salí de la carretera para frenar tan rápido como pude. El coche que tenía atrás me pitó y tuvo que esquivarme para seguir su camino sin incidentes.

Yo, mientras tanto, me había llevado una mano al corazón. Miré a Nolan con los ojos muy abiertos.

—¿Qué…?

—¿Ese no es Popeye?

Honestamente, con todo lo que había pasado en ese coche, empecé a plantearme si se le estaba yendo la pinza.

—¿Cómo? —pregunté, sin aliento, remarcando cada letra.

Nolan tenía un brazo apoyado sobre la ventanilla abierta y había asomado la cabeza para fijarse mejor en un señor un poco raro que daba eses por la arena. O había dormido poco o había hecho cosas peores. Todos los que lo veían intentaban esquivarlo. Todavía llevaba una botella de ron en la mano.

—¡Es Popeye! —repitió—. Ese de ahí, ¿lo ves?

—¿Me has hecho parar en medio de la carretera solo por…?

—¡¡¡POOOPEEEYEEE!!!

Di un brinco con el grito, alarmado. Nolan sonrió ampliamente. Su amigo —o quien demonios fuera— se había dado la vuelta.

—¡Es él! —confirmó—. ¡Oye, ven aquí!

—¿Aquí? —repetí con perplejidad—. No, no…

—Tranqui, es buena gente.

—¡Me da igual que sea…!

—¡Hombre! —exclamó Popeye con los brazos estirados. No se dio cuenta de que estaba derramando todo el contenido de la botella—. ¡Pero si es el rubito! ¿Qué haces por aquí?

—Estoy con mi amigo Jay.

—No soy tu…

—Oye —interrumpió Nolan, señalándolo—, ¿y tú qué? Me dijeron que estabas muerto.

—Otro… ¡Que no estaba muerto, estaba en la cárcel!

—Qué mierda.

—Ya ves.

—¿Y cómo te pillaron?

—Al Popeye no se lo pilla, sino que se entrega.

—Ah. ¿Y con qué te entregaste?

—Contrabando y todo eso…, lo típico. Es que ya no se puede hacer nada.

—Ya ves.

¿Eso era lo típico? Me encogí un poco sobre el asiento, deseando que se alejaran lo antes posible. Desde cerca, Popeye no parecía muy intimidante; un señor de mediana edad, poco pelo y brazos flacuchos. Aun así, no me hacía mucha gracia que balanceara la botella tan cerca de mi ventanilla.

—¿Y ahora qué? —preguntó Nolan.

—Tengo que ir con esto durante un año. —Popeye casi se mató al enseñarnos el tobillo, donde llevaba una tobillera con alarma policial—. No puedo salir de la ciudad, ya ves tú… Como si necesitara salir para hacer mis cositas.

—Vaya mierda. Menos mal que te dejan salir de casa, por lo menos.

—Si no fuera así, me lo saltaría todo el tiempo. Bueno, ¿te vienes o te está esperando Sami?

—Nah, hoy me libro. Ya la veré más tarde.

—Pues venga.

No entendía absolutamente nada de la conversación, pero Nolan se volvió y me dio tal palmada en el hombro que casi me sacó del coche por el parabrisas.

—¡Gracias por el viaje, tío!

—¡Que no soy tu…!

No esperó una respuesta, sino que se apoyó descaradamente en mi hombro y recogió la riñonera. Después, con la misma despreocupación, se sujetó en la ventanilla y se impulsó para salir de un salto.

—¡Usa la puerta! —chillé con voz aguda.

—¡Así está bien! ¡Nos vemos, tío!

Aterrizó de pie al otro lado, y el coche dio una pequeña sacudida. Rojo de rabia, vi cómo le daba una palmadita en el hombro a su amigo Popeye y empezaban a alejarse hacia la arena.

Ellie

No sé qué se hacía más incómodo, si la comida que el entrenador tenía entre los dientes o el silencio que reinaba en el gimnasio.

Al parecer, no era la única que había tenido problemas la noche anterior; Marco estaba enfadado con Eddie por motivos que escapaban a mi comprensión, Eddie se mantenía de brazos cruzados, Oscar bostezaba porque apenas había dormido, Tad se quedaba mirando el horizonte cada cinco minutos y Víctor… Bueno, Víctor simplemente estaba de mal humor.

O de mala hostia, si se nos permite decirlo.

El entrenador, que seguía con restos de orégano entre los dientes, no entendía nada.

—Hemos hecho un simple juego de pases… ¡y nadie ha atrapado la pelota! ¿Se puede saber qué ocurre?, ¿os habéis vuelto tontos de repente?

Para la bronca nos había colocado a todos en línea, y yo me encontraba entre Víctor y Marco, que no era precisamente el lugar ideal. No solo me sentía bajísima, sino que uno no me miraba y el otro me ponía cara de asco.

Por el rabillo del ojo, observé a Víctor. Estaba más serio de lo habitual, con los brazos cruzados y la mirada de ojos dorados fija en la pared del otro lado de la cancha. Pese al poco ejercicio que habíamos hecho, se le habían enrojecido las mejillas y tenía el pelo completamente desordenado. Me pregunté por qué ese tonto detalle me causaba tanta ternura, luego sentí vergüenza por mi propia reacción.

No, no me había dirigido la palabra en todo el día. Ni siquiera me había mirado. Tan solo me había dejado en uno de los banquillos la bolsa del gimnasio olvidada el día anterior.

Tú, a él, tampoco le has hablado.

Cállate.

—Si no podéis pasaros una pelota, ¿cómo pretendéis jugar al baloncesto? —insistió el entrenador.

Iba pasando por delante de todos y dándonos en la frente con su carpeta. Cuando le tocó a Tad, este soltó un quejido y Marco sonrió con malicia, por lo que el entrenador les dio otra vez a ambos.

—Sea lo que sea que haya pasado —advirtió—, que, honestamente, me importa lo mismo que un pedo de vaca, ¡¡dejadlo fuera del campo!!

Abrió la boca para seguir hablando, pero la risita de Eddie lo interrumpió.

En cuanto se dio cuenta de que se había reído en voz alta y no dentro de su cabeza, Eddie se tapó la boca con una mano. Sin embargo, era tarde. El entrenador ya se había plantado delante de él y tenía los ojos entrecerrados.

—¿Qué te hace tanta gracia?

—Es…, eh…

—¿El qué, eh? ¡¿El qué?!

—E-el pedo…

—¿Te hace gracia una flatulencia vacuna?

A mi alrededor, los demás procuraban no reírse, con todas sus fuerzas. Víctor y yo éramos los únicos que seguíamos mirando al frente sin sonrisa alguna.

—¡No, señor! —saltó Eddie, alarmado.

—Entonces ¿de qué te ríes?

—Es que… el comentario…

—¡No era un comentario, era una bronca porque no habéis hecho nada de provecho en todo el día! ¿Te parece graciosa tu inutilidad?, ¿es eso?

—N-no…

—Pues cállate. ¡Y los demás —añadió, señalándonos de uno en uno—, ya que tenéis tantas ganas de reíros, vamos a hacer algo muy divertido!

Nadie dijo nada, era innecesario. El entrenador señaló las gradas. Se me cayó el alma a los pies. Las malditas gradas…

Nuestro castigo cuando nos portábamos mal era subir y bajar las gradas corriendo. Podía parecer una tontería, pero al tratarse de diez filas con escalones de medio metro, al final se hacía algo pesado.

Ya estaba sudando cuando, unos minutos más tarde, nuestro torturador hizo sonar el pitido. Los mechones de pelo que se me habían escapado de la coleta se me pegaban a la cara enrojecida. El pecho me subía y bajaba con rapidez. Estaba agotada. Al menos, me consolaba un poco ver que los demás se encontraban en la misma situación.

—¿Qué tal ahora? —preguntó el entrenador, muy orgulloso de sí mismo—. ¿Ya os habéis centrado?

Como todo el mundo estaba muy ocupado intentando no escupir un pulmón, no hubo respuesta. El que peor lo llevaba era Tad, parecía que iba a vomitar de un momento a otro. Incluso le salió una arcada. Oscar empezó a abanicarlo con cara de asco mientras Víctor ponía los ojos en blanco y Marco trataba de reírse, pero con el esfuerzo solo logró toser.

—¡Así me gusta, con alegría! —exclamó el entrenador.

Casi di un respingo cuando, de pronto, me puso una pelota frente a la cara. Pero… no era de baloncesto. Era de goma.

—Ally, elige a otra persona —me ordenó entonces.

—Es… Ellie… —intenté decir entre bocanadas de aire—. E, ele, ele, i, e…

—¿Tengo cara de que me importe? ¡Elige!

Suspiré y acepté la pelota sin mucho entusiasmo. En comparación con las otras, era muy ligera. Le di una vuelta entre los dedos mientras contemplaba a mis compañeros. Por la cara del entrenador, no tenía pinta de ser un premio demasiado dulce. Solo por si acaso, fui a por la opción más segura.

—No sé… Marco.

El aludido esbozó una sonrisa engreída y me mandó un beso. Me entraron ganas de estamparle la pelota en toda la boca.

No seré yo quien te pare.

—Pues ya tenemos a nuestros dos capitanes —anunció el torturador cambia-nombres—. Ally, elige a alguien para que se una a tu equipo.

—¿Y por qué tiene que empezar ella? —protestó Marco.

—Porque lo digo yo.

Dudé ante mis compañeros. Marco no dejaba de mirar a Oscar y a Víctor. Estaba claro que quería formar un equipo con ambos. Si lo hacía, los demás perderíamos toda oportunidad en cualquier juego.

Así que… actué por impulso.

—Quiero a Víctor.

El aludido no pareció demasiado sorprendido, aun así, me miró a la cara por primera vez desde la noche anterior. Intenté disimular que me había puesto un poco nerviosa. Víctor, de todos modos, no estaba muy interesado; sin decir una palabra y con la expresión plana, se me acercó y se colocó a mi lado de brazos cruzados.

Marco me fulminaba con la mirada. Fue mi turno para lanzarle un beso.

Así me gusta.

—Oscar —dijo, irritado.

Mientras el aludido ocupaba su lugar, el entrenador me miró sin ganas. Estaba claro que quería acabar con todo aquello e irse a casa.

Analicé a Tad y a Eddie. Estaba segurísima de que quería al primero en mi equipo, pero entonces me di cuenta de que Eddie me estaba suplicando con la mirada que lo escogiera a él. Supuse que no estaba muy cómodo en el equipo de Marco. Fuera lo que fuese lo que había pasado entre ellos, todavía ardía.

Tras un suspiro lastimero, lo señalé.

—Vaaale… Eddie, ven aquí.

—¡Sí! ¡Genial!

Cuando Marco lo llamó, Tad se mostró tan resignado como si lo hubiera llamado yo. Dudaba mucho de que le importara tanto el equipo, más bien quería hacer lo menos posible.

Una vez formados ambos grupos, el entrenador hizo sonar el pito —de forma totalmente innecesaria, si se me permite añadirlo— y señaló la cancha.

—Vamos a jugar a balón prisionero —explicó con desagrado—. Ya que tenéis tan pocas ganas de baloncesto, al menos me entretendré viendo cómo os matáis.

—No sé cómo se juega —dijo Tad, levantando una mano.

Marco puso los ojos en blanco.

—¿Es que no sabes cómo se juega a nada? Búscalo en Google, joder.

—Cada equipo ocupa una mitad del campo; se trata de eliminar a los miembros del otro —explicó Víctor al ver que nadie más tomaba la iniciativa—. Para conseguirlo, tienes que hacer que la pelota los toque y luego toque el suelo.

—Ah, qué bien… No suena nada violento…

—¿Empezamos o qué? —protestó Eddie.

Cada uno de nosotros se colocó de forma automática en el lado del campo acordado. La línea blanca del centro nos separaba del otro equipo.

Marco era el único que parecía metido en el juego, la verdad. Oscar se miraba las uñas y Tad mantenía su mueca de resignación. A mi lado, Eddie daba saltitos para calentar y Víctor lo juzgaba con una ceja enarcada.

El silbato —de nuevo, un poco innecesario— me hizo respingar. Seguía con la pelota en la mano y tocaba empezar.

Me coloqué en una posición más defensiva y contemplé a mis adversarios. Estaba claro que el objetivo más fácil era Tad, pero me negaba a ser la abusona que fuera directamente a por él, así que apunté a los otros dos. Marco cogería la pelota, aunque se la lanzara a los huevos, y no me apetecía brindarle tal satisfacción.

Por descarte, le tocó a Oscar.

Recemos por él.

Al lanzársela, Oscar ni siquiera me observaba. Tenía la mirada perdida por otra galaxia. Aun así, cuando le dio en el estómago, soltó un «*Ooof*» y la cogió instintivamente. Como no había tocado el suelo, continuaba jugando.

Solté un suspiro y retrocedí un poco. Especialmente cuando Marco le arrancó la pelota de la mano y se acercó para lanzárnosla.

Y así empezó el juego. En las primeras rondas, nadie salió eliminado. Las pocas veces que la pelota tocó a alguien, otra persona de su equipo lo salvó cogiéndola antes de que llegara al suelo. En las otras ocasiones, los tiros ni siquiera llegaban a tocar a nadie.

Sospecho que todos sabíamos quién sería el primer eliminado; tampoco Tad se sorprendió cuando la pelota de Eddie le rebotó en la cabeza.

Lo que sí me sorprendió fue que Marco, que se encontraba justo al lado, ni siquiera hiciera ademán de salvarlo. La pelota casi le tocó las manos, pero se aseguró de esconderlas a tiempo y, por consiguiente, eliminarlo.

—¿Qué…? —empezó Tad, indignado—. ¡Podrías haberme salvado!

—¿Para qué? Eres un inútil. Mejor piérdete.

Tad abrió la boca y volvió a cerrarla sin saber qué decir. A mí se me ocurrían unos cuantos insultos, pero no pude soltarlos antes de que Oscar se acercara a ellos.

—¿De qué vas? —preguntó a Marco. Su agresividad nos pilló a todos un poco desprevenidos.

—¿Yo?

—Sí, tú. ¿Te crees que puedes ir hablándole así a la gente?

—Le hablo como me da la gana.

—Como un gilipollas, que es lo que eres.

—Y él es un inútil. ¿Por qué no te vas a consolar a tu novio, si tanta penita te da?

Oscar lo contempló unos instantes y, aunque por un momento consideré la posibilidad de que le diera un puñetazo, al final le quitó la pelota de la mano y se la pasó a Víctor. Él entendió enseguida lo que pretendía su amigo; le lanzó la pelota al pecho, y Oscar, de forma totalmente pasiva, dejó que le rebotara. Después, se la devolvió a Marco, que tenía la boca entreabierta.

—Vaya, me han eliminado… Pásatelo bien tú solito.

Y fue directo a las gradas, junto a Tad.

Marco se quedó momentáneamente parado, analizando si valía la pena seguir jugando o no. Finalmente se volvió hacia nosotros con las mejillas rojas. No era por vergüenza, y mucho menos por el esfuerzo del juego. Estaba furioso. Lo notamos enseguida. Sus lanzamientos eran ahora violentos, y dejó de apuntarnos al pecho para hacerlo a nuestras cabezas. Pese a tratarse de una pelota de goma, los golpes eran muy ruidosos. Si conseguía darnos, iba a doler.

Víctor echaba ojeadas al entrenador cada vez que la pelota estaba a punto de alcanzarnos en la cabeza, pero estaba claro que el señor no tenía ninguna intención de actuar. Estaba muy ocupado jugueteando con el cordón del silbato.

Un sonido parecido al de un latigazo hizo que me volviera, justo a tiempo para ver la pelota en la mejilla del pobre Eddie. Debió de ser muy fuerte, porque cayó de culo al suelo.

Y Víctor, en ese instante, decidió que había tenido suficiente.

—¡Eliminado! —celebró Marco con una gran sonrisa—. No necesito a nadie, ¿veis? Yo solito puede con tod...

Tuvo que callarse para lanzarse al suelo, pasmado, cuando la pelota pasó zumbando justo donde había estado su cabeza un segundo atrás. Había sido un lanzamiento mucho más fuerte que los suyos. Marco siguió la dirección de donde provenía y se quedó perplejo al ver la mirada fija de Víctor.

—Pero ¡¿a ti qué te pasa?! —chilló el primero, incorporándose—. ¡¿Quieres matarme o qué?!

—Solo quería imitarte. Cuando va hacia ti no te gusta tanto, ¿verdad?

Si quería provocarlo, lo logró con éxito. Marco recogió la pelota. No sé quién se tensó más, yo o Víctor. Este último logró sujetarla justo cuando le golpeó en el abdomen. Solo por el sonido, supe que había dolido una barbaridad. Hice una mueca de incomodidad.

—Eres un crío —dijo con la voz contenida.

Marco dio un respingo al oír la acusación. Casi parecía que lo hubiera ofendido más eso que el «*gilipollas*» de Oscar.

De pronto, estaba cruzando el campo dirigiéndose hacia Víctor. El entrenador miraba el móvil y pasaba de nosotros, pero Oscar y Tad se acercaron rápidamente para detenerlo. Eddie también lo habría hecho, pero todavía se recuperaba de su propio golpe.

De todos modos, no pudieron detenerlo a tiempo porque Marco avanzaba a toda velocidad. Tenía los puños apretados y la mandíbula tensa, hecho una furia. Si Víctor tenía miedo, no lo mostró. Se limitó a contemplarlo con cierta impasividad hasta que lo tuvo justo delante, prácticamente pegado a su nariz.

—Repite eso —lo retó Marco.

Estuve tentada a poner los ojos en blanco.

Demasiada testosterona para un sitio tan pequeño.

—Parad de una vez —pedí, acercándome también—. Es solo un juego, venga, no es para tanto.

Pero me ignoraron categóricamente.

—Repítelo, venga —insistió Marco.

—¿Qué parte quieres que te repita? —preguntó Víctor, poco impresionado. No había movido un solo músculo.

Marco, frustrado, le quitó la pelota de un manotazo. El golpe de la goma contra la cancha me hizo brincar.

—Oh, pobre pelota. —Víctor enarcó una ceja—. Qué malote eres…

Marco, por supuesto, alcanzó su límite. Se lanzó sobre él y lo siguiente que supe fue que intentaba cogerlo del cuello. Víctor se echó hacia atrás y lo empujó con un brazo. Se separaron por un segundo y luego volvieron a unirse. Esta vez, Marco intentó lanzarle un puñetazo, pero Víctor consiguió esquivarlo y meter un brazo entre ambos para mantener la distancia. De poco sirvió.

—¡Eh! —grité, sintiéndome un poco inútil—. ¡Parad de una vez!

—¡No vuelvas a llamarme «crío»! —exigió Marco, e intentó lanzarle otro golpe.

—¡Pues deja de serlo!

—¡Y lo dice el que paga todo su mal humor con los demás!

—¿Yo?

—¡Sí, tú! ¿Qué culpa tenemos nosotros de que tu novia vaya follándose a la gente en las fiestas?

El corazón se me detuvo un segundo y, casi simultáneamente, Víctor se quedó parado debido a la sorpresa. Fue el momento exacto en que Marco le encajó un puñetazo en la boca.

Víctor retrocedió, sorprendido, y se cubrió la boca con una mano. Apenas había podido ver si le había hecho daño cuando Marco fue a por el segundo.

De eso nada.

Sin pensar en lo que hacía, crucé la poca distancia que nos separaba y me lancé sobre Marco. Y digo «*lancé*» porque lo hice de forma literal. Me quedé colgada de brazos y piernas de su espalda y empecé a darle con un puño donde pude. Espalda, pecho, cabeza, hombros…, donde fuera. Golpeé y golpeé hasta que por fin empezó a retroceder.

—¡¡¡Déjalo tranquilo!!! —chillé, golpeando todavía más fuerte.

Alarmado, Marco soltó a Víctor y empezó a retorcerse como si una culebra le estuviera ascendiendo por la pierna. Intentó lanzarme al suelo, pero no me dejé. Seguía aporreándolo con todas mis fuerzas.

O al menos lo intenté, porque entonces noté que me rodeaban con los brazos desde atrás. Eddie hacía lo que podía, todavía con la mejilla roja, para separarme de Marco. Al otro lado, Oscar intentaba lo mismo con Víctor. Tad daba vueltas, presa del pánico. Y Marco simplemente procuraba quitarse a todo el mundo de encima.

Lo único que nos detuvo de verdad fue el silbato del entrenador. Se había acercado corriendo al ver el desastre. Esos cinco metros debieron de resultarle muy intensos, porque ya resoplaba y se limpiaba gotas de sudor de la frente.

—¿Se puede saber qué pasa aquí? —preguntó entre inspiraciones profundas.

Nadie dijo nada. Al parecer, los puñetazos estaban aceptados, pero los chivatazos no.

Jay

Lo primero que quería hacer al llegar a casa era limpiarme la frente, pero la vida no siempre te da lo que necesitas.

A mí, personalmente, me dio una bronca en vivo y en directo.

Nada más entrar en el salón, me encontré a Ty sentado en el sillón y con la vista clavada en la tablet. No habría caído en ello de no haber sido porque, pese a haber un texto, no deslizaba la mirada por la pantalla. Tan solo quería evadirse de la situación: nuestros padres discutiendo.

Papá y mamá no solían pelearse. De hecho, las pocas veces que lo hacían, eran muy discretos. Papá solía empezar, mamá lo remataba con un comentario y empezaba ese silencio de miraditas tensas. Después, mamá volvía a sacar el tema y papá se enfadaba el doble. No había gritos ni nada remotamente parecido, pero sí que pasaban unas horas sin apenas mirarse. Entonces, uno de los dos se disculpaba y el otro soltaba un suspiro muy pesado, como si lo aliviara oír esas palabras. Entre una pelea y otra podían transcurrir varios meses.

Pero esos días era distinto porque mamá estaba muy cargada de trabajo y papá no lograba sacar adelante un guion nuevo. Decía que no tenía inspiración. Mi padre podía ser la persona más encantadora del mundo, pero cuando se ponía de mal humor era un poco difícil que no la pagara contigo.

—¿Qué pasa? —pregunté en voz baja.

Ty se encogió de hombros y siguió contemplando la pantalla.

Casi a puntillas, me acerqué al marco de la puerta de la cocina. Mamá estaba removiendo algo en una sartén y le daba la espalda a papá, que era quien hablaba y gesticulaba de manera exagerada.

—¿… que yo lo supiese? —preguntaba en ese momento.

Mamá cerró los ojos con fuerza, respiró hondo y siguió removiendo el contenido de la sartén.

—No te he dicho nada —replicó con la voz contenida.

—Sí que lo has hecho. No de manera clara, ¡como siempre!

—¿Y eso qué quiere decir, Jack?

—Tú sabrás.

No había palabras que le dieran más rabia a mamá. Y se notó en cuanto dejó la sartén con fuerza sobre los fogones. Cuando se volvió hacia papá, lo señalaba con la cuchara manchada de tomate. Tuve que esforzarme para reprimir un comentario sobre las manchas que salpicaban en todos lados.

—Acabo de llegar —replicó ella, muy seria—. ¿Cómo querías que yo hiciera algo?

—Yo también tengo un trabajo, ¿sabes? Y es tan importante como el tuyo.

—¡Nadie ha dicho lo contrario!

—¡Y, sin embargo, esperas que yo me ocupe de todo mientras te vas a todos lados!

—¿Y qué quieres que haga? ¡Si digo que no, pierdo oportunidades muy importantes!

—¿Más importantes que llevar a tu hijo al dentista?

Espera, ¿todo eso era porque se les había olvidado que Ty tenía dentista? No supe si reír o llorar. Entendía que estar en una época muy estresante podía hacerte saltar por cualquier tontería, pero esa en concreto me parecía muy absurda.

—Daniel podía llevarlo —replicó ella.

—¿Y queremos que un conocido se encargue de todos los asuntos de nuestros hijos?

—No hagas eso.

—¿El qué, Jen? ¿Quieres que le ponga nombre?

—Em… —murmuré.

Y ambos se volvieron hacia mí.

—… ¿Necesitáis ayuda en alguna cosa?

Sus expresiones cambiaron al instante, como siempre que los pillábamos en una situación tensa. Pasaron del enfado a la vergüenza y, de nuevo, al silencio tenso. Mamá dirigió una mirada a papá y se volvió hacia la sartén, mientras que él se pasó las manos por el pelo.

—Está bien, Jay —aseguró este último—. No te preocupes.

—Puedo llevar a Ty al dentista.

—Hemos tenido que pedir hora para otro día —dijo mamá en voz baja.

De nuevo, el tipo de comentario que reiniciaba la discusión. En cuanto vi que papá volvía a enervarse, suspiré y salí de la cocina. No me sorprendió demasiado ver que Ty seguía exactamente en la misma postura, solo que ahora tío Mike estaba justo a su lado, fingiendo que leía la tablet con él. Recostado sobre su hombro, Benny —su pequeño hurón— se lamía una pata.

En cuanto me oyó aparecer, mi tío levantó la cabeza para mirarme.

—¿Os apetece veniros al ensayo de mi banda?

Un rato más tarde, estábamos los tres en mi coche —no me fiaba de tío Mike al volante—. El silencio era ruidoso, pero nada comparado con el de casa. Y, aunque a veces tuviera mis reservas en cuanto al estilo de vida de mi tío, agradecía que siempre estuviera ahí cuando lo necesitábamos.

Su estudio estaba en el centro de la ciudad, así que tardé un buen rato en encontrar aparcamiento. Por supuesto, él nunca se había molestado en alquilar una plaza ahí cerca. En cuanto lo conseguimos, Ty quiso parar en un supermercado para comprar una botella de agua; no podía consentir que fuéramos a hacer algo activo sin nada a mano para hidratarnos. Tuve que beber bajo su minuciosa inspección.

Tío Mike nos condujo al interior de un edificio de dos plantas donde un guardia de seguridad nos saludó sin demasiado interés. Tras recorrer un pasillo poco iluminado, llegamos al estudio en el que ocurría la magia de su banda. De los miembros originales solo quedaba Lauren, la bajista, que siempre había sido muy amable conmigo y me aseguraba que tenía la misma cara que cuando era pequeñito. Los otros dos —un tipo lleno de *piercings* y otro que siempre se quedaba mirando la nada— me parecían simpáticos, pero solían ignorarme.

—Aquí estamos —anunció el tío Mike—. ¡Hola, chicos!

La única que respondió fue Lauren, que estaba ajustando algunas cosas del panel junto con el productor. Los demás seguían centrados en sus instrumentos.

Ty se detuvo para asomarse al cristal que nos separaba de la cabina de grabación. Parecía fascinado, como siempre que nos pasábamos por el estudio.

—Jay, Tyler —siguió nuestro tío—, poneos cómodos. Si queréis alguna cosa de beber o de comer, hay una máquina en el pasillo y dinero suelto en este tarro de… ¡Oye! ¿Quién ha vaciado el tarro?

El de los *piercings* enrojeció.

—Me había quedado sin chicles…

—¡Pues ahora me debes dos dólares y medio! —Tío Mike frunció el ceño, luego volvió a dirigirse a nosotros con una gran sonrisa—: No hay dinero, pero… ¡seguro que os las arregláis! Sois chicos muy listos, ¿eh? Lleváis mis genes.

El chico que siempre miraba la nada dejó de hacerlo para reírse. Tío Mike lo ignoró completamente.

—¿Hoy vais a grabar? —pregunté, intentando desviar un poco el tema.

—Solo unos acordes —aseguró Lauren en nombre de todos—. Es una tontería, pero me da mucha rabia no tenerlos como a mí me gustan.

—No es ninguna tontería —opinó el de los *piercings*.

—¿Y podemos verlo? —preguntó Ty. Seguramente se dio cuenta de la ilusión que había mostrado, porque enseguida frunció el ceño—. E-es decir…, que podemos hacer el esfuerzo de quedarnos.

—¡Quedaos siempre que queráis! —anunció nuestro tío con toda la alegría del mundo—. Bueno, ¿empezamos?

—¿Llegas tarde y ahora tienes prisa? —murmuró Lauren con desagrado.

—Lo bueno se hace esperar.

Durante la siguiente hora, nos dejaron sentarnos junto al panel con unos cascos para ver cómo iban pasando de uno en uno en dirección al micrófono. El que miraba la nada resultó ser el batería y tener mucho mal humor acumulado, porque tuvieron que pedirle que se relajara un poco y no diera golpes tan duros. El de los *piercings*, en cambio, era el guitarra y lo hizo bien a la primera. Lauren se encargó del piano —además de la guitarra— y, aunque todo el mundo le dijo que estaba perfecto, ella quiso intentarlo varias veces más. Tío Mike entraba y salía según le apetecía, y a nadie parecía importarle.

Tyler, por cierto, seguía pegado al cristal. Solo le faltaba tener la nariz aplastada para convertirse en una imagen graciosa. Estaba fascinado, como siempre que veía a profesionales encargándose de sus especialidades. Cada vez que se percataba de que lo veíamos, se apresuraba a esconderse, como si todo aquello le diera vergüenza.

Lauren, sin embargo, se dio cuenta y le hizo un gesto para que entrara con ella en el panel.

—¿Quieres probar? —preguntó.

Ty abrió mucho los ojos y me contempló. Casi parecía que me pedía permiso. Empecé a reírme y le hice un gesto para que hiciera lo que quisiera. Prácticamente entró corriendo.

Mientras Lauren le enseñaba las teclas que debía tocar y Ty las memorizaba con la seriedad de quien manipula una bomba, yo me acomodé en una silla. Tío Mike se dejó caer a mi lado y me dejó unas chocolatinas y una botella de agua en el regazo. No supe cómo decirle, sin ser desagradecido, que detestaba el dulce; así que, distraído, mordisqueé una.

—Te noto preocupado —comentó él.

—No es nada —murmuré.

—Oye, que yo no soy tus padres y no hace falta que me mientas.

Procuré contener una sonrisa, pero fue bastante inútil. Tío Mike tenía la habilidad de hacerte reír incluso en las situaciones más difíciles. También ayudaba que Benny hubiera decidido dormirse sobre el respaldo de mi silla hacía un rato. Su colita oscura me acariciaba la mejilla cada vez que roncaba un poco fuerte.

—Últimamente… discuten mucho —dije al final.

Mi tío asintió como si me entendiera a la perfección. De mientras, tomó un trago de la cerveza que acababa de abrir. De nuevo, me alegré de ser yo el conductor y no él.

—Es normal —aseguró—. Nadie aguanta un matrimonio de tantos años sin una sola discusión. La gente se pelea. Mientras que luego lo solucionen de forma sana…

—Sé que siempre lo solucionan de forma sana. Y sé que se quieren mucho. He visto a los padres de mis amigos, ¿sabes? Pocos hablan el uno del otro como lo hacen papá y mamá, pero a la vez…

—Están pasando por una época complicada, Jay —me interrumpió él—. No le des más importancia de la que tiene.

—Ya, pero…, no sé… Me gustaría hacer algo para ponérselo más fácil.

En cuanto él empezó a reírse, yo empecé a enrojecer. Nunca entendí por qué tío Mike era tan buen confidente, pero lo cierto era que hablar con él resultaba muy sencillo. Nunca te sentías pesado y, de alguna forma, siempre te tranquilizabas.

Qué bonito, por favor.

—Jay… —empezó, como siempre que le soltaba una de esas.

—Ya sé lo que me vas a decir —protesté—. Ya sé que no puedo arreglar todos los problemas del mundo y que no puedo cargarme el mundo sobre la espalda, pero… es que no me gusta sentirme inútil.

—¿Y a ti quién te ha dicho que seas inútil?, ¿con quién tengo que pegarme?

Benny bajó justo en ese momento a mi regazo. Siempre me había llevado muy bien con él. Con una sonrisa, le acaricié la cabecita.

—Nadie —aseguré—. Aparte de mí mismo, supongo.

—Ah, sigues siendo tu peor enemigo. Un clásico en niños de tu edad.

—Pero ¿cuántos años te crees que tengo?

—No sé. ¿Doce? Sois tantos que ya me pierdo.

En esa ocasión, no me molesté en evitar mi sonrisa. Especialmente porque Ty estaba saliendo de la sala de grabación con una sonrisa muy poco usual en él. Tío Mike me dio un apretoncito en el hombro.

—La ayuda que podemos ofrecer a los demás tiene un límite, Jay —añadió en voz baja, para que solo pudiera oírlo yo—. Y, al final, no puedes poner sus problemas por encima de los tuyos. Son adultos, ya lo arreglarán. No te preocupes, ¿vale?

Quise asentir, pero no estaba muy convencido. Él sonrió de todas formas y se dirigió a Tyler:

—¡Vaya, si tenemos un nuevo miembro en la banda! ¿Te apetece intentarlo conmigo, pequeño grumete?

—¡¿Puedo?! Quiero decir…, si es lo que quieres, pues vale.

Ellie

Víctor, Tad, Oscar y Eddie fueron los primeros en marcharse. Marco salió detrás de ellos, todavía profiriendo insultos y maldiciones entre dientes. Fui la última. Más que nada, porque me detuve en la máquina de bebidas del pasillo. Hubo que patearla un poco para que funcionara, pero finalmente me hice con una lata fría.

Al salir, me encontré a Víctor sentado en la acera frente al gimnasio. Tenía las rodillas flexionadas y los codos apoyados en ellas. El extremo de su labio inferior se estaba amoratando. No se había limpiado a conciencia la sangre del golpe. Le ofrecí la lata fría. Parpadeó unos segundos, sorprendido, pero al final la aceptó y se la puso en la herida.

—Gracias —murmuró con un labio aplastado por la lata.

—De nada.

No sabía qué hacer, así que acabé sentándome en la acera, a su lado, y me pegué las piernas al pecho. Después lo miré de soslayo. Parecía algo irritado, todavía. Y podía ver la mueca de dolor que ponía cada vez que el frescor de la lata chocaba con su herida.

—Te ha dado bien, ¿eh?

Víctor no me miró. Se limitó a poner los ojos en blanco.

—Gracias por avisarme…, no me había dado cuenta.

Dudé. Si no eran comentarios irritantes, no sabía qué decirle.

Nos quedamos sin repertorio.

—Pensaba que erais amigos —comenté al fin.

Él se encogió vagamente de hombros. Se había apartado la lata de la boca y ahora le daba vueltas entre los dedos. Los músculos de sus antebrazos se flexionaban a cada movimiento. Igual no era el mejor momento para fijarse en ese detalle, pero no podía evitarlo.

—No sé si «amigo» es la palabra que usaría para definirlo —admitió—, pero… sí, lo conozco desde hace mucho tiempo. Me cae bien, pero tiene algunos días en los que…, no lo sé, está insoportable. Le pasa algo malo y lo paga con todo el mundo, aunque no tengan la culpa.

¿Nos suena de algo?

Aparté la mirada. No lo había dicho de forma acusatoria, ni mucho menos, pero igualmente me sentí un poco atacada.

—Es la primera vez que me golpea —añadió en voz baja—. Eso sí que es una novedad.

—Es un crío. Los críos se enfadan y sueltan golpes constantemente.

Víctor esbozó una sombra de sonrisa, pero no me miró.

—No lo digas delante de él o acabarás con un labio partido.

—Que lo intente, verás tú cómo termina él.

—Ya lo he visto —me recordó, esta vez volviéndose hacia mí. Parecía muy divertido—. Menuda cantidad de golpes le has soltado en un momento. Le has dado incluso en la partida de nacimiento.

—¿Qué puedo decir? Soy impresionante.

—Genial, acabas de arruinarlo.

—No he arruinado nada. De hecho, te he salvado —señalé con una sonrisa muy orgullosa—. Me debes una.

—Sí…, recuérdame que te debo una lata fría la próxima vez que te metas en un lío.

—¿Por qué asumes que me meteré en más peleas?

Víctor me contempló con una ceja enarcada, a lo que enrojecí un poco y aparté la mirada antes de continuar:

—Vale, pues una lata fría. Me parece un buen trato.

Pareció algo descolocado, como si no se esperara que fuera a luchar tan poco por tener la razón. En su defensa: no era muy habitual.

—¿Estás bien? —quiso saber.

—Sí. A mí no me ha dado.

—No me refiero a lo de Marco, sino a… No lo sé, en general. ¿Estás bien?

Repiqueteé los dedos en mis rodillas, sin saber cómo responder. Desde la noche anterior, no había vuelto a hablar con mi hermano mayor. Sus palabras continuaban retumbándome en la cabeza. No había podido pensar en otra cosa, por mucho que lo intentara. Y es que…, bueno…, tampoco iba tan equivocado. Pero no resultaba fácil admitir esas cosas. Al menos, para mí. No en lí-

neas generales, aunque sí que podía asumir ciertas cosillas más…
puntuales.

Así me gusta.

—Estoy bien. Oye… —empecé, y solté un carraspeo algo incómodo.

Víctor volvía a sujetarse la lata contra el labio y me miraba con curiosidad.

—Sobre lo que ha dicho Marco de la fiesta… —continué.

—Siento que lo haya dicho delante de todo el mundo, no tenía ni idea de que supiera nada de…, bueno…

—No lo decía por eso. Quería explicar lo que pasó y…

Víctor bajó la lata de golpe, alarmado.

—No quiero saber los detalles.

—Pero…

—De verdad, no quiero saberlo. Da igual. Tampoco tienes que explicarme nada.

Yo también aparté la mirada. Habíamos empezado muy bien, pero prácticamente volvíamos a darnos la espalda.

Y, ya que estábamos, no quería irme de ahí sin descubrir alguna cosa nueva.

—¿Fuiste a esa fiesta a ver a…, ya sabes? —pregunté de sopetón.

Víctor giró sobre sí mismo para mirarme. No parecía ofendido, tampoco culpable. Parecía… perplejo.

—¿A quién?

—A Livvie, obviamente.

—¿Por qué iría a ver a Livvie?

Buena pregunta.

—Eso deberías saberlo tú —mascullé.

Víctor arrugó aún más la nariz, pero dejó de hacerlo cuando un espasmo de dolor le cruzó el labio.

—Fui a ver a mi hermana. Livvie estaba en la fiesta con Jane y Tommy.

—¿Quién es Tommy?

—Un amigo suyo.

—¿Y por qué estaba con mi prima?

Abrió la boca y volvió a cerrarla, como si se estuviera callando algo.

—Quizá deberías preguntárselo a ella.

110

Lo miré con extrañeza, pero no dijo nada más al respecto.

—Ya veo —comenté.

—Espera —dijo de pronto, y me señaló con la lata—. Toda la escenita de la fiesta, lo de enfadarte… ¿fue porque te pensabas que estaba con…?

—Claro que no. ¿Te crees tan importante como para afectarme tanto?

—Sí.

—¿Qué…?

—Tú me afectas de la misma manera.

Enrojecí y, de forma automática, me puse a la defensiva. Incluso me crucé de brazos. Me negaba a mirarlo a la cara. De pronto, me sentía muy nerviosa.

—Aterriza de nuevo, que te has venido muy arriba.

Víctor, para mi sorpresa, soltó una risa baja y suave. La única que podía soltar sin que se le volviera a abrir la herida. Entonces se puso de pie y se colgó la bolsa de deporte en el hombro. Ese día, él tampoco se había cambiado de ropa. Creo que nadie lo había hecho.

—¿Te llevo? —preguntó.

Entrecerré los ojos.

—¿Tenemos que pararnos en alguna fiesta?

—No sé, ¿te han invitado a alguna?

—No.

—Entonces, a casa, que es tarde.

Sonreí y recogí mis cosas para seguirlo.

El viaje en coche fue bastante silencioso, la verdad. Él se relamía la herida con la mirada perdida en la carretera mientras que yo tenía la cabeza apoyada en la ventanilla. Me sentía más cansada que de costumbre, como si hubiera hecho muchas más cosas de las habituales, cuando, en realidad, todo había ocurrido en muy poquito tiempo.

Para cuando Víctor cruzó las vallas de nuestra urbanización, casi me había quedado dormida. Noté que me miraba de reojo mientras yo me recolocaba en el asiento, pero no dijo nada. Se limitó a aparcar frente a su casa. Apagó el motor. Y… silencio.

Incómodo silencio.

Miré la puerta de mi casa, dudando entre marcharme o no. No quería dejarlo plantado, pero tampoco estaba segura de que hubiera algo que añadir.

Ya estaba a punto de salir cuando carraspeó y atrajo mi atención.

—Oye, solo quería…, em…, darte las gracias por defend… ¡AAAH!

Di un brinco, alarmada por su grito, y busqué desesperadamente el peligro alrededor. En cuanto lo descubrí, también me eché hacia atrás con un tirón del cinturón.

Un par de ojos castaños —y muy conocidos— se asomaban por su ventanilla, observándonos con atención. Tardé tres segundos exactos en reaccionar:

—¡Es mi hermano pequeño! —exclamé, sin poder creérmelo.

—¿Y qué coño hace tu hermano pequeño ahí asomado?

—Es… un poco reflexivo, ¿vale?

Víctor prefirió no decir nada y tener la fiesta en paz. Abrió la puerta del conductor para ver a Ty. Ya llevaba puestos el pijama y su miradita sospechosa; ambas cosas, propias de un señor mayor.

—Hola —dijo.

—¡Ni hola ni nada! —exclamé con el ceño fruncido—. ¿Se puedes saber qué hacías?

—Observar y sacar conclusiones.

—¿Qué conclusiones? —preguntó Víctor.

Ty se volvió hacia él. Para ser tan pequeñito, su mirada intimidaba bastante. Víctor arqueó las cejas y levantó las manos; estas últimas, en señal de rendición.

—Vaaale…, creo que optaré por no decir nada más.

—¿Qué quieres? —le pregunté a Ty.

Él se volvió de nuevo hacia mí.

—Quiero mis velas aromáticas.

Oh, mierda. Se suponía que tenía que bajarme en otra parada de autobús para comprárselas. Se lo había prometido… hacía bastante tiempo. Debió de leérmelo en la cara, porque entrecerró todavía más los ojos.

—No las has comprado —observó.

—Se me ha olvidado, Ty.

—Normal. Estás tan *distraída*…

Eso último lo dijo mirando fijamente a Víctor. Él sonrío con inocencia.

—Mañana te las compraré —aseguré enseguida—. Es que se me ha olvidado, pero mañana me acordaré. Lo prometo.

—Promesas, promesas… No significan nada. Y las necesitaba hoy.

—¿Para qué? —preguntó Víctor.

—Para mi ascensión al oráculo de golpear a pelirrojos preguntones.

No sé qué pensó Víctor, pero se volvió hacia mí. Parecía que me preguntara si eso era normal o le estábamos gastando una broma. Ojalá lo fuera.

—Ty es muy… místico —le expliqué torpemente—. Y tiene muy mala leche.

—«Místico» —repitió mi hermano con indignación—. Qué forma de hacer que las cosas parezcan tan simpl…

—Que sí, Ty. ¿Puedes esperarme un momento en casa?

No lo vi muy convencido. Nos miró a ambos, suspicaz.

—No vais a hacer nada raro, ¿no?

Víctor casi cortocircuitó.

—¿«Nada… raro»?

—Dar botes. Mete-saca. ¿Sí o no? Si mamá me pregunta, debería tener una respuesta.

Si hasta ese momento mi cara había estado roja, probablemente acababa de ascender a la categoría de color azul. Víctor se limitó a parpadear, como si la información no le estuviera entrando en el cerebro.

—Pues no era el plan —murmuró—, no.

—Bien. Vi en un documental que las relaciones en los coches son peligrosas. Puedes…

—¡Ty! —estallé, avergonzada—. ¡Espérame en casa!

Mi hermano pequeño pareció ofendido por la interrupción, pero al final se marchó muy digno con su pijama de ovejas y monopatines. Esperé a que estuviera a una distancia prudente para volverme hacia Víctor, que parecía entre divertido y pasmado.

—Lamento todo eso —murmuré.

—Ah, no te preocupes. Tu familia nunca aburre.

—La explicación general suele ser que estamos todos locos, pero te agradezco que lo hayas dicho de una forma tan bonita.

Con un suspiro, me colgué la mochila del hombro y le dije adiós con la mano. Víctor asintió a modo de despedida. Sonreía de medio lado, pero esbozó una mueca cuando le dio un espasmo de dolor y se cubrió la herida con la mano.

Al llegar a casa, Ty seguía vigilando tras la puerta. Cerré detrás de mí y le saqué la lengua.

—Deja de espiarme —protesté.

—Deja de hacer cosas espiables.

—¿A que no te traigo tus dichosas velas?

—Pues se las pediré a mamá.

Eso último me hizo dar un respingo.

—¿Mamá? ¿Ya ha llegado?

—Sí. Y ya se ha peleado con papá, pero dudo que te impor…

Cuando vio que pasaba de él, Ty soltó un suspiro dramático y señaló la cocina. Prácticamente tiré la bolsa al suelo para salir corriendo. Pasé por el salón, donde papá y Jay apenas tuvieron tiempo de levantar la cabeza para saludarme, y me metí directa en la cocina.

Efectivamente, mamá acababa de cerrar la nevera. Llevaba un vaso de agua en la mano, y por la manera en que se pasó una mano por la cara, deduje que estaba cansada por el viaje.

—¡Hola, mamá!

Mi voz hizo que alzara la cabeza y sonriera.

—¡Ellie! —Dejó el vaso a un lado para pasarme un brazo por encima de los hombros y apretujarme contra su cuerpo.

Intenté separarme, pero no me dejó.

—Ayyy…, mi niña cariñosa.

—¡Mamá, que estoy toda sudada!

—En peores situaciones te he abrazado, créeme.

Suspiré y dejé que me apretujara un poquito más antes de, por fin, liberarme. Retrocedí un paso y ella aprovechó para mirar la pantalla de su móvil. Luego, enarcó una ceja.

—¿No terminas el entrenamiento en media hora? ¿Qué haces aquí?

—Ah, eso… Hoy ha sido un día un poco ligero. El entrenador quería irse más temprano.

Mamá apoyó la cadera en la encimera y tomó un sorbito de agua. En ningún momento había dejado de mirarme fijamente; me obligué a mantener una expresión neutral para que no me pillara.

Igualmente, lo hizo.

—Ajá… ¿Estás segura?

—Totalmente.

—Es mentira.

Las últimas palabras habían salido de Ty. Ambas nos volvimos hacia él. Acababa de meterse en la cocina. Apartó un taburete y, como siempre, se sentó encima de rodillas. Tenía buen equilibrio, el enano. Después me miró con malicia.

Oh…, el pequeño Ty quiere venganza por sus velas.

—Cállate —siseé.

—¿Por qué iba a callarse? —quiso saber mamá, cada vez más desconfiada.

Ty esbozó media sonrisa malvada mientras yo negaba frenéticamente con la cabeza.

—Ha vuelto con Víctor… y se han peleado. Él tenía un labio partido.

En cuanto oí el grito ahogado de mamá, fulminé a Ty con la mirada. Él sonrió sin arrepentimiento.

—¿«Un labio partido»? —repitió ella. Ya la tenía encima, mirándome con los ojos muy abiertos—. ¿Qué ha ocurrido? No has sido tú, ¿no?

—¡Claro que no!

—No golpearía a Víctor —me apoyó Ty, y empezó a lanzar besitos al aire—. Porque quiere casarse con él, y tener muchos hijit…

—¡CÁLLATE, TY!

—¿Qué ha pasado? —insistió mamá, preocupada.

—¡Nada grave! ¡Ha sido un accidente!

—Elisabeth, ya basta de mentirme. ¿Qué ha pasado?

Oh, oh. Mi nombre completo. Mala señal.

—Un chico del entrenamiento se ha peleado con él. Los demás hemos tenido que separarlos, pero era un poco tarde. Ya había conseguido golpearlo en la boca.

—¿Y el entrenador?, ¿dónde estaba?

—Pues… no sé. Sentado en las gradas.

—¡¿Sentado en…?!

Mamá se calló. Había apretado los labios y tenía el ceño fruncido. Ay, mierda… Conocía esa expresión.

—Pero ¡siempre es muy responsable! —aseguré enseguida—. Es un entrenador maravilloso, aprendemos un montón de cosas con él, me ofreció su despacho para cambiarme de ropa y…

—¡¿QUÉ?!

Me callé, alarmada.

—¡Eso último es broma!

—¡¿Te dijo que te cambiaras delante de él?!

—¡No! ¡No es eso! ¡Es que como no hay baño de mujeres…!

—¡¿QUE NO HAY BAÑO PARA TI?!

No es por hundirte, pero cada vez que abres la boca, la cosa se pone peor.

Me callé, derrotada, cuando ella retrocedió un paso y puso los brazos en jarras.

—Esto es inadmisible —declaró, muy indignada.

—¡Por favor, no…!

—¡No! Es una vergüenza. ¡Se supone que es vuestro responsable! ¿Cómo te voy a dejar en sus manos si es así de desapegado?

—¡Mamá, me encanta jugar al baloncesto y es el único equipo en toda la ciudad! Si me voy, no habrá ninguna otra alternativa.

Eso sí que la calmó un poco. Mamá se cruzó de brazos, frustrada, y lo consideró unos segundos.

—Vale, puedes seguir yendo a esas clases.

—¡Bien! Gracias, mamá. Eres la mej…

—Pero —añadió, y me señaló con un dedo— quiero hablar con tu entrenador.

No sé qué cara puse, pero Ty empezó a reírse a carcajadas.

—N-no hace falta —le aseguré, intentando sonar tranquila—. Es un hombre muy ocupado, no creo que…

—Bueno, pues que me haga un hueco. Mañana te iré a buscar al gimnasio.

—Pero…

Lo que me faltaba ya para que mis compañeros siguieran riéndose de mí…, que mamá le echara la bronca al entrenador.

—Mañana voy, y fin de la discusión —declaró, muy seria—. Ahora, ¿por qué no subes a darte una ducha y a ponerte algo más cómodo?

Como vi que no me quedaba otra que aceptarlo, suspiré con resignación e hice lo que me decía.

6

Mamá en acción

Jay

La arena de la playa se colaba entre mis dedos y me permití disfrutar un rato de esa agradable sensación que, junto con el sol calentándome la piel, me adormecía.

—¿Os apetece jugar? —preguntó Fred.

Eché una ojeada a mi izquierda. Ty había decidido acompañarnos —o mamá lo había obligado, aún no estaba muy seguro—. Tumbarse sobre la toalla con cuarenta litros de crema solar encima le parecía una experiencia costera más que suficiente. No estaba muy por la labor de ponerse de pie, y yo no me atrevía a dejarlo solo.

—Nosotros pasaremos —dije—. Pero te animamos desde aquí, ¿eh?

—Así me gusta.

No era que Ty no pudiera quedarse solo… Con catorce años, ya era muy capaz de cuidar de sí mismo. Sin embargo, yo temía que huyera de la playa y, sobre todo, de mi amigo. La actitud alegre y sonriente de Fred le estaba poniendo de los nervios.

Eché una ojeada a mi hermano pequeño y, tras dudar unos segundos, me tumbé en la toalla para quedar a su altura. Ty me miró de reojo y luego volvió la cabeza hacia el cielo. Al llevar gafas de sol, no estaba seguro de si tenía los ojos abiertos o cerrados.

—¿Tienes hambre? —pregunté.

—No.

—¿Sed?

—No.

—¿Necesitas…?

—No tengo cinco años —intervino de malas maneras—. Vete a jugar con el gorila, si es lo que te apetece.

117

—Oye, no llames así a Fred, que es muy buen chico.

—¿Quién dijo que ser gorila te hace malo?

—Sabes perfectamente a qué me refiero —protesté—. No le faltes al respeto a la gente que intenta ser amable contigo.

Ty suspiró de forma larga y pesada, dejando claro lo poco que le interesaba aquella conversación. Me pasé una mano por la cara. Sí, estaba en esa edad un poco insoportable.

Mejor a los catorce que a los treinta.

—¿Quieres ir en un barquito de esos con pedales? —propuse—. Los alquilan ahí delante.

—Qué pereza.

—Pues venga, vamos.

—¿No me has oído?

—Papá ha dicho que hicieras un poco de ejercicio, y mamá, que te diera el sol. O eso o juegas al vóley con Fred, tú eliges.

Ty exhaló otro suspiro eterno y echó la cabeza atrás. Le llevó unos segundos, pero al final se levantó y arrastró los pies tras de mí. Mis amigos, que seguían jugando, nos saludaron con la mano al vernos pasar. Fue Diana quien se animó a acercarse.

—¿Vais a los hidropedales? —preguntó con entusiasmo—. ¡Ay, me encantan!

—Vente, entonces, porque… no creo que este vaya a pedalear mucho.

Ty se cruzó de brazos ante mi acusación, pero no la negó.

No se me escapó la mirada agria que nos mandó Bev, pero por lo menos decidió no criticarnos. Lila, en cambio, estaba encantada de que su novia se estuviera integrando por fin. Fred era el único al que todo se la pelaba por completo y continuaba jugando.

El señor de los hidropedales respondió con cara de aburrimiento a las preguntas de seguridad de Ty y al terminar señaló la cartilla de precios. No era demasiado caro, así que alquilamos uno para dos horas que no creí que fuéramos a completar. Más que nada, porque mientras sacábamos el trasto de la arena, Ty ya tenía cara de cansancio.

Entonces, justo cuando estábamos a punto de lanzarlo al agua, un grito de guerra nos interrumpió:

—¡¡¡DI!!!

Diana dio un respingo y levantó la cabeza. También lo hizo media playa, claro. Un chico se nos acercaba por la arena con una gran sonrisa, esquivando turistas y ganándose más de un insulto cuando saltaba por encima de ellos.

—Ah, es mi hermano —comentó ella.

Espera…, yo conocía esa cara. También esa camisa horrible de fondo rosa y dibujos de la cara de Keanu Reeves.

No podía ser.

Va a ser que sí.

En cuanto Nolan se detuvo a nuestro lado, me contempló con sorpresa.

—Ah, hola a ti también. ¡No me digáis que sois amigos!

—Sí —contestó su hermana por mí, y lo miró de arriba abajo—. Nolan…, ¿no te dije que echaras esa camisa a lavar?

—¿Cuál?

—La que llevas puesta. Ya prácticamente puede andar sola.

—Bah, serás exagerada. —Nolan hizo una pausa al darse cuenta de la existencia de Ty. Con alegría, empezó a revolverle el pelo con una mano. Mi hermano casi le arañó los ojos—. ¡Y tú debes ser el pequeñajo de la familia!

—¿Pequeñaj…?

—Es mi hermano pequeño, sí —interrumpí antes de que se liaran a discutir—. Tyler, este es Nolan. Se encarga de cuidar a la abuela por las mañanas.

—Pues vale.

No parecía muy interesado en el tema y no se molestó en disimularlo. Nolan enarcó las cejas, sorprendido, pero no añadió nada más. Al contrario: vio lo que estábamos haciendo y empezó a frotarse las manos con entusiasmo.

—¡Ah, me apunto!

Y, antes de que nadie pudiera decirle algo, dio tal empujón al hidropedal que lo alejó varios metros de la orilla.

Alarmado —y un poco en *shock* por la fuerza bruta que tenía el colega—, me apresuré a meterme en el agua para escalar y que la barquita no se fuera sin nosotros. Fui el primero en subirme después de él, que ya pedaleaba como un lunático. Me quedé un poco atrás para echar una mano a Diana y a Ty, aunque el segundo pasó de aceptarla.

—¡Jay! —chilló Nolan entre gestos frenéticos—. ¡Ven, vamos! ¡Tengo ganas de pedalear!

—Sí, sí…

—Es muy entusiasta —explicó Diana, un poco avergonzada.

Eché una miradita a Ty, que ya se había sentado al fondo del hidropedal y nos daba la espalda. No pude quejarme del hermano de Diana porque, honestamente, el mío también tenía lo suyo.

Fui al asiento que había junto a Nolan y me acomodé un poco mejor a su lado. Después coloqué los pies en los pedales. Él apenas podía contener la impaciencia.

—¿Vamos? —preguntó.

—Sí, vam…

—¡Genial!

Y así empezó a pedalear con tanto vigor que, para seguirle el ritmo, tuve que echarle todo mi esfuerzo. Lo peor de todo era que, mientras que yo sudaba y enrojecía por momentos, Nolan iba hablando con nuestros dos acompañantes con toda la tranquilidad del mundo.

—Frena un poco —le indicó Diana al cabo de unos segundos.

—¿Por qué? A Jay le gusta así.

—Jay está a punto de morir de un infarto —aseguré en voz baja.

Frené un poco y, aunque él también lo hizo, seguía yendo con tanta fuerza que el hidropedal se desviaba todo el rato hacia la derecha. Finalmente me rendí a la evidencia y decidí que era mejor dejar que giráramos en círculos.

—¡Grumetes! —chilló Nolan, estirando un brazo hacia la derecha—. Si miran por este lado, podrán gozar de unas privilegiadas vistas a la costa de nuestra bonita ciudad. Y si se fijan mejor, podrán espiar a los pijos que viven por aquí. Busquen ventanas que no estén tintadas, a ver qué hacen en sus mundillos de oro y diamantes.

—¿Siempre es tan gracioso? —preguntó Ty con cara de póquer.

Nolan soltó una risita y me miró.

—Ya veo que la simpatía viene de familia.

—Si crees que yo soy antipático, con Ty no te queda nada…

—Bueno, siempre me han gustado los retos.

Continuamos pedaleando un rato en el que Nolan decidió cantar a todo pulmón. Diana se asomaba al borde de la barquita para ver el agua en movimiento bajo nosotros, y Ty se había cubierto de pies a cabeza con una toalla para que no le diera el sol.

—En cualquier momento se pensarán que transportamos un cadáver —murmuré.

El único que me oyó fue Nolan; estalló en carcajadas ruidosas y me dio una palmada en el brazo que por poco me tiró del barco en marcha.

—¡Sabía que tenías un poco de humor debajo de esa fachada tan seria!

—Yo no soy serio —protesté.

Esta vez, no respondió. Fruncí el ceño.

—¿Soy serio?

—A ver, un poquito sí. Pero tampoco pasa nada, ¿eh? Cada uno tiene lo suyo. A mí todo el mundo me dice que soy un pesado, y vivo con ello.

No pude evitar la oleada de culpabilidad. Más que nada, porque yo era una de esas personas que, en varias ocasiones, lo había pensado. Supuse que para él también tenía que ser complicado hablar con alguien que constantemente estaba pasando de él o haciéndole el vacío; aparté la mirada.

—Siento si he sido desagradable contigo —dije al final, sin mirarlo—. A veces me cuesta controlar…, mmm…, la forma en la que expreso las cosas. Pero no me caes mal ni nada, ¿eh? No es nada personal.

Tampoco me caía particularmente bien, pero eso no necesitaba saberlo.

—Tu abuela ya me avisó en su momento —aseguró con media sonrisa—. No te preocupes, tío. Está todo olvidado.

—Y dale. Que no me llames…

—¡Aquí es perfecto! —exclamó Diana entonces, y se quitó la camiseta para quedarse en bañador—. ¡Al agua!

Nolan no necesitó absolutamente nada más para abandonar los pedales. Saltó por encima de nuestros asientos —y de mí, qué remedio— y fue corriendo y riendo junto a su hermana. Llevaba puesta una camisa de flores abierta, pero no se molestó en quitársela antes de saltar, sin previo aviso, directo al agua.

Salpicó a todos lados y Ty sacó la cabeza de debajo de la toalla, furioso.

—¡¿Se puede saber qué hacéis, panda de locos?!

—Disfrutar un poco de la vida —aseguró Nolan, divertido, y lo salpicó—. ¡Venga, salta con nosotros!

—Si salto será para ahogarte.

Era una frase un poco preocupante, pero Nolan empezó a silbar y a nadar tranquilamente, poco afectado. Diana dio un saltito y fue directa con él, a lo que su hermano aplaudió.

—¿Seguro que no quieres nadar un poquito? —le pregunté a Ty.

—Segurísimo.

—Bueno…, si cambias de opinión, ya sabes.

Aseguré el freno del hidropedal y, por seguridad, decidí saltar al lado opuesto que mis acompañantes. El agua estaba fresquita, pero era soportable. Me quedé unos instantes bajo la superficie, disfrutando de la sensación, y luego saqué la cabeza. Mi hermano ya volvía a protestar por las salpicaduras, mientras que Nolan y Diana aplaudían.

Rodeé el vehículo con tranquilidad para llegar a su altura. Diana me salpicó en la cara y se lo devolví con una sonrisa.

—¿No os da miedo que no se vea el fondo? —pregunté, mirando hacia abajo. Alcanzaba a ver mis pies, pero poco más.

—¡Eso le suma emoción! —aseguró Nolan.

—Es que no le gusta vivir tranquilo —añadió su hermana.

Sin más preámbulos, Nolan se zambulló y empezó a descender. Lo vimos desaparecer y, mientras que yo esbozaba una mueca de preocupación, Diana se limitó a sacudir la cabeza con cansancio.

—Es como tener un perrito inquieto —aseguró.

Me entró la risa. El chico me recordaba un poco a Ellie cuando era más pequeña, solo que ella había conseguido superar esa fase hacía bastante tiempo. Nolan, al parecer, se había quedado anclado en ella.

Entonces, de la nada, apareció. Sacudió la cabeza como un animal para quitarse los mechones rubios de la cara y, acto seguido, nos enseñó una mano. Estaba repleta de algas y de la suciedad propia de una playa.

—¡He tocado fondo!

Yo lo hago cada día.

—La presión del agua es muy peligrosa —protesté—. ¡Me apuesto lo que sea a que te duelen las orejas!

—Meh, ¿qué más da?

—¡O sea, que sí que te duelen! Tienes que ir con más cuidado, no puedes…

Lo último que oí antes de que me hundiera fue un resoplido de aburrimiento. Entonces, me empujó con una mano sobre la cabeza.

De haber sido cualquier otra persona, estoy seguro de que me habría puesto furioso. Ni siquiera entendí muy bien por qué con él no me sucedía, pero empecé a reírme bajo el agua. Abrí los ojos —decisión de la que más tarde me arrepentiría— y estiré los brazos para alcanzarlo. En cuanto lo logré, le metí un buen pellizco en el muslo. No pude oír su grito de protesta, pero sí que lo vi sacudirse como una culebrilla.

Volví a intentarlo, esta vez pellizcándole el abdomen, y su respuesta fue apartarse de un respingo. Aproveché para alejarme de él y sacar la cabeza del agua. Nolan tenía los ojos muy abiertos por la sorpresa y Diana se reía a carcajadas.

—¡Eso es, Jay! —exclamó—. ¡Ponlo en su sitio!

Saqué la lengua, divertido, y Nolan se lanzó hacia mí. O lo intentó, por lo menos, porque entonces Diana le tiró ligeramente de un mechón empapado. Él se dio la vuelta, pasmado.

—¿Doble traición? —preguntó con dramatismo—. ¿Y fuego amigo, encima?

—¡Has empezado tú! —exclamó ella.

—Exacto —la apoyé.

—Muy bien. —Nolan estiró el cuello como si se preparara para una batalla—. Recordaréis este día como el de vuestra peor decisión, queridos niños.

Ellie

—Oye, ¿adónde vamos? —me preguntó tío Mike, que no había dejado de bostezar desde que nos subimos al coche.

—Al gimnasio —indiqué—, como *siempre* que te pido que me lleves.

—Ah, sí… Que te gusta el deporte. A veces se me olvida.

—Ya veo.

—Oye, por curiosidad…, ¿no te cansa?

—Pues sí, pero me gusta igualmente.

—No seré yo quien se meta en tus tonterías, con todas las que hago yo…

Miré de nuevo la carretera. Tenía la bolsa de deporte entre las piernas y a Benny sobre el regazo. Se había colocado ahí por casualidad, porque no solía dejar que nadie —aparte de su dueño o Jay— lo tocara demasiado. Además, yo no le caía muy bien. Siempre tuve la teoría de que los animales sabían perfectamente que yo no era un buen objetivo del que gorronear, por eso iban a por otros mucho más fáciles.

Intenté pasarle los dedos por la espalda y me bufó con desagrado. Instantes después, ya había saltado al asiento trasero.

—¿No es peligroso llevar al hurón suelto por aquí? —pregunté mientras Benny hurgaba bajo montones de ropa de dudosa higiene que había en el asiento trasero—. Imagínate que te salta encima mientras conduces…

—Por favor…, Benny tiene más modales que toda nuestra familia junta.

Como para demostrarlo, chasqueó los dedos y le hizo un gesto para que se le pusiera sobre el hombro. Benny soltó un sonido parecido a un gruñido y brincó para desaparecer en el maletero.

—No te ha hecho mucho caso —observé.

—Para ser tan divo como Benny, de vez en cuando hay que desobedecer.

Suspiré y me acomodé mejor en el asiento. Mi tío Mike, que se había despertado de la siesta solo para acompañarme, tomó otro sorbo de café y giró el volante con la mano libre. Ir con él era casi condenarme a un accidente de tráfico, pero no me quedaban muchas alternativas.

Está la opción del bus.

Corrijo: había más alternativas, pero no quería usarlas.

Como papá, por ejemplo, porque Jay se había ido a la playa con los pesados de sus amigos. Aun así, no me atrevía a pedirle a papá que me acercara a ningún sitio; llevaba unos meses detrás de un guion con el que quería poner fin a su carrera. Yo no sabía mucho de guiones, pero debía de ser muy frustrante, porque cuando se ponía ante el portátil solo soltaba palabrotas.

Así que…, sí, tío Mike era la mejor opción, aunque sonara un poco raro.

Aparcó el coche frente a las puertas del gimnasio y me desabroché el cinturón. Dejé que me removiera el pelo al despedirse, le di las gracias por traerme y me bajé con la bolsa de deporte en la mano.

—¡Oye! —añadió cuando empecé a alejarme.

Retrocedí rápidamente.

—¿Tengo que pasarme también cuando termines? —quiso saber.

—Oh, no hace falta… Mamá dijo que hoy lo haría ella, y así hablaría con el entrenador.

Tío Mike parpadeó, soltó un largo silbido divertido y se llevó una mano al corazón.

Soldado caído.

Después de tanto buen humor, entré en el gimnasio con el ánimo por los suelos; dejé la bolsa junto a la entrada de la cancha y me acerqué a los demás. Como siempre, Tad y Víctor eran los únicos que habían llegado puntuales. Cuando los alcancé, estaban charlando tranquilamente.

—Hola, Ellie —dijo Tad, sonriente. Había empezado a estirar las piernas y los brazos.

—Hola…

Víctor, que estaba estirando un brazo por encima del hombro, esbozó media sonrisa.

—Cómo me gusta hablar con Ally… Es taaan positiva.

—No estoy de humor para bromas, ¿vale?

Debió de notar mi tono de advertencia, porque enarcó las cejas y no insistió. Tad, en cambio, pareció preocupado.

—¿Va todo bien?

—No. En absoluto. Mi madre va a venir.

—¿Aquí?

—Sí… Quiere conocer al entrenador.

La mirada que intercambiaron me recordó a la que me había dedicado mi tío Mike unos minutos atrás.

Me senté junto a Tad, derrotada. La noche anterior no hubo modo de convencer a mamá de que era una mala idea. Incluso tiré del arma secreta: pedirle a papá que hablara con ella, pero ni siquiera eso funcionó. De hecho, me dio la sensación de que se había enfadado todavía más. Cuando empezó a llamarme por mi nombre completo para echarme la bronca, tanto Jay como Ty salieron corriendo para que el cabreo no los salpicara a ellos también.

Mientras estirábamos, Eddie llegó con su poca prisa habitual. Se acercó dando saltitos, como si eso ya fuera un calentamiento suficiente antes del entrenamiento, y siguió dándolos a nuestro alrededor. A mí, honestamente, me parecía una chorrada.

Mientras sea feliz, déjalo.

—¿A qué vienen esas caras? —preguntó sin dejar de botar.

—La madre de Ellie quiere hablar con el entrenador —le explicó Tad.

—Uf.

—Sí —corroboré—. Uf.

—No será para tanto… —aseguró Tad en tono conciliador—. En el instituto, mis padres hablaban constantemente con mis profesores y no pasaba nada.

—Sigo sin creer que el entrenador se tome muy bien que mi madre le eche una bronca…

—No parece tan comprensivo, no —comentó Víctor.

—Gracias por la ayuda, idiota.

—Oye, no has pedido ayuda, solo te has puesto a contar dramas.

—¡Pues aporta algo o no digas nada!

—O aportas —replicó Eddie, chasqueando los dedos— o apartas.

Víctor empezó a reírse y yo tuve que detener el impulso de darme un cabezazo contra la cancha. Mis movimientos para estirar se volvieron mucho más bruscos y erráticos. Incluso estiré las piernas con más fuerza de la necesaria, descargando las frustraciones conmigo misma.

Lo que te faltaba ya…, partirte una pierna.

El penúltimo miembro del equipo —Marco— llegó en ese momento. Era el único que entraba siempre con gafas de sol, gorra de marca al revés y auriculares carísimos puestos y muy visibles. Tras asegurarse de que habíamos visto sus complementos exclusivos, se lo quitó todo con parsimonia y se acercó con las manos en las caderas.

—¿De qué habláis? —inquirió.

Continuaba sin saber qué había pasado entre ellos, pero estaba claro que Eddie y él seguían enfadados. El primero apartó la mirada y el segundo fingió que el otro no existía. Para un aliado que tenía Marco en el equipo, y ya ni siquiera podía contar con él. Los demás, que ya de por sí pasábamos de él, tampoco variamos mucho en ese día.

Cuidado, que así empiezan los arcos de villano.

—¿Y bien? —insistió, mirándonos a cada uno a los ojos.

—Ya estoy aquí —anunció Oscar, y dio un gran bostezo que casi nos tragó a todos—. ¿Qué me he perdido, aparte de que ahora todos ignoramos a Marco?

—¿Todos? —repitió este con voz chillona—. ¿Tú también?

Oscar parpadeó sin mirarlo, por lo que dio a entender su respuesta.

La cara de Marco empezaba a adoptar un peligroso color rojo, así que, por primera vez en la historia, agradecí que llegara el entrenador. Como cada día, llevaba puesto un chándal mucho más grande de lo que le correspondía, el silbato colgando del cuello, un bocadillo en la mano y una tablilla de información —totalmente vacía— en la otra.

—¡Atención! —chilló. Luego tosió, suspiró y se tomó un momento para mirarnos como si no entendiera qué estaba pasando—. ¿Qué hacéis?

—Calentar —dijo Víctor, el portavoz oficial.

—¿Para qué?

—Para jugar —sugerí con una ceja enarcada.

—Aaah…, sí, tiene sentido.

Volvió a suspirar y, tras pensarlo un momento, decidió sentarse en la grada más cercana a nosotros. Una vez acomodado, destapó parte de su bocadillo y le dio un gran mordisco.

Como estaba ocupado comiendo, decidí seguir con mis estiramientos igual que los demás, pero Marco no parecía nada conforme con la idea.

—¿No tiene nada que decirnos? —le preguntó.

El entrenador eructó de forma mal disimulada y lo miró con el ceño fruncido.

—¿De qué?

—Del papel que acabo de darle.

—¿Me has dado un papel?

—¿Qué te pasa ahora, Marco? —preguntó Eddie, confuso.

—¡Ajá! —saltó este, muy indignado—. ¡Ya tengo a alguien que me habla!

—¡Porque no dejas de decir tonterías!

—No es ninguna tontería —replicó, indignado, y luego miró al entrenador—. Si no lo explica usted, puedo hacerlo yo.

—A ver cómo te explico... que a mí me la pela.

Fue exactamente la respuesta que esperaba, porque Marco saltó al frente y se plantó delante del equipo con una gran sonrisa.

—Por si no os habéis enterado, dentro de un mes y medio se disputará uno de los pocos torneos de baloncesto a los que podríamos apuntarnos. Hay que intentar no hacer el ridículo, ¿eh?

—Así me gusta —comentó Oscar—, motivando al equipo desde el principio.

—¿Por qué dices lo de «apuntarnos»? —pregunté, confusa.

—¡Porque para los demás torneos dependemos de que el garrulo del entrenador nos registre! En este solo depende de nosotros.

Al garrulo en cuestión le dio bastante igual. Estaba ocupado comiéndose su bocadillo y pasando de nosotros.

Volví a centrarme con Marco y su gran sonrisa empresarial.

—No es nada muy especial —replicó—. Participan casi todos los equipos del país y el premio son unos veinte mil dólares.

—¡¿Veinte mil?! —A Tad se le puso voz chillona.

—Supongo que a la gente que no llega a fin de mes le parece mucho, sí.

Tad enrojeció, a lo que Víctor hizo un gesto de enfado.

—Tampoco es que importe demasiado. El año pasado ya quisiste apuntarnos y no pudimos; necesitamos ocho personas y somos seis.

—Tonterías. Solo tenemos que encontrar a dos personas que acepten sentarse en el banquillo mientras los demás hacemos todo el trabajo.

—Esas dos personas tendrían que entrar a jugar en algún momento —intervino Oscar.

—Pues... no sé. Que sustituyan a Ally y a Tad, que son los más irrelevantes.

Dejé de estirar para dedicarle una mirada furibunda.

—¡Como si tú hicieras gran cosa!

—¡Yo juego de maravilla!

—¿En serio? Pues qué raro que en todo este tiempo no te haya visto encestar una sola vez.

—Porque no me caes bien y no necesito impresionarte.

—Esta conversación me está dando migraña —aseguró Oscar, que se tiró de espaldas al suelo para quedarse tumbado como una estrella de mar.

Estuvimos un rato en silencio y, entonces, Víctor se encogió de hombros.

—No es tan mala idea.

La reacción colectiva fue contemplarlo, pasmados.

—¿En serio? —preguntó Eddie.

—Si ganamos, podríamos invertir el dinero en mejorar el gimnasio. Podríamos añadir más vestuarios, incluso.

—Así Ellie tendría su espacio. —Tad asintió.

Vale, debía admitir que me conmovió un poco. ¿Eso era lo primero que habían pensado ambos? Dirigí una pequeña sonrisa a Tad, que me la correspondió. Víctor se limitó a encogerse de hombros como si no fuera para tanto.

Marco, de mientras, estaba fuera de sí.

—¿Queréis gastarlo en el gimnasio? ¡¿En Ally?!

—¿Y por qué no? —preguntó Eddie.

—¡Porque quizá el año que viene ni siquiera estemos por aquí!

—Bueno, pues lo dejamos mejor para los próximos que lo usen.

Curiosamente, eso hizo que los demás pareciéramos un poco más convencidos, y Marco, en cambio, mucho más furioso. Por la mano que se llevó al corazón, cualquiera habría dicho que le había dolido el pecho al escuchar tal despropósito de todos los miembros del equipo.

—A mí me da igual —replicó Oscar, que parecía que ya se había quedado dormido—. Pero no pienso entrenar más horas de las que ya le dedicamos.

—No haría falta —comentó Tad con su voz timidilla—. Tan solo tendríamos que usar estas horas para entrenar más a fondo y…, em…, no perder tanto tiempo, la verdad.

—¿Y a ti quién te ha pedido tu opinión? —saltó Marco.

—Lo has preguntado a todo el equipo —ataqué de vuelta—. Tiene tanto derecho a responder como tú.

—Mira cómo lo defiende… ¿Ahora es tu novio o qué?

El silbido hizo que todos diéramos un pequeño respingo y volviéramos la cabeza hacia el entrenador, que nos contemplaba con suspicacia.

—¿Por qué habláis tanto? —masculló—. ¡Menos charla y más sudor!

—No he terminado de calentar —protestó Eddie, que todavía daba saltos.

—¡Pues haber empezado antes! ¡¡¡Todo el mundo a entrenar!!!

Jay

La vuelta a la orilla fue mucho más silenciosa que la ida. Quizá porque todo el mundo estaba agotado; lo que había empezado con una guerra de salpicaduras había desencadenado en una tarde entera perdidos en el mar. Me sorprendí a mí mismo, con mi necesidad constante —y un poco insoportable, debo añadir— de control, se me había pasado que habíamos desaparecido con el hidropedal mucho más tiempo del permitido.

Para cuando llegamos a la playa, el señor estaba cabreadísimo. Iba a hablar con él; sin embargo, Nolan se me adelantó con toda la calma del mundo. No sé qué le dijo, pero el señor no nos pidió más dinero por el alquiler, incluso pareció mucho más calmado que cuando habíamos llegado.

—Nolan tiene una habilidad especial para salirse con la suya —me explicó Di en voz baja.

El aludido volvió entonces con las manos en las caderas y una sonrisa de satisfacción.

—Bueno, pues hora de volver a casa —dijo—. A no ser que os animéis a tomar algo, ¿eh?

Eché una ojeada a Ty. Su expresión era de advertencia violenta. Ya estaba saturadísimo de interacciones sociales.

—Mmm…, creo que nosotros pasaremos.

Nolan me hizo un puchero muy infantil.

—¿En serio?, ¿ni un rato más?

—No, no…

—Venga, tío, que ha sido divertido.

—No me llam…

Me vi interrumpido por la presencia de nuestros otros amigos. Lila se había lanzado sobre la espalda de Diana con una carcajada y en esa posición empezaron a besuquearse. Fred, en cambio, seguía con la pelota bajo el brazo y la expresión ausente. La de Bev era la más distinta de todos: estaba enfadada.

Oh, oh.

Ella no podía ni meterse en el agua ni le podía tocar mucho el sol debido al nuevo tatuaje, así que no se había quitado la ropa. Supuse que había tenido que esperar en la sombra ella sola, porque claramente no le hacía ninguna gracia vernos tan contentos. Sospeché que, en parte, también era porque Diana y su hermano estaban con nosotros. Seguía sin soportarlo.

—¿Estás bien? —le pregunté, cauteloso.

Beverly me dirigió una mirada de advertencia. Todo el grupo se había quedado en silencio y nos observaba con curiosidad.

—Sí. —Fue toda su respuesta.

Clara y concisa.

Nos quedamos mirándonos unos segundos, hasta que se cruzó de brazos y se volvió hacia cualquier cosa que no fuera yo.

—¿Te llevo a casa? —insistí.

—No sé, si hay espacio en el coche…

Estuve a punto de suspirar, pero en ese momento Lila decidió intervenir para calmar un poco las aguas.

—Yo me iré a casa, también —aseguró, y se acercó para darme un abrazo de despedida.

Con Ty lo intentó, pero al ver que este bufaba pensó que no era muy buena idea. Simplemente concluyó:

—Nos vemos mañana, chicos.

—Sí, hasta mañana. —Diana aceptó su mano y nos sonrió—. Ha sido muy divertido, chicos.

Sonreí de forma breve y, en cuanto ellas desaparecieron, Fred carraspeó con incomodidad.

—Sí, yo también me voy. Los silencios incómodos me ponen… incómodo. *Ciao.*

Eso me dejaba solo con mi hermano, Bev y Nolan, que seguía a mi lado. Contemplaba a Bev con curiosidad…, incluso con diversión.

—Se está haciendo tarde —comentó Ty, impaciente.

—Sí, sí…, vamos.

Hice un gesto a Beverly, que se puso a andar delante de nosotros sin articular palabra. Ty la siguió como si quisiera asegurarse de que no nos lo repensáramos.

Para cuando yo empecé a moverme, Nolan seguía en la misma postura.

—¿Quién es esa? —preguntó, señalando a Bev sin mucho disimulo.

—Oh, es Bev. No te lo tomes como algo personal, no está enfadada por nada en concreto.

—Cualquiera lo diría.

Honestamente, no me apetecía continuar justificando la actitud de Beverly. La miré de soslayo y me consoló ver que Ty ni siquiera estaba haciendo ademán de hablar con ella, porque dudaba que la conversación resultara demasiado agradable.

Nolan, no obstante, no había terminado su intervención:

—Se comporta como tu novia.

—No digas tonterías —murmuré, a punto de reírme.

—Soy experto en tonterías, pero esta no lo es.

—Ya, bueno…

—¿Es tu novia?

Quizá la pregunta debería haberme sorprendido, pero no lo hizo. Tampoco era la primera vez que me insinuaban algo similar, ya que Bev y yo teníamos una relación un poco especial; éramos mucho más cercanos que dos amigos, pero ni locos tan íntimos como una pareja. Además, a ninguno de los dos le había interesado jamás el otro. Dudaba que empezáramos a hacerlo a esas alturas.

Cuando me dirigí al coche, Nolan se situó frente a mí para andar de espaldas. No sé cómo se las apañó para no matarse. Con una sonrisita en los labios, sacó un caramelo —no sé de dónde— y se lo lanzó a la boca con plástico y todo. No pareció importarle demasiado que acabara de nadar y que estuviera empapado en agua salada.

Quiero su actitud.

En cuanto escupió el plástico al suelo, fruncí el ceño y me detuve para recogerlo. Al verme lanzarlo a la basura, levantó las manos en señal de rendición.

—Perdón, qué despiste.

—No parecía un despiste.

—Solo quería ver cómo te agachabas.

Empezó a reírse de su propio chiste, pero yo no lo entendí y solo pude fruncir el ceño otra vez. Al ver que no reaccionaba como él quería, suspiró y volvió a andar correctamente, ahora a mi lado.

—Mira que ya eres raro de por sí —comenté—, pero hoy lo estás especialmente.

—Me lo tomaré como un halago, tío.

—No lo es. Y no me llam…

—Oye, no me has respondido.

—No, no es mi novia. —Mi tono ya empezaba a volverse impaciente—. Es una de mis mejores amigas, y ahora mismo está cabreada porque he pasado de ella todo el día para estar con vosotros, así que… ¿puedes dejar de preguntar sobre ella?

Nolan enarcó las cejas con sorpresa. Dio una vuelta al caramelo con la lengua y se encogió de hombros.

—Puedo conducir yo —ofreció.

—¿Y tu coche?, ¿o la moto esa amarilla?, ¿o lo que sea que tienes hoy?

—Oh, uno lo tiene mi hermano pequeño y el otro mi hermana pequeña.

—¿Diana?

—Nah, otra.

—¿Cuántos hermanos tienes?

Nolan le dio otra vuelta al caramelo y me guiñó un ojo.

—¿Ahora quién es el preguntón?, ¿eh?

—Vale, olvídalo.

—Si te portas bien, te lo digo.

—Vete a la mier…

—Que es broooma… Somos siete.

Dejé de andar, pasmado. Mi sorpresa pareció encantarle.

—¿Siete? —repetí con voz chillona.

—Sí. Unos cuantos, ¿eh?

—P-pero…

—No todos somos del mismo padre. Diana, Craig, Leo y yo somos de un padre, y luego están Tom, Matty y Gio, que son de otro que a veces los visita.

—¿Y tú eres el mayor de todos?

—Sí. El primero.

Lo decía con mucha tranquilidad, pero yo no quería ni imaginarme lo que sería vivir con tanta gente. Si es que vivían juntos, claro. Yo era el mayor de dos hermanos y muchas veces me sentía sobrepasado por la situación, así que tener a seis a tu cargo tenía que ser un verdadero dolor de cabeza.

Lo que más me sorprendió fue que había asumido directamente que Nolan se hacía cargo de ellos. Muchas veces me parecía pesado e irresponsable; sin embargo, lo había visto con mi abuela y tenía un don natural para que la gente se sintiera cuidada pero no invadida. Pese a las cosas insoportables, había que concederle también algunas virtudes.

—¿Cuántos años tienen? —pregunté con curiosidad.

—Yo tengo veinticinco. Gio, la pequeña, tiene siete.

No se me escapó el cambio de tono al hablar de la menor de todos. Por una vez, en lugar de tanta broma, se había puesto serio. Tierno, incluso. Quise hacer un comentario al respecto, pero no me dejó; en su lugar, me dio un codazo que casi me fracturó el costillar entero.

—En fin, te dejo con tu novia, no sea que vuelva a enfadarse.

—Que no es mi…

—¡Hasta luego!

Nolan tenía una forma de andar tan particular que lanzaba arena al aire a cada paso. De camino a la salida se ganó bastantes miraditas de irritación por ese motivo. Si se dio cuenta, lo disimuló bastante bien.

Lo contemplé unos instantes mientras se alejaba de nosotros, hasta que Bev se puso a chistarme.

Por lo menos, el trayecto no fue tan incómodo como había imaginado. Después de que Ty y Beverly se pelearan por la música, se quedaron escuchándola en silencio y yo pude disfrutar de un entorno más o menos neutral. Tampoco tuve que preocuparme por una discusión final, porque Bev se bajó sin siquiera dirigirme la palabra.

Con un suspiro, Ty se levantó y rodeó el coche para sentarse junto a mí.

—Vaya amistades que tienes —comentó con desagrado.

—Si lo dices por Bev, ya se le pasará. Hace esto un montón de veces.

—Ya, ya…, muy sano todo.

—Además, la semana que viene es su cumpleaños y… Oh, no.

—¿Qué?

Ty me miraba ahora con curiosidad, pero yo solo pude continuar conduciendo con las manos apretadas en el volante.

—Se te ha olvidado comprarle un regalo —adivinó mi hermano.

—Sí…

—No me sorprende, teniendo en cuenta que siempre os olvidáis de mis velitas.

Ignoré la puya. Más que nada, porque habría que comprarle algo a Beverly. ¿Qué le podía gustar?

Supuse que habría que pedir consejo a una experta en personas complicadas.

Ellie

Aparte de la propuesta de Marco, ese día transcurrió con relativa tranquilidad; no hubo broncas ni disputas ni peleas. Seguimos con los entrenamientos como si nada hubiera sucedido, y yo llegué a distraerme tanto como para no acordarme de la visita de mi querida madre.

Al finalizar, los demás se metieron en el vestuario y yo me aparté los pelos sudados de la frente y fui a por la bolsa. Tenía ganas de llegar a casa y darme una duchita para olvidarme un rato de todo, pero justo en la salida me encontré el coche de Daniel, nuestro chófer. Y al propio Daniel justo al lado, hablando con mamá. Ambos se volvieron nada más oír mis pasos.

Oh, oh.

—¡Ellie! —exclamó ella—. ¿Ya has terminado? ¿No es muy pronto?

Sí que lo era, pero como el entrenador nos había obligado a empezar antes de calentar, habíamos terminado antes. No encontraba una manera apropiada de decírselo sin que ella volviera a meterme en problemas.

—Hoy no había mucho por hacer —murmuré al final.

Mentirosa.

—¿Podemos volver? —añadí—. Estoy cansada.

—Espera, que quiero hablar con tu entrenador.

—Ups, ya se ha ido a casa.

Meeentiiirooosaaa.

Estaba claro que mamá no se había creído absolutamente nada, pero, por si quedaba alguna duda, Víctor salió del gimnasio en ese momento. Supongo que se detuvo a mi lado para despedirse, aunque al ver a mamá se quedó bien calladito.

Quizá ya no teníamos tanta confianza como a los quince años; aun así, traté de suplicarle con la mirada que se callara. El problema, sin embargo, era que mamá me conocía mucho más que él y me pilló enseguida. ¿Su solución? Hablarle antes de que él pudiera entenderme.

—¡Víctor, qué alegría verte!

El aludido miró de la una a la otra. Parecía un corderito eligiendo qué lobo lo asustaba menos.

—Oh, em…

—¿Has visto al entrenador? —insistió mamá—. Me gustaría hablar con él.

—No hace falta que respondas —aseguré.

—Pero sería muy maleducado no hacerlo. ¿Verdad, Víctor?

Él dudó visiblemente y me miró de soslayo, como si intentara adivinar la respuesta correcta. Al final, dio igual. Mamá cruzó la calle y pasó entre nosotros.

—Deduzco que sigue dentro —comentó de camino—. ¡Gracias por la ayuda, chicos!

—¡Mamá! —protesté, yendo tras ella.

Nuestros compañeros nos contemplaron cuando pasamos junto a los vestuarios.

—¡No hace falta, de verd…! —insistí en vano.

—Ellie —dijo, ya en tono de advertencia.

Aunque seguía molesta, no me atreví a protestar. Más que nada, porque ella se metió en el despacho del entrenador sin siquiera llamar o pedir permiso. Lo último que vi antes de que cerrara la puerta fue al señor intentando limpiarse los restos del bocadillo a toda velocidad.

A esas alturas, por cierto, ya todo el mundo se había congregado fuera del vestuario.

—¿Esa era tu madre? —preguntó Eddie con curiosidad.

—No, era el Espíritu Santo —murmuró Oscar—. ¿A ti qué te parece?

—Que la señora no parecía muy paloma, la verdad.

—Era mi madre —masculló de mal humor.

—¿Qué dicen? —quiso saber Marco.

No creo que esperara una respuesta, porque se acercó y pegó la oreja a la madera sin ningún tipo de vergüenza.

—¡Eso es invasión de privacidad! —susurró Tad, horrorizado.

A modo de respuesta, Marco le chistó y trató de oír mejor. Eddie no tardó en unírsele y pegar la oreja justo debajo.

Apenas unos segundos más tarde, todos estábamos arrimados

en algún rincón de la puerta. Así nos encontró Víctor al entrar de nuevo. Se quedó parado unos segundos, como si cada vez entendiera menos lo que estaba sucediendo.

—Pero ¿qué…?

Chistamos todos al unísono, a lo que él dio un respingo.

—No oigo nada —se quejó Tad con un mohín.

—Si hablas, será aún peor —comentó Eddie.

Marco gesticuló irritado, quería que nos calláramos, pero no sirvió de mucho; se oía el murmullo de la voz de mamá y poco más. Ni siquiera se entendían las respuestas del entrenador, lo que me llevó a pensar que mamá no le estaba dejando margen para dar ninguna.

Está aquí para reclamar, no para preguntar.

—Deberíais apartaros antes de que os pillen —nos recomendó Víctor.

—Cállate, aburrido —mascullé.

—Eso. —Por primera vez en la historia, Marco me dio la razón—. Solo quiero saber qué…

No tuvo tiempo de responder, porque entonces oímos sus pasos acercándose.

Presa del pánico, me aparté de la puerta a tanta velocidad que choqué con el pobre Eddie. Este, por consiguiente, se dio de bruces contra Víctor. Él intentó agarrarse al brazo de Oscar para mantener el equilibrio, y el último se agarró del cuello de la camiseta de Marco, quien, por el susto, soltó un grito ahogado.

En conclusión: cuando mamá abrió la puerta, todos estábamos tirados en el suelo. Bueno…, todos menos Tad, que se había quedado plantado y totalmente solo ante el peligro. Mamá y el entrenador lo contemplaron unos instantes.

—¿Qué haces tú aquí? —quiso saber el último—. ¿Estabas escuchando a escondidas, niño?

—Eh…, yo…, eh…

Su cara se estaba volviendo de un color verdoso, como si fuera a vomitar, así que decidí ponerme de pie y acudir en su ayuda.

—Estaba a punto de llamar a la puerta en nombre de todos —aseguré con la poca dignidad que me quedaba intacta—. Queríamos saber de qué hablabais tanto rato.

—De cosas importantes —dijo el entrenador, muy digno—. ¡Que sea la última vez que espiáis en mi despacho!

Mamá suspiró, restando importancia a todo aquello, y fue directa al tema que le interesaba:

—Hemos charlado un poco del estado del gimnasio, de las clases, de los horarios, y… creo que quería decir algo a los chicos, ¿no es así, entrenador?

—Eh…, sí. —El hombretón se ajustó mejor la camiseta, alzó la barbilla y evitó mirarnos a toda costa—. Sí, he pensado… que quizá no estoy gestionando vuestros entrenamientos de la mejor forma posible. El tiempo de calentamiento es importante, y la próxima vez os permitiré utilizarlo. Y…, em…, estaré más centrado en las clases.

—Y algo más, ¿no? —añadió mamá.

—Sí…, eh…, también pediré presupuesto para que haya más de un vestuario. Mientras tanto, Ally…

—Ellie —masculle.

—… dispondrás del tiempo necesario para usar el que ya tenemos. En cuanto termines, lo usarán los demás. Así no habrá problemas.

Todo el mundo se volvió para ver si aprobaba todo aquello.

—Sí, vale —murmuré.

—Pues eso es todo —replicó el entrenador, un poco resentido—. Ahora, si me disculpáis, soy una persona muy ocupada y estáis robándome mi tiempo.

—No lo molestamos más —aseguró mamá con una sonrisa, y se acercó a mí para guiarme con una mano en la espalda—. ¡Esperemos que mañana empiecen a notarse esos cambios de los que hemos hablado, entrenador! ¡No me gustaría tener que volver!

Lo dijo con dulzura, pero él enrojeció y se encerró en el despacho, resentido con la humanidad.

—Vosotros debéis de ser los compañeros de Ellie —comentó mamá entonces, dirigiéndose a los demás—. ¡Siempre habla muy bien de vosotros! ¡Dice que jugáis genial!

Todos me contemplaron con sorpresa y yo quise morirme un poco más que antes.

Esto va mejorando.

—Hacemos lo que podemos —aseguró Oscar, que, como siempre, parecía ser el único al que nada de aquello afectaba demasiado.

—Me encantaría quedarme a charlar con vosotros, pero esta señorita y yo tenemos que ir a casa. Víctor, ¿quieres volver con nosotras?

Él dio un brinco al oír su nombre, luego se apresuró a negar con la cabeza.

—Tengo mi coche fuera.

—Así me gusta, con independencia.

Lo peor no fue el modo en que lo dijo, sino que lo acompañara de un pequeño pellizco en su mejilla. Quise morirme —esta vez, por completo— casi al mismo tiempo que Víctor se ponía del color de su pelo y todos nuestros compañeros soltaban risitas malignas.

—En fin, ha sido un placer conoceros —añadió mamá—. ¡Hasta la próxima, chicos!

¿Próxima?, ¿qué próxima?

Una vez en el coche, nos quedamos en absoluto silencio. Mamá miraba el móvil y sus quinientos mil mensajes, Daniel conducía sin decir nada y yo tenía los brazos cruzados y la mirada clavada al frente. Ella debió de advertir que mi decisión de estar callada era muy significativa, porque al final suspiró y me miró.

—¿Tanto te molesta que haya hablado con tu entrenador?

—¡No es eso!

—¿Entonces?

—Bueno, un poco sí…, pero ¡también me molesta que hables a mis amigos como si fueran niños!

Me ahorré lo de decirle que en realidad no eran mis amigos, y que, desde luego, no le había dicho que jugaban muy bien. Que se lo había inventado todo, vamos.

Te hace publicidad positiva, aunque sea falsa, ¡y te quejas!

Siempre hacía eso, y me molestaba mucho. ¡Como si yo necesitara su buena publicidad para tener amigos! No era una cría que dependiera de ella. Era una adulta. Y si mi decisión era que todos los del equipo me odiaran, estaba en mi derecho de mantenerla. ¡Aunque fuera poco razonable, era mi derecho!

—¿Te avergüenzas de tu madre? —bromeó, divertida.

—¡Mamá, hablo en serio!

—Vale, no lo haré más —accedió, esta vez sin bromas de por medio—. Delante de tus amigos, claro. En privado no tienes excusa, porque nadie nos ve.

—¡Daniel nos ve! —protesté.

—Puedo fingir no verlo —aseguró este.

Nada más llegar a mi habitación, me quité el uniforme sudado, lo lancé al cesto de la ropa sucia y fui directa a la ducha. Al salir del baño, me asomé a la ventana con el albornoz de Dory puesto. El coche de Víctor había vuelto a su lugar habitual, pero él no estaba a la vista. Su hermana y su padre sí que se encontraban fuera, charlando, pero desde tan lejos no podía cotillear con la precisión que me habría gustado.

Cansada, me tiré sobre la cama y alcancé el móvil para abrir Omega. Lo primero que hice fue cotillear el perfil de todo el mundo y, al aburrirme, entré en mis mensajes privados. El noventa por ciento eran chicos que había conocido en alguna fiesta y con los que me había enrollado, pero con ninguno había llegado a mucho más. Me aburría hablar con ellos. Solo respondía cuando estaba de muy mal humor o cuando tenía ganas de molestar a alguien y ninguno de mis hermanos rondaba por ahí.

Seguí cotilleando perfiles y, como siempre, acabé en el de Olivia. Había subido un vídeo, algo muy poco habitual en ella. Y menos habitual era que en el vídeo en cuestión apareciera tocando el piano. Me jodió tener que admitirlo, pero no lo hacía mal. Lo miré entero, ensimismada, y entonces… Oh, no.

Mierda, mierda, mierda…, ¡¡¡mierda!!!

Le di «me gusta» sin querer.

Horror, miedo, terror, muerte.

Me quedé paralizada mirando la estrellita que le había puesto. Descubriría que le cotilleaba el perfil. ¿Y si suponía que lo hacía cada día? Aunque fuera verdad, ¡no quería que lo supiera!

—Mierda —siseé entre dientes—. ¡¡¡Mierda!!!

—¡Cállate! —chilló Jay, golpeando la pared que separaba nuestras habitaciones.

—¡Cállate tú! ¡Estoy viviendo un drama!

—¡Yo también tengo mis dramas y no te molesto con ellos!, ¡vívelos en silencio!

Irritada, lancé un cojín contra la pared. Lo hice con suficiente fuerza como para que los marcos de las fotos que había tocado rebotaran con fuerza.

En cuestión de segundos, oí el rechinar del colchón cuando se puso en pie, sus pasos, la puerta de su habitación y, acto seguido, la de la mía. Se había plantado en la entrada con los brazos en jarras, muy indignado.

Supuse que había ido a la playa, porque tenía el pelo húmedo por la ducha y la nariz roja por el sol. Era un pesado con la crema solar, así que me sorprendió que no se hubiera puesto suficiente. Algo le había distraído, cosa que me interesaba. Sin embargo, sería una pregunta para el futuro, porque en ese momento no parecía de muy buen humor como para responderme.

—¿Has lanzado un cojín contra mi pared? —espetó.

—Sí, ¿se te ha roto o qué?

—Cómo te cuesta ser agradable, ¿eh?

—No te he dado permiso para entrar —le recordé.

Mientras hablaba con él, también buscaba en internet cómo coño borrar un «me gusta» sin levantar sospechas.

—No necesito permiso —replicó.

—¡Vete de mi habitación, Jay!

—Necesito tu ayuda para una cosa.

Si él estaba de mal humor, yo más, porque no encontraba forma alguna de disimular mi fallo de cotilla profesional. Levanté la cabeza de todas maneras.

—¿Qué cosa?

—Tengo que comprarle un regalo a una amiga y necesito consejo.

—¿«Una amiga»? —repetí con suspicacia.

—Sí.

—¿Seguro que solo es «una amiga»?

—Te prometo, Ellie, que existe la gente capaz de mantener una amistad sin nada sexual de por medio.

Boom.

Hice una mueca. Auch. Esa había dolido un poquito. Aunque, siendo justos, yo también le soltaba cosas muy desagradables. Lo único raro de todo aquello había sido que empezara Jay y no yo.

—¿Y para qué me necesitas? —pregunté para retomar la conversación.

—Pues… para que me ayudes a escoger. Creo que tenéis cosas en común, podría gustarle algo de lo que te guste a ti.

—Mmm… —Lo consideré unos instantes—. ¿Y quieres que lo haga gratis?

—Si me ayudas, te deberé una.

—Esto ya me gusta más. ¿Vamos ahora?

—¿Ahora?

—Habrá alguna tienda de música abierta.

—Sí, una de cientos. Estamos en verano, Ellie. La gente se marcha de vacaciones.

—Seguro que alguna habrá. Cómprale un vinilo y cállate.

—No me hables así.

—Te hablo como quiero. ¡Y sal de una vez!

En cuanto desapareció, me pasé un rato eligiendo qué ponerme y finalmente bajé las escaleras. Jay me esperaba junto a la puerta con impaciencia y me urgió con un gesto para que me apresurara más.

Condujo sin decir nada, con musiquita de fondo para crear ambiente. Yo miraba por la ventanilla con aburrimiento.

Al menos, hasta que reconocí la tienda frente a la que aparcábamos.

—¿Qué…? —Me tensé de golpe—. ¡Será una broma!

—¡Es el único sitio abierto!

—Seguro que hay más.

—Sí, a una hora en coche.

—Pues empieza a conducir cuanto antes.

—¡Ellie!

Suspiré y me pasé las manos por la cara. Si darle el «me gusta» ya había sido desastroso, no quería ni imaginarme lo incómodo que me podía resultar el hecho de entrar en la tienda de música donde trabajaba Olivia. No la veía desde esa fiesta de mierda. Pensé que la próxima vez sería un poco más premeditada y dramática, no para comprarle un vinilo a la amiga neurótica de Jay.

Miré el escaparate, resentida. Era una tienda relativamente nueva, pero se las habían apañado para darle una apariencia clásica, como esas tiendas que hace unos años estaban tan de moda. Desde fuera se veían guitarras y pianos eléctricos, igual que los pocos vinilos que sacaban algunos músicos, porque todos los demás ya solo lo ponían en internet.

No me apetecía entrar. No me apetecía verle la estúpida cara bonita a Olivia. Qué mal.

A todo esto, Jay me había estado observando con los labios apretados.

—Bueno, no importa —dijo, y encendió el motor—. Ya iremos otro día a…

—No. Cállate.

Eso hizo, claro. Cuando Jay tenía miedo de que cambiaras de opinión, se quedaba muy quieto. Era como si le diera miedo que cualquier movimiento pudiera despistarte del objetivo final.

Pasados unos minutos de autorreflexión y de barajar mis posibilidades, me hice la pregunta del siglo: «¿Prefería estar tranquila o sufrir un rato a cambio de un favor gigante?». Porque, conociéndome a mí misma, estaba segura de que en algún momento necesitaría que me ayudara en algo. Si no podía decirme que no…, mucho mejor.

—Un favor gigante —dije en voz baja.

—Tan grande como quieras.

—Vale. Pues acabemos con esto.

—Puedo ir yo, mientras me digas qué tengo que comprar…

—No. Vamos juntos.

Yo bajé con el ceño fruncido mientras que Jay esbozaba una gran sonrisa.

La tienda del padre de Olivia estaba en una zona bastante tranquila de la ciudad, justo al lado de su casa. La contemplé de soslayo. Dos pisos, ventanas rectangulares, la moto vieja y medio corroída de Livvie delante del garaje, las flores cuidadas de su madre junto a la entrada… Hacía unos cinco años que no pisaba esa casa, antes incluso de que dejáramos de ser amigas. No pude evitar preguntarme si todavía tendría esa gata viejecita y rara que todo el día bufaba a la gente.

—¿Entramos? —insistió Jay al verme ahí parada.

Asentí —¿qué remedio?, ya me había comprometido conmigo misma— y lo seguí al interior de la tienda.

Todo estaba tal y como lo recordaba: altas estanterías de madera, artilugios de todo tipo, vinilos apiñados, instrumentos, música de fondo, pósters y cuadros de grupos o cantantes… Aún olía a una mezcla rara entre limpiador de madera y…, bueno, a madera. Ah, y el mostrador, justo delante de la puerta.

¿A que no adivinamos quién está ahí sentada?

Una parte de mí ya estaba preparada para una batalla verbal, por lo que no esperaba encontrarme a Olivia centradísima en su viejo ordenador. Tecleaba con suficiente fuerza como para arrancar alguna letra. Cuando se equivocó con alguna de las cosas que escribía, soltó una palabrota y aplicó la misma furia al ratón.

—Eh… —murmuró Jay, incómodo—. ¿Hola?

Livvie dejó de teclear y levantó la cabeza, sobresaltada. Al vernos, enrojeció de pies a cabeza y se puso apresuradamente de pie. Lo hizo de forma tan rápida que tiró varios auriculares al suelo. Jay, como de costumbre, se lanzó para ayudarla a recogerlos.

—Eh…, p-perdón… —dijo ella, con voz aguda. Entonces ambos se incorporaron y nos reconoció. Tardó unos instantes en reaccionar—: Mmm… Hola.

Y así transcurrieron los diez segundos más incómodos de mi vida.

De NUESTRAS vidas.

Jay nos miraba a ambas con precaución, Livvie parecía más confusa que nunca y yo fingía que la estantería que tenía al lado era tan interesante que se me había olvidado el resto del mundo.

Y… seguíamos en silencio.

Qué horror.

Entonces, menos mal, Livvie carraspeó y tomó el control de la situación.

—¿En qué puedo…, um…, ayudaros?

—Necesitamos un vinilo —explicó Jay con calma.

—Pues qué bien…, tenemos unos cuantos.

Y no pude evitarlo: se me escapó una risa mal disimulada.

Olivia era muy parecida a Jay y solía hacer bromas para que el resto del mundo se sintiera menos incómodo, pero mi risa había sido de burla. Supongo que por eso me miraron a la vez, cada uno con más severidad que el otro. Carraspeé, incómoda, y el silencio que siguió a aquello fue todavía peor que el anterior.

Livvie, de nuevo, fue quien lo cortó:

—¿Buscas algo en concreto?

—Mmm…, algo de los setenta, quizá.

—¿Y cómo te gusta la música? ¿Animada, triste…?

—Es para una amiga —especificó—. Y es un poquito…, em…, especial. Dice que le gusta la música existencial y tranquila, así que en su habitación solo tiene vinilos de grupos alternativos. Pero luego, cuando no miras, se pone a escuchar la música más romántica y animada de la historia. No sé si sirve de algo.

—Sirve de mucho. Vamos a por uno de Abba.

Jay se rio, Olivia sonrió y yo fruncí aún más el ceño. ¿Desde cuándo se llevaban tan bien esos dos? Si hacía años que no se veían y nunca fueron cercanos.

Como vi que no me necesitaban con inmediatez, me entretuve paseando un poco por la tienda. Era interesante, sí. Eso tenía que admitirlo. Siempre me lo había parecido. Durante mucho tiempo, Olivia y yo cruzábamos la calle para meternos en la tienda y mirar los instrumentos. Su padre intentó detenernos más de una vez, pero terminó desistiendo e incluso enseñándonos a utilizar algunos. Ella siempre fue mejor que yo —como en todo—, pero me las apañé para aprender algunos acordes de guitarra y para defenderme con un piano sin hacer el ridículo.

Sí, me daba un poco de lástima haber perdido el contacto, ¿a quién pretendía engañar?

Estaba observando la portada de algún grupo indie del 2030 cuando Jay me tocó el hombro.

—¿Qué te parece este?

Olivia estaba detrás de él con las manos entrelazadas. Evitaba mi mirada a toda costa.

—A ver —murmuré, y prácticamente se lo arranqué de las manos—. Mmm…, no me convence.

—¿No?

—Nadie quiere compilaciones. Busca *Waterloo*.

Jay asintió con convicción y volvió a desaparecer junto con Olivia.

Un poco después, me contenté con criticar el color del papel con el que ella quería envolver el regalo. Sin decir una palabra, fue cambiándolos hasta que encontró uno que a mí me gustara; negro con estrellas plateadas. Jay parecía muy incómodo, por la forma en que le hablaba, pero no dijo nada porque estaba deseando salir cuanto antes; sabía que si se quejaba, nos quedaríamos discutiendo un buen rato.

—Aquí tienes —murmuró Olivia después de que él pagara.

—Gracias.

—Gracias a ti…, a vosotros —se corrigió torpemente.

De nuevo, silencio incómodo.

Ya era hora de marcharse, pero Jay no se movía. Y, desde luego, yo no quería ser la primera en salir de la tienda. No quería que pareciera una huida.

Empecé a pensar que la situación no podía empeorar… cuando Jay intervino:

—Es… genial verte otra vez, Livvie.

Mi antigua amiga parpadeó, sorprendida, y al final le sonrió con una dulzura que me pilló desprevenida. Oye, ¡a mí no me sonreía así!

¿Y qué?, ¿no la odias?

Por eso, debería ser simpática *conmigo* para reconquistar mi amistad, no con Jay.

—Lo mismo digo —le dijo Livvie a mi hermano—. ¿Cómo va todo?

—Bien —respondió Jay con torpeza—. Ellie continúa con el baloncesto, yo dejé el fútbol…, ah, y Tyler sigue en yoga.

—Casi siempre que os visitaba lo encontraba viendo vídeos de meditación —recordó ella, divertida.

—Pues sí. —Jay carraspeó de forma ruidosa, especialmente cuando le pellizqué el brazo para que se diera cuenta—. En fin, deberíamos irnos. Gracias por la ayuda.

—Lo he hecho todo yo —protesté en voz baja.

Esa vez, Jay me pellizcó a mí. Le di un manotazo. Olivia nos miraba con los ojos muy abiertos.

—No hay de qué.

Para no dejar ni un solo lugar a dudas, di media vuelta y salí de la tienda. Jay hizo lo propio, aunque oí que se despedía de ella. Lo esperé junto al coche, con los brazos cruzados.

—Bueno —dijo nada más cerrar la puerta del local—, ¿a que no ha sido para tanto?

Como respuesta, le enseñé el dedo corazón.

Muy elegante.

7

Problemas de un viernes por la tarde

Ellie

Para mucha gente joven, el viernes equivale a felicidad pura y dura. Es el día en el que puedes hacer lo que te da la gana, salir con los amigos, olvidarte de las responsabilidades… El día en el que parece que el fin de semana es eterno, porque el sábado está demasiado cerca del lunes y el domingo parece una cuenta atrás hasta volver al trabajo.

Para mí también era un buen día. Podría decir, incluso, que mi favorito de la semana. Y no se debía a que no tuviera entrenamiento, ni clases, ni responsabilidades… Era porque podía hacer exactamente lo que yo quería.

Me da miedo preguntar.

Y lo que quería era… ¡seguir escrupulosamente con mi rutina especial de los viernes!

Fascinante.

7.00 Despertarme y apagar la alarma del móvil. Ni un segundo más, ni un segundo menos, que eso era de vagos.

7.00-7.05 Pausa para lavarme la cara y hacer pis.

7.05-7.15 Hora del café mañanero. Sin azúcar y con leche de avena de la marca que me gustaba, por supuesto.

7.15-9.00 Ejercicio. Cardio.

9.00-9.15 Ducha fría.

9.15-10.00 Desayuno. Algo que no superara las 400 calorías, acompañado de mi batido proteico para compensar el ejercicio.

10.00-10.05 Segunda y última pausa para un pis (luego tendría que apañarme cuando pudiera).

10.05-10.30 Hacer el *planning* de la semana siguiente.

10.30-11.00 Crisis existencial por lo que me depara el futuro.

147

11.00-13.00 Internet. Probablemente, cotillear universidades especializadas en baloncesto.

13.00-14.00 Almuerzo.

14.00-16.00 Siesta más que merecida.

~~16.00-17.00 Segunda ronda de ejercicio, esta vez en el lago.~~

16.00-17.00 Comprarle las malditas velas a Ty, que hace diez años que te las pide.

17.00-17.30 Llegar de alguna forma al gimnasio.

17.30-19.00 Entrenamiento.

19.00-19.30 Volver de alguna forma a casa.

19.30-20.00 Ducha larga.

20.00-21.00 Cena. Sin carbohidratos.

21.00-21.30 Cotilleo pertinente en Omega.

21.30-22.00 Segunda crisis existencial por lo que me depara el futuro.

22.00-23.00 Capítulo de la serie que esté viendo.

23.00 Hora de dormir.

Perfectamente planeado, sí. Por eso me molestó tanto ver la letra fea de mi hermano, indicando que comprara las velas de Ty. Sabía que me molestaba profundamente que tocaran mis cosas; aun así, lo hacía de vez en cuando para echarme alguna bronca.

Estaba en medio de mi *planning* para el día siguiente cuando oí un portazo. En otro momento quizá lo habría ignorado, pero me jodió profundamente que alguien me interrumpiera, así que me asomé por la ventana para ver qué había sucedido. Papá no podía ser porque estaba en el patio de atrás. Mamá tampoco, ya que había acompañado a Ty a no sé qué. Solo quedaba una opción.

Y, efectivamente, se trataba del mancillador de agendas.

Me asomé con disimulo, intentando ver lo que fuera que hacía, y me sorprendió identificar a otra persona con él. Una cabezota pelirroja, concretamente. ¿Qué puñetas hacía hablando con Víctor? Abrí un poco la ventana para intentar oír lo que decían, pero no hubo suerte, así que me asomé un poco más.

¿Asistiremos a un nuevo episodio de muertes estúpidas? Pronto lo descubriremos.

Asomada sí que oía algo, y también los veía mejor. Jay estaba sentado en las escaleras de la entrada mientras que Víctor permanecía de pie delante de él, con las manos metidas en los bolsillos de su pantalón suelto. Por sus caras, parecía una conversación bastante tranquila.

—¿En serio? —preguntó el pelirrojo con una sonrisa.

—Sí, pero no puedo hacer mucho más.

Víctor empezó a reírse y se balanceó sobre las puntas de los pies, como siempre que se distraía.

Mira cómo lo conoce.

—¿Y te parece una buena idea? —preguntó este, divertido.

—¿Y yo qué sé? Es rápida, por lo menos…

—Bueno, eso está por verse.

—Gracias por tanta ayuda.

—No me has pedido ayuda, solo te has puesto a quejarte. Pareces tu hermana.

—No seas cruel.

—¡Oye! —se me escapó, olvidando que estaba en modo oculto—. ¡Compararte conmigo es un privilegio, no una crueldad!

Ambos alzaron la vista, sorprendidos. Bueno, Víctor estaba sorprendido…, Jay parecía más bien irritado.

—¡Es una conversación privada! —recalcó mi hermano.

—Las conversaciones privadas se tienen a escondidas, no en el portal de casa.

—¿Puedes irte de una vez, cotilla?

—¡¿«Cotilla»?!

Tanteé sobre la mesa hasta encontrar el vaso de agua que había subido un rato antes y, sin dudarlo, lancé el contenido hacia abajo. Mis habilidades —cualquiera que pudiera tener— empezaban y terminaban con el baloncesto, así que el agua siquiera llegó a salpicar a nadie. Ambos se quedaron mirando el charquito antes de volver a mirarme.

—Vaya puntería —comentó Víctor—. Espero que en los partidos no dependamos de ti.

—Mi puntería es perfecta, idiota. Además, ¿qué haces tú ahí? ¿No tienes casa propia?

—Está hablando conmigo —me aclaró Jay.

—No le he dado permiso para hablar con mi hermano.

—¡Ni lo necesita!

—Seguro que hoy no has entrenado —le dije a Víctor—. Deja de perder el tiempo y vete a practicar.

—¡Practicamos cada día!

—No. Practicamos cinco días a la semana. ¡Si quieres que no hagamos el ridículo, tendrás que espabilar!

—¡Déjanos en paz! —saltó Jay, ofendido—. Que tú solo tengas vida para entrenar no significa que los demás tengan que hacer lo mismo, ¿te enteras?

Oh, él sí que se iba a enterar.

En cuanto me aparté de la ventana, él adivinó lo que pretendía hacer yo. Bajé las escaleras, furiosa, y me lo encontré en el marco de la entrada. Ambos teníamos los puños en las caderas, el ceño fruncido y los ojos castaños lanzando chispas. Mirar fijamente a Jay era un poco raro, porque siempre me sentía como si estuviera viendo una copia de mí con el pelo más corto.

Víctor, por cierto, seguía en el marco de la puerta con cara de no saber dónde meterse.

—Eh… —intentó decir.

—¿De qué vas? —espeté a mi hermano, pasando del zanahorio.

—¿Y tú? ¿Por qué tienes que meterte en todo lo que hacen los demás?

—¡Porque lo hacéis todo mal!

—¡Como si tú hicieras algo bien!

—Em… —siguió Víctor, incómodo.

—¡Por lo menos no soy un inútil! —espeté—. ¡¡¡Y que sea la última vez que tocas mi agenda!!!

—¡Solo te apunté una cosa, histérica del control!

—Quizá debería irme… —sugirió nuestro amigo, dando un paso hacia atrás.

—¿«Histérica»? —Repetí las palabras de Jay en tono agudo—. ¡No soy una histérica!

—Sí que lo eres.

—¡No lo soy!

—¡Pues peor! Una obsesa.

—¡No es verdad!

—¡Lo eres! Si quieres hacer ejercicio, te obsesionas con hacerlo de manera perfecta. Si tienes que comer, te obsesionas con que todo esté perfectamente equilibrado. Si alguien te hace algo mínimamente malo, te obsesionas con odiarlo.

—P-pues… ¡al menos no soy un friki sin amigos!

—¿Que yo no tengo amigos? —repitió con una mano en el pecho—. ¡Tengo más que tú!

—Oh, sí, la loca de los tatuajes y las otras que pasan de ti. ¡Qué gran vida social!

—¡Mejor eso que no tenerla!

—¡Mejor no tenerla que ser un puñetero dependiente emocional del resto del mundo!

—¡Mejor ser eso que odiar a todo el mundo!

—¡Yo no odio a nadie!

—¡Anda que no! ¿Y Víctor?

—¡Víctor me la pela!

El aludido no se mostró muy afectado. De hecho, parecía harto de oírnos discutir. Me gustaría decir que era la primera vez que presenciaba una de nuestras escenas, pero estaría mintiendo; lo había hecho durante años.

—¿Y Rebeca? —insistió Jay.

—¡Rebeca… también me la pela!

—¡Oye! —saltó Víctor, ofendido.

Podía decirle lo que quisiera, pero cuando hablaba de su melliza se ponía a la defensiva enseguida.

—¿Y Livvie qué? —prosiguió mi hermano.

—Livvie también me… —Vale, ni yo podía mentir tanto—. ¡Yo no estoy obsesionada con ella!

—¡Hablas más de ella que de Ty! ¿Cuándo coño vas a admitir que echas de menos ese grupo de amigos?

Abrí la boca, avergonzada, y me volví hacia Víctor. Él continuaba retrocediendo como si quisiera escapar, pero mi mirada lo dejó clavado en el sitio.

—¡Dile que no estoy obsesionada! —le exigí.

—Creo que debería irm…

—¡QUE SE LO DIGAS!

—¡ADMITE QUE LO ESTÁS! —me exigió Jay, por su parte.

—¡NO ES SOLO POR ELLA! —salté—. ¡Mi odio se reparte entre ella, Rebeca y Víctor!

—Pero ¿se puede saber qué he hecho yo? —preguntó el último.

—¡Entonces, lo admites! —exclamó Jay—. ¡Eres una mentirosa, hace un momento lo negabas!

—¡No es el mismo tipo de desprecio! Además, ¡estoy muy por encima de odiar a la gente irrelevante!

—Entonces ¿qué haces aquí? ¿Por qué no sigues en tu habitación?

—¡Porque me has ofendido!

—¡Y para echar a Víctor!

—¡No intentaba echarlo! Estaba... ¡a punto de invitarlo a entrar!

—Sí, claro.

Muy airada, fui directa hacia él. Estaba tan confuso que tardó en reaccionar y, justo cuando iba a retroceder de nuevo, lo enganché de la mano y lo arrastré al interior de la casa. Jay nos seguía de cerca.

—¿Lo ves? —espeté, señalando a Víctor—. Dejo que entre. De hecho, ¡ahora me apetece que lo haga! ¡Víctor, amigui, vamos al salón!

¿Amigui? Vamos cuesta abajo y sin frenos, ¿eh?

El pobre parpadeó, confuso; aun así, se dejó guiar sin decir nada. Incluso dejó que lo sentara en uno de los sofás. Se quedó ahí plantado, mirándonos como si no supiera dónde meterse.

—¡Mira! —exigí a mi hermano, que nos había seguido; y señalé a Víctor como si fuera una representación de mi grandeza moral—. Cero obsesiones, cero rencores.

—Pero... ¿en serio te piensas que esto arregla algo?

—¡Pues sí, porque tenemos una relación maravillosa! ¿A que sí, Víctor?

—Eh..., bueno...

Sin esperar que respondiera, me senté en su regazo y me puse su brazo alrededor del cuello de una forma un poco agresiva. Él se tensó con perplejidad, pero no se movió.

Aunque quisiera, lo estás ahogando tanto que no podría hacerlo.

—¿Ves como tenemos una buena relación? —espeté a Jay, irritada—. ¡Está encantado!

—Parece más acojonado que encantado, la verdad.

—¡No está acojonado! —Me volví hacia él—. ¿Estás acojonado?

—No, no...

—¿Ves? ¡Deja de inventarte cosas!

—¿Puedes dejar de hacer tonterías? —me pidió Jay—. ¡Hace un momento has dicho que lo odiabas!

—¡Porque es verdad!

—¿¡Entonces lo odias o no?! ¡¡¡Aclárate de una vez!!!

—¡No me...!

—¡YA BASTA!

El grito no vino de mí ni de Jay, sino de Víctor. Ambos nos volvimos mientras él procedía a sujetarme de las caderas y ponerme de pie. Después, hizo lo propio y se plantó entre ambos con los brazos cruzados.

Oye, eso de sujetarte de las caderas ha sido sexy.

—¡Sea lo que sea que tengáis que aclarar, es evidente que el problema no va conmigo! —aseguró Víctor, devolviéndome a la realidad. Luego me señaló—. Y tú, si tanto me odias, ¡deja de hablarme! ¡Es tan fácil como eso! Limítate a entrenar conmigo y después déjame tranquilo, ¿vale? Que luego bien que me persigues para que te acompañe a casa. Ahora, si me disculpáis, tengo mejores cosas que hacer en vez de meterme en una pelea de hermanos. Hasta luego.

Y, con esas dos últimas palabras, salió por la puerta principal. Pese al enfado, la cerró con suavidad.

Jay y yo nos quedamos ahí, plantados. Estaba claro que ambos teníamos cosas que decir, pero ninguno sabía siquiera cómo empezar a formularlas. Al final fui yo quien se cruzó de brazos y dijo:

—Víctor se ha enfadado por tu culpa.

Jay se volvió lentamente, me miró con los ojos entrecerrados y, tras lo que parecieron años, se sentó en el sofá como si ya no me aguantara más.

—No te aguanto más —confirmó mis sospechas.

—Pues independízate. Tienes veinte años, ¿qué haces aquí?

Lo había soltado sin pensar, a pesar de saber que era un tema delicado. Jay levantó la cabeza y me contempló. Fue la primera vez en toda la discusión que sentí que uno de ambos había tocado una tecla más grave que la anterior.

Pensé que se pondría a discutir al respecto, pero no. Apretó la mirada y se incorporó.

—Ya hablaremos cuando tengas mi edad —espetó al final.

—Tengo las cosas más claras que tú, hermanito.

—¿Sí? Pues tú vas a cumplir los dieciocho. ¿Ya has decidido qué harás con tu vida?

—No necesito independizarme para ser independiente.

—¿Tú? Por favor… Si eres la persona menos independiente que existe.

Mi reacción física fue enarcar una ceja. La emocional, en cambio, se parecía más a un latigazo. Vale, ya estábamos a la par en cuanto a desprecios.

—¿Por qué dices eso? —pregunté, a la defensiva.

—¡Toda tu autoestima se basa en lo que piensan los demás de ti!

—¡Eso no es verdad!

—¡Venga ya! Lo más relevante que te ha pasado en la vida fue lo de la carta de Víctor, y eres la única que se sigue acordando tres años más tarde. Si te pasaran cosas interesantes, ya ni siquiera le darías importancia.

Vaya, eso sí que no me lo esperaba. Jay solía enfadarse conmigo bajo el pretexto de que yo era insoportable, pero hacía mucho tiempo que no me echaba nada en cara. O que me atacaba, así, en general. Era tan pasivo en las discusiones que a veces se me olvidaba que, cuando le daba por cabrearse, escupía mucho más veneno del que podía llegar a soltar yo.

Abrí la boca, pero volví a cerrarla al no encontrar una respuesta. Se me había formado un nudo en la garganta que no entendía de dónde salía. Él no pareció muy afectado por mi expresión. Eso también me dolió, porque cuando me veía tocada solía recular enseguida. Pero esa vez no lo hizo.

La repentina necesidad de justificarme hizo que me cruzara de brazos, como intentando protegerme a mí misma.

—Todos me traicionaron —dije entonces—. Livvie intentó ligar con Víctor sabiendo que me gustaba, Rebeca se puso de su parte, Víctor le enseñó mi carta a todo el instituto…, ¡tengo derecho a guardarles rencor!

—¿De qué carta estás hablando?

—Sabía que le gustaban las cursiladas, ¿vale? Así que le escribí una carta confesándole mis sentimientos. Pensé que sería más bonito que un mensaje en el móvil y, además…, iba con el tiempo justo. Era uno de los últimos días de clase y al año siguiente ya apenas nos veíamos. Y ¿sabes lo que hizo con ella? En lugar de leerla y responderme…, ¡se la enseñó a todo el mundo para burlarse de mí! ¡Y lo hicieron! Durante las pocas semanas que quedaban de curso, todos se burlab…

—¡Ellie, frena un poco! ¡Víctor no enseñó nada!

—¡Sí que lo hizo!

—¡Fue Freddy, no él! ¡Le robó la carta y se la enseñó a todo el mundo!

Mi pobre cerebro sufrió tal cortocircuito que me quedé en silencio casi un minuto entero.

—¿Eh?

—Ya me has oído.

—Pero… ¿quién coño es Freddy?

—Imposible que no te acuerdes. Ese al que llamabas «Freddy Krueger» porque tenía una marca de nacimiento en la cara.

—Yo no haría algo as… Oh, mierda.

—Sí. —Jay enarcó una ceja, como siempre que hablaba de uno de mis comportamientos reprobables—. Igual eso influyó en que quisiera burlarse de ti, ¿eh? Lo de vengarse.

—Em…

—Vio a Víctor sacando la carta de su taquilla y se la quitó de la mano. No pudo pararlo antes de que lo leyera en voz alta y todo el mundo empezara a burlarse de él. Bueno, y de ti.

—Si hubiera sido así, Víctor me lo habría contado.

—¿Cuándo? ¿Justo después, cuando te metiste en una pelea con Livvie en el pasillo y le diste un puñetazo a su hermana?

—¡Rebeca… se metió! ¡Y quien empezó la pelea fue Olivia!

—¡Después de que tú ventilaras todas esas cosas sobre su familia!

—Bueno…, ¡pero Víctor podría haber venido a contarme todo eso!

—¿Y por qué haría eso, Ellie? —saltó de repente.

Me sentí como cuando tenía cinco años y me regañaba por lanzarme de cabeza a la zona con piedras del lago. Pero continuó:

—¿Por qué siempre te esperas a que todo el mundo vaya arrastrándose detrás de ti para aclarar las cosas? ¿Es que nunca has considerado que quizá no eres la buena en todas las versiones de las cosas que te suceden?

—Claro, ahora soy yo la mala en todo…

—No es que seas mala, es que nunca has tenido ni un poco de autocrítica.

Abrí la boca, ofendida, pero no salió ninguna palabra. Básicamente, porque no tenía nada que decir a mi favor.

Y eso no nos gusta, ¿eh?

—Bueno, vale —accedí finalmente—. Acepto lo de Víctor, pero las otras dos no tienen excusa.

—¿Y qué te hicieron Livvie y Rebeca? ¿Qué fue taaan grave como para pasarte años sin dirigirles la palabra?

—¡Livvie iba detrás de Víctor sabiendo que a mí me gustaba! ¿Te parece poco?

Se hizo un momento de silencio, cosa que me sorprendió. Especialmente por la cara de mi hermano, que pasó a expresar la más absoluta confusión.

—¿Livvie con Víctor?

—Sí.

—Pero ¿qué te has fumado?

La pipa de la paz seguro que no.

—¡Lo vi con mis propios ojos! —insistí.

—¿Viste qué, exactamente?

—Después de lo de la carta, Livvie iba a mandarle un mensaje y la pillé con las manos en la masa. ¡Decía todo lo que le gustaba de él! Su forma de hablar, su forma de moverse, de dirigirse a ella, de quedarse hablando hasta las tantas de la noche… ¡y terminó diciendo que el rojo había empezado a gustarle por el color de su pelo!

Esperé una clara victoria con sus vítores correspondientes, pero Jay simplemente me contempló como si fuera lo más estúpido que había oído en la vida.

—Y… te crees que eso iba para Víctor.

—¿Se te ocurre alguien más?

—No sé…, ¿su hermana, que habla genial, se mueve con gracia por las clases de danza, con la que siempre pudo hablar de todo, con la que estaba muy unida… y tiene el mismo tono pelirrojo que Víctor?

Esta vez, el silencio me invadió a mí. Jay me miraba con la misma expresión cansada que antes. A mí, en cambio, empezó a temblarme un párpado.

—¿Su… hermana?

—Rebeca.

—Pero… Olivia no es…

—No vas a ponerte anticuada de repente, ¿no?

Parpadeé varias veces.

—¡No! Si es que…, em…, no sé…, em… ¡Ahora está con un chico! —razoné de golpe—. N-no es que lo haya mirado, ¿eh? Es que me salió en «recomendaciones».

—Es su amigo Tommy.

—Oye, ¿cómo sabes tantas cosas de Livvie?

—Porque yo sí que sigo hablándome con la gente del instituto… Y nunca me he peleado con ninguno de ellos en mitad de los pasillos.

—¡Lo empezó ella!

—¡Por lo que dijiste de su padre!

—¡Estaba enfadada!

—¿Y qué? Yo me he enfadado con mis amigos miles de veces y no por eso he traicionado su confianza.

—¡Ella empezó con las traiciones!

—¡No te traicionó! ¡Ni ella, ni Rebeca, ni Víctor! Si les hubieras dado la oportunidad de hablar contigo, ¡te lo habrían explicado! ¿Ves como eres una testaruda sin autocrítica?

Boom.

Abrí la boca y volví a cerrarla. De pronto, me sentía un poco ridícula. Y enfadada, también. Una cosa llevaba a la otra.

—Sabes mucho de ella —mascullé, a la defensiva—. Parece que te guste o algo.

Él puso los ojos en blanco, poco afectado.

—Pues vale, Ellie… Lo que tú digas.

—Si salieras con ella, por lo menos romperías tu mala racha.

—¿A qué viene esto? ¿Vas a atacarme para sentirte mejor contigo misma?

—Nunca estás con nadie. De hecho, no recuerdo que hayas tenido una sola pareja en toda tu vida. —Me encogí de hombros. Mi tono se volvía más y más amargo a cada palabra—. ¿Qué se siente cuando no consigues atraer a absolutamente nadie?

Jay me observó unos instantes. Como era una persona bastante expresiva, resultaba fácil identificar cuándo algo le dolía y cuándo le daba igual. Por eso me sorprendió tanto que, pese a saber que eso había sido un mazazo, apenas reaccionara. Cualquier otra persona habría creído que le daba igual, pero yo lo conocía bien y había visto la manera en que apretaba los puños con fuerza.

—Quizá no me interesa —recalcó en voz baja.

—Quizá *tú* no le interesas a nadie.

—Ellie —advirtió, ahora en un tono ligeramente tembloroso.

—Tiene que ser duro llevar una vida social tan plena y, sin embargo, ser incapaz de gustarle a nadie, ¿eh?

—Te estás pasando.

—Y tú te has pasado hace un buen rato —espeté, también con la voz temblorosa—. Que te den.

Pensé que me respondería, pero en lugar de eso subió las escaleras. Me quedé de pie en la entrada hasta que oí el portazo en su habitación.

Jay

Lo peor de las discusiones —aparte de vivirlas— es que luego las revives en tu cabeza. Las repasas de arriba abajo. Repasas lo que te han dicho y cuánto te ha dolido, lo que tú has dicho y lo que en el momento no te ha salido… Y mientras sigues con el mantra en la cabeza, debes continuar con tu vida como si no pasara nada. Como si tu cerebro no fuera una neblina de sentimientos negativos y dolorosos.

Honestamente, no me apetecía ir a ver a mis amigos. Quería quedarme en casa y estar tranquilo. Pero como ya había quedado con ellos, no quise dejarlos plantados.

El mediodía era la hora más concurrida de la playa, así que fue un poco complicado encontrarlos. El único punto de referencia que tenía era la toalla de tonos fosforitos de Fred, ahora colgada de la sombrilla con descuido. Debajo estaba Beverly leyendo un libro, por lo que deduje que los demás se habían dispersado en el agua.

Me acerqué a ella con más alivio del que me habría gustado admitir. Estar con mis amigos equivalía a olvidarme por un rato del resto del mundo, y eso me tranquiliz…

—Vaya, me sorprende que te hayas acercado.

El saludo de Beverly no fue el esperado. Me detuve a su lado, sorprendido. Ni siquiera me había dado tiempo a dejar mis cosas y ya empezábamos a discutir.

—¿Qué? —pregunté.

—Tu novio está por ahí —indicó sin apartar la mirada del libro ilustrado—. ¿Por qué no vuelves a irte con él y me dejas plantada?

Miré en la dirección que señalaba. Primero vi a Lila, luego a Diana y luego a Nolan. Estaban en la zona de las tumbonas, y junto a ellos había dos personas que no conocía; un chico de la edad de mi hermano y una niña mucho más pequeña. Supuse que serían dos de sus hermanos.

Iba a decirle a Beverly que había ido a verla a ella, pero de pronto no me apeteció. Acababa de comerme una bronca de mi hermana y me sentía hundido desde entonces. No me apetecía meterme en otra discusión que no me aportaría nada en absoluto.

Cuando empecé a avanzar hacia las tumbonas, noté que ella me miraba por encima del libro.

—¿En serio? —preguntó, indignada.

No obtuvo respuesta.

Podría haber vuelto a casa. Podría, incluso, haber ido a ver a mi abuela. Ese día estaba con sus amigas del mus; a pesar de eso, agradecerían un poco de compañía. Sin embargo, no me apetecía ninguna de las dos cosas. No me apetecía nada en concreto, en realidad. Había tenido los hombros hundidos desde la discusión con Ellie y no conseguía levantarlos de nuevo.

Cuando estaba cerca de ellos, Diana alzó la cabeza. Su sonrisa cálida nada más verme me animó un poco. Por fin alguien que no me recibía con mala cara. Por primera vez en todo el día, me sentí bienvenido.

—¡Hola, Jay! ¿Tienes hambre?

No tuve tiempo de saludar, justo como antes. Solo que, a diferencia de mi última interacción, ella me interrumpió para ponerme un bocadillo en la mano. Ni siquiera pregunté de qué era, simplemente desenvolví parte del papel de plata para morderlo. Mmm…, era de pollo y lechuga.

—Qué bueno —murmuré—. Y sigue fresquito.

—¿A que sí? —sugirió Lila—. Es que Nolan cocina muy bien.

El aludido no se había dado cuenta de que yo había llegado. Estaba ocupado, agachado junto al chico que supuse que sería su hermano y que no dejaba de jugar con una consola portátil. Intentó entablar conversación, pero no obtuvo respuesta.

Se dio la vuelta en ese momento y no le sorprendió en lo más mínimo verme ahí. De hecho, ni siquiera lo comentó. Se limitó a acercarse y robar una cerveza de la nevera portátil. Mientras la abría con una sola mano —oye, ¿cómo se hacía eso? A mí no me salía—, entrecerró los ojos.

—Los preadolescentes me ponen nervioso —declaró.

Su hermano resopló desde la tumbona, aunque sin levantar la cabeza.

—No seas duro con él —le pidió Di.

—No soy duro, soy realista.

—Está triste, Nolan.

—¡Yo también estoy triste! ¿Has visto mi vida?

Vale, por un momento creí que estaba serio, pero enseguida volvió a la sonrisita socarrona. En un momento como ese, tampoco podía decir que me desagradara del todo.

Lo que no me gustaba era la camisa que llevaba puesta. Estampado celeste con pájaros naranjas revoloteando en un fondo de olas blancas. No tenía ningún tipo de sentido, y las cosas sin sentido me ponían de los nervios.

Nolan, totalmente ajeno a mi apreciación interior, se volvió hacia mí y me ofreció la cerveza que acababa de abrirse.

—Gracias, pero tengo que conducir —expliqué.

—Es sin alcohol.

—Ah.

Ignoro por qué me sorprendió tanto que hubiera tenido en cuenta ese detalle. Acepté la botella y di un sorbo. Estaba fresquita y, aunque no era muy fan de beber cerveza, me supo mal decirle que no. Lo cierto es que Nolan ya estaba centrado en sus cosas y se abría otra cerveza para sí mismo.

—¿Tu hermano también te da problemas cada vez que se despierta? —me preguntó.

Matty —supuse que era él, por la edad— levantó la cabeza solo un momento para fulminar a Nolan con la mirada. Después, volvió a fijar la vista en su maquinita.

—Más o menos —dije, bastante escueto—. Me da más problemas mi hermana, la verdad.

—¿Tienes una hermana? —se interesó Diana.

—Es una chica un poco especial —murmuró Lila.

El tono hizo que todos la miraran, sorprendidos.

A ver, en defensa de mi amiga…, Ellie había tenido bastantes problemas con ella y todos estaban relacionados con el hecho de que pasaba demasiado tiempo en nuestra casa. Decía que siempre hacíamos demasiado ruido en mi habitación y que a ella, que intentaba centrarse en sus cosas, le resultaba insoportable. Lila no le respondió hasta que empezamos a crecer, y tuvieron tal discusión que ambos decidimos quedar en su casa y no en la mía. Desde entonces, no se dirigían la palabra, aunque Lila no me había hablado mal de ella, jamás. Ellie tampoco, pero sospechaba que era porque no se acordaba.

—¿Qué pasa? —preguntó Nolan con sorna—. ¿No tiene tu simpatía natural?

—Qué gracioso…

—A mí me recuerda a Beverly —comentó Lila, a lo que Diana esbozó una mueca mal disimulada.

—No son tan parecidas —dije.

—Sí que lo son, por eso tienes esa relación rara con Bev.

—¡Oye!

—A ver… —insinuó Diana—, yo llevo poco tiempo en el grupo, pero es verdad que tenéis una relación un poco… particular.

Incluso yo tenía que admitir que nuestra amistad no era completamente sana, pero no me gustaba que lo dijeran delante de todo el mundo.

Entiéndase «todo el mundo» como «Nolan».

Él observaba la conversación con interés, aunque no intervenía. Eso me preocupó; si no intervenía, se debía a que no le interesaba que la cosa se calmara. Probablemente era una de esas personas que disfrutan viendo el mundo arder ante ellos.

Y entonces, por suerte, la niña con la que había hablado un momento atrás se le acercó y se pegó a su pierna. Nolan bajó la cabeza.

—¿Qué pasa, Gio?

—¿Quién es? —preguntó en una vocecita muy baja. Me estaba señalando.

—Oh, es Jay. ¿Te acuerdas de la señora a la que ayudo en una casa? Pues este es su nieto.

—¿Y es tan divertido como la señora?

Pensé que Nolan lo negaría y haría alguna broma al respecto, pero asintió con toda la convicción del mundo.

—¡Más y todo!

Vale, no estaba muy seguro de por qué mentía a su hermana pequeña sobre el tema, pero al menos no me estaba atacando. Dudaba que ese día pudiera aguantar muchos más asaltos.

Gio era una niña mucho más pequeña de lo que habría pensado. No creo que pasara de los siete años. Por su forma de mirarme y de aferrarse a la pierna del hermano, intuí que sería bastante tímida. Y, sin embargo, eso no le impidió acercarse a mí y tirarme de la mano para que la acompañara a la orilla. No entendí nada hasta que me hizo sentar a su lado para construir castillos de arena.

Debí de tardar mucho en reaccionar, porque señaló una de las palas con impaciencia.

—Yo hago los castillos y tú los ríos —explicó como si fuera obvio.

—Ah, claro, claro…

Y lo siguiente que supe era que estaba creando la forma arquitectónica de una ciudad de arena.

Ellie

Bueno… tocaba adelantar mi ratito de autocompasión diario.

Desde la charla con Jay no me había movido del sofá. Cambiaba de un canal al otro, siempre entre todos los de cine que papá pagaba cada mes, no muy segura de qué quería ver, y terminaba frustrándome porque nada me gustaba. Dios, no me gustaba el cine. ¿No podía pagar algo…, no sé…, de series, por ejemplo?

Oí una palabrota que salía del despacho de arriba y subí el volumen. Desde que papá se había puesto con el guion de no sé qué nuevo proyecto estaba especialmente inquieto, y eso me ponía nerviosa también a mí. ¿Por qué la gente no se metía en algún deporte, que ahí no había que pensar tanto? Se buscaban la frustración ellos solitos.

Transcurrido un buen rato en el que me negué a mí misma la posibilidad de pensar en las palabras de Jay, me di cuenta de que era un poco inútil. En algún momento volvería y habría que enfrentarse a ello, ¿no? Mejor ahora que cuando no estuviera sola.

Había mucho por analizar, pero lo que se me había quedado grabado era la parte de Víctor. La de la carta, concretamente. Ah, y lo de Olivia y Rebeca, supongo. Después de tanto tiempo considerándolas unas traidoras, la posibilidad de que todo hubiera sido un malentendido me parecía un poco rara. Sin embargo, cada vez que buscaba pegas a las palabras de mi hermano era más y más complicado. ¿Y si tenía razón?

No me sentía especialmente orgullosa de lo que había contado de Víctor o de Olivia, o de Rebeca… al menos, viéndolo en retrospectiva. A ver, entonces estaba enfadada. ¿Qué otra cosa podría haber hecho?, ¿permitir que me traicionaran sin ningún tipo de consecuencia? De eso nada. Aunque, claro…, si no hubo traición…

¿Nunca has pensado que la mitad de tus problemas se resolverían si hablaras con la gente en lugar de enfadarte automáticamente?

A raíz de que mis rumores —algunos verdaderos, otros no tanto— se esparcieron por el instituto, la gente empezó a meterse con mis examigos. Livvie fue la que más recibió. Lo hicieron de un modo… bastante feo, la verdad. Y se convirtió en la víctima. La pobre niña a quien su amiga había traicionado. Creo que por eso la odiaba tanto, ¡porque yo era la verdadera víctima y todo el mundo se había puesto de su parte! Rebeca, la primera, claro. Víctor también, aunque no de forma tan frontal. Y Livvie…, bueno, ella nunca llegó a echármelo en cara. Solo una vez, cuando salíamos de gimnasia, nuestros hombros chocaron y empezó una discusión un poco absurda que terminó con ambas en el despacho del director por habernos metido en una pelea. En mi defensa diré que ella dio el primer puñetazo.

Y ese había sido el último día que había hablado con todos ellos… hasta hacía bien poco.

¿Y si todo había sido un malentendido?

Vas por buen camino.

Un malentendido suyo, claro, porque era culpa de ellos y…

Ya te has desviado del buen camino.

Vaaale…, quizá, por mi parte, podría haber manejado las cosas de otra manera.

Así me gusta.

Lo que más rabia me daba, más allá de Rebeca y Olivia, era la parte referente a Víctor. Siempre pensé que no había recibido respuesta a la carta porque se estaba burlando de mí, pero ya no era así. Y, si tan solo hubiera sido un poco más flexible…, ¿quién sabe?, quizá entonces habrían valido la pena todos esos años fingiendo que me había olvidado los libros en casa para que él los compartiera conmigo en clase.

Mierda, ahora me sentía fatal.

Con razón.

Oye, y tú podrías animarme un poco, ¿no?

Mi trabajo es entretener, no darte terapia.

Pensé en hablar con él durante el próximo entrenamiento, pero no podía esperar tanto y, honestamente, me daba miedo arrepentirme antes de tiempo. Cuantas más horas tuviera para pensarlo, peor. Podía mandarle un mensaje, también, pero no le gustaban; siempre había dicho que me ocultaba tras una pantalla para contar las cosas importantes. Por vergüenza, supongo. La cosa era que, aunque mi intención era disculparme, me negaba a darle la satisfacción de pensar que no me atrevía a hacerlo cara a cara.

Me encaminé hacia la puerta antes de reflexionar sobre lo que estaba haciendo.

Alguna que otra vez había ido a casa de Víctor, aunque lo había hecho principalmente por su hermana y por Livvie, y por sus fiestas de pijama. Guardaba con claridad el recuerdo de estar con ellas en la habitación e inventarme excusas para cruzar el pasillo. Algunas veces era ir al baño; otras, a por algo de comer…, daba igual. El objetivo era asomarme a su habitación. No siempre me veía, pero cuando lo hacía se burlaba un rato; después, una vez ya me había avergonzado, me invitaba a pasar. La actividad principal era jugar a videojuegos, aunque mi parte favorita siempre era la de hablar, y hablar con él. La gente solía aburrirme, pero de él me interesaba su opinión sobre todos los temas posibles.

Sin embargo, desde entonces habían transcurrido muchos años y ya apenas recordaba el interior de la casa. Cuando me detuve ante la puerta principal estaba mucho más nerviosa de lo que me habría gustado admitir. Tardé un buen rato en decidirme, pero finalmente llamé al timbre. Esperé impacientemente hasta que oí pasos al otro lado. Admito que casi me ganaron los impulsos intrusivos de mandarlo todo a la mierda y salir corriendo.

No sabía qué cara se me quedaría si me abría el padre o la madre de Víctor, porque eso iba a darme el triple de vergüenza, pero al final resultó ser su hermana. Mi suspiro de alivio fue vergonzosamente audible.

Debí de pillar a Rebeca entrenando, ya que llevaba puestas las mallas de ejercicio y se había recogido el pelo rojizo en una coleta. Su tez pálida y pecosa, como la de su hermano, siempre me había parecido muy bonita. La única diferencia entre ambos era que los ojos de Víctor —a pesar de ser exactamente iguales a los de ella— siempre me habían gustado más.

Me contempló unos instantes, primero sorprendida y luego confusa.

—Ah… Hola, Ellie.

—Hola.

Quizá lo de Olivia era muy reciente, porque la incomodidad me recordó inmediatamente a la que había sentido con ella en la tienda.

—¿Qué… qué tal? —preguntó.

Bueno, era un comienzo. Teniendo en cuenta que hacía años que no nos mirábamos de frente, tampoco podía esperar nada más cómodo. Además, en la fiesta ya habíamos dejado bastante claro que seguíamos imponiendo nuestros límites.

—Bien —murmuré—. ¿Estabas ensayando?, ¿te he interrumpido?

Se miró a sí misma con sorpresa. De la impresión —supuse—, incluso se le había olvidado lo que estaba haciendo. No la culpaba.

—No. Bueno…, sí, pero no importa —aclaró—. Tenía que hacer una pausa de todas maneras, así que…, em…, no importa. ¿Puedo ayudarte en algo?

Vale, quería ir al grano, y yo también. Menos mal.

—¿Está Víctor en casa? —pregunté.

La cara de su hermana fue digna de enmarcar.

Y… aquí quizá debería confesar que, pese a que siempre nos habíamos llevado bien, Rebeca nunca intimó demasiado conmigo. Si por lo de Olivia se había enfadado conmigo, mejor ni hablar de cómo le sentaba la forma en que yo trataba a su hermano. Pese a que Víctor nunca pareció tener problemas con nuestra relación de tira y afloja, Rebeca siempre lo había detestado. Nunca me lo había dicho directamente, pero le gustaba marcar los límites de nuestra amistad.

Así que… no, eso de preguntar por su hermano —y más después de tanto tiempo— no iba a sentarle muy bien. Y era injusto.

Bueno, ¿tú perdonarías que trataran así a Jay o a Ty?

A callar.

—Está en casa —dijo. Su actitud había cambiado por completo. Incluso su mirada era ahora más frívola.

—Y…, mmm…, ¿puede salir un momento?

—No sé si es una buena idea, Ellie.

Enarqué las cejas, sorprendida.

—Solo quiero hablar con él.

—Puedes esperarte al entrenamiento.

—Oye, quiero hablar con él. ¿Por qué no irías a avisarlo?

—Porque hace un rato ha vuelto de vuestra casa muy alterado, y suele pasarle cada vez que está contigo. —No sonaba enfadada, sino cansada—. ¿Qué pasa? ¿Quieres que se sienta todavía peor?

—¡Claro que no! ¡Solo quiero… disculparme!

Incluso yo fui consciente de lo poco creíble que sonaba eso. Me conocía demasiado como para tragárselo. De todos modos, ¿qué más podía decirle? Era la verdad.

—¿«Disculparte»? —repitió con lentitud.

—Sí. ¿Me dejas pasar?

Durante un breve instante, creí que lo haría. Incluso pude recrear el proceso mental mediante el cual se convencía a sí misma de que mis intenciones eran genuinas.

De poco sirvió.

—No creo que sea buena idea. —Fue su conclusión.

—¿No me dejas pasar? —pregunté con voz chillona.

—Mira, Ellie, llevas…, ¿cuánto?, ¿tres años…?, tratándolo fatal, sin apenas dirigirle la palabra.

—Estábamos enfadados, ¿vale?

—Lo dices como si hasta ese momento te hubieras portado bien con él.

Auch.

—Quiero disculparme —repetí, esta vez con el tono mucho más a la defensiva.

—¿Ahora?

—Sí, ahora.

—¿Y qué pasa? ¿Tenemos que aguantar tus desprecios durante años y justo el día que tienes una revelación divina dejarte entrar en nuestra casa como si nada?

—Pues… ese era el plan, sí.

Rebeca enarcó una ceja y, aunque mi reacción habitual habría sido hundirla en la miseria, solo me salió enrojecer un poco.

—Los problemas de tantos años no se arreglan con una disculpa puntual —murmuró, y de nuevo sonó más cansada que cabreada—. Mira…, no estoy diciendo que seas mala. De hecho, he visto muchas veces tu faceta buena. El problema es que si debo elegir entre proteger a mi hermano y que tú tengas la conciencia tranquila…, me quedo con lo primero.

Iba a insistir. De hecho, iba a enfadarme mucho. Pero entonces me di cuenta de que se refería precisamente a eso. Y de que, si me enfadaba, lo único que conseguiría sería darle la razón. No quería darle la razón, por mucho que sus palabras dolieran.

—Muy bien —murmuré al final.

Beca suspiró con alivio.

—El lunes os veréis en el entrenamiento —me recordó—. No hace falta que sea justo ahora.

—No, claro...

—Hasta otra, Ellie.

Beca cerró la puerta y yo me alejé de la casa con los hombros hundidos. No por tristeza, sino por indignación. ¡Qué difícil resultaba ser buena persona! Luego la gente se quejaba de que el mundo estuviera podrido...

Sin darme cuenta, fui reduciendo el ritmo de mis pasos hasta quedarme quieta entre ambas casas. Quizá estaba siendo un poco más tenebrosa de lo planeado, porque Daniel, que se encontraba de pie junto al coche, me contemplaba con curiosidad.

—Em..., ¿todo bien, Ellie?

—Todo genial —aseguré.

No pareció muy convencido, aun así no insistió y volvió a centrarse en su móvil.

—Oye, Daniel —dije entonces—. Si alguien quisiera disculparse contigo..., ¿preferirías que esperara un poco o que lo hiciera lo antes posible?

—Pregunta complicada —murmuró, pensativo. Dejó pasar unos segundos, dándose toquecitos en el mentón con un dedo, y luego se encogió de hombros—. Depende de la situación, ¿no? Pero creo que preferiría que fuera lo antes posible. ¿Por q...?

—¡Gracias!

Con la misma adrenalina que un ladrón de bancos a punto para su gran atraco, rodeé la casa de puntillas y me detuve en la pared cuya ventana daba a mi habitación. En el primer piso había un ventanal abierto y con las cortinas recogidas. Desde tan abajo no tenía perspectiva para cotillear su interior, pero si Víctor estaba en casa, seguro que se encontraba en su habitación.

Busqué con la mirada hasta dar con una piedrecita perfecta. La lancé a la ventana con suavidad, esperé y... nada.

Volví a intentarlo. Nada.

Vaya.

Al menos, desde ahí Daniel no podía verme. Ni juzgarme.

Volví a intentarlo con un poquito más de fuerza, pero no obtuve grandes resultados. Me sirvió, eso sí, para ver un movimiento tras el cristal. ¡Ahí estaba!

Quizá me motivé un poquito demasiado, porque…, ejem…, dejé de calcular la cantidad de fuerza que usaba. Es curioso lo fuerte que puede golpear una piedrecita diminuta. Y, sobre todo, es curioso el crujido que puede hacerle a un cristal.

Nada más oír el chasquido, di un brinco que casi me dejó pegada al árbol de al lado. Pensé en huir, presa del pánico, pero era demasiado tarde. Víctor estaba plantado delante de la ventana con la boca abierta. Y acababa de verme.

Perfecto inicio para una reconciliación.

Pasmado, abrió la ventana y se asomó para contemplar el desastre. Su cara era todo un poema.

—Pero… —empezó, sin poder creérselo—. ¡¿Se puede saber qué te he hecho ahora?!

—¡Ha sido sin querer!

—¡¿Le has dado una pedrada a mi ventana «sin querer»?!

—¡Sé que suena poco creíble, pero escúchame un momento!

Como estaba acostumbrada a mis hermanos —que pasaban de mí— no esperaba que Víctor realmente se detuviera a mirarme. Así que, obviamente, me quedé en blanco.

—Eh… —empecé.

—¿Eso es todo?

—Oye, no seas cruel.

—¿Lo que eres tú normalmente, dices?

—Vale, estás resentido —dije en mi mejor tono de mediadora—. Yo también soy una resentida, así que lo entiendo.

—No soy un…

—Solo quiero disculparme, ¿vale?

La palabra me supo rara, y su cara de desconfianza la volvió todavía peor.

—¿Disculparte por qué? —quiso saber.

—Por… lo de la carta. Jay me ha contado que no fuiste tú.

—¿La carta? —Parpadeó varias veces—. ¿Cómo hemos vuelto a ese tema?

—¡Es… una larga historia! La cosa es que antes no habría creído eso de que tú no lo hiciste, pero ahora sí.

—Pues igual ahora soy yo quien no se cree tus disculpas.

No podía culparlo, y eso me jodió. Pero no estaba ahí para discutir, sino para calmar mi conciencia.

Y para disculparte.

Ah, sí, eso también.

—Vale —accedí—. De nuevo, entiendo que puedas estar un poco resent...

—¿Se puede saber qué quieres, Ellie?

—¡Disculparme! —salté, ya enfadada—. ¿Por qué todo el mundo me lo pone tan difícil, joder?

—Porque no es tan fácil.

Apreté los dientes. Eso no estaba yendo como yo quería.

—Dime qué tengo que hacer para que veas que voy en serio —dije al final.

—Ponte de rodillas.

Me enderecé, más sorprendida que escandalizada.

—¿Quieres una mam...?

—¿Eh? ¡¡¡No!!!

Víctor se enderezó, más escandalizado que sorprendido.

—¿No? —repetí.

—¡No!

—¿Seguro?

—¡Claro que...! Pero ¿se puede saber qué te pasa? ¡Parece que lo quieras tú!

—No seas creído, lo único que me interesa de tu parte de abajo son las patas de grulla para que des saltitos por la cancha. Además, ¡tú has sacado el tema de ponerse de rodillas!

—¡Para que te disculpes de rodillas, idiota! ¡La malpensada eres tú!

Miré el suelo. Era de tierra. No quería mancharme las rodillas.

—¿Y no puede ser de pie? —pregunté.

—No.

—Vaaale, pues...

—No —me detuvo entonces, muy serio—. Aquí no.

—¿Entonces?

—El lunes, en mitad del entrenamiento. Quiero que pongas una rodillita en el suelo, me tomes de la mano, me mires a los ojos y, delante de todo el mundo, me sueltes un discurso emotivo para que te perdone. Te dejo elegir si termina en beso apasionado o no.

Parpadeé tantas veces que perdí la cuenta.

—¿Eh?

—Ya me has oído.

—Será una broma.

—En absoluto.

—Pero...

—O eso, o no te perdono. Nos vemos el lunes, *Ally*.

Y no me dio opción a réplica. Simplemente, cerró la ventana agrietada y volvió a desaparecer en su habitación.

Jay

Lo que había empezado siendo un juego de niños con Gio se convirtió en un absoluto destructor de moral. No solo era un poco mandona —en el sentido más divertido de la palabra—, sino que además tenía las ideas muy claras y se enfadaba si no las seguías al pie de la letra.

Una parte de su manera de ser me recordaba a papá cuando escribía guiones; tenía una idea muy clara de lo que quería, pero a veces se le olvidaba que los demás no estábamos dentro de su cabeza y no podíamos visualizarla con la misma claridad. Por eso, cuando las cosas no seguían el rumbo exacto que ellos querían, se frustraban y empezaban a pagarlo con el otro.

Otro día más con artistas excéntricos.

En el caso de Gio y nuestro castillo, su problema era que no le salían bien los puentes y me había pedido que los construyera yo. Y, claro, al desconocer yo cómo los quería exactamente, me los tiraba todos y me pedía que los hiciera mejor. Lo decía con tanta pasión que tenía que aguantarme la risa.

—Está mal —repitió por enésima vez.

Miré mi pobre puentecito de arena. Con lo que costaba que se aguantara sin colapsar...

—¿Por qué está mal? —pregunté de forma un poco inútil.

—Si llueve, ¡se llenará de agua!

—No va a llover.

—¿Cómo lo sabes?

—Porque este reino tiene un clima muy seco. ¿Ves? Por eso no hay verde.

Gio me contempló con los ojos entrecerrados. No le gustaba mucho que le llevaran la contraria, por lo visto.

—No hay verde porque es arenucha —dijo con mortuoria seriedad.

—¿«Arenucha»? Qué falta de respeto para los habitantes de Giolandia…

—¿Eh?

—Para ellos, la arena es todo lo que tienen.

—¿Eh? —repitió, pasmada—. No, em…, no lo decía por…

—Creo que a ellos les gustan los puentes bajos.

—Vale, pues… ¡no puede pasar un carro! —dijo enseguida—. ¿Lo ves? Es muy estrecho.

—Ah, pero es que no tienen carros.

—¿No?

—No. Son muy *fitness* y van andando a todos los sitios.

—Ah.

Había descubierto, hacía un buen rato, que era mejor llevarle la contraria en sus propios términos. Incluso parecía estar considerando toda la información que le iba soltando.

—¿Y si quieren ir de dos en dos? —preguntó, muy seria.

—No les gusta socializar. De hecho, en Giolandia hablar es ilegal.

—¿En serio?

—Sí.

—¿Y cómo se comunican?

—Escriben cosas en la arena, y para eso no necesitan puentes anchos.

—Oooh… Entiendo.

Gio se quedó mirando mi puente un rato más y, finalmente, deconstruyó todos los pasillos del castillo para empezar a hacerlos más estrechos.

Mientras tanto, eché una ojeada al resto del grupo. Bev seguía bajo la sombrilla con su libro, Fred roncaba a su lado. En la zona de las tumbonas, Lila intentaba entablar una conversación con Matty sin muchos resultados, y los otros dos la contemplaban como si estuviera perdiendo el tiempo.

Volví a centrarme en Gio y en nuestro castillo de arena, que con la tontería era mucho más grande y sofisticado de lo que habíamos planeado. Había comentado que las manualidades se le daban bien, pero eso de que una cría de siete años construyera las torres mejor que yo me parecía un poco humillante.

Estaba tan concentrada que apenas se dio cuenta de que Nolan aparecía con un bote de crema solar.

—¿Qué tal, pajarillos? —preguntó con una gran sonrisa—. Veo que estáis construyendo la fortaleza de Juego de Tronos.

En cuanto hizo ademán de tocar el castillo, Gio soltó un bufido de alerta y le apartó la mano.

—¡Tú no! —exigió—. Que lo rompes.

—¡No lo voy a romper!

—Siempre dices eso y terminas haciéndolo…

—Oye, lo de no tener habilidades artísticas no es culpa mía.

Su hermana bufó, poco convencida.

De mientras, Nolan había aprovechado para agacharse a su lado y empezar a untar a la pobre niña en crema solar. Le ponía tanta que parecía más yeso que crema. Ella se dejó, pero sin dejar de prestar atención a la construcción. Solo se quejaba cuando él le movía un brazo y casi derrumbaba la estructura.

Yo seguí con mis puentecitos, totalmente absorto. Nolan, sin embargo, me observó por encima de la cabeza de su hermana.

—Oye, si te aburres puedo quedarme yo un rato —aseguró.

—Estoy bien.

—¡Está bien! —le aseguró Gio, como si mi palabra no fuera suficiente—. Y lo hace mejor que tú.

Nolan ni siquiera parpadeó. Seguía mirándome.

—¿Seguro que estás bien?

Iba a responder que sí otra vez, pero algo en su tono hizo que levantara la cabeza. Ya no estaba muy seguro de si hablaba de los castillos de arena o de otra cosa. En cuanto vi su expresión, que era mucho más seria de lo habitual, tuve toda la confirmación que necesitaba.

Ahí sí que dudé. La conversación con Ellie aún era muy reciente y no me apetecía ahondar demasiado en ese tipo de temas. Y menos con una niña delante.

—He tenido días mejores —admití.

—Oye, Gio —dijo él—, ¿por qué no vas a beber algo? Llevas un buen rato aquí.

—¡Me lo estoy pasando bien!

—Una cosa no quita la otra. Además, Diana está empezando a preocuparse. ¿Prefieres que venga ella?

No entendía qué daba tanto miedo de Diana, pero la sola amenaza de que pudiera enfadarse hizo que Gio saliera corriendo hacia las tumbonas.

Nunca subestimes el poder de una hermana mayor cabreada.

Nolan empezó a reírse entre dientes y ocupó el lugar de su hermana. Pareció que iba a intentar tocar el castillo, pero al final se arrepintió y prefirió mantener las manitas quietas.

—¿Quieres hablar de ello? —preguntó al final.

—No sé. ¿Eres terapeuta en tus ratos libres?

—Solo para lo que me interesa. —Sonrió con amplitud—. ¿Es por tu amiga no novia que continúa lanzándome dardos a la nuca?

Eché una ojeada disimulada a Bev, que efectivamente miraba a Nolan como si quisiera estamparle la cara contra la fortaleza de Juego de Tronos.

—No es por ella —aseguré—. Es por mi hermana.

—¿Problemas con hermanas? Vale, soy el mejor consejero posible.

Quise sonreír, pero no estaba tan animado como para fingir que me apetecía. En su lugar, empecé a trazar líneas en el puente para simular que estaba hecho de piedras. En algún momento, Gio me había dicho que le gustaba, y ahora intentaba ganarme la aprobación de una niña de siete años.

Trágico.

No supe por qué me apetecía hablar de todo aquello con Nolan. Después de todo, no lo conocía demasiado y no estaba muy seguro de que fuera a tomárselo en serio. Quizá era precisamente por eso, ¿no? Me parecía más fácil hablar de esa clase de cosas con alguien que no te conocía tanto como para juzgarte.

—¿Puedo hacerte una pregunta? —murmuré.

—Si es dónde compro mis camisas…, es un secreto.

—*Nadie* quiere saber dónde te compras esos horrores.

—¡Ahí está el Jay que conozco! —exclamó con diversión—. Estabas muy tranquilo como para ser tú, ahora me gustas más.

—Ja, ja…

—Bueno, pregúntame lo que quieras. Con toda confianza.

Sin mirarlo —era más fácil así—, me centré en el puentecito y sus incrustaciones de piedra falsa. Formulé la pregunta en mi cabeza de distintas maneras, pero pronto me di cuenta de que no había una forma sencilla de soltarlo sin avergonzarme.

—¿Crees que es raro que alguien de veinte años nunca haya tenido pareja? —solté de sopetón.

Lo dije tan rápido que no supe si me había entendido. Lo hizo, por suerte, porque se quedó pensando un rato.

—Depende de ese alguien de veinte años —dijo al final.

—Mmm…

—La respuesta no ha ayudado, ¿no?

—Más o menos.

—A ver…

Esta vez, borró la sonrisa y lo consideró en serio. Me sorprendió el rato que se tomaba para pensarlo.

—… ¿Esa misteriosa persona quiere tener pareja o es que nunca le ha llamado la atención?

—Diría que nunca le ha llamado la atención.

—Entonces, no le veo ningún problema.

—Ya, pero… ¿no es raro?

—A ver, eso de «raro» es un concepto muy amplio. Lo que es raro para los demás no siempre lo es para nosotros mismos, ¿no?

—Vaya, no esperaba que te pusieras tan profundo.

—Tengo un lado sensible por descubrir —afirmó, dándose toquecitos en la frente—. Si esa hipotética y misteriosa persona nunca se ha interesado por el tema…, creo que lo mejor es que no se fuerce a sí misma a que le guste.

—Ya, pero… ¿y si la gente lo juzga por ello?

—Los únicos que juzgan a los demás son los que no se atreven a juzgarse a sí mismos. O la gente que está muy aburrida, también. Una de dos.

Parpadeé, pasmado, y por fin me atreví a mirarlo de frente. De nuevo, su seriedad me dejó un poco estupefacto. No me esperaba que se lo tomara tan en serio.

—Entiendo —murmuré.

—¿Eso sí que te ha servido?

—Sí…, la verdad es que sí.

—Pues ya solo me debes cincuenta pavos.

Todo mi asombro debido a su madurez se evaporó de golpe; al ver mi expresión, Nolan empezó a reírse con ganas. Después se inclinó e intentó imitar mi maña con los puentes.

Lo único que logró fue que, al volver su hermana, esta soltara un chillido y se apresurara a apartarlo del castillo.

8

Clases especiales

Jay

Me desperté sobresaltado. Como si de un fantasma se tratara, vi a mi hermano pequeño de pie a mi lado. Me estaba dando toquecitos en la mejilla con un dedo.

—Despierta —decía con su habitual tono monótono—. Venga, arriba.

—¿Qué…?

—Mamá dice que hoy toca día familiar.

—¿Y tiene que empezar ahora? Son las…

—Ocho de la mañana, sí. Buenos días.

La idea de volver a tumbarme era muy tentadora, pero sabía que Ty no saldría de esa habitación hasta que cumpliera —al pie de la letra— todo lo que mamá le había pedido. Lo único que me hacía gracia era pensar en la reacción de Ellie, que seguramente sería peor que la mía. Pero visualizarla me hizo sentir un poquito peor, porque todavía seguía con nuestra discusión en la cabeza.

—Ya voy —murmuré.

—Bien.

—No te irás hasta que me levante, ¿verdad?

—Ajá.

—¿No puedes ir a por Ellie?

—Mamá dice que está muy cansada por el entrenamiento y que no la molestemos.

Muy bien. Ella no, pero yo sí. Un muy bonito doble estándar.

A ver, llevaban razón en lo de que yo no tenía un trabajo o algo que estudiar que me mantuviera ocupado, pero recordármelo todo el rato me hundía un poco en la miseria.

Así me gusta, empezando la mañana con alegría.

Me vestí en completo silencio mientras Ty se sentaba en la cama y miraba por la ventana. Tras ponerme una camiseta y unos pantalones aleatorios, me coloqué las gafas de sol y me volví hacia mi hermano.

—Listo —anuncié.

—Al fin.

Ese era uno de los raros días en los que mamá podía pasar tiempo con nosotros. Eran los favoritos de Ty, por supuesto. Y los de papá, porque quería decir que podía centrarse en sus cosas mientras nosotros nos marchábamos con ella. Procuré no preguntar por qué él no nos acompañaba. Después de la discusión que tuvieron a raíz de haber olvidado la cita con el dentista, no estaba muy seguro de cómo habían quedado las cosas.

Mamá quiso conducir y Ty se sentó a su lado, así que me instalé en el asiento trasero, con la cabeza apoyada en la ventanilla. La noche anterior me había ido a dormir a las tantas —culpa de una serie a la que me había enganchado— y no tenía ganas de hacer nada. Y mucho menos, antes de desayunar. Uf…, tenía mucha hambre.

—¿Vamos a comer algo? —pregunté.

—Por supuesto —anunció mamá con una gran sonrisa—. He pensado en el sitio ese de las mesas en forma de vehículos.

Mientras que yo sonreía con amplitud, Ty puso los ojos en blanco. Le gustaba fingir que detestaba esas cosas, para hacerse el mayor.

Mamá aparcó el coche unos quince minutos más tarde. La cafetería en cuestión estaba en la carretera que nos conducía al centro de la ciudad, así que era bastante habitual dejarnos caer por ahí. De pequeños, papá solía llevarnos a desayunar allí todos los sábados. Pese a que todos habíamos crecido yendo a ese lugar, siempre parecía que se les olvidaba que Ty ya no tenía cinco años. Para su suerte o desgracia, la dueña seguía pellizcándole las mejillas nada más verlo. A mamá y papá les hacía mucha gracia. A Ty…, bueno, no tanta.

Nos haremos los sorprendidos.

Nada más entrar en el local, me invadió el olor a tocino recién pasado por la parrilla, a queso fundido, a la madera de las mesas y la barra… y el ruido de la gente hablando a todo volumen. Era lo único que nunca me había gustado del lugar. Odiaba los sitios con tanto ruido.

—¡Señora Ross! —exclamó la dueña cuando nos vio. Siempre se paseaba con una gran sonrisa—. Bienvenidos, bienvenidos… ¿Queréis una mesa junto a la ventanita?

La última palabra la pronunció estrujándole la mejilla a Ty, que tenía cara de querer saltar por la *ventanita*.

—Sería perfecto —dijo mamá, tan educada como de costumbre.

Una vez sentados, abrí el menú, pese a querer lo mismo de siempre: un sándwich de carne con queso bien fundido por encima. Ty solía cambiar según el día y la dieta que estuviera siguiendo, y mamá acostumbraba a pedirse unas tortitas aleatorias porque todas le gustaban.

Qué fácil es la vida del conformista medio.

La dueña de la cafetería nos atendió con su alegría habitual y un rato más tarde nos trajo las bebidas: dos cafés solos para mí y para mamá, y un té matcha para Ty.

Apenas había dado el primer sorbo cuando mamá preguntó:

—Bueno…, ¿y qué tal todo, chicos?

Era la típica pregunta que nos hacía cada vez que volvía de un viaje largo, y para la que ninguno de los dos tenía una respuesta demasiado clara. Intercambiamos una mirada rápida y, casi a la vez, nos encogimos de hombros.

—Como siempre —murmuré.

—Oh, vamos, alguna novedad habrá.

—Me he suscrito a un nuevo canal de autoayuda —explicó Ty.

—¿En serio? ¿Y de qué trata exactamente?

Mientras Ty se ponía a parlotear sobre todas las ventajas que tendría una vez cumpliera con todos los pasos que su nuevo maestro le imponía, yo desconecté porque nos trajeron la comida. Mamá era la única que escuchaba cada palabra y asentía con toda su buena intención. Siempre supe que Ty estaba así de aferrado a ella porque era la única de todos nosotros que mostraba interés por sus cosas y no se burlaba de ellas. Papá tampoco lo hacía, pero su temperamento siempre hizo que se llevara mejor con Ellie.

—Suena muy interesante —aseguró cuando Ty finalizó su discurso.

Ty esbozó una pequeña sonrisa y pinchó los huevos revueltos que le habían traído. Fue el momento perfecto para que mamá dirigiera su objetivo hacia mí.

—¿Y tú, Jay?

—¿Eh? Pues no hay mucho que contar… No hago muchas cosas.

—La abuela me ha contado que la visitas a menudo. Eso ya es hacer algo, Jay. Algo muy bonito, además.

—Si tú lo dices…

Ese fue el momento exacto en el que mamá supo que yo no estaba bien. Tampoco habría podido ocultarlo mucho tiempo, así que… mejor quitárselo de encima cuanto antes.

Por suerte, no quiso indagar. Lo agradecí, porque, honestamente, ni siquiera yo mismo estaba muy seguro de qué me sucedía. Mejor mantenerlo sin nombre o sería imposible seguir fingiendo que no existía.

—Bueno —añadió ella—, quería desayunar con vosotros para hablar de un tema que… no es mi favorito, pero es importante.

—De nuevo, Ty y yo intercambiamos una mirada silenciosa. Mamá continuó hablando como si nada—. ¿Creéis que paso mucho tiempo fuera de casa?

—A ver…, es tu trabajo —dije, confuso.

—Ya sé que es mi trabajo, pero… ¿os gustaría que pasara más tiempo con vosotros?, ¿creéis que me ausento demasiado?

De nuevo, ninguno de los dos supo qué decir. Ty la contemplaba con el ceño fruncido y el tenedor a medio camino de la boca. Detestaba no tener la respuesta para absolutamente todo lo que se le planteaba.

—Estoy seguro de que a todos nos encantaría pasar más tiempo contigo —dije al final—, pero entendemos que haces lo que puedes.

Ignoro qué respuesta buscaba exactamente mamá, pero no era esa. Forzó una sonrisa que no alcanzó sus ojos, bajó la mirada hacia el plato y así permaneció unos segundos. Me supo fatal que no se me ocurriera otra frase para ayudarla, y por una vez deseé que Ellie estuviera ahí, porque habría sido la única con el valor suficiente para preguntárselo directamente.

—¿Estás bien, mamá? —preguntó Ty en voz baja.

—Claro que sí —dijo ella, volviendo a su actitud normal—. Es que mi actividad favorita del mundo es hacer preguntas incómodas.

Pese a que los tres sonreímos con la broma mala, ninguno pareció demasiado sincero.

Ahora absorto, me centré en mi plato y me di cuenta de que se me había quitado un poco el hambre. Podía entender a papá, pero también a mamá. Estaba seguro de que, si pararan un momento y se escucharan, podrían entender también ambas perspectivas. Pero no. Estaban muy ocupados pagando sus frustraciones el uno con el otr...

—¡Vaya, mira a quienes tenemos aquí!

La voz de la abuela hizo que los tres nos volviéramos a la vez. Y es que estaba justo ahí, con sus mejores galas y el brazo enganchado al de Nolan. Este último, al verme, sonrió con todas sus ganas.

Oh, oh.

Ellie

Vale, ¿por qué no había nadie en casa? ¿Qué me había perdido? Después de desayunar y comer sola, empecé a hacerme preguntas un poco existenciales. Fue entonces cuando vi la notita pegada en la nevera. Estaba escrita con la letra de mamá y me pedía que avisara a papá de que bajara a comer conmigo. Ups.

Pero ¿qué le costaba mandarme un mensaje? Lo primero que miraba al despertar era el móvil, ¡lo habría visto enseguida! Pero no, tenía que complicarse la vida. ¿Quién escribía notitas hoy en día?

Ya eran las cuatro y algo de la tarde; aun así, preparé una bandejita y se la subí al despacho con todo el buen humor que pude reunir. Y ahí estaba, efectivamente. Frente al portátil, los codos sobre la mesa y la cara hundida en las manos.

La viva imagen de un artista encantado con su trabajo.

—Hola, hola —anuncié mi llegada, como si no hubiera visto nada—. Mamá me ha pedido que te haga la comida.

Él por fin se asomó para ver lo que le traía. Al descubrir un plato con sopita, casi se lanzó de cabeza por la ventana, aunque no comentó nada.

—Gracias, Ellie —dijo, escueto.

—De nada. ¿Qué haces?

—Sigo con lo mismo que la semana pasada. Y la otra. Y la otra. —Cerró los ojos un momento, frustrado, y al volver a mirarme parecía agotado—. No tendrás por ahí alguna idea para una película dramática, ¿no?

—Mmm…, si me dejas un rato, igual se me ocurre algo.

—Está bien —aseguró—. Es cosa mía.

—Oye, papá…, ¿y no sería mejor dejarlo un poquito?

—Ojalá, pero tengo una fecha de entrega.

—Ya, pero…, em… —No sabía ni cómo decirlo. Conmigo no se enfadaría, pero no quería remover aún más las cosas—, llevas mucho tiempo con esto y no consigues avanzar. Igual sería mejor dejarlo reposar hasta que se te ocurra alguna cosa, ¿no? Buscar… inspiración en otras partes. No sé.

Pareció considerarlo unos instantes. Sin embargo, no fueron los suficientes como para centrarse en ello.

—¿No tienes entrenamiento? —preguntó.

—Sí, en un rato.

—Pues te llevo yo, venga.

—¿En serio?

—Tengo que distraerme, ¿no?

Ir con papá no era tan loco como ir con tío Mike, así que ese día no tuve que aferrarme a la manija para intentar salvar mi pobre vida. Eso sí, cuando estaba tan evasivo, apenas hablaba y tuve que entretenerme mirando por la ventanilla, que era un poco aburrido.

Llegamos al gimnasio cinco minutos antes de la hora de empezar. A modo de despedida, me dio una palmadita en la cabeza. Yo entrecerré los ojos.

—¿Te crees que soy un perro o qué?

—Oye, de pequeña te gustaba.

—Pero ya han pasado unos añitos, papá.

—No me lo recuerdes y entra de una vez, que llegarás tarde.

Hice un gesto irónico de militar, a lo que en él asomó por fin una pequeña sonrisa. Yo la imité.

Spoiler: fue la última sonrisa del día.

Un rato más tarde, ya no podía con mi vida. Limpié la gota de sudor que me caía por la sien y, acto seguido, apoyé las manos en las rodillas. Estaba a punto de desmayarme; por lo que intuía, mis compañeros de equipo se encontraban en una condición similar.

Como siempre, el entrenador nos había puesto una actividad cualquiera —y agotadora— para tenernos cansaditos y que no nos quejáramos mucho. Lo hacía desde que mamá fue a regañarlo y, especialmente, desde que Marco sacó el tema de jugar en ese torneo de baloncesto. Una forma un poco macabra de castigarnos, si me preguntaban a mí.

—No puedo más. —Tad se detuvo a mi lado con los brazos en jarras—. Como dé otro paso…, me quedaré sin piernas.

—Ya somos dos —murmuré.

—¿Cómo lo hacen ellos?

Los demás también parecían cansados, pero ni la mitad que nosotros. Especialmente Víctor y Marco, que eran los únicos que, pese a todo, todavía correteaban de un lado a otro.

Son androides.

—¿Estáis haciendo un descansito? —preguntó Oscar, y, aunque no estaba tan cansado, se detuvo a nuestro lado—. Venga, me apunto.

—¿Qué sentido tiene estar dando vueltas al campo? —me lamenté—. Se supone que estas horas son para mejorar en baloncesto, y no hacemos más que tonterías…

—Díselo al entrenador —concluyó Oscar—. Si es que te atreves a llevarle la contraria otra vez.

No, no me atrevía. Después de todo lo que me había costado ganarme mi posición en el equipo, no quería ponerla en riesgo por una tontería. Y eso suponiendo que tuviera una posición, que también era volar muy alto.

—A ver… —dijo Tad.

Ambos lo miramos.

—… ahora el entrenador no está, así que no habría que decirle nada.

Y tenía razón. Últimamente disimulaba lo poco que le importábamos, pero eso no le impedía ausentarse todo el rato. Unas veces era por comida; otras, por bebida; las demás, para no vernos en un rato.

—Es verdad —dije, teniendo la revelación del siglo—. ¿Y si aprovechamos para entrenar de verdad?

Tad torció el gesto.

—Eh…, yo me refería a descansar…

—Me parece una buena idea —concluyó Oscar, e hizo un gesto a los demás—. ¡Oye, acercaos, que Ellie ha tenido una idea!

Eddie, Marco y Víctor no se mostraron muy convencidos, aun así se acercaron a nuestro reducido grupo. Y no me quedó otra que explicarles la idea de entrenar de verdad y dejarnos de jueguitos.

Como de costumbre, Víctor no dijo nada, se limitó a contemplar la situación mientras Marco asentía convencido.

—¡Exacto! Si el entrenador no lo hace, tendremos que tomar la iniciativa nosotros.

—¿Y cómo se supone que vamos a organizarnos? —preguntó Eddie, a su lado.

—Entre nosotros, ¡ya te lo he dicho!

—Sí, ¿y quién nos organiza a nosotros?

—Necesitamos a un entrenador —dijo Víctor—. Uno que no pase de nosot...

—Primero necesitamos a un capitán —lo interrumpió Oscar—. Y que conste que yo no me presento voluntario. Ahí dejo el dato.

Sus palabras acarrearon un momento de silencio sepulcral en todo el grupo. Especialmente cuando empezamos a mirarnos todos entre todos, como si el de al lado fuera a lanzarse sobre el otro en cualquier instante.

Pero nadie se lanzó sobre nadie y, justo cuando creí que Marco iba a abrir la boca, me adelanté:

—¡Voto por Víctor!

No sé quién pareció más pasmado, si el propio Víctor o los demás, que me miraron con los ojos muy abiertos.

—¿Tú? —inquirió Eddie.

—¿Por Víctor? —inquirió Tad, a su vez.

El exceso de atención me hizo sentir incómoda y me crucé de brazos. Víctor seguía contemplándome con perplejidad.

—¿Algún problema? —pregunté.

—¿Lo tienes tú? —preguntó Oscar, divertido—. ¿Te has caído de la cama al despertarte o algo así?

—¡Seguid con las votaciones y ya está!

—Yo voto por Ellie.

En cuanto oí las palabras de Víctor, me giré en redondo hacia él. Pero, lejos de su sorpresa, lo mío fue irritación.

—Yo no quiero ser capitana —recalqué.

—Pues te jodes, que ya tienes un voto.

Yo lo había votado en un triste intento de pedir perdón, pero él me había votado en un claro intento de molestar. Por lo tanto, mis ganas de ser diplomática se esfumaron y solo quedaron las de querer joderlo.

—Víctor sería mucho mejor capitán que yo —aseguré enseguida—. Miradlo. Os conoce muy bien, sabe lo que hace…

—Pero yo no tengo la disciplina de Ellie —me interrumpió él con una mano en el corazón—. Quiero lo mejor para el equipo y, desde luego, necesitamos organización…

—Yo soy muy competitiva —intervine de nuevo, cada vez más irritada—. Imaginad lo que pasaría si perdiéramos, ¡sería un caos!

—Que es justo lo que necesitamos en el mundo del deporte. Si nos sentimos mal al perder, ¡haremos todo lo posible para evitarlo!

—¡Un equipo necesita apoyo!

—¡Necesita disciplina!

—¡Necesi…!

—¡Oye! —interrumpió Marco de repente—. ¡Yo también quiero presentarme voluntario! ¿Por qué nadie me está defendiendo?

—Porque nadie va a votarte —respondió Oscar sin mirarlo—. ¿Podemos terminar con esto?

—¡Voto a Ellie! —chilló Tad.

Lo miré, sorprendida y agradecida a partes iguales. Aunque no quisiera el puesto, no estaba mal ver que alguien confiaba en mí.

Creo que solo te ha votado para que nadie lo considere a él, pero vale.

—Yo a Víctor —dijo Eddie, y se ganó una mirada de ojos entrecerrados por parte de Marco—. ¿Qué?

—¡Tenías que votar por mí!

—No te ofendas —intervino Oscar tras un bostezo—, pero preferiría morderme los pezones a mí mismo que aguantarte como capitán. Yo voto a Víctor.

Un solo voto de diferencia; miramos a Marco. Si se votaba a sí mismo, Víctor ganaría y ya estaría todo solucionado.

Pero no, para una vez que me interesaba que fuera el ególatra que era…

—Voto a Ally —dijo, remarcando cada sílaba.

—Ellie —lo corregí entre dientes.

—¿Qué hacemos? —preguntó Tad—. Hay empate.

—Pues habrá que desempatar —decretó Eddie, alcanzando una de las pelotas—. El primero de los dos que enceste se queda con el puesto. Rápido y sencillo.

Lanzó la pelota en nuestra dirección y, aunque ninguno de los dos se movió con demasiado entusiasmo, al final Víctor la alcanzó y empezó a botarla al tiempo que avanzaba hacia el grupo. Bueno, hacia mí, porque los demás se habían alejado un poco para despejar el área de juego. Puse los brazos en jarras, dejando bien claro que no iba a hacer nada, y Víctor se detuvo delante de mí.

—Se supone que ahora tienes que intentar robármela —sugirió con diversión.

—No me interesa el puesto.

—Ni a mí.

—Pues imítame y no hagas nada.

—¿Y estás segura de que esto te conviene?

—¿Eh?

—A ver, estás demostrándole tu valor al grupo, ¿no? Dejarte ganar justo ahora no me parece la mejor idea del mundo, Ally.

Dirigí una mirada de soslayo a los otros, que nos observaban con interés, y con los dientes apretados volví a contemplar a Víctor.

—¿Y bien? —preguntó, todo sonrisas—. ¿Vas a quitármela o qué?

—Déjame perder a mí, anda.

—¿Y por qué haría eso?

—Porque…, em…, ¿te lo pido?

—Ah, eso te habría servido hace tres años, pero ahora tendrás que ofrecer algo más.

Abrí la boca y volví a cerrarla. Maldita sea, ¡debido a cosas así nunca intentaba hacer las paces con nadie!

Mientras pensaba en ello, Víctor rebotó la pelota contra el suelo y me la pasó de forma disimulada. Yo la atrapé con mala cara y empecé a botarla. En cuanto hice ademán de pasar por su lado y él me dejó, me detuve y volví a mi posición inicial. De ninguna manera intentaría encestar. ¡Imagínate que acertara sin querer! Con mi suerte, seguro que sucedía.

Mi única esperanza era que Víctor me robara la pelota, pero se limitaba a mirarme sin mover un solo dedo.

—¿Y qué quieres? —pregunté—. Porque no haré lo de arrodillarme.

—Estás en tu derecho de negarte.

—Exacto.

—Igual que yo estoy en mi derecho de negarme a perdonarte.

—¡Eso no es justo!

—Ahora me pongo a llorar, si quieres. Justo cuando encestes y te conviertas en la capitana del equipo.

La tentación de lanzarle la pelota a la cabeza fue grande, pero me contuve y pasé por su lado. Lancé a la canasta de la peor forma posible y, cuando la pelota rebotó hacia mí, hice como si la perdiera y a Víctor no le quedó otra que recogerla y ponerse a botarla.

—¡Pídeme cualquier otra cosa! —le exigí, irritada.

—No.

—¡Víctor!

—¡Elisabeth!

—¡¡¡No imites mi tono de voz!!!

Aprovechó mi momento de despiste para simular que iba a pasarme la pelota por debajo de las piernas pero que se había equivocado. No me quedó más remedio que atraparla y, de nuevo, fingir que no avanzaba porque él no me dejaba.

Pero no podría mantener esa farsa mucho tiempo. De hecho, los demás ya empezaban a mirarnos con extrañeza.

—¿Y si te hago un favor? —sugerí—. El que tú quieras.

—El que yo quiero es ese.

—¡Ya no recuerdo ni qué me dijiste!

—Ponte de rodillas delante de todo el mundo y pídeme perdón.

—¡Vamos, tiene que haber otra cosa!

—No. Es esa.

—¿A qué viene tanto interés en eso? ¿Quieres ponerme de rodillas para satisfacer un trauma interno o algo así?

—No. Quiero que sea algo que no te resulte fácil, y lo único que tienes más grande que la testarudez es el orgullo, así que quiero que te lo tragues.

—Apuesto a que hay muchas cosas que te encantaría que tragara, ¿eh?

Mi intención era que enrojeciera y perdiera un poco de convicción, pero siguió mirándome con cara de póquer.

—Empecemos con el orgullo, y ya veremos qué más nos interesa.

Lo que tragué fue saliva, y miré a mis compañeros por el rabillo del ojo. No quería humillarme frente a ellos. Y, desde luego, no quería que tuvieran un motivo más para meterse conmigo. Como si no lo hicieran ya suficientes veces.

Pero a la vez…

Vamos, campeona, dobla esas piernecitas.

Volví a mirar a Víctor y boté la pelota, insegura. Él no cambió su expresión de indiferencia.

—Voy a reclamártelo hasta que te mueras —aseguré en voz baja.

Una comisura de sus labios se elevó un poco, pero no dijo nada. No me detuvo. Se limitó a mirarme.

Pues… allá vamos.

Piensa que es un bailecito, así resulta más fácil.

Como si fuera lo más difícil que había hecho en la vida, doblé una rodilla y la clavé en el suelo. Apreté los dientes con fuerza y coloqué la otra junto a ella.

O al menos lo intenté, porque entonces Víctor me quitó la pelota de un manotazo y se hizo con ella.

—¿Qué…? —empecé, confusa.

—Así que estabas dispuesta a hacerlo, ¿eh? Interesante.

Iba a responder, pero en aquel momento salió corriendo con la pelota. Me quedé mirándolo con los labios separados debido a la confusión. Especialmente cuando, en un movimiento, encestó con suma facilidad.

Jay

Yo era el único que todavía no se había terminado el plato, los de Ty y mamá llevaban ya un buen rato vacíos. Incluso el de la abuela —que había sido una de las últimas incorporaciones— ya prácticamente estaba limpio. Por no hablar de Nolan, quien, a mi lado, había repetido y volvía a quedarse sin comida. Ty estaba sentado delante de él y observaba la situación con la nariz arrugada por el desagrado. Nolan, pasando totalmente, me robaba trocitos de pan para mojarlos en la salsa de su plato y limpiarlo aún más.

—Cuánto me alegro de que hayas encontrado a alguien con quien pasártelo tan bien —comentó mamá entonces, y puso su mano sobre la de la abuela Mary—. Cuando se marchó la última cuidadora, me quedé un poco preocupada.

—Oh, también puedo arreglármelas yo sola —aseguró la abuela—. Aunque un poco de ayuda nunca viene mal, es verdad.

A modo de respuesta, Nolan arqueó las cejas repetidas veces. Luego señaló mi plato.

—¿No te lo vas a comer?

—¿Cómo puedes seguir con hambre? —le preguntó Ty, no sé si fascinado u horrorizado.

—Soy un chico grandote —se defendió.

—Deja que coma lo que quiera, Ty —intervino mamá.

De todos modos, mi hermano frunció el ceño y continuó analizando a Nolan. Especialmente cuando deslicé mi plato hacia él y empezó a zampárselo como si nada.

Lo cierto es que todo el peso de la conversación recayó sobre mamá y la abuela, que de vez en cuando nos hacían preguntas para que nos sintiéramos integrados, sin embargo, pronto se dieron cuenta de que no nos interesaba del todo. Ty acabó mirando el móvil; yo, contemplando por la ventana. Nolan —que, al parecer, cuando comía no tenía otra preocupación— solo intervenía con soniditos de aprobación.

Hasta que se terminó mi plato y me dio un manotazo en el antebrazo. Estaba empezando a hartarme que todo el mundo me diera golpes para atraer mi atención.

Mejor eso que mordiscos.

—¿Vamos a dar una vuelta? —preguntó.

—¿Ahora?

—Sí. Y tú también, hombrecito —añadió mientras señalaba a Ty con un asentimiento—. ¿O vas a comer más?

Ty se volvió en redondo hacia mamá. Estaba claro que pedía ayuda para no tener que ir, sin embargo, ella consideró que debía darnos un poco el aire y estuvo de acuerdo con Nolan. Yo intenté no poner los ojos en blanco, pero se me notaron las pocas ganas que tenía de moverme. La sonrisita de la abuela Mary me lo confirmó.

—¡Pasadlo bien! —exclamó mientras salíamos.

Como el restaurante de carretera quedaba en medio de la nada, el único entretenimiento que encontramos fue pasear por el bosque de la zona. Empezamos a adentrarnos colina abajo, yo a un ritmo prudente y ellos a toda velocidad. Ty iba dando saltitos de roca en roca mientras que Nolan miraba a todos lados menos por donde pisaba. Intenté que no me diera un tic nervioso ante la perspectiva de que uno de los dos se cayera de boca contra el suelo.

Oí el arroyo unos minutos antes de llegar a él y, aunque no me pareció muy impresionante y apenas medía dos metros de largo, era bastante bonito. O eso decían los turistas. Yo solo podía pensar en los mosquitos y en que siempre acababan picándome a mí.

Mientras rebuscaba en mis bolsillos, Ty se puso a escalar para sentarse en una gran roca que había junto a nosotros. Supuse que era su manera de dejar claro lo poco que le interesábamos. Nolan, en cambio, se metió las manos en los bolsillos, respiró hondo y esbozó una gran sonrisa mientras contemplaba el paisaje.

Todo un papá de excursión.

—¿Hemos venido hasta aquí solo para contemplar el paisaje? —pregunté de mala gana.

Nolan me miró de reojo. Parecía divertido.

—¿Y por qué no?

—No sé. Me ha asaltado la duda.

—Pues justo de eso quería hablarte.

—¿De contemplar paisajes?

—No, tío.

—No soy tu…

—¿Te acuerdas de ese día que hablamos en la playa mientras hacíamos un castillito de arena?

Enarqué una ceja.

—¿Ayer?

—Eso mismo. ¿Recuerdas lo que me dijiste, que los demás te juzgaran y eso?

Vale, no esperaba que fuera a sacarme el tema de nuevo. De hecho, por algún motivo había asumido que lo olvidaría en cuanto nos marcháramos. Que siguiera teniéndolo presente me pilló un poco desprevenido.

Como se dio cuenta de que no iba a responder, se volvió de cuerpo entero para quedar frente a mí y continuó hablando. Estaba más serio que de costumbre, aunque tampoco había borrado del todo su sonrisa.

—He estado pensando en ello —afirmó con gravedad.

—Ah.

—Y creo que puedo ayudarte.

—¿Ayudarme?

—Sí, tío. Creo que te preocupas demasiado por los demás.

—¿Por qué lo dices como si fuera algo malo? —quise saber, ahora a la defensiva.

—En su justa medida, todo es sano, pero cuando te pasas… Tío, no puede ser que todo en tu vida gire alrededor de que los demás aprueben lo que haces. Que necesitas que lo reconozcan y todo eso, ¿eh? Yo lo entiendo. Si una vez incluso leí un libro de psicología, y hablaban de eso del sentido de pertenencia y otras gilipoll…

—Te estás desviando, Nolan —masculé.

—Ah, sí. Pues eso. Que está bien querer gustar, pero no puedes basar la vida en eso. A veces, me da la sensación de que ni siquiera sabes quién eres.

Abrí la boca, ofendido. Pero ¿quién se creía que era ese chico? Apenas me conocía y, solo por haber sufrido un momento de vulnerabilidad, se atrevía a juzgarme. Mi vida no giraba en torno a la de los demás. Y… ¡tenía muy claro quién era! No necesitaba a un casi desconocido que me lo indicara.

Debió de notar que me ponía a la defensiva, porque se sacó las manos de los bolsillos para levantarlas como si se rindiera.

—Te lo digo por tu bien —aseguró—. Es que quiero echarte una mano.

—¿Echarme una mano en qué parte?

—Mira que me dejas los chistes guarros en bandeja, ¿eh?

—¿Eh?

—Que quiero ayudarte a ser un poquito más impulsivo —dijo, divertido—. Ya sabes, a soltarte un poco la melena. A ser un poco alocado. ¿No te gustaría?

Estuve a punto de negarme en redondo, pero me di cuenta de que ya no estaba tan seguro. Nolan me ponía de los nervios, y en gran parte se debía a su actitud despreocupada. No quería parecerme a él, pero… sí que me daba un poco de envidia. ¿Cómo era capaz de pasar de todo y, aun así, ser tan responsable? Siempre me había parecido fascinante. Muy en el fondo, seguía sin entender si todo formaba parte de una actuación o si realmente era así.

Voto por la segunda, pero la primera me encantaría.

—Mmm… —Lo pensé—. No entiendo muy bien a qué te refieres con eso de «ayudar».

—Pues que seré tu profesor del mal, lógicamente. Cuando te pongas muy tú, te pondré un poco más yo.

—No sé si eso suena tan bien como crees… —Hice una pausa para pensarlo mejor. Nolan aún esperaba con las manos en señal de rendición. Como continuara así mucho rato, le daría un calambre—. ¿Y por qué me ayudarías?

—¿Por qué no? Me caes bien.

—¿Yo?

—Y tratas bien a Diana. Y le caes bien a Gio, que es todo un logro. —Ante eso último, admito que me sentí un poco mejor conmigo mismo—. No sé, sentí que me pedías ayuda y estoy respondiendo. Pero si no te apetece…

—No he dicho que no.

Un brillito de maldad cruzó su expresión, a lo que yo agaché la cabeza. A ver, sí…, igual estaría bien. Llevaba más de un año sin nada que hacer. Quizá, con un poquito de confianza en mí mismo…

—¿Y cuándo empezaríamos? —pregunté con cautela.

—Ahora mismo, si quieres.

—¿Ahor…?

Me quedé mudo. Nolan acababa de arrebatarme el repelente de mosquitos; sin siquiera parpadear, lo lanzó al otro lado del arroyo. Pasmado, observé el trágico arco que formó.

—Primera lección —dijo Nolan—, basta de cremitas y cosas raras.

—¿Cremi…? ¡Eso no era una cremita!, ¡era un repelente para que los mosquitos no me ataquen como vampiros!

—La gente despreocupada no pierde el tiempo con repelentes de mosquitos.

—¡Oye! —chilló Ty desde su roca, furioso—. ¡Eso contamina una barbaridad!

Mientras bajaba de la roca para ir a buscar el repelente, Nolan y yo lo observamos. Yo con la boca abierta, él con una sonrisita entusiasta.

—¿Esas serán tus clases? —pregunté, reaccionando por fin—. ¿Tirar repelentes por el monte?

—Segunda lección: no todo tiene un porqué.

—¿Eh?

—Que por qué bajamos aquí, que si las clases siempre serán así… No hay que buscarle un significado a todo, tío. A veces solo hay que dejarse llevar durante un rato.

Abrí la boca para responderle, pero no supe qué más decir. Tenía el don de dejarme sin palabras. Y, para rematarlo, rebuscó en los bolsillos. Después de sacar lo que podría haber sido el contenido de un baúl de los recuerdos, encontró un rotulador mordisqueado. Sin siquiera preguntar, tiró de mi muñeca para estirarme el brazo. El contacto, tan repentino como inesperado, me tensó un poco. Y la sensación del rotulador húmedo sobre la piel, todavía más.

—Y… listo —murmuró, todavía con el tapón entre los dientes. Lo había sacado así, a lo bruto. Cuando intentó taparlo de nuevo, se pintó una raya en la mandíbula sin querer—. Aquí tienes mi número. Llámame mañana para seguir con las clases. Y ni se te ocurra preguntarme a qué hora.

Como estaba a punto de hacerlo, tuve que apretar los labios con fuerza. Nolan me guiñó el ojo, perfectamente consciente de ello.

—Espero que esto no sea un error —murmuré.

—No existen los errores, tío, solo las elecciones.

Justo en ese momento, Ty le dio en la espalda con el bote de repelente que acababa de recoger. Furioso, ordenó a Nolan que fuera a tirarlo al contenedor correspondiente. Al pobre no le quedó otra que hacerlo a toda prisa para que no volviera a darle.

Miré el número en mi brazo; por supuesto, me lo había escrito al revés. Tuve que estirar el cuello para leerlo.

—¿Vamos o qué? —insistió el artista.

Al ver la rayita que todavía llevaba en la mandíbula, tuve que contener una sonrisa. Después, anduve tras ellos colina arriba.

Ellie

Ahí seguía, con una rodilla en el suelo. La pelota que Víctor había encestado aún rebotaba contra el suelo. No se oía nada más.

En cuanto empezaron los aplausos, tuve que improvisar a toda velocidad y fingir que solo me había agachado para arreglarme los cordones de las zapatillas. ¿La peor excusa de la historia? Probablemente. Pero estaban tan centrados en Víctor que apenas me prestaron atención.

Cuando me acerqué al grupo, que le daba palmaditas en la espalda a modo de felicitación, tuve que esforzarme para fingir una mueca de decepción.

—Vaya, ¡qué mal! —dije con dramatismo—. Yo que quería ese puesto…

—Otro año será, Ally —aseguró Marco—. ¿Ahora qué hacemos, capitán? Porque imagino que tienes un plan. Si estuviera en tu lugar, yo ya habría pensado en uno.

Lejos de sentirse intimidado, Víctor se pasó la pelota de una mano a la otra con aire pensativo. Lo consideró unos instantes, y después sonrió.

—Espero que no estéis muy cansados, porque tengo unas cuantas ideas.

Media hora más tarde y con el entrenamiento finalizado, prácticamente tuve que arrastrarme junto a los demás hacia la salida. Y en mi caso era todavía peor, porque se suponía que podía usar el vestuario antes que mis compañeros, pero nunca había tiempo suficiente como para que pudiéramos turnarnos. Podía elegir entre hacerles esperar o aguantarme hasta llegar a casa, y normalmente me decantaba por la última opción. Y no tenía pensado entrar en el despacho del entrenador para cambiarme. Pero me daba mucho asco tener que oler a burrito pasado durante más de dos segundos seguidos.

Mientras recogía mi bolsa, Tad se acercó y se detuvo a mi lado.

—Oye, Ellie, ¿por qué no entras conmigo en el vestuario?

—¿Eh?

—Es que me da un poco de lástima que te quedes fuera. Y como hay una ducha libre…, quizá podrías colgar una toalla y cambiarte tranquila.

Abrí la boca para negarme, pero luego recordé que estaba pegajosa y asquerosa; me miré a mí misma, dubitativa.

—Es solo una idea —añadió Tad rápidamente—. También puedes esperar a que salgamos todos y luego entrar tú, si te sientes más cómoda.

Lo consideré unos momentos más y al final me colgué la bolsa del hombro.

—Bueno…, vamos a intentarlo.

—¡Así me gusta!

Entré en el vestuario con una mano delante de los ojos, de modo que solo me veía los pies y me guiaba por la sombra de Tad. Los demás miembros del equipo estaban hablando entre sí y no se detuvieron al verme pasar. No parecían muy sorprendidos. El único que dio señales de haberme visto fue Oscar, que me saludó con la misma calma que si nos hubiéramos cruzado junto a la máquina de bebidas.

—Es aquí —comentó Tad entonces, y me atreví a asomar la mirada por encima de los dedos.

El vestuario era pequeño, y las duchas estaban separadas entre sí por un muro de azulejos blancos. Por lo demás, solo había lavabos, cubiletes y varios bancos en los que los chicos habían dejado sus bolsas para cambiarse de ropa. No miré atrás, pese a que la curiosidad era más fuerte que yo.

—Es esa ducha de ahí —señaló Tad, devolviéndome a la realidad. Se refería a la última, la más pequeñita—. Nadie la usa, así que podría ser tuya.

—¿Y tú cuál usas?

—La de al lado. Si quieres poner mi toalla en la entrada para que no se vea nada…

Lo consideré un momento y, al final, le aseguré que me las arreglaría sola.

Mientras que Tad se duchaba tranquilamente, yo miré a mi alrededor. Víctor y Eddie también estaban en sus respectivas duchas y solo asomaban las cabecitas. Teniendo en cuenta mi altura, probablemente a mí solo me verían la rendija de los ojos. Visto así, tampoco era para tanto. Además, no sería la primera vez que veíamos a alguien desnudo. Podíamos ser maduros, ¿no?

Tengo mis dudas.

Colgué mi toalla en la puerta de la duchita y, tras asegurarme de que no iba a caerse, me desvestí. Dejé la bolsa justo fuera, junto a la ropa, y me las arreglé para hacerme con las últimas gotas de agua caliente que me habían dejado los demás. Me duché a toda velocidad, deseando ponerme algo encima cuanto antes, y finalmente descolgué la toalla para secarme.

No salí de mi cuadradito de ducha hasta que estuve completamente vestida, y vi que los demás ya habían terminado hacía un buen rato, excepto Marco, que estaba ocupado atándose los cordones de sus zapatos de primerísima marca. Me miró de reojo, sin mostrar demasiado interés.

—Ally —saludó.

—Sigue siendo «Ellie». Igual que todas las otras veces que lo has dicho.

—Ya lo sé. Pero, como no me has votado, te jodes.

—¡Víctor y Tad tampoco te han votado!

—Ellos son mis compañeros.

—¿Y yo no?

—A ti solo te hemos aceptado para tener un toque de diversidad, Ally.

Iba a responder —o a matarlo, una de dos—, pero entonces llamaron a la puerta del vestuario. Oscar asomó la cabeza y, en cuanto me vio, señaló por encima de su hombro.

—Hay una chica buscándote ahí fuera. Le he preguntado quién es y me ha sacado el dedito corazón. Muy simpática.

Uy, esa debía de ser mi prima Jane.

¡Por fin tenía noticias de ella! Solíamos estar muy unidas, pero desde que yo me había centrado en los entrenos y ella en buscar trabajo, era complicado pasar tiempo juntas. Las únicas oportunidades se presentaban en las barbacoas que organizábamos en casa, con sus padres y mis tíos Will y Naya.

Dejé a Marco ahí plantado y salí a verla. Efectivamente, estaba esperando junto a su coche y daba vueltas a las llaves con un dedo. En contraste con sus habituales atuendos desgastados, vestía unos vaqueros negros y una camisa con varios botones abiertos. Me acerqué a ella, llena de curiosidad.

—¿Qué haces aquí? —pregunté.

—Vaya, yo también me alegro de verte.

—Ah, sí, eso también.

—Tenía un rato libre y he pensado que estaría bien ir a tomar algo —explicó ella, aunque no parecía muy entusiasmada con la idea—. ¿Te apetece?

—Me apetece, pero me extraña.

—¿Por?

—Últimamente, desapareces casi todas las tardes.

—Bueno, pues hoy no desaparezco. ¿Vamos o qué?

Estuve tentada a preguntarle por el chisme que claramente tenía entre manos, sin embargo, decidí que no tenía la energía suficiente como para sonsacárselo.

—Vale, vamos —concluí, pasándole la bolsa con mi ropa de entrenamiento.

—¿Por qué me das esto? ¿Te crees que soy tu criada?

—Estoy muy débil y cansada. —Hice un puchero.

—Yo me siento así cada día y no lloro tanto.

De todos modos, metió la bolsa en la parte trasera del coche y yo me subí al asiento del copiloto. Todavía tenía el pelo húmedo, y me lo aparté de un manotazo para que no se me pusiera delante de la cara. Ocupada con lo mío, no advertí que Jane estaba mirando al frente pero no arrancaba.

—Pero ¿ese chiquillo vuelve solito a casa? —preguntó.

Se refería a Tad, que andaba tranquilamente por la acera. Era cierto que parecía más pequeñito que el resto y que, de espaldas, ese efecto empeoraba.

—Tiene mi edad —aseguré, divertida.

—¿Ese? Imposible.

—¡Me lo dijo!

—Pues te engañó.

Sin añadir más, arrancó el coche y dio un volantazo hacia la izquierda. Como aún no me había puesto el cinturón, sufrí una sacudida y me sujeté donde pude para no salir disparada del asiento.

Jane, mientras tanto, había frenado para detenerse junto a Tad, quien se detuvo a mirarnos.

—Hola, niño —dijo Jane—. ¿Dónde vives?

—Eh…, no sé si debería responder, la verdad.

—No intentamos secuestrarte —aseguré, asomándome al lado de mi prima.

—Ah, ¡hola, Ellie! —Al ver que no éramos desconocidas, sonrió—. Vivo a media hora andando, más o menos. Normalmente voy en bici, pero justo se me ha roto y…

—Sí, sí. Súbete. Te llevamos nosotras.

A cualquier persona racional le habría parecido un poco perturbador que una desconocida se ofreciera —y más de esa manera— a acompañarla a casa. Pero para Tad era más importante no andar que no morir en un secuestro, así que se subió rápidamente al asiento de atrás.

No juzgaré una acción que podría ser mía.

—¿Qué calle es? —preguntó ella.

—Es la…

—Uy, ¿os vais de excursión?

Eddie, que estaba asomado a la ventanilla, analizó a Jane con curiosidad. Ella me miró con una ceja enarcada.

—¿Este también viene o nos cae mal?

—Mmm, sigue en terreno neutral.

—Pues súbete —aceptó—. Total, por uno más no pasa nad…

—¡Yo también!

Marco no se molestó en pedir permiso o en esperar a que Jane abriera la boca; se subió al asiento de atrás y cerró la puerta. Iba a protestar cuando, de pronto, Oscar la abrió otra vez.

—¿Qué hacéis? —preguntó, intrigado.

—¡No cabe más gente! —chillé.

Pasó totalmente de mí y, tras analizar la situación, clavó el culo en el asiento y se hizo sitio a base de empujones. ¿El resultado? Marco se quedó entre él y Eddie, y Tad, que era el más pequeñito, acabó sentado sobre el regazo de Marco. Intercambiaron una mirada, y mientras que uno frunció el ceño, el otro se puso rojo como un tomate.

—¿Puede dejar de subirse gente a mi coche? —sugirió Jane, aunque tampoco parecía muy preocupada.

—Pero ¿no íbamos de excursión? —preguntó Eddie con confusión.

—¡Falta alguien! —dijo Oscar enseguida, y asomó la cabeza por la ventanilla abierta—. ¡¡¡Víctor!!!

—Ay, no… —Me froté las sienes.

—¡CAPITÁÁÁN! —chilló Eddie, también asomado a su ventanilla.

Víctor, por supuesto, se acercó al vehículo con cara de espanto. Por los gritos, cualquiera habría dicho que estaban matándonos. Al llegar, pareció aún más perdido. Miró a Jane, confuso, y luego le sonrió.

—Ah, Jane, cuánto tiemp…

—¡Súbete de una vez! —le exigió Marco con su característica paciencia.

—¿Y dónde queréis que me meta?

Hubo un momento de silencio antes de que Jane, ni corta ni perezosa, me hiciera un gesto.

—Solo hay sitio ahí.

—Aquí no hay sitio —recalqué—. Lo ocupo yo.

—Oh, vamos, es mucho asiento para una sola persona —protestó Oscar—. ¿Nos has visto a nosotros?

Mientras tanto, Víctor se había situado al otro lado del coche. En cuanto abrió mi puerta, yo me crucé de brazos.

—No pienso sentarme encima de ti —recalqué.

—Como quieras.

Acto seguido, se sentó él encima de mí.

Solté un sonido agudo de sorpresa y, mientras todos se reían a carcajadas, intenté quitármelo de encima. Fue un poco inútil, porque ya había cerrado la puerta y se estaba acomodando en mi regazo.

—¡Apártate! —exigí.

—¡Tarde! —exclamó Jane, y aceleró—. ¡Esto era justo lo que necesitaba!

El peso de Víctor me aplastó contra el asiento. Al darse cuenta, apoyó un brazo alrededor del respaldo y se colocó de lado. De esta forma, casi tenía la cara enterrada en su axila, pero por lo menos ya no me aplastaba contra su espalda.

Bueno, si hay que comerse una axila, por lo menos que sea la de alguien de confianza.

—¿Qué tal por ahí abajo? —preguntó con sorna.

—Mal. ¡Voy a lanzarte a la carretera!

—Primero tendrás que desenterrarte, y lo veo complicado.

—Oye —intervino Tad entonces, que intentaba apoyar todo su peso en los asientos delanteros para no tener que sentarse demasiado encima de Marco—, quizá es una pregunta un poco tonta, pero… ¿adónde vamos?

—De excursión —explicó Eddie con solemnidad.

—Vayamos al centro comercial —intervino Marco—. Seguro que ahí hay cosas para hacer y… ¿cómo se ha dormido tan rápido?

No pude ver a qué se refería, pero pronto oí los ronquidos de Oscar, que tenía la mejilla aplastada contra la ventanilla.

—Lo del centro comercial me gusta —dijo Jane, convencida—. Pero si veis a la policía, más os vale agacharos.

—A mí me duele la espalda si me agacho mucho rato. —Tad hizo una mueca—. Se me verá la cabeza.

—Yo te la empujo —aseguró Marco.

—¿Es que nadie se da cuenta de lo mal que suena eso? —murmuró Víctor.

Jane, harta del ruido, subió el volumen de la radio hasta que no oyó a ninguno de nosotros. Y así nos encaminamos hacia el centro comercial.

¿Acabará esto en desgracia colectiva? Pronto lo descubriremos.

9

Reflexión espiritual

Ellie

¿Nunca has tenido un momento de reflexión espiritual?, ¿una de esas pausas en las que te paras a pensar en cómo coño has terminado en la situación actual?

Yo lo tuve en ese coche.

Con el sobaco de Víctor en la cara, Jane conduciendo con un mal humor preocupante y cuatro personas protestando detrás, tenía bastantes cosas sobre las que reflexionar.

—¿Puedes dejar de moverte? —protestó Marco de mal humor.

Tad, que seguía sentado en su regazo, se removió con incomodidad. Intentaba sujetarse a los asientos delanteros para no apoyarse mucho en él, pero Jane conducía demasiado rápido y, por lo tanto, se lo estaba poniendo muy difícil. Confusa, la miré de soslayo. Ese comportamiento no era muy normal.

—Es que no sé cómo ponerme —murmuró Tad, avergonzado.

—¿Puedes sentarte y ya está?

—¡Estoy sentado!

—¡¡¡Pues siéntate mejor!!!

Tad acabó rindiéndose y se sentó de golpe sobre el regazo de Marco. Justo… ahí. Este abrió mucho los ojos, alarmado, y Tad se apartó rápidamente, todavía más alarmado que él.

Suspiré pesadamente y Víctor, por consiguiente, bajó la mirada hacia mí y sonrió.

—Tan paciente como de costumbre, por lo que veo.

—Cállate —mascullé.

—Oye —comentó Eddie, que miraba por la ventanilla con cierto temor—, ¿no estamos yendo muy deprisa?

—No —dijo Jane entre dientes.

—Em…, ¿seguro? No tengo carnet, pero diría que ir a setenta por hora en zona de cuarenta es un poco…

—¡He dicho que vamos bien!

—Qué contento está todo el mundo —comentó Oscar.

—¿Tú solo te despiertas para decir tonterías? —intervino Marco, aún de mal humor.

—Diría que esa es mi función en la vida, sí.

Justo en ese momento, vi que nos acercábamos a un semáforo en rojo. Miré de reojo a Jane; yo estaba muy convencida de su responsabilidad, pero esa certeza se disipó en cuanto me di cuenta de que no estaba frenando.

—Eh…, ¿Jane? —murmuré.

—¡¿Qué?!

—Un semáforo rojo quiere decir que frenes, ¿no?

—¡Claro que sí!

—Pueees…

No hizo falta que terminara la frase, porque lo divisó justo en ese momento. Jane abrió mucho los ojos, soltó una palabrota y, acto seguido, pisó el pedal del freno con todas sus fuerzas.

¿Hace falta que recuerde que la mitad del coche iba sin el cinturón puesto?

Diversión asegurada.

Yo tuve suerte —bastante relativa— porque Víctor estaba delante de mí. Se sujetó al asiento con una mano y con la otra me retuvo del hombro, así que no me hice daño.

Los demás, en cambio…

Oscar reaccionó a tiempo y se sujetó a mi asiento, pero Eddie se despistó y terminó estampado contra el de delante. Oí su gemido de dolor. Seguido del chillido de Tad, que, con tal de no salir disparado, se aferró con fuerza a lo primero que encontró…, que resultó ser Marco.

En cuanto el coche se detuvo, Jane se recolocó el mechón de pelo que le había quedado en la cara. Después, con la respiración acelerada, miró a su alrededor.

—¿Todo el mundo sigue vivo? Por favor, decidme que sí.

—¡Sí! —aseguré, frotándome la cabeza.

Víctor se frotaba las costillas, justo donde le había dado.

—¡No! —se lamentó Eddie mientras se sujetaba la nariz dolorida—. ¡Mierda! ¡¿No podías frenar un poco antes?!

A todo esto, Tad continuaba agarrado con brazos y piernas a Marco. Este último recuperó la compostura y se volvió lentamente hacia él. Al darse cuenta de cómo estaba, frunció el ceño.

—¿Tienes pensado pasarte así el resto del viaje? —preguntó, malhumorado.

—¿Eh? —Tad tardó unos instantes extra en entender a qué se refería, y entonces se separó de un salto, prácticamente sentándose encima de Oscar—. ¡PERDÓN!

—Me estoy mareando —siguió Eddie, todavía cubriéndose la nariz.

Jane musitó otra palabrota y, cuando el semáforo se puso en verde, aceleró con suavidad.

—¿Estás bien?

Tardé unos segundos en relacionar que la pregunta iba para mí. Levanté la cabeza, confusa, y encontré a Víctor mirándome.

—Ah, claro, pregúntaselo a ella, que se ha dado un golpecito en la frente, pobrecita —protestó Eddie por ahí atrás, todavía con voz nasal—. No se lo preguntes al que se ha dado con toda la nariz en el asiento.

—¿Estás bien? —le preguntó Oscar, aunque no parecía muy interesado.

—¡¡¡Claro que no, idiota!!!

—Con esa actitud, ¿cómo quieres que te pregunten nada?

Víctor seguía mirándome y esperando una respuesta. Dejé de frotarme la cabeza y aparté la mirada, un poco avergonzada.

—Sí —dije simplemente; entonces me acordé de que me había ayudado, pequeño detalle—. ¿Y tú?

—Sí.

—Ah. Bien.

Lo miré por el rabillo del ojo y lo pillé con la vista aún clavada en mí. Esta vez, debió de ser él quien se sintió raro, porque carraspeó y se volvió hacia la ventanilla.

Media hora después, estábamos todos sentados en una cafetería del centro comercial; Marco, de brazos cruzados, Tad lo miraba de reojo con temor, Eddie se sujetaba una bolsa de hielo —que nos habían prestado, muy simpáticos— contra la nariz, Oscar daba sorbitos a un batido, Jane tenía la cara hundida en las manos, Víctor contemplaba su alrededor y yo me preguntaba en qué momento habíamos terminado ahí.

Ideal para una postal.

—¿Va todo bien? —le pregunté a Jane.

¿Yo, preocupándome por el bienestar de otra persona? Un hecho totalmente insólito.

Hoy te has ganado una pegatina verde.

—Sí —musitó ella contra sus manos.

—Oye, no es por meterme en tu vida —comentó Oscar—, pero lo de casi matarnos es un buen indicativo de que no todo va bien.

Jane suspiró y, finalmente, apoyó los codos en la mesa para mirarnos.

—Ayer tuve una cita desastrosa —explicó— y hoy he tenido una entrevista de trabajo igual de horrible.

—¿Tan mal ha ido? —quiso saber Tad.

—Bastante, sí. Me han dicho que no porque, según ellos, soy demasiado joven y buscan a alguien con más experiencia. ¿Cómo voy a tener experiencia, si todo el mundo me dice lo mismo? Además, ¿desde cuándo está mal visto que un DJ sea joven? ¡Tampoco es para tanto!

—¿Eres DJ? —preguntó Marco con una mueca de desagrado.

—¿En algún momento del día usas un tono inofensivo? —pregunté yo.

—No —respondió Víctor por él.

Marco se mostró muy ofendido por la acusación.

—¡No estaba preguntándolo por nada malo! Solo era curiosidad. Además, tampoco es que vosotros dos seáis la alegría del equipo.

—Aquí el único simpático soy yo —declaró Oscar con una gran sonrisa.

—Si te vas durmiendo por los rincones —murmuró Eddie, con una voz nasal debido al hielo.

Mientras continuaban picándose entre sí, me volví hacia Jane. Contemplaba el café que se había pedido, parecía hundida. Pillé a Víctor observándola, también.

—Saldrá otra oportunidad —le aseguró, intentando consolarla.

—No sé qué decirte.

—Vamos, no te hundas. En algún momento surgirá la oportunidad perfecta.

—No sé —insistió Jane—. Quizá debería buscar trabajo de algo más, así sería más fácil.

No supe qué decirle, y me sentí mal. Lo de consolar a la gente no era mi punto fuerte, me daba miedo soltar algo que empeorara más la situación. Ojalá Jay estuviera aquí. Seguro que encontraría las palabras adecuadas.

El amor fraternal va y viene según conviene.

—A ver —intervino entonces Marco—, yo tengo una idea, pero como os pasáis el día quejándoos de que soy tan malo…, no la diré.

Todo el mundo se volvió hacia él a la vez. Estaba claro que esperaba que le preguntáramos, pero nadie lo hizo.

—Vaaale, os lo contaré —cedió al final.

Eddie frunció el ceño.

—Nadie te lo ha ped…

—No insistas más, ¡ya os lo cuento!

Oscar puso los ojos en blanco, pero no dijo nada. Marco, por su parte, entrelazó los dedos y se inclinó sobre la mesa. Hizo, incluso, una pausa dramática para crear expectación.

—Aunque no sea el capitán del equipo —pronunció lentamente mientras echaba una mirada rencorosa a Víctor—, me preocupo por su bienestar…

—Yo no soy del equipo —señaló Jane.

—… y creo que puedo ayudarte a conseguir trabajo —añadió, ignorándola.

Si tenía alguna protesta, se la calló.

Aun así, Víctor lo miraba como si no se fiara demasiado. Le di un codazo furtivo para que lo disimulara, pero no me hizo caso.

—Verás —siguió Marco—, mi madre tiene una empresa bastante prestigiosa con la que organiza fiestas de todo tipo. Normalmente busca a profesionales que la ayuden en todas ellas, así que podría pedirle que te hiciera un hueco en la plantilla.

—¿Por qué siento que no se trata de un gesto de amor desinteresado? —murmuró Oscar.

—No lo es —dijo Eddie enseguida—. Su madre le dice que no hace nada de provecho, y así fingirá que se ha pasado semanas y semanas haciendo entrevistas para contratar a alguien.

Ante la acusación, Marco se llevó una mano al corazón.

—¡Solo intento ayudar a la pobre…! —Se quedó un momento callado—. Em…, ¿cómo te llamabas?

—¿Puedo golpearlo? —preguntó Oscar—. Siento que quiero golpearlo.

—¿Quieres darle con el hielo? —le ofreció Eddie.

—Hay una cosa que no he entendido muy bien —intervino Jane, que estaba centrada en el tema importante—. ¿En qué consistiría el trabajo, exactamente?

—Oh, camarera. Sesenta horas a la semana, de lunes a sábado.

—¿Sesenta…? —Ella calculó con rapidez—. Pero ¡eso son diez horas diarias!

—Más las horas extra que puedas aguantar.

—¡¿Horas extra…?! —Hizo una pausa, pasmada—. ¿Y cuánto cobraría?

—Oh, depende de las propinas.

—¿Y eso qué significa?

—Que tienes que portarte bien, porque si no te dejan propinas, no cobras. ¿A que es genial?

Hubo un momento de silencio. Incluso el bueno de Tad lo estaba mirando mal.

—Pero ¿de debajo de qué roca has salido tú? —pregunté al final—. ¿En qué mundo es esta una buena oferta?

—¡Es una oferta! —saltó, ofendido—. Al menos, mientras busca otra cosa, ganará dinero.

—Si los clientes quieren —señaló Eddie, sacudiendo la cabeza.

—Pues sí, así tiene un incentivo para portarse bien.

—Si trabajo tantas horas, no podré buscar ninguna otra cosa —protestó Jane.

—¿Tienes alguna oferta más? Porque no veo que haya muchas.

A todo esto, Víctor seguía mirándolo fijamente. No había apartado la vista de él en todo el rato. Y, cuando por fin pareció que Marco había dejado de parlotear, se volvió hacia Jane.

—En realidad, tienes otra oferta —dijo.

Jane lo contempló, más hundida incluso.

—Por favor, que no sea recoger las pelotas que lanzáis por el gimnasio…

—Casi, pero no. ¿Y si fueras la conductora del equipo?

Ella sospesó la idea, confusa.

—¿Yo?

—Bueno, hemos hablado de empezar a hacer partidos en otras ciudades. Quizá sería buena idea contratar a alguien que nos llevara de un lado a otro. Solo trabajarías el día de los partidos y tendrías tiempo de sobra para buscar algo de DJ.

Tras unos segundos de silencio, todo el mundo se volvió hacia Jane para conocer el veredicto. Ella parpadeaba como si la información no le encajara en el cerebro.

—Eh...

—Un dinerillo extra nunca viene mal —opiné.

Jane volvió a parpadear y al final se recostó en la silla.

—Supongo que no te refieres a que os lleve en mi coche, ¿no?

—Tendríamos que buscar algo más grande —admitió Víctor.

En ese momento, a Tad se le encendió la bombillita.

—¡Creo que tengo una idea!

—Tú no incordies —protestó Marco.

—Deja que hable —protestó Oscar, a su vez.

—¿Qué idea? —le preguntó Víctor a Tad.

Este último ya no parecía tan seguro de sí mismo.

—Oh, bueno, quizá no sea...

—Seguro que es una idea de mierda —insistió Marco.

Y ese fue el momento exacto en el que se me acabó la paciencia.

—Di otra frase y te juro que me las apañaré para meterte una pelota de baloncesto en la boca —lo amenacé, y todo el mundo se quedó mudo. Luego, me volví hacia Tad—. ¿Qué decías?

El aludido tardó unos segundos en reaccionar.

—Mi familia no tiene ninguna empresa muy prestigiosa, pero..., ejem..., mi padre trabaja en un desguace de vehículos. Podría preguntarle si tiene alguno en el que quepamos todos, aunque no sea de la mejor calidad.

Lo dijo en voz bajita y muy rápido, nervioso por nuestra reacción. Luego, nos observó con temor, especialmente a Marco.

—Es una idea genial —señaló Víctor entonces—. ¡Bien pensado!

Tad abrió mucho los ojos.

—¿En... en serio?

—¡Sí, claro!

—¿Te parece buena idea?

—Te ha dicho que sí, pesado —protestó Eddie.

Ni siquiera Marco tuvo algo que objetar, aunque quizá le daba miedo que intentara meterle un balón en la garganta.

Es un buen incentivo.

—Entonces ¿estamos hablando en serio? —insistió Jane—. Es decir…, ¿no tenéis que comentarlo con vuestro entrenador o algo así?

—Se lo diré mañana —informó Víctor—. Y si pone alguna pega, solo tenemos que llamar a la madre de Ellie. Tiene bastante capacidad de convicción.

—Yo dejaría que me convenciera de cualquier cosa —murmuró Oscar.

—¡Oye! —salté enseguida.

No se disculpó, pero al menos no dijo nada más.

—Mañana hablo con el entrenador y te digo algo —finalizó Víctor, mirando a Jane—. Pero estoy casi seguro de que dirá que sí.

—Y yo le preguntaré a mi padre sobre el coche —añadió Tad, que parecía muy orgulloso de aportar algo a la ecuación.

Jay

—¡¿Otro?!

Al ver mi cara de horror, Beverly se cubrió rápidamente el hombro con la camiseta. Yo ya tenía las manos en la cabeza.

—No es para tanto… —masculló.

—¡¿Que no…?! ¡Dijiste que te los harías en lugares que no se vieran mucho!

—¡Y aquí no se ve!

—¡En el hombro! ¡Claro que se ve!

A modo de respuesta, dudó y se encogió de hombros.

Habíamos quedado en el centro comercial para empezar a comprar cosas para la celebración de su cumpleaños. Después de pasar por dos tiendas de regalos sin muy buenos resultados, llevábamos un puñado de objetos de decoración repartidos en dos bolsas de tela. Al colgarse ella una bolsa en el hombro, me había parecido ver algo inusual. Y vaya si había algo inusual.

¡Tenía un punto y una coma en el hombro! ¡Ahí en medio!

Se me ocurren sitios peores, la verdad.

—Es pequeñito —se defendió—. ¡Y se ha curado superrápido!

—Ah, qué gran consuelo.

—Oye, ¿y a ti qué más te da? Es mi hombro.

—Pero luego bien que lloras en el mío cuando te arrepientes.

Beverly me sacó la lengua, irritada y divertida a partes iguales.

Vestía un conjunto bastante discreto —para ser ella—: pelo rojo oscuro, cero maquillaje, una camiseta negra y suelta, una falda hasta las rodillas y unas zapatillas desgastadas. Era raro no verla con algo de cuero sintético ajustado hasta la médula.

Cuando aún se llevaban bien, Lila solía decirle que parecía una dominatrix. Fred era el único que se reía.

Ese día estaban todos en la playa. No habían querido acompañarnos. Estaba claro que no le habían dicho a Beverly si irían a la fiesta. Esperaba que, al menos, se presentaran el día de su cumpleaños.

—Es pequeñito —insistió ella, todavía a lo suyo, mientras nos metíamos en otra tienda de decoración—. Puedo hacerte uno, si quieres, y así verás que no es tan…

—De eso nada.

—Vale, vale. Ya me extrañaría que don correcto quisiera hacer algo malo.

Un tic de irritación me hizo arquear una ceja. No era don correcto y a veces hacía cosas malas, ¿vale? Solo que…, bueno, no sé, no todas me apetecían. Hacerme un tatuaje con mi amiga —la que se había comprado la máquina por internet— era una de ellas.

Sabia decisión.

Beverly se detuvo frente a una estantería y se puso a buscar. Los colores eran vivos y llamativos, y eso no le gustaba mucho. Terminó desistiendo y vino hacia mí, en la sección de platos y vasos de cartón. Sostuve uno con una calavera, ella resopló con desagrado. No solo aborrecía los colores llamativos, sino que las calaveras diseñadas para infundir terror le parecían absurdas. Decía que solo asustaban a los ingenuos. Manías suyas, supongo.

—¿Harás la fiesta en tu casa? —pregunté de la forma más discreta posible.

—Sí, como siempre. Mis padres nos la dejan.

—Y…, em…

—Si lo que quieres es preguntarme si los demás me han confirmado si vendrían, puedes hacerlo directamente.

Tuve que ocultar una sonrisa.

—¿Lo han hecho?

—Fred sí.

Y eso significaba que Lila y Diana no. Me rasqué la nuca; me sentía un poco incómodo, porque mi sospecha parecía cada vez más factible: quizá pasarían de ir.

—Puedo invitar a mis hermanos —ofrecí.

—Ty se aburriría a los cinco minutos y Ellie estaría controlando la hora para marcharse en cuanto empezara el entrenamiento… Mejor no, Jay.

Su tono había cambiado y ahora estaba mucho más seria. Me arrepentí de haber sacado el tema, pero a la vez me parecía necesario. Sin embargo, ya no quería seguir hablando de ello. Estaba claro que no se sentía cómoda.

—¿Te acuerdas de Nolan? —pregunté.

Bev dejó de rebuscar y me echó una miradita curiosa.

—¿El zumbado?

—No está loco —protesté—. Es… un poco intenso.

—Uf, ¿ya hemos entrado en la fase de defenderlo?

—No estoy en ninguna fase —le aclaré—. Ni siquiera me cae del todo bien. ¿Quieres que te cuente lo que te iba a contar o no?

—Bueno, vale.

—Esta mañana nos hemos visto. Me ha ofrecido una cosa un poco rara.

—¿Vamos a tener *la charla* por fin?

—No, Bev. Se ha ofrecido a enseñarme a…, em…, perder un poco el control, supongo.

Ella, que continuaba mirándome, enarcó una ceja. Yo no sabía por qué seguía contándole todas esas cosas si nunca las aprobaba. Supuse que, el día que alguna de ellas le pareciera bien, yo por fin sentiría que estaba haciendo algo de provecho.

Hasta el momento, ese día no había llegado.

Y dudo que Nolan entre en la lista de cosas que ella aprueba.

—¿«Perder el control»? —repitió con poco agrado.

—Sí.

—¿Y qué tiene de malo *tener* el control?

—No sé, Bev. Es lo que ha dicho él.

—¿Y qué? No significa que debas estar de acuerdo. ¿O a mí me das siempre la razón?

—Claro que no…

—Exacto.

El silencio se extendió entre nosotros y, aunque traté de ignorarlo, al final no me quedó otra que volverme hacia ella. Beverly había cambiado la expresión. Ya parecía una investigadora profesional.

—¿Qué? —pregunté.

—Estoy analizándote.

—No me gusta que me analices.

—Suelo acertar, ¿eh?

—Y por eso no me gusta.

Ella sonrió y me dio un pequeño codazo. Después, me quitó las decoraciones que había pillado para meterlas en su cestita. Fuimos a pagar sin mediar palabra, y una vez fuera de la tienda, sugirió ir a por un café. A mí no me gustaba especialmente, pero la acompañé de todas formas y me pedí un té helado. Era la rutina de siempre.

Después de meter las cosas en el maletero de mi coche, nos quedamos sentados un rato en el interior con música de fondo. Nuestros sorbitos puntuales hacían de interrupción. Podía parecer incómodo, pero lo cierto es que estaba perfectamente. Me gustaba disfrutar de los silencios con ella.

Menos cuando simplemente estaba callada porque pensaba, claro. La conclusión no solía gustarme tanto como sus silencios.

—¿Sabes de qué me he acordado? —preguntó.

—No quiero saberlo.

—Mmm... —Su sonidito de desaprobación hizo que sorbiera más fuerte el té helado—. ¿Te acuerdas de cuando pensabas que te gustaba Fred?

Oh, esa maldita noche. Enrojecí nada más recordarlo.

—No me gustaba —protesté.

—Por eso digo que lo pensabas. Era la misma historia, ¿no? Todo risitas, diversión, alocarte un poco...

—No es lo mismo —insistí, algo irritado—. Fred no me gustaba.

—¿Y Nolan sí?

—¿Eh? ¡No!

—Es lo que has dicho. —Beverly puso los ojos en blanco—. Para cuatro personas que somos en el grupo... y os habéis gustado todos entre todos. Qué pesadez.

Eso sí que me sonsacó una sonrisa. Casi la misma que tenía Beverly.

—No me gusta —insistí, y no estaba mintiendo del todo—. Me llama la atención su manera de entender la vida, pero ya está. Con Fred me pasó lo mismo y se me fue en una noche.

Bev asintió con la cabeza, pero no parecía demasiado convencida. Se puso a remover el café con la pajita, todavía con la mirada clavada al frente.

—Deja de preocuparte —murmuré.

—Es que me da miedo que te haga daño.

—No puede hacerme daño porque no somos tan cercanos. Además, Bev…, si me hace daño, tampoco pasa nada. A todos nos sucede de vez en cuando y nunca es tan grave como parece.

—Lo que tú digas, pero…

—¿Qué?

Su pausa no me gustó. Y la cara que puso, todavía menos.

—¿Qué? —insistí.

—Quiero ver cómo son esas clases de las que te habló.

—¿Y qué quieres que haga?, ¿las grabo para hacer luego una compilación de tomas falsas?

—No, idiota. Algo mucho más sencillo.

Ante mi expresión de horror, ella sonrió y se estiró para sacarme el móvil del bolsillo. Solté un suspiro de resignación, pero lo cierto es que busqué el contacto con una pequeña sonrisa divertida. La perspectiva de ver a Beverly y Nolan juntos en una habitación era… curiosa. Si se pensaba que yo era duro, es que no había conocido a mi mejor amiga.

Ellie

Como Jane no estaba muy de humor después de hablar sobre el trabajo, no nos demoramos mucho más en el centro comercial. De hecho, quienes habían pedido bebidas se las terminaron y después volvimos al coche, y ella fue dejando a cada uno en su sitio correspondiente.

El primero en bajarse fue Eddie, que vivía bastante cerca, y el siguiente fue Tad, que se asomó a la ventanilla para darle las gracias a Jane. Los demás tenían que volver al aparcamiento del gimnasio a recoger sus vehículos, así que se encaminó de nuevo hacia donde me había ido a buscar.

Como Víctor y yo íbamos al mismo sitio, me despedí de Jane y me subí al coche con él. Fue una decisión bastante mecánica, porque ninguno de los dos comentó nada, lo hicimos de forma automática.

Mientras esperaba a que arrancara, vi a Marco pasar por delante de nosotros con su supercoche de alta gama, mientras que Oscar lo seguía con una mano en el manillar de su bicicleta, frotándose los ojos con la otra para acabar de despertarse.

Fue entonces cuando me di cuenta de que el coche seguía sin arrancar. Miré de reojo a Víctor, que insistía en girar la llave a pesar de que el motor no respondía.

—¿No funciona? —pregunté.

—Sí, funciona perfectamente, solo alargaba este maravilloso momento de silencio incómodo.

—Oye, métete la ironía por el cu…

Me interrumpió con una palabrota y, acto seguido, salió del coche. Por inercia, yo también salí y fui hacia el capó, que ya estaba levantado. Una nube negra hizo que ambos echáramos la cabeza hacia atrás y empezamos a toser.

—Vale, no sé mucho de coches —comenté—, pero no creo que esto sea muy bueno.

Pareció que Víctor iba a soltar otro comentario irónico, pero el humo lo hizo toser otra vez.

Karma, si me preguntan.

—Mierda —murmuró, y se apartó para que no volviera a darle en la cara—. No sé si arrancará.

—¿Y lo dices ahora que se ha ido todo el mundo?

—Oh, perdona por no adivinar con mi sexto sentido mágico que pasaría esto.

Como siempre que ocurría algo que se escapaba a mis capacidades, hice mi gesto estrella: poner los brazos en jarras.

—¿Qué hacemos?

—Pues llamar a una grúa, digo yo. Y a alguien que nos venga a recoger. A no ser que te apetezca volver andando, porque el último bus ya se ha ido.

—¿Llamo a Jane?

—Mmm…, creo que mi padre está por aquí cerca.

Y así terminamos los dos sentados en la acera del gimnasio, esperando a que el padre de Víctor viniera a buscarnos. No dijimos gran cosa en todo el rato, así que la espera se me antojó el doble de larga. Por suerte, no tardó demasiado. Al cabo de un rato, un coche rojo —el mismo que lavaba el otro día— se detuvo delante de nosotros.

El padre de Víctor bajó la ventanilla y, al vernos ahí plantados, esbozó una sonrisita divertida.

—¿Habéis pedido un taxi, jovencitos?

Mientras que Víctor ponía los ojos en blanco, yo me incorporé con una sonrisa.

—Hola —dije alegremente. Me caía mejor que su hijo.

—Cuánto tiempo sin verte, Ellie —dijo, y miró de reojo a su hijo, a lo que Víctor fingió que no se daba cuenta—. ¿Todo bien?

—Todo genial.

—¿Podemos irnos de una vez? —protestó Víctor.

Se subió al asiento del copiloto y yo ocupé el de atrás. Tras ponerme el cinturón —no iba a darme otro golpe sin la protección pertinente—, me acomodé mejor. El padre de Víctor le preguntó qué había pasado con el coche y este se lo explicó de forma bastante vaga, por lo que supuse que había sido culpa suya y no quería admitirlo.

La verdad es que Víctor no se parecía demasiado a su padre; tanto él como Rebeca eran más parecidos a la madre. O quizá solo me daba esa impresión por las pecas y la cabecita pelirroja. Su padre era todo lo contrario. Y el más simpático de la familia, también. O el que me caía mejor.

—¿No hace semanas que el coche tiene encendida la luz de alerta? —preguntó en ese momento.

—Mmm…, puede ser.

—¿No te dije que era mejor que lo llevaras al taller?

—¡Mamá dijo que no era para tanto!

—Y la opinión de tu madre vale más que la de un mecánico, ¿no?

—No sé, lo dijo muy convencida…

Podría haber ofrecido el taller de mis tíos para echarle una mano, pero lo cierto es que nos quedaba bastante lejos y, además…, no eran demasiado buenos. Seguro que lo destrozarían todavía más. Mejor no arriesgarse.

El padre de Víctor debió de notar que no quería seguir tocando el tema, porque decidió centrar la atención en mí.

—¿Qué tal está tu familia, Ellie?

—Bien, como siempre.

—¿Y qué tal el entrenamiento?

—Bien —dijo Víctor.

Silencio.

—Estoy con las dos personas más habladoras de la ciudad —comentó el pobre hombre, con una sonrisa.

—Acabamos de hacer ejercicio —dijo Víctor a modo de justificación—. Estamos cansados.

—Yo a tu edad entrenaba el doble y no ponía tantas pegas.

—«Yo a tu edad...» —lo imitó él, y luego torció el gesto—. A veces hablas como un señor mayor.

—Algún día tendrás hijos y te dirán eso mismo, y ahí estaré para reírme de ti.

—Muy maduro, papá.

—¿En qué quedamos?, ¿soy un viejo o un inmaduro?

Solté una risita divertida, a lo que Víctor se cruzó de brazos.

Para cuando llegamos a casa, yo ya empezaba a notar el cansancio acumulado de todo el día. Ya estaba anocheciendo, tenía ganas de ponerme el pijama y tirarme un ratito en la cama. Víctor debió de pensar lo mismo, porque había bostezado varias veces.

Su padre bajó del coche con nosotros, pero enseguida señaló su casa.

—Bueeeno, os dejo un poquito de intimidad, ¿eh? Supongo que querréis despediros.

Mientras que yo soltaba una risita nerviosa, Víctor se pellizcó el puente de la nariz.

—Muy sutil, papá.

—«Sutil» es mi segundo nombre —aseguró—. ¡Hasta pronto, Ellie!

Y se metió rápidamente en su casa. La sonrisita burlona no había desaparecido.

Me volví hacia Víctor, que después de esa intervención no sabía qué hacer con su vida. Al final, se metió las manos en los bolsillos.

—Pues... adiós.

—Gran despedida —ironicé.

—¿Y qué quieres?, ¿una serenata?

—No sé, algo más elaborado.

—Di tú algo, entonces.

Lo consideré unos instantes.

—Eh..., adiós.

—¿Ves como no es tan fácil?

—¡Pues métete de una vez en tu casa!

—¡Vete tú a la tuya, que la tienes ahí delante!

Airada, di la vuelta y me encaminé hacia mi casa. En cuanto toqué la puerta, me volví para fulminarlo con la mirada. Lo pillé todavía observándome y, en cuanto se dio cuenta, también entrecerró los ojos y se metió en su casa.

Abrí la puerta con una expresión mucho más relajada, pero desapareció en cuanto fui a cerrar la puerta y alguien lo hizo por mí.

Durante un instante, pensé que serían papá o mamá pidiendo explicaciones por mi hora de llegada y, sobre todo, el motivo por el que había vuelto con Víctor y su padre. Pero no. Era alguien mucho mucho peor.

Mi hermano pequeño, Ty, me observaba con suspicacia.

—¿Dónde has estado tanto rato?

—¿Y a ti qué te importa? —protesté.

Soltó un sonidito de desaprobación y, acto seguido, retiró un poco más la silla a la que se había subido para asomarse a la mirilla. Pese a que era casi tan alto como yo, decía que si estiraba el cuello le dolía y prefería ahorrarse ese problema.

—Mucho —recalcó mientras la colocaba en su sitio—. Ya es la segunda vez que vuelves más tarde de lo que deberías porque estabas con un chico.

—No estaba con «un chico», estaba con Víctor y… Espera, ¿por qué te estoy dando explicaciones?

—¡Porque te sientes culpable!

—¡No es verdad!

—¡La gente culpable da muchas explicaciones!

—¡Que no me siento nada!

Pasé por su lado, irritada, y me apresuré a alcanzar las escaleras para escapar del señorito. En cuanto llegué a mi habitación, dejé la bolsa de deporte en el suelo y me acerqué a la ventana para cerrarla y correr las cortinas. Sin pensarlo, aproveché la pausa para asomarme a ver si Víctor estaba en su habitación. Y, en efecto, ahí estaba. Pasó por delante de su ventana sin prestar demasiada atención.

—¿Qué haces?

La voz de papá hizo que diera un brinco y corriera las cortinas de golpe. Efectivamente, estaba en el umbral de mi habitación. Y el sapo de Ty, a su lado, entrecerrando los ojos.

—Nada —dije en tono agudo—. Iba a ponerme el pijama, ¿por qué?

—Porque Ty dice que te sientes culpable y que es sospechoso.

Miré a mi hermano con mala cara.

—No sé de qué habláis —dije al final.

Papá debió de percibir que la presencia del enano me molestaba, por lo que le pidió que fuera a por algo de comer a la cocina. Ty soltó un «Jum» un poco indignado, pero al final obedeció y papá cerró la puerta tras de sí, dejándonos a solas.

—Ya te he dicho que no pasa nada —insistí.

—No es eso. Ven, siéntate conmigo un momentito. Quiero hablar contigo.

Oh, oh.

Contemplé a papá, que se sentó en mi cama y dio un toquecito a su lado para que lo acompañara. Tensa, no me moví de mi lugar.

—¿Qué he hecho? —pregunté.

—¿Qué te hace pensar que has hecho algo?

—Bueno, no tienes cara de querer darme la enhorabuena.

Papá enarcó una ceja y volvió a dar un toquecito a su lado. No me quedó otra opción que hacerlo. Todavía más tensa, lo miré de soslayo y esperé que dijera algo. No tardó mucho. Por suerte, papá no era de los que se enredaban para ir al meollo del asunto.

—He estado pensando en lo que me has dicho esta mañana. Eso de que necesito despegarme un poco de mi trabajo.

Parpadeé varias veces. El tema no tenía nada que ver conmigo, pero aun así sentía que una regañina estaba asomándose por la esquina.

—Em…, vale.

—Y creo que tienes razón —añadió, muy serio—. Necesito… encontrar inspiración. Y distraerme.

—Ajá.

—Si no recuerdo mal, llevas unas semanas quejándote de tu entrenador.

—Sí, es un poco… —Me detuve justo antes de empezar la explicación. Especialmente cuando él esbozó una pequeña sonrisa—. ¿Qué insinúas?

—Que seguro que hay otro candidato para el puesto, ¿no? Uno más comprometido con la causa, más guapo, más inteligente, más…

—¡¿Quieres ser mi entrenador?!

Mi cara de horror no debió de ser de su agrado, porque se llevó una mano al corazón.

—Pensé que te haría ilusión.

—Y… y me la hace, pero…, no sé…

—Después de dejarte en el gimnasio, he ido a hablar con él.

Así que por eso se había ausentado tanto tiempo… Madre mía, seguro que estaba harto de toda mi familia.

Solo falta que la abuela vaya a robarle el bocadillo.

—¿Y qué te ha dicho? —pregunté.

—Bueno, después de contarme toda su vida y milagros y por qué se merece estar con un equipo de más categoría…, me ha dicho que no le gusta su trabajo. Tampoco ha sido una gran sorpresa. También ha comentado que este es su último año en la federación y que el que viene intentará jugar otra vez, así que no está demasiado interesado en seguir con vosotros.

—Creo que no sorprende a nadie.

—La cosa es que para entrenaros necesito una serie de requisitos que, por suerte, cumplí cuando me pasé varios años jugando. Era muy bueno, ¿eh? —añadió con un guiño que aumentó mi mueca. Él empezó a reírse—. Si quisiera entrenar un equipo nacional necesitaría más cosas, pero, por suerte, con lo que tengo me vale para vosotros.

—Para los de segunda categoría, ¿no?

—Oye, no hables así de mi equipo.

Quise poner los ojos en blanco, pero solo me salió una risa un poco estúpida. En cuanto la oyó, papá me pasó un brazo por encima de los hombros y me apretujó. Yo empecé a escurrirme como un gato furioso.

—¡Padre e hija juntos en una cancha de baloncesto! —exclamó mientras seguía sujetándome—. Dentro de unos años harán una película sobre nosotros y lo buenos que somos.

—¡Papá, que me ahogas!

Riendo, me soltó por fin y yo me crucé de brazos. Debía admitir que la idea no me parecía tan loca. Necesitábamos un entrenador mejor, eso estaba claro. Lo único que me preocupaba era que fuera papá. Podía parecer muy simpático y encantador, pero cuando se ponía en plan autoritario…, bueno, tenía claro que los entrenamientos iban a cambiar. Y que Tad iba a llorar un poco. Lo único que me hacía ilusión era que la sonrisita engreída de Marco desaparecería, porque con el agotamiento no le quedaría energía para nada.

—¿Cuándo empiezas? —pregunté.

—Mañana mismo, así que espero que descanses bien.

—No me digas que serás muy duro, por favor...

—Lo justo y necesario. ¿No te alegras? Serás la favorita del entrenador.

Negué con la cabeza, divertida.

—Bueno, hablemos de otra cosa —añadió.

—Gracias.

—Dentro de poco será tu cumpleaños, ¿no?

—Mierda.

—Da gracias a que tu madre no te ha oído.

Sonreí, divertida. Él enarcó una ceja.

—A ver —dijo—, ¿cuál es el plan?

—Pues... he estado tan distraída que apenas he pensado en ello, la verdad.

—Entonces ¿no vas a pedirme permiso para hacer una fiesta?

—¡Una cosa no quita la otra! —le aseguré enseguida—. La idea sería invitar a unos poquísimos amigos y poner algo de música.

—¿Y el alcohol?

—Cero alcohol.

—¿Y trasnochar?

—Cero trasnochar.

—Sabes que no me estoy creyendo nada, ¿no?

—Estoy cien por cien segura, pero tenía que intentarlo.

Sonrió brevemente, pero luego se acordó de que intentaba darme una lección y volvió a ponerse serio.

—Imagino que no quieres que mamá y yo estemos en la fiesta, ¿no?

—Si podéis ser taaan amables de marcharos...

—No os dejaremos del todo solos, ¿eh? Alguien tendrá que supervisar que todo vaya bien.

—¡Jay es mayor! Puedes pedirle que nos vigile.

—¿En serio? ¿Le pedirás tú que te haga el favor?

Me quedé callada; ahora, ya no tan segura.

—Bueeeno... Ahora mismo no estamos en un buen momento fraternal. Igual es mejor no pedirle favores.

—Solo quiero tener la seguridad de que, cuando vuelva a casa, siga habiendo…, bueno, una casa —añadió.

—¿Y si nos vigila tío Mike?

—Me daría más miedo él que vosotros.

Lógico.

—¿Y si se lo pido a Jane? —sugerí entonces—. Es un poquitín mayor que Jay, y es muuuy responsable.

—Pero ¿te crees que no os conozco de sobra? Ya pensaré yo en alguien que os vigile de verdad. Y se lo pediré a tu madre, que seguro que tiene mejores ideas que yo.

—Entonces ¿me dejaréis la casa para mí sola?

—Para ti y para tus hermanos, sí.

—¿Ty también? —protesté, airada.

—¿No has dicho que será algo cortito y que se irán pronto a casa? No veo el problema en que tus hermanos estén por ahí.

Lo que me preocupaba no era que fuera demasiado pequeño para aquellas cosas, sino que era el espía oficial de mamá. Era peor tenerlo a él que a mis padres. *Mucho* peor.

Se me escapó un breve sonido de protesta, pero él fingió no darse cuenta.

—¿Alguna otra petición, jugadora? —preguntó.

—No, no… Déjalo.

Papá se puso de pie con una sonrisa.

—Pues todo arreglado, entonces. Una fiesta cortita, con pocas personas, sin nada de alcohol. Las favoritas de tus padres.

—Suena taaan divertido…

—Oye, no siempre se necesitan muchas cosas para pasarlo bien.

Otro sonido de protesta.

Tardó unos instantes en volver a pronunciar palabra, y levanté la cabeza. Estaba asomado a mi ventana, que con las prisas se había quedado a medio cerrar.

—¿Qué haces? —pregunté.

—Comprobar qué estabas mirando antes.

—¿Eh?

—Muuuy interesante. ¡Nos vemos en diez minutos para cenar!

Y se marchó felizmente.

Nada más cerrar la puerta, fui corriendo a la ventana para ver a qué se refería. Víctor me daba la espalda, pero se había quitado la camiseta y toqueteaba algo que tenía sobre el escritorio.

Vaya, lo que me faltaba, que papá creyera que babeaba por el vecino. Y, peor todavía, con el capitán de nuestro equipo.

Estaba tan distraída pensando en ello que no me percaté de mi poco disimulo. Y es que, con el revuelo, había asomado medio cuerpo fuera de la ventana. No fui consciente de lo mucho que se me veía hasta que Víctor se volvió y…, bueno, me vio, lógicamente.

Mierda.

Nos quedamos mirando unos instantes, yo paralizada y él perplejo.

Su ventana sigue medio destruida por tus piedras.

Ojalá hubiera podido fijarme en eso, pero lo único que vi fue que su boca se torcía ligeramente en una sonrisa de sorpresa. ¿Cómo puñetas iba a conservar mi dignidad después de eso?

Reaccioné de golpe, alarmada, y me eché hacia atrás con toda la rapidez que pude reunir. Fue una idea horrible. La cabeza me dio de lleno contra la ventana, y el dolor prácticamente hizo que viera un estallido rojo ante mis ojos. Aun así, no me detuve y logré meterme del todo en la habitación. Presa del pánico y sin saber qué hacer, me tiré al suelo para que no se me viera más por la ventana.

Una postura muy digna.

Me mantuve en el suelo un rato, avergonzada, hasta que consideré que había pasado el tiempo suficiente como para que él se hubiera rendido.

Volví a asomarme, esta vez lentamente, y comprobé que ya no estaba ahí. Incluso había corrido las cortinas. Vaya. La única señal de vida que me mandó fue el mensaje que acababa de recibir en el móvil.

Víctor: Pervertida

Ellie: No estaba mirando

Víctor: Ya

Ellie: Estaba viendo otra cosa!!!!!!!

Víctor: Si quieres que abra la ventana,
1 dólar = 1 minuto de vistas privilegiadas

Debería haberlo ignorado, pero mi orgullo ganó el pulso. Airada, me hice con un papel y escribí rápidamente en él. Luego, lo pegué a la ventana. Víctor tardó un poco, pero finalmente se asomó entre las cortinas para ver qué le había puesto.

«1 BROMA = 1 PUÑETAZO».

Por supuesto, empezó a reírse. No podía oírlo, pero pude imaginarme cómo sonaba. Pensé que eso sería todo, pero entonces cogió papel para imitarme. Esperé impacientemente, cada vez más intrigada, y entonces lo giró hacia mí. Antes de que pudiera leerlo, se despidió con un gesto burlón y corrió las cortinas, por lo que solo me quedó la opción de leer su cartelito.

«1 DÓLAR = 1 MINUTO DE VISTAS PRIVILEGIADAS
SI ERES ELLIE, SON 10 DÓLARES».

Jay

Cuando unas semanas atrás, Nolan dijo que vivía de camino a nuestra casa…, no estaba bromeando. Vivía en una de las carreteras que conectaban con la zona de urbanizaciones en la que yo me había criado. Solo que su callejuela era diminuta y de una sola dirección, estaba repleta de niños jugando en la calle y los vecinos se sentaban en los patios a hablar entre sí. Una de esas cosas que difícilmente pasaban en una urbanización privada.

Bev contemplaba por la ventanilla con curiosidad mientras yo me centraba en no atropellar a ninguno de los niños que se cruzaban con la confianza de quien piensa que está hecho de hierro. Tuve que dar varios frenazos, pero alcancé la rotonda del final de la calle. Solo había una casa, así que tenía que ser la de Nolan.

—Puedo decirle que salga —ofreció la niña—, pero no me hará mucho caso. Te haría más a ti.

—¿A mí? —repetí, confuso.

—Sí. ¿Vamos?

Dudé un momento, intercambiando miradas entre ella y Bev. Mi amiga parecía bastante aburrida, así que no dijo nada. Y tampoco es que tuviera muchas opciones, porque Gio ya me estaba abriendo la puerta del coche.

Sí que es determinada, sí.

—Venga —me instó, impaciente.

—Voy, voy.

Bajé del coche con bastante torpeza, y eso hizo que todos los niños que jugaban alrededor nos miraran con curiosidad. Ahora rojo como un tomate, dejé que Gio me arrastrara de la mano hacia el interior de su patio. La verdad es que la situación estaba siendo un poco improvisada y eso no me gustaba. Después de todo, no tenía tanta confianza con Nolan como para meterme en su casa así, como si nada. Ni siquiera cuando era su propia hermana la que había decidido invitarme a entrar.

—¿Seguro que le parecerá bien? —pregunté.

—¿Por qué no?

—No sé…

—Venga, que andas muy despacio.

Si sus hermanos mayores se extrañaron al verme, no dijeron nada. Era curioso, porque todos parecían versiones de Nolan, más pequeñitas y menos despreocupadas. Para tener padres distintos, se parecían todos bastante. Gio incluida.

—Deben de estar en el salón —explicó ella.

—Ah, bueno…

La niña ni siquiera lo pensó antes de abrir la puerta principal. Me sorprendió descubrir que nadie se había molestado en cerrarla, tan solo estaba entornada. El interior olía a comida casera. Era un olor que en nuestra casa escaseaba bastante, porque papá odiaba cocinar y cuando mamá no estaba pedíamos cualquier cosa por internet. Había excepciones, como cuando tío Will se apuntaba a hacer una barbacoa y cocinaba para todo el mundo. Ahí sí que olía de maravilla.

Aparte de eso, me fijé en muchas otras cosas. Primero, en que había ropa por todas partes. El perchero de los abrigos tenía tantos que estaba a punto de caerse, la alfombra estaba torcida, el espejo del fondo tenía un crujido en una de las esquinas, la lámpara colgaba de forma inestable, como si le faltara algún tornillo... Y eso que no habíamos pasado de la entrada, que conectaba directamente con la cocina. Esa parte sí que estaba muy limpia. Alguien había hecho un pastel que ahora se enfriaba junto a la ventana.

—Mmm... —murmuró Gio con agrado—. Luego te doy un trozo, si quieres.

—Em...

Como las otras veces que había intentado decir algo, me interrumpió de un tirón para adentrarme más en la casa.

El salón era la siguiente sala, y deduje que el pasillo del fondo llevaba a los dormitorios. Pero no pude fijarme demasiado, porque ahí sí que había alguien. Matty se encontraba en un sofá de tres plazas con un mando en las manos, y profería soniditos de molestia cada vez que pasaban frente al televisor. Esta, por cierto, también tenía un pequeño crujido en la pantalla.

Intenté avanzar, pero dos gatos se me cruzaron corriendo y saltaron al exterior por una de las ventanas abiertas. Para ello, primero se subieron a la enorme mesa metálica que había en un rincón. Todas las sillas eran de modelos distintos, y estaban rodeadas de estanterías repletas de libros de todo tipo. Deduje que los del lomo más grueso eran álbumes de fotos.

Pero, de todo aquello, lo más destacable eran las dos personas que iban de un lado a otro del salón. Una de ellas, un chico que me era muy conocido y que vestía una camiseta blanca y sin mangas. Parecía que, mientras discutía, buscaba algo por el suelo. Levantó una camisa estampada, horrible. Tras observarla, la soltó y fue a por otra. La chica morena que lo perseguía las pisaba sin demasiada consideración.

Ah, y repetía la misma pregunta todo el rato:

—¿Me estás escuchando, Nolan?

Lo estoy haciendo incluso yo, amiga.

Para ser una discusión, eran bastante civilizados. No gritaban ni se insultaban, simplemente hablaban en un tono más alto del normal y remarcaban mucho las frases, como si el otro no le estuviera haciendo caso.

—Claro que te escucho —dijo Nolan en tono cansado.

—¡Pues no lo parece!

—¿Os queda mucha discusión? —protestaba Matty de mientras—. Porque no hay quien se concentre.

Nolan quiso responderle, pero al volverse nos vio a Gio y a mí. Durante unos instantes, su expresión me transmitió vergüenza. Como si no supiera dónde meterse. La de la chica morena fue bastante parecida, incluso intercambiaron una mirada entre ellos.

Pero entonces Nolan volvió a ser Nolan y esbozó una sonrisa despreocupada.

—Vaya, ¿tanto estoy tardando?

—No —aseguré, más avergonzado que ellos.

—Sí —dijo Gio, sin embargo.

Su hermano mayor mantuvo la sonrisa con una facilidad sorprendente.

—Salgo en un minuto.

Rápidamente se metió en el pasillo y rebuscó en una de las habitaciones. Para cuando salió otra vez, llevaba puesta una de sus feas camisas de estampados psicodélicos. Pasó por nuestro lado hacia la salida sin siquiera dudarlo. No sé por qué, pero mi mirada fue a cruzarse con la de Sammi. Sin saber qué esperaba exactamente, me sorprendió que me ofreciera una pequeña sonrisa de disculpa.

Gio me tiró de la mano antes de que pudiera recrearme demasiado. Su hermano mayor estaba en medio del patio, todavía atándose los botones de la camisa.

—Pasadlo bien —dijo la niña; en cuanto me soltó, volvió a sus tijeras y a su muñeca.

Como seguía sin saber qué hacer, me metí en el coche donde Beverly seguía esperando aburrida. Me echó una ojeada, luego miró a Nolan y casi pude ver las preguntas dando brincos por su cerebrito. Sin embargo, no pronunció ninguna.

Lo cierto es que tampoco habría tenido tiempo, porque justo en ese momento Nolan abrió la puerta de atrás y se lanzó —sí, lanzó— sobre el asiento. Beverly dio un brinco por el susto y lo miró con los ojos muy abiertos. Especialmente cuando el coche se tambaleó. Yo ya estaba empezando a acostumbrarme.

—¿No sabes subirte como una persona normal? —protestó ella.

Nolan la contempló, divertido.

—Hola a ti también, hermana perdida de Chucky.

—Que te den.

—Con gusto.

Y... como había previsto, no tenía pinta de que fueran a llevarse demasiado bien. Al menos, de primeras. Igual con el tiempo...

—Cinturón —le dije a Nolan.

Por el espejito, vi que resoplaba y se lo ataba a regañadientes. Por supuesto, se había colocado en el asiento central.

—Cinturón puesto —anunció con voz de azafato—. Bueno, bueno, bueno... ¿Alguien va a explicarme qué hago aquí? Porque yo pensaba que esta sería una cita íntima y de repente tenemos a Morticia Addams sentada en mi lugar.

—¿Puedes dejar de ponerme apodos? —protestó ella.

Como vi que la cosa no tenía muy buena pinta, decidí arrancar el coche y girar en la pequeña rotonda. Poco a poco, fuimos alejándonos de la calle de Nolan, que seguía acomodándose en el asiento.

—Tú mismo dijiste que te llamara —le recordé.

—Mañana, ¿no?

—Hay que ser espontáneo, maestro.

Tras un instante de silencio, Nolan estalló en carcajadas y se asomó a mi asiento. Antes de poder decirle que parara, ya estaba con ambas manos en mis hombros, zarandeándome como un poseso. El coche empezó a dar tumbos y, por supuesto, los pitidos de los demás coches nos sirvieron de orquesta.

—¡Para! —chilló Beverly, alarmada.

—¡Así me gusta! —seguía Nolan, de todas formas—. ¡¡¡Eeeseee eees miii chiiicooo!!!

—No es tu chico... ¡y deja de darle tirones, que está conduciendo!

Por suerte, Nolan decidió soltarme. Eso sí, se quedó con un brazo apoyado en cada asiento. Yo no dije nada; Beverly se removía con desagrado. Supuse que ya se estaba arrepintiendo de su plan de invitarlo.

—Bueno —dijo él—, ¿y adónde vamos?

Buena pregunta.

—A mi casa —informó Bev.

—¿A tu casa? —pregunté.

—Ajá.

—Ah.

No entendía nada, aun así me metí en el segundo carril. Beverly aprovechó para darle un manotazo a Nolan, que finalmente quitó el brazo de su asiento. La solución fue apoyarse totalmente en el mío, así que yo no me quedé tan encantado.

Por suerte, la casa de Beverly estaba relativamente cerca y no tuve que romperme la cabeza ideando una conversación con dos personas que, claramente, no estaban interesadas en ella. La comunicación durante el trayecto se redujo al dedo de Nolan pinchándome la oreja y a Beverly apartándolo de un manotazo.

En cuanto llegamos a su casa, ella fue la primera en bajarse; buscó las llaves. Nolan echó una ojeada curiosa a la peluquería —ahora abierta— de su padre, pero no hizo preguntas. Simplemente nos siguió al piso de arriba. Cruzamos el salón, el pasillo y entramos en el dormitorio de mi amiga, que seguía en las mismas condiciones que la última vez que lo había pisado.

—Admito que no esperaba terminar el día en la habitación de una desconocida —insinuó Nolan, tan tranquilo como de costumbre.

—¿Qué hacemos aquí, Bev? —quise saber.

Era una cosa que llevaba rondándome la cabeza desde que habíamos abandonado la calle de Nolan. Estaba claro que tenía un plan, sí, pero no acababa de entenderlo por completo.

Con toda la confianza del mundo, nuestra nueva incorporación se lanzó sobre la cama de Beverly. Tras hacerse con uno de sus peluches rojos en forma de corazón, se abrazó a él.

—Eso, Beetlejuice. ¿Qué hacemos aquí?

—Paciencia —musitó ella.

Empezó a pasearse por la habitación en busca de algo que terminó encontrando bajo la cama. Pensé que me daría algún tipo de explicación, pero lo cierto es que tan solo me suscitó más preguntas. Y un escalofrío. Era la máquina de tatuar.

—¿Qué haces con eso? —le pregunté, alarmado.

—Tranqui, que no es para ti.

—Esto pinta bien —comentó Nolan.

Beverly puso la caja sobre el escritorio y empezó a sacar cosas con mucha tranquilidad. De mientras, nosotros la observábamos como dos niños en una clase.

—¿Y bien? —insistí.

—Nolan se ha ofrecido a enseñarte a ser más alocado, ¿no es así?

—Ajá —murmuró el aludido, poco impresionado.

—Bueno, ¿y cómo sabemos que es un buen profesor?

—Porque lo digo yo.

—Eso no nos vale. Si quieres dar clases de hacer locuras, deberías empezar haciendo tú la primera. Es la única forma de garantía que tenemos. ¿A que sí, Jay?

Sé que esperaba un poco de apoyo, pero yo estaba demasiado confuso.

—Em… —intenté decir.

—Si tan valiente eres —insistió Bev, ahora con la pistolita en la mano—, déjame hacerte un tatuaje. De lo que *yo* quiera.

En mis tiempos, beberte dos refrescos seguidos ya era un locurón.

La habitación quedó en absoluto silencio. Beverly tenía la sonrisa de quien sabe que está ganando una discusión, yo estaba a punto de llevarme las manos a la cabeza y Nolan, que seguía tumbado como si nada, nos observaba con curiosidad. Si estaba preocupado, desde luego, no se le notó en absoluto.

—¿Ahora? —preguntó al final.

—Ahora mismo.

—Dejaos de tonterías, venga —intervine—. No necesita demostrar nada para…

—Vale, lo haré —me interrumpió.

Beverly, que había estado pulsando el botoncito de la máquina, casi la tiró al aire por la impresión. No recordaba la última vez que la había visto sorprendida.

—¿Eh?

—Que lo haré —insistió Nolan—. Pero con otras condiciones.

—De eso nada.

—Quieres que lo haga, ¿no? Pues vamos a aprovechar la clase. No me harás tú el tatuaje…

Casi como a cámara lenta, vi que el dedito con el que la apuntaba iba virando y virando… hasta llegar a mí, que me quedé blanco.

—… Lo harás tú, tío.

No sé quién estaba más sorprendido, si Beverly o yo. Esto no estaba yendo como lo habíamos planeado.

—No, no —dije por fin—. Yo no quiero tener nada que ver con…

—No te des tanta importancia, que solo será hacer dos rayitas en un sitio que no vea nadie. —Nolan se quedó pensando unos segundos—. ¿En el culo debe de doler mucho?

Ambos miramos a Beverly, la supuesta experta en el tema, pero lo cierto es que ella seguía medio paralizada por la impresión. En ningún momento había contado con que él fuera a decir que sí.

De fondo, Nolan en pie y desabrochándose el botoncito de los pantalones. En otro momento habría tenido la decencia de apartar la mirada, pero ahora estaba medio paralizado. Tan solo pude contemplar cómo se los bajaba hasta las rodillas. Sus calzoncillos eran blancos con corazones rojos. Parecía el protagonista de una *rom-com* mala de los noventa.

Con pasitos pequeños, fue a tumbarse boca abajo en la cama. Luego me miró con media sonrisa.

—¿A qué esperas?

—¡No voy a tatuarte!

—¿Por qué no? Te lo estoy pidiendo.

—P-porque… ¡esto no tiene ningún tipo de garantía sanitaria! ¡Y es peligroso! ¡Y… y…!

—Y tu amiga lleva uno en el hombro y sigue viva. ¿A que sí, Pennywise?

—Púdrete.

—¿Lo ves? Incluso ella lo dice. Es seguro. Venga, Jay-Jay. ¿No querías aprender a despreocuparte? Pues empecemos por aquí. La última clase será que te haga uno yo a ti, ¿eh? Es broma, es broma. No pongas esa cara.

Durante su discurso, yo había estado ahí parado con la pistola de tatuar en la mano. No sabía ni cómo reaccionar. Lo único claro de aquella situación era que nada me parecía seguro. Y lo que más me molestaba era saber que tan solo yo le daba importancia.

Miré a Beverly —no sé si pidiéndole permiso o ayuda— y ella se encogió de hombros.

—A ver…, te lo está pidiendo —admitió—. Puedo enseñarte. Y le haces un triángulo o algo así, facilito.

—P-pero…

—Me estoy cansando de tener el culo al aire —canturreó Nolan de fondo—. Como tardes mucho más, me doy la vuelta y me firmas otra cosa.

—¡No! Quieto. No te muevas.

Mientras él se reía, yo contemplé la máquina que tenía entre las manos. Nunca en mi vida había pensado en hacerme un tatuaje. Me parecía una estupidez. Además de que hacerte algo permanente en el cuerpo no podría ser seguro. ¿Hacérselo a otra persona? Bueno, eso nunca me había pasado por la cabeza, pero tampoco entraba en la lista de mis principales objetivos vitales.

—¿Y bien? —preguntó Nolan—. Te lo estás pensando mucho.

—E-es que… no…

—Te doy diez segundos más. Si no te decides, se lo pediré a la prima perdida de Drácula.

Beverly le sacó el dedo corazón.

—Y no quieras saber lo que te dibujaré yo —le aseguró a Nolan.

—¿Lo ves, tío? El tiempo se agota y necesito tu ayuda. Nueve, ocho…

—¡Espera! Es que yo no sé…

—… siete, seis, cinco…

—¡Deja de contar!

—… cuatro…

—¡¡¡Yo dibujo fatal!!!

—… tres, dos…

—¡Vale!

Y con una sola palabra, logré que ellos intercambiaran una mirada divertida. Para una vez que estaban de acuerdo y tenía que volverse en mi contra.

Suele pasar.

—Tú lo has querido —advertí, señalando a Nolan.

—Dale con todo, Jay-Jay.

Bev soltó un sonidito de burla.

—¿Seguro que quieres seguir llamándolo así con una aguja tan cerca de tu culo?

A modo de respuesta, Nolan empezó a reírse y se acomodó mejor. Avergonzado, tiré un poco del elástico de los calzoncillos para dejar un trozo de nalga al aire. Beverly se había agachado a mi lado y lo observaba todo con una sonrisita de entusiasmo. Nada le gustaba más que crear el caos.

Y yo, con una gotita de sudor frío resbalándome por la frente, encendí la máquina.

10

Visitas inesperadas

Jay

—Oye.

Me acurruqué mejor entre las sábanas, totalmente ajeno al resto del mundo.

—Oye, Jay.

Intenté hacerlo otra vez, pero entonces mi hermano pequeño se puso a pincharme la mejilla con un dedo. Irritado, abrí los ojos.

—¿Puedes dejar de despertarme así? —protesté contra la almohada.

—Es que resulta muy efectivo.

—Déjame tranquilo, Ty.

—¿No quieres ir a saludar a la tía Sue?

Ya había cerrado los ojos otra vez, pero los abrí de repente, sorprendido.

Tía Sue había vivido algunos años con mis padres, igual que mis otros tíos, Naya y Will; aunque técnicamente no éramos familia, todos ellos habían estado siempre bastante presentes en mi vida. Tanto que, de pequeño, empecé a llamarlos «tíos». Mis hermanos ya ni siquiera se plantearon llamarlos de otra forma.

Pese a que tía Sue se pasaba media vida viajando y el resto en trabajos que pronto dejaba por aburrimiento —¿que de dónde sacaba el dinero?, buena pregunta—, siempre encontraba tiempo para nosotros. Tanto podía aparecer con una figurita artesana de Nueva Delhi como con una tacita de la tienda de todo a un dólar que había al lado de su casa. A mí tener regalos me daba bastante igual, la verdad, me interesaba más que estuviera presente. Era muy divertida.

—¿Cuándo ha llegado? —pregunté mientras me incorporaba.

—Hace diez minutos. ¿Ves como hay que madrugar? Si no, te lo pierdes todo.

—No empieces tan pronto, Ty…

—Ah, ponte el bañador.

—¿Y si no quiero nadar?

Él se encogió de hombros y fue a llamar a la puerta de Ellie. Aprovechando mi breve soledad, me cambié de ropa y me dirigí al cuarto de baño a echarme un poco de agua en la cara. A ver si lograba quitarme la expresión de pescado muerto que tenía cada mañana.

El truco es no mirar series hasta las tantas de la madrugada.

Ya, bueno, no iba a dejarlo en un futuro cercano.

Bajé las escaleras con pocas ganas de vivir —pero muchas de ver a mi tía— y sonreí nada más verlos a todos reunidos alrededor de la mesa del comedor. Pocas veces la veía tan completa, ya que normalmente nos conformábamos con la isla de la cocina para salir del paso; por no hablar de la cantidad de comida casera que habían extendido sobre ella. El estómago empezó a rugirme al instante.

—Buenos días —saludé con una pequeña sonrisa.

Todo el mundo se volvió a la vez. Papá y mamá estaban en extremos opuestos de la mesa y, en medio de ambos, tío Mike y tía Sue se llenaban los platos como si hiciera años que no comían. En cuanto mi tío intentó saludarme, se atragantó con los huevos revueltos y mi tía tuvo que darle palmadas en la espalda. Si no le sacó un pulmón por la boca, no fue por falta de fuerza bruta.

—¡Buenos días, Jay! —saludó mamá con una sonrisa—. Mira quién está de visita.

—Sí, sí…, una gran emoción. —Tía Sue puso los ojos en blanco, aunque estaba claro que se alegraba de vernos—. ¿Por qué no te sientas con nosotros antes de que muera alguien? Y no quiero señalar a nadie.

Como Ty había ocupado el sitio libre frente a ella, a mí me quedó el que estaba entre papá y él. Me hice con un plato y empecé a rellenarlo de cualquier cosa que me apeteciera. Menos mal que Ellie no había bajado, porque se volvería loca y nos regañaría por no tener una dieta equilibrada.

—Bueno, ¿y qué tal todo? —preguntó mi tía, ahora que ya nadie se ahogaba—. ¿Me he perdido algo interesante?

—Sin ti no hay cosas interesantes —comentó papá con cierto retintín, a lo que ella esbozó una sonrisa irónica.

—Qué dulce.

—¿A que sí? Intento no cambiarlo.

—Ellie ha entrado en el equipo de baloncesto de la ciudad —dijo mamá, encauzando la conversación—. Y Ty sigue con sus cursitos de yoga. Se le da muy bien.

El aludido levantó la barbilla con mucho orgullo. Yo intenté no reírme. Más que nada porque sobre mí no hubo comentario alguno. Dirigí una miradita a mamá —que no se había dado cuenta— e intentó arreglarlo rápidamente.

—Ah, y Jay ayuda a Mary en todo lo que necesita —aseguró, exagerando el triple el tono de orgullo para que no me sintiera marginado.

—Qué bien —dijo tía Sue tras un asentimiento—. ¿Y vosotros dos? Ross, ¿no tenías un guion o no sé qué?

Oh, tema espinoso. Papá dejó de masticar un momento y miró a mamá. Como de costumbre, se comunicaron de forma extraterrestre, y telepáticamente llegaron a alguna conclusión. Deduje que no era muy buena, porque sus expresiones no fueron, precisamente, de satisfacción.

—Sigo en ello —concluyó él.

—¿Todavía? —Tía Sue hizo una mueca.

—Los guiones son complejos. Y he decidido entrenar al equipo de Ellie, también.

—¿Ah, sí? —preguntamos Ty y yo a la vez.

—Ajá —murmuró mamá.

No lo dijo en mal tono, pero el ambiente de la estancia quedó un poco cargado de tensión. Intercambié una mirada con mis padres. Todo aquello era un poco raro. A veces discutían, sí, pero no solía durar tanto tiempo. Ya llevaban casi una semana de mal rollo. No entendía nada.

Para sorpresa de todos, no fui yo quien rompió la tensión que se había formado. Ni siquiera fue Ty. Fue el menos esperado de la mesa.

—Pues yo tengo un concierto esta noche —dijo tío Mike con una sonrisita—. Por si quieres venir a animarme y eso, Sue. Como en los viejos tiempos.

Ella enarcó una ceja.

—¿Cuándo he ido yo a uno de tus conciertos?

—Nunca es tarde para empezar. No soy rencoroso.

Mientras seguían hablando y picándose entre sí, papá y mamá comían en silencio. Ty era el único que parecía evadirse de todo el mundo por igual. Y yo, por mi parte, saqué el móvil del bolsillo porque acababa de llegarme un mensaje. Lo más habitual era que se tratara de Bev, pero no fue así. Era Nolan.

En cuanto vi el mensaje, el cerebro casi me cortocircuitó. Pero ¿cómo escribía ese chico?

Nolan: abu pregunta x ti

Jay: ¿Qué?

Nolan: q dnd stas

Jay: ¿Por qué escribes como si te cobraran por cada palabra?

Nolan: uhhhhhhhhh m gusta

Jay: No te entiendo muy bien.

Pensé que insistiría, pero no lo hizo. Todo lo contrario. Me dejó en «leído». Era una cosa a la que no estaba acostumbrado y que, desde luego, no me gustaba nada. Estuve a punto de mandarle otro mensaje, pero entonces me entró una llamada suya. Vaya.

Me disculpé con mi familia, aunque no me prestaban demasiada atención, así que pude salir al patio trasero sin ningún problema.

—Buenos días, Nolan —respondí.

—Tan formalito como siempre, ¿eh?

—¿Qué otra cosa quieres que te diga? ¡Acabo de descolgar!

—Vale, tío, no te enfades.

Ya ni siquiera me molesté en decirle que no me llamara así. Estaba claro que lo hacía para molestar. Irritado, me dejé caer en una tumbona.

—¿Se puede saber qué decías en los mensajes? —pregunté directamente.

—Que tu abuela está preocupada porque no has ido a verla a la misma hora exacta que vas cada día. Le he dicho que igual te han atropellado, que no pasaba nada, pero no se ha calmado mucho.

—Me pregunto por qué será.

—¿Le digo que te ha dado pereza?

—¡No! Dile que iré más tarde. Es que estoy con mi tía Sue, que ha venido de visita.

—Ah. —Nolan siempre reaccionaba a la información como si estuviera pensando en otra cosa totalmente ajena al tema—. ¿Y esa quién es?

—Pues… mi tía Sue.

—Vaya, gracias por tanta información.

—No sé qué más decirte.

—¿Es la roquera?

—No. El que está en una banda es mi tío Mike. Y…, espera, ¿cómo sabes eso?

—Ya te dije que en los paseos con Mary hablamos mucho. Oye, ¿por qué nunca me has dicho que tienes un tío roquero? ¡Es una pasada!

—¿Lo es?

Nunca habría creído que yo, Jay Ross, pudiera tener un solo atributo que se definiera como «una pasada». Estaba bien que Nolan lo hiciera por mí.

—¡Claro que lo es! —insistió Nolan—. Yo tengo un tío que cuando se emborracha toca las plantas como si fueran una guitarra, pero no es el mismo estilo.

—Ah, em…

—Oye, ¿cuándo es su próximo concierto?

—Esta noche, creo.

—¿Hoy?

—Sí.

—Vaya, vaya.

El tono había cambiado por completo, y me tensé, también por completo.

—¿Qué?

—Estoy pensando, Jay-Jay.

—No me llam…

—¿Y si tu próxima clase fuera ir al concierto?

Lo consideré unos instantes.

—Es que las masas de gente no me gustan mucho…

—Y es perfecto, porque se trata de que salgas de tu zona de confort. ¿O no?

—Em…

—Pídele entradas.

—¿Ahora?

—No, mañana. ¿A ti qué te parece?

—P-pero…

—Cada vez que oiga un «pero», mis clases se volverán más y más difíciles. Ahora mismo estás en el nivel uno.

—Pero es que…

—Nivel dos. ¿Sigo?

—¡No! —Tras una breve pero completa crisis en que me planteé por qué había accedido a todo aquello con Nolan, suspiré—. Le pediré entradas.

—Pídele cuatro, que seguro que Di y su novia nos acompañan.

—Vale, vale…

—Este es mi chico.

—No soy tu…

Tarde. Ya había colgado.

Ellie

Grupo: los seis jinetes del baloncesto

Tad: Hola a todos! Tengo buenas noticias :)

Marco: Cállate.

Víctor: Deja que hable, pesado

Eddie: He encontrado un sticker de uno que salta y se da contra una canasta

Marco: A nadie le importa.

Oscar: lol

Ellie: Se supone que este grupo es para hablar de cosas importantes, no de chorradas…

Marco: Ya ha llegado la alegría del equipo.

Víctor: Tad, qué ibas a decir?

Tad: ¿Eh?

Oscar: jaja

Eddie: Nadie quiere ver el sticker?????

Marco: No.

Tad: La noticia es que he encontrado una furgoneta donde habría espacio de sobra para que fuéramos a los partidos :D

Marco: Nadie usa emojis. Actualízate.

Víctor: Lo dice el moderno que pone un punto final a sus mensajes

Oscar: boom

Ellie: Entonces ¿ya tenemos transporte?

Eddie: Pasaré el sticker por aquí y que lo mire quien quiera, vale????

Tad: Siii, tenemos transporte

Víctor: Dime por favor que no has dejado de usar emojis por lo que ha dicho el idiota

Tad: …

Oscar: loooool

Eddie: (sticker de chico que salta y choca contra una canasta)

Ellie: ¿Podemos centrarnos en la parte de la furgoneta?

Oscar: jaja que bueno eddie

Marco: Oye, Ally, deja de hablar como si tuvieras algún tipo de poder sobre el equipo.

Víctor: Tiene tanto derecho a opinar como tú, cállate

Tad: Estoy de acuerdo…

Marco: Mira cómo defienden a su novia.

Ellie: No soy la novia de nadie

Marco: Su mascota, entonces.

Oscar: oye eddie, quieres un sticker de un pito partido?

Eddie: Siiiiii

Ellie: QUÉ?

Tad: No paséis cosas raras que mis padres luego lo ven :(

Marco: ¿Tus padres te miran el móvil?

Tad: …

Contaba con un solo piso y tenía las ventanas abiertas, un patio bastante grande y juguetes de niños por todos lados. Incluso en la verja que lo separaba de la acera colgaba alguna que otra cabeza de Barbie. Beverly soltó un silbido y empezó a reírse, encantada. Ella también había sido experta en decapitar muñecas inocentes.

Y por eso nos cae bien.

—¿Tiene hijos? —preguntó.

—Hermanos. Unos cuantos.

—¿Tantos como tu madre?

—Unos cuantos más.

—Joder. A la gente le gusta tener hijos, ¿eh? Qué pereza.

Me detuve junto a la casa, era perfecto para maniobrar en cuanto apareciera Nolan, pero no parecía que fuera a llegar en un futuro cercano. Me asomé un poco más, con curiosidad, y pude distinguir algún que otro movimiento dentro de la casa. También había gente en el patio. Un chico un poco más joven que yo al que nunca había visto, una niña un poco más pequeña y Gio, que intentaba cortarle la cabeza a otra muñeca, pero con las tijeras infantiles no lo lograba.

Debió de sentirse observada, porque levantó la mirada justo en ese momento. Pensé que no me reconocería —después de todo, solo nos habíamos visto una vez—, pero me saludó con un gesto de bastante seriedad. Yo sí que sonreí al responderla.

—¿Una de las hermanas? —preguntó Bev.

—Sí. La más pequeña.

—Tiene cara de mal humor, como Ty.

—Sí…, podrían ser mejores amigos.

Mientras hablábamos, Gio había aprovechado para dejar la muñeca y acercarse al coche. No me di cuenta hasta que dio unos golpecitos en mi ventanilla. Alarmado, la bajé para verla.

—Hola, Gio.

—¿Vienes por Nolan? —preguntó directamente, toda dulzura.

—Em…, sí. ¿Está en casa?

—Creo que discute con Sammi.

—¿«Discute»? —repitió Bev—. ¿Y les falta mucho?

Gio se encogió de hombros. Desde que mi amiga había abierto la boca, no dejaba de mirarla con curiosidad. Especialmente su pelo.

Oscar: (sticker de un pito partido que pone «me parto el pito»)

Ellie: QUÉ ASCO

Eddie: sdojashdiuashdiab

Ellie: Víctor, tú eres el administrador, ¿no puedes echarlos?

Víctor: JAJAJAJA QUÉ BUENO

Ellie: …

Víctor: Yo tengo uno de un niño con escopeta y patinete que pone: peligro al volante

Eddie: Mandalooooooooooo

Oscar: tengo q ver eso

Ellie: Bueno, ha llegado el momento de retirarse

Víctor: Oye, pero no te enfades

Ellie: Estoy asqueada, no enfadada

Oscar: victor partete el pito y mandale una foto para que se ria

Ellie: ja ja ja

Oscar: ves q le hace gracia?

Ellie: Es una risa irónica

Oscar: a

—Panda de idiotas —murmuré para mí misma.

Hasta la tarde no tenía entrenamiento, así que estaba bastante aburrida. En mi horario planeado no contemplaba la posibilidad de tener una horita libre, por lo que me tiré sobre la cama y me dediqué a mirar el móvil.

Dejé que siguieran hablando y, acto seguido, salí de la página del grupo para cotillear el muro principal de Omega. No había nada interesante, pero por lo menos apareció algún que otro comentario en mi post sobre la fiesta. Invitaba a venir a quien quisiera —de mis seguidores, por supuesto—, y luego ponía la hora y el lugar. Ah, y que no dejaba entrar a nadie sin regalo. Era mi cumpleaños, después de todo.

Di que sí. La más humilde.

Justo estaba cotilleando las últimas publicaciones de la gente cuando me llegó un mensaje privado de Víctor. Lo contemplé unos segundos sin abrirlo y, aunque mi idea inicial era esperar un rato para hacerme la interesante, acabé abriéndolo enseguida. Por una vez, la curiosidad superaba el orgullo.

Víctor: Creo que ya no estás leyendo los mensajes del grupo, así que te lo digo por aquí: hemos quedado esta tarde para ir al desguace a ver la furgoneta. Marco pasará a buscarnos con su coche. Luego ya iremos al entrenamiento

Todavía no les había dicho nada de papá. Carraspeé. A ver qué cara ponían…

Decidí centrarme en la otra parte del mensaje.

Ellie: ¿Marco? Será una broma

Víctor: Es eso o ir andando, y está en la otra punta de la ciudad

Ellie: Bueno… vale

Víctor: De nada por mantenerte informada

Ellie: Es tu responsabilidad como capitán

Ellie: ¿No vas a contestar?

Ellie: A mí no me dejes en visto

Ellie: OYE

Ellie: >:(

Ellie: Vaaaaale, gracias

Víctor: De nada

Encima de pesado, aburrido. Ya podría haberme mandado algo más interesante.

Ellie: El más simpático

Víctor: Deberías leer el grupo, están hablando de mañana

Ellie: Pues infórmame tú

Acababa de mandar el mensaje cuando justo llamaron a la puerta.

—Oye —dijo Ty desde el otro lado—, ¿por qué echas el pestillo?

—Porque lo tengo.

—¿Qué ocultas?

—Tu dignidad. ¿Se puede saber qué quieres?

—Tenemos visita. Iremos todos al lago y mamá dice que vayas.

—Ahora bajo, déjame cinco minutos.

Ty suspiró pesadamente.

—Es decir, que bajarás dentro de media hora. Vale.

No esperó respuesta. Enseguida oí sus pasitos hacia las escaleras. Yo, mientras tanto, lancé el móvil a la cama y fui al armario, donde me hice con mi bikini.

Ya me había puesto la parte de arriba cuando el móvil volvió a vibrar. Lo recogí con más velocidad de la que querría admitir.

Víctor: Ven al grupo

Dejé el móvil de nuevo. O, al menos, estuve a punto de hacerlo, porque entonces se me ocurrió una idea un poco maligna.

Como todas las ideas que tienes.

En el espejo que tenía delante, se veía mi cuerpo entero sentado en la cama. Todavía llevaba los pantalones cortos del pijama, pero como me había puesto el sujetador del bikini, aproveché para recoger una de las tiras con el dedo.

En mi mundo, mandarle fotos provocativas a un chico tampoco era para tanto. De hecho, era algo que hacía a menudo y a lo que nunca le había dado demasiada importancia. También le había mandado alguna a Jane para pedirle su opinión, pero eso era otra cosa. A ellos les gustaba y a mí también. Y, ahora que había una paz relativa con Víctor, su posible reacción me causaba mucha curiosidad.

No me salió ninguna foto demasiado bonita, pero menos es nada. Después de mandársela, me puse a escribir un mensaje nuevo.

> **Ellie:** Me interesa más este chat

Y… a esperar.

Me dejé caer sobre la cama con el corazón latiéndome a toda velocidad y los ojos pegados a la pantalla del móvil. No entendía por qué de pronto estaba tan nerviosa, si había mandado fotos en muchas otras ocasiones y apenas había parpadeado.

Eso sí, las respuestas solían ser más rápidas.

Deja que procese la información, puede llevarle un rato.

Víctor vio el mensaje y permaneció unos segundos sin responder. Después, empezó a escribir. Dejó de hacerlo casi al instante. Empezó a escribir de nuevo. Volvió a dejar de hacerlo.

Conté cinco veces antes de que se quedara en línea un minuto entero y, finalmente, me respondiera.

> **Víctor:** ¿?

> **Ellie:** ¿?

> **Víctor:** Qué haces?

Ellie: No te gusta?

Escribiendo. En línea. Escribiendo.

Víctor: No he dicho eso

Ellie: Puedo parar

Víctor: El qué, exactamente?

Ellie: De mandar fotos, si no te gustan

Víctor: No me *disgustan*

Ellie: Quieres otra??

De nuevo, se quedó un buen rato sin responder. Llegué a pensar que se había cansado de mí y que dejaría el chat de esa manera, pero… no.

Víctor: Vale

Ellie: No se lo enseñes a nadie

Víctor: No lo haré

Me incorporé de nuevo, en la misma postura que antes, solo que esta vez bajé la tira del sujetador hasta que me quedó colgando del codo. La tela todavía me cubría el pecho. Hice la foto y se la mandé.

En línea. Aunque, eso sí, me fijé en que ya no estaba saliendo del chat. Y eso que en el del grupo seguían hablando.

> **Ellie:** Te gusta?

Víctor: Ajá

> **Ellie:** Normalmente, la gente responde con algo similar

Víctor: Ah

Esperé la foto unos segundos, moviendo la rodilla de arriba abajo. Ya empezaba a idear una postura nueva cuando recibí un mensaje. Mandó la foto. Estaba sentado en su escritorio, y se había levantado la camisa lo suficiente como para que le viera todo el abdomen. Me quedé mirando los abdominales unos instantes e hice un poco de zoom hacia la cinturilla de los pantalones, pero no alcancé a ver lo que me interesaba de verdad.

Exclamó la dulce dama.

Víctor: Te gusta?

> **Ellie:** No me *disgusta*

Víctor: Ja ja ja

Víctor: Has mandado fotos así antes?

Ellie: Puede

Víctor: Y yo que me sentía especial

Ellie: A los demás se las paso sin la opción de guardarlas

Víctor: Es decir, que quieres que yo las guarde

Ellie: Es decir, que confío más en ti que en ellos

Volvió a quedarse en silencio. Estaba tentada a asomarme a la ventana para ver si alcanzaba a verlo, pero a la vez me daba un poco de vergüenza.

Víctor: Me gusta que confíes en mí

Sonreí a la pantalla. Al menos, hasta que me di cuenta de ello y lo borré de golpe. Pero ¿en qué momento había cambiado tanto la conversación?

Ellie: No te pongas sensiblón

Víctor: Siempre tan tierna

Ellie: Quieres más fotos?

Víctor: Tú quieres mandármelas?

Ellie: Si tú me mandas alguna de vuelta…

Víctor: Eso está hecho

Ellie: No vas a responder al grupo?

Víctor: Estoy ocupado

Ellie: Jajaja, respuesta correcta

Víctor: ;)

Envalentonada, tiré por completo del elástico del sujetador y me lo bajé hasta la cintura. En el proceso de colocarme bien y hacerme una foto bonita perdí un poco la dignidad, aun así no me eché atrás.

Al menos, hasta que me coloqué de rodillas sobre la cama y subí el brazo para que se me viera bien. Y, por supuesto, alguien eligió ese preciso momento para abrir la puerta.

—Oye —dijo Jay, entrando como si nada—. Mamá pregunta por qué tardas tant… ¡¡¡AAAH!!!

—¡¡¡AAAH!!!

Presa del pánico, me lancé en picado hacia abajo. El móvil voló hacia algún rincón oscuro de la habitación, y yo caí sobre la cama y me tapé rápidamente con una camiseta.

Jay seguía plantado en la puerta con cara de horror.

—¡¿Qué haces?! —chilló con voz aguda.

—¡¿Qué haces tú?!

—No, ¡¿qué haces tú, cochina?!

—¡Fuera de mi habitación! ¡¡¡FUERA!!!

Jay soltó un sonido agudo parecido al de una hiena moribunda y salió corriendo. En cuanto cerró la puerta, hundí la cara en la camiseta.

—¡Mamá dice que bajes de una vez! —añadió, todavía en modo pánico—. ¡Solo venía a avisarte! No esperaba encontrarme una escena porno…

—¡No seas exagerado!

—Bueno, ¡que bajes de una vez!

Se marchó, muy indignado, y a mí no me quedó otra que recoger el móvil perdido.

> **Ellie:** Lo siento, me reclaman.
> Te quedas sin foto.

> **Víctor:** Desde aquí los maldigo

> **Víctor:** Pero nos vemos luego :)

Me quedé un poco parada ante la pantalla. Vaya, eso sí que no me lo esperaba. Las pocas veces que había dejado a un chico colgado, me había reprochado que no me quedara más tiempo. Incluso se habían enfadado y me habían pedido explicaciones. Que Víctor se lo tomara con tanta filosofía me dejó sin palabras.

No te conformes con menos, querida.

Volví a ponerme el pijama, todavía un poco confusa, y bajé las escaleras. Efectivamente, los demás estaban ya dando saltos desde el muelle al lago. Reconocí enseguida a papá lanzando a Ty, que profirió insultos hasta que tocó el agua. Mamá estaba en la tumbona con las gafas de sol puestas, riendo. Jay nadaba tranquilamente y tío Mike tiraba a alguien del brazo para lanzarlo al agua con él.

En cuanto reconocí a la última figura, esbocé una gran sonrisa. ¡Tía Sue!

Hacía mucho que no la veía. Como no vivía cerca de casa, solo lo hacía cuando nos visitaba y se quedaba unos días con mi tío. Me pregunté si habría viajado a algún sitio y traería regalos, como era habitual.

Desde luego, no era el momento de preguntarlo, porque tío Mike le tiraba insistentemente del brazo, arrastrándola por el muelle como si quisiera lanzarla con ropa al agua. Ella se resistía con uñas y amenazas de muerte, pero cada vez le resultaba más complicado.

Por suerte, me tenía a mí de guardaespaldas.

Díselo.

Tío Mike no me vio llegar, sino que directamente sintió el impacto de mi cuerpo contra el suyo. No le quedó otra que soltar a mi tía y caer conmigo. En cuanto saqué, divertida, la cabeza del agua, me miró como si acabara de presenciar la peor traición de su vida.

—¡Fuego amigo! —exclamó con dramatismo.

—No llores tanto —recomendó tía Sue, y luego me guiñó un ojo—. Así me gusta. Si le hundes la cabeza otra vez, quizá te ganes una propinilla.

—Ni se te ocurra —advirtió él.

Le saqué la lengua a tío Mike, a lo que él me salpicó en la cara.

De pequeña siempre esperaba las visitas de mi tía porque, básicamente, significaban que por una vez pasábamos el rato todos juntos en el lago. No era lo habitual, porque todo el mundo tenía sus quehaceres y era muy difícil coincidir todos a la vez. A medida que fui creciendo, esos momentos dejaron de importarme tanto. Supongo que es lo que sucede con los años. A quien sí solían gustarle era a Jay. Por eso me sorprendió tanto ver que no se involucraba demasiado y permanecía sentado en el muelle.

Me pregunté si era culpa mía, aunque enseguida quise descartarlo. No se debía a la discusión que habíamos tenido, ¿verdad? Porque ya habían pasado unos días. Era tiempo más que suficiente como para que pasara página.

En cuanto su mirada se cruzó con la mía, él la apartó primero. Bueno, estaba claro que ese no sería el día en que nos reconciliáramos.

No me digas.

Jay pronto se olvidó de mí, básicamente porque tío Mike se

puso a perseguirlo para pedirle que le dejara sentarse sobre sus hombros. Papá tenía a Ty, y la idea de mi tío era jugar entre ellos a empujarse para ver quién caía antes. A Jay no le hacía tanta gracia la idea de aguantarlo a él.

Yo, mientras tanto, ya había salido del agua y estaba sentada en la tumbona de mamá, que no dejaba de ponerse crema solar. Tía Sue era más práctica y se había tumbado en la otra, bajo la sombrilla.

—No entiendo que a la gente le guste tomar el sol —comentó con una mueca de desagrado—. Me siento como una sardina en la barbacoa.

Mientras tanto, mamá ya había empezado a frotarme crema por los hombros. Suspiré.

—Mamá, ¡ya me has puesto diez litros!

—¡Es para que no te quemes! —insistió, frotando con más fuerza.

—Bueno, ¿y qué tal todo por aquí? —preguntó mi tía mientras mamá me zarandeaba de un lado al otro—. ¿Alguna novedad interesante? Por ahí veo que todo sigue igual.

Se refería a papá y tío Mike, que estaban discutiendo mientras Jay y Ty los contemplaban.

—Ellie empezará a jugar partidos dentro de poco —murmuró mamá, todavía centrada en su tarea—. De esos importantes y oficiales, ¿eh?

—¿En serio?

—Bueno… —Yo no sonaba tan convencida—. Tampoco es que seamos muy buenos…

—¡Tonterías! —aseguró mamá.

—Es la verdad.

—Bueno, aunque lo seáis (que no lo sois), ¡lo importante es pasarlo bien!

—Lo importante es ganar —interrumpió tía Sue con el ceño fruncido—. Si tienes que clavar un codazo o un mordisco, no lo dudes.

—¡Sue, no le digas eso!

—¡Solo intento que críes a una ganadora!

—La conclusión es —interrumpí— que no hace falta que vayáis a ver ningún partido. Papá estará ahí representando a la familia, así que… eso, que no hace falta.

Mamá dejó de frotarme con crema al instante, pasmada.

—¿Cómo? ¿No quieres que vayamos?

—¡Claro que no!

—¡¿Por qué no?!

—¡No quiero que me veáis haciendo el ridículo!

—Oh, tú tranquila —aseguró mi tía con un gesto vago—, todos hacemos el ridículo a diario y nadie se sorprende.

—Es un gran consuelo.

—Ellie —intervino mamá, muy seria—, si vamos a verte no es para que ganes. Es solo para animarte.

—No sé, mamá…

—Mira, si te da vergüenza, convenceré a Naya para que no haga un cartel gigante con tu nombre.

—¡¿Ibais a hacer un cartel gigante?!

—¡Ya te he dicho que le pediré que no lo haga! Solo seremos nosotros, ¿de verdad crees que nos importa si ganáis o no?

Me encogí vagamente de hombros. Quizá a ella le daba igual, pero a mí no. Odiaba perder. Jugar conmigo al parchís o similares era una pesadilla, porque si perdía lanzaba el tablero al aire y me marchaba con los puños apretados. Curiosamente, a mis dos hermanos no podía importarles menos. De hecho, solían dejarme ganar para no tener que aguantar mis enfados.

—¿Eres la capitana del equipo? —preguntó mi tía entonces.

—No…, es Víctor.

—¿Víctor? ¿Y ese de qué me suena?

—Es su *amiguito* desde hace mucho tiempo —comentó mamá.

—No lo llames «amiguito» —pedí con una mueca—. Haces que suene a niño pequeño.

—Perdón, es la costumbre, como lo conocemos desde que era chiquitín… Es el vecino —añadió para mi tía, que asintió como si por fin hubiera pillado quién era—. Muy buen chico. Alguna vez he llegado con la maleta cuando él estaba fuera de casa y me ha ayudado a entrarla.

—Oh, buena señal.

—Un caballero.

—Ajá.

Sutil.

Tía Sue debió de ver cómo mi cara se iba transformando, porque sonrió con malicia.

—¿Por qué siento que hay cierta tensión en el ambiente?

—No la hay —aseguré.

—Oh, solo un poquito —aseguró mamá, por su parte—. Es que Ellie siempre ha estado un pelín enamorada de él, pero no pasa nada.

—¡MAMÁ!

—¡He dicho que no pasa nada!

—¿A ese no le hacías poemas de amor cuando eras pequeña? —preguntó mi tía, con curiosidad—. Creo que me acuerdo de alguno…

—Por favor, deja de hablar…

—Oh, pelirrojo, pelirrojo…, eres más bonito que un pimiento rojo.

—¡¡¡Yo nunca dije eso!!!

—Había otro peor —comentó mamá, intentando acordarse—. Oh, pelirrojo, pelirrojo…, por ti me sonrojo.

—Oh, pelirrojo, pelirrojo…, contigo nunca me enojo.

—Por favor, dejad de hablar o me meto piedras en los bolsillos y me lanzo al lago.

—Vaaale, ya está bien —dijo mamá, divertida, y retomó la tarea de embadurnarme en protección solar—. No sé por qué te da tanta vergüenza, si son poemas muy bonitos.

—Creo que no tenemos el mismo concepto de belleza.

Pareció que tía Sue iba a comentar algo más sobre los poemas, pero en cuanto vio que papá se acercaba, se calló de golpe. Papá se dio cuenta, por supuesto. Cuando se detuvo a nuestro lado, todavía goteando por el baño, nos contempló con los ojos entrecerrados.

—¿Qué me he perdido?

—Nada impor… —Mamá se cortó a sí misma, alarmada—. ¡Estás goteando sobre mi revista!

—¿Eh?

—¡¡¡Aparta!!!

Le dio un manotazo en el abdomen para apartarlo, pero, en lugar de eso, papá se dobló sobre sí mismo por el impacto. Una oleada de gotas descendió sobre las páginas, y mamá soltó un grito todavía más ahogado. Pareció que a él se le hacía muy divertido, porque trató de escurrirse los cortos mechones de pelo sobre las hojas, a lo que mamá salió corriendo con la revista en mano.

Mientras mamá intentaba llegar a la puerta de casa profiriendo insultos y papá la perseguía sacudiéndole agua, yo suspiré y me volví hacia mí tía.

—Aunque no te lo creas —comentó ella observándolos—, de jóvenes eran aún más insoportables y empalagosos.

—Me lo creo perfectamente. Al menos, ya no están discutiendo.

—¿Y eso?

—Estos días han estado un poco distanciados.

—Entiendo. A ver si hacen las paces, entonces.

Ella sonrió y volvió a fijarse en mí; esta vez, con una sonrisa más pausada.

—Tienes suerte de que sean tan inocentes.

—¿Por? —pregunté, confusa.

—¿Qué te ha tomado tanto tiempo ahí arriba? Porque la única pista que tengo es que llevas el bikini al revés.

Me quedé contemplándola unos instantes, perpleja, y entonces mi cabeza entera se volvió del mismo color que el pimiento rojo del poema. Tía Sue, al verme la cara, soltó una carcajada y se incorporó para ir con los demás a la piscina. Mientras mi tío aplaudía, ya que por fin se les unía, yo me apresuré a entrar en casa.

Acababa de ajustarme mejor el bikini cuando me crucé con Jay en el pasillo. Llevaba una toalla alrededor el cuerpo y, por su aspecto, no había disfrutado demasiado del agua. Esbocé una pequeña sonrisa divertida.

—¿Tío Mike te ha convencido?

Él frunció el ceño, aún algo distante.

—¿El pelo mojado te ha dado una pista?

—Oye, que estoy intentando ser simpática.

—Podrías empezar por disculparte, Ellie.

—Tú también puedes disculparte, ¿eh? Que dijiste cosas muy feas.

Su expresión pasó por varias fases. Primero, por la confusión; luego, por el arrepentimiento y, al final, por el cabreo otra vez. No parecía muy buena señal.

—¡Me dijiste que nunca en mi vida me ha querido nadie! —saltó.

—Qué exagerado.

—Sí, Ellie. Todo el mundo exagera y tú siempre eres la buena. ¿Ya estás contenta?, ¿puedo seguir con mi vida?

Abrí la boca, ofendida. Pero ¿qué le ocurría a todo el mundo? Papá y mamá, sin apenas dirigirse la palabra en una semana, Jay, siendo rencoroso… ¿Qué me había perdido?

—No dije eso —me defendí—. Solo dije que… parece que no te interese.

—Es que *no* me interesa.

—¿Y eso qué significa? —pregunté.

—No sé cómo simplificarlo más, Ellie.

—Pero ¡no te deprimas! Si vuelves a la universidad, seguro que encuentras a…

—Escucha —insistió—, no me interesa.

—¡Si es muy divertido!

—Pero ¡no me interesa! —insistió, y por fin me miró—. ¿En serio es tan difícil de entender? Hace muchos años que le doy vueltas al tema, y hace mucho tiempo que me di cuenta de que, simple y llanamente, no me interesa. ¿Lo entiendes?

No. Más que nada, porque yo no recordaba un solo momento de mi vida en el que no me hubiera interesado alguien, ya fuera a nivel físico o emocional. Mi problema, más bien, era lo rápido que me cansaba todo el mundo. Me gustaba la parte de ganarme a alguien, pero me aburría mantener el interés a largo plazo.

—A mí tampoco me interesan las relaciones —le aseguré—, pero eso no quiere decir que…

—Déjalo, no lo estás entendiendo.

De nuevo, me quedé mirándolo como una idiota. Maldije en voz baja que no me hubiera apuntado a la optativa de Psicología en el instituto, porque quizá me habría ayudado a tener un poco más de sensibilidad sobre cosas que no entendía en absoluto.

—Quizá no haya llegado la persona adecuada —comenté al final.

—¿Y nunca has considerado la posibilidad de que no haya una persona adecuada?

¿Dónde demonios estaba mamá cuando la necesitaba? A mí esas cosas se me daban fatal. Pero el pobre Jay tenía la mala suerte de habérmelo contado a mí, que no había consolado a casi nadie en toda mi vida. A mí, que los problemas emocionales me daban alergia. A mí, la única persona de la casa cuya empatía consistía en decir: «Pues a mí también me ha pasado» y en apropiarme de cualquier argumento. ¿Qué coño iba a decirle a mi hermano?

Deseé que me saliera el discurso emocional del siglo, pero lo único que me salió fue un...

—Mmm...

Jay enarcó una ceja.

—¿Qué?

—No sé. Estoy pensando.

—¿En qué?

—En que... no tiene nada malo ser diferente —dije al final—. Es decir..., a veces sí que es malo, pero..., mmm..., no siempre. Y no creo que en tu caso sea malo, ¿no? Tampoco es que le estés haciendo daño a nadie. Simplemente, eres... ¿raro?

—No soy raro —recalcó Jay, ofendido—. En su momento investigué mucho y hay mucha gente que se siente así.

—Bueno, todo el mundo tiene derecho a sentirse confundido.

—¿Confundido? ¡No es eso!

—Venga ya, ¿cómo no te va a gustar nadie?, ¿eres un robot o qué?

—No he dicho que no me guste nadie, es que la parte más física no me llama la atención.

—Entonces, no te gusta. —Mi conclusión fue muy clara—. Pero no pasa nada, ya se te pasará. No te agobies.

En mi cabeza había sonado maravilloso, pero la traducción a la realidad fue un poquito más fea. Más que nada, porque Jay se quedó mirándome como si acabara de darle una patada en el abdomen. No supe qué hacer al respecto. Y entonces se encerró en su habitación. Ni siquiera volvió a hablarme, aunque no lo necesité para saber que la había cagado. Vaya.

Papá apareció un poco demasiado tarde. Lo hizo cuando yo estaba sentada en el sofá reflexionando sobre mis decisiones vitales. Venía del patio de atrás, todavía empapado, y tenía una bolsa de patatas en la mano.

—Tu tío Mike dice que os ha oído discutiendo —comentó—. ¿Va todo bien o tengo que ponerme a repartir castigos como un ninja?

—Va todo perfectamente, papá. Gracias por tanto.

—Oye, menos ironías con tu entrenador.

Bueno, vale, él no tenía la culpa de nada.

—Ve a hablar con Jay —sugerí—. Él es quien sigue enfadado conmigo.

—¿Qué le has hecho?

—¿Por qué asumes que he sido yo?

Papá se metió lentamente una patata en la boca y la masticó para generar el máximo ruido posible.

—Vale, lo pillo —murmuré—. Puede… que haya sido yo.

—Vamos por buen camino, pequeño saltamontes. ¿Qué has hecho?

—Pues… me ha contado una cosa y creo que se ha enfadado porque no me lo he tomado muy bi…

—¿Habéis hablado de relaciones y le has dicho que ya se le pasaría?

—¡No ha sido exactamente así!

Papá era el único que no disimulaba cuando se planteaba si lanzarme algo a la cabeza. Me lanzó una patata que rebotó contra mi frente.

—¡Mal! —exclamó con el ceño fruncido.

—¡Papá!

—Mira, ahora no tengo tiempo para darte una clase sobre aceptación sexual ajena, porque tu hermano necesita una charla, pero, Ellie… —Suspiró otra vez—. Cuando alguien nos cuenta una cosa, no siempre busca una opinión ajena. A veces solo busca apoyo y aceptación. Lo entiendes, ¿verdad?

Todavía cruzada de brazos, clavé la mirada en el suelo. Quería estar enfadada —no sé por qué—, pero solo me salía estar avergonzada —y sí que sé por qué.

—Vale —accedí—. Supongo que debería subir a…

—No, déjamelo a mí —pidió enseguida—. Danos un rato de margen, ¿vale? Yo me encargo.

Finalmente, subió las escaleras.

11

Nuestro tío el roquero

Jay

No puedo explicar con palabras la alegría de tío Mike cuando le dije que iría a su concierto con unos amigos. Estaba fuera de sí. Estaba entusiasmado. Estaba… histérico, básicamente. Y yo me sentía hundido, de nuevo, por mi conversación con Ellie.

Pero no quería que eso me impidiera disfrutar del concierto, así que me miré al espejo, me di una charla motivacional a mí mismo —en la que papá aportó bastante, debo admitir— y me arreglé un poco.

Y ahora me encontraba en una furgoneta con toda la banda y con tía Sue. Teníamos que pasar por casa de Nolan para recogerlo, tanto a él como a mis amigas. No estaba muy seguro de cuántas veces había dicho que no hacía falta, que ya iríamos nosotros a nuestro ritmo. Tío Mike no quiso oír hablar de ello, así que ahí estábamos.

Admito que me sentía nervioso. Especialmente cuando vi que los tres nos esperaban en la callejuela de Nolan y Di. El primero vestía su camisa blanca con cisnes azules fumando, como el primer día. La segunda, un vestido negro y corto, y Lila, unos pantalones anchos y un top que tenía que estar cortándole la respiración. En otra ocasión no me habría fijado tanto en sus ropas, pero en esa sí. Y solo para saber que yo me había arreglado demasiado. Llevaba unos vaqueros y una camisa blanca. Mala idea.

—¡Subid, patitos! —exclamó Lauren al abrir la parte trasera de la furgoneta.

Era el único que estaba ahí atrás, aparte de tío Mike, así que nos apartamos un poco para dejarles espacio. Nolan vino directo a sentarse a mi lado, mientras que mis dos amigas se sentaron en el lado opuesto, junto a mi tío.

—Qué pasada —murmuró Lila, mirando alrededor—. ¿Estos son los instrumentos del concierto?

—Algunos —comentó el de los *piercings*, que conducía—. Otros están ya en el recinto.

—Mi guitarra siempre va conmigo —añadió Lauren.

Di estiró el brazo para tocar el instrumento, y su dueña le dio un golpecito en el dorso de la mano. Avergonzada, volvió a su lugar.

Nolan era el único que no había dicho nada, y eso resultaba muy raro. Le eché una ojeadita desconfiada.

—¿No vas a hacer ningún comentario?

—¿Cómo cuál?

—No sé. De mi ropa, por ejemplo.

—Podría, pero estoy pensando por dónde quiero empezar.

Todos nos estaban observando con curiosidad. Tía Sue, desde el asiento del copiloto, la que más.

—¿Qué rollo raro tienen estos dos? —le preguntó a tío Mike.

—¿Y yo qué sé? No le pregunto tantas cosas.

—Pues muy mal.

—No es ningún rollo raro —masculló—. Es un… acuerdo.

—¿Qué le pasa a tu familia con hacer acuerdos raros? —protestó ella, divertida—. Tus padres hicieron uno y lo siguiente que supe era que iban a casarse. Espero que no sigáis sus pasos, que sois muy jóvenes.

Mientras yo me quedaba pálido, Nolan empezó a reírse con despreocupación. Intentó cogerme la mano, pero la aparté de golpe. Incluso me arrastré un poco más lejos de él, dejando claro lo que pensaba de aquella declaración. Pese a que continuó mirándome, no dijo nada más.

Llegamos al recinto diez minutos antes de que el concierto empezara. Por lo que tenía entendido, no era tiempo suficiente como para prepararse. A nadie pareció importarle. Según tío Mike, «Un roquero siempre llega un poco tarde y su público lo entiende». Yo no estaba tan de acuerdo, pero no quise mencionar nada.

Nos había conseguido entradas en la grada, pero Nolan quiso cambiarlas por unas que nos permitieran acceder a la pista. La perspectiva de meterme en la masa de gente saltarina no se ajustaba a mi escenario ideal, pero supuse que lo hacía, precisamente, por eso. Lo confirmé nada más me guiñó un ojo.

Hay que reconocer que me cae bien.

Como todo el mundo ya estaba presente, tuvimos que abrirnos paso entre la gente para llegar a algún lugar mínimamente aceptable. Fue tarea de Lila, que le alcanzó la mano a su novia y empezó a apartar a la gente. Nolan me ofreció una mano, pero la rechacé y las seguí sin más. Él se encogió de hombros, poco afectado.

Una vez en una zona relativamente cercana al escenario, Nolan intentó decirme algo que no acabé de entender. Tuve que acercarle la oreja para oírlo.

—¡Quiero que nos cambiemos las camisas! —repitió.

Lo entendí, pero a la vez no quise hacerlo y lo miré con confusión.

—¿Ahora?

—¡Sí!

—¿A-aquí…?

—¿Qué más da? ¡Todo el mundo está centrado en el escenario!

—¡Me da…!

—Vergüenza, lo sé —dijo con diversión—. ¡Por eso hay que hacerlo! ¿O ya vas a echarte atrás?

Quise decir que sí. Y la parte racional de mi cerebro lo reconocía como lo más prudente.

No sé si fue por la discusión de esa tarde o porque, simplemente, no me apetecía seguir poniéndome límites. La única conclusión que saqué fue que, de pronto, me dejó de apetecer negarme a todo. Determinado, empecé a desabrocharme botones de la camisa blanca.

Nolan enarcó una ceja, con interés. Estaba seguro de que una parte de él se pensaba que no iba a aceptar, pero se equivocaba. Acabé de liberarme de los botones bajo su atenta mirada. Me puse un poco nervioso, pero curiosamente no me desagradaba del todo. Entonces, él se quitó la suya y me la ofreció. Los cisnes fumadores me juzgaron un poco con la mirada.

—También puedes quedarte sin camisa —comentó Nolan con diversión.

—No te pases.

Empezó a reírse a la vez que se ponía mi camisa. No pegaba nada con sus pantalones desgastados y su pelo rubio y enmarañado, pero no pareció importarle. A mí tampoco me iba demasiado la de los cisnes, aunque tampoco me molestó especialmente.

—¿Ya está? —pregunté.

—Por ahora, sí.

—¡Qué guapo, Jay! —exclamó Lila entonces, con una gran sonrisa—. ¡Los colores te quedan superbién!

—Son cisnes fumando, Lila.

—¿Y quién dice que no puedan tener un color bonito?

De mientras, Di le pasó un brazo por encima de los hombros a su hermano y le dijo algo al oído. Nolan escuchó con atención y esbozó media sonrisa de despreocupación. Cuando su mirada fue a cruzarse con la mía, yo la aparté con rapidez.

Por suerte, justo en ese momento empezó el concierto. Estiré el cuello para ver mejor a la banda de mi tío, que apareció en el escenario sin siquiera anunciarse. No necesitaban ni teloneros. Fueron directos al grano. Y al público no debió de importarle, porque se pusieron a gritar como locos. Ver a tanta gente y tan distinta gritando por tío Mike me resultó un poco raro, pero a la vez divertido.

De pie en medio del escenario, ni siquiera se molestó en presentarse. Simplemente pilló el micrófono, le quitó el pie de una patada y se puso a dar saltitos. El batería empezó a tocar casi a la vez, y pronto se les unió Lauren con el bajo. Tío Mike profirió gritos que parecían de agonía, pero que, al parecer, formaban parte de una canción; el público se volvió loco cantando.

Y… así empezó el concierto.

Nunca había estado en uno, así que la sensación fue un poco rara. Me sorprendía que la gente se implicara tanto. Gritaban, reían, lloraban, cantaban a todo el volumen que sus pobres pulmones les permitían…, incluso había un grupito cerca de la valla con camisetas de la banda. Nunca había visto algo así. Me hizo sentir orgulloso de tío Mike, y a la vez fascinado por el fenómeno en sí.

Mientras estaba admirando lo que sucedía alrededor, Nolan me dio un codazo y empezó a reírse.

—¡Parece que estés en medio de un museo, tío!

—¡Que no me llames…! —Me detuve a mí mismo y puse los ojos en blanco—. Voy un momento al baño.

—¿Ahora? —preguntó Diana, que junto a Lila lo estaban dando todo y ya goteaban por el sudor—. ¡Te vas a perder lo mejor!

—Creo que lo soportaré. ¡Ahora vuelvo!

En realidad, no necesitaba ir al baño. Solo me estaba agobiando por la cantidad de gente que me rodeaba, quería un pequeño respiro. De alguna manera, conseguí apartarme de la masa y encontrar un pasillo que parecía guiar hacia una salida. Por algún lado estarían los baños, ¿no? No se me ocurrían muchas otras posibilidades.

Por suerte, encontré una puerta con el signo correspondiente. Con una sonrisa de alivio, la empujé con fuerza y entré en una pequeña sala. Casi deseé no haberlo hecho. Era un baño, sí, pero los cubiletes no tenían puerta, había pintadas por todas partes, el espejo estaba lleno de pegatinas y, por supuesto, la gente que esperaba allí no me gustaba demasiado. No por su aspecto, sino por la manera en la que se reunían en circulitos y se decían cosas en voz baja. En mi mundo, eso no era muy buena señal.

Pasé de ellos y me metí en uno de los cubiletes sin puerta. En cuanto salí y fui a lavarme las manos, vi que alguien me estaba observando. Era una chica de pelo largo y cara muy bonita. Me sonrió de medio lado y se sentó justo al lado del lavabo que estaba usando yo.

—Hola —dijo, simplemente.

Le eché una ojeada, ya medio en pánico. ¿Por qué me hablaba a mí?

—Hola…

—Me gusta mucho tu camisa.

—No es… —Me detuve, de nuevo, a mitad de la frase. No. Por un día, me apetecía ser una persona divertida. Levanté un poco la barbilla, muy orgulloso—. ¿Verdad que sí? A la gente no le gusta, pero creo que hay que ser un poco original.

—Me *encanta* la gente original.

Me reí un poco y ella me siguió. Lo único que no entendía era por qué continuaba mirándome. Y menos, de esa manera.

Espera, ¿estaba ligando conmigo?

Qué flecha eres.

Parpadeé, pasmado. ¿Qué podía interesarle de mí a una chica como ella? Lo único mínimamente llamativo era mi camisa. Solo cabía la posibilidad de que supiera que Mike era mi tío, pero no había forma humana de que lo hubiera descubierto. ¿Igual se aburría?, ¿o quería poner celoso a alguien?

¿Igual le interesas, simple y llanamente?

No, imposible.

Como si quisiera confirmar mis sospechas, se inclinó un poco hacia delante y ladeó la cabeza. Nervioso, intenté no echarme hacia atrás.

—¿Vas a ir a la fiesta de después? —preguntó.

Me gustaron sus ojos oscuros. Eran muy bonitos.

—Eh…, sí, supongo.

—¿Supones? —repitió, divertida—. Yo voy a ir.

—Ah, pues…, um…, supongo que yo también iré.

Mi ataque de nervios pareció gustarle, porque me repasó de arriba abajo y pareció muy satisfecha consigo misma. Yo también lo estaba. No me podía creer que estuviera manteniendo una conversación decente con una desconocida.

—¿No vas a ver el concierto? —pregunté, intentando romper el silencio.

—Mis amigos no quieren ir.

—Oh, ¡puedes venirte con nosotros!

—¿Sí?

—Claro, siempre hay espacio para uno más.

—¿Y a ti te apetece que vaya?

—Sí, ¿por qué no?

Satisfecha, la chica se bajó de un saltito y dio la vuelta a mi alrededor. Yo todavía me estaba secando las manos en los pantalones. Cuando me volví, vi que me esperaba en la puerta. Estiró una mano hacia mí y, tras dudar, la acepté.

—Me llamo Rachel, por cierto —dijo a medida que nos acercábamos al ruido.

—Oh. Bonito nombre.

—¿Y tú?

—Jay. Jeremy, quiero decir. Pero Jay. Llámame Jay. Me gusta…, em…, más.

De nuevo, mis nervios le parecieron muy divertidos.

Rachel me condujo a la barra que había junto al concierto para pedirnos algo de beber. Los vasos llevaban grabado el nombre del grupo. Ella pidió cerveza, y yo, aunque no tenía que conducir, preferí optar por agua. Me gustó que no hiciera comentarios negativos al respecto.

Fue mi turno para guiarla de vuelta con los demás, así que hice lo mismo que ella y le ofrecí la mano. El gesto debió de gustarle bastante, porque esbozó una gran sonrisa y me siguió sin poner ninguna pega.

Nos unimos a mis amigos tras unos minutos, justo cuando tío Mike indicaba los acordes de una nueva canción. Supuse que era una de las más conocidas, porque todo el mundo se volvió loco. Incluso Rachel, detrás de mí, empezó a dar saltitos de la emoción y me dijo lo mucho que le gustaba esa.

—¡Chicos! —anuncié al llegar—. He logrado volver con vida.

—Ya era hor…

Nolan se cortó a la mitad de la frase. Especialmente cuando vio a Rachel junto a mí. Me sorprendió que, siendo tan alegre, su primera reacción fuera fruncir el ceño.

—Esta es Rachel. —La presenté con una sonrisa—. Es…, em…

—Su nueva amiga —informó ella, y se pegó a mi brazo con toda la confianza del mundo.

Lila parpadeó pasmada, y luego se acercó a saludarla. Diana también lo hizo, aunque un poco menos alegre. Nolan fue el último, también el único que no dijo nada. Si Rachel se dio cuenta de que eso había sido raro, no hizo ningún comentario al respecto.

Me gustó que se hubiera apuntado con nosotros, porque estaba animadísima. Me animó incluso a mí, que empecé a pasármelo bien sin siquiera ser consciente de ello. Daba saltos, gritaba en las partes del estribillo, me sujetaba de la mano y me obligaba a bailar con ella en los momentos indicados…, incluso hubo un instante en el que se me subió de un salto a la espalda para ver mejor y empezó a gritarle todo tipo de obscenidades a tío Mike, que nos señaló en medio del escenario y empezó a reírse.

Nolan no se lo estaba pasando mal, pero sentí que había cambiado la actitud desde que Rachel había entrado en escena. Movía la cabeza, cantaba algunos estribillos y se reía con su hermana y con Lila, pero más allá de eso, hacía pocos comentarios. Ni siquiera cuando le pregunté cuál era la siguiente lección quiso indagar demasiado.

Tanto movimiento me estaba haciendo entrar en calor y, con asco por mi propio sudor, di un trago a mi vaso de agua. Casi vomité al notar que era la cerveza de Rachel, que la recuperó con una risita y continuó bebiendo de ella.

—Vamos juntos a la fiesta, ¿no? —me preguntó al oído.

—¡Claro! ¿Por qué no?

Se encogió de hombros, divertida.

El concierto terminó poco después, y me fascinó lo rápido que se me había pasado. Me fui animando poco a poco y perdí la noción del tiempo. Tanto que, de pronto, nos estábamos dirigiendo a la discoteca que había junto al recinto; no sabía en qué momento nos habíamos alejado tanto del escenario.

—¿No deberíamos avisar a tus tíos de que estamos yendo a la fiesta? —preguntó Diana por el camino.

—¡Seguro que nos vemos ahí! —dije, alegre.

Ella intercambió una mirada con Lila, pero no dijeron nada.

Las luces de la discoteca no eran mi ambiente ideal y me marearon un poco, así que fui a la barra a por un poco más de agua. Rachel me acompañó, quiso pedir otra cerveza. En cuanto se hizo con el vaso, echó la cabeza atrás y prácticamente se terminó la cerveza de golpe. Yo la observaba, fascinado.

—¿Cómo haces eso? —pregunté.

—Oh, ¿te gustan mis habilidades? —insinuó con un guiño.

—¡Claro que me gustan! ¡Tienes que enseñarme a hacerlo!

Rachel empezó a reírse y sacudió la cabeza. Pidió otra al camarero. Yo eché una miradita atrás, en la zona de baile, donde mis amigos se habían metido y parecían pasárselo bien. Mi mirada se cruzó con la de Nolan, que me ofreció una sonrisa poco expresiva y volvió a lo suyo.

Y… me dolió. No entendía por qué, pero me había dolido. Y era una tontería, ¿eh? Ni siquiera había hecho algún comentario, tan solo había apartado la mirada. No entendía nada.

Me llevé una mano a la cabeza y traté de centrarme. La risa de Rachel me distrajo.

—¿Ya lo notas? —preguntó.

—¿Eh? —Quité la mano para verla mejor, aunque no lograba enfocarla por completo—. ¿El qué?

—¡La parte mágica de mi cerveza! —insistió con una sonrisa.

No entendía nada. Y aún menos cuando le trajeron la cerveza que había pedido, sacó algo del bolso y se lo echó en la bebida. Lo removió un poco para mezclarlo y luego le dio un buen trago. Yo la contemplaba con perplejidad.

—¿Qué…?

—Ah, ¿no lo sabías? —Rachel parpadeó confusa—. Pero ¡si he estado haciéndolo delante de ti todo el rato! Pensé que me habías quitado la cerveza porque tú también querías.

—¿Qué…? ¿Qué me he…?

—Polvos mágicos —insinuó con un guiño.

Oh, oh.

266

Estaba tan pasmado que no me dio tiempo a reaccionar. Rachel soltó una carcajada, bebió otro trago y me pilló de la mano para guiarme hacia la zona de baile. Me sorprendió que no siguiera a los demás. Se quedó un poco apartada y tiró de mí hasta que me tuvo delante. Después, me puso las manos en los hombros y sonrió ampliamente. Seguía pensando que tenía una cara muy bonita, pero ya no me ponía tan nervioso.

—¿Estás bien? —preguntó.

—Creo que sí.

—¿Y estás bien conmigo?

—Creo que… también.

Ella se rio, satisfecha.

—Mejor, porque creo que a tu amigo no le gusta mucho.

—¿A Nolan? Oh, no creo que…

—Jay, en esto hazme caso a mí. ¿Quieres que le demos un motivo para enfadarse de verdad?

Estaba tan confundido que no sabía ni a qué se refería. Me limité a encoger los hombros.

Intenté volverme para ver a Nolan y comprobar si, tal como ella decía, estaba enfadado. No lo logré. En cuanto hice un breve intento, Rachel me sujetó el mentón con una mano y volvió a girarme hacia ella. Y, de pronto, me estaba besando.

A ver, me habían besado alguna que otra vez…

Una, concretamente.

Bueno, daba igual. La cosa era que no se trataba de mi primer beso. No tenía un muy buen recuerdo de la primera experiencia. Más que nada, porque después de tantas expectativas románticas me di cuenta de que no era para tanto y que no sentía esas mariposillas de las que hablaba la gente. Creo que me desilusioné un poco.

Con Rachel tampoco sentí mariposillas, ni siquiera deseo. Pero sí que se sintió bien que alguien me besara. No era… desagradable del todo.

Ella se separó, me miró y tiró de mis brazos para rodearse a sí misma. Volvió a besarme, esta vez con más intensidad, y yo me dejé llevar sin saber qué otra cosa hacer. Su lengua me produjo una sensación curiosa en los labios, y no supe si pretendía que hiciera alguna otra cosa. Ah, y olía bien. De eso también me acuerdo.

Y lo digo porque, después de ese segundo beso, todo empezó a volverse borroso.

Ellie

Después de ver la furgoneta con los chicos y darnos cuenta de que quizá quedaba un rayo de esperanza dentro del equipo, consideré que sería un buen momento para que conocieran al nuevo entrenador.

Bueno…, me equivocaba.

En cuanto llegamos al gimnasio, todo el mundo se quedó plantado en la cancha. Papá nos esperaba con los brazos cruzados, un sombrero de su equipo favorito de baloncesto, un silbato colgando del cuello y una mirada muy seria. A su izquierda estaba nuestro antiguo entrenador, todavía con aquellos papeles en los que no escribía nada. A su derecha… Espera, ¿ese era Ty?

Vamos a necesitar más ayuda de la esperada.

Víctor fue el que más pasmado parecía. Me miró de reojo. Apenas nos habíamos hablado debido a la vergüenza posfotos, pero en ese momento me pedía explicaciones de forma telepática.

—¡Chicos! —anunció el antiguo entrenador, y apenas podía contener la sonrisa, el muy puñetero—. Tengo noticias. Muy duras, sí, pero tenemos que aceptarlas.

—¿Se va? —sugirió Eddie, esperanzado.

Oscar le dio un codazo.

—Me voy —confirmó el hombre, con un breve asentimiento—. Sé que es un momento muy duro para el equipo, pero os dejo en buenas manos. Os presento al padre de Ally, que se ha ofrecido a sustituirme. A partir de ahora, será vuestro entrenador.

Todo el mundo se volvió para mirarme. Yo enrojecí un poco. Ty sacudió la cabeza.

—Me temo que debo despedirme —continuó el señor.

Y, aunque pensé que iniciaría un emotivo discurso sobre cómo nos echaría de menos, al final se limitó a darle los papeles a papá y a sonreír.

—¡Hasta nunca!

Y… se fue.

Muy profundo.

El gimnasio se quedó en completo silencio y, a pesar de que todos nos quedamos esperando una reacción, papá tardó un buen rato en dárnosla. Dio una vuelta al bolígrafo entre sus dedos y, tras lo que pareció una eternidad, le pasó todo el material a Ty. Él lo recogió con un pequeño «Jum» de orgullo, fulminándonos con la mirada.

—Sé que hasta ahora apenas habéis tenido a alguien que os entrenara… —dijo papá, tan serio que me costaba reconocerlo.

Todo el mundo lo escuchó con atención.

—… Eso va a cambiar a partir de hoy. Nos queda poco verano por delante y muchos tendréis que iros en cuanto llegue septiembre, lo sé, pero eso no significa que no vayamos a aprovechar el poco tiempo que tengamos. A partir de hoy, se acabaron las excusas. Se acabó llegar tarde, las peleas, las discusiones y, sobre todo, saltaros días de entrenamiento. Queréis ser un equipo, ¿no es así? Pues empezaréis a comportaros como tal.

Después del discurso digno de comandante de película bélica, se paseó por delante de nosotros. Cada vez que miraba a alguien a los ojos, este se ponía mucho más recto. Ty iba detrás de él y soltaba soniditos de indignación a todo el mundo.

—Este es Tyler —añadió papá, señalando a su espalda—. Es el segundo entrenador, así que más os vale guardarle respeto.

—Eso, eso.

—Papá —intenté decir—, no creo que…

—Aquí soy tu entrenador, no tu padre —exclamó muy dramáticamente.

Tuve que contenerme para no poner los ojos en blanco.

—*Entrenador* —corregí—, nosotros ya nos hemos dado cuenta de que sin disciplina no llegaremos a ningún lado. De hecho, hoy hemos ido a ver la furgoneta con la que asistiremos a los partidos.

—En el desguace de mis padres —añadió Tad en voz muy bajita.

—Era una mierda —añadió Marco a su vez.

—Al menos tenemos algo —añadió Víctor por último.

Como si por ser la última persona en hablar se hubiera ganado un castigo, papá se plantó directamente frente a él. Víctor echó la cabeza un poco atrás, intentando disimular el pánico.

—Tú eres el capitán, ¿no es así?

—S-sí…

—Bien. Tengo mucha fe depositada en ti, así que no me decepciones.

—Lo intentaré, entrenador —aseguró con un hilo de voz.

Procuré no reírme.

—Así que habéis empezado a entrenar —comentó papá entonces, señalando al grupo entero—. Pues vamos a ponerlo a prueba, a ver de qué sois capaces. ¡En marcha, equipo!

Curiosamente, ese día eché de menos a nuestro antiguo entrenador.

No sabes lo que tienes hasta que lo pierdes.

El entrenamiento de papá era mucho más apropiado para el baloncesto que un puñado de juegos estúpidos, sí, pero… también se me hacía muy duro. Empecé a sentirme cansada a la media hora; para cuando llevábamos tres cuartos de clase, no podía más.

Cada vez que lo hacíamos mal nos ponía a hacer flexiones como castigo, y Tyler era el encargado de gritarnos que lo estábamos haciendo fatal. Lo vi, incluso, subiéndose encima de la espalda de Marco para gritarle que aplicara más fuerza. Si ese día no lo mataron, dudaba que lo intentaran en otra ocasión.

Papá no gritaba mucho, pero Ty lo hacía por los dos. Le salió el pequeño dictador que llevaba dentro y lo aplicó con puño de hierro. Papá era permisivo hasta cierto punto, y la verdad es que funcionaba, porque al final de la clase ya nadie se equivocaba en absolutamente nada. Y, aunque estábamos agotados, nadie se paró a descansar ni se quejó.

Cuando fuimos a ducharnos, el vestuario estaba en completo silencio. Al ver los ventanucos me di cuenta de que ya había anochecido. Habíamos entrenado mucho más tiempo del habitual. Y, de nuevo, me sorprendió que nadie se quejara.

Me sentía tan cansada que ni siquiera me molesté en esperar a que se ducharan los chicos primero, y tampoco eché una toalla para que nadie me viera. Los demás ni siquiera se acercaron a la ducha. El único que podía verme era Tad y estaba ocupado apoyando la frente a la pared de la ducha. Casi le di en el hombro para ver si seguía vivo.

Arrastrando los pies, entré en el nuevo despacho de papá. Él alzó la mirada y me sonrió. Ty, a su lado, me fulminó con la mirada.

—¿Qué tal, Ellie? —preguntó el primero, tan tranquilo—. ¿Cansada?

—¿Que si estoy cansada? ¡Casi nos matas!

—No será para tanto.

—¡Papá, has sido muy duro!

—Necesitáis a alguien que sea duro. ¿O no querías entrenar de verdad?

La pregunta me pilló un poco desprevenida. Ty sonrió con satisfacción y lo fulminé con la mirada. Puñetero mocoso.

—¿Y qué pinta Ty aquí? —quise saber.

—En todos los equipos hay un entrenador tranquilo y otro agresivo. Además, le viene bien salir un rato de casa.

—Vale, Ty es agresivo, pero ¡tú no eres tranquilo!

—Y tú necesitas ser más eficiente, para eso estoy aquí. —Papá me guiñó un ojo, para nada arrepentido—. Si hoy te lo has pasado bien…, verás mañana.

—¿Qué quieres decir con eso?

—Tenéis una furgoneta que arreglar, ¿no? Pues me parece una buena forma de entrenar y, a la vez, crear un poco de lazo entre vosotros. Que vaya si os hace falta.

Mientras Ty soltaba una risita malvada, yo deseé que se abriera un agujero en el suelo y me tragara.

—Ya podrías haberte traído a Jay… —murmuré.

—Oh, está en un concierto con tus tíos.

—¿Jay?, ¿en un concierto? —No pude evitar el bufido de burla—. Seguro que se muere del aburrimiento.

Jay

—¡¡¡SOY LA PERSONA MÁS FELIZ DEL MUNDO!!!

Mi sonrisa disminuyó un poco y dejé de balancearme en la barra metálica. Pese a que todo el mundo me aplaudía, Nolan no parecía demasiado impresionado con mis movimientos. No entendía nada. ¿No se suponía que era él el divertido?

Pese a no recordar el momento en el que me había subido al escenario de la discoteca, me lo estaba pasando en grande. En algún momento había confesado a todo el mundo que mi tío era el del micrófono y los chillidos, y la gente se había vuelto loca. Tío Mike, al fondo de la sala, había levantado los pulgares con mucha alegría. Luego había vuelto a centrarse en su conversación con tía Sue.

En algún momento se habían acercado a hablar conmigo. O eso me parecía recordar, al menos. Ella estaba preocupada y él intentaba tranquilizarla diciendo que una borrachera se pasaba rápido. Yo solo recordaba haberme reído a carcajadas.

—¡Baja de ahí de una vez! —chilló Lila.

Miré abajo. Ella, Diana y Nolan me esperaban a los pies de la plataforma del escenario. Parecían enfadados, por algún motivo. Hice un puchero.

—¿Por qué?

—¡Porque te vas a caer! —dijo Diana, ahora con el ceño fruncido—. ¡Venga, baja de una vez!

—¡Es que me lo estoy pasando bien!

—¿No puedes pasártelo bien en el suelo? —sugirió Lila—. Es muy divertido, ¿lo ves? ¡Mira lo bien que me lo paso en una zona segura!

—No pareces muy divertida. Y él menos.

Eso último lo dije señalando a Nolan, que entrecerró los ojos. No recordaba ninguna vez en la que hubiera estado tanto tiempo sin sonreír y, aunque igual debería preocuparme un poco, en realidad me pareció muy divertido. Su cara seria era toda una revelación. ¿He mencionado que se le formaba una arruguita entre las cejas? Al menos, cuando se enfadaba. Ahora la tenía. Eso me sonsacó una sonrisa.

—Baja de una vez —dijo simplemente—. Antes de que te mates.

—Qué aburrimiento, de verdad.

De todos modos, me apoyé con una mano en el escenario y bajé de un salto. Fue tan repentino que casi me caí de morros al suelo, pero Nolan me sujetó a tiempo. En cuanto encontré su cara frente a la mía, solté una risita y me aparté de él. Seguía enfadado. Y lo estaba desde que me había besado con Rachel, quien, por cierto, ya se estaba enrollando con otra persona por ahí, en el lado opuesto de la discoteca.

¡Mejor! ¡Había que ser felices, daba igual con uno o con otro!

No te reconozco.

—Vamos a por algo de beber —sugerí con una gran sonrisa.

—¡De eso nada! —saltó Lila enseguida—. Agua y ya está.

—¡Si hasta ahora solo he bebido eso! Ni una gotita de alcohol.

—Venga ya —murmuró Di—. Entonces ¿por qué vas borracho?

—No voy borracho. He tomado… —bajé la voz, muy serio, y ellos se inclinaron hacia mí a la vez— … polvos mágicos.

La información tardó un instante en llegarles al cerebro. Me lo imaginé como un rayo de corriente recorriendo un cable y se me escapó otra risita divertida. Ah, qué bonita era la vida cuando no me preocupaba ni lo sobreanalizaba todo…

Nolan me observó unos instantes, entonces se volvió hacia su hermana.

—Está colocado.

—Vaya, gracias, no lo había entendido.

—No lo pagues con él —pidió Lila—. Deberíamos volver a casa, chicos.

—¿Qué? —pregunté, pasmado—. Pero ¡nos lo estamos pasando genial!

—*Tú* te lo estás pasando genial —aseguró ella—. Nosotros no, Jay.

Sus palabras me dejaron de piedra. Espera, ¿no se lo estaban pasando bien? ¿Les estaba arruinando la noche? Pero… ¡yo no quería eso!, ¡quería que lo pasáramos bien todos juntos!

No sé muy bien qué veía en mi expresión, pero Nolan no dejaba de observarme. Y algo debió de entender, porque sacudió la cabeza.

—No —dijo—. Vosotras podéis quedaros. Nos vamos nosotros dos.

—¿Ah, sí? —preguntamos los tres a la vez.

Eso me provocó otra risita.

—Sí —dijo, determinado—. Venga, pasadlo bien. Yo tengo que volver pronto de todas formas, que mañana trabajo.

—Con mi yaya —expliqué.

—Exacto.

Diana no parecía demasiado convencida y se alejó para hablar con su hermano. De mientras, Lila se acercó a mí y me soltó un discursito sobre el bienestar. Apenas la escuché; estaba más pendiente de la canción que sonaba, me gustaba. Rachel pasó por nuestro lado y me saludó con alegría. Le devolví el saludo con la misma sonrisa alegre.

Nolan volvió a aparecer justo en ese momento y, aunque me dijeron algo más, yo solo noté que me tiraba de la mano. Me dejé guiar sin muchas preocupaciones. Ni siquiera cuando me llevó directo con mis tíos.

—Me lo llevo a que le dé el aire. —Oí que explicaba de forma bastante evasiva.

Tía Sue se aproximó a mí y me sujetó la cara con ambas manos. La movió de un lado a otro y de arriba abajo. Menos mal que no le vomité encima.

—Ah, la primera noche de fiesta —concluyó—. Divertirse es bueno, Jay, pero no hay que pasarse.

—¡Deja que se pase, que es joven! —exclamó tío Mike por ahí atrás—. Que se pille una pequeña borrachera.

—Sí, sí…, una borrachera. —Nolan carraspeó y, de nuevo, tiró de mi mano—. Después lo acompañaré a casa.

Dijeron algo más, pero yo ya había dejado de escuchar. Lo siguiente que supe era que salimos de la discoteca e íbamos andando por la calle. Intenté seguir los pasos acelerados de Nolan, pero lo cierto era que se estaba volviendo un poco complicado.

—Em… —intenté decir—. Si no frenas un poco, no…

—No te caigas ahora, que es lo único que nos falta para completar la noche.

—Oye, ¿estás enfadado conmigo?

Nolan me dirigió una miradita por encima del hombro. Con eso lo dijo todo. Indignado, dejé de andar. Él intentó tirar de mí, pero mi fuerza de voluntad era mayor que la suya y terminó deteniéndose a mi lado. Como vi que no se daba la vuelta, tiré de su mano para que me mirara. Lo hizo, pero a regañadientes.

—¿Qué te pasa? —pregunté directamente—. Dijiste que había que perder un poco el control.

—Un poco, Jay. Esto es demasiado. ¿Te has visto a ti mismo?

—No. Es un poco difícil que me vea a mí mismo, ¿no? Tengo los ojos encajados en el cráneo, no puedo sacarlos.

Era una broma, pero no le hizo demasiada gracia. De hecho, enarcó una ceja.

—Qué aburrido estás —protesté—. Pensé que serías una persona divertida con la que salir de fiesta, ¿eh?

—No estoy aburrido, estoy preocupado. Ni siquiera sabes lo que te has tomado. Todo necesita un límite, tío.

—O sea, que en la segunda clase ya he superado a mi maestro —expliqué con retintín—. ¿Eso quiere decir que estoy aprobado?

—Eso quiere decir que beber de ese vaso ha sido un error.

—No hay errores, solo elecciones. Tú mismo lo dijiste, ¿no?

Y pese a que seguía enfadado, se le escapó una pequeña sonrisa. Yo se la devolví, muy divertido, y tiré de su mano hacia mí. Nolan se dejó de mala gana, aunque siguió manteniendo un pasito de distancia entre nosotros. Traté de que se acercara un poco más, pero no se dejó.

—Creo que me caes mejor de lo que pensé al principio —admití.

Su ceja volvió a dispararse hacia arriba; esta vez, con más interés.

—No me digas.

—¿Sabes qué? Que creo que eres mucho más maduro de lo que dejas entrever.

—No sé si eso es un cumplido o un insulto.

—Es un cumplido, idiota. No sé nada de tu familia, pero, por lo poco que vi, eres el adulto responsable que está con ellos. Y eso requiere mucha madurez.

Ahí se quedó sin palabras. Nolan abrió la boca y volvió a cerrarla, confuso. Pocas veces lo había visto sin nada que decir, y eso me dejó muy satisfecho.

Además, en esa luz no estaba nada mal. Era la luz de una farola cualquiera, sí, pero me gustaba la forma en que creaba pequeñas sombras bajo sus facciones y… Oh, no. Estaba demasiado colocado como para analizarlo. La única conclusión era que no me desagradaba.

—No sé si es para tanto… —murmuró al final.

—Nadie aprecia lo que hacemos los hermanos mayores —aseguré con una mueca—. En mi caso, tampoco lo hacen. Ty solo me busca cuando me necesita y luego dice que quiere estar solo. Y en cuanto a Ellie…, uf, ¿por dónde empezar? Nació siendo independiente de todo el mundo. Y así continúa. Por mucho que intento mantener con ellos la relación de cuando éramos pequeños, ambos pasan de mí.

—Es que las relaciones cambian, Jay. No puedes pretender que todo siga igual para siempre.

Sus palabras hicieron que aflojara un poco mi agarre. Su mano, de todas formas, no se separó de la mía. Agaché la cabeza.

—Pero a mí me gustaría que todo fuera como antes —dije en voz baja.

—Ya, pero… las cosas no siempre son como queremos, ¿no?

—Pero es que antes era todo tan… fácil.

Suspiré y, sin saber por qué, noté que se me llenaban los ojos de lágrimas. Agradecí que estuviera colocado, porque de otra manera me habría muerto de la vergüenza. No quería llorar delante de Nolan. Me parecía humillante.

—Todo era muy fácil —dije de nuevo.

Él me observaba con comprensión. En esta ocasión, fue su turno para acercárseme. Me gustó la forma en la que puso una mano en mi mejilla. Hizo que el momento se volviera más íntimo y que yo, por lo tanto, no me avergonzara tanto de mi reacción. Eso estaba bien.

—Sigue siendo fácil —aseguró en voz baja—. Aunque a veces no lo parezca.

Cualquier persona que pasara por nuestro lado solo vería a dos chicos, frente a frente, hablando en tono muy bajito. Para mí era mucho más. Cuando levanté la mirada y vi que mi nariz casi rozaba la suya, sentí algo muy distinto. No podía describirlo, solo sabía que no quería que se moviera.

Tragué saliva, tratando de encontrar las palabras. Él debió de darse cuenta, porque continuó hablando:

—A mí a veces también me supera, ¿sabes?

—¿A ti? Imposible.

—¿Por qué? ¿Porque siempre estoy sonriendo? —Soltó un bufido burlón—. No todo es lo que parece, tío.

—¿Tus padres…? —intenté preguntar, aunque no supe cómo seguir.

Él esbozó la sonrisa más amarga que le había visto.

—Mi padre nunca ha estado, y mi madre está, pero ausente. Llega de trabajar, cena algo que espera que yo haya preparado y se va a dormir. Y siempre espera que yo lo haga todo. Yo. Siempre yo. A los quince años me di cuenta de que el dinero que ella traía no era suficiente, y que a mitad de mes la despensa quedaba vacía. Una de mis hermanas iba a casa de mis vecinos a pedirles comida como si fuera limosna. Fue la primera vez que decidí buscar trabajo.

—¿Y lo encontraste?

—Sí. Y de varias cosas, además. Estuve una temporada limpiando platos en un restaurante, luego, de botones en un hotel… Cuando mi abuelo se puso enfermo, tuve que dejar el instituto porque no tenía tiempo para todo. Cuando murió, una de nuestras vecinas me pidió ayuda con su madre a cambio de una paga. Y desde entonces comprendí que me gusta ayudar a la gente. Hace que me sienta… bien, de alguna manera. Completo. Así que he seguido en esa línea desde entonces.

Era una frase que, pese a que resultaba dolorosa, también me parecía familiar. Esbocé una pequeña sonrisa triste.

—Siento haberte juzgado cuando apareciste en casa de mi abuela.

—No pasa nada.

—Sí que pasa. Deja que me disculpe.

Él se rio entre dientes y, para mi sorpresa, me colocó la mano en la nuca. Noté que dibujaba un círculo invisible entre mis mechones de pelo. Era… agradable, de forma extraña. Y parecía un movimiento inconsciente, porque Nolan apoyó la frente en la mía y cerró los ojos. Yo no me permití hacerlo. No quería perderme un solo detalle, y eso que lo veía borroso.

—A veces…, siento que no puedo más —añadió en voz baja—. Te pasas la vida cuidando a los demás, y de pronto te das cuenta de que nunca te has cuidado a ti mismo; nunca te has parado a pensar en quién coño eres, o qué buscas, o qué quieres. Y te das cuenta de que has echado tu puta vida entera a la basura para ayudar a que los demás tuvieran la suya propia.

—No has echado tu vida a la basura, Nolan —dije enseguida—. Y… ¡eres la persona más determinada que conozco! Si acepté estas clases fue porque quería ser más como tú.

—¿Cómo yo? No tienes ni idea…

—Lo tengo más claro de lo que crees. Eres una buena persona.

Por algún motivo, al oír mis palabras abrió los ojos. No me miró a mí, sino que siguió con la mirada clavada en el suelo.

—No soy tan bueno como crees.

—Vale, pues no eres bueno. Eres malo. Terrible. Un asco de persona.

Eso sí que le sonsacó una risa, aunque no de las típicas. Nolan puso los ojos en blanco.

—Madre mía…, recuérdame que no salga nunca más de fiesta contigo.

—Creo que, si te lo pidiera, me dirías que sí otra vez.

—Creo que me preocupa la cantidad de cosas a las que te diría que sí.

Sonreí, bastante orgulloso de mí mismo, y traté de acercarme un poco a él. Para mi sorpresa, Nolan separó su frente de la mía.

Me miró, pero poniendo un poco de distancia entre nosotros. Estaba serio otra vez.

—Tienes una familia que te quiere —aseguró—. Puede que no lo demuestren muy a menudo, pero… deberías oír a tu abuela hablando de ti. No volverías a dudarlo.

—Sé que me quieren. El problema no es ese.

—¿Y cuál es?

—Pues que… —Dudé un momento, entonces fui yo quien aparté la mirada—. Si no me necesitan…, no sé cuál es mi función.

Esperé una regañina que no llegó. Nolan continuaba observándome con seriedad. Negó con la cabeza.

—¿Sabes qué es lo mejor de las familias? Que no necesitas una función. Tan solo necesitas estar presente. Y eso es suficiente.

No quería sentir lástima por él. Una parte de mí sabía que no era lo que buscaba. Sin embargo, me noté un nudo en la garganta.

—Siento que todo recaiga sobre ti, Nolan —murmuré.

—No pasa nada.

—Sí que pasa. —Busqué su mirada, pero él estaba evitando la mía—. Me gustaría que pudieras verte con mis ojos.

—Vaya, tío, no esperaba que esta noche tuviésemos una conversación tan profunda.

—Hablo en serio. Creo que no te das el valor que te mereces.

Nolan formó una pequeña sonrisa y por fin me miró a los ojos. Su pulgar seguía dibujando círculos en mi nuca. Y no necesité nada más.

Por primera vez en la vida, fui el que daba el primer paso. Por primera vez en la vida, intenté besar a alguien.

Y, también por primera vez en mi vida, fui rechazado.

Nolan echó la cabeza atrás justo a tiempo, y yo, paralizado, no pude hacer otra cosa que mirarlo. Había vuelto a apoyar la frente en la mía y ahora me sujetaba de la cintura. No se movió. Y, aunque apretó la mandíbula y pareció lamentarlo, acababa de rechazarme.

Cuando se separó, me miró a los ojos. Fue la primera vez que me transmitieron tristeza.

—Volvamos a casa.

No pude hacer otra cosa que dejarme llevar.

12

Trabajo en equipo

Ellie

A la mañana siguiente, puntuales como un reloj, todos esperábamos junto al desguace de los padres de Tad. Todos... menos el propio Tad.

Habíamos llegado a las ocho en punto y, aunque Víctor había venido con nosotros, apenas habíamos intercambiado una palabra. Desde las fotos, solo nos comunicábamos por mensaje. Y era curioso que, pese a las cosas medianamente bonitas que nos decíamos, en persona fingiéramos con tanto descaro que no existíamos.

Intenté centrarme en los demás. Oscar esperaba junto a nosotros con las manos en los bolsillos, Marco musitaba para sí con impaciencia y Eddie intentaba escalar la valla. Papá se llevó una mano a la frente, cansado. Ty lo observaba todo como si se tratara de un espectador divertido.

—¿Dónde está Tad? —exclamó Eddie, a medio camino de conseguir su objetivo—. ¡¡¡Quiero ver la furgoneta!!!

—¿Todavía no ha llegado? —preguntó papá, y miró la hora con desaprobación—. Vaya, vaya. Alguien llega tard...

—¡Aquí estoy! ¡Perdón, perdón!

Todos nos volvimos hacia la entrada del desguace, donde Tad se acercaba corriendo. Como daba saltitos, el flequillo le rebotaba contra la frente y le tapaba los ojos cada dos segundos. Estuvo a punto de matarse, por lo menos, tres veces.

Al alcanzarnos, abrió la valla desde dentro para dejarnos pasar.

—Ya era hora —comentó Marco, poco impresionado.

Oscar, que estaba detrás de él, hizo como si le disparara con dos dedos. En cuanto Marco lo miró de reojo, se apresuró a esconder la mano.

Tad nos condujo entre los caminitos de vehículos medio destrozados con una gran sonrisa, muy orgulloso de haber aportado algo útil al equipo. Llevábamos ya un buen rato andando cuando por fin se detuvo delante de un vehículo que habían apartado del resto. Se trataba de una furgoneta pequeñita pero ancha y cubierta de suciedad. Tad se plantó junto a ella con una gran sonrisa y la señaló.

—¡Os presento nuestro transporte oficial! —exclamó con alegría—. Sé que ya lo habíais visto, pero… ¡ahora está un poco más limpio que ayer!

Silencio.

—Sigue sin ruedas —señaló Marco, con una ceja enarcada—. Y cubierta de suciedad.

—Bueno, ya os dije que habrá que retocarla un poquito…

—A mí me gusta —opinó Víctor. Era lo primero que decía desde que habíamos bajado del coche—. Y no tenemos presupuesto para nada más, así que tendrá que servir.

—Exacto… —dijo papá.

Y Víctor pareció muy orgulloso de tener su aprobación.

—… Todos los comienzos son difíciles. Deberíamos estar agradecidos de que, por lo menos, tengamos la furgoneta —añadió, mirando a Marco.

Este enrojeció un poco y se cruzó de brazos.

—Espera. —Oscar alzó las manos, alarmado—. ¿Eso significa que tenemos que limpiarla… nosotros?

—¿Ves a algún otro voluntario? —preguntó Ty.

—¿Cuándo es el primer partido? —intervino Eddie.

Todos nos volvimos hacia Víctor, que se rascó la nuca e hizo una mueca.

—Em…, pasado mañana.

—Es decir, que tenemos que arreglarla en menos de veinticuatro horas. —Marco se volvió a cruzar de brazos.

—Y también necesitamos tiempo para entrenar para mañana —señaló papá, muy serio.

Oscar seguía escandalizado.

—¡No pienso limp…!

—¿Podéis dejar de quejaros tanto? —protesté, airada, y me acerqué a Tad—. A ver, ¿dónde tienes las esponjas? Acabemos con esto.

Papá asintió con aprobación. Incluso me pareció que Ty sonreía un poco.

Todo un logro.

Media hora después estábamos todos manos a la obra. Eddie, Víctor y yo frotábamos el interior de la furgoneta —que estaba hecho un asco— mientras los demás pululaban por fuera. Tad correteaba de un lado a otro en busca de neumáticos que sirvieran, mientras que Oscar sujetaba la manguera con cara de aburrimiento y le quitaba la capa de suciedad exterior a la furgoneta. Marco se encargaba de la ardua tarea de abrir y cerrar el grifo del agua.

Quiero su trabajo.

Papá y Ty, por cierto, habían desaparecido en casa de los padres de Tad. Lo último que alcancé a ver fue que les daban vasitos de limonada con hielo.

Vale, mejor quiero el suyo.

No sé cuánto tiempo pasó ni cuánto froté, pero pronto empezaron a dolerme los brazos y la espalda. Y sudaba y resoplaba. Daba un poco de asquito.

—¡Oye! —chilló entonces Marco, asomado a la única ventanilla entreabierta—. ¡Que alguien intente encender el motor!

¿Y el «por favor», señorito?

Víctor, al ver que nadie se movía, suspiró y fue a sentarse ante el volante. Tenía la llave puesta, así que intentó arrancar el motor. La palabrota horrible de Marco y el chillido asustado de Tad indicaron que todavía no funcionaba demasiado bien.

Aproveché el momento en que Víctor esperaba ahí sentado para ir frotando cada vez más cerca de él. De hecho, acabé plantada a su lado y empecé a limpiar el volante. Cuando me miró con desconfianza, le sonreí con malicia.

—¿Te parece bonito estar aquí sentado mientras yo hago todo el trabajo? —lo acusé.

—Mucho, la verdad.

Sin una sola manía, extendí el brazo y estuve a punto de frotarle la cara con el trapo lleno de polvo. Él apartó la cabeza justo a tiempo.

—¡Oye!

—Ups, me he equivocado.

Y volví a intentarlo. Lo esquivó por un milímetro.

—¡Ellie! —protestó, esta vez con el ceño fruncido.

—Ah, ¿te molesta?

—¡Claro que sí!

—Pues más me molesta a mí que en persona no me hables.

No esperé una respuesta, sino que me moví para continuar frotando en el extremo opuesto de la furgoneta. Eddie estaba en uno de los asientos limpiando sin ganas y apenas nos prestaba atención. Al menos, hasta que Víctor frunció aún más el ceño y atravesó el interior de la furgoneta para plantarse a mi lado. Para disimular, se puso a frotar una ventana que ya estaba limpia.

—¿Me estás echando cosas en cara? —masculló—. ¿*Tú a mí*?

—Pues sí —murmuré sin mirarlo. Estaba ocupada frotando una mancha con toda mi furia.

—Te recuerdo que eres tú la que pasa de mí y a los diez minutos se pone a mandar fot… cosas raras.

Se cortó justo cuando Eddie empezó a afinar la oreja. Ahora fingía seguir limpiando, pero estaba segura de que no se perdía detalle.

—No parecían disgustarte mucho —dije entre dientes.

—Esta no es la cuestión.

—¿Admites que te han gustado, entonces?

—Esta sigue sin ser la cuestión.

—Me lo tomaré como un sí.

—Tómatelo como quieras.

Nos quedamos en silencio. Lo único que se oía era el «ñic-ñic» de los trapos contra el cristal y lo único que se notaba era la mirada cotilla de Eddie sobre nosotros. Entonces, Víctor rompió el silencio:

—Es que, sinceramente, ya no sé qué esperarme de ti.

—Pues mejor. La magia del misterio.

No dijo nada, y esa vez sí que lo miré. Su expresión era un poco confusa. Parecía casi… perdido. Enarqué una ceja.

—¿Qué?

—Nada —murmuró. Fue su turno para no mirarme.

—No, ¿qué?

—Ya te he dicho que nada.

—Vale, última oportunidad, porque no insistiré más… ¿Qué?

Víctor dejó de frotar la ventana limpia y suspiró. Tenía la mirada clavada al frente, pero sentí que no veía nada. Simplemente, estaba cavilando. Tardó un buen rato en hablar:

—¿Cómo puedes ser tan distinta en persona que por mensaje? —preguntó al final.

—¿Qué tiene eso de malo? Es divertido.

—Lo estoy preguntando en serio.

—Y yo estoy respondiendo en serio.

—No, Ellie. Siento que…, no sé. Me gustaría hablar contigo sin que nos pusiéramos a discutir. Y parece que solo lo conseguimos con los mensajes.

Torcí el gesto, contrariada. Y no por el motivo que podía parecer.

—¿Y qué tiene eso de malo? —pregunté—. Siempre hemos funcionado así.

Víctor me contempló unos segundos, como si no entendiera mi reacción.

—Entonces… ¿a eso aspiras?, ¿a discutir y luego hablar como si nada?

—A ver, si lo dices así… Parece que las fotos no te gustan.

—No estoy hablando de las fotos, Ellie. Estoy hablando de lo nuestro.

—¿Qué «nuestro»?

Lo pregunté por impulso. Un impulso muy desagradable. Supe que la había cagado casi al instante, la mirada de Víctor me lo confirmó. Supe que le había dolido; aun así tragó saliva e hizo de tripas corazón.

—Muy bien —dijo al final—. Pues nada.

—Oye, no te enfades, no es que…

—Déjalo, ¿vale?

—Oh, vamos, ¿ahora qué?, ¿vas a decirme que sigues enamorado de mí? —Solté una carcajada un poco rara, como siempre que me ponía nerviosa—. Eso estaba bien cuando teníamos quince años, pero ya somos mayorcitos para esas tonterías. Mejor ir directamente a la parte entretenida y dejar claro lo que buscamos, ¿no?

—Entonces ¿es eso a lo que aspiras? —preguntó, y me sorprendió lo alterada que sonaba su voz—. ¿Es todo lo que buscas de mí?

—¿El qué?

—¡Discutir todo el rato y luego tener *esas* conversaciones como si no hubiera pasado nada!

Parpadeé, confusa.

—Sí…, ¿tú no?

Víctor parpadeó, aunque de una manera muy distinta. Apartó la mirada, sacudió la cabeza y al final habló sin mirarme:

—No. No es lo que busco.

—¡Si es muy divertido!

—Será todo lo divertido que quieras, pero para mí no es suficiente.

—Espera…

—Seguro que tienes a mil candidatos dispuestos a ello, pero yo no funciono así. Lo siento, Ellie.

Y se apartó de mí. Ni siquiera me dejó volver a hablar. Lo observé, sorprendida, cuando se sentó de nuevo en el sitio del conductor.

A ver, podía hacerme una idea del motivo de su enfado. Una aproximada, al menos. Tampoco era la primera vez que teníamos una conversación de ese estilo, aunque normalmente estaba invertida; yo me arrastraba tras él, y él, probablemente, me decía que no quería nada serio con nadie. Aunque eso había sido en el instituto. Supuse que las tornas se habían invertido, pero tampoco entendía muy bien el porqué. Un mes atrás, tampoco me hacía mucho caso, ¿a qué venía esa reacción tan de repente?

Un poco más tarde, me froté las gotas de sudor de la frente. Ya casi habíamos terminado. La furgoneta seguía en un estado algo lamentable, pero por lo menos ya no se encontraba cubierta de polvo o sin ruedas. Además, habían conseguido arrancarla, todo un avance. Los seis la contemplamos desde fuera como si se tratara del mayor trabajo de nuestra vida.

—Bueno —dijo Oscar como si ya estuviera cansado de mirar en silencio—. ¿Ahora qué?

—Pues… a esperar para el partido, ¿no? —sugirió Tad.

Eddie seguía intercambiando miradas entre Víctor y yo, tratando de encontrarle el sentido a nuestra conversación.

Tampoco es que sea muy difícil, pero el pobre no es muy espabilado.

—¿«Esperar»? —repitió Víctor, que había vuelto a su yo de capitán a una velocidad alarmante—. ¡Hay que entrenar!

—¿Más? —Marco suspiró con agotamiento—. ¡No podemos aprender nada nuevo de aquí a mañana!

—No se trata de aprender nada nuevo, sino de mejorar lo que ya sabemos.

—Estoy de acuerdo —murmuré—. Hay que entrenar. Pap…
El entrenador lo ha dicho.

Lo normal habría sido que Víctor hiciera algún comentario al respecto, pero no. Ni siquiera me echó un vistazo. Simplemente se cruzó de brazos y se giró hacia la furgoneta.

Fue exactamente el detalle que necesitó el resto del equipo para mirarnos —ahora al uno, ahora al otro— sorprendidos.

—Tormenta en el paraíso. —Oí susurrar a Oscar con una risita.

En cuanto me di la vuelta, él y Tad dejaron de reírse de golpe.

—Antes han tenido una conversación un poco rara —contribuyó Eddie.

—No estamos aquí para hablar de eso —intervino Víctor, cuyas mejillas empezaban a enrojecer—. Estamos aquí para hablar de la furgone…

—¿Qué conversación? —preguntó Marco, interesado.

—A él no se lo digas —pidió Oscar a Eddie—, por cabrón.

—¡Oye!

—¿Podemos centrarnos? —sugerí con impaciencia.

Pero ya pasaban de nosotros. Eddie se tapó la boca con la palma de la mano, como si así fuéramos a entender menos sus palabras:

—Creo que el capitán quiere algo más y Ally le ha dicho que se vaya a la mierda —susurró.

—¡Eso no es verdad! —chillé enseguida, avergonzada—. ¡¡¡Y es Ellie!!!

—¿Ally lo ha rechazado? —remarcó Marco, con sorpresa.

—Que a ti no te hablamos, por puñetero —insistió Oscar.

—A ver —opinó Tad—, es todo muy precipitado.

—No tanto —intervino Eddie—. Se conocen desde hace muchos años.

—Ya, pero no es lo mismo.

—Yo creo que Ally debería decirle que sí —sugirió Eddie—. Así Víctor estaría animado para los partidos y ganaríamos más.

—¿Y si luego tienen problemas y nos perjudica? —sugirió Marco.

—¿Y si hacen cochinadas en el vestuario? —sugirió Tad.

—Yo apoyo esto último —sugirió Oscar.

Y entonces, justo cuando iba a gritarles que se fueran a la mierda, un chorrazo de agua hizo que todo el mundo se pusiera a chillar. Me aparté justo a tiempo y descubrí a Ty sujetando la manguera y lanzándoles agua a presión a todos ellos, que huyeron despavoridos.

—¡¿Quién os ha dado permiso para hablar?! —chilló en modo furia absoluta—. ¡¡¡Menos chismorreo y más jabón!!!

Jay

Fue curioso… porque no necesité abrir los ojos para saber que, en cuanto lo hiciera, me arrepentiría de absolutamente todo lo que había hecho la noche anterior.

Los recuerdos vinieron a mí como un fogonazo muy desagradable. El concierto, Rachel y sus ojos bonitos, Lila y Diana quedándose en la discoteca, Nolan… Uf, qué dolor. Cuando recordé la manera en que se echó atrás, quise hundirme un poco más en la miseria. Qué horror. Qué vergüenza.

A eso lo llamo yo «un bonito despertar».

Me estiré de forma automática en busca del teléfono, pero mi mano chocó de frente con un mueble… ¿puntiagudo? No entendí nada. Al menos, hasta que abrí los ojos. No reconocí absolutamente nada de lo que me rodeaba. Desde la cama individual en la que estaba hasta el mosquito que me absorbía vilmente la sangre. ¿Quién se había dejado la ventana abierta?, ¿yo?

El tiempo que tardé en llegar a la conclusión de que aquella no era mi habitación fue… un poco vergonzoso, la verdad. En mi defensa…, ¡nunca en la vida había tenido resaca! Las primeras veces nunca son las mejores, ¿no? Aunque esperaba no repetir.

La siguiente conclusión fue que debía de tratarse de la habitación de Nolan. Si no lo hubiera deducido a partir de los acontecimientos de la noche anterior, las fotos de las paredes me habrían dado una buena pista. Y es que estaban repletas. Había algunas de su infancia, otras de sus hermanos, otras de él conduciendo la moto amarilla —pero en ellas era mucho más joven, habría que comprobar su legalidad—, otras en las que aparecía con un uniforme de camarero… Me quedé contemplando alrededor como si acabara de descubrir una cámara secreta.

Como no tenía el móvil, no había forma de saber la hora. Mi única referencia era el sol, parecía que debíamos de estar rozando el mediodía. Mierda…

Se oían voces en la sala contigua, así que me animé y, sin atreverme a buscar un espejo, empecé a avanzar hacia la puerta. Cada paso me suponía un martirio. Qué horror. ¿De verdad había gente que se prestaba voluntaria a pasar por eso cada semana? Ya había que ser un poco sádico.

Abrí la puerta y me asomé un poquito. Lo justo y necesario para ver sin que me vieran. Fue un poco inútil, porque no había nadie. Las voces llegaban desde el salón y yo seguía en el pasillo. Uno con muchas puertas. Mejor no ponerse a investigar.

Llegué a considerar la posibilidad de saltar por la ventana e irme, presa del pánico, pero no sabía dónde estaban mi móvil, mis llaves o la cartera. También desconocía dónde había acabado mi camisa, porque aún llevaba la de los cisnes fumadores. Si se habían propuesto secuestrarme, desde luego, iban por muy buen camino.

Eso, positivos.

—Buenos días, Jay.

Nunca había entendido esa expresión de «Se me salió el corazón por la boca»…, pero en ese momento pude hacerme una pequeña idea de lo que se sentía.

Gio estaba de pie tras de mí. Acababa de salir del cuarto de baño y todavía llevaba el pijama puesto. Uno de ovejitas. De nuevo, pensé que a Ty le caería bien esa niña. No solo por el pijama, sino también por su mirada fija, intimidante y extrañamente neutral.

—Hola, Gio —murmuré con una voz arrastrada.

—Nolan está en la cocina.

—Sí, sí…, puedo oírlo.

Ella sonrió con cierta diversión y se encaminó hacia allí. No vi mucha otra opción que seguirla.

Efectivamente, su hermano se encontraba en la cocina. Y en esos momentos cocinaba. Salteaba el contenido de una sartén sin siquiera mirarla. Con la otra mano gesticulaba dirigiéndose a uno de sus hermanos. En esos momentos no estaba en condiciones de identificarlo, y menos con la poca información que tenía de cada uno.

De todos modos, no hizo falta. El hermano de Nolan se marchó irritado y nos dejó a solas con Gio. Ella pareció encantada porque acababa de conseguir el sitio que quería. Después de sentarse en la pequeña isla de la cocina, sonrió ampliamente a su hermano.

—Tengo hambre.

—Estoy en ello, Gio —aseguró Nolan.

Dejó de tener una mano libre porque se puso a abrir armarios como un poseso. Tras rebuscar un buen rato encontró unas galletas en forma de dinosaurio que le lanzó a Gio. Ella las atrapó tan tranquila y abrió uno de los sobres.

Nolan me vio antes de ponerse a rebuscar nuevamente, aun así no dijo nada hasta que su hermana estuvo distraída.

—Buenos días, Jay-Jay.

—Buenos… días.

Me echó una ojeada, pero enseguida volvió a centrarse en la sartén. Estaba en medio de un sofrito de cebolla y tomate y, honestamente, olía de maravilla. Intenté que no se me notara en la cara, pero fue un poco complicado. Él sonrió de medio lado.

—¿Tienes hambre?

—Um…, tengo más sed que hambre.

Noté un toquecito en el brazo. Matty, con la mirada todavía clavada en la consola que llevaba en una mano, me ofrecía una botella de agua con la otra.

—Oh, gracias.

Ni siquiera respondió, fue a sentarse junto a su hermana y colocó la consola ante él. Di un sorbito de agua. Dios, sabía a gloria.

—¿Primera resaca?

—¿Tanto se nota?

—Un poco.

Intenté forzar una sonrisa, pero al final me rendí a la evidencia y bebí agua otra vez.

Nolan seguía centrado en lo que cocinaba. Sabía lo que hacía, eso estaba claro. Me pregunté si el pastel que había visto unos días antes lo habría horneado él. Desde luego, a mi abuela parecía gustarle mucho su forma de cocinar. Era fascinante. El primer día me había parecido un desastre, pero cada vez que me despistaba, aparecía con una habilidad totalmente nueva.

—¿Qué hay para comer? —preguntó otro hermano que asomaba por ahí atrás. Para mí, todos eran versiones pequeñitas de Nolan.

—¡Pasta! —chilló Gio con la boca llena de cabezas de dinosaurio.

—Ah, genial.

Nolan no dijo nada. Acababa de echar carne picada al sofrito y lo mezclaba con rapidez. Todo lo hacía con rapidez. Con la mano libre, echó sal a la otra cazuela, llena de agua. Era una estupidez y no entendía por qué de pronto le daba tanta importancia a todo lo que hacía. Solo estaba cocinando. Pero estaba tan concentrado y lo hacía tan bien que no podía dejar de mirar.

Debió de volverse muy evidente, porque cuando aparté la mirada, Gio me estaba observando con una pequeña sonrisa. Incómodo, carraspeé y traté de desviar un poco la atención.

—¿Por qué nadie se sorprende al verme aquí? —pregunté en voz baja.

Nolan, de nuevo, esbozó media sonrisita.

—Están acostumbrados.

—¿A que chicos aleatorios duerman en tu cama?

Lejos de escandalizarse, aumentó la sonrisita.

—¿Cómo sabes que era mi cama?

—Las fotos.

—Ah, claro. —Se apartó un mechón de pelo rubio de un soplido—. No, no están acostumbrados ver a gente aleatoria saliendo de mi dormitorio. Saben quién eres.

—¿Yo?

—Viniste el otro día, ¿no? —Torcí el gesto, contrariado. Él se encogió de hombros—. No recibimos tantas visitas como para olvidarlas, Jay-Jay.

No sé por qué me sorprendió tanto. Quizá porque pensé que Nolan era de esas personas que cada día están con una distinta. ¿Un prejuicio totalmente infundado? Sí, lo admito. ¿Un error de juicio que me gustó? Eso no lo admitiré.

Sin saber qué otra cosa hacer, le pregunté si podía ayudarlo en algo. Nolan no quiso ni oír hablar del tema. De hecho, me apartó un poco de la sartén y siguió a lo suyo. Cocinar para tanta gente requería mucho material, pero lo cortaba todo a una velocidad sorprendente.

De mientras, yo apoyé la cadera en la encimera y me crucé de brazos.

—Gracias por…, em…, cuidarme anoche —murmuré—. Y por traerme hasta aquí.

—Oh, fue entretenido. Además, ¿se te ha olvidado nuestra conversación? Tú y yo vivimos para sentirnos útiles. No tienes por qué darme las gracias.

Vale, el humor del Nolan que conocía ya había vuelto. Curiosamente, esa vez me gustó. Cuando se dio cuenta de que yo sonreía, Nolan me observó por el rabillo del ojo. Intenté dejar de hacerlo, pero no me salió del todo bien.

Algo había cambiado, eso estaba claro. Era una posibilidad que ni siquiera me había planteado, pero… quizá Nolan me caía bien y todo.

Ajá.

Tras asegurarme de que Gio y Matty no nos prestaban atención, carraspeé. Nolan debió de entender que la situación se había tensado, porque dejó de cocinar por un momento y me prestó toda su atención.

—¿Todo bien?

—Sí. Es solo que…, em…, sobre la conversación de anoche…

Sus cejas se arquearon de una manera casi imperceptible. Fue la única señal que tuve de que ahora se sentía un poco nervioso. El único detalle.

—No tenemos por qué hablar de ello —aseguró.

—Pero…, em…

—De verdad, no hace falta.

—Las cosas no se solucionan sin hablar de ello. Solo quiero disculp…

—Tío, lo mejor es olvidarlo, ¿vale?

Esa afirmación me dejó un poco helado. ¿«Olvidarlo»? Sabía que hablaba del beso-no-beso, ¿verdad? ¿Cómo iba a olvidarme de tal humillación? No quería olvidarlo, quería disculparme y pasar página. Y tampoco entendía por qué se ponía tan a la defensiva con algo que podía ser una absoluta tontería.

Justo cuando iba a preguntarle por el tema, la puerta principal se abrió de golpe. Sammi, la misma chica que había visto el otro día, apareció con bolsas de la compra. Se acercó a Gio para darle un beso en la cabeza y la niña sonrió. Con Matty ni siquiera lo intentó. En cuanto me vio a mí, sin embargo, se quedó un poco parada.

—Ah… Hola de nuevo. —Con la sonrisa recuperada, dejó las bolsas en la encimera—. Jay, ¿verdad?

—Sí. Sammi, imagino.

—Oh, ¡ya veo que nos han presentado en mi ausencia! —dijo con alegría.

Intenté responder, pero me tragué todo argumento en cuanto se aproximó a nosotros. A Nolan, más concretamente. Y cuando le sujetó el hombro para acercársele más y besarlo en los labios… Bueno, ahí se me quitaron por completo las ganas de hablar.

Ellie

Ya sabía que el entrenamiento con papá iba a ser complicado, pero todos estábamos tan incómodos que lo fue el triple. Nunca había sido tan consciente de que mi relación con Víctor era la única cosa que mantenía la paz en el grupo. Si estábamos en buenos términos, nos esforzábamos para integrar a todo el mundo. Si estábamos a malas, pasábamos de todo y nadie hacía el esfuerzo por nosotros.

Papá debió de percibirlo, porque no dejaba de echarme miraditas de curiosidad. A mí y a Víctor, específicamente. Intenté fingir que no me daba cuenta. El hecho de que Ty nos estuviera gritando en la oreja ayudaba bastante.

Una vez finalizado el entrenamiento, todos nos acercamos al entrenador resoplando y tratando de recuperar el aliento.

—Mañana jugaremos nuestro primer partido como equipo —dijo con mucha seriedad—. No hemos tenido mucho tiempo para entrenar, pero… un primer partido siempre es una buena forma de reconocer nuestros puntos fuertes y débiles. Vamos a tomarlo como un entrenamiento más, ¿vale?

Marco chasqueó la lengua con desagrado.

—¿Vamos a dejar que nos pateen el culo porque lo importante es participar?

—¡Al entrenador se le habla con respeto! —chilló Ty con el ceño fruncido.

Oscar quiso hacer una broma, pero estaba tan cansado que acabó optando por recuperar el aliento.

—No vamos a dejar que nos pateen el culo —explicó papá con calma—. Vamos a hacerlo lo mejor que podamos, pero con la idea de que han tenido mucho más tiempo para entrenar que nosotros.

—Nos van a machacar… —se lamentó Eddie en voz baja.

Miré de soslayo a Víctor. Solía ser quien animaba al equipo en situaciones como esa, pero desde la discusión frente a la furgoneta apenas había dicho nada. Y ahora no hizo una excepción.

Fuimos al vestuario en silencio, y, como el día anterior, papá se ofreció a acompañar también al zanahorio de vuelta a casa. Si alguien se dio cuenta de la tensión que emanábamos, nadie hizo comentario alguno.

Está claro que, cuando bajamos del coche, Víctor ni me miró. Yo tampoco a él. Bueno, sí…, pero disimuladamente, cuando no se dio cuenta.

Eso te piensas tú.

—Oye —llamé a su espalda, sin saber muy bien cómo seguir—, si quieres hablar del partido de mañ…

No me dejó terminar. Ya había cerrado la puerta.

Los conquistas a todos, colega.

Vaaale, no era mi día.

Por suerte, en el salón encontré a gente mucho más simpática que ellos. Tío Mike y tía Sue se habían aposentado en uno de los sofás y mantenían una ardua discusión sobre cómo funcionaba el Omega y por qué a ellos nadie les daba «me gusta». No quise decirles que era, simplemente, porque no subían ninguna foto.

Papá y Ty contemplaron la situación, se miraron entre sí y se apresuraron hacia la cocina. Yo preferí quedarme con ellos.

—Hola… —murmuré, y me desplomé en el sofá frente al de mis tíos.

Ambos detuvieron la discusión para observarme.

—¿A qué viene el tono de funeral? —preguntó tío Mike, todo delicadeza.

—A nada.

—Si estás esperando a que insistamos —comentó ella—, has acudido a un muy mal lugar.

Suspiré con pesadez y me pasé las manos por la cara, dejando transcurrir unos segundos de suspense dramático.

—Siento que todo el mundo me odia —dije al final.

Siendo totalmente honesta… podría encontrar a gente mucho más sensible con la que hablar sobre esos días. Y lo confirmé en cuanto soltaron, al unísono, un resoplido burlón.

—Vaya tontería —dijo tía Sue con una sonrisa.

—No es una tontería…, creo que la gente me odia de verdad. Y que lo merezco.

—Oye, no digas eso —protestó tío Mike—. Eres encantadora, ¿a qué viene todo esto?

—No soy encantadora —recalqué—. Soy un desastre. Jay tiene razón.

Aparté la mirada, avergonzada. Ellos no estaban acostumbrados a mis bajones; honestamente, yo tampoco. Solía tener el día tan organizado que me resultaba difícil tener el tiempo suficiente como para desanimarme. Y, aun así, justo ese día me había tocado. El problema era ese, precisamente: me esforzaba tanto en evitar mis propios sentimientos que, el día que no podía hacerlo, no sabía ni cómo gestionarme a mí misma.

Mis tíos se movieron rápidamente y pronto se me colocaron uno a cada lado. Quisieron pasarme un brazo por encima de los hombros a la vez y al chocarse intercambiaron una mirada hostil, pero pronto volvieron a centrarse.

—No eres ningún desastre —aseguró tía Sue—. Si te dijera las cosas que hacía yo a tu edad…

—¿Qué hacías?

—Eso da igual.

—No, no. —Mi tío enarcó una ceja—. Ahora dilo, venga.

—No seáis asquerosos. A lo que voy es… ¡a que estás a punto de cumplir los dieciocho! Claro que haces tonterías, ¿quién no las hace con tu edad? Todavía no sabes nada del mundo ni de cómo funciona…, ¡estás intentando descubrirlo!

—No sé yo si ese es el problema…

—Todos hemos sido un poco odiosos. —Ella dirigió una breve mirada a mi tío—. Algunos más que otros, pero da igual.

—¡Oye!

—Lo que quiero decir es que no te sientas mal por no ser perfecta. Nadie lo es. Ni a tu edad, ni a la mía, ni a ninguna.

—No pretendo ser perfecta —insistí, y me sorprendió notar que me temblaba la voz—. Es que… siento que todo el mundo tiene un rol asignado, y que el mío se ha perdido por el camino. Intento ser perfecta, controlarlo todo…, pero no sirve de nada. Las cosas siempre terminan escapando de mi control. Jay es perfecto cuidando a la gente, papá nos anima a todos, mamá nunca deja que nadie se sienta apartado y Ty…, bueno, ¡Ty ni siquiera necesita un rol! Es Ty, simplemente. ¿Por qué yo no puedo ser así? ¿Por qué tengo que quedarme en blanco cada vez que alguien intenta decirme algo importante?

De nuevo, intercambiaron una mirada. Yo los observaba como

si tuvieran la solución a mi vida, ellos me contemplaban como si su temor ascendiera escalones a cada palabra que soltaba.

—¿Tan mala soy? —insistí, desesperada por una respuesta.

—¡Claro que no! —dijo por fin tío Mike—. Mira, puede parecerte que todo el mundo tiene clarísimo su papel en el mundo, pero... no es así. Están tan perdidos como tú, Ellie.

—¿Acabas de decir algo útil? —murmuró tía Sue.

—Estoy madurando, ¿lo ves?

—Si tú lo dices...

Yo, de mientras, sacudía la cabeza. No entendía por qué estaba explotando en ese momento y con esa compañía, pero ahora que había abierto el grifo ya no sabía cómo cerrarlo.

—Igual por eso nadie me soporta —murmuré.

—¿Qué dices? —espetó tía Sue, toda indignación.

—No, no... Jay tiene razón. Soy... soy tan obsesiva con todo que no sé fijar límites. Si no lo controlo todo, me pongo nerviosa. Y lo hago con absolutamente cualquier cosa. Cuando una situación se me escapa de las manos, me pongo a la defensiva. Cuando me siento atacada, muerdo de vuelta. Si siento que alguien podría hacerme daño, me alejo antes de que el otro lo intente siquiera. Y soy incapaz de admitir que me equivoco, porque entonces tendría que admitir que he hecho el ridículo. Como lo hice con Rebeca y Livvie. Y como lo he hecho con Jay. Y con Víctor. Y ya no me hablan. Y... de pronto, estoy sola. No tengo a nadie con quien hablar. Nadie.

—¿Y nosotros? —sugirió mi tío.

—¡No es lo mismo! Alejo a la gente, y me equivoco, y lo veo, pero... no sé cómo arreglarlo. Lo único que sé hacer es empeorar las cosas. Jay tiene razón. Por eso no tengo a nadie con quien hablar. Por eso llevo tantos años centrada en el baloncesto, porque no quería centrarme en... —El silencio me envolvió durante unos segundos, y al darme cuenta de la verdad, tragué saliva—. Echo de menos a Rebeca y a Livvie. Y a Víctor. Echo de menos tener amigos.

No sé cuántos minutos transcurrieron, pero a ellos les dio tiempo a intercambiar varias miradas. Yo levanté la cabeza. Apenas podía creerme lo que acababa de admitir en voz alta.

—Creo... creo que necesito descansar un poco —dije al final.

—Oye, Ellie... —empezó mi tía, pero ya me había puesto de pie.

—Está bien. Gracias por... escucharme.

Jay

Curiosamente, la mirada de Nolan no abandonó la mía durante una eternidad. Fue mientras Sammi le daba ese corto beso y a mí me invadía una sensación muy amarga.

Ella se separó, totalmente ajena a lo que estaba ocurriendo. Nolan le dedicó una pequeña sonrisa.

—¿Anoche salisteis de fiesta? —preguntó ella.

Me obligué a reaccionar. Forcé una expresión neutral y dejé de mirar a Nolan. No sé qué era peor, si la mortificación de saber que intenté besar a alguien con pareja o el hecho de que había insistido en el tema. Mierda. Mierda otra vez.

—Sí… —respondió Nolan por los dos.

No podía mirarlo. Sabía que su mirada seguía fija en mí, pero yo era incapaz de alzar la vista.

—… Fuimos al concierto del tío de Jay —prosiguió.

—¿Tu tío es cantante?

—Sí. —Fui demasiado escueto, lo leí en la expresión de Sammi—. Hablando de mi familia…, debería volver cuanto antes. Se estarán preguntando dónde estoy.

—¿Ya te vas? —preguntó Gio, desilusionada—. Pensé que te quedabas a comer. Y a cenar.

No supe qué decir. Sammi me observaba con curiosidad. Tenía unas facciones muy bonitas, pero parecía cansada. Y, sobre todo, parecía buena persona. Me entraron náuseas. Casi había provocado un beso con su novio. No me lo podía creer. Era la peor persona del mundo.

—Quédate si quieres —aseguró ella, toda dulzura—. O podemos acompañarte a casa, si de verdad van a preocuparse por ti.

Y quise morirme un poco más.

—No hace falta —aseguré en voz baja.

—Déjame acompañarte —dijo Nolan entonces.

Su voz, que hasta hacía un momento me había producido una sonrisa, ahora solo me provocó vergüenza. Necesitaba salir de esa situación inmediatamente. Le dirigí la más breve de las miradas y negué con la cabeza.

—Gracias por invitarme, pero tengo que irme.

Miré a Sammi y a Gio a los ojos al despedirme, pero no a Nolan. Con él fui incapaz. De hecho, ni siquiera le dije «adiós» directamente. Recogí mis cosas, las amontoné en los bolsillos y me encaminé hacia la puerta.

—¡Espera!

Quise fingir que no había oído a Nolan, pero habría sido peor aún. Me detuve junto a la valla de su patio, impaciente por marcharme cuanto antes. Él todavía llevaba el delantal. Incluso tenía una mancha de tomate en la mandíbula que me recordó a la que se había hecho con el rotulador unos días antes.

Forcé una sonrisa, cada vez más incómodo.

—Dime, Nolan.

Él echó una miradita a la puerta de la casa antes de volver a centrarse en mí. Avanzó un paso y yo lo retrocedí a toda velocidad. Él se pasó las manos por el pelo para echárselo hacia atrás.

—Intenté decírtelo —murmuró al final.

—No sé de qué hablas.

—Oh, vamos, tío…

—No me llames así.

Por una vez, lo dije en serio. Y, también por una vez, él se lo tomó en serio. Inclinó la cabeza atrás como si acabara de darle una bofetada, pero pronto se recuperó y apretó los labios.

—Intenté decírtelo —repitió—. Es solo que… no encontré el momento.

—Ha habido muchos momentos, Nolan.

—No tantos. Y…, joder, sí, es mi novia.

—Enhorabuena.

—No seas así —me pidió con una mueca—. No… no me gustaría que esto cambiara nada. Lo que dije anoche no era mentira —añadió, avanzando otro paso hacia mí—. Me gusta estar contigo, y en las clases me lo paso genial. Podemos seguir haciéndolo. Una cosa no quita la otra, ¿verdad?

No supe por qué lo preguntaba tan afectado. O por qué a mí se me antojaba tan pesada la opción de decirle que las cosas sí que habían cambiado.

Al final, presa del pánico e incapaz de procesar nada, solo pude asentir una sola vez. Nolan no pareció demasiado convencido. Especialmente cuando murmuré:

—Nos vemos otro día.

—Oh, vamos…

Por suerte, no me siguió. Ya no sabía cómo continuar con esa conversación.

Llegué a casa después de un paseo de veinte minutos bajo el sol. Estaba sudando, pálido por la resaca y aún llevaba la camisa de Nolan. Todo un cuadro. El de seguridad casi no me dejó pasar. Tuve que enseñarle la identificación y todo. En cuanto vio mi nombre, me miró como si nada de aquello le encajara en absoluto. No podía culparlo.

Logré entrar en casa sin que nadie me viera y, todavía más admirable, llegar a mi habitación sin hacer un solo ruido. Lo primero en lo que pensé fue en lanzarme sobre la cama, y fue una decisión horrible, porque no hice nada más. Me quedé dormido enseguida.

No sé cuántas horas dormí, pero cuando abrí los ojos ya anochecía. Y aún estaba sin duchar. Qué asco todo. Iba a tener que quemar toda esa ropa.

Un grito me distrajo. No, una discusión. Con el ceño fruncido, traté de discernir si me encontraba en la calle o en casa. Resultó ser la segunda opción. Y apenas lo había pensado cuando abrieron la puerta de mi habitación de golpe.

Papá se quedó de pie un momento en el umbral, me miró y soltó un suspiro de alivio que me dejó completamente pasmado.

—¡Está aquí! —exclamó, aunque seguía sonando furioso—. ¿Se puede saber dónde te habías metido, Jay?

—¿Yo?

En lugar de responder, dio media vuelta y se encaminó a las escaleras. Yo, sin otra cosa que hacer, fui tras sus pasos. Enseguida me arrepentí.

Papá, mamá, Ty y Ellie estaban abajo. Ellie permanecía sentada en un sillón con las rodillas pegadas al pecho. Mamá se encontraba junto a Ty, que ocupaba el otro sillón. Le dijo algo en voz baja y luego se volvió hacia papá con la cara enrojecida por la rabia. No entendía absolutamente nada.

—¿Qué pasa? —pregunté, perdidísimo.

—¿Se puede saber dónde estabas? —preguntó mamá directamente—. ¡Te he estado llamando toda la tarde, Jay!

Oh, mierda.

—Estaba… yo…

—¡Fuiste al concierto y no hemos sabido nada de ti desde entonces!

—Le dije a tío Mike y a tía Sue que…

—¡No empieces con ellos! —saltó papá—. Tengo una conversación pendiente con ambos, pero eso no quita que tú podrías tener el móvil al lado.

—¡Lo tenía al lado! —aseguré enseguida, señalando mi bolsillo—. ¡No me he despegado de él… por mucho tiempo! Es que me he quedado dormido y…

—No has dormido aquí.

Las palabras de mamá sonaron mucho más agresivas de lo que esperaba, e hicieron que me detuviera en el último escalón. Sonaba a… reproche. ¿Por qué sonaba a reproche?

—He dormido en casa de un amigo —expliqué en un tono muy distinto al anterior.

—Ah, ¿y tenías pensado informarnos en algún momento?

—Tengo veinte años, mamá. No estoy obligado a informarte de todo lo que hago.

Ella enarcó las cejas, pasmada ante mi actitud. No recordaba haberle hablado así en toda mi vida. Ellie nos miró al uno y al otro y, rápidamente, volvió a esconder la cara entre las rodillas.

—Todavía vives aquí —intervino papá, muy serio.

—¿Y tenéis que recordármelo cada vez que podéis?

—¡Jay! —Mamá volvía a meterse en la conversación—. ¿A qué viene…?

—¡No! ¿A qué viene lo de despertarme a gritos y echarme en cara que no haya dormido aquí? ¿Y lo del móvil?

—¡Hemos estado en el hospital con tu hermano!

Las palabras de mamá me dejaron completamente congelado. Miré a Ty, que apenas se había movido desde que había bajado. Permanecía quieto en un sillón con la pulserita del hospital todavía puesta. Lo revisé concienzudamente. No parecía tener nada.

—¿Qué? —dije por fin—. ¿Por qué? ¿Qué ha pasado? Ty, ¿estás…?

—Estoy bien —dijo él en voz bajita.

—Un bajón de azúcar —explicó mamá, y soltó la risa menos alegre que había oído en la vida—. Un bajón de azúcar por no alimentarse de forma equilibrada, concretamente.

No sabía qué decir. Seguí mirando a Ty, pero él no me devolvió la mirada. Ellie tampoco. Parecía totalmente ajena a la situación.

Y entonces, justo cuando pensaba que la cosa no podía ir a peor, papá intervino otra vez:

—¿Por qué no lo cuentas todo, Jen?

—¿Que lo cuente todo? —repitió ella lentamente. Casi sonaba a advertencia.

—Lo ha encontrado Daniel, porque no había nadie en casa que cuidara de él.

—No necesito que cuiden de mí —murmuró Ty—. Tengo catorce añ…

—¿Me lo estás echando en cara? —espetó mamá, y pasó alrededor de mis hermanos para alcanzar a papá. Nunca la había visto tan furiosa. Me asustó un poco—. ¿En serio tienes tanto valor, Jack?

—Solo estoy diciendo que…

—¡Sé perfectamente lo que estás diciendo! —saltó ella.

Y su grito nos dejó a todos muy quietos. No a papá, que esbozó una sonrisa irónica.

—Oh, ¿te ríes? ¿Te hace gracia? ¡Porque a mí, ninguna! —le espetó entonces.

—Y a mí tampoco. Lo único que me llama la atención es que omitas que justo tú estabas de viaje.

—¡Pues sí, estaba de viaje! ¡Como tooodo el tiempo que te gustaría que me pasara en casa, encerrada!

—Yo no estoy diciendo eso —advirtió papá enseguida.

—¿Y qué dices, entonces? Porque lo único que ha salido de tu boca los últimos meses es lo mucho que salgo de casa. ¡Como si tú estuvieras muy presente!

—¡Lo estoy!

—¡No, no lo estás! ¡Encerrarte en un despacho de la casa no equivale a estar presente! ¡Y ahora, encima, te pones a entrenar a un equipo de baloncesto!

—¡Me llevé a Ty para que no se quedara solo!

—¡El médico ha dicho que hacer mucho ejercicio cuando no está acostumbrado puede ser una de las principales causas!

—Entonces ¿qué? ¿Tengo yo la culpa?

—¡No! Por lo visto, ¡la tengo yo por tener un trabajo!

—¡Deja de sacarlo todo de quicio, Jen!

—¡No lo saco de quicio! ¿Me quejé yo alguna vez de que te pasaras meses y meses de rodaje por el mundo? ¿O de las promociones en las que desaparecías veinte días seguidos? ¿O de todas las veces que has necesitado ausentarte porque no encontrabas la puñetera inspiración?

—Ya veo que lo tenías guardado, ¿eh?

—¡¿Guardado?! —Mamá casi se tiró de los pelos a sí misma, ya fuera de sí—. ¡Llevo años diciéndote que no puedo encargarme de todo yo!

—¡Tú eres la que se va de viaje, no yo!

—¡Ahora! ¡Ahora que he encontrado un puñetero trabajo que me gusta!

—¡Y que priorizas por encima de nuestra familia!

—¡Como tú has hecho siempre, Jack! ¡Películas, películas…! ¡Nunca te has tomado en serio nada de lo que hemos construido juntos! ¡Para ti siempre hemos sido el plato secundario de lo que debería haber sido una vida de éxitos y alfombras rojas! Siento que no seamos suficiente para ti, de verdad que lo siento, pero ¡mis hijos no tienen la culpa!

Tras la última palabra, mamá se echó atrás y no volvió a mirarlo. Fue directa a por Ty. Le caían lágrimas por las mejillas.

—Venga, cariño —murmuró en un tono que intentó controlar, pero que no le salió demasiado bien—. Vamos a hacerte algo para comer.

Ty los miró a ambos. Se había quedado pálido. Sin más que hacer, alcanzó la mano de mamá y se metieron en la cocina.

Papá seguía tal y como se había quedado unos segundos atrás. Parecía una estatua de mármol. Su mirada estaba clavada en un punto cualquiera, pero en realidad no veía nada. Él no lloraba, pero sí que había perdido toda expresión de alegría.

Cuando por fin reaccionó, su mirada se cruzó con la mía. Mi única reacción fue apartarme un poco para abrirle paso, escaleras arriba.

13

¡Manos a la obra!

Ellie

Apenas había pegado ojo en toda la noche. Ver a mis padres discutir de esa forma había sido mucho más fuerte que cualquier cosa que pudiera imaginarme. Alguna vez se habían peleado, sí, pero no a ese nivel. Nunca había visto a mamá llorando de esa manera. Nunca había visto a papá pálido y silencioso como esa mañana. Nunca había visto a Jay tan perdido que no sabía ni qué hacer.

La noche anterior quise decir algo, pero no me salió nada útil. No sabía cómo mejorar la situación, y sentía que tan solo podía empeorarla. Quizá por eso me quedé en silencio absoluto y no hice nada. No dije que no era culpa de ninguno de los dos. No dije que, si se volvieran a hablar como antes, nada de aquello habría pasado.

Por primera vez en mucho tiempo, me salté mi agenda y me quedé en la cama hasta que quise. No fue por un tiempo prolongado, pero sí el suficiente como para que, al bajar a desayunar, Jay me mirara con extrañeza. Estaba sentado a solas en la isla de la cocina frente a su bol de cereales, pero apenas les prestaba atención.

En cuando me senté a su lado, mi hermano me miró de reojo.

—¿Has podido dormir?

—Ojalá.

—Yo estoy igual.

—Qué mierda todo.

—Lo sé.

Durante unos segundos, el único sonido que nos acompañó fue el de su cucharita dando contra los bordes del bol. Hundí la cara en las manos, cada vez más desanimada. No soportaba vivir en ese ambiente.

—¿Cómo han terminado así? —pregunté en voz baja.

—Muchas discusiones pendientes, supongo.

—Pero… ¿cómo pueden decirse todas esas cosas? Se supone que se quieren, ¿no?

—Una cosa no quita la otra, Ellie. Cuando te enfadas, no dices las cosas tal y como las piensas. Siempre parecen mucho peores.

Tuve que contener una sonrisa un poco amarga. Mi hermano de veinte años que hablaba como uno de setenta… nunca fallaba.

Y por eso lo queremos.

—Podríamos hacer alguna cosa —murmuré—. Prepararles una cena romántica o algo así, ¿no?

—No creo que sea tan fácil, Ellie.

—Pero… no podemos quedarnos de brazos cruzados.

Pensé que iba a negarse de nuevo, pero, para mi sorpresa, dejó de remover los cereales y me miró. Lo hizo de una forma muy particular que pocas veces había visto en él. Casi con… determinación. Podía parecer una chorrada, pero en Jay era algo muy inusual.

—Tienes razón —murmuró.

—¿La tengo?

—Sí. Vamos a echarles una mano.

Estaba tan pasmada que no supe qué decir. Ni siquiera había considerado la posibilidad de que estuviera de acuerdo. ¡Nunca lo había hecho!

Jay se puso de pie y yo, todavía medio ida, me obligué a imitarlo.

—Pero no podemos hacerlo solos —añadió.

—¿No?

—No.

—Ah.

—Necesitamos ayuda, hermanita.

—¿De quién?, ¿de Ty?

—Bueno…, más o menos.

Jay

Voy a admitirlo: tener una distracción ayudaba. Esa discusión tan jodida entre mis padres fue horrible, pero al menos me distraía del hecho de que casi me había liado con un chico que tenía pareja; y del agobio que me producía no poder dejar de pensar en ello. Y una parte de mí, la que me hacía sentir peor, odiaba que Nolan me hubiera detenido.

Pero no era momento de pensar en ello, porque estábamos en casa de tío Mike y teníamos compañía.

No había limpiado mucho la casa, pero al menos había hecho un caminito entre los montones de ropa para que pudiéramos pasar, tanto nosotros como los demás invitados; tía Sue y dos nuevas incorporaciones: nuestros tíos Naya y Will.

Tía Sue se quitó un calcetín del pantalón con una mueca de asco.

—Por Dios, Mike...

—¡Oye, tú eres la que ha querido venir!

—¡Porque me lo han pedido!

—¿Y si nos calmamos y escuchamos a Jay y Ellie? —sugirió tío Will con su calma habitual.

Sonreí, aliviado.

Papá y mamá solían hablar de los años en los que habían compartido piso todos juntos. Bueno, tenía entendido que tío Mike no vivía exactamente con ellos, pero eso daba igual. La cosa era que los consideraban unos de los mejores años de sus vidas. Y sabía que les dolía haber tenido que dejarlos atrás, por mucho que ahora también disfrutaran de la vida que tenían con nosotros. ¿Qué mejor forma de arreglar su relación que recordarles por qué había empezado?

Me acomodé un poco mejor en la alfombra. Ellie estaba a mi lado, tan seria como debería estar una compañera de investigación. Delante de nosotros, apretujados en el sofá y con Benny rebotando en sus cabezas, se sentaban los cuatro mejores amigos de nuestros padres. Un cuadro, la verdad.

—Os estaréis preguntando por qué os hemos llamado —dije finalmente.

—Me pregunto más bien por qué hay un hurón sobre mi hombro —comentó tía Naya, pero suspiró en cuanto su pareja le echó una ojeada—. Vaaale, perdón. No interrumpo más.

—Estamos preocupados por nuestros padres —dijo Ellie, ya sin preámbulos—. Llevan un tiempo muy distanciados y anoche explotaron el uno contra el otro. Queremos que vuelvan a... apreciarse un poco, no sé.

Tía Sue enarcó una ceja.

—Supongo que esto explica los gritos que oímos, entonces.

Me sorprendió que tío Mike no hiciera ninguna broma al respecto. Siendo la persona que menos en serio se lo tomaba todo, no esperaba que, precisamente él, permaneciera callado y atento a nuestras explicaciones.

—Nos gustaría saber qué cosas hicieron para enamorarse —proseguí—. Qué…, no sé, qué le gustaba al uno del otro, cuál fue su primera cita, si tenían alguna bromita habitual…

—Cosas que les recuerden por qué empezaron a salir —añadió Ellie.

—Exacto. Así podremos crearles una especie de…, em…, noche temática para que hablen las cosas. Un poco condicionados para que todo se encarrile bien, ya que estamos.

—Me parece una idea terrible —murmuró tía Sue—. Me apunto.

—¿De verdad? —pregunté, ilusionado—. ¿Y los demás?

El que más me preocupaba era tío Will, que solía ser la persona razonable del grupo. Tanto podía estar de acuerdo al cien por cien como en contra. Tanto podía decirnos que había que echarles una mano como que no era asunto nuestro y que no deberíamos meternos.

Por suerte, optó por nuestra opción.

—Está bien —murmuró—. Seguro que algo se nos ocurre.

Ellie y yo intercambiamos una mirada cómplice. Era la primera en muchísimo tiempo, y me hizo sentir sorprendentemente bien. Intenté no darle más importancia.

Ellie

No eres consciente de lo mucho que habla la gente hasta que le das un micrófono, ¿eh?

Veo que vamos bien.

Pensé que nuestros tíos nos harían un resumen rápido sobre lo que había sido el inicio de la relación entre papá y mamá, pero… todo lo contrario. Empezaron a hablar y hablar, a darnos detalles un poco innecesarios, a contarnos todas y cada una de las anécdotas que ocurrieron en ese piso… Que si una vez tía Naya casi quemó la cocina, que si tío Will perdió el diploma nada más terminar la graduación y luego resultó que papá se lo había escondido, que si tía Sue se pasaba más tiempo en su habitación que fuera de ella, que si tío Mike nunca había pagado un mes de alquiler, que si papá había cambiado al conocer a mamá, que si mamá les echó tal bronca a todos que no dejó a ninguno sin su pertinente regañina... Mi capacidad de atención tenía un límite y lo encontré a la media hora, justo cuando llegábamos a la parte en la que mamá admitía no haber visto ninguna película. Oh, papá había contado eso demasiadas veces. No podía seguir escuchando.

Por suerte, Jay era mucho más atento que yo y lo escuchó todo con sumo interés. Incluso tomó notas, el muy insoportable. No sabía si me parecía admirable o aborrecible. Era una mezcla de ambas.

Para cuando salimos de la casa de invitados, nuestros tíos seguían discutiendo entre ellos sobre las fechas y la veracidad de algunas anécdotas. Menos mal que a nosotros ya no nos afectaba.

—Cuánto hablan —protesté de camino a casa.

Jay sonrió de medio lado mientras repasaba sus notas.

—Solo con lo que me han dicho podría escribir varios libros.

—Nadie los leería.

Oye.

—Creo que tengo todo lo que necesito —añadió Jay al llegar a la puerta del patio trasero—. Deberíamos empezar a trazar el plan cuanto antes, que mañana tenéis vuestro primer partido y ellos estarán distraídos... Además, yo tengo la fiesta de Beverly y debo ir sí o sí.

—Vale, vale. Hay que solucionarlo hoy. Lo pillo.

—Bien.

—Solo hay una cosa que no me convence.

—¿Cuál, Ellie?

—Eso de trazar un plan... A mí se me da mejor improvisar. Al menos, cuando se trata de los demás.

—La situación es dramática y no nos podemos permitir un error. La improvisación, mejor para otro día.

Suspiré con dramatismo y lo seguí escaleras arriba, hacia su habitación.

Vale, me equivocaba. Planificar era todavía más aburrido que escuchar. Tumbada en su cama y jugueteando con un bolígrafo, no dejaba de oír cómo Jay parloteaba de lo mismo una y otra vez. Estaba claro que a él le encantaba todo lo relacionado con tener las cosas claritas y ordenadas visualmente, pero a mí me aburría. La única cosa que no me provocaba jaqueca —al menos en ese sentido— era mi agenda. Y me la estaba saltando enterita. Qué horror.

—Entonces —murmuró Jay al cabo de una verdadera y soporífera eternidad—, ¿lo tenemos todo?

—Faltan las velitas de Ty —bromeé.

Jay me fulminó con la mirada.

—No es momento para bromas.

—¡Y no es broma! Hace mil años que me las pide y se me olvidan.

—Un problema tras el otro, por favor. Ahora estamos con papá y mamá. Me faltan todas estas cosas, ¿no?

Señaló la lista con un dedo, a lo que yo me puse a leerla. Al final, hice una mueca.

—Sí… Uno de los dos debería distraer a mamá para que no suba a la habitación mientras lo buscamos.

—En realidad, luego también tendremos que hacerlo con papá. Aquí necesitaremos entrar en su despacho.

—Uf, es verdad.

Nos miramos el uno al otro unos instantes. Por suerte, fue de las pocas veces en las que estuvimos de acuerdo de manera simultánea.

—Me pido a mamá —dije.

—Yo a papá —dijo.

—¿Quién va primero?

—Yo, que sé lo que busco.

—Genial. Deséame suerte, soldado.

—Suerte, Elisabeth.

—Gracias, Jeremy.

En cuanto se le borró la sonrisita petulante, yo le saqué la lengua.

Muy maduro todo.

Tal como habíamos planeado, mamá se encontraba en su estudio. Era algo muy habitual en ella, especialmente cuando se enfadaba. Le gustaba evadirse, pero a la vez necesitaba desahogarse. Pintar y todo eso debía de ayudar, supuse, porque siempre era su primera opción.

Las cosas seguían muy tensas y yo no la había visto desde la noche anterior, así que no sabía muy bien qué esperar. Tan solo sabía que estaba nerviosa, y me resultaba una sensación muy desagradable.

Llamé a la puerta, un hecho insólito en mí, y oí su murmullo de bienvenida.

Efectivamente, mamá se encontraba sentada ante un caballete. Me daba la espalda, así que vi perfectamente las siluetas en azul oscuro que dibujaba sobre el lienzo. No parecía un dibujo enfocado en la furia, como habría pensado. Era más bien... tristeza, impotencia. No estaba muy segura de cómo lo sabía, pero no me cabía ninguna duda.

—¿Puedo sentarme un rato contigo? —pregunté.

—Claro que sí, Ellie. Ven aquí.

Acercó otro taburete con el pie y se lo colocó justo al lado. Tuve un breve pero bonito recuerdo de todas las veces que me había dejado dibujar con ella. Hubo una época, incluso, en la que me enseñó a hacer trazos más profesionales. Nunca terminé de explotar ese talento, pero siempre dijo que se me daba muy bien.

Al sentarme a su lado, me permití mirarla de reojo. Los grandes ventanales la iluminaban y dejaban entrever la horrible noche que habría pasado; tenía ojeras, y los ojos hinchados, como si hubiera llorado mucho. Nunca la había visto en esas condiciones, y de pronto sentí un nudo en la garganta. No me gustaba esa versión de mamá. Quería que volviera a ser la de siempre, igual que papá.

—¿Quieres pintar un poco conmigo? —sugirió. Pese a que intentaba sonar casual, se notaba su cansancio.

—Me gustaría mucho.

Mamá me ofreció su propia paleta de colores junto con el pincel que acababa de usar. Estaba manchado con el azul triste del lienzo, y me apresuré a limpiarlo. Al verlo, sonrió un poquito.

—¿No te gusta el azul?

—Creo que el cuadro necesita colores algo más alegres, mamá.

—Sí..., probablemente tienes razón.

Ni siquiera lo discutió, cosa que me empezaba a preocupar un poco. Era normal que después de la gran bronca no quisiera meterse en más conflictos, pero no por ello tenía que decirme que sí a todo. La miré de reojo otra vez. Con el pelo recogido y el pijama todavía puesto, parecía mucho más joven. Mucho más frágil, también.

Joder, con tanto sobreanálisis ya parecía Jay.

Podríamos estar peor.

Empecé a trazar pinceladas rosas al cuadro. El rosa se mezclaba con el azul. También se me antojaron unos puntitos blancos, pero primero tendría que esperar a que la pintura se secara, así que continué con el rosa.

—Siento que tuvieras que ver lo que viste, Ellie.

Me quedé quieta durante un momento. Por suerte, estaba preparada y reaccioné rápidamente:

—No pasa nada —murmuré tras otra pincelada.

—Pero… sí que pasa. —Mamá cerró los ojos unos instantes. Cuando los abrió, parecía el triple de agotada—. Deberíamos haber pensado en Tyler y solo éramos capaces de discutir entre nosotros. Qué desastre…

—¿Cómo está Ty?

—Ha amanecido mejor. Nos dijeron que no era nada grave, pero que es importante que descanse y coma de forma más equilibrada. —Soltó una risa muy amarga que casi me hizo detenerme de nuevo—. He sido una… irresponsable.

—No digas eso, mamá.

—Pero es verdad. He estado tan obsesionada con apoyaros en todo y en daros la confianza que no me dieron a mí, que se me ha olvidado que una madre también necesita poner límites.

—Mamá…, haces lo que puedes.

—A veces no es suficiente.

No sabía qué decirle. Me pregunté si Jay habría hecho mejor trabajo que yo. Aunque, pensándolo bien, la situación con papá iba a ser exactamente la misma.

—Siento que pienses así, porque no es verdad —murmuré.

Noté su mano en la espalda. El apretón cariñoso me sonsacó una sonrisa mientras continuaba dibujando los trazos rosas, mezclados con el azul recién aplicado de mamá.

—Háblame de alguna otra cosa, anda —me pidió, de nuevo en su tono agotado—. Mañana tenéis vuestro primer partido, ¿verdad?

No estaba segura de si cambiar de tema era lo mejor del mundo. Después de todo, en algún momento haríamos que ambos se enfrentaran a sus problemas, pero quizá ahora no era el adecuado, ¿no? Además, no sabía cómo negarme a nada si me lo pedía con esa vocecita lastimera.

—Sí, mañana —afirmé, poco convencida—. Pero… no tengo muchas esperanzas, mamá.

—¿Por qué no?

—Porque la mayoría estamos peleados, y los pocos que no lo están… pasan de todo. Aunque dicho así suene raro.

Ella sonrió con cierta diversión.

—¿A qué se deben las peleas?

—Pues… no sé; se supone que Eddie y Marco son mejores amigos, pero llevan unas semanas sin apenas dirigirse la palabra; está Tad, que entra en pánico en cuanto la situación se escapa un poco de lo acostumbrado; Oscar, que se queda dormido en cualquier lado y en cualquier situación; estamos Víctor y yo…

—¿Víctor y tú? —repitió, con curiosidad.

—Pensaba que estábamos arreglando las cosas, pero al parecer no es así.

—¿Y eso, Ellie?

Pero ¿no se suponía que iba a consolarla? ¿Qué hacía abusando de ella para que fuera mi psicóloga?

—Me gusta mucho Víctor —dije en voz baja—. Sí, lo admito. Siempre me ha gustado. Igual ahora no es tan intenso como antes, pero me sigue… *gustando* pasar tiempo con él. Es un hecho. Y a él le gusta pasar tiempo conmigo. Al menos, por mensajes, creo.

—¿«Por… mensajes»?

—Sí. Creo que es más fácil por ahí, ¿no? Cuando lo tengo delante, soy incapaz de hablar con la misma seguridad que por mensajes. Es como si…, no sé…, como si me dieran una barrera más para protegerme, si es que tiene sentido. Me gusta que haya ese muro entre nosotros. Y, claro…, cuando estamos en persona…

—Ese muro desaparece.

—Exacto.

Mamá lo analizó unos instantes, pensativa.

—Creo que te da un poco de miedo que Víctor te haga daño —concluyó—. Pero no pasa nada, Ellie. Todos hemos tenido miedo de enamorarnos.

—A mí enamorarme no me da miedo.

—Muy bien, entonces.

—¡No me des la razón como a una tonta! —protesté, a lo que ella esbozó una pequeña sonrisa—. Quiero decir…, sí, quizá la idea me intimida un poco, pero no por eso. Es que Víctor y yo somos muy distintos, ¿sabes? Y esto es muy bonito y todo eso, claro, pero... a la larga no sé cómo podría funcionar. No sé qué quiere hacer él después del verano, pero yo tengo claro que me iré a alguna universidad que me permita continuar con el baloncesto. ¿Así cómo se sostiene una relación? Porque él quiere una relación, claro. Una de esas serias y formales.

—¿Y tú quieres eso?

—No lo sé.

—Es lo primero que deberías averiguar, cariño.

Mientras mezclaba el rosa con un poco más de blanco, lo consideré. Igual tenía razón y era una cuestión que debería haber tenido más en cuenta.

—No sé, mamá. No sé si estoy hecha para tener una pareja. Y sé que me dirás que todos hemos pasado por esa fase y que soy capaz de hacer todo lo que quiera. Pero... ¿y si no quiero tenerla? ¿Y si no me gusta imaginarme un futuro con una pareja fija y formal?, ¿eso es malo?

Igual hablarlo con mamá debería haberme resultado más incómodo, pero no me lo pareció. Todo lo contrario. Fue como quitarme un peso de encima.

—No tiene nada de malo —aseguró en voz conciliadora—. Mientras seas honesta contigo misma y con la otra persona, todo puede funcionar.

—Ya, pero... ¿y si la otra persona no está interesada?

—Entonces no puedes forzar las cosas. Tenerlo todo claro tiene sus ventajas y sus cosas más... complicadas. Y hay que aceptar que no todo el mundo busca lo mismo que tú.

Asentí, más convencida de lo que esperaba, y tracé una última línea rosa en el cuadro de mamá.

—Creo que ya he terminado con mi aportación —murmuré.

—Sí, ya no parece tan triste.

—Tan solo deprimente.

Soltó la primera risita de la mañana, y yo aproveché para despedirme y salir del despacho.

Jay me esperaba en el salón, tal y como habíamos planeado. Choqué la mano con la suya mientras nos cruzábamos en direcciones opuestas.

Le tocaba a él.

Jay

Para mi sorpresa, papá no estaba en su despacho. Tardé un rato en buscarlo por toda la casa y finalmente descubrí que no estaba en ninguna de las habitaciones. Ni siquiera en el solar.

Salí de casa con determinación y me metí en el caminito que había tras unos arbustos del jardín. Hacía mucho tiempo que no entraba y me daba miedo perderme, pero por suerte logré llegar a mi destino. Se trataba de una cancha de baloncesto con más años que yo, totalmente abandonada y rodeada de maleza y que, pese a todo, a papá le seguía encantando. Era donde había jugado con Will de pequeño, con Ellie cuando era una niña y adonde seguía yendo cuando se frustraba.

Ahora era uno de esos momentos.

En uno de los rebotes de la pelota, me vio aparecer. No dio señales de que le molestara mi presencia, cosa que era un alivio.

—Hola, Jay —murmuró.

—Imaginaba que estarías por aquí.

—Y supongo que me buscas por algo en concreto, ¿no?

No quise decirle que tan solo quería asegurarme de que no volvía a casa para que Ellie y yo pudiéramos robarle, pero tampoco quería mentir. Finalmente, me encogí de hombros de la forma más vaga posible.

—Estoy preocupado —dije. No era del todo mentira.

Papá suspiró y lanzó a canasta. Encestó con facilidad y, tras el rebote, me pasó la pelota.

A ver, en su momento elegí el fútbol por un buen motivo; básicamente, porque el baloncesto se me daba fatal. Lo había intentado por todos los medios posibles, pero era inútil. Parecía que tenía las manos de mantequilla.

Lo entiendo perfectamente.

Aun así, hice un esfuerzo y traté de botar la pelota. No fue el movimiento más grácil del mundo, pero al menos sobreviví sin hacer el ridículo.

—Eso es —dijo papá, aunque la sonrisa no le alcanzó los ojos—. No tienes por qué preocuparte, Jay. Las discusiones siempre parecen mucho peores de lo que son en realidad, y ningún matrimonio se sostiene sin alguna crisis a las espaldas.

—Ya me lo imagino, pero…

Pero eso estaba siendo más grave que lo habitual y él lo sabía. Podía estar en todas las fases de negación del mundo, pero la verdad era esa. Y por eso estaba yo tan preocupado. Y por eso estaba encubriendo un robo en nuestra propia casa por mi propia hermana.

Intenté lanzar a canasta y…, por supuesto, fue un desastre. Papá sonrió y atrapó el rebote.

—¿Pero…? —me instó a continuar.

—No puedo evitar preocuparme.

—Jay, no puedes…

—Cargar con la responsabilidad del mundo sobre mis hombros, sí, lo sé.

—Así que ya hemos tenido esta conversación antes, ¿eh?

—Casi cada vez que me preocupo.

Papá se rio sin muchas ganas y dejó de botar la pelota. Después me sujetó del hombro para mirarme atentamente. Su expresión era un poco triste, aunque honesta. Con papá siempre me sentía muy seguro, porque él sabía lo que yo estaba pensando. Siempre me había encantado. Y ese momento no fue la excepción.

—Sobre lo que oíste anoche… —murmuró—, solo quería decirte que no es verdad.

—¿El qué?

—Eso de que sois mi plato secundario. Mi segunda opción. No es así. —Su seriedad hizo que yo tragara saliva. Papá apretó la mano en mi hombro para acercarme un poco más—. No sois ninguna parte secundaria de mi vida, Jay. Si no fuera por vosotros, no sé qué sería de mí.

—Oh, vamos, papá…

—Puede parecerte una frase hecha, pero lo digo totalmente en serio. Quizá no sé mostrarlo como debo, pero te aseguro que hace muchos años que asumí que habéis sido mi salvación. Así que no, no sois un plato secundario. Sois el menú completo. ¿Está claro?

Eso del menú me sonsacó una sonrisa. Al darse cuenta, papá puso los ojos en blanco y me dio un pequeño empujoncito.

—Venga, déjame un rato solo. ¿O necesitas alguna cosa más?

—Nada. Oh, espera…, creo que he oído a mamá diciendo algo de esta noche. Algo sobre hacer las paces.

Papá se detuvo un milisegundo y me lanzó una miradita de curiosidad. Se recuperó rápidamente.

—Muy bien. Ya veremos, entonces.

Negué con la cabeza y me despedí de él en voz baja. Cómo le gustaba a la gente hacerse la dura, de verdad… Por lo menos, en ese rato, Ellie debía de haber tenido tiempo de sobra para acometer el malvado robo.

Llegué a casa unos minutos más tarde y, aunque el objetivo era entrar para comprobar que todo marchaba según lo planeado, me distraje en el jardín. En el muelle, más concretamente. No esperaba encontrar a Ty sentado con los pies colgando y la mirada perdida. Primero, porque no le gustaba el muelle, y segundo, porque mamá le había pedido expresamente que descansara. No recordaba la última vez que la había desobedecido.

Contrariado, me acerqué a ver qué sucedía. Pero Ty no hacía nada. Ni siquiera tenía los pies en el agua. Tan solo iba a lo suyo.

—¿Qué pasa, Ty?

Él se encogió vagamente de hombros. Lo hacía mucho cuando pretendía simular que no quería hablar de algo, pero —muy en el fondo— se moría de ganas de que le insistieran.

Tras un suspiro cansado, me agaché para sentarme a su lado. Ty no me hizo espacio, aunque tampoco me apartó. Aproveché para ver las tiritas que llevaba en la parte interna del codo y en las puntas de los dedos. Aparte de eso, nadie habría dicho que le había pasado algo.

—¿Cómo has amanecido? —pregunté.

—No muy bien, la verdad.

—Me refiero a tu salud. ¿Estás mejor?

Ty asintió sin mirarme. Era curioso que evitara mi mirada de un modo tan exagerado, y más teniendo en cuenta que solíamos confiar ciegamente el uno en el otro.

—Oye, vamos —murmuré—, que soy yo. Puedes decirme lo que quieras.

—¿Lo que quiera?

—Exacto.

—Entonces… quiero que me digas una cosa. Y que seas sincero.

—Te escucho.

—¿Crees que la pelea de papá y mamá fue por mi culpa?

Me quedé perplejo. Tanto que casi no pude ni responder.

—¿Tuya? ¡Claro que no!

—Cada vez que discuten es por algo relacionado conmigo…

—No es porque sea tuyo, o mío, o de nadie. Es porque están tensos el uno con el otro y lo pagan de esta manera.

—¿Tú crees?

—Claro que lo creo.

Ty no se quedó muy convencido, pero aun así asintió con la cabeza. Sonreí y me arrastré un poco más cerca de él. Pese a que no solía gustarle el contacto humano, ese día lo aceptó gustosamente.

—Ellie y yo hemos planeado una cosita —añadí en voz baja.

—¿«Una… cosita»?

—Sí. Vamos a prepararles una noche inolvidable para que hagan las paces.

Ty me contempló con suspicacia.

—¿Y por qué nadie me ha avisado?

—Tío, ayer terminaste en el hospital, ¿cómo íbamos a…?

—¿Acabas de llamarme «tío»?

Iba a responder, pero me quedé completamente mudo. No. Yo no acababa de utilizar esa palabra que me ponía de los nervios, ¿verdad?

—Em… —murmuré.

Ty sonrió, malicioso.

—¿Cuánto tiempo has pasado con Nolan?

—¡No tanto!

—Ya te está pagando su insoportableidad.

—¡Eso ni siquiera es una palabra!

—Pero sabes a lo que me refiero, ¿eh?

—Oye, igual deberías centrarte más en evitar otro infarto y menos en meterte conmigo.

—No fue infarto, idiota. Fue un bajón de azúcar.

Quise bromear sobre el tema, como estaba seguro de que haría Ellie, o incluso Nolan; pero no, era incapaz. No quería mostrárselo a mi hermano, pero seguía preocupado por él. Me había pasado toda la noche cuestionando cada una de las decisiones que me habían llevado a no estar a su lado en un momento como ese.

Debió de darse cuenta del cambio en mi expresión, porque su sonrisita se vio sustituida por la preocupación.

—¿Qué pasa?

—Que… siento no haber estado ahí contigo.

—No necesito que estés siempre conmigo, Jay.

—Ya, ya. Pero, no sé, me gustaría que no hubieras estado solo cuando…

Para mi sorpresa, me interrumpió con un gesto de la mano. Incluso tuvo el valor de poner los ojos en blanco, como si lo estuviera aburriendo o algo así. Admito que me ofendí. Yo ahí, abriéndole mi corazón, y él actuando como si le diera jaqueca. ¡Había que tener valor!

—No es para tanto —aseguró—. Todo el mundo se comporta como si hubiera estado a punto de morirme, madre mía.

—¡Un bajón de azúcar no es ninguna tontería!

—No, pero tampoco es motivo para paralizar a toda nuestra familia. Además, el médico ya me dio una charla sobre lo que tenía que comer y sobre el valor de las dietas de los maestros que seguía por internet… No necesito más discursitos.

Quise enfadarme, pero la verdad es que solo me salió una risa un poco torpe. Sí, eso iba más con mi hermano.

—¿Y vas a hacerle caso? —pregunté.

—Creo que sí. Aunque… seguiré con mis clases de yoga. Me ayudan a canalizar la energía. Pero ¿sabes que he encontrado otra afición que me gusta mucho?

—¿En serio?

—Sí. Me gusta gritarle a la gente.

—Vaya, suena muy bonito.

—No, me refiero a que me gusta ser el jefe. Y dar instrucciones. Y hacer que se cumplan. Deberías ver las caras de los amigos de Ellie cada vez que hacen algo mal.

—Me estás dando un poco de miedo, hermanito…

—¿A ti? Tú no formas parte del equipo, puedes estar tranquilo.

Sacudí la cabeza. Ya no sabía ni cómo tomarme todo aquello. Era muy surrealista.

—Bueno, me alegro de que hayas encontrado algo que te gusta.

—Sí. —Ty hizo una pausa, pensativo, y luego se volvió hacia mí. Su seriedad me pilló un poco desprevenido.

—Papá y mamá deben hacer las paces —añadió—. Mañana jugamos el primer partido y no podemos tener a un entrenador distraído. Hay que ganar.

—Y deben hacer las paces porque los queremos y no nos gusta que estén infelices, ¿no?

—Ah, sí, sí…, eso también, claro.

Ellie

Debo admitir que ver a Ty con nosotros en la última fase del plan no me sorprendió tanto como debería. Por una vez era yo quien esperaba a los demás en la puerta y no al revés. Jay y él bajaban las escaleras con expresión de decisión.

—¡Papá, mamá! —gritó Jay, el portavoz oficial—. ¡Nos vamos a dar una vuelta los tres juntos!

Papá soltó un sonido de aprobación desde el salón mientras mamá asomaba la cabeza por la puerta del estudio. Tenía cara de sospecha.

—¿Tan tarde? —preguntó.

—Uy, que no llegamos —dije con todo el dramatismo del mundo—. ¡Hasta luego!

—¡Espera, Ty no debería…!

Por supuesto, Ty fue el primero en salir de casa.

Tuvimos suerte y mamá decidió no seguirnos al coche. Tampoco es que le hubiéramos dado la opción, porque desaparecimos a toda velocidad. Una vez dentro, Jay se puso a conducir en completo silencio. Sin radio, sin nada. La tensión era más que evidente.

Un rato después estábamos en la cafetería de la carretera de casa, esa en la que la camarera siempre apretujaba las mejillas a Ty. Él se dejó, aunque molesto, y rápidamente fue a sentarse a nuestra mesa de siempre. Menos mal que cerraban a las nueve, porque si no habríamos tenido que alejarnos mucho más de casa y no me veía con fuerzas. Estaba deseando volver cuanto antes para ver si había funcionado.

Cada uno se pidió un batido y los bebimos con la mirada perdida en cualquier sitio. Jay era el que más cara de circunstancias ponía. Él, que solía contar como la parte razonable del grupo, apenas había tocado su bebida. Ty y yo intercambiamos una mirada de preocupación.

—Preocuparse ahora ya es inútil —murmuré al final—. Tan solo podemos esperar.

—¿Y creéis que va a funcionar? —preguntó nuestro hermano mayor, muy serio—. Porque enseguida se darán cuenta de que ninguno de los dos pretendía disculparse, y de que les hemos montado un circo para forzar la situación. Igual…, no sé, igual lo empeoramos.

—¿No se supone que estás dando clases para dejar de sobreanalizar las cosas? —murmuró Ty.

Él era el único que bebía, ya que Jay y yo nos habíamos empeñado en que no podía estar sin consumir azúcar.

Jay le dedicó una miradita de advertencia que pareció funcionar. Se recostó en la silla, se cruzó de brazos y suspiró.

—¿Tú qué piensas, Ellie?

—Creo que, aunque se enteren, les dará igual y harán las paces de todas formas.

—Eso espero…

—¿Puedo preguntar qué habéis preparado? —quiso saber Ty entonces.

Jay y yo intercambiamos una mirada, como para decidir quién se lo explicaba. A mí se me daba fatal, así que le hice un gesto ofreciéndoselo en bandeja.

—Pues… nuestros cuatro tíos van a visitarlos como si no se hubieran enterado de la discusión —explicó él, dando vueltecitas al batido con la pajita—. La idea es que les propongan pasar una noche juntos, aprovechando que nosotros no estamos y todo eso. Van a ver las películas que les gustaban de jóvenes, van a pedir comida a domicilio… No sé, queremos que se acuerden un poco de esos años.

—También hay regalitos —añadí, muy orgullosa de exponer mi aportación—. Hemos encontrado una sudadera de Pumba que papá le regaló a mamá hace mil años. Está medio destrozada, pero yo creo que le gustará.

—Y una foto de ellos en una noria, o algo así.

—Y un puñado de cómics antiguos que al parecer mamá le regaló a papá, o no sé qué.

—Y un…

—Vale, lo pillo —interrumpió Ty con impaciencia—. Les habéis preparado una cápsula de viaje en el tiempo, sí.

—Exacto —dijo Jay.

—Esperemos que funcione…

—Yo creo que sí —opiné—. Luego los dejarán solos para que puedan hablar un ratito, que es el remate final. Es…, ejem…, cuando peor se puede poner la cosa. Esperemos que lo usen para bien.

—Igual deciden que quieren divorci… ¡Oye! —La colleja de Jay hizo que nuestro hermano pequeño enrojeciera un poco—. Vale, perdón.

—Va a funcionar —decretó el primero—. Y punto.

Jay tenía la habilidad de decir esas cosas con tal determinación que todo el mundo se las creía. Lo miré de reojo. Pese a estar preocupado, prefería tragárselo y fingir que todo estaba bien, para que nosotros no lo pasáramos mal. Tuve que contener una pequeña sonrisa. Aunque pasen los años, nunca dejaría de ser nuestro hermano mayor. En todos los sentidos.

—Echaba de menos estos ratos con vosotros.

Silencio.

Espera, ¿eso había salido de mi boca?

Hasta yo me he quedado sin palabras.

Jay y Ty me contemplaron como si me hubiera salido una segunda cabeza. Empecé a sentirme un poco incómoda. ¿Y si fingía que no había dicho nada? Qué vergüenza. Tendría que aguantarme las confesiones, porque al ritmo que iba me quedaría sin secretos en dos días.

Un poco sonrojada, di un sorbo muy ruidoso a mi batido.

—E-es decir… —Carraspeé, cada vez más incómoda—. Que está bien…, em…

—Mírate —murmuró Jay—. Si tienes un mundo interior y todo.

—Sorprendente. —Ty asintió.

—Idiotas. ¡Tengo muchísimo mundo interior! Otra cosa es que pase de vosotros y no lo muestre.

—Y… ha vuelto Ellie —añadió Ty.

—Ya me extrañaba a mí.

Puse los ojos en blanco, irritada. Vale. Era la última vez que intentaba…

—Yo también los echaba de menos.

Las palabras de Jay hicieron que ambos levantáramos la mirada hacia él. Tyler parecía preguntarse si aquella conversación, después de todo, iba en serio.

—Tampoco es que nos hayamos alejado tanto —protestó—. Vivimos todos en la misma casa.

Negué con la cabeza.

—No es lo mismo vivir juntos que pasar tiempo juntos. Además, últimamente…, creo que no he estado a la altura de algunas circunstancias.

—¿Eh?

Ty no entendía nada, y yo miré de reojo a Jay. Mi hermano mayor sí que lo estaba entendiendo perfectamente y, aunque en un principio había intentado evitar mi mirada, ahora me la devolvía. No sabía qué sentía él, pero sí que estaba confuso, y que no quería emocionarse antes de tiempo, por lo que aún mantenía su barrera defensiva un poco alta.

—Creo que... —Carraspeé, incómoda. Joder, como siguiera carraspeando a esa velocidad iba a quedarme sin garganta—. Creo que ha habido momentos en los que... he estado muy centrada en..., mmm..., mis cosas y no me he parado a pensar en lo que sentían los demás. Y creo que, por ello, igual..., solo quizá..., em...

—¿Por qué usas tantas palabras? Solo tienes que disculparte —intervino Ty, todo sensibilidad.

—Oye, ¡cada uno tiene sus ritmos! Un respeto a tu hermana mayor...

—Está bien, chicos —aseguró Jay, divertido—. Ellie tiene razón. Creo que hace ya un tiempo que ninguno de nosotros se para a pensar en los demás y... eso no está bien. No siempre vamos a vivir juntos, y creo que si seguimos por este camino..., no sé, terminaremos arrepintiéndonos.

—Estoy de acuerdo —murmuré.

—Siento todo lo que te dije el otro día, Ellie.

Asentí con la cabeza, muy digna. Ty me miraba fijamente, igual que Jay. Ah, sí, que me tocaba.

—Yo..., em..., también lo siento —dije entre dientes.

—¡Que alguien apunte este día! —exclamó Tyler con dramatismo—. ¡Ellie acaba de disculparse!

—¡Acabas de arruinar el buen rollo que habíamos construido, idiota!

—¡Y tú acabas de llamarme «idiota»!

—¡Al menos, yo acabo de disculparme!

—¿Y sobre qué quieres que me disculpe yo, exactamente? ¡Si no tengo nada que ver con vuestras movidas! ¡No sé ni de qué habláis!

—Podrías disculparte por ser un pequeño mandón en los entrenamientos, ¿eh?

—Jamás le pidas a un entrenador que se disculpe por querer lo mejor para su equipo.

—¿Ah, sí? —lo amenacé.

Entrecerré los ojos con malicia y me puse a vociferar para llamar a la camarera, a lo que a Ty se le cambió la cara.

—¿Qué haces?

—¡Ya verás!

En cuanto la mujer estuvo a nuestro lado, sonreí todavía más.

—Disculpe, ¿podría traerle otro batido a Ty? Es que ayer se puso muuuy malito por el azúcar y terminó en el hospital. Necesita recuperarse.

Fue como abrir la veda. En cuanto lo dije, la mujer empezó a estrujar a Tyler como si fuera a morirse justo ahí, en esa silla. Mi hermano pequeño se retorció como una culebra, pero de poco le sirvió.

De mientras, Jay negaba con la cabeza, aunque cuando nos miramos esbozó una sonrisa.

14

El primer partido

Jay

Por la mañana, bajé las escaleras con la tensión cargada en los hombros. Había dormido mejor que la última noche, aunque los nervios aún me impedían descansar al cien por cien. No sabía qué me encontraría al entrar en la cocina. Cuando la noche anterior habíamos vuelto a casa, papá y mamá ya se habían ido a dormir y no habíamos tenido ningún tipo de respuesta a nuestro plan.

En la cocina, me encontré a Ellie ya vestida en su uniforme de baloncesto. Ty también llevaba uno puesto, aunque el gorrito de entrenador lo diferenciaba del resto. Papá era el único que iba vestido normal. Y de mamá no había noticias.

Mala señal.

Al sentarme entre mis hermanos, los miré de forma significativa. Necesitaba una respuesta. Ninguno de los dos pudo dármela.

—Buenos días —murmuré.

Esperé que la cara de papá, al menos, pudiera darme una pista sobre qué había pasado. No fue así. Tenía la misma expresión cansada de cada mañana.

—Buenos días, Jay —dijo como si nada, y continuó removiendo el café.

Sin saber qué otra cosa hacer, me serví una tostada ya un poco fría y le di un mordisco. Así, sin mantequilla ni nada. Necesitaba distraerme con algo, y comer parecía la única opción disponible.

—¿Nerviosos por el partido? —sugerí con una sonrisa algo temblorosa.

—Los ganadores no sienten nervios —aseguró Ty, muy serio.

—Pues yo estoy acojonada —murmuró Ellie.

Papá le dirigió una miradita de advertencia.

—Perdón…, muy *asustada* —se corrigió.

Volvimos a quedarnos en completo silencio. ¿Por qué me sentía responsable de sacar una conversación en medio de aquel cuadro?

Porque nadie más va a hacerlo.

—Me encantaría ir a veros —dije en un tono que, a mi pesar, no me salió demasiado neutral—, pero justo hoy es el cumpleaños de Beverly y tengo que echarle una mano con las preparaciones.

—Mejor que no vengas —aseguró Ellie entre dientes—, seguro que haremos el ridículo…

Papá, de nuevo, le dirigió una miradita significativa.

—Esa no es la actitud, jovencita.

—Cada vez que me llamas «jovencita» envejeces cinco años.

—¿Quién está envejeciendo cinco años?

La voz de mamá me provocó tensión y alivio a partes iguales. Por un lado, me alegraba de que alguien más estuviera ahí, porque así no tenía que ser yo quien tomara la iniciativa en todo. Por otro lado…, bueno, si lo de anoche no había funcionado, aquello resultaría muy incómodo.

Sentí la tensión emanando de mis hermanos. Supuse que en mi caso también se notaba a leguas.

Hora de la verdad.

Mamá se detuvo junto a papá, pero no se tocaron. Ni siquiera se miraron. Oh, oh. Tragué saliva. Ella se sirvió una taza de café, tan tranquila, y luego se volvió para mirarnos.

—Buenos días, chicos —murmuró tras darle un sorbito.

Nadie respondió. Papá observaba nuestras reacciones y esbozó una sonrisa divertida.

—Parece que no les queda nada que decir —comentó.

—Después de lo de anoche, creo que se han quedado sin palabras.

Miré a Ellie por el rabillo del ojo. Luego, a Ty. No sabía cuál de las dos caras era peor. Tan solo estaba claro que nadie diría nada.

—Em… —murmuré tras la sonrisa más incómoda de mi vida—. ¿Esto quiere decir que no os gustó?

—¿Cenar con vuestros tíos? —preguntó papá—. Tengo mejores ideas para un viernes por la noche, la verdad. Y mucho más tranquilas.

—Oh, em…

—Claro que nos gustó cenar con ellos —interrumpió mamá, divertida—. ¿Por qué no se lo dices directamente, Jack? Los pobres niños están sufriendo.

—Ah, pero es que un poco de sufrimiento le da sentido a mi alma.

—Qué malo eres.

Espera, esa interacción no era agresiva. Noté que se me relajaban un poco los hombros, pero, aun así, no me permití bajar la guardia por completo.

—Lo siento si fue muy invasivo —dije como portavoz oficial del grupo, ya que mis hermanos se habían llenado las bocas de comida para no tener que hablar—. Solo queríamos que recordarais todos esos momentos tan bonitos. Pensamos que sería una buena forma de…, no sé…

—¿De hacer las paces? —sugirió papá con una ceja enarcada.

Tras dudar unos segundos, los tres asentimos a la vez. Ellos intercambiaron una mirada. No era tensa, pero tampoco tan alegre como nos habría gustado. ¿Eso era mala señal?

—Las cosas no son tan fáciles —admitió mamá—, pero sí que nos disteis la oportunidad de hablar un poco. Y creo que nos hacía falta.

—¿Sí? —preguntó Ty, esperanzado.

Su reacción nos sorprendió un poco a todos.

—Sí —afirmó papá—. Y, de hecho, uno de los temas de conversación fue el cumpleaños de Ellie.

Mi hermana casi murió atragantada por un cereal. Alarmada y tosiendo, se señaló a sí misma.

—¿M-mi…?

—Tu fiesta, sí. —Mamá suspiró—. Vamos a confiar en ti, Ellie.

—Bueno, y en tus hermanos. En los tres juntos.

—Aprovecharemos esa noche para salir y hacer un plan a solas. La casa será vuestra.

Ellie abrió mucho los ojos. Se estaba conteniendo para no esbozar una sonrisa malvada. Eso sí que era mala señal.

—Estamos confiando en vosotros —nos advirtió papá.

—¡Y no os arrepentiréis! —aseguró Ellie, entusiasmada—. ¡Será la fiesta más aburrida y tranquila del mundo!

—¿Por qué todo el mundo relaciona lo tranquilo con lo aburrido? —protestó Ty—. A mí me gusta.

—Eso dímelo cuando estés gritando en mitad del partido.

—Hablando del partido… —Papá miró la hora en el móvil y luego negó con la cabeza—. Hora de empezar a irse, equipo.

—¡No me ha dado tiempo a desayunar! —protestó Ty.

A modo de resolución, papá se hizo con un bollo y se lo puso en la boca a Ty. Este, muy airado, los siguió hacia la puerta. Mamá les iba deseando suerte y les aseguraba que todo saldría bien, mientras que yo solo los observé en silencio.

Una vez a solas, contemplé a mamá con curiosidad. Ella me sonrió.

—Así que la sudadera y todo, ¿eh?

Enrojecí un poquito, avergonzado.

—Fue… idea de los tres.

—Fue un detalle muy bonito, desde luego.

—Entonces ¿os gustó?

—Claro que nos gustó, Jay. Es solo que… —Mamá, tras un suspiro, fue a sentarse en el taburete que Ellie acababa de vaciar. Luego me miró con una pequeña sonrisa—. Entiendo que os esforzarais y me pareció muy bonito, pero creo que es algo que debemos solucionar tu padre y yo. Aunque… admito que lo de tus tíos fue todo un detalle.

—No sabía si a papá le gustaría mucho.

—Oh, claro que le gusta. Finge que no para hacerse el duro, pero es tan sensiblón como tú y yo. Nos lo pasamos muy bien todos juntos. Fue una manera muy tierna de recordar todos esos años.

—Me alegro.

Mamá me puso una mano en el hombro y me dio un apretoncito cariñoso.

—El día del concierto… fui muy dura contigo. Estaba preocupada por Ty, pero sé que eso no es excusa. Está bien que tengas tu vida y salgas por ahí, Jay. Tienes veinte años y mucha diversión por delante. Pero… avísanos, ¿vale? No dejes que pase un día entero sin que sepamos nada de ti. Solo te pido un mensaje. Un «Mamá, sigo vivo» para que yo pueda continuar con mi día con tranquilidad.

Asentí con la cabeza, divertido.

—Está bien.

—¿Irás a ver a tu abuela?

—Sí, en un rato.

—Bien, salúdala de mi parte.

—Vale.

—Y a Nolan también.

El tono hizo que negara con la cabeza, a lo que ella empezó a reírse.

Fui en coche a casa de mi abuela. Ahora que al menos tenía la esperanza de que el plan de la noche anterior podía estar funcionando, me sentía con muchas más energías para enfrentarme a Nolan. Aunque, pensándolo bien…, tampoco había nada que enfrentar. Nada de lo que pasara en su vida era mi problema. Y, desde luego, no me debía una sola explicación.

En cuanto llegué al aparcamiento, estuve a punto de estampar la cabeza contra el volante. Por supuesto que había una moto amarilla en mi lugar. El «Cuidado, felicidad al volante» casi me provocó una arcada.

Ya ni siquiera me molesté en llamar a nadie, sino que aparqué lo más pegado posible a la moto y me bajé del coche. ¿Quería robarme mi sitio? Bien, pues no podría irse hasta que yo me marchara. A la mierda.

Eso, eso.

Llamé al timbre unos minutos después, y no me sorprendió en absoluto que fuera Nolan quien abría la puerta. Se quedó parado un segundo, suficiente para hacer que la situación se volviera incómoda, y luego se apartó para dejarme pasar. Sin mediar palabra, fui a ver a mi abuela.

Ella estaba sentada frente al televisor. Tenía puesto un programa de cocina, aunque de mientras iba tejiendo un jersey que tenía muy mala pinta. Quien fuera a ponerse eso terminaría con la piel roja. Esperaba que no fuera yo.

—Hola, abuela.

—Hola, querido. ¿Cómo estás?

—Bien, bien…

Nolan pasó por nuestro lado sin mirarnos y se metió directamente en el cuarto de baño para continuar limpiando. Yo, por mi parte, me dejé caer en el sofá. La abuela observaba la situación con curiosidad, pero tampoco decía nada.

—¿Has podido descansar después del concierto? —preguntó—. Tu tío me contó que te habías apuntado para verlo.

—Ah, sí…, fue divertido.

—Y nadie le tomaba en serio cuando decía que quería ser cantante… Me alegra que no se dejara hundir. Además…

Y siguió hablando y hablando. La escuché tan atentamente como pude. Al menos, entre las miradas furtivas que echaba a Nolan cada vez que se cruzaba por el salón. Nunca lo había visto tan callado, y eso me estaba distrayendo. ¿No decía él que no quería que nada cambiara? Vale, igual yo podía aportar un poco más de mi parte, pero… ¡me había puesto la moto en medio y no me daba la gana ser quien diera el primer paso!

Llegó un punto en el que la situación se volvió tan incómoda que la abuela dejó de fingir que no se daba cuenta. Con un suspiro, se levantó y colocó las agujas y el jersey a un lado.

—¡Nolan, querido! —En cuanto apareció, señaló el sillón que acababa de abandonar—. ¿Me haces el favor de apuntar la receta que están dando por televisión? Yo aprovecharé para darme un duchita.

El aludido me echó una ojeada un poco tensa.

—¿Ahora? Estoy limpiando…

—Ahora.

—Pero…

—A-ho-ra.

Ni siquiera le dio tiempo a discutir, sino que se encerró en el baño de un portazo y nos dejó a solas. En un muy incómodo silencio, además.

Nolan forzó una expresión natural y vino a sentarse a mi lado. Después se hizo con una libretita y un bolígrafo para apuntar lo que le habían dicho. No sé por qué, pero me fijé en que tenía una letra muy bonita.

Pese a tener el televisor en marcha, el silencio era ensordecedor. Yo jugaba con un hilito de mis pantalones y él hacía todo el esfuerzo posible por fingir que no existía. Se volvió insoportable. Tanto que no pude aguantarlo.

—Sigo teniendo tu camisa —comenté con calma—. Se me ha olvidado traértela, pero puedo…

—Quédatela.

—No la quiero.

—Pues mala suerte, porque ahora es tuya.

Estuve tentado a decirle que la tiraría a la basura, pero ambos sabíamos que eso no era cierto. En su lugar, apreté los labios.

—¿Vamos a seguir así mucho rato? —pregunté.

—Tú fuiste el que se marchó, tío.

—¿Yo? —repetí, pasmado—. Tú fuiste el que no me contó nada.

—¡Porque nunca era un buen momento! Además, ¿cómo querías que lo hiciera? «Hola, soy Nolan y tengo novia desde hace diez años».

Iba a responder, pero esa información me dejó helado.

—¿Diez años? Pero… ¿cuántos…?

—Empezamos a salir a los quince —explicó en un tono cansado—. Pensé que duraríamos dos días. Después de todo, tampoco tenía mucho tiempo para una relación. Pero entonces empezó a llevarse bien con mis hermanos, y empezó a ayudarme con ellos. Y, de alguna manera…, no sé, acabó pasando más tiempo en mi casa que en la suya. Ya prácticamente forma parte de la familia.

Asentí con la mirada clavada en sus apuntes. No entendía por qué toda esa información me hacía sentir tan incómodo. Debería alegrarme por él. Debería alegrarme de que una chica tan simpática como Sammi siempre hubiera estado ahí para que no se sintiera solo. Y, aunque una parte de mí lo hacía, la otra se sentía totalmente fuera de lugar.

—Parece muy buena chica —murmuré.

Nolan me echó una ojeada. Era la primera en mucho rato. Por su expresión, casi deseé que no lo hubiera hecho.

—Lo es —dijo, y sonó tan cariñoso como resignado—. Y cariñosa, y justa, y fuerte. Y finge que mis chistes de mierda son graciosos, igual que yo finjo que me gustan sus series favoritas, para que no las vea sola. Y siempre nos hemos entendido con solo mirarnos. Siempre. Es todo eso. —Un músculo en su mandíbula se tensó de manera visible—. Pero, por encima de todo…, sí, es una buena persona.

Ahora fui yo quien apartó la mirada. Me sentía muy mal. No había dejado de sentirme así desde ese mediodía. Odiaba los sentimientos a los que no podía poner nombre, porque se me hacía mucho más difícil controlarlos. Quizá por eso intentaba evitar tanto a Nolan, porque era incapaz de poner nombre al tipo de relación que quería con él.

Lo único que tenía claro, en medio de todo ese caos, era que la noche del concierto algo había cambiado. Antes me gustaba pasar tiempo con él, sí, pero podía mantener una distancia prudente que no me hiciera sentir vulnerable. Ya no. Desde esa noche, la barrera había desaparecido y ya no podíamos fingir que en realidad nunca había existido. Quizá por eso éramos incapaces de mirarnos a los ojos.

Lo prudente era apartarme. Con un poco de suerte, Nolan pronto encontraría otro trabajo en el que centrarse y en el que le pagaran mejor. Me sabría mal por la abuela, pero habría otras personas que pudieran cuidar de ella. Y, una vez nos hubiéramos alejado el uno del otro, nos olvidaríamos de lo que había sucedido y cada uno seguiría con su vida.

Pero…

Ah, la palabra mágica.

Pero en lugar de alejarme…, en lugar de ponerme en pie e irme…, me salió una cosa muy distinta.

—¿Puedo pedirte un favor?

Nolan se volvió para mirarme, todo curiosidad y tensión.

—Claro.

—¿Te importaría acompañarme a la fiesta de cumpleaños de Beverly? Es esta noche.

Él parpadeó varias veces. No sé qué clase de favor se esperaba, pero estaba claro que no iba por ese camino. Un poco más aliviado, esbozó una sonrisa que me recordaba al Nolan que había conocido un mes atrás.

—¿Crees que me querrá ahí? —preguntó.

—Creo que querrá a alguien presente, porque no sé cuánta gente va a ir. Necesito que alguien me ayude a animarla.

—Está bien, Jay-Jay. Vamos a prepararnos para animar juntos a Morticia Addams.

Ellie

Bueno… pues ahí estábamos. Primer partido.

¿Qué puede salir mal?

No estaba precisamente demasiado animada. Víctor tampoco. Al subir a la furgoneta, él se había sentado en el asiento del copiloto y yo en el de atrás del todo. No volvió la cabeza una sola vez, y supuse que se debía a los nervios por nuestra primera demostración en público. Contemplé su espalda unos instantes, sus hombros tensos, y luego miré de nuevo por la ventanilla. Por lo menos, el discursito de papá y los comentarios de Tyler sirvieron de distracción. Su actitud había cambiado un poco, y estaban mucho más centrados en motivarnos que en asustarnos.

Al menos, el discurso caló en los demás; Eddie y Oscar canturreaban una canción de la radio, Marco repasaba tácticas mentalmente y buscaba vídeos de nuestros rivales, Tad se entretenía con un juego del móvil...

—¡Vamos a machacarlos! —exclamó Marco tras una carcajada—. Mira esto, entrenador, ¡son malísimos!

—Ya veo.

—Lo dices como si nosotros fuéramos muy buenos —comentó Oscar, aunque no parecía muy preocupado por ello.

—No somos tan malos como ellos, que es lo importante.

—Si tú lo dices...

Miré a Jane, que conducía con tranquilidad. Nuestras miradas se cruzaron en el espejito retrovisor y no se me pasó por alto su expresión inquisitiva. Debía de tener muchas preguntas, ya que sus padres le habrían hablado del plan de la noche anterior. Sin embargo, no era el momento de dar explicaciones.

El partido se jugaba relativamente cerca de la ciudad, así que llegamos a tiempo sin problemas. Jane aparcó la furgoneta junto a la entrada trasera del gimnasio —cuyo aparcamiento estaba prácticamente vacío— y todos bajamos uno tras otro. Tyler nos iba dando palmadas en la espalda que nos doblaban como hojitas de papel.

—Bueno —comentó Jane—, os veré en el partido. Estaré entre el público. Y..., em..., suerte. Machacadlos y todo eso.

—Qué gran discurso motivador —comentó Eddie.

—Ni que fuera vuestra capitana.

—Luego obligaremos a Víctor a dar un discurso —añadió papá.

El aludido abrió mucho los ojos, alarmado.

—¡Vamos! —exclamó Tad, para sorpresa de todos, y nos devolvió a la realidad—. Jane tiene razón, ¡¡¡hay que machacarlos para que vuelvan a casa humillados!!!

Papá y Ty lo contemplaron con perplejidad.

—Em…, eso —dijo el primero, todavía un poco perdido—. Lo que dice el chiquitín, exacto.

—¿Desde cuándo eres tan sanguinario, Tad? —quiso saber Oscar.

—¿Podemos dejar de hablar e ir a prepararnos? —sugerí.

Hubo unos cuantos suspiros dramáticos, pero todo el mundo me hizo caso y nos encaminamos hacia los vestuarios. Jane me detuvo agarrándome del codo justo cuando pasé delante de ella. Parecía preocupada.

—Oye… —murmuró—, entiendo que estés nerviosa, pero no pasa nada. Piensa que, si perdéis, seré la única del público que os conoce.

Esbocé media sonrisa algo cansada.

—¿Eso es para consolarme?

—Sí. ¿Ha funcionado?

—Mucho.

—¡Genial!

El vestuario del otro equipo era bastante ruidoso y el nuestro estaba en completo silencio. Como yo ya me había cambiado de ropa y llevaba puesto el uniforme, me senté en una banqueta y apoyé la mandíbula en las manos para esperar el momento de salir. Los demás se cambiaban de ropa sin decir absolutamente nada. Incluso el creído de Marco parecía nervioso. Y no estaban papá o Ty para consolarnos, así que el drama se multiplicaba.

Entonces llamaron a la puerta. El árbitro asomó la cabeza.

—¿Seis? —preguntó con contrariedad—. Faltan dos personas, ¿dónde están?

Fruncí el ceño y me volví hacia Víctor, que se había quedado blanco. Oh, oh.

—Están cambiándose —dijo Oscar entonces, con toda la confianza del mundo—. Ahí, en los cubiletes.

Por suerte, el árbitro no puso ninguna pega. Suspiró y revisó su libreta.

—Cinco minutos —informó, y volvió a salir.

En cuanto cerró la puerta, todos entramos en pánico.

—¡¿Ocho?! —repitió Eddie con voz aguda—. ¡¿De dónde sacaremos a más gente?!

—A ver, si no, no nos dejaban apuntarnos —dijo Oscar con tranquilidad—. Así que dije que éramos ocho.

Víctor lo contemplaba con la mandíbula medio desencajada.

—¡¿Y no pensaste en comentárnoslo, Oscar?!

—¡Pensé que seríamos tan buenos que no se darían cuenta!

—¡¡¡Te voy a matar!!!

—¿Hemos venido hasta aquí para nada? —preguntó Tad con tristeza.

Y entonces, como si se creyera nuestro salvador personal, Marco gesticuló para restarle importancia al drama.

—Tranquilos, niños, que yo me encargo —aseguró—. Voy a sobornar a alguien.

Nadie se quedó tranquilo cuando salió del vestuario. De hecho, aunque estábamos en silencio, noté que la tensión no dejaba de crecer. Víctor se había sentado en el banquillo con la cabeza agachada y hundida entre las manos. Como no supe qué hacer, me moví hasta quedarme sentada junto a él. Vi que echaba un vistazo rápido a mis piernas y me reconocía, pero no alzó la vista.

—¿Qué quieres? —masculló sin muchas ganas de hablar.

—Te noto agobiado.

—No estoy de humor para discutir, Ellie.

Pensé en protestar, pero luego me di cuenta de que no me apetecía discutir con él. En su lugar, le di un pequeño apretón en el hombro. Incluso podría haberse calificado como algo cariñoso. Toda una proeza. Él se tensó con el contacto, pero también me miró de soslayo. Parecía estar a punto de preguntar qué me pasaba, o cuál era mi intención oculta detrás del gesto, aunque al final no dijo nada. Y tampoco me apartó.

Vamos avanzando.

—Lo siento por lo de ayer —murmuré, sintiéndome un poco rara.

Víctor se irguió alarmadísimo y me miró como si esperara un «Pero…» y una broma, claro. No llegó. Yo tampoco estaba de humor. Además, no quería destruir mi racha de buena persona, para una vez que era genuina…

Justo cuando pareció que iba a decir algo, la puerta se abrió de golpe y yo me aparté un poco de él. Menos mal, porque eran papá y Marco.

—Lo mío habría sido mejor —protestaba este último, que ahora iba guardándose dos billetes de cincuenta en el bolsillo.

—Y apreciamos la buena intención de un soborno —aseguró papá—, pero creo que esto será mejor. Chicos, ¡os presento a vuestros nuevos compañeros!

No sé qué esperaba, pero, desde luego, no era que Ty y Jane entraran con los uniformes puestos. Si hacía un momento Víctor se había quedado pálido, mejor no hablar de la cara que acababa de poner yo.

—¡Ya tenemos jugadores! —anunció papá con una sonrisa.

—P-pero... —intentó decir Víctor.

—Sí, sí..., disimulad esa emoción. —Jane suspiró—. Yo no me apunté a esto, ¿eh? Lo voy a contar como horas extra.

—Pero... —Tad parecía un poco inseguro sobre ponerlo en duda—. ¿Saben jugar?

Ty dio un respingo.

—¿Acaso me pones en duda?

—¡No, no!

El árbitro volvió a asomarse justo entonces, así que no hubo tiempo para más discusiones al respecto.

—¡Ya es la hora! —anunció, y sentí que se me encogía el estómago.

Bueno..., podría hablar del partido, pero fue un poco lamentable.

Vamos, no nos dejes en ascuas.

Básicamente, fueron cuarenta minutos de empujones, golpes e insultos. Nosotros no éramos tan malos, pero había tan poca comunicación que nos resultó imposible jugar bien en equipo. Para empezar, los únicos que me pasaban la pelota eran Oscar y Víctor, porque los demás... o no la tocaban —Tad—, o estaban demasiado ocupados intentando encestar por sí solos —Eddie y Marco—, o metían codazos a mogollón —Ty, alias la furia del baloncesto—, o directamente se quedaban al margen con los brazos en jarras —Jane—. Así era imposible. El otro equipo llevaba al menos veinte puntos y nosotros seguíamos sin haber encestado. Para lo único que nos pitaban era para marcar las faltas que hacían Eddie, Marco y Ty.

¿Resultado final? Mejor ni lo comento.

Sí, mejor.

El viaje de vuelta fue muy silencioso. Todo el mundo estaba con los brazos cruzados o cabizbajo. El único al que parecía darle igual era Oscar, que se había quedado dormido con la mejilla aplastada contra el hombro de Tad. Este último se mantenía muy tenso y quieto para no despertarlo.

—Bueno… —dijo entonces Jane, forzando el tono alegre—. ¡No ha ido tan mal!

Silencio.

—¿Eres asquerosamente positiva o tonta a secas? —masculló Marco.

—Otro comentario de esos —advirtió papá— y te tendré haciendo flexiones hasta que escupas un pulmón.

—Vaaale…

—Déjalo —le recomendó Jane, restándole importancia—. A ver, vale, ha sido un poco desastre…, ¡pero es vuestro primer partido! No podéis esperar nada mucho mejor.

—Eso es verdad —admitió Víctor.

—Todo el mundo nos miraba con lástima —se lamentó Tad.

—Seguro que el antiguo entrenador se está riendo de nosotros —admitió Eddie.

—O se ha muerto atragantado con un bocadillo gigante —musitó Marco en voz baja.

Tad emitió un sonido agudo, como de risa, pero se cortó en cuanto el aludido le echó una mirada de advertencia. Alarmado, se apresuró a ponerse serio otra vez.

—¿Y qué hace ese durmiendo? —protestó Marco entonces, y se estiró para darle en la cabeza a Oscar—. Oye, no puedes dormir, ¡¡¡no hay paz para los perdedores!!!

Sospeché que su intención era despertarlo, pero en cuanto le dio un toque en la cabeza, Oscar se movió y se apoyó en la ventanilla. Irritado, Marco se cruzó de brazos, pero no insistió más.

—A mí el partido no me ha disgustado —dijo Ty, tan tranquilo.

Marco enarcó una ceja.

—Es que dando codazos te lo pasas genial.

—A ver, está claro que podríamos haber hecho un partido mejor —intervino papá entonces, la voz de la razón—. Siempre se puede mejorar. Al menos, hemos visto cuál era nuestro punto débil. Ya trabajaremos en él. Seguro que a la próxima nos defendemos mucho mejor.

Mientras ellos seguían discutiendo, yo permanecí en silencio al final de la furgoneta. No tenía muchas ganas de hablar. Al mirar hacia delante, descubrí a Víctor observándome por el retrovisor. Cuando nuestras miradas se cruzaron y pensé que él la apartaría primero, me sorprendió que la mantuviera. No parecía enfadado. De hecho, no estaba muy segura de cómo se sentía, pero noté un peso en el estómago muy similar al que había sentido antes del partido y, un poco abrumada, me apresuré a desviar la mirada hacia la ventana.

Jay

Beverly no era de esas personas que admiten que se sienten mal. Podría explotarle una bomba al lado y te diría que no pasa nada, que ya se las arreglaría ella sola.

Pero a medida que transcurrían los minutos y no aparecía nadie…, supe que estaba mal. Que estaba muy muy mal.

El plan tampoco era demasiado loco; habíamos preparado palomitas, golosinas y demás tonterías, habíamos pedido unas cuantas pizzas, teníamos un puñado de películas preparadas para verlas todos juntos —de terror, que era las que le gustaban a ella—… Era el mismo plan de cada año. El que repetíamos ese día exacto ella, Fred, Lila y yo. Ese año, por supuesto, fue distinto.

Tan solo Fred había aparecido a la hora acordada, y era el único que no percibía la tensión que reinaba en el ambiente. Se bebía un refresco sentado en un sofá, tan tranquilo, mientras yo observaba a Beverly. Nolan estaba a mi lado y, aunque había tratado de hacer algún comentario para aliviar el ambiente, no había servido de mucho.

Quise decir algo que la consolara y no se me ocurrió nada. Entendía que se sintiera mal, sí, pero se había pasado todo el verano criticando la relación de Lila y Diana. Normal que se sintieran incómodas y no quisieran aparecer. Aunque, eso sí, deberían haberla avisado antes. Era lo mínimo. Después de todo, ella y Lila eran amigas desde hacía muchos años.

—¿Vamos a ver películas o qué? —preguntó Fred—. Ya son casi las diez.

Mi mirada podría haberle abierto un boquete en la cabeza y creo que por fin se dio cuenta, porque enrojeció y volvió a centrarse en un nuevo trozo de pizza.

Beverly reaccionó por fin. Esbozó una sonrisa, se estiró para alcanzar su refresco y dio un sorbito.

—Claro, vamos a ver alguna…

—Espera —intervine—. Te he traído un regalo. De parte de todos.

Era mentira, claro, pero ella no tenía por qué saberlo. Bastante acarreaba ya con la ausencia de Lila. Y supe que mentir había valido la pena en cuanto se le iluminó la mirada.

—¿En serio?

—Sí, aquí tienes.

Beverly recibió el paquete negro con estrellas plateadas. Lo hizo con una gran sonrisa. La misma que no borró mientras lo abría con sumo cuidado. Por la forma ya podía intuirse lo que era, pero fingió sorpresa.

—¡Abba! —exclamó—. ¿Cómo sabes…?

—¿Que te gusta aunque finjas que no? Tengo mis trucos, supongo.

Beverly se puso a reír, un poco avergonzada, y se incorporó para meterlo en su colección. La tenía bastante completa, y me alegró que al menos pudiera aportarle algo positivo en una noche tan complicada.

—¡Muchas gracias! —dijo, sincera—. Seguro que a mis padres les encanta.

—Lo dice como si ella no lo escuchara a escondidas —comentó Fred.

Bev le sacó el dedo corazón y él se encogió de hombros, poco afectado.

Lo único que no me esperaba —debo admitirlo— fue que Nolan se sacara un paquetito pequeño del bolsillo.

—En realidad… —murmuró—, yo también te traigo un regalo.

Todos nos volvimos, perplejos. Beverly, la que más.

—¿Para mí?

—¿Hay alguien más que cumpla años?

—Es que…, em…, no me…

—Oye, Chucky, no te me vas a poner tímida ahora, ¿no?

Mucho más irritada —pero también divertida—, Beverly se acercó para quitarle el paquetito de la mano. Nolan sabía qué decir en cada momento para que la gente reaccionara, eso estaba claro.

Con las palabras justas, era capaz de sacar a cualquiera de su caparazón.

Ahora dilo sin sonreír.

¡No estaba sonriendo!

Bev abrió la cajita con el mismo cuidado de antes y sacó una pulsera hecha a mano. Tenía piedrecitas rojas y negras de esas de plástico, y también la inicial de su nombre.

—La ha hecho mi hermana Gio —explicó Nolan—. Se quedó… algo fascinada con tu pelo. Creo que vas a hacer que se tiña en cuanto pueda, cosa que me preocupa un poco.

Podía parecer la mayor tontería del mundo, pero Beverly no pudo ocultar su enorme sonrisa. Se la puso sin dudarlo un segundo y luego giró la muñeca para que pudiéramos verla mejor.

—¡Me gusta mucho! —aseguró, con más entusiasmo del que solía mostrar de forma habitual.

—Se lo diré —señaló Nolan.

—Nolan. —Fred intervino con el ceño fruncido—. Yo también quiero una de esas.

—Pues para ti no hay, que no cumples años y tienes el pelo más aburrido del mundo.

—¡Oye!

Al menos, después de aquello Bev se animó mucho más y nos puso una de sus películas favoritas. Era una de mi padre, una que precisamente no me gustaba demasiado. Básicamente, seguía a un grupo de adolescentes que se metían en una casa del terror e iban muriendo uno tras otro. A cada escena sangrienta, yo apartaba la mirada y fingía que mis uñas eran lo más interesante del mundo. Nolan se reía disimuladamente de mí, Fred soltaba carcajadas con la boca llena y Beverly asentía en señal de aprobación.

En cuanto terminó, yo solté un suspiro de alivio. Pero duró poco. Muy poco. Así que Nolan abrió la boca, supe que eso no iba a terminar bien.

—Oye —dijo, todo sonrisas—, ¿y si vamos a un *escape room* de esos?

Solo por la forma en la que a Beverly se le iluminó la mirada, supe que la habíamos cagado.

Como era su cumpleaños, no me quedó otra que buscar alguno abierto a esas horas. Tuvimos la desgracia —o suerte, perdón— de encontrar varios. Incluso podíamos elegir. Muy trágica, la situación. Yo estaba cada vez más hundido en la miseria, mientras que los demás iban motivándose a cada segundo que pasaba.

Y así terminamos en un *escape room*.

Con cosas más tranquilas han empezado películas de terror.

Fueron las dos horas más terroríficas de mi vida. A cada enigma que conseguía resolver, un actor se lanzaba sobre mí para asustarme y yo gritaba usando toda la capacidad de mis pulmones. Nolan se reía, Beverly buscaba la siguiente pista como una posesa y Fred lo grababa todo para subirlo a Omega. No fue la mejor noche de mi vida, desde luego.

Ya habíamos pasado a la penúltima sala cuando logré pillar a Nolan un poco más apartado del resto.

—¿No podías proponer ir al cine? —siseé, furioso.

—Oye, que se trata de pasarlo bien.

—¡El cine es divertido!

—Y tranquilo, sí.

—No subestimes el valor de una noche tranquila —le pedí entre dientes.

—Oh, pero así aprovecho y seguimos con tus clases. ¿O habrías aceptado venir si no hubiera sido por ellas?

Tenía que decir que sí y no me apetecía darle la razón, así que me crucé de brazos y volví con los demás.

Por suerte, el *escape room* fue mucho más corto de lo previsto. Quizá tuvo que ver que yo estaba empeñadísimo en resolverlo cuanto antes para salir de ahí, por lo que me había esforzado el triple en revelar las pistas. Nolan y Fred estaban pasmados con mi capacidad de resolución, mientras que Beverly se limitaba a asentir como si hubiera sabido desde que entramos que acabaríamos así.

Una vez fuera del recinto, los cuatro nos quedamos de pie en mitad de la acera. Era medianoche y estaba casi todo cerrado.

—Podemos ir de fiesta —comentó Fred.

—Se trata de hacer algo que le guste a la cumpleañera —recordé.

—¿Y qué le gusta a la cumpleañera? —preguntó Nolan, mirándola—. ¿Volvemos a tu casa a ver películas?

La Beverly habitual habría dicho que sí, que no quería hacer más cosas y que la dejáramos tranquila. Esa noche, sin embargo, se había venido arriba. Su sonrisita malvada me preocupaba.

—Tengo una idea, pero no sé si os animaréis.

—Y con eso se refiere a ti —indicó Fred, mirándome.

—¡Oye!

—Jay está aprendiendo a ceder, así que aceptará —intervino Nolan—. ¿A que sí, Jay?

Apreté los dientes, irritado.

—Ajá.

—Este es mi chico.

Fred se llevó una mano al corazón con dramatismo.

—¡Qué bonito!

—Cállate —siseé.

Y, por supuesto, a Beverly no se le ocurrió nada normal. Ni legal, ya de paso.

Unos años atrás, lo que más nos había unido era que el instituto entero pasaba de nosotros. A mí me ignoraban, simple y llanamente. De ella se burlaban por su aspecto. La gente no acepta muy bien que las cosas se salgan de sus términos habituales, y Beverly siempre fue una ecuación que no todo el mundo podía entender.

Pero de eso hacía ya unos cuantos años. Los suficientes como para intentar ignorar que había sucedido. Al menos, hasta esa noche, porque Beverly decidió que quería venganza.

La cosa va mejorando.

Tras hacernos con unos cuantos botes de pintura en su casa, nos encaminamos hacia la entrada de nuestro antiguo instituto. Fred se reía con entusiasmo, Nolan sonreía y Beverly tenía la determinación de quien sabe que va a obtener justicia —un poco relativa— tras muchos años de esperarla.

—¿Tengo que escalar? —me lamenté cuando vi que empezaban a ascender.

Fred, que ya estaba en la parte superior de la verja de entrada como un mono araña, gesticuló impaciente.

—¡Vamos, Jay, anímate!

—¡Puede que haya cámaras!

—Pues sonríe para ellas —me indicó Nolan.

Me guiñó el ojo y empezó a escalar tras ellos.

Yo no debería haberme sonrojado. Y mi estómago no debería haber dado ese vuelco. Pero ambas cosas sucedieron y, ya que estaba haciendo cosas poco habituales en mí, los seguí.

Beverly se había acercado a la pared más blanca del patio y ya estaba pintando con un espray de color negro. Dibujaba de maravilla, así que era fácil identificarla sentada en una silla con el dedito corazón extendido para su público.

—¡No deberías dibujarte a ti misma! —protesté—. ¿No ves que te van a reconocer enseguida?

—Quiero que me reconozcan —dijo ella, divertida, y luego señaló la foto del director que seguía colgada en la entrada—. Especialmente él, que era un cabrón.

—¡Dilo! —Fred dio un salto en el banco que había elegido, entusiasmado. Se detuvo nada más oír el crujido del metal—. Ups. Creo que lo he roto.

—Genial, ahora ya tenemos una multa por allanamiento y otra por vandalismo…, ¿podemos irnos de una vez?

Sin embargo, a medida que hablaba, pareció que a Fred se le encendía una bombillita en el cerebro. Lo miré con sospecha, a lo que él sonrió todavía más.

—¿Qué? —preguntó Nolan, que no entendía nada.

Fred se rio con ganas, saltó del banco y fue directo a por la salita de los materiales del patio.

Bueno, lo único que estaba claro era que, después de esa noche, iban a ponerle candado.

Pese a que Nolan no tenía nada que ver en todo aquello, se lo pasó igual de bien que los demás. Lo que había empezado con una pintada en una pared terminó siendo un completo caos de material tirado por todos lados, pintadas insultantes en cada superficie, raquetas rotas y pelotas pinchadas. Yo lo observaba todo con los brazos cruzados mientras ellos iban intercambiando sus papeles, riendo y aplaudiendo.

A ver…, ¿estaba en contra del vandalismo? Sí, desde luego. Pero ¿me disgustaba que se lo pasaran bien? No, claro que no. Estaba de acuerdo con que el director pagara un poco por todo aquello, eso era verdad. Y yo no quería participar.

Peeero…

Ah, la palabrita mágica.

Pero… sí que hice mi pequeña aportación.

En medio del caos, justo cuando nadie me prestaba atención, me hice con un rotulador y fui a por la foto del director. Con los dedos temblorosos, le pinté unos cuernitos de diablo y, corriendo, volví a unirme al grupo. Me sentía como si el infierno fuera a abrirse y tragarme en cualquier momento por el pecado que había cometido.

Tardaron una hora en cansarse, recoger las pinturas y salir tal como habíamos entrado. Yo les iba soltando un sermón sobre todo lo que habían hecho mal, pero se lo estaban pasando demasiado bien como para prestarme atención. El único que me hizo caso fue Nolan, cuando estuve a punto de caerme de la verja que separaba el instituto de la calle. Riendo, se acercó y me ofreció un mano para ayudarme. La acepté, aunque muy a regañadientes. Él intentó mantenerla, pero yo la quité y aparté la mirada.

—¿Podemos volver ya a casa? —pregunté cuando nos encaminamos otra vez.

Pero Bev estaba más entusiasmada que nunca. Andaba con tal alegría que las pinturas le rebotaban en la espalda; le daba igual.

—¡Quiero hacer más cosas!

—Oh, genial…

—¡La noche es joven! —Fred estuvo de acuerdo.

Nolan se limitaba a sonreír ante mi cara de resignación.

Y, justo cuando pensé que la cosa no podía ir a peor, Bev soltó un chillido de entusiasmo y salió corriendo en dirección opuesta a la que llevábamos. Fred la siguió de cerca. Era la mejor noche de sus vidas y la peor de la mía.

—Por favor, que no sea un delito… —murmuré.

Nolan se acercó divertido y me dio una palmadita en la espalda.

—Tienes que aprender a pasarlo bien, tío.

—¡Una cosa es pasarlo bien y otra muy distinta cometer delitos todo el rato!

—Tómatelo como una clase más.

—Sí… —Suspiré, y luego se me relajó un poco la expresión—. Quizá sí que podemos mantener una relación normal, después de todo.

Él abrió la boca, algo sorprendido, pero no pudo responder. El sonido de unas rueditas nos interrumpió. Ambos nos giramos a la vez.

Fred empujaba un carrito de supermercado y Bev, que iba sentada dentro con las pinturas entre las piernas, gritaba mientras él le daba vueltas. Cuando vi la pequeña cadena que habían roto para robarlo, me llevé las manos a la cabeza. Nolan empezó a reírse a carcajadas.

—¡Bev! —chillé, alarmadísimo—. ¡Ni se te ocurra…!

—¡Fred, tírame!

—¡¡¡Yuuupiii!!!

Fred empezó a correr hacia la cuesta que acabábamos de subir y, en cuanto empezaron a rodar a toda velocidad, se subió a la parte trasera del carrito. Bev chillaba y se reía —o aterrorizada o divertida— mientras bajaban a una velocidad que me encogió el corazón.

Pensé que se matarían, en serio, pero no. Llegaron abajo y Fred frenó como pudo. El carrito se puso de lado y se tambaleaba, pero lograron salir ilesos. Mientras volvían a subir, yo mantenía una mano en el corazón.

—¡¿Cómo se os ocurre…?! —empecé a decir.

—¡Os toca! —chilló Fred, todo despeinado.

—¿Eh?

—¡Vale! —Nolan sonrió con amplitud—. ¿Quieres conducir o sentarte?

—¿Eh? —repetí como un idiota.

—Vale, pues conduzco yo.

—¡No pienso subirme en esta cosa!

—¡Vamos, Jay! —insistió Beverly con un mohín—. ¡Hazlo por mí, porfa!

—¡Que no! ¡Y no vais a convencerme!

Cinco minutos más tarde, estaba sentado en el carrito.

—¿Estás listo? —preguntó Nolan detrás de mí.

—No. Pero tampoco lo estaré dentro de cinco minutos, así que acabemos con esto.

—¡Así me gusta!

—Te lo estás pasando bien, ¿eh?

—¡En grande!

Y, sin más preámbulos y con los gritos de ánimo de mis amigos, Nolan empezó a correr con el carrito. Me agarré con fuerza a los bordes. De pronto, la cuesta me parecía el puñetero Everest. ¿Era cosa mía o estaba mucho más empinada que antes? Contuve la respiración, aterrado.

—¡Allá vamos! —gritó Nolan, y se subió por completo.

El viento me echó el pelo hacia atrás y, aunque me dé vergüenza admitirlo, me puse a gritar. Muy fuerte. Las carcajadas de mi acompañante, que me pasó un brazo alrededor de los hombros y apoyó la mandíbula en uno de ellos, casi me igualaron en volumen. Yo cerré los ojos con fuerza, aterrado, mientras él parecía disfrutar del mejor momento de su vida.

Y empezamos a descender. Nunca en la vida me había subido a una atracción, así que la sensación de adrenalina fue totalmente novedosa. Y… no me desagradó. A mitad de la cuesta y con el corazón en un puño, me atreví a abrir los ojos. Íbamos a una velocidad alarmante, pero no podía dejar de mirar. Y, una vez abajo, el carrito siguió hacia delante. Las ruedas chirriaban por el esfuerzo.

Cuando frenamos, por algún motivo, yo tenía una gran sonrisa en los labios. Nolan me contempló, divertido.

—¿Te ha gustado?

—No me ha… desagradado.

—¡Chicos, le ha gustado!

—¡Oye!

Y así seguimos. Empecé a pillarle el gustillo a eso de arriesgar la vida de forma estúpida, incluso me puse a animar a los demás. Empujé el carrito con Beverly, me reí cuando Fred corrió tan rápido que Nolan casi salió disparado. Me lo estaba pasando mucho mejor lo que había imaginado.

Pero, como siempre que me relajaba, se me ocurrió la peor idea del mundo.

Quise subirme yo solo, y no fui consciente de la velocidad que estaba alcanzando hasta que Nolan me gritó a modo de advertencia. Demasiado tarde, porque ya había alcanzado la cuesta, así que no me quedó otra que dejarme llevar. Y eso hice, claro.

Al menos, hasta que un rueda del carrito salió disparada. Con ella, mis esperanzas de no matarme.

Bueno, hasta aquí hemos llegado.

Lo vi casi al mismo tiempo que ellos, que empezaron a gritarme que saltara del carrito. Pero era imposible a tanta velocidad, así que me agarré con más fuerza de los bordes. El efecto fue inmediato y, cuando el metal tocó el suelo y el carrito dio un tumbo, yo salí disparado hacia atrás.

Dicen que cuando estás a punto de morir, ves tu vida pasando ante los ojos de forma dramática y profunda. Es mentira. Lo único que vi yo fue el asfalto acercándose a toda velocidad. Y lo único que pensé fue que era un idiota.

El golpe fue duro, y terminé de arrastrarme unos metros más abajo. El carrito siguió su recorrido y terminó derribado a los pies de la colina. Todo eso sucedía mientras yo continuaba rodando y rodando.

Para cuando Nolan —que había sido el primero en salir corriendo hacia mí— me alcanzó, yo estaba tirado en el suelo como una estrella de mar. Contemplaba el cielo con resignación y, aunque me dolía todo el cuerpo, no me atreví a mirarme a mí mismo.

Su cara preocupada apreció en mi campo visual.

—Joder, ¿estás bien? —preguntó a la desesperada—. Jay, tío, ¿te has hecho mucho daño?

Y, por algún motivo, lo único que me salió fue empezar a reírme. En cuanto procesó lo que estaba haciendo, Nolan suspiró con alivio y les indicó a los demás que seguía vivo.

15

Debate moral

Ellie

Amanecí con pocas ganas de vivir. Tras el partido del día anterior, lo único que me apetecía era hundirme en la cama y no salir de ella jamás. Pero también tenía hambre, así que bajé a desayunar.

Muy profundo.

Ty estaba en el patio de atrás con mis tíos, Mike y Sue. Parecía que intentaba enseñarles a hacer yoga y, aunque el primero se lo tomaba en serio, la segunda estaba tumbada en su esterilla con las gafas de sol puestas.

Mamá y papá sí que se encontraban en la cocina, y me recibieron con un desayuno recién hecho. No se me pasó por alto la sonrisita que se dedicaron. Vaya, vaya. Sí que había funcionado el plan, después de tanta tontería.

—Buenos días —dije, arrastrándome hasta el primer taburete que encontré.

—Buenos días, campeona —exclamó mamá—. ¡Ya has jugado tu primer partido! ¿Qué se siente?

—Humillación.

—¡Ellie!

—A ver, fue humillante.

—No fue para tanto —aseguró papá enseguida—. Fue un primer partido, que pocas veces sale bien.

No estaba completamente de acuerdo con esa explicación, aun así no quise ponerme en su contra. En lugar de eso, me estiré para alcanzar los cereales. En el proceso me sentí un poco observada. Y es que papá y mamá me miraban desde un rincón de la cocina de forma un poco terrorífica.

—¿He hecho algo mal? —pregunté.

Lo único que se me ocurría era que se hubieran arrepentido de dejarme la casa para la fiesta, pero enseguida lo descarté. No sonreirían tanto, ¿no?

Nunca se sabe.

—Tenemos algo para ti —comentó papá, arqueando las cejas una y otra vez.

—¿Para mí?

—Ajá. —Mamá asintió—. Ha llegado hace un ratito.

Sin más preámbulos, se colocaron ante mí en la isla y mamá me dejó una carta junto al bol de leche. Llevaba mi nombre. No recordaba haber recibido jamás una carta a mi nombre. ¿Se suponía que eso eran malas noticias?

—¿La habéis abierto? —pregunté.

—¡Claro que no! —Papá pareció muy ofendido por la acusación—. Es tuya, Ellie.

—Ah…, ¿y qué…?

Me quedé callada en cuanto reconocí la insignia. La universidad. Joder. Se me había olvidado por completo.

—¿Qué…? —repetí.

—Ábrela, vamos. —Mamá daba saltitos en el sitio, entusiasmada—. ¡Tengo un buen presentimiento!

—¿Quieres que te dejemos sola? —preguntó papá.

—No, no…, es solo que… —Intenté centrarme otra vez. Me había quedado en blanco—. Vale, sí. Habrá que abrirla.

Con la precisión de un cirujano —y con los nervios de mis padres a flor de piel—, me dispuse a despegar el sobrecito. No tenía ninguna prisa, porque, al contrario que mamá, mi sensación era que no habría buenas noticias. Me había inscrito en más universidades, sí, pero por ahora ninguna me había respondido. Esta era la que más me interesaba. No me apetecía llevarme un disgusto tan temprano.

Pero ya la tenía medio abierta, así que no me dio tiempo a echarme atrás. Terminé de despegar el sobre y saqué la carta. Estaba impresa y con la firma oficial. Tragué saliva. Y, claro, me puse a leer.

Papá y mamá me observaban con los ojos muy abiertos. Cada vez que yo hacía un pequeño movimiento, ellos daban un respingo. Si no hubiera estado tan nerviosa, quizá me habría reído.

—¿Y bien? —preguntó mamá en un tono chillón—. ¿Qué dice?

Papá no decía nada, pero solo le faltaba tirarse de los pelos a sí mismo.

Tragué saliva por enésima vez y giré la carta para enseñársela.

—Me han… aceptado.

Me sorprendió el poco tiempo que necesitaron para procesarlo. Mientras yo continuaba en *shock*, ellos ya habían asumido la noticia y lo celebraban. Papá empezó a leer la carta con una gran sonrisa y mamá rodeó la isla para lanzarse sobre mí. Fue de las primeras veces que, cuando me dio uno de sus abrazos asfixiantes, no me quejé en absoluto.

—¡Lo sabía, lo sabía! —gritaba, encantada—. ¡Enhorabuena, cariño! ¡¡¡Ay, qué bien!!!

Iba a decirle que se apartara, pero papá se acercó justo en ese momento. Si pensaba que mamá estrujaba fuerte, no era nada en comparación con papá. Él sí que te ahogaba sin piedad. Nos apretó con tanta fuerza que incluso logró levantarnos a ambas del suelo. Yo empecé a retorcerme mientras mamá se reía.

—¡Papá! —protesté.

—¡Jack! —chilló ella de repente— ¡¡¡Que arrugas la carta!!!

—¿Eh?

—¡Quita, quita!

Alarmado, nos soltó de golpe y mamá le quitó la carta de la mano. Empezó a hablar de que la iba a enmarcar o no sé qué, y salió corriendo para repartir la noticia por la casa. La observé con una sonrisa, aunque sin reaccionar del todo.

—Bueno, pues lo has conseguido.

Las palabras de papá me hicieron mirarlo de nuevo. Me sonreía de una forma muy especial. Hacía mucho tiempo que no lo veía tan orgulloso de mí.

—Sí…, eso parece —murmuré.

—¡Deberías estar mucho más contenta, Ellie! ¡Es la universidad que querías!

—Sí, es que…, no sé…

Ante mi perplejidad, papá se rio y me ofreció una mano. Se la choqué con ganas, como siempre habíamos hecho cuando era pequeña. Él las mantuvo unidas unos segundos de más.

Y, justo cuando parecía que iba a decirme algo, dio un respingo y contempló la puerta de la cocina.

—Pero ¿se puede saber qué te ha pasado?

Yo también me giré, más por curiosidad que por preocupación. En cuanto vi a mi hermano mayor, se me escapó una carcajada que intenté esconder con la palma de la mano. Tenía un golpe azulado en la frente, raspones en la mandíbula y la nariz, y los codos y las rodillas en carne viva. Por sus ojeras, deduje que todo había ocurrido la noche anterior.

Jay enrojeció bajo nuestra atenta mirada.

—Em…, es una larga historia. Mejor que no hagáis muchas preguntas.

Aproveché el momento de distracción para subir a mi habitación. Todavía llevaba el sobre vacío en la mano. Me dejé caer sobre la cama y lo contemplé sin poder creerlo. Tantos años de esfuerzo, de sacrificar mi vida social, de levantarme temprano, de entrenar hasta que me dolían los músculos… y había funcionado. Me habían aceptado.

Quería sonreír, pero no me salía. Tan solo deseaba contárselo a la única persona que sabía que lo entendería más que nadie.

Me asomé a la ventana para ver la de Víctor. Como era de día, tenía las cortinas echadas y no sabía si se encontraba en su habitación. Habría que intentarlo de otra manera.

El grupo del equipo había estado muy activo toda la mañana. Había empezado cuando Eddie compartió un meme sobre lo malos que éramos y Marco empezó a insultarlo; desde entonces no se habían callado. La conversación no me interesaba especialmente, pero me llamó la atención que Víctor no hubiera dicho nada. Después de todo, solía ser el primero en involucrarse en todas las movidas del grupo.

Abrí su chat privado y, tras observar la pantalla unos instantes, me animé a escribirle:

Ellie: Te noto muy callado

Ellie: Debería preocuparme??

Oh, no. El último lo borré al momento. No quería sonar tan dramática. Al final, solo mandé el primero.

Víctor tardó poco en responder.

> **Víctor:** Lo preguntas por el grupo?

> **Ellie:** Sí

> **Víctor:** No estoy leyendo nada

Vaaale, ahora sí que tenía pretexto para preocuparme un poco. Aunque no fuera a demostrarlo demasiado, claro.

Hay cosas que nunca cambian.

> **Ellie:** Puedo hacerte un resumen de lo que han dicho, si quieres

> **Víctor:** Una generosa oferta, pero no hace falta

> **Ellie:** ...

> **Víctor:** ??

> **Ellie:** No quiero meterme donde no me llaman, peeeeeero...

> **Ellie:** Va todo bien?

> **Víctor:** Sí

349

Ellie: Estás enfadado??

Víctor: ??

Ellie: Normalmente no hablas tan seco

Víctor: Estás pidiendo que te mande un emoji?

Ellie: Déjalo

Víctor: :)

Ellie: Qué tenebroso

Víctor: No estoy entendiendo esta conversación

Víctor: Pero sí, está todo bien

Vale, ya lo había intentado, él se había negado y pasaba de insistir más y ser esa persona insoportable que no permite que los demás se nieguen a...

Me quedé mirando la pantalla, en *shock*, cuando de repente su foto de perfil apareció de la nada. «Llamada entrante».

Me estaba... ¿llamando?

Vale, calma.

¿Por qué estaba nerviosa? ¡¡Lo veía cada puñetero día!!

Tardé tanto en responder que creí que me colgaría y, presa del pánico, respondí la llamada antes de tener muy claro lo que iba a decirle. Aunque, pensándolo mejor, era él quien llamaba y quien probablemente tenía algo que decirme a mí.

Así que, al descolgar, me quedé con las palabras atrancadas en la garganta y, simplemente, miré la pantalla. Di gracias a que, al menos, no fuera una videollamada.

—Hola —dijo él entonces.

—Hola...

—Estaba pensando en ti.

A eso llamo yo «ir directo al grano».

Vale, no esperaba nada de aquello. Tan solo quería comprobar que estaba todo bien.

—Em... —traté de murmurar—. Vale.

—¿Vale?

—¿Pensabas en algo bueno o algo malo?

Víctor se rio al instante.

—Nunca cambies, Ellie...

—Eso intento. —Mi risa fue más bien nerviosa—. Perdón, es que... no esperaba que me llamaras.

—Ya, yo tampoco. Pero luego he pensado que sería más fácil así.

—¿Por qué?

—Porque cuando nos encontramos en persona, los dos fingimos demencia, así que... mejor una llamada, ¿no?

Una lógica aplastante.

—Sí, quizá sea mejor así —admití, divertida—. ¿Qué te pasa?

—Nada en particular, Ellie... Estoy desanimado.

—¿Por el partido?

—Sí. Eso creo.

—Pero no solo por eso.

—No, claro que no.

Esperé impacientemente. Había dejado el móvil sobre la cama y jugaba de forma compulsiva con el sobrecito. No me gustaban los silencios de Víctor, solían significar que estaba analizando lo que quería decirme.

—Estaba pensando en la conversación del otro día, también —admitió por fin—. La que tuvimos mientras limpiábamos la furgoneta.

—Oh.

—Creo que fui un poco brusco. No... no sé muy bien lo que quería decir, pero no era lo que dije.

Me tocaba hablar a mí, pero no sabía ni por dónde empezar.

—Está bien —aseguré al final—. En realidad, te doy la razón.

—¿Sí?

—Sí… En muchos aspectos.

No quise entrar en ninguno específico. Era demasiado. Por suerte, Víctor no insistió.

—Ayer, el partido fue un desastre —comenté de pronto, desesperada por cambiar de tema—. Pap…, em…, el entrenador dice que no, pero también él lo piensa.

—No sé, Ellie. Podría haber sido peor.

—No mucho peor.

—Al menos lo pasamos bien un rato, ¿no?

—Uf, eres demasiado positivo. Podrías contagiármelo.

—Y tú eres muy realista. También podrías contagiármelo.

—Lo tuyo compensa lo mío.

—Por eso formamos un buen equipo.

No lo dijo de manera insinuadora; aun así, yo repiqueteé los dedos sobre el abdomen. Era la primera vez en muchos años que tenía una conversación con él sin bromas o mal rollo de por medio, y temía que, en algún momento, uno de ambos la cagara y empezáramos a discutir otra vez.

Más miedo me daba que esa persona fuera yo.

Un miedo justificado, si miramos tu historial.

—Me ha llegado una carta —solté. Estaba quitándome todos los temas de encima a una velocidad un poco preocupante.

—¿Sí?

—Me han aceptado en una universidad. Una que me gusta mucho. Podré estudiar mientras sigo jugando al baloncesto.

Pensé que se quedaría tan sorprendido como yo, pero no. Soltó una risa suave. Casi pude imaginar cómo asentía con la cabeza.

—Pues claro.

—¿«Pues claro»? ¿Esta es tu conclusión?

—Eres la mejor del equipo. Estaba claro que te aceptarían.

Como siempre que me lanzaban un piropo, solté un sonidito de burla para restarle peso.

—Venga ya…

—No hagas eso.

—¿El qué?

—No te menosprecies. Te lo digo en serio.

—Ya, bueno…

—Si alguien tiene la oportunidad de seguir en esto, eres tú.

Quise soltar otro sonido de burla, pero me callé. No sabía si darle las gracias o pedirle que parara; de pronto tenía la cara encendida. Cerré los ojos con fuerza y me pegué las manos frías a las mejillas, agradeciendo de nuevo que no pudiera verme.

—Ya veremos —dije al fin—. Igual me aburro a los dos días.

—Si te aburres, siempre nos tendrás a nosotros. Nunca diríamos que no a una jugadora profesional.

Ambos nos quedamos en silencio. Esbocé una pequeña sonrisa estúpida.

—Esta conversación me hace sentir como si nunca hubiéramos discutido.

—Sí, a mí igual. —Víctor hizo una pausa—. Nunca me contaste tu versión de la historia. Después de la carta… desapareciste.

—Lo sé…

—Estuve meses detrás de ti pidiéndote que habláramos, Ellie.

—Sí, si tienes razón, pero… creo que me daba miedo.

—¿«Miedo»? —repitió con perplejidad—. ¿El qué?

—Oh, vamos… La primera vez que me permití ser vulnerable fue cuando te escribí esa carta, y cuando vi que todo el mundo la había leído…

—Intenté evitarlo.

—Lo sé, pero pasó igualmente. Y creo que enfoqué todo mi enfado en ti, y a raíz de eso empecé a montarme películas mentales contigo, con Livvie, con Rebeca, con… con todo el mundo. Y me dije a mí misma que no volverían a burlarse de mí de esa forma.

Víctor permaneció en silencio.

—Yo nunca me burlaría de ti —afirmó entonces—. Es decir…, sé que suelo burlarme de ciertas cosas, pero nunca lo haría de tu parte vulnerable. De hecho, me gusta cuando bajas un poco las defensas. Y aún más cuando lo haces solo conmigo.

—¿Te hago sentir especial? —bromeé en voz baja.

—Sí. —Su tono no fue burlón, para nada—. Puede que en su momento no te lo pareciera, pero siempre has sido una de las personas más importantes de mi vida. Y, cuando dejamos de hablarnos, no dejaba de pensar en ti.

—Víctor…

—Nunca he dejado de pensar en ti.

Estuve a punto de soltar alguna burla, pero luego me di cuenta de que no quería.

—Yo tampoco —admití en voz muy bajita—. Creo que echo de menos tenerte como amigo —añadí después, y luego dudé—. O…, em…, bueno, como sea.

—Sí —dijo con diversión—, creo que te entiendo. Yo también lo echo de menos.

—¿Crees que podríamos…? Em…

—¿Enterrar el hacha de guerra y volver a como estábamos antes de todo eso? Lo estoy deseando.

—Oh, no finjas que no echarías de menos mis ocurrencias irónicas.

—Creo que echaría de menos no poder hablar contigo como lo estamos haciendo ahora.

No me di cuenta de que estaba sonriendo hasta ese momento. Borré la sonrisa al sentirme un poco idiota, y fruncí el ceño.

—Oye, Víctor…, respecto a lo que te dije el otro día, sobre lo nuestro…

—¿Sí?

—Lo siento. No iba en serio.

—Ya lo imaginaba.

—Pero deja que me confiese, idiota.

—¿Ya hemos vuelto a los insultos?

—No es un insulto, es un recordatorio de que eres idiota y aun así me gu… me caes bien.

—¿Qué ibas a decir, Ellie?

—Nada.

—Has dejado una palabra a medias.

—No sé de qué me hablas.

—¿Ahora también fingimos demencia por teléfono?

—Sigo sin saber de qué me hablas.

—Bueno. —Decidió perdonarme el mal rato—. ¿Y qué ibas a decir antes de eso?

—Ah, sí…, que siento lo de las fotos. No por si te gustaran o no, sino porque… creo que tenías razón. Es lo que hago con todos los chicos que me interesan, aunque solo sea por un rato.

—No sé si quiero oír las cosas que haces con otra gente, la verdad.

—Que te estoy dando la razón, idiota —insistí—. Toda mi vida he estado con chicos que buscaban una sola cosa conmigo, y creo que he terminado asumiendo que es para lo único que valgo. Y no me gusta. Creo que merezco algo mejor.

—Bueno, veo que vamos avanzando. —Pese a que su tono pretendía ser de burla, noté cierto matiz mucho más suave.

De nuevo, nos quedamos en silencio. Se me escapó una risa un poco tonta.

—¿Qué? —preguntó.

—He vuelto a saltarme mi horario —admití.

—Bueno, sobrevivirás.

—Sí…, supongo que sí.

—Creo que mi madre me está llamando —apuntó entonces.

Sonaba un poco molesto. La perspectiva de que quisiera seguir hablando conmigo hizo que me ilusionara un poco más de lo que debería.

—Gracias por… esta charla, Ellie. Me ha gustado mucho.

—Y a mí.

—Ojalá pudiéramos hablar así en persona.

—Si no fuéramos dos idiotas, quizá lo conseguiríamos.

—Quizá —admitió.

Y supe que sonreía.

Entonces, su cabeza apareció en el marco de su ventana. Cuando vio que lo estaba mirando, me dijo adiós con la mano.

—Nos vemos luego, Ellie.

Yo correspondí al gesto.

—Hasta luego, Víctor.

Y, finalmente, colgamos a la vez.

Jay

Me encontraba en medio de un debate moral.

Sammi me había invitado a almorzar con ella, Nolan y todos sus hermanos.

Vaya, vaya.

Mi primera intención había sido decirle que no a Nolan, que me lo pedía con la voz cargada de tensión. Sin embargo, sabía que Sammi estaba a su lado oyendo la conversación y no supe cómo negarme. Después de todo, no tenía un solo motivo para negarme a verla. A ella, o a la familia de Nolan.

Bueno, sí que tenía uno, pero tampoco podía contárselo.

Así que ahí estaba, sentado en el patio trasero de la casa de Nolan. Me dolía todo el cuerpo. No me había dejado de doler desde la noche anterior, y era una mierda. Pero no me arrepentía de nada. Había valido la pena; no solo por la diversión, sino por el abrazo de Beverly al despedirnos. Me dijo que había sido su cumpleaños favorito en mucho tiempo. Y los raspones dejaron de doler tanto.

Pero de día y con el subidón emocional bastante más calmado, me volvía a doler bastante. Intenté no tocarme las heridas. Sammi y Gio se habían esforzado en curármelas un poquito, aunque me las habían dejado peor. Suerte que había aparecido Matty con instrucciones de internet sobre cómo tenía que hacerse, y, para sorpresa de todos, se le dio bastante bien.

La parte mala era que casi no podía mover la cara porque tenía la mandíbula llena de tiritas con dinosaurios. Gio no me había dejado escapar.

No me permitían ayudar en nada, así que permanecí sentado en una de las sillitas plegables con el resto de sus hermanos, que estaban ocupados mirando sus móviles y pasaban de conversar conmigo. Nolan entraba y salía de la casa con todas las cosas, y Sammi le echó una mano durante un rato.

—Muere —murmuró Gio, apuñalando a una muñeca, con sus tijeras infantiles—. ¡Muere, muere!

Enarqué una ceja.

—¿Eso es… normal?

Los hermanos mayores de Gio la contemplaron, se encogieron de hombros y enseguida volvieron a lo suyo. Me resigné a hacer lo mismo.

Al menos, hasta que Sammi vino a sentarse a mi lado. Mientras colocaba la silla, mi mirada encontró la de Nolan. Él me ofreció una pequeña sonrisa que me provocó cosquilleos en las puntas de los dedos, y yo aparté la mirada. Noté que continuaba observándome, pero cuando Sammi logró acomodarse, él volvió a entrar en la casa.

—Ah…, no hay manera de echarle una mano —protestó con desagrado—. Nolan siempre se comporta como si fuera él solo contra el mundo.

Intenté no sonreír. A mí también me había dado esa impresión muchas veces.

—¿Estás mejor? —añadió, señalando mis heridas.

—Sí, gracias por tu ayuda.

—Bueno…, lo he empeorado, pero, de nada. —Sonrió, un poco apenada—. Si te sigue doliendo mucho, puedo ver si tengo alguna cosa más.

—Estoy bien, Sammi. Pero muchas gracias.

—Vale, vale.

Hizo una pausa y los dos observamos cómo Nolan colocaba un enorme plato de ensalada sobre la mesa. Después, fue a por los filetes.

—Quería hablar contigo, en realidad —dijo Sammi entonces.

—¿Sí?

—Sí. A solas. —Cuando vio que yo ojeaba alrededor, negó con la cabeza—. No te preocupes por ellos, que no nos prestan atención.

—Oh, bueno…

¿De qué quería hablar?, ¿sabía algo?, ¿iba a darme una paliza? Por su expresión, no lo parecía. Aunque a Sammi siempre se la veía más cansada que alterada.

—¿De qué se trata? —pregunté, algo más ansioso de lo que me habría gustado admitir.

Ella me contempló unos instantes. Luego sonrió. No de forma irónica o amarga, no. De forma sincera. Con una sonrisa de verdad.

—Quería agradecerte lo que estás haciendo por Nolan.

Parpadeé varias veces, tratando de procesar la información.

—¿Lo que… hago por él?

—Sí. Puede parecerte una tontería, pero le has presentado a gente nueva, te preocupas por él, le sirves de apoyo… Nolan nunca ha tenido mucho tiempo para encontrar amigos. Es una persona muy solitaria. Contigo, sin embargo, fue instantáneo. Y creo que todos se lo hemos notado. Desde que apareciste tú, él está mucho más contento.

Quería sentirme bien y, aunque una parte de mí lo hacía, la otra se sumía en la culpabilidad. Aparté la mirada, incapaz de sostenérsela.

—Gracias por decírmelo —murmuré.

—No hay nada que agradecer. Necesitaba un amigo y apareciste tú. A veces, la vida sí que es justa, ¿eh?

Esbocé una sonrisa amarga.

—Sí…, tiene una justicia muy curiosa.

—Supongo. —Aunque ignoraba de qué le estaba hablando, sonó divertida—. Si alguna vez necesitas algo, ya sabes que eres bienvenido.

—Gracias, Sammi.

A modo de respuesta, me dio un pequeño apretón en el hombro. No hubo tiempo para más, porque en ese momento nos llamó Nolan para comer.

Ellie

Tal como había esperado, los ánimos en el gimnasio estaban por los suelos. Con un suspiro, Oscar se sentó a mi lado y los demás no tardaron en hacer lo mismo; hasta que formamos un círculo. El único que se quedó de pie fue papá, que iba dando vueltecitas con las manos en las caderas en modo desesperación.

Es un papá pato frustrado.

Miré a Víctor. En el coche no nos habíamos dicho nada, pero por lo menos ahora las miraditas ya no eran hostiles. Incluso esbocé una pequeña sonrisa. Él fue a devolvérmela, pero entonces papá dio una palmada y nos distrajo a todos.

—Lo del otro día fue un desastre —empezó entonces.

—Cuántos ánimos… —murmuró Eddie por ahí atrás.

—Tiene razón —opinó Marco sin inmutarse—. Sois pésimos.

—Inclúyete en el *pack* —mascullé.

—Cállate, Ally.

—No. —Papá lo detuvo con un gesto y con el ceño fruncido—. *Ellie* tiene toda la razón. El problema no es de ninguno en particular, sino de todos. ¿Cómo podéis ser tan buenos por separado y tan malos juntos?

—¿Porque nos odiamos? —sugirió Oscar.

—Yo no odio a nadie —dijo Tad, confuso.

—Porque tú eres un amor —le expliqué—. Los demás, en cambio…

—¿Qué? —Marco entrecerró los ojos.

—Somos todos un desastre —intervino Víctor—. No peleéis por quién tiene el primer puesto.

—¡Oye! —soltaron todos al unísono, y se pusieron a protestar a la vez.

Víctor se masajeó las sienes con impaciencia y desesperación. Quedaba peligrosamente cerca de arrancarse los pelos a puñados. Estuve a punto de abrir la boca y protestar para echarle una mano. A punto.

Y entonces papá separó las manos y gritó:

—¡¡¡Ya basta!!!

Todos nos callamos de golpe —incluso el cansino de Marco— y lo miramos con los ojos muy abiertos. Él pareció darse cuenta de lo mucho que había subido el tono y de la agresividad que había emanado, porque suspiró con pesadez y trató de recuperar un poco la compostura. Ty le dio una palmadita de ánimos en la espalda.

—Está claro que el problema reside en la unión del grupo —dijo papá en un tono más calmado—. Así que, lógicamente, deberíamos intentar remediarlo por ese camino.

—¿Hacemos un pacto de sangre? —sugirió Oscar con media sonrisa.

—Es una opción, pero prefiero algo más sanitario: vamos a conocernos un poco mejor, ¿qué os parece?

Dudaba mucho que quisiera oír la respuesta a su pregunta, porque las caras de los demás reflejaban bastante bien lo que les parecía.

—A mí me gusta la idea —dijo Víctor entonces.

Luego nos miró a Oscar y a mí. Tardé un rato en entender la miradita significativa que nos estaba echando.

Apoya a tu marido, Ally.

—A mí, igual —dije en voz automática, como un contestador.

—¿Veis? —Papá nos señaló, muy orgulloso—. Hay buena voluntad.

—Se los ve entusiasmados —ironizó Eddie en voz baja.

—No es tan complicado —insistió papá—. Es una forma de conocernos mejor los unos a los otros. ¿Por qué no empezamos diciendo algo de nosotros mismos que nadie del grupo sepa?

—Yo soy un libro abierto —protestó Marco con aburrimiento—. Además, dudo que podáis decir nada interesante de vosotros mismos.

Era la primera vez que ni siquiera Oscar tenía alguna réplica ante sus comentarios de mierda. Simplemente se recostó sobre los codos e hizo un gesto cansino, a lo que Tad y Eddie se rieron entre dientes. Víctor fingió que no se había dado cuenta y cruzó las piernas.

—Puedo empezar yo —sugirió—. Os puedo contar una cosa que nadie más sabe sobre mí.

—Ilumínanos —indicó Ty, todo profundidad mística.

Lo cierto es que tanta expectación ya me había causado curiosidad incluso a mí. Apoyé la mejilla en un puño y observé a Víctor, que soltó todo el aire de los pulmones.

—Después del verano, no seguiré jugando al baloncesto —dijo finalmente—. Me gusta jugar, me divierto muchísimo y todo eso…, pero no creo que pueda pasarme la vida pensando en ello. De hecho, seguramente estudie algo de empresariales. Mi hermana también quiere meterse, así que iríamos a la misma universidad. Mis padres lo saben y se alegran. Además, mi padre siempre dice que no pierda el tiempo con algo a lo que sé que no me quiero dedicar, así que, bueno… No sé si alguien de aquí quiere seguir en el equipo dentro de un año, pero tendréis que buscar a un nuevo capitán.

Transcurrió una eternidad sin que nadie dijera nada. Víctor parecía haberse quitado un peso de encima.

—¿Es tu forma de decir que dimites? —preguntó Oscar entonces—. ¿Y después de un solo partido?

—Esperemos haber ganado algo de aquí a que dimita de verdad…

—Pues yo tampoco quiero continuar jugando —intervino Eddie de repente—. A ver, es divertido, pero no soy tan bueno como para dedicarle la vida entera. Además, lo que de veras me gusta es la carpintería. Voy a hacer una formación profesional.

—¿Carpin… tería? —repitió Marco, como si se le hubiera cortocircuitado el cerebro—. ¿Desde cuándo te gusta eso?

—¡Desde siempre! Si te arreglo las cosas cuando se te estropean, idiota.

—¡Pensaba que las llevabas a un carpintero de verdad!

—¡Algún día yo también seré uno de verdad! —protestó Eddie, muy airado—. Un respeto, ¿vale?

Sospeché que el experimento no marchaba exactamente como papá pretendía, porque tenía cara de querer morirse. Aun así, no dijo nada y dejó que la cosa fluyera. Vale, me tocaba a mí.

Hora de ayudar al prójimo.

—Yo también tengo una cosa que nunca le he contado a nadie —comenté.

—Ilumínanos —dijo Oscar, aunque parecía bastante aburrido.

Dudé un momento, miré a mi derecha y vi que Víctor me estaba observando. Su interés había aumentado.

A ver, estaba a tiempo de cambiar de secreto y contar lo de la carta, pero ya daba un poco igual.

—Pues… —empecé, tras dudar un poco más—, a veces creo que no me quiero lo suficiente a mí misma.

—Bienvenida al club —murmuró Tad entre dientes.

—Me refiero a que, a veces, me cuesta mucho asumir que puedo gustarle a alguien. Incluso a mis amigos. Siento que no puedo gustar a la gente, porque en el fondo no me gusto a mí misma. De hecho… —otra miradita a Víctor, que parecía un poco perdido, pero no me importó—… me pasé un montón de años enamorada de un chico, pero siempre que él intentaba declararse, me sentía tan incómoda que lo rechazaba automáticamente. Me daba miedo que empezáramos a salir y nuestra amistad se fuera a la mierda, porque creía que se aburriría de mí; así que le daba lo suficiente para que se pensara que lo correspondía, pero luego se lo quitaba de golpe para que no se aburriera de mí. Y consideraba que esa era la mejor forma de lograr que se quedara.

Nadie decía nada, pero todo el mundo me prestaba atención. Me removí un poco en mi sitio, apretando las manos en las rodillas, y me di cuenta de que explicarlo no estaba resultando tan mal como había esperado.

—Y entonces se cansó de mí —tuve que admitir—. Para sorpresa de nadie, supongo, porque se veía venir. La cosa es… que yo no sabía qué hacer, y una amiga que teníamos en común me dijo que quizá era el momento de ser sincera conmigo misma y decirle lo que sentía en realidad. Escribí una carta confesándole todo lo que sentía, se la dejé en la taquilla y esperé… Y entonces me enteré de que todo el mundo había visto la carta. Pensé que él la había enseñado y le eché la culpa sin siquiera darle la oportunidad de hablar, y también empecé a contar cosas de mi otra amiga, como si ella tuviera la culpa, y todo el grupo se separó… Y, bueno, yo dejé de hablarme con todos, mi amigo incluido. Y, ahora que volvemos a tener una relación, me da miedo repetir el mismo patrón. Así que, em…, digamos que estoy intentando mejorar en eso. Y que me perdone. Así, en general. Y… ese es mi secreto.

Silencio.

Por lo menos, parecía que el grupo entero se había quedado prendado de la historia, porque todos me miraban sin parpadear. Bueno, todos menos Víctor, que tenía la mirada clavada en algún punto del suelo, pero sospeché que en realidad no veía nada.

Papá y Ty me contemplaban con perplejidad. Quizá eso de hablar sobre mis dramas amorosos con ellos delante no había sido la mejor idea del mundo.

—Joder —dijo Oscar entonces—. De haber sabido que esto era una excusa para desahogarse gratis, habría empezado yo.

—Todavía estás a tiempo —respondió Tad con media sonrisa.

—Ay, es que si me miráis todos no se me ocurre nada interesante…

—Pues voy yo —intervino Marco, a lo que todo el mundo soltó un gruñido de protesta—. ¡Oye!

—Mejor voy yo —aseguró Oscar—. Pues mi supersecreto es… que soy rico.

Lo dijo con una gran sonrisa. Los demás, en cambio, nos quedamos mirándolo con una ceja enarcada.

—Se supone que no puedes hacer bromas —comentó Ty.

—Y no lo es. Va en serio. Mi familia tiene una empresa inmobiliaria y se dedica a gestionar los bienes de las grandes cuentas… o algo así, creo. La cuestión es que, por descarte y como soy su único hijo, acabará siendo mía. Así que técnicamente no soy rico, pero algún día lo seré. Y es un secreto, porque, si vas aireando esas cosas por el mundo, terminas gustándole más a la gente por lo que tienes que por cómo eres, así que prefiero guardármelo. Al menos, hasta que me den una excusa para soltarlo.

Parecía muy orgulloso de sí mismo, así que cuando me miró me apresuré a asentir con la cabeza como si aprobara su secreto.

—Pues… —empezó Tad, tras dudar unos segundos—. Si los secretos como este son válidos, yo creo que tengo uno.

—Más te vale que sea interesante —murmuró Marco.

Tad abrió la boca y volvió a cerrarla. Ahora lo miraba con el ceño fruncido. Nos pilló a todos tan desprevenidos que incluso Marco se echó un poco para atrás.

—¿Qué? —preguntó, confuso.

—¡Que te calles! —saltó Tad con voz chillona.

—¿Eh?

—¿Se puede saber qué te pasa conmigo?, ¿te he hecho algo malo sin darme cuenta? ¿Tienes alguna excusa para ser tan pesado conmigo o simplemente eres un idiota?

—Simplemente es un idiota —susurró Oscar a su lado.

Marco no respondió. Se había quedado sin palabras. Eddie soltó una risita al ver su expresión.

—Estoy cansado —prosiguió Tad, de mientras— de que.... ¡de que siempre tengas cosas malas que decir de mí! Yo no te hago nada, ni para bien ni para mal, y al principio quería que nos lleváramos bien, pero creo que ya no me interesa. No merezco que me trates así, da igual la excusa que le quieras poner, así que ya no me interesa ser tu amigo… ¡¡¡en ningún aspecto!!!

Honestamente, una parte de mí esperaba que Marco empezara a reírse en su cara, pero no. Simplemente había apretado los labios y lo miraba fijamente. No estaba mal que, de vez en cuando, se quedara en blanco.

—Dicho esto —añadió Tad en un tono más controlado—, mi secreto es un poquito distinto. Cuando era pequeño, vivía en una caravana con un grupo de personas sin hogar. Mi familia no tenía dinero para pagar nada mejor, así que nos apañábamos así. Hasta que un día a mi hermano mayor le regalaron un libro de reparaciones de vehículos y empezó a aficionarse a ello. A papá se le ocurrió que podrían sacarle provecho y, una cosa tras otra, terminamos con un desguace. Vivimos en una casita diminuta que está al final de todo. No es gran cosa, pero… es mi casa. Por eso la última vez no os invité a entrar; no sabía si os gustaría y no quería arriesgarme a que…, bueno, a que alguien se burlara.

No necesitó señalar a Marco para que todos lo miráramos fijamente. Y, por primera vez en la historia, él enrojeció un poquito y bajó la mirada.

—¿Qué? —masculló entre dientes.

—Que reflexiones sobre tus pecados —le indicó Oscar.

Marco clavó la mirada en sus zapatillas, airado.

—Tu casa era encantadora, Tad —aseguró papá con una sonrisa—. Marco, te toca a ti.

—¿Para qué voy a decir nada, entrenador? Pensarán que mis problemas no están a la altura de sus estúpidos dramas…

—¿No puedes ser simpático por una vez en tu vida? —protestó Eddie.

—No.

—Pues no digas nada —concluyó Víctor—. Pero nadie ha juzgado el secreto de nadie, ¿por qué íbamos a hacerlo contigo?

Marco dudó visiblemente. Su cara aún estaba un poco enrojecida. Pensé que no diría nada, pero entonces se encogió de hombros como si le restara importancia a su secreto incluso antes de hablar. Y murmuró:

—Pues yo hace unos días que vivo en casa de Eddie —dijo finalmente.

Su amigo lo miró con sorpresa, como si no hubiera esperado que fuese por ese camino. Marco no le devolvió la mirada.

Ahora que lo mencionaba… sí que tenía un aspecto algo más desaliñado de lo habitual. No apestaba a colonia y *aftershave*, no se paseaba con sus chaquetas de marca, no desfilaba con una sonrisa petulante por el gimnasio… De hecho, si no estaba equivocada, ese día todavía no se había burlado de mí. Era la primera vez.

—¿Por qué? —preguntó Víctor entonces.

—Mis padres se enteraron de que estoy jugando al baloncesto —explicó de forma vaga—. Y de que me han rechazado en la universidad a la que fueron ellos porque mis notas de este año han sido un poco…, digamos que no han sido las mejores de la clase. Así que están enfadados conmigo. Según ellos, no sé lo complicado que es el mundo y lo difícil que resulta ganar dinero, así que han dejado de dármelo para que aprenda a gestionarme yo solo. En fin, estoy en casa de Eddie hasta que se les pase. Tampoco es la primera vez. La última, me pasé dos meses fuera de casa.

¡¿Dos meses?! Pensé en mis padres y en el infarto que les daría si no supieran de mí durante tanto tiempo. Incluso mis hermanos, aunque a veces no tuviéramos la mejor relación del mundo, acabarían preocupándose y tratando de buscarme.

Tal como había predicho Víctor, nadie tuvo algo malo que comentarle; todo lo contrario. Oscar se estiró y le dio una palmadita en la rodilla, a lo que Marco murmuró un agradecimiento tan bajo que apenas entendí. Tad no se movió. Eddie suspiró.

—Gracias por contárnoslo —dijo papá entonces.

—¿Ahora ya podemos hacer el pacto de sangre? —preguntó Oscar.

Todo el mundo se rio menos él.

Y entonces Ty se puso en pie de un salto. Miró a papá como si buscara su aprobación y, cuando este asintió, se frotó las manos con malicia.

—Vale, se acabaron los secretos.

—¿Ya? —preguntó Eddie—. ¡El mío ha sido una mierda! Quiero camb…

—¡Tarde! Toca entrenar. ¿U os pensabais que hoy iba a ser tan fácil?

—Teníamos la esperanza —murmuró Oscar.

—Pues de eso nada. ¡¡¡Todo el mundo arriba ahora mismo!!!

16

El cumpleaños de Ellie

Jay

Justo cuando pensaba que me había recuperado del cumpleaños de Bev…, tocaba el de Ellie.

Que alguien mande ayuda.

Yo ni siquiera quería ir, pero no me quedaba más remedio. Mamá me había pedido que me asegurara de que todo salía bien, ya que no terminaba de fiarse de los amigos de Ellie. Si le presentara los míos, probablemente le parecerían aún peores, y mi hermana los había invitado a todos. Era un gesto que me sorprendía, pero lo repetía cada año. Le gustaba rellenar las fiestas lo máximo posible. Todo lo contrario que yo.

Había decidido ponerme una camiseta cualquiera y, aunque ya me había arreglado, seguía ante el espejo cuidándome las heridas de la cara. Eran las que más se veían y las que más me dolían, con diferencia. Por favor…, que a Ellie no le diera por tirarse en carrito cuesta abajo, porque una vez había sido más que suficiente.

Estaba pensando precisamente en eso cuando la cumpleañera se asomó al cuarto de baño. La contemplé a través del espejo.

—¿Qué? —pregunté directamente.

—Ayúdame a convencer a papá y mamá de que todo está bien, porfa.

—¿Yo?

—¡Confían en ti!

—¿Y no te parece que presentarme contigo a meter presión va a ser peor?

Ellie torció el gesto y se lo repensó. Al cabo de un instante debió de concluir que sí, sería mucho peor. Se marchó sin siquiera despedirse. Yo puse los ojos en blanco.

Debía admitir que estaba un poco nervioso. A fin de cuentas, todo el mundo había dicho que asistiría. Incluso Lila y Beverly, que iban a verse por primera vez tras el cumpleaños de la segunda. Podía salir muy bien… o muy mal. No estaba seguro de qué escenario sería peor.

Justo cuando creía que se habían juntado las peores circunstancias posibles, recibí un mensaje.

> **Diana:** Hola hola

> **Diana:** ¿Te importa que mi hermano vaya conmigo a la fiesta?

Vaya.

Que me importara o no… era lo de menos. Y en parte entendía que Nolan no me lo preguntara directamente a mí, porque…, bueno, yo tenía algo que confesar.

Lo había bloqueado en todos lados.

Fue una decisión impulsiva, acorde a las clases que me había dado, ¿eh? Continuaba aprendiendo a perder los papeles.

La cosa es que lo hice sin darle explicaciones. Fue después de la comida con Sammi y sus hermanos. Creo que, por primera vez, me di cuenta de que aquello no podía funcionar. Me gustaba pasarlo bien con él, me gustaba divertirme y me gustaba su compañía, pero… no me veía capaz de separar una cosa de la otra. Y las últimas veces que me había mirado, mi cuerpo había reaccionado de forma muy inapropiada.

Sammi no se merecía eso y, si podía ponérselo más fácil a Nolan, tocaba alejarse un poco.

Dudé mucho rato y, aunque seguramente Diana intuyó que algo no marchaba bien, no insistió.

> **Jay:** Está bien

Cansado, dejé el móvil. Iba a ser una fiesta mucho menos divertida que la anterior.

Ellie

Todavía plantada en medio de la puerta principal, miraba a mis padres con la mejor expresión de corderito que pude reunir. Ellos parecían resignados.

—¿Estás seguro de que esto es buena idea? —le preguntó mamá en voz baja.

Papá se encogió de hombros.

—No sé, pero ya hemos dicho que nos iríamos, así que habrá que irse.

Ella seguía sin estar convencida. Me miraba de arriba abajo, como si así fuera a determinar hasta qué punto podía fiarse de mi palabra; finalmente volvió a sacudir la cabeza.

—Jay estará pendiente de la fiesta —le aseguré—. Y tío Mike está encerrado en su casa, así que no hay peligro.

No hables de tu tío como si fuera una plaga.

Papá miró a mamá de soslayo, como para inspeccionar su expresión, y luego se volvió hacia mí.

—Si le pasa algo a la casa, serás la única responsable.

—Entendido.

—Y no habrá más fiestas hasta que te jubiles.

—Perfecto.

—Y le preguntaremos a Ty qué tal ha ido todo —añadió mamá.

Ahí me costó no torcer el gesto.

—Vaaale…

Por lo menos, aquello fue lo último que necesitaban para convencerse. Mamá suspiró y se me acercó para abrazarme, casi me deja sin respiración. Le correspondí con media sonrisa, y cuando se separó me plantó un beso en la mejilla.

—Feliz cumpleaños adelantado, entonces —me deseó—. Mañana lo celebrarás con nosotros, ¿o ya eres muy mayor para eso?

—No me negaría a una hamburguesa, la verdad.

—Así me gusta.

Papá era menos cariñoso se limitó a chocarme la mano, como de costumbre, y a esbozar una sonrisa.

—¡Felices dieciocho para mañana! Cuidado con lo que haces en la fiesta, que ahora sí que podrás ir a la cárcel.

—Gracias por los ánimos, papá.

—Oye, la mayoría de edad llega con ciertas responsabilidades, ¿o te creías que la vida es una fiesta continua? De eso nada, monada.

—Por favor, no hagas esas rimas.

Él me dio un toquecito en la cabeza como si fuera su gato revoltoso y, finalmente, fueron al coche. Daniel los estaba esperando junto al maletero y se despidió de mí con un gesto de la mano. Yo me quedé ahí plantada, viéndolos marchar. Al final habían reservado una habitación de hotel y en teoría no volverían hasta el día siguiente al mediodía, así que tendría tiempo de sobra para recoger lo que fuera que destrozáramos durante la noche.

En cuanto vi que desaparecían tras la valla de la urbanización, respiré hondo. Vale. Hora de la fiesta.

Me gusta esa frase.

Entré en casa, decidida. Jay estaba tirado en el sofá con una bolsa de patatas en la mano y restos en las heridas. Toda una imagen. Ty, en el sillón, toqueteaba la tablet de forma compulsiva.

—Bueno —empecé—, en una hora empezará a llegar la gente. Lo digo por si queréis encerraros en vuestras habitaciones o algo así.

—¿No podemos estar en tu *exclusiva* fiesta? —ironizó Jay, con los ojos clavados en el televisor.

—Siempre dices que este tipo de reuniones te aburren, ¿no? Pues te estoy ofreciendo una salida.

—¿Invitas a mis amigos y a mí no?

—Pues quédate, si tanto lo quieres. ¿Ty?

—Mamá me ha dicho que vigile —declaró este, muy serio—. Y voy a vigilar.

—Oye, no tienes que contarle tooodo lo que veas.

—Mamá me ha dicho que vigile.

—Ya, pero no hace falt…

—Mamá. Me. Ha. Dicho. Que. Vigile.

—Que sí, pesado.

Aunque no lo pareciera, yo no era una persona que hubiera organizado muchas fiestas. Prefería hacerlas en casa de los demás, porque así no tenía que recoger al día siguiente. Aun así, en mi cumpleaños era lo más justo. El único problema había sido encontrar a la gente suficiente como para llamarlo «fiesta», porque tampoco es que me sobraran los amigos. Tiré de la gente del equipo de baloncesto, de algunos amigos del Omega y de mi prima Jane, que contaba entre una de mis poquísimas amigas; y, claro, para rellenarlo, añadí a los amigos de Jay. Ahora solo quedaba esperar a que se presentara, por lo menos, la mitad de los que me lo habían confirmado.

Había pedido a todo el mundo que se presentara a las diez, así que supuse que empezarían a aparecer a las once. Sin embargo, eran las once menos cuarto y seguía sin ver a nadie. Entré en el salón, donde encontré a mis hermanos en la misma postura que un rato antes, y volví a mirar la hora, por si acaso.

Oh, no, ¿y si no se presentaba nadie?

Justo entonces, la puerta del salón se abrió de un golpe y mi tío Mike apareció con una botella de ginebra en la mano. Esbozaba una gran sonrisa.

—¡¡¡Ya está aquí el alma de la fies…!!! —Se detuvo, confuso, y miró alrededor—. ¿Dónde está la fiesta?

—Todavía no ha llegado nadie —informé, de mal humor.

—Pues vaya aburrimiento.

—Ten un poco de paciencia, Ellie —me pidió Jay desde el sofá.

Tía Sue, que también acababa de entrar, se acercó a Ty para mirar la tablet con él. Mi tío, en cambio, se quedó ahí plantado, como si estuviera esperando el disparo de salida para poner música.

—¿Van a tardar mucho? —preguntó tras un titubeo.

—Creo que puedes sentart…

Antes de terminar la frase, llamaron al timbre. Di un respingo, entusiasmada. ¡Invitados! Menos mal.

Fui a abrir con una gran sonrisa, esperando que fuera alguien del equipo. Pero no. Me encontré de frente con uno de los chicos de mis chats de Omega, que llevaba una caja de cervezas bajo el brazo y a diez amigos detrás.

—Eh… —empecé confusa.

—¡Hola, Ellie! He traído a unos primos lejanos, espero que no te importe.

—Bueno, a ver…

—¡Pasad, chicos!

Para cruzar el umbral, casi me lanzaron al aire. Estaba a punto de quejarme, pero entonces apareció alguien más. Marco. Enarqué una ceja.

—¿Esta es tu casa? —preguntó, tan dulce como de costumbre.

—Pues sí. Ya viniste a buscarme una vez, ¿de qué te sorprendes?

—No sé. No tienes cara de rica.

—Em…, ¿grac…?

—¿Me dejas pasar o qué?

No esperó una respuesta, sino que entró junto con los demás. Volví a abrir la boca para protestar, y de nuevo me corté cuando apareció alguien más. Eran Eddie, Oscar y Tad, que me saludaron con grandes sonrisas y entraron seguidos de otro grupo de gente del Omega que no recordaba haber invitado.

Y, de pronto, en mi casa había por lo menos cincuenta personas.

No era lo que entraba en mis planes, así que llegué al salón con sudores fríos bajándome por la espalda. ¿Y si rompían algo? Mis padres iban a matarme.

Alguien había puesto música a todo volumen, y dos personas estaban de pie en uno de los sofás, saltando. Estuve a punto de decirles que se bajaran, pero entonces me di cuenta de que eran tío Mike y Oscar. Frustrada, me fui a la cocina y vi que todo el mundo había empezado a abrir botellas y a servirse con la máxima confianza del mundo. Abrí la boca para protestar y… ¡sorpresa!, volvieron a llamar al timbre.

Continuó entrando gente, y no reconocí ni a la mitad de los presentes. Impotente, me paseaba por la fiesta intentando que la gente no destrozara la casa, pero de poco servía. Por lo menos, no avisté ningún jarrón roto.

Ya era media noche cuando el timbre se puso a sonar de forma compulsiva. Abrí la puerta con una mueca de hastío que se cambió por una de sorpresa cuando descubrí a Rebeca, la hermana de Víctor. Llevaba una botella de alcohol en la mano y una sonrisa que casi parecía nerviosa.

Creo que me pasé demasiado tiempo contemplándola en silencio, porque su sonrisa se transformó en una mueca incómoda.

—Feliz cumpleaños, Ellie —dijo, y levantó un poco la botella—. ¿Podemos pasar?

El plural hizo que me asomara un poco más. Víctor estaba justo detrás de ella.

—Claro —murmuré.

Víctor pasó primero y, aunque él buscó mi mirada, yo no busqué la suya. No sé por qué lo hice, pero él se quedó medio parado por la confusión. Se recuperó rápidamente, y su hermana se plantó frente a mí.

—Oye, ¿te importaría que habláramos un momen…?

No pudo terminar la frase, porque apareció Jane. Dijo algo de «Feliz cumpleaños» y pasó casi corriendo entre nosotras, obligándonos a apartarnos. La seguí con la mirada, sorprendida, y entonces sucedió algo que me dejó todavía más confusa; Livvie entró corriendo detrás de ella.

Sí. Livvie. *Esa* Livvie.

—¡Perdón, te juro que volveré a salir enseguida, solo necesito un momento! —me aseguró, hablando tan rápido que apenas la entendí—. ¡Y…, em…, feliz cumpleaños!

Me quedé mirando, de nuevo, cómo corrían una tras otra hacia el interior de la casa. No me di cuenta de que tenía la boca entreabierta hasta que me volví y vi que Rebeca estaba exactamente igual.

—Em…, igual debería ir a ver a Jane —comenté.

—Sí, claro…, avísame cuando tengas un momento.

Asentí de forma automática y, mientras otro grupo de desconocidos se metía en mi casa, traté de entrar en el salón. Estaba tan abarrotado que apenas podía moverme entre la gente. Pronto me di cuenta de que un grupo de invitados estaba lanzándose desde el muelle y llenando el jardín de toallas que no sabía de dónde habían sacado.

Decidí que era un problema de la futura Ellie.

Exacto.

—¡Oye!

Me tensé de pies a cabeza, y no porque me hubiera llamado un desconocido, sino porque lo había hecho mi hermano mayor. Jay se me acercó con el ceño fruncido, muy irritado.

—Pero ¿se te ido la olla? ¡¿En qué momento invitaste a tanta gente?!

—¡No he invitado a casi nadie de aquí! —grité por encima del ruido de la música—. ¡Se han colado en la fiesta!

—¡Pues voy a echarlos!

—¡No, Jay! ¡No quiero ser la aburrida que echa a gente de su fiesta!

—¿Y a quién le importa lo que piens…?

—¡Estoy buscando a Jane! —lo interrumpí con urgencia—. ¿La has visto?

Me pareció que pretendía discutir, pero luego entendió que estaba preocupada de verdad y, con un suspiro, señaló la cocina.

—¡Gracias, hermanito!

—No me des las gracias y… Mierda.

Por si la noche no fuera lo bastante surrealista, entró un desconocido que provocó una reacción muy curiosa. Era alto, de pelo rubio y largo, y aspecto desgarbado. La última persona que esperaría junto a Jay. Sin embargo, la cara de mi hermano lo dijo todo. En cuanto cruzaron sus miradas, fue todavía peor.

—¿Qué…? —intenté preguntar.

—Ya te lo explicaré.

Y salió corriendo en dirección contraria.

Pero ¿qué estaba pasando?

Jay

Sabía que aparecería, pero no pensé que sería tan pronto. Ni siquiera había tenido tiempo para hacerme a la idea y de repente tenía a Nolan persiguiéndome por toda la casa.

Sí, habría sido mucho más valiente plantarme y hablar con él, pero… impulsividad, ¿no?

No es tan buena excusa como crees.

En medio de toda la masa de gente, logré llegar al patio trasero. Lo hice con la respiración atorada en la garganta y un nudo de nervios en el estómago. No entendía por qué me estaba poniendo tan nervioso. Después de todo, había tenido conversaciones mucho más incómodas con gente mucho más cercana. Debería ser capaz de enfrentarme a Nolan. Pero no lo era.

—¡Jay!

La voz de tío Mike hizo que me diera la vuelta. No me molesté en fingir una sonrisa.

—¿Qué pasa? —preguntó, preocupado. Había perdido la botella de ginebra y ahora tenía una de whisky—. ¿Algún problema?

—No…, ninguno.

—Díselo a tu cara.

Eché una miradita significativa a la puerta. Él me imitó —más por curiosidad que otra cosa— y pronto vio a Nolan. Tenía el cuello estirado y se notaba que estaba buscando a alguien. No había que ser una flecha para atacar cabos.

—Interesante —comentó.

—No lo es tanto.

—¿Vas a hablar con él?

—Em…, debería.

—Entiendo.

Pensé que daría la conversación por finalizada, pero entonces me plantó la botella delante. Dije que no con la cabeza, a lo que él insistió. Y ahí perdí un poco de fuerza de voluntad. La sostuve con una mano temblorosa y me la llevé a la boca.

La peor decisión de mi vida.

Qué. Puñetero. Asco.

Apenas el líquido me tocó los labios, aparté la botella de golpe. Lo hice tan rápido que se me cayó al suelo. Tío Mike soltó un chillido y se lanzó al suelo para rescatarla, pero ya era muy tarde. Se había derramado por completo.

—Pero ¡¿qué culpa tenía la pobre botella?!

—¡Qué asco! —protesté, con una mueca de desagrado. Incluso escupí en el suelo.

—¡Era un regalo, desagradecido!

—¡Pues prefiero que me regales un poco de sentido común!

—¿Tú me has visto? ¡De eso nunca he tenido!

Suspiré y volví a escupir en el suelo. Todos nos miraban divertidos. Y, claro, con el escándalo habíamos atraído la atención de Nolan, que consiguió ubicarme otra vez.

Podría haber salido corriendo de nuevo, pero ya me parecía demasiado ridículo.

Nolan se acercó con determinación y me miró de arriba abajo. Creo que tenía preguntas sobre mi tío —que seguía llorándole a la botella— y sobre las manchas de whisky en mi camiseta. Aun así, sacudió la cabeza y decidió centrarse en lo más importante.

—¿Me has bloqueado? —preguntó directamente.

—¿Yo?

—Jay, no te hagas el tonto. Sabes de lo que te estoy hablando.

—¿Ahora soy Jay? —pregunté, mordaz—. ¿Ya no soy tu tío?, ¿o Jay-Jay?

Contrariado, Nolan echó la cabeza atrás a la vez que yo me encaminaba hacia el muelle. Quería alejarme de él. No quería mantener esa conversación.

—Pero ¿qué te pasa? —insistió detrás de mí—. ¿Por qué no quieres hablar conmigo?

No me detuve hasta que intentó alcanzarme la mano, y tan solo lo hice para apartar mi brazo de un tirón. Nolan se detuvo, también. Su expresión reflejaba la más absoluta confusión.

—¿Qué pasa? —insistió en un tono más calmado—. Y no me digas que no es nada, porque está claro que algo ha cambiado.

—No ha cambiado nada.

—¿Entonces?

Negué con la cabeza. No me atrevía a mirarlo a los ojos. Cuando lo hacía, conseguía distraerme, y ahora necesitaba estar centrado en lo que quería decir.

Cuando dio un paso hacia mí, yo lo retrocedí.

—Es que… he estado pensando en todo esto de las clases —expliqué finalmente ante su rostro de perplejidad—. Creo que ya no las necesito. Ya he logrado lo que quería, así que… gracias.

Tuvo una reacción curiosa. Pensé que se sentiría todavía más perdido, pero… en su lugar, se enfadó. Sí. Por primera vez, vi a Nolan cabreado.

Toda una novedad.

—¿«Gracias»? —repitió lentamente.

—Sí, gracias.

A cada palabra que yo soltaba, su ceño se fruncía más y más. Estuve tentado a retroceder, pero ya no me atrevía a intentarlo.

—¿Eso es todo, entonces? —preguntó en un tono gélido—. ¿Te aprovechas de mí, y cuando tienes lo que necesitas, te apartas?

—¿Que yo me he aprovechado de ti? Pero ¿tú en qué mundo vives, Nolan?

—¡En uno que al parecer no te gusta demasiado, porque en cuanto has podido te has alejado de mí!

—¡No me alejo porque no me guste, sino… porque me gusta demasiado!

Pese a lo que me costó decirlo, a él no le agradó la respuesta. Soltó un resoplido burlón que me dio mucha rabia.

—¿Qué? —pregunté, irritado.

—Que es la puta peor excusa del mundo.

—Oh, ¿ahora dices palabrotas?

—Y las que te quedan por oír. ¿Que te gusta demasiado?, ¿y esto qué coño significa?

—Lo sabes.

—Pero me encantaría que me lo explicaras, Jay.

—¿Para qué? ¿Qué haces aquí, Nolan? ¿Qué haces pidiéndome explicaciones? No soy tu amigo, apenas nos conocemos y lo único que nos une es tu trabajo, así que deberíamos limitarnos a eso.

—No me digas.

—¿Puedes dejar de hablar en este tono? Es insoportable.

—¿Sabes lo que es más insoportable todavía? Despertarte un día y descubrir que alguien ha decidido echarte de su vida sin darte más explicaciones. Así que, sí, te las estoy pidiendo. Puede que no nos conozcamos desde hace tanto tiempo, pero…, joder, ¿en serio vas a fingir que lo único que nos une es el puto trabajo?

Esa era la intención, sí, pero pronto me di cuenta de que no iba a desistir hasta que tuviera una respuesta. Y si huir hacia delante no funcionaba…

—Me he alejado porque es lo mejor para los dos —concluí en un tono más bajo.

Nolan sospesó mis palabras. No lo hizo de forma demasiado positiva.

—¿«Lo mejor»? —repitió.

—Sí.

—Será para ti, entonces.

—Para los dos.

—¿Puedes dejar de hablar por mí?

—Oh, venga ya, ¿yo no puedo fingir que aquí no hay nada, pero tú sí puedes fingir que no sabes a qué me refiero?

Ahí su expresión se rebajó un poco. Iba a responder, pero finalmente apretó la mandíbula y lo pensó mejor. Tras un rato de silencio, sacudió la cabeza.

—No puedes decidir qué es mejor para mí —concluyó en un tono muy distinto.

Sentí que era la frase que ambos necesitábamos para deshincharnos un poco. Cerré los ojos unos instantes. No sabía ni cómo sentirme.

—Quizá no pueda —admití—, pero sí que puedo ponértelo más fácil.

—¿En qué sentido?

—En el sentido de que tienes novia, Nolan.

Él esbozó una sonrisa amarga.

—¿Y qué?

—Que eso lo cambia todo.

—Eres mi amigo, Jay.

—Entonces ¿por qué me hablas como si no lo fuera? ¿Por qué aprovechas todas las oportunidades que tienes para tocarme? ¿O para estar conmigo? Puedes decirme que todo son imaginaciones mías, si quieres. Puede que tengas razón. Pero, en ese caso, me alejo de ti con muchas más razones.

Esperé a que lo negara. Una parte un poco sádica de mí lo deseaba, porque de ese modo tendría un motivo para enfadarme. Un motivo para alejarme de él. Para odiarlo, incluso. Lo necesitaba.

Pero Nolan no lo hizo. Se limitó a continuar mirándome a los ojos. Los suyos me recordaban la noche del concierto; estaban igual de tristes. Y, también como esa noche, se acercó un paso hacia mí que yo volví a retroceder.

—Lo siento —murmuré—, pero para mí ha dejado de ser suficiente. Y sé que no puedo pedirte que hagas nada al respecto. Por eso… deja que me aleje, ¿vale? Es lo mejor. Al menos, para mí lo es.

De nuevo, Nolan se quedó en silencio. Fue la oportunidad para, de una vez, apartarme de él y regresar a la fiesta.

Ellie

Como había dicho Jay, nuestra prima estaba en un rincón de la cocina. Ignoraba a todo ser viviente e iba dando largos tragos de su vaso. Me aproximé a ella como quien se acerca a un animal peligroso.

—¿Va todo bien, Jane?

—Sí.

—Oh, venga…

—No quiero arruinarte la noche con mis problemas, ¿vale? Déjame cinco minutos para emborracharme e iré a bailar contigo.

No iba a dejarla con tanta facilidad. Me apoyé a su lado, preocupada. Jane tenía los hombros hundidos y el vaso pegado a los labios, aunque ya no bebía.

—¿Qué pasa? —insistí.

—Nada de lo que tengas que preocuparte —aseguró en un tono un poco más suave—. Es que tengo un mal día, y estoy cansada, y me quiero morir.

—Fingiré que eso no es preocupante, vale.

Jane forzó una sonrisa.

—Ve a disfrutar de la fiesta, ¿vale? Te prometo que en un rato me uniré.

—¿Estás segura?

—Sí, sí. Venga, no pierdas más el tiempo.

No estaba muy convencida de que pasarlo bien pudiera aplicarse a mi situación, pero decidí dejarla tranquila.

A esas alturas, ya eran las doce menos cuarto. Estaba a quince minutos de tener dieciocho años. Siempre había creído que mi mayor preocupación en ese momento sería disfrutar de la mejor fiesta de mi vida, pero lo único que tenía en la cabeza era asegurarme de que los despachos de papá y mamá estuvieran bien cerrados y de que nadie rompiera el mobiliario de casa.

Volví a cruzarme con Jay, que apenas me miró, y vi que tía Sue y Ty seguían pendientes de la tablet en sus sillones. Me pareció distinguir a Livvie estirando el cuello por encima de la masa de gente, en busca de Jane —supuse—; a Rebeca, hablando con un grupo de gente como la persona social que era; a Víctor, fingiendo que escuchaba la conversación de los demás miembros del equipo de baloncesto… y yo estaba plantada en medio de la masa de gente, muriéndome del calor y con ganas de hundir la cabeza en algún hueco del jardín.

Pero de veras que me moría de calor. Me las apañé para alcanzar la puerta del jardín trasero, pero entonces me crucé con la peor persona que me podía encontrar: el chico con el que me había acostado en la última fiesta.

Qué suertuda.

—¡Ellie! —exclamó con una gran sonrisa—. Cuánto tiempo, ¿eh?

—Sí. ¿Me dejas pasar?

—¿Vas al jardín?

—Para eso quiero pasar por la puerta del jardín, sí.

—¿Quieres que vaya contigo?

En otra ocasión, le habría dicho que sí. En otra ocasión, me habría encantado que alguien eligiera hacerme caso en medio de esa fiesta aun siendo una persona que, en el fondo, me diera absolutamente igual.

En esa ocasión, sin embargo, tan solo me causó rechazo.

—No.

—¿Segura?

Una oleada de rechazo me invadió. ¿De veras me había liado con ese chico —y con tantos otros— solo porque me miraba de esa manera? Lo que antes me habría encantado, de pronto me causaba repulsión. No me estaba mirando a los ojos. Ni siquiera se interesó por cómo estaba, aunque se leyera en mi rostro que no me sentía del todo bien. Lo único que le interesaba era lo que hicimos en ese cuarto de baño. ¿Por qué demonios había permitido que me pusiera un solo dedo encima? Y, más que eso, ¿por qué me había interesado a mí hacerlo con él, que ni siquiera sabía cómo se llamaba?

De pronto, me dio mucha pereza tener que decirle que no. Busqué con la mirada entre los asistentes y me encontré con la de Tad. No sé cómo, pero enseguida entendió la situación y se acercó a mí.

El héroe que no sabíamos que necesitábamos.

—¡Hola, Ellie! —exclamó nada más llegar a nuestra altura, y el chico lo contempló con una ceja enarcada—. Ya decía yo que estabas tardando mucho.

—Sí, es que estábamos charlando…, pero ya hemos terminado.

No esperé una respuesta, sino que enganché mi brazo al de Tad y juntos avanzamos hacia el grupo de baloncesto. Por el camino, miré por encima del hombro. El chico pesado ya estaba centrado en otra persona, poco afectado por mi rechazo.

—¿Quién era ese? —preguntó Tad.

—Nadie importante. ¿Qué tal la fiesta?, ¿te está gustando?

—Es… un poquito más intensa de lo que me esperaba, lo admito. Pero ¡es muy divertida!

Me pilló un poco desprevenida que Tad se lo pasara bien en ese tipo de ambiente. De hecho, si no me equivocaba, iba un poquito achispado. Prácticamente lo estaba arrastrando hacia los demás.

—Cuidado con tanta diversión —le recomendé con media sonrisa.

No respondió; ya estábamos frente al resto del grupo. Oscar sonrió ampliamente al vernos y se plantó en medio para estrujarnos a ambos, uno con cada brazo. Me dejé, preguntándome por qué no podía salir de una vez para dejar de morirme de calor, pero, aun así, forcé una sonrisa.

—¡La cumpleañera! —exclamó el oso amoroso—. ¿Cuánto falta para las doce?

—Unos… diez minutos —comentó Eddie, que por lo menos no parecía ir muy borracho—. Oye, ¿hay pastel? Porque yo quiero pastel.

—Creo que mi madre compró uno de chocolate, está en la nev…

—¡Voy a por él!

Mientras desaparecía, Víctor lo observó con una ceja enarcada.

—¿Quién le dirá que no puede comérselo hasta que hayas soplado las velas?

—Yo no me atrevo —aseguré.

Víctor sonrió distraído. Iba vestido de forma bastante sencilla, pero tuve la impresión de que se había arreglado un poco más de lo habitual: pantalones negros, camiseta verde, unas zapatillas que no estaban destrozadas por el paso de los años… Para ser él, todo un logro.

Yo había planeado arreglarme, pero a última hora me di cuenta de que no me apetecía en absoluto, así que llevaba la misma ropa de todo el día: una camiseta con el logo medio borrado de una banda de música, unos vaqueros azules y unas sandalias que, desde luego, habían resultado una muy mala elección para una fiesta; ya me habían pisado, mínimo, tres veces.

—Este alcohol es barato —comentó Marco entonces.

—Te recuerdo que tú no has traído nada —dijo Oscar con una ceja enarcada.

—¿Desde cuándo trae cosas el invitado? Yo he venido a que me las sirvan.

—Pues espera sentado.

La frase de Oscar hizo que Tad soltara una risita. Y, como de costumbre, pareció que Marco solo le oía a él, porque se volvió de golpe. Ya tenía el ceño fruncido.

—¿Se puede saber qué te parece tan gracioso?

—Yo —dijo Oscar con orgullo—. Es que soy genial, por si no te habías dado cuenta.

—Pues a mí no me hace ninguna gracia.

Creí que Tad se quedaría callado, como el noventa por ciento de las veces en las que se daba una conversación así. Pero… entre el subidón, el ambiente y que ya iba un poquito tocado, decidió que ese día quería guerra.

—Oscar es gracioso porque se mete contigo… —señaló con una gran sonrisa.

Marco parpadeó con perplejidad.

—… y cuando la gente se mete con las personas malas, es gracioso.

—¿Personas… malas? Pero ¿se puede saber qué te pasa? —se quejó Marco.

—Ya te lo dije el otro día en el gimnasio. Y tú me dijiste muuuchas otras cosas, ¿eh? Así que tranquilito o empezaré a contarlas.

No entendí nada y, por la cara de Víctor y Oscar, deduje que ellos tampoco. Marco, sin embargo, dio un respingo y enrojeció un poco.

—¡E-estás borracho!

—Sí, pero a mí se me pasará en un rato, tú nunca dejarás de ser un embustero.

El color de las mejillas de Marco se volvió todavía más intenso, y con un poco de pánico paseó la vista alrededor. Tad, en cambio, continuaba balanceándose con la copa en la mano y aspecto de medio dormido.

—¿Ya se te ha olvidado? —preguntó—. Cuando, después de la charla, te metiste en el vestuario conmigo…

—Cállate.

—… y me dijiste…

—¡Cállate!

—… que si yo quería, a escondidas…

—¡Vas tan borracho que no sabes lo que dices! —saltó Marco de pronto, irritado.

—¡No es verdad!

Marco hizo ademán de marcharse, Tad intentó bloquearle el paso y Oscar trató de meterse entre ellos para hacer de mediador. La única conclusión que se sacó de aquello fue que alguno —no estoy muy segura de cuál—, me empujó sin querer y di un paso atrás. Estuve a punto de caerme de culo al suelo, pero entonces Víctor me sujetó del codo y me hizo mantener la estabilidad.

Cuando estaba a punto de darle las gracias, vi que me observaba, un poco preocupado.

—¿Estás bien? —preguntó.

—Me estoy muriendo de calor.

No supe por qué se lo estaba confesando justo a él, pero Víctor asintió y, sin soltarme el codo, se abrió camino hacia la puerta que antes casi había atravesado con éxito. Nada más salir, el aire frío me permitió soltar un suspiro de alivio.

Jay

—¡Oye, Jay!

Pese a que estaba sentado yo solo en un rincón, Rebeca logró llegar hasta mí. Le ofrecí una sonrisa.

—Cuánto tiempo.

—Sí, ¿verdad? —La pobre dudó un poco antes de sentarse a mi lado en el rincón oscuro—. ¿Va todo bien?, ¿qué haces aquí?

—Pienso.

—¿En cosas malas?

—¿Tan obvio es?

—Un poquito —dijo con diversión—. ¿Te has peleado con Ellie?

—Oh, no… Ellie está cambiando, aunque sea despacio. Hace unos días que estamos en paz.

—Vaya, pues me alegro mucho.

Mi sonrisa se evaporó un poco. Había identificado a Nolan entre la multitud. Estaba de pie ahí, justo en el centro de la fiesta, y no miraba a nadie en concreto. Se limitaba a beber de su vaso y a dejarse zarandear por la masa. Su expresión tristona hizo que yo agachara la cabeza. No quería seguir viéndolo.

—Ya veo —murmuró Rebeca—. No lo conozco, pero antes me ha ayudado a prepararme la bebida. Parecía simpático.

—Es muy simpático. Y divertido. Y encantador.

—Vaya, ahora dilo con un poco de alegría.

Suspiré con pesadez. Ella, apenada, me pasó un brazo por encima de los hombros.

—¿Quieres hablar de ello, Jay? Sé que nunca hemos sido muy cercanos, pero…, no sé, siempre nos hemos llevado bien. A veces contar las cosas ayuda más de lo que parece.

—¿Tú crees?

Su determinación hizo que suspirara. Ojalá yo también la tuviera.

—Creo que, por primera vez en mi vida, me gusta alguien —admití.

—Oooh, complicado.

—Sí… Y esa persona tiene pareja.

—Mierda.

—Sí.

—Bueno, si tú también le gustas, puede ser sincera con su pareja.

—Ya, pero… ¿y si yo no quiero que lo sea porque la otra es una persona maravillosa que siempre ha estado ahí para ayudarla?

—Creo que esa decisión no te corresponde, Jay. Es su relación, no la tuya.

Quise replicar, pero lo cierto es que no me salió nada. Rebeca rio y me dio una palmadita en la mano.

—Te dejo reflexionar en paz, que veo que tienes para rato.

—Sí…, gracias.

—No hay de qué, Jay.

Mientras se alejaba, volví a mirar a Nolan. Seguía exactamente igual, solo que ahora se estaba echando todo el contenido del vaso en la boca. Se lo tragó con una mueca de desagrado y, acto seguido, abrió los ojos. Se quedó mirando al frente. Al menos, durante unos segundos. Entonces, como si hubiera notado que yo lo observaba, me miró a mí.

Y… mierda, ya no podía negarlo.

Me había pillado. De lleno y sin ningún asomo de duda. Pillado por completo.

Sí, mierda.

Lo supe en cuanto su mirada alcanzó la mía. En cuanto me saludó con la mano que sujetaba el vaso. Cuando esbozó una pequeña sonrisa que no le llegó a los ojos… No supe cómo había sucedido ni en qué momento, pero de pronto ya no tenía dudas.

Justo al levantarme, todas las miradas se volvieron hacia la puerta de entrada. La mía también, claro. No esperaba ver a Beverly con un vaso vacío en la mano. Ni a Lila con toda la bebida derramada encima. Ni a Diana con la boca abierta.

Mierda otra vez.

Conseguí abrirme paso en tiempo récord. Llegué justo a tiempo para oír el insulto de Diana y para sujetar a Bev antes de que se lanzara sobre ella.

—¡Jay! —chilló ella nada más reconocerme—. ¡Suéltame ahora mismo!

—¿Se puede saber qué os pasa? —preguntó Nolan, que acababa de llegar.

—¡Pregúntaselo a tu amiga! —espetó Diana, furiosa—. Lila, ¿estás bien?

Para mi sorpresa, Lila era la que mejor aguantó la compostura. Se miró a sí misma, empapada; sin embargo, asintió con la cabeza.

—No pasa nada —aseguró.

—¡Y una mierda! —espetó Diana—. ¡Te ha lanzado la bebida a la cara!

—¡Y ella me ha insultado! —chilló Beverly, retorciéndose aún.

—¡Porque eres una celópata! —le soltó Diana, furiosa—. ¡Por qué te cuesta tanto aceptar que tus amigos puedan querer a alguien además de a ti? ¿Qué problema tienes?

—¡Solamente… intento que no le hagas daño!

—¿Yo?, ¿y por qué iba a hacerle daño?

—Di, déjalo —le pidió Lila.

De mientras, aceptó el puñado de servilletas que Nolan había encontrado por ahí.

—¡No me refiero a ti! —insistió Beverly, ignorándola—. ¡Me refiero a la relación!

—¿Qué tienes tú que ver en nuestra relación, Bev?, ¿me lo puedes explicar?

—¡Llevo siendo su amiga mucho más tiempo que tú su novia!

—¡Eso no es excusa para nada!

—Pero ¡tengo derecho a aconsejar a mi amiga! ¡Y a decirle que se está equivocando!

—Es decir, que salir conmigo es un error.

—¡No! ¡El error es salir contigo para poner celoso a Fred!

Y… mierda por tercera vez.

Abrí mucho los ojos. Lila dejó de limpiarse la camiseta y enseguida se volvió hacia su novia. Incluso Beverly se había quedado muy quieta. Nolan era el único que nos miraba a todos sin entender absolutamente nada.

Fred, que, por cierto, se había alejado en ese momento, se lo repensó y volvió corriendo a la fiesta.

Diana se había quedado paralizada con esa última frase, y así seguía.

—¿Qué? —logró articular—. ¿De qué habla, Lila?

—N-no… no sé…

—¿No sabes de qué habla?

—Di —intervino su hermano mayor—, igual deberíamos volver a casa.

—¡No! —Lila se acercó a sujetarle los brazos, desesperada—. Espera, no es lo que parec…

—¿No es lo que parece? Oh, por favor. Nolan, vámonos.

—¿Ni siquiera me dejarás explicártelo?

—¿El qué? ¡Te he preguntado mil veces por ese chico y siempre me has dicho que no pasaba nada!

—¡Y no pasa nada! ¡Fue… hace mucho tiempo!

—¡Eres una mentirosa!

—¡No te mentí!

—¡No, pero omitiste lo que te interesaba! ¡Vete a la mierda, Lila!

Diana cogió de la mano a su hermano y salió disparada de la fiesta. Lila, que seguía ahí plantada, nos miró con los ojos llenos de lágrimas. Bueno, a Beverly.

—¿Y luego te preguntas por qué nadie quiere ir a tu cumpleaños, Bev? —espetó, y salió en dirección opuesta.

Tanto Beverly como yo nos quedamos en completo silencio.

No estaba siendo tan divertido como en su fiesta. Casi preferiría volver a caerme con el carrito.

Ellie

El patio trasero estaba casi tan lleno de gente como el interior de casa, así que tuvimos que esquivar unos cuantos grupitos para llegar a las tumbonas. Me senté en la única que quedaba libre, abanicándome con la mano. Víctor tomó asiento a mi lado.

—¿Mejor? —preguntó.

—Sí, sí…, es que me estaba ahogando, con tanta humanidad…

—¿Por qué has invitado a tanta gente, entonces?

—Y dale. ¡Que no los he invitado! —salté, irritada, y luego hundí la cara en las manos—. Todo el mundo ha venido con su grupo de amigos, y no he podido echarlos a tiempo.

Víctor contempló alrededor con las cejas enarcadas.

—Bueno…, aún puedes echarlos.

—No sin ser una aburrida.

—¿Alguna vez te han dicho que la opinión de los demás no debería estar por encima de la tuya?

—Víctor, no te ofendas, pero no estoy de humor para charlas existenciales.

Él contuvo una sonrisa divertida.

—La reservo para la próxima, entonces.

—Gracias. —Quise decir algo más, pero continuaba hundida en la miseria—. Mis padres me van a matar.

—Si lo recoges todo antes de que lleguen, no tienen por qué enterarse.

—Da igual, mi hermano pequeño les contará lo que ha ocurrido.

—Pues vamos a sobornarlo a cambio de su silencio.

—¿Es que no conoces a Ty? Nada en el mundo puede tentarlo más que meter a otra persona en un lío.

—Vale, tomo nota: no tener a tu hermano pequeño como enemigo.

—Exacto.

Nos quedamos unos instantes en silencio. Yo todavía tenía la cara hundida en las palmas de las manos, Víctor parecía pensativo. Entonces, sonrió y se inclinó hacia mí.

—¿Y si llamamos a la policía?

—Sí, claro, ¿qué podría salir mal?

—Hablo en serio. Finge que eres una vecina o algo así y diles que desalojen la casa. Así nadie podrá decirte que los echaste tú.

Me quedé analizándolo unos segundos. Era un poco arriesgado, pero no se me ocurría nada mejor. El otro plan consistía en suplicar que se marcharan antes de que mis padres volvieran a casa al día siguiente, y cada vez lo veía más difícil.

—¿Y si me ponen una multa? —pregunté.

—¿Qué más te da? Eres rica.

—Pues también es verdad.

—¿Quieres que llame yo? —sugirió entonces.

Esbocé una pequeña sonrisa para intentar darle lástima. Debió de funcionar, porque se sacó el móvil del bolsillo. Contemplé su perfil mientras hacía la llamada y fingía ser uno de nuestros vecinos. Apenas duró dos minutos. Después, lo escondió.

—Listo. Esperemos que te dé tiempo a soplar las velas, al menos.

—Si te digo hasta qué punto me dan igual las velas… Bueno, gracias por llamar.

No respondió, y volvimos a quedarnos en silencio. En esa ocasión, sin embargo, tuve la impresión de que ambos teníamos algo que decir y que nos estábamos conteniendo. Lo miré de reojo, y lo descubrí observándome.

—Oye, Ellie… —empezó en un tono de voz un poco menos tranquilo—, quería decirte una cosa que…, um…

No supo cómo continuar y yo, aunque podría haberle echado una mano, me limité a contemplarlo. Víctor se pasó una mano por la nuca, carraspeó y luego volvió a centrarse.

—Me gustó la charla del otro día —dijo finalmente—. La del teléfono.

—Ah, sí…, a mí también.

Pero di algo más elaborado.

—Estuvo bien —añadí torpemente.

—Sí, estuvo bien.

Silencio.

Esperé como si quisiera que él continuara hablando, y él hizo exactamente lo mismo conmigo. No sé quién parecía más impaciente de los dos.

—Eso era todo —añadió de forma significativa.

—Ah, vale.

—Te toca hablar a ti.

—Es que no sé qué decir.

—Te pasas el día parloteando… ¿y justo ahora decides quedarte en silencio?

—No finjas que no te gusta mi parloteo.

—No he dicho eso.

—O sea, que admites que te gusta.

—Tampoco he dicho eso.

—Oye, que es mi cumpleaños, dime algo bonito.

—Técnicamente, todavía no lo es.

Abrí la boca para responder, pero me callé cuando sacó el móvil otra vez; en esta ocasión, para mirar la hora. Eran y cincuenta y nueve. Tenía un dedo levantado hacia mí, como si me indicara silencio, y yo obedecí conteniendo una sonrisa.

—Y… —Hubo una pausa, y entonces la hora se cambió—. Aaahora sí. Feliz cumpleaños, Ally.

—Que te den. ¿Dónde está mi regalo?

—Tu regalo es que haya decidido venir a hacerte compañía.

—Es decir, que *tú* eres mi regalo.

—Exacto.

—No sé yo si cumple mis expectativas.

—Depende de lo altas que estuvieran.

—Estaban *muy* altas.

—Pues déjame poner el regalo a la altura.

Sonreí con cierta confusión, pero enseguida dejé de hacerlo. Cuando se inclinó y me besó en la boca, estaba tan pasmada que apenas reaccioné.

Me había imaginado un beso con Víctor tantas veces… y nunca pensé que sería él quien diera el primer paso. Me quedé muy quieta, con los ojos muy abiertos, y la sorpresa me impidió sentir nada. Ni nervios, ni emoción, ni nada. Simplemente, sorpresa.

Debió de notar que algo iba mal, porque se separó de mí y me miró, ahora con titubeos por si la había cagado. El seguía teniendo la mano en mi nuca. No estaba muy segura de cuándo la había puesto ahí.

—Em… —trató de decir.

—Em… —dije yo.

—Lo siento, quizá he malinterpretado…

—No, no…, está bien.

Silencio. En esa postura, lo tenía tan cerca que prácticamente solo podía ver las pecas que le cubrían la nariz.

Víctor aún me contemplaba, y yo, tensa, carraspeé.

—¿Qué? —preguntó.

—He dicho que está bien.

—¿Eh?

—Que… que puedes retomarlo cuando quieras.

—Aaah…

Contuve una risotada; no me pareció el mejor momento para —literalmente— reírme en su cara.

Él dudó, alternaba la mirada entre mis ojos y mis labios, y finalmente pareció convencerse a sí mismo de que no pasaba nada, porque se inclinó de nuevo. Y, en esta ocasión, cuando su boca rozó la mía, yo ya estaba preparada.

Cerré los ojos. Sus labios estaban más cálidos de lo que esperaba, y me dejé llevar por la agradable sensación de sus dedos hundidos entre mi pelo. Su pulgar me hizo una leve caricia junto a la oreja, y yo estiré los brazos de forma automática para rodearlo. Víctor se dejó con sorprendente facilidad y, cuando mis manos le rozaron los omóplatos, noté que tensaba la espalda bajo mis dedos.

No fue sexual. Ni intenso. Ni tampoco devastador, como alguna vez me había imaginado. Fue… dulce. Nunca me habían besado con dulzura. Casi hizo que me sintiera… querida. Cuidada. A salvo.

Y entonces, justo cuando ya estaba abandonándome a la sensación, alguien me agarró del brazo y tiró de mí con la suficiente fuerza como para arrastrarme fuera de la tumbona. Víctor alzó la mirada a la vez que yo, y me sorprendió encontrar a Eddie.

—¡Estamos todos esperando! —chilló, impaciente.

—¡Eddie, estaba ocupa…!

—¡Ya habrá tiempo para que os besuqueéis, venga!

Cuando me puse de pie, estaba de muy mal humor. Traté de decirle a Eddie que el pastel y las velitas me importaban entre cero y menos, pero ni siquiera me escuchaba.

—¡Eddie! —insistí, ya cabreada—, ¡no puedes tirar de mí como si fuera una muñeca de trapo!

—¡Es que quiero comer pastel!

Justo cuando iba a darme la vuelta, me encontré de frente con Jay, que transportaba mi pastel, acompañado de Ty. El choque fue inevitable, y ellos, aunque intentaron salvar el plato, terminaron estampándole todo el chocolate a la chica que tenía justo detrás.

Y…, genial, era Livvie.

Por impulso, me había adelantado para intentar salvar el plato, y lo único que logré fue que pareciera que se lo había lanzado encima. Y es que lo parecía de forma muy descarada. No había manera de que no se malinterpretara. Livvie levantó la cabeza lentamente. Estaba roja de rabia.

—Pero —empezó—, ¿qué…?

Quizá con otra persona habría pedido perdón, pero con ella no me apeteció. No después de lo de Jane.

—¿No has dicho que te irías enseguida? —ataqué.

—¿Esta es tu forma de echarme? Tan pacífica como siempre…

—¡Esto te pasa por meterte en medio! ¿Se puede saber qué le has hecho a Jane?

—¿Yo?

—Sí, ¡tú! ¡Estaba muy disgustada, y sé que es por tu culpa!

—Pero ¿qué eres ahora?, ¿mi consejera matrimonial?

—¡Vete ahora mismo!

—¡Eso intentaba!

—¡Pues hazlo mejor!

Entonces, ambas quisimos movernos a la vez. Ella lo intentó por mi lado mientras yo lo intentaba por el suyo. Chocamos de frente y mi pie resbaló sobre los restos de pastel que había en el suelo. El golpe fue tremendo, y Livvie cayó sobre mí, como no podía ser de otra manera.

No sé cuál de las dos empezó. Creo que yo intenté apartarla de un empujón y su reacción, al ver mi mano, fue apartarla de un manotazo. Yo se lo devolví, envalentonada. Y de pronto estábamos rodando por el suelo entre cosas bastante más graves que manotazos y empujones.

Nunca en la vida me había metido en una pelea de tal calibre, pero supongo que hay una primera experiencia para todo.

Lo único que oía eran los gritos de la gente, que nos instaba a pelear con más ganas, y lo único que sentía eran los tirones y agarrones que nos estábamos dando mutuamente. Rodé por el suelo con ella, tratando de dejarla debajo de mi cuerpo para acorralarla, y ella hizo exactamente lo mismo. El problema era que teníamos casi la misma fuerza, por lo tanto, era imposible que una de las dos ganara.

Y entonces alguien me agarró de los brazos. Pensé que me levantarían y traté de lanzar una patada, pero simplemente me dieron la vuelta para pegarme boca abajo contra el suelo. Me revolví, furiosa, y entonces vi que a Livvie le estaban haciendo lo mismo. De hecho, lo que vi fue su cara de pánico cuando se dio cuenta de que, como yo, tenía a un policía encima. Mierda, ¿eso eran esposas?

Mierda… otra vez.

17

El pequeño Judas

Jay

Había pocas cosas peores que estar de pie en medio de los restos de una fiesta. Una de ellas era tener que explicarles a tus tíos que la policía se había llevado a tu hermana pequeña.

—¡¿Qué?! —chilló tía Sue.

—Joder. —Tío Mike empezó a reírse—. Esto parece uno de mis conciertos.

—¡No tiene gracia! —protesté—. Como se enteren papá y mamá… ¡Tyler, suelta ese móvil ahora mismo!

Mi hermano pequeño lo soltó como si quemara, avergonzado.

—Mamá me dijo que la avisara si pas…

—¡No ha pasado nada! —aseguré, medio histérico—. ¿Sabéis lo que vamos a hacer? Recoger todo esto y dejarlo bien limpito. Y, después, iré a buscar a Ellie. Papá y mamá no tienen por qué enterarse de nada, ¿verdad?

Todo el mundo me miró como si fuera idiota. Incluso yo sabía que era una tontería, pero algo habría que intentar.

Joder…, no iba a salir de casa hasta el día de mi jubilación.

Ellie

Vale, la situación era un poco dramática.

Solo un poco.

Nunca me habían detenido y desconocía cuál era el procedimiento, así que me dejé llevar la mayor parte del tiempo. Me esperaba cosas malas, eso sí. Por eso me pareció tan aburrido que me quitaran la cartera, me hicieran firmar una hoja y procedieran con dos o tres preguntas.

Mi única conclusión fue que nada de eso quedaría bien en mi expediente… y que mi foto de criminal era muy fea. Pedí que me dejaran intentarlo otra vez, pero no les hizo mucha gracia.

Todo lo que no tenía de intenso lo tenía de eterno. Entre una cosa y otra transcurrió lo que me pareció una vida entera. Y no tenía con quien hablar. Ni siquiera volví a ver a Livvie, con quien había compartido un muy silencioso viaje en el asiento trasero del coche patrulla.

Debían de ser ya las dos de la madrugada cuando por fin me metieron en una celda y me dejaron tranquilita. Estaba sola, así que me senté en el banquito del fondo y empecé a replantearme todas las decisiones que había tomado hasta ese momento.

Bueno, papá y mamá iban a matarme, eso estaba claro. La duda era cómo.

Lentamente y recreándose.

Y yo, preocupada por lo que pudiera decir Ty de mí… Iba a ganarme el peor castigo de nuestra historia familiar. Y encima habría sido para nada, porque iba a pasar toda la noche ahí, encerrada de brazos cruzados. Ni siquiera podía consolarme con el beso con Víctor, porque nos habíamos quedado a la mitad. Qué mierda.

Pasada media hora, más o menos, me acerqué a los barrotes y me asomé como pude en busca de algún agente. Encontré a uno sentado a la mesa del fondo, junto a la salida.

—¡Eh! —chillé, agitando un brazo—. ¡Eh, tú, tú!

El policía, que estaba mirando unos papeles, suspiró y alzó la vista hacia mí con cansancio.

—Si tienes sed, haberlo pensado antes de delinquir.

—No es eso. ¿Cuándo podré hacer mi llamada?

—¿«Llamada»?

—Esa que se deja hacer en las películas. Alguien tendrá que pagar mi fianza, ¿no?

El señor no debía de estar mucho por la labor, porque puso los ojos en blanco y volvió a lo suyo.

—¡Oye! —insistí, pero pasó de mí.

Genial.

Volví a mi banquito, ahora de brazos cruzados, y me pregunté si había visto algún teléfono de camino a la celda. Tendría que avisar a mis padres de que no solo estaba arrestada, sino que encima eran muy antipáticos conmigo.

Inadmisible.

Como no tenía el móvil encima, no sabía qué hora era. Mi única referencia era la oscuridad que se percibía tras el cristal tintado de las ventanas, pero no era un gran indicativo de nada. Eché la cabeza atrás, moví una pierna de arriba abajo y empecé a contar los minutos mentalmente. Duré unos dos o tres, porque luego me aburrí y volví a asomarme para chistarle al policía, que seguía pasando totalmente de mí.

Llevaba un rato ignorándome cuando de pronto se volvió hacia la puerta. Yo también lo hice, esperanzada, pero toda ilusión se desvaneció al ver que traían a Livvie.

Tenía un aspecto lamentable, lo que me hizo preguntarme cómo sería el mío. Livvie llevaba manchas de sangre seca bajo la nariz y por la camiseta, una marca de golpe en la mandíbula... Yo, por mi parte, solo notaba el sabor metálico de mi labio inferior. Ah, y ese ojo que palpitaba como si tuviera vida propia.

Livvie parecía tan cansada como yo, y cuando la metieron en mi celda ni siquiera levantó la cabeza. Se limitó a sentarse en el banquito opuesto al mío y a hundir los hombros. Bueno, si necesitaba un poco de alegría, por lo menos contaba con una compañera contentísima.

—¿Te han dicho cuándo nos van a sacar? —le pregunté directamente.

Ella sacudió la cabeza. Tenía la mirada clavada en el suelo.

—¿Y no has preguntado? —insistí, indignada.

—Me van a matar —murmuró ella en voz bajita.

—¡¿Los polis?!

—Mis padres...

—Ah. Pues bienvenida al club de los padres asesinos.

A mí me pareció un chiste genial, pero ella ni siquiera hizo ademán de reírse. ¿Ves? Por esas cosas me caía mal.

Creía que ya habíamos superado lo de que te cayera mal.

Livvie no solo ignoraba mi presencia, sino que estaba tan ensimismada que no se dio cuenta de que me había acercado a ella. La contemplé con curiosidad. Se había abrazado a sí misma y se balanceaba de forma inconsciente.

Oh, no. ¿Y si le había golpeado el cerebro o algo así y ya nunca volvía a ser la misma?

—¿Has podido llamar a tus padres? —pregunté.

Livvie sacudió la cabeza lentamente.

—¡Pues tienen que dejarnos llamar! Esto es ilegal. Es un secuestro. Hay que denunciarlos. Seguro que hay otra comisaría a la que podamos ir a poner una queja.

Ella no respondió, sino que siguió abrazándose a sí misma. Y yo empezaba a quedarme sin chistes malos con los que romper la tensión del ambiente. No sabía cómo comportarme delante de ella ahora que ya nos habíamos pegado, porque volver a ello me parecía un poco innecesario. Y doloroso para mi ojo palpitante, también.

—¿Te han dado de comer? —pregunté, solo para decir algo.

—Sí.

—A mí tampoc... Espera, ¿qué? ¿Te han dado de comer? ¡A mí no me han dado nada!

Otro día en el que ser antipática no servía ante la vida.

Livvie no hizo ningún comentario, sino que subió las piernas al banco y se acurrucó un poco más. Yo, mientras tanto, me incorporé para acercarme a los barrotes.

—¡Oye! —chisté de nuevo al de la puerta—. ¡Oye, sé que puedes oírme!

Llegué a pensar que pasaría de mí, pero alzó la mirada.

—¿Se puede saber qué quieres ahora?

—¡Quiero comer!

—Haberlo pensado antes de delin...

—Antes de delinquir, sí, lo sé. Pero los criminales también tienen derecho a una alimentación básica, ¿no? Y a una llamadita, ya que estamos.

—¿Es que quieres más cargos en tu expediente?

Abrí la boca para responder, pero entonces alguien apareció justo a mi lado. Me sorprendió ver a Livvie con una sonrisa dulce y simpática, de esas hechas para distraer a la dependienta mientras tú le robas por detrás. Y funcionaba. Vaya si funcionaba.

—Perdónela, señor, es que estamos muy nerviosas —aseguró calmada.

Fruncí el ceño.

—Yo no estoy nerv...

Su pisotón me hizo dar un respingo, aunque ella fingió que no se había dado cuenta y siguió centrada en el señor.

—Verá, todo esto ha sido un malentendido —retomó Livvie—. Mi amiga y yo estábamos…

—¿«Amiga»?

El segundo pisotón me hizo ponerle mala cara.

—… celebrando su cumpleaños —continuó—. No todos los días se cumplen dieciocho años, ¿sabe? Queríamos que fuera algo especial, así que supongo que se nos fue de las manos. Pero estamos muy arrepentidas, ¿a que sí, Ellie?

—Sí, sí. Mucho.

—¿Lo ve? Si pudiéramos hacer una llamada a uno de nuestros padres, estoy segura de que las cosas serían mucho más fáciles para todos. ¿O no le gustaría quedarse solito y tranquilo cuanto antes?

El hombre no respondió inmediatamente, sino que siguió mirándonos con una ceja enarcada. Por lo menos, ahora se había despegado del estúpido papel y parecía prestarnos atención.

—¿«Amigas»? —repitió con retintín—. Yo no me pego con mis amigos.

—Pues yo me pego con todas mis amigas —aseguré—. Es lo que le da sentido a mi vida.

Livvie me dirigió una mirada fugaz y me pareció que contenía una sonrisa divertida. Fuera lo que fuese, volvió a dirigirse al policía:

—Eso ha sido por otra cosa —dijo con convicción.

—¿Qué cosa?

—Oh, es que es una historia muy larga.

—Tengo tiempo. Y vosotras todavía más.

Livvie me miró de reojo, casi como si me pidiera permiso. Yo me encogí de hombros.

—Ellie y yo nos conocemos desde pequeñas y siempre nos hemos llevado genial. De hecho, siempre la he considerado mi mejor amiga. En el colegio, Ellie les tiraba de los pelos a quienes se metían conmigo, y yo tomaba apuntes por ella, que no le gustaba mucho estudiar. Luego, en el instituto, la cosa cambió un poquito, y a los quince años dejamos de hablarnos. Se pensó que me gustaba el chico que le gustaba a ella, que también era mi amigo, y empezó a contar mis secretos por el instituto. Yo, enfadada, no fui capaz de decirle que quien me gustaba no era ese amigo, sino su hermana. Pero tampoco se lo habría dicho, de haber sido amigas, porque resulta que a su hermana no le van las chicas; así que habrá que conformarse. La cosa es que no nos quedó más remedio que separar a todo el grupo. La cosa ha ido empeorando con los años, y ahora resulta que Ellie se ha vuelto a juntar con nuestro amigo y yo he conocido a su prima Jane. En fin, el hecho es que con ella las cosas son complicadas, pero creo que me gusta, y llegué a la fiesta intentando hablar con ella porque malinterpretó lo que intentaba decirle, ¿sabe? Se cree que me besé con otra persona, pero ¡es mucho más complicado! Y, claro, tenía que explicárselo, pero no conseguía encontrarla, y de pronto tenía una tarta encima y me di cuenta de que Ellie me la había lanzado, así que nos metimos en una pelea que nos ha llevado hasta aquí. Y ya está. ¿Lo ve? Un malentendido. Cosas que pasan.

Silencio. El policía había empezado a fruncir el ceño a la mitad de la primera frase. Su mueca se había acentuado a cada palabra, y a esas alturas ya era una especie de paño arrugado. Se quedó contemplándonos, tratando de ubicarse, y tardó un buen rato en reaccionar.

Cuando lo hizo, no fue de forma muy positiva.

—Pero ¿cómo se supone que voy a entender eso?

—No lo he explicado tan mal —dijo Livvie, indignada.

—Yo lo he entendido —añadí.

—¿Lo ve?

—Bueno, me da igual —murmuró él—. Haced la llamadita y dejadme tranquilo. Pero solo una, ¿eh?

—¡Gracias! —exclamó Livvie.

Yo solo gruñí.

Cinco minutos más tarde, nos plantaron en una mesa —todavía esposadas— con un teléfono delante. Era uno de esos antiguos, con cable y botoncitos. No había usado uno de esos en toda mi vida, y sospeché que Livvie, por la cara que puso, tampoco.

—Bueno... —dijo ella—. ¿A quién llamamos?

Buena pregunta.

—Llama a tus padres —ofrecí enseguida.

—¿Eh? Llama tú a los tuyos, que estarán preocupados.

—No, no. Los míos saben que estaba en una fiesta, los tuyos seguro que no.

—No, no. Los tuyos deben de saber que la policía ha ido a tu casa y querrán explicaciones.

—No, no. Los tuyos se estarán preguntando por qué tardas tanto en volver.

—No, no. Los tuy...

—Vamos a ver —interrumpió el policía, impaciente—, ¿ahora ninguna quiere llamar?

Livvie agachó la cabeza y yo fingí que no tenía nada que ver en la conversación. El señor, ya harto de nosotras, giró el teléfono hacia mí.

—Llama —ordenó.

—¿Yo?

—Sí.

—¿Y por qué tengo que ser yo?

—Porque es una orden. ¡Llama de una vez!

Miré de reojo a Livvie, que se había puesto tiesa con ese último grito, y solté un suspiro. Vale, me tocaba a mí. Qué remedio.

Jay

—¿Y si me mato?

Ty enarcó una ceja.

—No digas tonterías.

—¡No es ninguna tontería! —protesté—. Así, papá y mamá se distraerán mientras tú cubres todo este desastre.

—Claro, y es un plan sin fisuras.

—¡Todo plan las tiene!

—Jay…, cálmate de una vez. Y coge el teléfono, que te están llamando.

Seguía tirado en el sofá lleno de manchas de whisky. O eso intentaba pensar para no asustarme. Tyler, sentado a mi lado, me pasó el móvil. Era un número desconocido. Descolgué sin ganas.

—¿Sí?

—¡Jay! —chillaron al otro lado.

—¿Quién eres?

—¡¿Quién voy a ser?! ¡Tu hermana!

—Oh.

—Estoy en la cárcel.

—Lo he visto.

—Técnicamente, no es la cárcel —comentó un señor de fondo—. Es solo la comisaría.

—Es que le quita dramatismo a la historia —susurró una voz femenina que me pareció reconocer.

—Necesito pedirte un favor. —Ellie volvía a adueñarse de la llamada.

—Me lo imaginaba.

—Oye, que es una urgencia, ¡céntrate!

—Es que acabo de tener una crisis existencial.

—¡¡¡Jay!!!

—¡Vale, vale! Quieres que vaya a buscarte, ¿no?

—Sí. Y no puedes decir que no. ¿Te acuerdas de cuando te acompañé a buscar un regalo para Beverly? Me debes un favor desde entonces.

Tampoco es que fuera a negarme, pero no dije nada. Al menos, ya estaríamos en paz.

—Vaaale… Ahora voy.

—¡Gracias, gracias, gracias! ¡No le digas nada a papá y mamá!

—No lo haré.

En cuanto colgué, miré a mi hermano. Este sonreía con malicia.

—Tienes prohibido llamar a nadie —le advertí.

La sonrisa se le borró de golpe.

Ellie

—Ahora viene mi hermano —expliqué con orgullo.

El policía puso los ojos en blanco.

—Qué alegría.

Jay tardó unos veinte minutos en llegar a comisaría, otros diez en ocuparse de pagar nuestras fianzas; y diez más necesitaron los policías para dignarse a avisarnos de que ya podíamos marcharnos a casa. Tanto Livvie como yo tuvimos que esperar en una salita horrorosa que olía a comida recalentada.

Cuando me devolvieron la cartera y el móvil, la miré por el rabillo del ojo.

—Creo que se me cayeron en tu casa durante la pelea —explicó en voz baja, casi avergonzada.

Vaya, pues este tour juntitas no iba a terminar tan pronto como planeaba.

Al pisar la acera de la calle, me sentí como a una presa a la que dejan salir después de veinte años en la cárcel. Solo que en mi caso habían sido dos horas y mi hermano nos esperaba apoyado en su coche. Al vernos las caras golpeadas, enarcó las cejas con sorpresa, pero no dijo nada. Se limitó a subirse al coche y esperarnos.

Livvie fue a la parte de atrás sin decir nada. Cuando yo entré en el asiento del copiloto, oí que le estaba dando las gracias a Jay por sacarnos de ahí. Supuse que mi obligación era hacerlo, también.

—Em…, gracias otra vez —dije de manera un poco torpe.

Mi hermano me miró de reojo, suspiró y arrancó el coche.

El silencio de esos primeros diez minutos en coche fue horrible. La tensión del ambiente era tal que Livvie se había puesto colorada y yo movía la pierna de arriba abajo. Jay mantenía la vista al frente, inmerso en su propia crisis, y yo no me atrevía a poner música por si me mordía el brazo al intentarlo.

Pasado ese intervalo de tiempo, decidí que ya no podía más.

—Bueeeno —murmuré, frotando las manos—, por lo menos ha sido una fiesta entretenida.

Silencio.

—Sí —opinó Livvie por ahí atrás—, ha sido entretenida, desde luego.

Jay, de nuevo, no dijo nada. Estaba a dos frases de estampar la cabeza contra el volante. No insistí en sacar conversación. Livvie tampoco. Y al cabo de un rato, vi aparecer las puertas de nuestra urbanización. Tras tantas horas de tortura —bueno, dos o tres—, me parecieron las puertas del cielo.

Al menos, hasta que las cruzamos y vi que papá y mamá estaban sentados frente a la puerta. Y no solo eso, sino que los padres de Livvie estaban justo a su lado.

Oh, oh.

Me volví hacia mi hermano, que seguía sin reaccionar.

—¡¿Los has avisado?! —Casi grité.

—¿Eh? —Livvie se removió en los asientos de atrás, y luego se quedó muy quieta—. Oh, no, no, no…

—¡Jay! —insistí, furiosa.

—¡No he sido yo! Si me van a castigar tanto como a ti…

—Entonces ¿quién…? Mierda. Ty.

—El pequeño Judas.

Ya nos habían visto, pero cuando Jay detuvo el coche no quise ser la primera en bajarse. En mi cabeza, el primero en pisar tierra iba a ser emboscado por ambos frentes. Pero no fue así, porque finalmente se animó Jay y dejaron que entrara en casa sin decirle absolutamente nada. Miré a Livvie por encima del hombro. Ella parecía tan asustada como yo.

—¿Quién va primero? —pregunté con vocecilla temblorosa.

—Em..., puedo ir yo. A no ser que a ti te haga ilusión, claro.

—No, no. Todo tuyo.

—Vale, pues ahora salgo.

No se movió.

—Ahora mismo —insistió, sin moverse.

Permanecimos unos segundos en silencio, conscientes de que nuestros padres nos contemplaban desde la puerta. La cara de espanto de Livvie era una buena imitación de la mía. Y entonces, sin saber muy bien por qué, me salió una risotada nerviosa. Una de esas que son terriblemente incómodas e inapropiadas. Estuve a punto de taparme la boca, avergonzada, cuando de pronto ella hizo exactamente lo mismo.

Y así empezamos a reírnos como desquiciadas.

Vuestros padres deben de tener tantas preguntas...

Si las tenían, no lo supe; estaba ocupada limpiándome una lágrima de la risa.

—Es todo tan absurdo... —murmuré.

—No pensé que mi noche fuera a terminar aquí, la verdad. No te ofendas, pero no eres mi cita ideal.

—Ni tú la mía. Antes de hablar contigo, estaba besuqueándome con Víctor.

—Aleluya.

Le dirigí una mirada de advertencia, pero pareció darle bastante igual. Estaba acomodada en su asiento con una pequeña sonrisa divertida.

—Yo he ido a terapia —comentó.

—Aleluya.

—¡Oye! Que tú también necesitas terapia.

—Ya lo sé. No niego mi desquiciamiento.

Livvie mantuvo la sonrisa cuando se inclinó hacia delante, ahora dispuesta a salir del coche. La detuve de la muñeca sin saber el porqué. Me pareció un gesto extrañamente familiar, y ella no se sorprendió en absoluto, solo me miró como si me preguntara qué sucedía.

—Em… —Empecé a entrar en pánico. Mierda. No había planeado llegar tan lejos—. Sobre lo que le hemos dicho al policía…

—¿Qué parte, exactamente?

—Esa en la que le contabas nuestras vidas.

—Ah, esa. ¿Qué pasa?

—Nada, que…, em…, has dicho que me considerabas tu mejor amiga.

Livvie siguió contemplándome como si le faltara información para adivinar adónde quería llegar. Suspiré. Qué difícil resultaba hablar, madre mía.

—Yo también te consideraba algo así como mi mejor amiga —dije finalmente.

—Ah, ya lo sé.

—Ah.

Vaya, ya sabía cómo se sentía Víctor siempre que lo obligaba a terminar de decir las cosas por los dos.

—Quiero decir que…

—Podemos enterrar el hacha de guerra, sí —finalizó por mí—. Al menos, esta noche. Tendremos que aliarnos para que no nos coman.

—Sí…, eso parece.

—Mañana ya veremos si nos seguimos odiando.

—Me parece un buen plan.

—Bien, pues vamos a ello.

Sin más que añadir, Livvie abrió la puerta del coche y se plantó ante nuestros padres. Mi plan inicial había sido dejarla sola ante el peligro, pero no me pareció bien y acabé saliendo con ella. Y ahí me quedé, justo a su lado, viendo la cara de enfado de papá y mamá. Y de sus padres, también.

—Bueno —dije, rompiendo el incómodo silencio—, ahora es cuando gritáis «¡¡¡Sooorpreeesaaa!!!» y me felicitáis por mi cumpleaños, ¿no?

Mi gran broma no hizo que nadie se riera. De hecho, el ceño fruncido de mi madre se acentuó todavía más.

—¿Te parece que estamos para bromas, Elisabeth?

Nombre completo significa «peligro».

—Lo que habéis hecho hoy ha sido muy peligroso —añadió la madre de Livvie, muy seria, y luego me sonrió—. Y feliz cumpleaños, querida. Estás crecidísima, madre mía, hacía años que no te veía. Cómo me alegro de que todo te vaya tan bien. —Dicho esto, volvió a la mala cara—. ¡Habéis sido unas irresponsables!

—¿Sabéis cuánta gente se muere al año por peleas tontas? —añadió mamá, con una mano en el corazón.

—¡Y el daño que podrían haberse hecho!

—Exacto, ¡y mirad vuestro aspecto! ¡Parece que volváis de una guerra!

—Ya sois mayorcitas para andaros con peleas, ¿no creéis?

—Exacto. Si hay algún problema, se puede hablar sin recurrir a los golpes.

—¡Sois dos chicas encantadoras! ¡Seguro que, si hablarais un momento, os llevaríais genial!

—¡Eso mismo! No puede ser que sigamos con esta guerra fría y absurda.

—Con lo bien que os llevabais cuando erais pequeñitas…

—¡Seguro que ahora podéis llevaros igual de bien!

—¡O incluso mejor!

Teniendo en cuenta que me esperaba la bronca del siglo, ese desfile de comprensión me pilló un poco desprevenida. Miré a Livvie de reojo. Ella se encogió de hombros, tan confusa como yo.

Mi padre y el suyo seguían callados, pero de formas muy distintas: el mío asentía fervientemente, como la compañera inseparable de la chica mala del colegio, y el de Livvie mantenía un semblante serio y fijo que, honestamente, daba un poco de miedo.

—Creo que hablo por las dos cuando digo que lo sentimos —dijo Livvie entonces, cabizbaja—. Se nos fue de las manos. No pretendíamos llegar a una pelea. De hecho, en comisaría hemos podido hablar un poco y nos arrepentimos muchísimo. Ojalá no hubiéramos tenido que llegar a esto para darnos cuenta de lo absurda que es la situación. Lo sentimos mucho.

—¿Y tú no tienes nada que decir? —me preguntó mamá.

—Em…, exactamente lo que ha dicho Livvie.

Mi respuesta no fue muy convincente, pero por lo menos pareció que la de Livvie había convencido a nuestros padres. Especialmente a su madre, que tenía una mueca de ternura, y a mi padre, que sonreía con aprobación. Mi madre y su padre serían un poquito más difíciles de convencer.

—Bueno —dijo mamá entonces—, creo que será mejor que a partir de aquí cada una se vaya a casa y reflexione sobre lo que ha sucedido. Y mañana ya veremos qué castigo os toca por todo esto. Aparte de pagarle la fianza a Jay, claro.

—Desde luego —murmuró el padre de Livvie, que la miraba fijamente.

Ella enrojeció hasta la médula.

—Tú. —Papá me señaló, y luego señaló la puerta de casa. No necesitó decir más para dejar claras las instrucciones.

Eché una ojeada a Livvie, que me dedicó una pequeña sonrisa de ánimos.

—Buenas noches —murmuró.

—Buenas noches.

Avancé hacia casa mientras sus padres se acercaban a ella. Vi que su madre le pasaba un brazo por los hombros y la dirigía hacia el coche mientras que su padre iba directo al asiento delantero. En mi caso, papá y mamá se quedaron hablando en la entrada. En cuanto vieron que los contemplaba, entrecerraron los ojos y yo me apresuré a subir a mi habitación.

No había rastro de mis hermanos, así que me encerré sin más preámbulos y, por supuesto, lo primero que hice fue mirarme en el espejo. Tal como había sospechado, tenía un corte en el labio, y la zona del ojo ya estaba entre el rojo y el morado. Probé a tocarme el pómulo, y casi me agarré al techo. Auch.

Consecuencias de una noche loca.

Cansada, me tiré en la cama tras comprobar que la luz de la habitación de Víctor estaba apagada. Saqué el móvil por primera vez en unas cuantas horas y, sorpresa, me encontré con mil menciones en Omega. Las primeras estaban relacionadas con la fiesta y mi cumpleaños, pero todo el resto eran vídeos y fotos de la pelea. Solté un gruñido de frustración y estuve a punto de abandonar la aplicación.

Pero entonces vi el mensaje de Víctor. Me lo había mandado dos horas antes. Era el enlace a un videoclip de Lady Gaga y Beyoncé. Sonreí al ver que, en él, se retorcían sobre las barras de una celda.

Víctor: No sé a qué hora llegarás a casa, pero espero que estés haciendo esto

Había otros mensajes. Enviados poco después de las dos de la mañana.

Víctor: Me voy a dormir. He visto que tu hermano salía de casa y me ha dicho que te irá a buscar él

Víctor: Debería decirte que lo que has hecho hoy ha estado muy mal, pero sospecho que ya te lo ha dicho medio mundo

Víctor: Así que me limitaré a darte las buenas noches

Víctor: Buenas noches, Ally

Víctor: (*sticker* de perrito diciendo adiós)

Y el último grupo de mensajes era de las tres de la madrugada. Sonreí al verlos.

Víctor: He pensado en colarme en tu habitación para esperarte, pero me daba miedo que me metieras una puñalada pensando que era un ladrón

Víctor: Así que me voy a dormir

Víctor: Estoy hablando solo

Víctor: Ahora sí, buenas noches

Víctor: (*sticker* de gatito marchándose de la habitación)

Víctor: (*sticker* del mismo gatito cerrando la puerta)

Víctor: (*sticker* del mismo gatito asomándose una última vez para decir «Bye bye»)

Víctor: (*sticker* del mismo gatito cerrando la puerta)

Jay

Estuve rezando un buen rato para que no vinieran a regañarme a mí. Por suerte, papá y mamá se limitaron a mandarme directo a la habitación. Lo hice sin siquiera pensar. Vaya día de mierda…

Abrí y cerré la puerta sin hacer ruido. Después de todo, no estaba seguro de si Ty estaba dormido. Lo dudaba mucho, con tanto grito y tanta pelea. Y eso que todavía no nos habían regañado de forma oficial. La mañana siguiente sería terrible.

Estaba tan distraído que casi se me pasó por alto que la ventana estaba abierta. Y que había alguien sentado en mi cama.

Menos mal que esto no está categorizado como terror.

Cuando Nolan me tapó la boca con una mano, proferí un grito contra su palma. Él abrió mucho los ojos y me chistó. Yo cada vez entendía menos de lo que estaba sucediendo.

—¡No grites! —medio susurró, medio gritó.

Intenté hablar, pero con su mano aún en la boca solo pude soltar un sonidito confuso. Nolan, con precaución, decidió liberarme.

—No grites —repitió en voz baja.

—¿Qué haces aquí?

—Bueno, justo cuando quería hablar contigo, la fiesta se ha ido a la mierda, así que… he buscado una alternativa.

—¿Y no se te ocurrido otra cosa que colarte en mi habitación?

—Oye, ¡considéralo una clase de espontaneidad!

Quise sonreír, pero luego recordé que estaba medio enfadado con él y opté por aguantarme las ganas. Nolan, al verlo, suspiró.

—¿Qué quieres? —pregunté.

—Hablar contigo.

—Pues habla.

—No seas tan duro, tío…

—Lo duro sería echarte, pero sigo escuchando.

Nolan me contempló durante unos instantes. Seguía muy cerca de mí y, aunque buscaba las palabras adecuadas, no parecía encontrarlas. Bajó la mirada, frustrado consigo mismo.

—Lo que has dicho antes…, tienes toda la razón.

Me sentí como si acabara de pincharme con una aguja. Aún no me había planteado qué querría que me dijera, pero detestaba que me diera la razón. No me gustaba tenerla. Al menos, no en esa ocasión.

—Ojalá estuviera equivocado —murmuré, un poco hundido.

—Oh, sueles estarlo. Aunque no en esta ocasión.

—Nolan…, vete a casa.

—Estoy donde quiero estar.

—Pero no donde deberías.

—Échame, entonces.

Se me escapó un sonido de irritación. ¿Cómo se atrevía? Y, sobre todo, ¿cómo se atrevía a decirlo con una sonrisa, como si algo en aquella situación fuera divertido?

—¿Qué? —insistió, dando un paso hacia mí—. ¿No eres tan valiente para hablar? Pues échame. Venga.

—Vete a la mierda.

—Vaya, vaya, don correcto diciendo palabrotas.

—Cállate, Nolan.

—Cállame tú.

No me siento orgulloso de lo que hice, pero, sí…, le di un empujón. No muy fuerte, pero lo suficiente para hacerlo retroceder un paso. Nolan me contempló sin borrar la sonrisa. Yo me quedé muy quieto y sin saber cómo reaccionar.

Y entonces rompió la distancia que yo mismo había creado y se me acercó. No reaccioné a tiempo. Tampoco quise hacerlo. De pronto, me sujetaba el cuello de la camiseta con una mano y tiraba de mí hacia él. Me dejé llevar. En cuanto me besó en la boca, cerré los ojos. Nolan se separó y me empujó hacia atrás. Mi espalda chocó contra la puerta de un golpe, pero apenas pude pensar en ello porque estaba besándome otra vez.

Nunca me habían besado de esa manera. O, más bien, yo nunca me había sentido de esa manera al ser besado. Ni siquiera reacioné. Lo único que podía sentir… era a él. En todas partes, no solo en las que me rozaba. No solo en las que me tocaba con las puntas de sus dedos. En todas. Como si hubiera activado una parte de mí cuya existencia desconocía. Me atreví a sujetarle la cabeza con las manos, y me sorprendió que suavizara entonces el beso que me estaba dando. La agresividad con la que había empezado disminuía, su agarrón en mi camiseta se suavizó y mi espalda se separó un poco de la puerta contra la que había estado apretada hasta ese momento.

Cuando se apartó de mí, me atreví a mirarlo. Tenía los ojos cerrados y el pecho le subía y bajaba a toda velocidad. Pensé que diría algo, pero no. Solo me miró. Una breve y significativa mirada.

Y entonces se marchó con la misma facilidad con la que había llegado.

18

La hora de la verdad

Jay

Recibimos tal bronca que no se salvaron ni nuestros tíos.

Después de media hora sentados todos en el sofá, con asentimientos precisos y palabras temblorosas, pareció que papá y mamá se daban por satisfechos. Hay que admitir que la peor parte se la llevó Ellie, ya que la castigaron durante todo lo que quedaba de verano. Ty y yo nos comimos una regañina eterna, pero al menos parecía que habían enfocado todo su cabreo en la pelea que había tenido lugar en nuestro salón. Pobre Ellie.

Desde entonces, y como ella no podía hacer gran cosa, Ty y yo nos turnábamos para pasar tiempo con ella y que no se muriera del asco. Nuestros tíos también participaban alguna que otra vez, pero, honestamente, no eran tan de fiar. Podía darles por pasar tres días seguidos con nosotros o por desaparecer otros tres. Mejor no depender de ellos.

Tío Mike nos invitó alguna que otra vez al estudio para que grabáramos con él. Ty participó en todo lo que pudo y, aunque yo no lo hice, sí que me gustaba pasar el rato con ellos. Especialmente con tía Sue y con Lauren, que me hablaban de sus viajes y de la inquietud que les producía quedarse mucho tiempo en un mismo sitio. A diferencia de ellas, yo nunca había salido de la casa de mis padres. No sabía lo que era cambiar de sitio.

—Ya tendrás tiempo de hacerlo —aseguró tía Sue cuando se lo comenté.

A mí eso no me convencía demasiado, pero no quise llevarle la contraria.

Hay que elegir las batallas, sí.

Después de la fiesta, había dejado de ir a la playa. Ni siquiera los martes —mi día favorito— eran la excepción. Beverly tampoco iba ya. Sospecho que el único que mantenía la tradición era Fred, el único que no se había metido en ningún lío con nadie, pero que, de alguna forma, era uno de los causantes de nuestros problemas.

Ya solo me hablaba a diario con Beverly. Se hizo otro tatuaje, pero no quiso decirme dónde. Preferí no preguntar. Y después de que ella evitara el tema, también decidí no preguntar más sobre Lila ni si se habían vuelto a hablar.

Mi relación con Lila se había enfriado desde que ella había empezado con Di. Dejó de tener tiempo para mí y, sin darnos cuenta, la distancia era cada vez mayor. Por eso, después de la pelea, no me veía con ganas de preguntarle a diario cómo estaba. Lo hice los primeros días, pero pronto desistí. No quería hablar conmigo porque sentía que era demasiado cercano a Beverly, y yo no quise ni empezar a explicarle por qué eso no debería suponer un problema.

Alguna vez visité a Diana. O más bien visité a su hermano y la vi a ella también.

Vaya, vaya.

En cuanto a Nolan…, bueno, todo lo relacionado con él resultaba complicado. Actuaba como si el beso no hubiera sucedido. Ese beso en el que yo no dejaba de pensar. Me miraba de la misma forma y sabía que pensaba en ello. Lo sabía cada vez que lo pillaba observándome de soslayo, cada vez que nos encontrábamos dos segundos a solas en la cocina de su casa, cada vez que me rozaba la mano al pasarme alguna cosa… Lo veía en todas partes. Pero no volví a hablar de ello.

Hablar con Sammi era cada vez más complicado. No podía mirarla a los ojos sin sentirme culpable y, aunque una parte de mí quería contarle lo que sucedía, la otra se preguntaba si no tendría que hacerlo Nolan. Y también me cuestionaba si realmente estaba pasando algo. Había momentos en los que ni siquiera estaba seguro de si todo estaba pasando solo en mi cabeza. O me preguntaba si siempre se basaría todo en miradas, roces y pequeñas sonrisas mal disimuladas. En secretos. En no poder decir nada.

Y me daba miedo ver que para mí esto era suficiente…, me daba mucho miedo.

Empecé a negarme a ir a casa de Nolan a comer o a cenar, pero entonces aparecían Sammi y Gio para terminar de convencerme.

Y, como de costumbre, era incapaz de seguir negándome. Y terminaba yendo. Y vuelta a empezar.

No sé en qué momento se volvió tan desesperante, pero hubo una noche muy concreta en la que se me cerró el estómago. Todos los hermanos de Nolan me preguntaron cuarenta veces si estaba bien, si necesitaba tumbarme o si no me gustaba esa comida. Sammi fue la más insistente. Y yo insistí en que no quería nada, que necesitaba tomar el aire.

—Si quieres, te acompaño —se ofreció Nolan.

Y así acabamos en su patio trasero.

Agosto llegaba a su fin y la temperatura empezaba a descender, aun así se estaba bien. El airecito fresco me gustaba; y, acompañado del salado olor del mar, todavía más. Me dejé caer en un punto medio limpio del patio y él se sentó a mi lado. Mientras que yo hice lo que pude por no mancharme mucho los pantalones, Nolan se tiró de espaldas sobre el suelo y entrelazó los dedos tras la nuca.

—¿Qué hacemos aquí? —pregunté.

—Tú has querido salir.

—Y tú has querido acompañarme. Dime, ¿qué hacemos aquí?

Nolan suspiró y se quedó mirando el cielo. Como de costumbre, buscaba excusas para no ir directo al tema, prefería darle veinte vueltas.

—Quería alejarme un poco del ruido —admitió—. Y sé que suena fatal. No me malinterpretes, ¿eh? Me encanta estar con mis hermanos, es solo que…

—A veces es demasiado —murmuré.

—Exacto.

Entendí el suspiro de alivio que soltó. Más que nada, porque era muy complicado encontrar a alguien que hubiera vivido una situación parecida a la tuya y que te comprendiera. Y eso que yo no había pasado exactamente por lo mismo que él. Lo había tenido mucho más fácil. Pero me gustaba que se sintiera en confianza para contarme todas esas cosas tan íntimas.

Quizá por eso me envalentoné e hice la pregunta que llevaba rondándome la cabeza una temporada.

—¿Alguna vez has pensado en irte de aquí?

Nolan me miró, contrariado.

—¿Irme adónde?

—No sé. Adonde sea. Siempre he pensado que mi propósito era quedarme aquí y cuidar a mis hermanos, pero… este verano me he dado cuenta de que no me necesitan tanto como pensaba. Y, aunque la idea me asustaba mucho, ahora creo que me gusta un poco y que me da más libertad de la que creía. Y también me daba miedo por mis amigos, pero ahora…

—Ahora las cosas han cambiado —adivinó.

—Sí. Por completo. No sé qué ha sucedido, pero… es como si no fueran los mismos.

—Y no lo son, Jay-Jay. La gente cambia mucho más rápido de lo que nos gusta pensar. Tú mismo has cambiado. No eres la misma persona que conocí a principios de verano.

—Supongo que no. —Hice una pausa. Una muy larga. No me atreví a mirarlo, siquiera—. Voy a pedirle a mi tío que me deje acompañarlo en su próxima gira.

Era otra cosa que no había hablado con absolutamente nadie pero que llevaba mucho tiempo rondándome la cabeza.

Nolan se incorporó sobre los codos y me contempló, pasmado.

—¿Qué?

—En septiembre.

—¡Septiembre es ya mismo!

—Por eso. Quiero un cambio. Creo que lo necesito.

—Pero…

No terminó la frase. Simplemente continuó mirándome como si no entendiera nada. Yo sabía que reaccionaría así y me había preparado mentalmente para ello, pero una cosa es la teoría y otra la práctica. En el espejo había sido fácil. En persona, en cambio… Con los labios apretados, intenté no echarme atrás.

—Supongo que ahora viene el momento cursi y emotivo de pedirme que vaya contigo —bromeó en voz baja.

Imité su sonrisa, pero enseguida negué con la cabeza.

—No voy a hacerte eso.

—Podrías.

—Pero he decidido no hacerlo.

Nolan siguió observándome. Imaginaba que le estaban pasando muchas cosas por la cabeza, pero no se atrevió a confesarlas. Lo agradecí, honestamente. Aguantarme las ganas de echarme atrás ya era bastante complicado por sí solo, sin más motivaciones.

—¿Es un deseo o una decisión? —preguntó finalmente.

—Ambas.

—Es decir, que ya te has decidido.

Asentí lentamente. A Nolan se le tensó un músculo de la mandíbula, aunque su expresión permaneció tan tranquila como de costumbre.

—Si es lo que necesitas, no lo pienses más.

—Ahora dilo como si lo sintieras de verdad —murmuré.

—¿Y qué quieres que te diga? Sí, me alegro de que estés haciendo lo que te gusta, pero no te voy a engañar, una parte de mí desea que te quedes.

—¿Quedarme para qué, Nolan?

Era una pregunta muy simple y a la vez muy complicada. Nolan intentó hablar, pero luego se dio cuenta de que no tenía una respuesta. Pronto apartó la mirada.

—Exacto —murmuré.

—Es complicado —murmuró él.

—Y por eso voy a apartarme.

Nolan, de nuevo, permaneció en silencio. Su expresión había cambiado por completo.

—Sammi lo sabe —dijo al final.

De nuevo, era una frase muy simple y a la vez muy complicada. Entreabrí los labios, pasmado.

—¿Qué?

—Se lo dije esa misma noche, al volver.

—No mientas.

—Nunca te he mentido… No voy a empezar ahora.

—Pero… sigue invitándome y…

Nolan esbozó la sonrisa más triste que había visto. Seguía sin devolverme la mirada.

—Sammi se ha pasado toda su vida aquí, con nosotros. Somos su familia. Y la quiero. Sé que suena contradictorio, y más después de lo que te he dicho, pero… es así. Siempre la voy a querer. Es solo que… —Cerró los ojos y dejó que los segundos transcurrieran sin prisa. Al abrirlos, continuó observando el cielo—. Toda mi vida he seguido un mismo esquema. Todo ha conducido siempre a un mismo camino. Nunca me había planteado nada distinto. Pero entonces apareciste tú, con tus camisitas lisas y tus miraditas de desaprobación. Y me hiciste sentir como si fuera una persona totalmente distinta. Como si no lo tuviera todo bajo control.

Como si nada dependiera de mí. Cuando estoy contigo, Jay, no necesito ser nadie. No necesito cumplir con ningún objetivo. No necesito ser perfecto, porque tú sabes que no lo soy. Y aun así sigues volviendo a mí de la misma forma que yo vuelvo a ti.

No supe qué decir. ¿Qué se podía añadir después de aquello? Igual que él, clavé la mirada en cualquier otra cosa. La mejor opción fueron mis manos y mis uñas mordidas.

—Me encantaría estar contigo —añadió en voz baja—. De verdad que me encantaría, pero… no puedo. No puedo hacerles eso ni a mis hermanos ni a Sammi. Ni siquiera a ti. Y sí, sé que necesitas alejarte. Sé que vas a encontrar algo mejor. Pero no me pidas que no desee que te quedes, porque siempre lo voy a querer.

Mientras asentía con la cabeza, esbocé una pequeña sonrisa triste. No había nada más que hablar y, de pronto, estaba agotado. Quería irme a casa.

Me puse en pie de forma pausada y, aunque Nolan me siguió con la mirada, no hizo ademán de andar mis pasos. Sabía que no sería bien recibido. Lo agradecí.

—Buenas noches, Jay —murmuró.

—Buenas noches, Nolan.

Ellie

Vale, esta vez no iba a romper una ventana.

Eso.

Como ya había anochecido, no tuve que preocuparme de que me vieran cruzar hacia la casa de Víctor. No podía arriesgarme demasiado, porque estaba castigada durante lo que quedaba de verano. Después de la pelea, no era de extrañar. Mamá y papá se habían pasado casi media hora sermoneándonos a todos —mis tíos, incluidos— con una coordinación impecable. Al final habían hecho las paces del todo. Igual deberíamos habernos metido antes en un lío y ahorrarnos toda la cena de recuerdos.

La más sensible.

La cosa era que no había visto a Víctor desde la fiesta. Bueno, lo veía en los entrenamientos, pero no era lo mismo. Papá apenas me dejaba acercarme, por no hablar de Ty. Se había tomado la tarea de castigarme muy al pie de la letra. Los primeros días me obligaba a hacer flexiones cada vez que hablaba con Víctor más de cinco minutos seguidos. Cuando se dio cuenta de que no funcionaba, empezó a castigarlo a él y dejé de intentarlo.

Al menos, en persona.

Por mensaje sí que hablábamos. Y vaya si hablábamos. Una vez hicimos una videollamada e incluso se nos unió su hermana. Fue un poco incómodo y nadie sabía qué decir, pero cuando colgamos me sentía mucho mejor conmigo misma.

Había hablado incluso con Olivia.

Pidamos un deseo.

Con ella sí que me sentía incómoda. Y con todas las letras. Pero me gustaba la perspectiva de no tener que evitarla; de no tener que mirar al suelo si me la cruzaba por la calle; de que Jane pudiera hablarme de ella y de lo que fuera que tenían, que tampoco lo entendía mucho. Estaba bien…, no sé, no llevarme mal con todo el mundo. Permitirme a mí misma el derecho a equivocarme.

Joder, qué cursi estaba, ¿no? Mejor volver a centrarse en la casa de Víctor.

Era la primera vez que me encontraría a solas con él desde el beso de la fiesta, así que los nervios estaban muy presentes. Me detuve justo frente a la ventana del salón y exactamente debajo de su habitación. El punto estratégico.

Recogí una piedrecita inofensiva. Hora de ser suave. Si es que podía.

Hice un primer intento y, aunque conseguí darle al cristal, no se oyó demasiado fuerte. Vaya. Volví a intentarlo y le di a la pared. Mierda. Hice un último intento y di un pequeño salto cuando, de pronto, la luz de la habitación se encendió.

Objetivo: cumplido.

Víctor abrió la ventana y se asomó, frotándose los ojos. Si no me hubiera visto porque era la única persona en el patio, lo habría hecho por mis gestos frenéticos. Él enarcó una ceja, medio dormido.

—Pero ¿qué haces ahí? —preguntó con una voz arrastrada—. Son las tres de la mañ…

—¡Shhh! Baja la voz, idiota.

—Ya empezamos con el romanticismo…

—Si quieres que nos veamos sin el comandante Ty vigilándonos, esta es la única opción.

Él suspiró y se frotó los ojos.

—¿Quieres que baje?

—Puedo subir yo.

—¿Sin matarte?

—Preferiblemente.

—Sorpréndeme, entonces.

Apoyé torpemente un pie en el marco de la ventana del salón y me agarré con fuerza al saliente de la otra. Después, me impulsé hacia arriba. Menos mal que en esa casa nadie veía la televisión de madrugada, porque habría tenido muchas preguntas. El destino fue bueno conmigo e hizo que consiguiera agarrarme a la ventana de Víctor, que tiró de mi mano libre para ayudarme a subir. Tuvo la fuerza suficiente como para dejarme sentada en el alféizar.

—Uf, vale. —Soplé un mechón de pelo lejos de mi cara—. Podrías haber bajado tú, maleducado.

—¡Si te lo he ofrecido!

Pasé las piernas por encima del alféizar y aterricé al otro lado de la ventana. En su habitación, concretamente.

A ver, había estado ahí dentro alguna vez. La única diferencia residía en que antes éramos pequeños y desconocíamos la implicación de estar a solas en un dormitorio. Ahora ya habíamos crecido, pero no hice ningún comentario. Me limité a carraspear para librarme del nudo de nervios que se me había formado en la garganta.

Víctor contaba con una cama individual bastante grande, una pared con una estantería, un escritorio y un montón de ropa sin ordenar en el sillón del fondo. Por lo demás, había algún que otro póster de equipos de baloncesto que le gustaban. Nunca le había entusiasmado eso de decorar. Antes me gustaba burlarme de él, pero en ese momento fui incapaz.

—Bonita habitación —comenté de forma pausada.

—Bonito pijama.

No entendí a qué se refería hasta que me di cuenta de que estaba conteniendo una sonrisa. Mi superpijama, que consistía en unos pantalones cortos y una camiseta sin mangas, destacaba por sus ilustraciones de unicornios.

—Lo tengo desde hace un montón de años, ¿vale? No me juzgues.

—Oye, que he dicho que es bonito.

Solté un sonidito de desaprobación y, con toda la confianza del mundo, fui a sentarme en su cama. También crucé las piernas. Pensé que él se me uniría, pero se quedó un poco parado al verme. En lugar de acercarse, se metió las manos en los bolsillos y carraspeó igual que yo unos segundos atrás.

El niño se nos pone nervioso.

Víctor iba con su pijama habitual, que consistía, simple y llanamente, en unos pantalones de algodón que le llegaban por las rodillas. Había estado con más de un chico semidesnudo, pero nunca me había sentido de esa forma. Quizá eran los nervios, ¿no? Por eso no dejaba de mirar. Víctor no estaba especialmente fuertote, pero sí que se le notaba el entrenamiento. Eso, y que tenía pecas esparcidas por los hombros y parte del pecho. No sé por qué, pero inevitablemente sonreí.

—¿Qué te hace gracia? —preguntó un poco a la defensiva.

—Nada.

—No, dilo.

—Es que… nunca te había visto tan nervioso.

—¿Nervioso? Yo no estoy nervioso.

—Ya.

Era lo que solía decirme él cuando sentía que le mentía, así que me gustó su media sonrisa cuando lo ataqué con ello.

—Pero no te quedes ahí de pie —protesté.

—Em…, sí, vale.

Un poco cortado, Víctor miró a su alrededor y llegó a la conclusión de que no le quedaba otra opción que la cama, así que finalmente se acercó a mí. Se me sentó al lado, pero no hizo ademán alguno de tocarme, sino que entrelazó los dedos y contempló la ventana como si fuera lo más interesante que había visto en la vida.

—¿Estás bien? —pregunté.

—Muy bien, sí.

—Oye, que no he venido para hacer nada… de eso.

—Ah.

—¿Eso ha sido decepción, Víctor?

—No, no.

—¿Eso ha vuelto ser dec…?

—Oye —protestó.

—Vale, vale, no molesto más.

O eso iba a intentar, porque estaba siendo muy tentador. Me asomé un poco más cerca, lo suficiente como para que no le quedara otra que mirarme.

—¿Alguna vez has…?

No terminé la pregunta, aunque por lo menos ya no sonaba a burla. Él, que me miraba con los labios apretados, se encogió de hombros.

—No.

—Yo tampoco.

—Mentirosa.

—Era para que no te sintieras tan solito.

—No me siento solito —protestó—. No es para tanto.

Me mostré de acuerdo, cosa que pareció calmarlo un poquito. Ya más relajada, tomé aire con fuerza. Hora de hablar con él:

—Tengo que contarte una cosa. No se lo he contado a nadie, así que… guárdame el secreto.

Aquello hizo que me observara con curiosidad y, si mi mente perturbada no me estaba engañando, un poquito de satisfacción. Vale, le gustaba que lo priorizara.

¿A quién no?

—¿Tengo que preocuparme? —preguntó.

—Más o menos… ¿Recuerdas lo que te dije de la carta que recibí?

—Sí, claro. Sigo sin entender por qué no das saltos de alegría.

—Porque… ayer lo estuve mirando con mi hermano, y la universidad queda un poco lejos. No tanto como para dejar de visitar a mis padres y eso, pero sí lo suficiente como para que no pueda hacerlo muy seguido.

Él asintió. Honestamente, se lo estaba tomando mucho mejor de lo que había esperado.

—Ya veo —murmuró.

—Así que… tendré que dejar el equipo.

—Olvídate del equipo —dijo entonces, frunciendo el ceño—. Y de nosotros. Una cosa es jugar para pasárselo bien y otra es poder dedicarte a ello. ¿Cuánto llevas esperando algo así? No lo desaproveches.

—Ya, si tienes razón, pero…

De nuevo, no supe cómo terminar. Para mi sorpresa, tampoco hizo falta.

—¿Estás dudando solo por el equipo? —preguntó en un tono un poco más suave—. ¿O hay algo más?

—Bueno, un poco de cada…

—Ellie, no te ofendas, pero solo nos hemos dado un beso. No me debes nada.

—Exclamó el romántico.

—Estoy intentando explicarme —replicó, divertido.

—Sí, lo entiendo. No es como si hubiéramos estado saliendo cuatro años.

—En mi cabeza, sí que hemos estado saliendo cuatro años.

Me reí sin poder evitarlo y le di un codazo sin muchas ganas. Él me sonrió de vuelta.

—Te crees que bromeo, pero no es así. ¿Recuerdas aquella vez que me dijiste que no había un «nuestro»?, ¿recuerdas cómo me enfadé?

Asentí. Y Víctor sacudió la cabeza antes de continuar:

—No me enfadé por la situación, sino porque… para mí sí que hay un «nuestro». Siempre lo hubo. Incluso cuando fingíamos que no era así. Incluso cuando no nos hablábamos. Y lo seguirá habiendo, Ellie. Da igual que te vayas a estudiar al otro lado del mundo o que vayas a una universidad que queda a tres horas de aquí.

No supe qué decirle. Como de costumbre, no sabía cómo reaccionar ante las muestras de afecto. Lo único que me salió fue bajar la mirada hacia mis manos.

—Podrías intentarlo tú también —comenté—. Podríamos ir a la misma universidad.

—No soy lo suficientemente bueno.

—Sí que lo eres.

—No, no lo soy. Pero no pasa nada. Hay cosas que se me dan mejor como afición que como trabajo. Yo siempre he considerado que el baloncesto es de las primeras. —Hizo una pausa, pensativo—. Tú no. Eres la mejor del equipo, Ellie.

—Te pasas el día diciendo eso.

—Será porque lo pienso.

En lugar de responderle, me acerqué y le acuné la mejilla. Víctor pareció un poco sorprendido, pero aun así no protestó cuando uní nuestros labios. Fue breve, y cuando me separé, él seguía con los ojos cerrados.

—Llevamos dos besos —comenté con una sonrisa—. ¿Ya te debo algo?

—Ja, ja…, muy graciosa.

Sonreí y fui a decir algo más, pero entonces me besó otra vez. Me pilló tan desprevenida que me eché un poco hacia atrás, pero Víctor siguió el movimiento. Cerré los ojos, relajándome un poco más, y él me colocó una mano en la nuca. Con el pulgar, trazó una línea invisible por mi cuello hasta llegar justo debajo de la oreja.

Fue su turno para separarse, aunque se quedó con la frente apoyada en la mía. Me recordó al beso que me había dado en la fiesta. Y me hizo sentir igual de bien.

—Ya son tres —comentó entonces.

—Ja, ja…, qué gracioso.

Nuestro cuarto beso llegó justo después de una pequeña pausa. Fue el menos controlado de todos, y me animé incluso a rodearle el cuello con los brazos. Víctor tanteó con las manos, algo dubitativo, hasta que las colocó en la parte baja de mi espalda. Las yemas de sus dedos acariciaron la piel que quedaba expuesta, y un escalofrío me recorrió desde los dedos de los pies hasta la raíz del pelo. Nunca me habían tocado con tanta suavidad. Y, aunque su beso empezaba a volverse hambriento, su tacto no dejaba de ser cariñoso.

—¿De verdad no has estado nunca con nadie? —pregunté, separándome de forma un poco abrupta.

Creo que él ya estaba muy metido en la situación, porque le costó unos segundos ubicarse y responderme:

—Me he dado algún que otro beso —aclaró—. No tantos como para saber hacerlo muy bien, pero…

—Víctor, te aseguro que yo me he dado muchos, pero ninguno se ha sentido como estos.

No sé qué me sorprendió más, si el hecho de que yo lo dijera en voz alta o su sonrisita orgullosa.

—¿Quieres que vuelva a mi habitación? —pregunté entonces.

La sonrisa se le borró de golpe.

—¿Qué? ¡Claro que no!

—Es que no quiero que te sientas obligado a…

—¿Me ves cara de estar obligado a alguna cosa?

—No, pero…

No supe cómo continuar, y su expresión parecía ahora de preocupación.

—Es que… no sé qué esperas después de esto —aclaré con mucho cuidado—, pero sí sé que yo… no estoy hecha para una relación, Víctor. Y, mucho menos, para una a distancia. Me gusta… gustar. Y conocer a gente. Y pasarlo bien. ¿Suena tan mal como creo?

—Solo un poco.

—Idiota.

—Seguimos con el romanticismo, ¿eh?

—Estoy intentando dejar las cosas claras antes de que… No sé. Antes de que hagas algo de lo que puedas arrepentirte.

—¿Y por qué iba a arrepentirme de esto, Ellie? —No me dejó responder, simplemente siguió hablando—: Mira, me da igual lo que pase después. Me da igual adónde nos lleve. Lo único que tengo claro ahora mismo es que me gustaría que la primera vez fuera contigo.

Me tomé unos segundos para considerarlo. Se me hacía extraño que estuviéramos en esa postura tan íntima —mis brazos alrededor de su cuello, y los suyos alrededor de mi cintura— y aun así me sintiera cómoda. Todo aquello, para mí, era muy novedoso.

Levanté la mirada y lo vi claro, sus ojos dorados reflejaban preocupación; entonces me di cuenta de que, por primera vez, un chico no esperaba nada de mí. Si me marchaba, estaría bien. Si me quedaba, también. Por primera vez, no había respuestas correctas, solo respuestas. Más decidida, me lancé y lo besé otra vez. Víctor, que me estaba esperando, sonrió bajo mis labios.

Cualquier tipo de contención que hubiéramos tenido hasta ese momento se esfumó al instante; el beso se volvió más intenso, mis manos más rápidas y las suyas menos temblorosas. Lo único que podía oír era el sonido de nuestras bocas, y el de nuestra respiración cada vez que hacíamos una pausa. Me gustaba cómo me tocaba. Y me gustaba la forma en que, cuando yo trazaba líneas invisibles por su cuerpo, respondía de inmediato.

Tomé la iniciativa de quitarme la camiseta, y me gustó cómo sus manos, aunque inexpertas, me tocaron con dulzura. Como si quisiera cuidarme. Cuando me quité los pantalones, él intentó quitarse los suyos con una mano y se le quedaron torpemente enredados en las rodillas. Soltó una maldición en voz baja y yo, riendo, se los saqué de un tirón. Aproveché el momento para pasar una rodilla por encima de él y sentarme en su regazo. Después, apoyé las manos en sus hombros. Víctor tragó saliva y contempló mi cuerpo sobre el suyo. Justo cuando iba a tocarme, lo empujé hasta dejarlo tumbado de espaldas sobre el colchón. Ascendí un poquito, lo justo para sentarme exactamente donde quería, y lo miré con una ceja enarcada.

—No es mal momento para decirme si eres previsor y tienes condones —comenté.

—¿Eh?

—Condones, Víctor. ¿Sabes lo que son?

—Ah, ejem…, sí, sí.

Se estiró debajo de mí para alcanzar el segundo cajón de la mesita auxiliar. Le robé el preservativo de la mano y me incliné para besarlo de nuevo. Una de sus manos me acunó la mejilla mientras la otra se deslizaba por mi espalda.

—¿Estás bien? —pregunté al separarme un poquito.

—Joder, no podría estar mejor.

—Creo que puedes estar un poquito mejor —insinué, divertida—. Si quieres, te lo enseño.

—Sí, sí. Enséñame lo que quieras.

Se me escapó una risa divertida que él imitó. Pero se le borró en cuanto volví a besarlo y empecé a sacarle el envoltorio al preservativo.

No era la primera vez que me acostaba con alguien. De hecho, me había acostado con un número de personas… interesante. Llegados a cierto punto, había empezado a aburrirme del sexo. Me parecía lo mismo, repetitivo, y me abrumaba el hastío posterior. Pero esa ocasión fue distinta. Supongo que se debía a que nunca había sonreído al acostarme con alguien. Nunca me había reído por la torpeza de la otra persona, ni me había muerto de ternura al ver cómo se sonrojaba. Nunca, siquiera, había mirado a los ojos a nadie durante un momento tan íntimo. Con Víctor fue distinto. Y no solo por el sexo, sino por lo que implicaba en mi relación con él. Supuse que, por fin, entendía por qué la gente diferenciaba tanto tener sexo de hacer el amor. En ese aspecto, también era mi primera vez.

Me quedé a dormir con él, claro, y eso también fue una primera vez para ambos. Me pasó un brazo por encima y noté su respiración calmada contra el hombro. Estaba muy confusa, sin entender por qué me sentía tan bien conmigo misma.

Una vez empezó a amanecer, abrí los ojos y vi que él seguía exactamente en la misma postura. Me habría gustado quedarme hasta que se despertara, pero no quería arriesgarme a que nos pillaran. Por eso lo desperté suavemente meciéndolo del hombro.

—¿Tienes que irte? —preguntó, medio dormido—. Puedes quedarte, ¿eh? Todo el rato que quieras.

—Prefiero que no me castiguen por más tiempo.

Pude ver la ligera decepción en su rostro, pero no protestó. En su lugar, me pasó mi ropa para que pudiera ponérmela y se puso sus pantalones otra vez. En esa ocasión, me tomó de la mano y me guio escaleras abajo, sin hacer ruido. Eso de salir por la puerta estaba bien, aunque le faltaba un poco de adrenalina.

Me acompañó a casa pese a que los dos íbamos descalzos. Después se detuvo en mi portal. Que me sujetara de la cintura para darme un beso en la boca me pilló totalmente desprevenida.

Vale, hay que acostumbrarse a las muestras de amor espontáneas.

Dejé que me besara unos segundos y, aunque se apartó antes de lo que me habría gustado, mantuvo los brazos a mi alrededor.

—Ha estado bien, ¿no? —murmuró entonces—. No vuelves a casa porque te haya aburrido o…

—¿Eres tonto? Claro que me ha gustado.

—Si hay que mejorar la técnica o algo…

—¡Víctor!

Se me escapó una risita que, en otra ocasión, habría logrado que me dedicara a mí misma una mueca de asco.

—Me ha gustado, así que deja de darle vueltas —finalicé—. Nos vemos mañana.

—Sí, nos vem…

Mi primer impulso al oír el coche fue esconderme, pero luego me di cuenta de que era mi hermano. Ambos vimos cómo aparcaba delante de casa. Apenas nos miró. Y, cuando se bajó, me di cuenta de que olía a humo y alcohol. Lo seguí con la mirada, confusa.

—¿Estás bien? —pregunté.

Jay asintió y, sin mediar palabra, se metió en casa. Intercambié una mirada con Víctor. Fue todo lo que necesitó para asentir y soltarme.

—Mi hermano me necesita —le expliqué.

—Buena suerte, Ally.

19

Un nuevo camino

Ellie

El vestuario se encontraba en completo silencio. Yo permanecía en uno de los banquillos y flexionaba los dedos de forma compulsiva. A mi lado, Tad murmuraba para sí mismo, le daba un repaso mental a algo que nadie más entendía. Le di un pequeño codazo, por lo que inspiró con fuerza y dejó de hablar solo. Marco era el que parecía más tranquilo de todos. Se había aposentado en el alféizar de la ventana y fumaba un cigarro cuyo humo iba tirando fuera. Víctor había intentado decirle que, como sonara la alarma de incendios, nos llevaríamos una bronca. La advertencia no fue muy efectiva.

—¿Dónde está Eddie? —preguntó Ty, que daba vueltas por el gimnasio con los brazos cruzados.

Oscar, tumbado en otro banquillo, señaló uno de los cubiletes cerrados.

—¿Todavía? —preguntó nuestro pelirrojo de confianza—. ¡Eddie! ¡Sal de una vez!

—¡Es que los nervios hacen que se me revuelva el estómago!

—Qué asco —murmuró Jane.

Marco empezó a reírse, pero en cuanto oyó que alguien se acercaba por el pasillo, palideció y trató de apagar el cigarrillo de inmediato. Casi se cayó por la ventana. Tanto yo como Tad nos levantamos a toda velocidad para taparlo.

El árbitro se asomó al vestuario. Por suerte, estaba tan impaciente que no se dio cuenta de nada.

—Seguimos esperando —insistió por tercera vez.

—Es que uno de nuestros compañeros está ocupado —explicó Víctor.

—¿Se puede saber qué hace?

—Está…, em…, indispuesto.

—¿Eh?

—Está cagando —le aclaró Oscar.

El árbitro parpadeó, puso cara de asco y luego miró su reloj.

—Tenéis cinco minutos. Ni uno más.

Por suerte, Eddie salió al cabo de dos. Decía que todavía no estaba del todo satisfecho, pero que los nervios también le estreñían y no podía controlarlo. Jane tuvo una arcada.

No es que ese fuera precisamente un partido muy importante. De hecho, después del desastre que habíamos hecho en el anterior, ni siquiera teníamos posibilidades de ascender a la semifinal. Nuestra única oportunidad de hoy era, básicamente, ganar para no irnos de la liga con puntos negativos debajo de nuestro nombre.

Pero para este día sí que habíamos entrenado. Además, papá se había esforzado mucho para que trabajáramos en equipo. Teníamos esperanzas, que ya era algo.

—¿Podemos salir de una vez? —insistió Víctor, que se ponía más nervioso segundo a segundo.

—Sí, sí…, ya no me sale más caca.

—Qué asco —murmuró Marco.

—Más asco da fumar, y bien que lo haces.

—¿Podemos no pelearnos justo antes de entrar? —sugirió Ty.

—O dejarlo para después —murmuré—. Así no hacemos el ridículo otra vez.

—No digas que hicimos el ridículo —me pidió Tad con una mueca.

—Bueno, quizá no sea la palabra más adecuada…

—Lo es —interrumpió Oscar, encogiéndose de hombros—. Pero tampoco pasa nada. Podemos considerarlo una cura de humildad para el futuro.

—¿Esa es tu forma de dar ánimos? —murmuró Víctor.

—¿Quién ha dicho que intente animaros?

El otro equipo ya estaba en la cancha con cara de aburrimiento, así que al entrar nos echaron más de una miradita rencorosa. Lo único que querían era ganarnos e ir a por partidos más interesantes, supuse.

Víctor estaba muy centrado en el partido. De hecho, apenas había mirado a ninguno de nosotros desde que nos habíamos subido a la furgoneta. Solo hizo una excepción cuando yo le eché una miradita de advertencia; pilló la indirecta y me dio un beso en la mejilla a modo de saludo. Los demás vitorearon, papá puso los ojos en blanco y Ty nos regañó diciendo que había que estar centrados.

Y entonces me pareció oír un grito de ánimo entre el público. Contemplé las gradas distraída, pero en cuanto identifiqué el origen del sonido me quedé clavada en mi sitio. Y no por la persona que había sido, sino por el cartel gigante —en serio, gigante— que rezaba: «¡ÁNIMO, ELLIE Y VÍCTOR (Y EQUIPO DE ELLIE Y VÍCTOR)! ♥». Debajo, en pequeñito, habían añadido los nombres de los otros. El de Ty y Jane estaban metidos con pegatinas de última hora. Casi empecé a reírme. Todavía congelada, identifiqué inmediatamente a mamá, a Jay, a mis tíos Naya y Will, a tía Sue y tío Mike, e incluso a los padres de Víctor junto con su hermana, que también aplaudían con mucho entusiasmo. Prácticamente ocupaban toda la última fila. Y todos llevaban rayitas de pintura en las mejillas con los colores de nuestro equipo.

Supe el momento exacto en el que Víctor los identificó, porque se quedó plantado en el sitio. Su hermana soltó una risita maligna y fotografió su cara de estupefacción, pero entonces la madre le dio un manotazo para que la borrara.

Miré a papá, que sonrió con aire angelical. Oh, había sido él. En la furgoneta había mencionado algo de «ánimos», pero para nada me lo había tomado en serio.

Tantos estímulos hicieron que actuara como un robot y que me plantara en mi lugar junto a Marco. Flexioné las rodillas. Ya habíamos hablado de la estrategia, y parecía bastante acertada. Lo único que podía empeorarla era que los otros fueran demasiado buenos; o mis nervios por querer impresionar a mi familia, cuya mirada notaba ahora sobre mí.

¿Y quién dice que tengas que impresionarlos?

Nunca me había planteado esa cuestión, pero de pronto me pareció muy acertada. ¿Por qué tenía que impresionar a todo el mundo? ¿Tan malo sería que perdiera, aunque me estuvieran viendo? Ni que no me hubieran visto hacer el ridículo cientos de vec…

—¿Hay dos chicas?

La pregunta me pilló tan desprevenida que tardé unos instantes en identificar a la persona que lo había dicho. Era el capitán del otro equipo, un tipo grandote y con media sonrisa burlona. Y, claro, Jane pasaba de él. En cuanto se dio cuenta de que yo era un objetivo mucho más fácil, todos sus esfuerzos se centraron en mí.

Fruncí el ceño durante el milisegundo en el que establecimos contacto visual, pero entonces Víctor se colocó justo delante de él para intentar pillar la pelota. El chico soltó algo parecido a un resoplido burlón y miró a nuestro capitán de arriba abajo. Este ni siquiera reaccionó.

El árbitro repasó las normas y, mientras tanto, eché un vistazo alrededor. Jane y Tad empezarían en el banquillo, pero estaban animados. Incluso levantaron los pulgares en señal de apoyo. Mi familia, en cuanto la miré, se puso a aplaudir como una panda de desquiciados. Enrojecí de pies a cabeza, especialmente cuando todo el mundo se volvió para ver qué sucedía.

El rechinar de los zapatos sobre la cancha hizo que volviera a centrarme en el partido. Víctor había conseguido hacerse con la pelota y acababa de pasársela a Eddie, que esquivó rápidamente a un miembro del otro equipo y se la pasó a Oscar. Él intentó lanzarla a canasta, pero un adversario dio un salto y la detuvo con la palma de la mano. El rebote fue a parar a los otros, pero entonces pude meterme y robarla en uno de sus pases.

Acababa de hacerme con la pelota y no había nadie cerca, así que adelanté posiciones hacia la canasta. Hubo un chico que estuvo a punto de meterse en mi camino, pero Eddie lo bloqueó con una rapidez que me pilló un poco desprevenida. Pude pasar por su lado y, junto a la canasta, lancé a encestar.

O por lo menos lo intenté, porque, justo cuando daba el salto, algo chocó contra mí con mucha fuerza. O alguien, más bien. Oí mi propio grito ahogado y, acto seguido, estaba resbalando de espaldas por el suelo del gimnasio. Conseguí estabilizarme con una mano y, sorprendida, me encontré de frente con el capitán del otro equipo.

—Ups. Un resbalón.

El árbitro pitó. No sé qué dijo, pero tanto Eddie como Víctor se volvieron, furiosos, y empezaron a protestar.

Mientras tanto, Oscar me ofreció una mano.

—¿Estás bien?

—Sí. Es que no lo he visto.

—Ha sido muy bestia, el cabrón.

—Sí…

Me incorporé, avergonzada. Fuera lo que fuese que habían dicho los demás, debió de funcionar. Víctor se acercó con el ceño fruncido.

—Ellie, ¿estás bien? —preguntó, escueto.

—Sobreviviré.

—Dice que no ha sido antideportiva, que solo es una falta personal. —Su tono no era furioso, pero aun así sacudió la cabeza—. Te ha dado dos tiros libres, por lo menos.

Asentí y me coloqué en posición. Traté de no mirar al otro equipo ni a mi familia y me centré en la canasta. Respiré hondo, me coloqué y lancé. Justo cuando estaba soltando la pelota, un miembro del otro equipo empezó a toser y me distrajo. Solté una palabrota en voz baja. La pelota ni siquiera tocó la canasta. Los demás soltaron una risita, pero los de mi equipo empezaron a lanzarles miradas rabiosas.

El árbitro, por cierto, no consideró que el fallo fuera culpa suya. Me pasó la pelota de nuevo.

—Tienes otro intento —informó, tan tranquilo.

No respondí. Que se burlaran tan abiertamente de mí me estaba poniendo un poco nerviosa, y la rabia que me producía todo aquello era todavía peor. Cerré los ojos un momento, me coloqué y lancé a canasta. Volvieron a toser, pero esta vez me importó un bledo. La pelota chocó con el aro, pero terminó entrando.

Mientras mi familia aplaudía con entusiasmo me limité a darme la vuelta con los puños apretados. No podía enfadarme. Si me enfadaba, terminaría dándole una patada a alguien y me expulsarían. Respiré hondo. Solo abrí los ojos cuando pasé al lado de papá. Él me sonrió de forma muy disimulada y asintió con la cabeza, aunque no perdía de vista al chico que me había empujado.

Me encantaría poder decir que no hubo más problemas, pero… no.

Al parecer, les hacía mucha gracia jugar contra una chica, porque no dejaban de ir específicamente a por mí. Recibí empujones mal disimulados, miradas burlonas, silbiditos insinuantes e incluso algún que otro comentario que, en cualquier otra ocasión, haría que empezara a repartir codazos. Lo peor no era solo eso, sino que estaban consiguiendo lo que querían: desestabilizarnos. Ya habían encestado tres veces y nosotros solo una. Tenían una defensa muy buena, y nos costaba traspasarla porque estábamos muy ocupados cabreándonos. Especialmente Víctor y, para sorpresa de todo el mundo, Tad, a quien cada vez se le ponía la voz más chillona por la rabia. Tan solo pude descansar cuando me tocó quedarme en el banquillo. Con Jane también fueron duros, pero ni la mitad que conmigo.

Todos menos Marco y yo acumulaban, por lo menos, una falta personal por responder mal a las provocaciones de los otros. Víctor era el único que ya tenía cuatro, y me preocupaba que recibiera otra, porque tendría que salir del partido. Pero no parecía que pudiera contenerse. Cada vez que alguna de aquellas situaciones se daba cerca de él, saltaba a defenderme. Se lo agradecía, pero habría preferido que no dijera nada.

El que más rabia me daba era el capitán del otro equipo, que ni siquiera había marcado y se limitaba a joder a los demás.

Además de pesado, mal jugador.

Pasé por enésima vez por delante de él y, en cuanto oí los besitos que me estaba mandando, apreté los puños. Tuve que tirar de toda mi fuerza de voluntad para colocarme al lado de Marco e ignorarlo.

Este último, por cierto, seguía tan tranquilo, como si no hubiera pasado nada. Contemplaba la situación con una ceja enarcada, poco más.

—Qué pesado —comentó.

—*Muy* pesado —aseguré en voz baja.

—Sabes que solo va a por ti porque eres la mejor del equipo, ¿no?

Abrí la boca para responder, pero entonces procesé lo que había dicho y lo miré, sorprendida. Marco suspiró con pesadez.

—Habrá que hacer algo —añadió en voz baja, más para sí mismo que para mí.

Quise decirle algo, pero el partido se reanudó en ese momento. Víctor tenía la pelota y se la pasó a Tad. Este último iba tan encendido que metió un codazo para abrirse paso —algo muy poco característico en él— y se la pasó a Oscar. Lo estaban bloqueando tres personas, así que tuvo que buscar ayuda con la mirada. Pillé la indirecta enseguida y fui corriendo a buscar un hueco. Noté que alguien se detenía detrás de mí, pero no le di más importancia de la que se le da a un bloqueo.

Al menos, hasta que noté que me acariciaba la cabeza. Mi instinto pudo más que yo. Me di la vuelta con el puño preparado, furiosa, y me lancé hacia delante.

No obstante, no fue mi puño el que le reventó la nariz en un espantoso chasquido.

Sorprendida, me eché atrás. Marco se había plantado a nuestro lado y se sacudía la mano. Por su cara de desinterés, cualquiera habría dicho que había salido a dar una vuelta y no a agredir a otra persona.

El capitán del otro equipo retrocedió con ambas manos cubriéndose la nariz. Soltó unos sonidos de dolor bastante agudos, casi como los de Tad en sus primeros entrenamientos, y se cayó de culo al suelo. Intentó apartarse de Marco, aunque este parecía poco interesado en volver a lanzarse.

Ambos oímos el pitido del árbitro y los gritos de los demás, pero Marco se limitó a sonreírme.

—Ahora haz el favor de ganar el partido, Ally.

—¿Qué…?

El árbitro apareció en ese momento y, por supuesto, lo descalificó. Mientras Marco se marchaba tan tranquilo al banquillo, todo el mundo fue a revisar la nariz del pesado. No estaba rota, pero tampoco dejaba de sangrar. Víctor se agachó a su lado para oír lo que decía el árbitro. Estaba conteniendo una sonrisa.

Oí un ruidito a mi derecha y me sorprendió ver a papá junto a la cancha. Se suponía que no podía alejarse mucho de su zona. Me hizo un gesto frenético, como si quisiera que me acercara para venderme drogas o algo así. Puse los ojos en blanco y fui hacia él.

—Sabía que el crío rico tendría su arco de redención —murmuró con una sonrisa.

—¡Papá!

—A ver, yo no puedo meterle una patada a un menor, que iría a la cárcel, pero nada me impide alegrarme un poquito. ¿Estás bien, cariño?

Vaya, nunca en su vida me había llamado «cariño». Enrojecí un poco.

—Claro que estoy bien.

—Si quieres que paremos esto y volvamos a casa, sabes que podemos hacerlo.

—¿Pararlo? De eso nada. Quiero machacarlos.

Papá soltó una carcajada y pasó por mi lado. El árbitro llevaba un rato buscándolo. Mientras hablaban, yo me uní a los demás. Nos tocó esperar un poco antes de que volviera con nosotros.

—Todo arreglado: Mariano puede quedarse en el banquillo, y el otro se irá a que le vean la nariz. Solo necesitamos una sustitución.

—Se llama Marco, entrenador —le aclaró Tad.

—Pues eso. Oye, Ty. —En cuanto se sintió aludido, mi hermano pequeño dio un respingo—. A partir de ahora, sin piedad. Quiero que te pegues a tu hermana para que pueda llegar a la canasta. Los demás seguid igual. Estáis haciendo un muy buen partido, chicos. Hoy nos iremos de aquí muy orgullosos.

Y Ty cumplió con su función. Vaya si lo hizo.

Solo quedaban dos cuartos, pero el primero empezó de maravilla. Intercambiamos la pelota, conseguimos detener un lanzamiento y, justo cuando alguien iba a pararme de camino a la canasta, apareció Ty con un movimiento ninja y me lo quitó de encima. Encesté enseguida, y todo el equipo empezó a dar saltos de alegría. Para cuando llegamos al segundo cuarto, ya había encestado cinco veces más, Víctor tres y Oscar dos. Los demás miembros del equipo se encargaban de defendernos para que pudiéramos llegar al área, y Ty, básicamente, acumulaba faltas sin importarle un bledo que pudieran expulsarlo.

Creo que fue la primera vez en mucho tiempo que me lo pasé tan bien que se me olvidó que teníamos público. El noble sacrificio de Marco había logrado que todos nos uniéramos en la adversidad, y la comunicación estaba yendo a toda vela. No había discusiones entre nosotros, e incluso llegamos al punto de comprendernos sin necesidad de decir absolutamente nada. Todo el mundo entendía perfectamente cuál era su rol.

El partido terminó antes de lo que me habría gustado, y todos nos volvimos hacia el marcador. El resultado era claro. Pese a que estaba muy igualado, habíamos ganado nosotros. Y, aun así, eran ellos quienes pasarían a la siguiente categoría. Toda su grada aplaudió con decencia y educación.

Y entonces oí la voz de tía Naya.

—¿Han ganado? Es que hay muchos numeritos. ¡¡¡Oye, Jane!!! ¡¿Habéis ganado?!

Jane enrojeció de pies a cabeza. Todo el mundo la estaba mirando.

—Sí, mamá, pero no pasarán a…

—¡¡¡HAN GANADO!!!

Dieron tal brinco que todas las gradas se pusieron a temblar. Asustados, los otros miembros del público salieron corriendo en dirección opuesta. A ellos no pudo darles más igual. Y a nosotros tampoco. Tad estaba tan fuera de sí que empezó a abrazarnos a todos, y papá incluso se quitó la gorrita. Oscar era el que más disimulaba, pero había esbozado una sonrisita de orgullo.

—Al final no somos tan inútiles, ¿eh? —dijo Víctor con diversión.

Marco nos esperaba en los vestuarios, por cierto. Volvía a estar sentado en la ventana y fumaba con despreocupación.

—Por las caras, deduzco que hemos ganado.

—¡Gracias al hombrecito! —chilló Oscar, levantando a Ty por los aires.

Mi hermano empezó a retorcerse como un gato en celo.

Yo miré a Víctor, que parecía agotado después de tanto trote para arriba y para abajo. Al encontrarse con mi mirada, esbozó una pequeña sonrisa cansada y chocó la mano conmigo. La sostuvo un momento de más antes de soltarla.

Fue la ducha más corta de mi vida, porque estaba deseando salir de los vestuarios e ir a encontrarme con mis padres. No me extrañó que me esperaran todos juntos. Mamá vino directa a engancharme en un abrazo, y a cada jugador que salía le aguardaba lo mismo. Oscar lo esperaba con una gran sonrisa.

Quien más me alegró que se encontrara ahí fue Jay. Quise darle otro abrazo, pero, aunque ahora estábamos de muy buen rollo, tampoco quería forzar las cosas. Él resolvió todas mis dudas al rodearme con ambos brazos.

—Bien hecho, hermanita. Estoy muy orgulloso de ti.

Y, por supuesto, le devolví el abrazo con todas mis fuerzas.

En la furgoneta, todo el mundo estaba entusiasmado. Me sorprendió que papá fuera el que más. Todo había empezado como una excusa para distraerse de su guion, pero la cosa había ido escalando más y más. Tanto que, cuando Víctor me dio un beso en los labios nada más entrar, ni siquiera se escandalizó. Ty sí que puso los ojos en blanco, claro.

—¡Ganamos! —gritaba Eddie de fondo—. ¡No me lo puedo creer!

—¿Por qué suenas tan sorprendido? —protestó Jane en el asiento del conductor.

Por lo menos, el resto del equipo parecía de buen humor. Ni siquiera Oscar se estaba durmiendo, y me pareció ver que Marco sonreía ante algún que otro comentario de Eddie. Oh, era un mal día para decirles que seguramente iba a marcharme, ¿verdad?

Nunca va a ser un buen día.

Siendo muy sincera, no pensé que fuéramos a ganar. No quería arruinarles la diversión. Pero, a la vez, tenía que decirles que ese había sido mi último partido. No sabía qué iba a ser de mí en el próximo verano, pero sí que estaba segura de que no tendría tiempo para más deporte.

Para mi suerte o desgracia, Tad era tan observador que lo pilló al vuelo.

—Algo va mal —informó.

Automáticamente, todo el mundo se volvió hacia mí.

Para nada terrorífico.

—¿Va todo bien? —preguntó Jane.

—Sí, sí…, es que… tengo que contaros una cosa, pero no sé si es el mejor momento.

Papá se puso serio enseguida. Sabía lo que se acercaba. Ty volvió a sentarse correctamente. Los demás observaban cada gesto sin entender nada.

El primero en reaccionar fue Marco.

—¿Vas a cortar con nosotros, Ally?

—Parece que sí. —Oscar se llevó una mano al corazón con dramatismo.

—No es eso, idiotas. Es que…

No entendí por qué me costaba tanto decírselo. Después de todo, no iba a afectarles demasiado. No nos llevábamos tan bien. Y, aun así, me rompía el corazón tener que decírselo. Miré a Víctor como si le estuviera pidiendo su opinión y él asintió con una sonrisa. Sin saberlo, me proporcionó toda la seguridad que me faltaba hasta ese momento.

—Hace unos días recibí una carta —murmuré sin mirar a nadie en concreto—. Me han aceptado en la universidad que siempre he querido y podré estudiar mientras sigo jugando al baloncesto de forma profesional. La cosa es… que tendré que irme de la ciudad. Tendría que dejar el equipo. Este es mi último partido.

Todo el mundo se quedó en silencio.

Oh, oh.

Honestamente, pensaba que la reacción sería negativa y que se sentirían abandonados. Sin embargo, lo primero que vi fue una enorme sonrisa en el rostro de Tad.

—¡Enhorabuena! —chilló, entusiasmado.

Me pilló tan desprevenida que casi me caí del asiento.

—¡Nuestra pequeña campeona! —exclamó Oscar, divertido.

—Oye, ¡qué pasada! —Eddie asentía con aprobación—. ¡Deberías estar dando saltos de alegría!

—Y lo estoy —aseguré—. Es que… me da un poco de lástima dejar el equipo.

—¿A quién le importa este equipo de mierda? —preguntó Marco con el ceño fruncido.

—¡Oye, Miguel! —saltó papá.

—A mí me importa —dije.

—Venga ya, Ally, ni siquiera es un equipo de verdad. Es algo a lo que hemos dedicado el verano. Ahora cada uno seguirá su propio camino. El tuyo es ese, ¿no? Pues no puedes sentirte culpable por recorrerlo. Es lo que hay. Aunque te quedaras, ya no habría equipo. Piénsalo así y quizá no te sientas tan culpable.

El silencio fue aún mayor que el que había seguido a mi confesión. Marco debió de darse cuenta, porque se sonrojó.

—¿Qué? —preguntó en voz baja—. Yo también tengo un lado sensible…

—No me puedo creer que esté diciendo esto —comentó Víctor—, pero estoy de acuerdo con Marco.

—¿Veis? Si, al final, todos me adoráis. Debería haber sido el capitán del equipo.

—No te pases.

—Entonces ¿ya es oficial? —intervino Tad—. ¿Cuándo te marchas?

Me encogí de hombros.

—Todavía no he mirado nada.

—¡¿Qué?! —saltó Eddie—. ¿Y a qué estás esperando?

—Bueno, no sé, quería avisaros y…

—Ellie, todos nos alegramos por ti —aseguró Víctor—. ¿A qué esperas para alegrarte tú también?

Por un momento, casi se me olvidó que los demás estaban ahí

y lo besé en la boca. Volví a acordarme en cuanto me separé y vi que todos fingían arcadas. Papá, el primero.

Bueno, Tad no lo hacía. Nos observaba con una mueca de ternura y una mano en el corazón.

—Qué bonito.

—Es lo que tú nunca tendrás —le dijo Marco.

—Ni tú tampoco, porque pasé de ti.

Oscar soltó un «Uuuh» mientras Marco enrojecía y Eddie se reía y aplaudía como una foca borracha. Ay, realmente iba a echarlos de menos.

Ese día volví a casa en el coche de Víctor. Papá no hizo preguntas y lo agradecí. Por el camino, no dijimos gran cosa. Había algo bonito en aquel silencio, como si no hiciera falta hablar para comunicarnos.

En cuanto aparcó el coche, respiré hondo.

—Pues toca volver a la realidad.

Víctor sonrió.

—A la realidad de una campeona.

—Sí, seguro… Especialmente papá.

No sabía si quería algo más, así que me estiré para abrir la puerta. Me detuvo sujetándome por la muñeca, y me volví de nuevo.

—Oye, Ellie… He estado pensando en todo esto. En lo nuestro.

—Vale…

—No tenemos por qué decidirlo ahora —murmuró finalmente—. Es decir, sé que pronto te irás y recuerdo todo lo que me dijiste, pero… podemos ver qué sucede este primer año, por ejemplo. O esperar hasta que vuelvas a casa. Y entonces sabremos lo que queremos hacer.

Lo consideré unos instantes.

—Volveré en febrero. El cumpleaños de mi madre coincide con lo de las lucecitas y…, bueno, nos gusta celebrarlo.

—Sí, a mis padres también —aseguró con una sonrisa.

—Entonces ¿ese es el plan? ¿Nos vemos en febrero y tomamos una decisión?

—Haces que suene muy serio.

—Lo es —murmuré.

Nos quedamos un momento en silencio y, de pronto, todo aquello me entristeció mucho.

—Ellie… —empezó.

—Ni se te ocurra despedirte —advertí—. Todavía no me he marchado. Me quedan varias semanas de molestar por aquí.

—Vaya, hacía mucho que no sonabas como la Ellie de siempre...

—La he invocado para que no se te olvide mientras no esté.

—No se me olvidará. No se me olvidaría nada de lo nuestro.

Procuré no sonreír, pero no pude evitarlo. Envalentonada, me lancé hacia delante y le tomé el rostro con las manos. Víctor sonrió en cuanto lo besé.

Al separarme, lo miré a los ojos.

—En febrero —dije, convencida.

Él asintió.

—En febrero.

Jay

—Ellie se va a la universidad, tú te vas de casa..., ¡demasiados cambios en muy poco tiempo!

Las palabras de mamá me sonsacaron una sonrisa. Como muchas otras noches de esa semana, estábamos cenando los demás juntos. Ellie, Ty y papá se habían encerrado en la sala de cine para ver una película juntos, pero a nosotros no nos interesaba tanto, así que preferimos quedarnos en el sofá con nuestros *realities* —basura, según papá—, nuestra comida recién preparada y nuestros tés helados. Me gustaba compartir esa parte de mi vida con mamá, y más ahora que sabía que tenía fecha de caducidad.

A ver, las giras de tío Mike solo duraban unos meses y sabía que volvería en algún momento, pero aun así... sería diferente. Una vez preparas las maletas y sales de casa, siempre hay algo que cambia. Era aterrador, aunque también muy emocionante. No podía esperar a vivirlo.

Mamá había estado muy cariñosa desde el día que le dije que me marcharía. Papá también, aunque en su propio estilo. Me llevaba a todos lados, me pedía que hiciéramos cosas juntos, volvió a intentar que jugara a baloncesto... Incluso me tragué alguna que otra película de superhéroes. En algún momento le confesé que no me gustaban mucho y casi me lo cargo de un disgusto, pero luego la cambió por otra que pudiera adaptarse mejor a mis gustos. No sé cómo, pero terminamos viendo medio catálogo de Disney.

Pero ese preciso momento era de mamá. Mientras terminábamos de comer en la isla de la cocina y ella me contaba el último contrato en el que se había metido, yo le daba sorbitos a mi té helado. Luego me preguntó qué me apetecía ver esa noche, si la temporada número veintisiete de las Kardashian o algo más aleatorio. Opté por la primera.

Ya nos estábamos acurrucando en el sofá cuando llamaron al timbre. Era muy tarde como para que se tratara de una equivocación.

—Voy yo —informé cuando vi que mamá se levantaba.

—¿Sí? Bueno, te espero.

Me dirigí a la puerta con mucha curiosidad, pero se disipó nada más abrir. Lo primero que vi fue la moto amarilla mal aparcada frente a la entrada. Lo segundo fue a Nolan, de pie ante mi puerta.

Él me miró y yo lo miré a él, ninguno dijo nada. Su expresión era muy significativa, a la vez que todo un misterio. Lo único que me dejó claro era que estaba nervioso.

—Hola —murmuré.

—Hola.

Desde la noche en su patio, no habíamos vuelto a hablar. Esa vez no tuve que bloquearlo ni nada parecido. Simplemente, decidimos que lo mejor para los dos era mantener la distancia. Y así había sido durante dos largas semanas. Dos semanas en las que me había convencido a mí mismo de que, si alguna vez volvíamos a vernos, no sentiría nada. Qué engañado estaba.

Verlo fue como retroceder todos los pasos que había avanzado. No solo porque él no hubiera cambiado en absoluto, sino porque me percaté de que mis sentimientos tampoco lo habían hecho. De haber sido así, ahora la situación sería mucho más fácil.

—Quería hablar contigo antes de que te marcharas —dijo finalmente. Su voz, normalmente tan despreocupada, estaba cargada de tensión. Y de nervios.

—Bien, pues… hablemos.

Sabía que no era tan sencillo, así que empujé la puerta y bajé los escalones del porche hasta quedar a su altura. La mirada de Nolan se suavizó y me dedicó una pequeña sonrisa.

—Me gustaba que vinieras a casa de tu abuela por las mañanas, ¿sabes? Estos días te he echado de menos.

—Ahora voy por las tardes.

—Lo sé. Me lo dijo. —Hizo una pausa. Una de esas largas que parece que no tengan final—. También me dijo que te marchas, que ya es oficial.

—Sí…, hablé con mi tío y le hizo mucha ilusión, así que la semana que viene me iré con él. También se ha apuntado mi tía Sue. Será divertido.

—Qué bien.

—Nolan —murmuré muy lentamente—, no has venido hasta aquí para felicitarme.

—No.

—¿Qué quieres?

La pregunta me salió mucho más suave de lo esperado. Y la mirada de Nolan, por lo tanto, se volvió mucho más triste.

—Voy a dejar a Sammi.

Una pequeña parte de mí había estado esperando esas palabras con desesperación. Las había deseado, muy en contra de mis valores morales. Debía admitirlo.

La otra, en cambio, la que había ganado peso en esas dos semanas de distancia, me hizo negar con la cabeza. Confuso, Nolan frunció el ceño.

—¿No?

—No lo hagas —le pedí en voz baja.

—¿Por qué no?

—Tú mismo dijiste que la querías.

—Ya lo sé, pero no es lo mismo que antes. Y me he puesto a pensar en si es verdad, si no me estoy confundiendo… Sammi merece a alguien que esté seguro de lo que quiere. Se merece algo mejor que yo.

—No.

—Deja de decirme que no y escúchame, Jay…

—No, escúchame tú a mí. Cuando la noche del concierto te dije que eres una buena persona, no era una forma de hablar. Lo eres, Nolan. Puede que ahora mismo estés confundido, pero una cosa no quita la otra. Quieres a Sammi y forma parte de tu familia. Si la dejaras, no podrías vivir contigo mismo. Te arrepentirías. No sé cuándo, pero sé que acabarías haciéndolo.

Nolan negó con la cabeza.

—No lo entiendes.

—¿El qué?

—Que no he dejado de pensar en ti. Sé que solo ha sido un beso, que pudo parecer una tontería, pero… para mí no lo fue. No he dejado de pensar en ello. Quiero estar contigo, Jay. Me da igual… aquí, allí o donde sea. Me da igual que sea a distancia. Creo que podemos intentarlo. Creo que… ambos tenemos una oportunidad.

Sus palabras se sintieron como puñaladas. Y más porque, dijera lo que dijese él, mi opinión no iba a cambiar. Le había dado demasiadas vueltas; además, sabía lo que era estar en su posición.

Negué con la cabeza. Su expresión se volvió confusa.

—¿No? —repitió.

Tuve que tomarme unos instantes. Busqué las palabras adecuadas para no hacerle daño. Tardé un segundo más en darme cuenta de que, dijera lo que dijese yo, se lo haría de todos modos.

—Mira…, no sé si estoy haciendo lo mejor para ambos o si estoy tomando la peor decisión de mi vida. No lo sé. Lo único que tengo claro… es que yo siento lo mismo. Y que me encantaría engañarme pensando que esto podría funcionar, que podríamos encontrar un equilibrio en medio del caos para lograr que valiera la pena. Pero… ¿durante cuánto tiempo?

—Durante todo el que sea necesario.

—Pero no es así. Dices que vas a dejar a Sammi, pero no es verdad. Nunca lo harás del todo. Siempre estará ahí. Y… no puedo conformarme con ser tu secreto, Nolan. No puedo conformarme con mirarte cuando nadie se da cuenta, con hablarte en voz baja para que no nos oigan o con verte a las tantas de la madrugada frente a mi casa porque solo así encontramos intimidad. Sé que podría intentarlo y, joder, sé que lo aceptaría durante mucho tiempo. Pero no puedo hacerme eso a mí mismo. No me lo merezco. Igual que tú no te mereces arriesgar todo lo que has construido hasta ahora por algo que no sabemos cuánto durará. —Permanecí en silencio. Se me habían cortado las palabras. Sentía un nudo en la garganta—. Ambos sabemos que tú nunca has sido para mí. De hecho, creo que lo supe la noche del concierto. Creo que entonces me di cuenta. Y, aun así, no he querido verlo hasta ahora. No eres para mí. Y yo no soy para ti. No me gusta simplificar las cosas, pero sé que es así.

Otra pausa. Cuanto más hundido lo veía, más complicado me resultaba encontrar las palabras exactas. Y entonces dejé de buscarlas. Dejé de intentar ser correcto. Simplemente continué hablando:

—No sé lo que es que te rompan el corazón, pero acabo de descubrir que te lo puedes romper a ti mismo. Y ahora duele. Y sé que seguirá doliendo. Pero también sé que no todas las historias necesitan un final feliz para terminar bien. —Quise continuar, pero de pronto me di cuenta de que tenía los ojos llenos de lágrimas. Parpadeé varias veces para alejarlas y, presa de los nervios, sonreí en medio del caos que eran mis sentimientos—. Mírame…, ¿quién lo habría dicho? Puede que seas un buen maestro, después de todo, porque ahora mismo no controlo en absoluto lo que hago.

Eso último le sonsacó una sonrisa. Una que no alcanzó sus ojos, normalmente tan risueños y alegres.

—He tenido un buen alumno —admitió.

No dijo nada más. No hacía falta. Ya había hablado yo por los dos. Nos miramos unos segundos, que era todo lo que necesitábamos, y dejé que el silencio nos envolviera. Pese a que las lágrimas luchaban por escapar, logré detenerlas a tiempo.

—Espero volver a verte algún día —añadí en voz baja.

Su sonrisa se apagó, pero asintió con la cabeza.

—Yo también lo espero, Jay-Jay.

Mientras se marchaba en su moto amarilla de pegatinas cursis, permanecí en el patio delantero de casa. Y alargué el momento hasta mucho después de que hubiera desaparecido. Entonces, cuando sentí que era capaz de controlar mis propias emociones, entré en casa.

Mamá me esperaba en el sofá, tal como había prometido. Nada más verme, me ofreció una sonrisa.

—¿Listo, Jay?

Me acomodé a su lado y, sin siquiera dudarlo, apoyé la cabeza en su hombro. Mamá se movió para que pudiera estar lo más cómodo posible.

—Sí, estoy listo.

Epílogo

Las luces de febrero

Dicen que los lugares nunca se mantienen iguales. Que, año tras año, van cambiando a la vez que lo hacen sus habitantes. Que evolucionan y mejoran con el paso de los años. No es algo que pueda decirse de esta ciudad, pero sí de quienes viven en ella.

Una de sus carreteras, la más larga de todas, ha ido mejorando con los años y, lo que antes equivalía a varias horas de trayecto para llegar a los pueblos costeros, ahora son tan solo cincuenta minutos. Muchos jóvenes universitarios la usan a menudo para visitar a sus familias, mientras que otros, ya más crecidos, han dejado de hacerlo.

En uno de esos pueblos, una familia que antes era de siete miembros ahora tiene tan solo cuatro. Mientras que los hermanos mellizos siguen trabajando en un garaje destartalado que les da más disgustos que alegrías, sus padres se pasan el día paseando y hablando. Hablan de su hija mayor, cuyo hijo almuerza en casa de ellos de vez en cuando, aunque no mantienen una relación demasiado estrecha. Hablan también de su segundo hijo, que decidió seguir la carrera de entrenamiento deportivo y llama a veces para preguntarles qué tal están. Pero de quien más hablan es de su hija pequeña, aquella niña a la que durante tanto tiempo vieron incapaz de hacer nada, que se escondía entre las líneas para no enfrentarse al mundo que la rodeaba; aquella que, cuando más los necesitaba, tan solo recibió dudas ante su verdad. «Ahora es pintora», comentan. «Ahora vive en la ciudad», añaden. «Ahora es nuestro mayor orgullo», exclaman. Ahora es ella quien les ha dado la espalda, eso es lo que callan.

En ese mismo pueblo, otro hombre piensa en esa chica. Considera ponerse en contacto con ella, aunque sabe que es inútil. Ha visto fotos y sabe que es feliz. Se pregunta por qué él, después de

445

tantas relaciones desastrosas, sigue sin congeniar con nadie. Y piensa, mientras trabaja en la gasolinera de su padre, en todas las cosas que podría haber hecho y las pocas que hizo por alejar a todo el mundo de su lado. Piensa que merece algo mejor. Piensa en lo injusta que fue aquella pintora al denunciarlo. Piensa en que debería ser él quien tuviera una casa, una familia y gente que lo quisiera. Lo que no piensa jamás —y quizá sea esa la razón por la que está solo— es que el problema podría ser él y no los demás.

Carretera arriba, mucho más allá del pueblo y sus playas, empieza la ciudad. Empieza el recinto universitario. Empieza también la zona de fábricas abandonadas. En uno de sus pisos, una mujer lee un libro de recetas para principiantes. Pese a haberlas cocinado todas, siguen sin salirle demasiado bien. Su marido, desde el sillón, suplica para sus adentros que no vuelva a intentarlo, aunque tiene claro que fingirá que le encanta de todas maneras. También piensa en su única hija, que ya no vive con ellos, pero los visita cada semana. Se pregunta si tendrá que recibirla con una bandeja de *cupcakes* medio quemados. Seguro que le hará gracia y acabarán comiéndoselos en la azotea, sin importarles que tengan buen o mal sabor.

Justo en el piso de enfrente, una mujer se dedica a organizar lo que hará esa semana. Se ha pasado tantos años pendiente de lo que querrían los demás que a veces le cuesta pensar en sí misma, pero se esfuerza. Ya ha encontrado un grupo de amigas con quien jugar al mus cada semana, un curso de inglés en una academia cercana y un buen cuidador que la ayuda con los quehaceres de casa. Igual que sus nietos pequeños, que la visitan siempre que pueden. El mayor también lo hace, pero solo cuando se encuentra en la ciudad. Agradece en silencio el regalo que le hizo su suegra al fallecer, ya unos años atrás. Agradece que le dejara este piso, porque su antigua casa era demasiado grande para ella sola. Todavía sonríe cuando piensa en la carta que le dejó la mujer en el testamento. Le pidió que muriera con una botella de vodka en la mano y se dejara de tanto aburrimiento. Intenta no beber mucho alcohol, pero sí que se esfuerza por no aburrirse. Y, honestamente, no le va nada mal.

Mucho más lejos de ella, al otro lado de la ciudad, un hombre contempla en silencio su piano. Tiene una casa gigante —fruto del dinero que ha ganado tras tantos años de trabajo—, pero también vacía. Lee, toca alguna canción, toma el sol, habla con sus empleados... Pero es incapaz de establecer una conexión genuina con alguien. A veces se hace preguntas de las que se arrepiente. Ve los éxitos de su hijo pequeño y siente un retazo de orgullo, aunque es más por sí mismo que por él. Sigue pensando que es un desagradecido. Eso, y que ojalá le permitiera conocer a sus nietos, a quienes nunca ha visto en persona; sin embargo, una parte de él —una minúscula y poco escuchada— entiende que no lo haga. Mientras acaricia las teclas del piano, se cuestiona todas las cosas que podría haber hecho mejor. Todas las cosas que habrían hecho que su casa no estuviera tan vacía.

Sus hijos piensan en él, de vez en cuando, aunque no de la misma forma. Para ellos es un alivio que esté lo más lejos posible. Especialmente, para el mayor, que ahora es feliz con su banda y sus continuas fiestas. Recuerda todas las veces que le dijeron que algún día se aburriría de ellas, y se ríe; eso nunca va a pasar. Aun así, mientras acaricia a su hurón, piensa en que debería visitar a su madre también esta semana. Le gusta estar con ella. En medio de todo el caos que es su cerebro, es la única persona que consigue calmarlo. Y la única que siempre lo ha querido por ser como es, sin esperar que cambiara.

También piensa en su mejor amiga, que lo visita siempre que puede pero que es un poco bohemia y no le gusta quedarse en un mismo sitio mucho tiempo seguido. Por eso no deja de viajar. Y de cambiar de parejas. Cada vez que la ve, lleva a alguien nuevo colgado del brazo. No entiende cómo se las apaña, pero todo el mundo parece quedarse completa y absolutamente enamorado de ella. A veces se pregunta por qué a él nunca le ha sucedido, pero luego pasa tiempo con ella y lo entiende: es su mejor amiga. Es su hermana. Es su ancla, de alguna manera. Y, aunque ella nunca lo haya confesado, piensa exactamente igual que él.

Un poco más allá de su casa de invitados, al otro lado de la calle principal, un hombre limpia su coche. Lamenta que su hijo ya no se encargue de ello, porque lo cierto es que no le gusta demasiado. Echa de menos aquella moto roja que tuvo tantos años atrás y que le recordaba al pelo de su esposa. Aunque, pensándolo bien, sus dos hijos pelirrojos ejercen un papel aún mejor. Todavía recuerda la cara de horror de su esposa cuando vio que habían salido a ella, y cómo se puso a comprar crema solar como si tuviera que durarle la vida entera. Sonríe con diversión. Puede verla en el salón, frente a su máquina de escribir. Y puede ver también a su hija estirando para ir a clase de danza un rato más tarde. También le gustaría ver a su hijo, pero se alegra de que esté estudiando. Tras unos segundos, vuelve a centrarse en el coche y en que no quede una sola mancha.

Y entre la casa de invitados y el hogar de los pelirrojos hay otro edificio. Otra casa principal, solo que mucho menos tranquila que las dos anteriores. El hijo menor está sentado ante su tablet pasando un vídeo tras otro para ver qué rutina de yoga puede hacer hoy. Pone una mueca al no encontrar ninguna acorde con su estilo. Este mismo verano irá por fin a un campamento enfocado en la meditación. Nadie le tomaba en serio cuando dijo que ahorraría para apuntarse, pero tras varios años haciendo recados por el vecindario, puede permitírselo. Tiene suerte de que sus padres hayan decidido pagárselo de todos modos. No está muy acostumbrado a ser expresivo, así que el abrazo que les dio aún lo avergüenza un poquito. Lo que no les va a contar, sin embargo, es que su otra actividad favorita para canalizar la energía negativa es ir a gritar al estudio de su tío. Ni que casi todos los coros de las canciones del tío son suyos. No puede esperar a tener dieciocho años y pedirle que lo deje ir con él, justo como hizo su hermano mayor.

Piensa entonces en su hermano, que se marchó hace un tiempo. Se pregunta si estará bien, aunque en realidad conoce la respuesta porque les manda mensajes y llama casi todos los días. No fue consciente de lo mucho que lo necesitaba hasta que se marchó, y sospecha que así mismo pensó su hermana —también mayor—, a la que encontró varias veces contemplando la habitación vacía en silencio. Sabe que todos lo echan de menos, pero que a la vez entienden que necesita recorrer su propio camino.

Su padre entra en ese momento. Después de varios años de escritura compulsiva, por fin ha dado con el guion de su última película. Es algo que lleva rondando su mente desde hace mucho tiempo; quiere retirarse con la cabeza bien alta y vivir el resto de sus días con la familia. No quiere alejarse de ellos como hizo su padre en su momento. Además, tiene la esperanza de que alguno de ellos le dé algún nieto —aunque espera que falte un poco, porque son demasiado jóvenes— al que dedicar todo el tiempo libre y sus fuerzas. Muy contento, entra en el despacho de la planta baja. Ya se ha acostumbrado al olor a pintura. Y también a verle la cara desde distintos ángulos, colores y formas. Su esposa está sentada ante un lienzo a medio pintar; son sus hijos. Le cuenta que el rosa y el azul del fondo fueron producto tanto suyo como de la hija. Muy ilusionado, él le enseña el guion y le habla de todas aquellas cosas que le apetece hacer. Ella escucha con una sonrisa. Es lo que más le gusta de ella, que siempre sabe cómo hacerte sentir querido y escuchado. Con ella, nunca ha sentido que sus propias ideas sean demasiado locas o inverosímiles. Con ella, siente que podría escribir el mejor guion de la historia.

Ella disfruta del entusiasmo de su marido y, en el fondo, se alegra de que por fin esté escribiendo la última película. Sabe cómo es, y es consciente del nivel de exigencia que se impone a sí mismo. Cree que le vendrá bien un descanso; de hecho, ha pensado en hacer uno ella también. Le gusta pintar, pero no viajar constantemente por trabajo. Se pregunta si, cuando su hijo pequeño se marche de casa, les apetecerá ir de viaje a algún lugar lejano y volver a perderse como cuando eran jóvenes. Le gustaría. Le gustaría sentirse otra vez como se sintió aquel primer día en la residencia. Y cuando su marido termina de contarle el guion, sabe que él aceptará sin dudarlo, tal y como ha hecho siempre.

Más allá de todos ellos, en otra ciudad, país y continente, un chico contempla el vacío ante él. Sus nuevos amigos le han asegurado que no pasa nada, que el arnés es seguro y no tiene por qué asustarse. «Resulta muy fácil decirlo sin estar al borde del precipicio», piensa. Aun así, salta. La caída es brutal y se queda sin aire en los pulmones, pero mientras va rebotando, no puede dejar de reírse. Una vez de nuevo en la cima, se apresura a abrazar a sus amigos y a convencerlos de que también lo hagan. Y eso hacen, claro. Mientras los observa, piensa que debería consultar la hora. No quiere que se le pase el momento de llamar a su familia y verlos durante un rato. Puede que se haya ido, pero eso no significa que ya no los necesite.

Hay alguien que piensa en él. Alguien que, pese al tiempo, ha cumplido con su promesa silenciosa de no olvidarlo. Sus hermanos han ido marchándose de casa uno tras otro, pero la hermana pequeña y su novia siempre siguen ahí. Y, aunque no le guste reconocer que se equivoca, debe admitir que hizo bien en quedarse con ellas. Las quiere más que a nadie. Y, aunque piensa en el chico de las camisas lisas y los gestos de desaprobación, sabe que algunas relaciones solo funcionan cuando están suspendidas sobre un gran

«¿Y sí…?». Sonríe al pensarlo. Lo que pudo ser y no fue. Lo que nunca será pero, a la vez, nunca dejará de ser.

Un chico de cabello pelirrojo, ahora encerrado en un viejo gimnasio, desearía disponer del tiempo suficiente como para pensar en esas cosas. Lo cierto es que no lo tiene. Los niños y las niñas corren delante de él, entrenando para el partido que jugarán el fin de semana. Le gusta compaginar los estudios de docente con ser entrenador. Le gusta que las personas de su ciudad tengan la oportunidad de entrenar con alguien que se interese por ellos. Le gusta que alguien se tome totalmente en serio su sueño de ser jugadores profesionales.

De hecho, conoce a una chica que lo logró. Una chica con la que habla cada día, sin excepción. Ella cursa los últimos meses de universidad y con su correspondiente ataque de nervios diario. Le gusta contar con su pelirrojo favorito para desahogarse, porque a veces la situación la supera. Han tenido algunas crisis a lo largo de los años, claro. Es imposible que todo sea bonito. Recuerda especialmente duro el inicio de la relación, cuando se dieron cuenta de que ambos buscaban cosas distintas. Todo cambió cuando él propuso mantener una relación abierta. Ella lo pensó y lo consultó con su madre, que soltó una carcajada y le aseguró que solo funcionaría con la persona adecuada. Debió de elegir bien, porque no habían vuelto a tener un solo problema. Como mucho, se burlaban el uno del otro, y eso llevaba a algún roce, pero lo solucionaban con tanta rapidez que apenas lo contaban. Además, al finalizar un día de entrenamiento intensivo, ella casi agradecía ese tipo de distracción.

Y, aunque todos llevan vidas muy distintas y separadas las unas de las otras, siempre hay fechas en las que deciden reunirse. Una de ellas —y quizá la más importante— es un día muy especial de febrero; la ciudad entera se dirige a la playa, escribe un deseo en un trozo de papel y lo mete en un farolillo para echarlo a volar. Poca gente cree que vaya a cumplirse; aun así, lo intentan. Después de todo, ¿qué sería de la vida sin un poco de ilusión?

—¿Cuánto falta para lanzarlas? —pregunta Mike en una de las mesas de madera. Lleva un rato peleándose con su lamparita porque dice que no va a volar.

Sue, al otro lado de la mesa, lo mira con impaciencia e intenta quitársela. Él la retira justo a tiempo. Will y Naya se encuentran a su lado, montando sus propios farolillos.

—Nos ha salido a la primera —comenta ella con orgullo.

—Equipazo —afirma él, y chocan los puños acompañados de una risita maligna.

Jen y Jack también están con ellos, aunque no les prestan demasiada atención. Llevan tantos años montando sus farolillos que ya ni siquiera necesitan asegurarse de que estén bien. En lugar de eso, intercambian una mirada de complicidad y se apresuran a ayudar a sus acompañantes.

Sentados en la playa, sus hijos juegan con sus propios farolillos. Jane está trazando figuras de color negro en la superficie del suyo y Ty intenta asomarse para imitarla. Ella suspira y lo gira para facilitarle el acceso, pero entonces él decide que es demasiado complicado como para intentarlo. Puede que le guste el yoga, pero eso no significa que su paciencia lo abarque todo.

Víctor y Ellie han decidido compartir un farolillo. Este año quieren hacerlo en pareja; antes les habría parecido vomitivo, pero cada vez les va gustando más.

—¿Qué deseo pedimos? —se pregunta ella en voz alta.

—¿Ser millonarios?

—Algo más original.

—¿*No* ser millonarios?

Ellie empieza a reírse.

—¡Hablo en serio!

—Hablo en serio, Víctor.

—Yo quiero pedir que no me rompas más ventanas con piedrecitas.

—¡No finjas que no te gusta!

—Al señor que cobra por repararlas le encanta, eso seguro.

—Vale, pues yo pido que no vuelvas a burlarte de mí por ser mucho más baja que tú.

—Bueno, soñar es gratis.

—Ahora en serio, ¿qué quieres pedir?

Víctor sonríe y se inclina para hablarle al oído. Ella, al oír la respuesta, suelta una carcajada que antes la habría avergonzado, pero que ahora acepta como una parte más de su dinámica.

A su lado, Jay los observa con una sonrisa divertida. Al oír las risas de sus hermanos, sacude la cabeza. Los farolillos han empezado a flotar y llenan el agua de puntitos de luz. Es muy bonito. Puede que lo vea cada año, pero nunca va a cansarse de ello.

Sus acompañantes empiezan a ponerse nerviosos porque no saben encender los farolillos, pero él no les presta atención. En su lugar, mira por encima del hombro. Hoy se ha puesto *esa* camisa. La que sabe que él verá. Y ahí está, al otro lado de la playa. Lo acompañan dos chicas que conoce a la perfección, aunque una de ellas haya crecido mucho desde la última vez que la vio. En cuanto la mirada de Nolan encuentra la suya, se dedican una pequeña sonrisa. Y es todo lo que necesitan cada año, porque solo se ven ese día. Una pequeña sonrisa el día de las luces. Nada más.

Vuelve a mirar hacia delante, donde el cielo se ha llenado de farolillos iluminados. A su lado, Ellie lo mira con confusión. Junto con Víctor, acaban de soltar el suyo.

—¿Dónde está tu farolillo? —pregunta—. ¿No vas a pedir un deseo?

Jay esboza media sonrisa y niega con la cabeza.

—No… Así está bien.

«¿Qué fue de ellos?», te preguntarás.

Los padres de Jen nunca consiguieron volver a establecer una buena relación con ella, aunque empezaron a presumir de su hija, la pintora, como si fuera su mayor orgullo. La actividad favorita de su madre es ir a la peluquería y enterarse de todo, mientras que su padre prefiere ir a pescar y olvidarse de todo. Pese a todo, siguen casados y relativamente felices.

Shanon está muy orgullosa de su hijo, Owen. Este salió del instituto con muy malas notas y poco interés por los estudios, pero resultó tener un don de gentes inimaginable. Como nunca dejó de entrenar para atletismo, acompaña a su tío Spencer y le hace de relaciones públicas con muy buenos resultados. Shanon, por cierto, ha encontrado un nuevo novio. Como diría Jen, es un poco intermitente, pero al menos no se aburre.

Spencer sigue con su carrera de entrenador deportivo de élite, y con la ayuda del sobrino se ha ganado un renombre en el mundillo. Nunca ha asentado la cabeza, pero se lo pasa genial así. Además, visita al resto de la familia siempre que puede.

Los mellizos, Sonny y Steve, trabajan en el garaje de sus padres y son tan malos en ello como de costumbre. Sospechan que nunca van a separarse el uno del otro, aunque lo cierto es que ya no se soportan demasiado. Si continúan con el negocio es porque, honestamente, nunca se les ha ocurrido explorar ninguna otra aptitud.

Monty trabaja en la gasolinera de su padre. Pese a que la denuncia nunca lo afectó a nivel laboral, sí que lo hizo a nivel personal. También las otras cuatro que ha recibido a lo largo de los años. Nunca ha tenido que enfrentar un solo cargo policial gracias al dinero de sus padres, pero ha terminado solo. Y aburrido. Siempre culpa a los demás, pero es el único responsable de sus acciones.

Nel, la ex mejor amiga de Jen, hizo carrera como diseñadora, en la ciudad. Pese a que ya no tienen una relación demasiado cercana, de vez en cuando deciden verse y ponerse al día con sus vidas. Ahora está casada con alguien que la trata mucho mejor que las anteriores parejas.

Lana nunca ha dejado de viajar y, aunque jamás encontró un lugar al que llamar «hogar», le gusta la idea de que el mundo entero pueda serlo. Ya controla varios idiomas, ha trabajado en todo aquello que podía interesarle y ha conocido a gente importante de todos los ámbitos. Su próximo objetivo es descubrir qué le queda por hacer, una perspectiva que la entusiasma.

Chrissy dejó de trabajar en la residencia femenina hace muchos años y ascendió a secretario del rector de la universidad. No es muy glamuroso, pero le gusta no tener que controlar a una masa hormonada y con los nervios propios del primer día de clase. Además, en los descansos puede jugar tranquilo al Candy Crush, aunque el juego ya esté un poco pasado de moda.

Curtis, el antiguo compañero de Jen, visita a Chrissy de vez en cuando. Tal como se veía venir, en el aspecto romántico ha sido incapaz de sentar cabeza con nadie. Tampoco terminó la carrera; sin embargo, le ofrecieron un trabajo como modelo. Pensó que no era lo suyo porque es incapaz de quedarse quieto frente a una cámara, pero pronto descubrió que ese punto débil es precisamente su don. Años después, tras muchos estudios de por medio sobre la materia, es muy respetado en su ámbito. Sigue siendo fan de las películas de Ross, por cierto.

Naya terminó de estudiar su carrera, pero nunca ha llegado a ejercer de trabajadora social. En su lugar, cuando su hija era lo suficientemente mayor, se propuso hacer de su casa un lugar de acogida para niños. A Will, la idea le ponía un poco nervioso, pero terminó aceptando. Aparte de la comida quemada que les obliga a comerse, parecen muy felices. Y a Naya le encanta hacer felices a los demás.

Will, por otro lado, sí que sigue trabajando como abogado. Al ser el graduado con mejor nota de su curso, las ofertas de trabajo no faltaron en ningún momento. Ahora puede permitirse elegir a sus clientes y los casos que quiere defender, y le gusta tener tiempo de sobra para pasarlo con la familia y los amigos.

Mary, que vive al lado opuesto del pasillo, se enorgullece de sí misma por haber sido capaz de salir del infierno en el que vivió. No ha vuelto a hablar con su exmarido, y le gusta ir descubriendo cosas de sí misma que ni siquiera ella conocía. Se ha montado su rutina. Ha formado su propia vida. Nunca ha mirado atrás. Y nunca ha sido más feliz.

Agnes falleció a los noventa años; hasta el día anterior a su muerte, tenía la salud de una chica de quince. Fue rápido e indoloro, pero toda su familia la recordará con muchísimo cariño. De herencia, le dejó una botella de vodka a cada uno de sus nietos; la casa, a Mary, y la consola, a Mike. Ah, y una carta en la que les pedía a todos que se dejaran de chorradas y fueran un poco más felices.

El señor Ross, por otro lado, aún tiene una de sus casas gigantes. Ya es mayor y empieza a fallarle memoria, aun así recuerda todo lo que ha hecho. Quizá por eso nunca se haya atrevido a conocer a sus nietos. Sabe que sus hijos no lo quieren. Es consciente de que su exesposa no quiere saber nada de él. Ahora habla con los empleados para no sentirse solo y, aunque algunos se apiadan de él, otros muchos le brindan la misma empatía que él tuvo con su familia durante tantos años.

Vivian siguió con su carrera y, de hecho, ha logrado convertirse en una de las actrices más destacadas de su generación. No ha vuelto a trabajar con Jack desde la película de terror, pero siguen hablando y siendo muy buenos amigos. Dejó a su pareja hace muchos años, eso sí. Pronto se dio cuenta de que resulta muy difícil ser exitosa y encontrar a alguien que no se sienta intimidado por ello. Aun así, lo prefiere; no necesita a nadie para ser feliz.

Joey continúa siendo la agente de Jack y, aunque ahora su trabajo sea mucho más tranquilo, sigue viviendo al límite del ataque de histeria. Le gusta llevarle la carrera, buscarle oportunidades e ir haciéndole el camino más ameno. Se casó con su novia después de muchos años, y le pidió a Ross y a Vivian que estuvieran en primera fila. Ambos aceptaron.

Daniel, el conductor de la familia, ha aceptado que su jefe nunca se aprenderá su nombre. Ha acabado haciéndole gracia, la verdad. Le gusta pasar tiempo con la familia, y disfruta también de sus cuatro perros, que lo esperan siempre en casa con todo el entusiasmo del mundo.

Sue todavía viaja por el mundo, aunque hace tiempo que dejó de buscarse a sí misma. Ha descubierto que el secreto de la vida no es conocerse a uno mismo al cien por cien, sino ir experimentando por el camino. Y eso hace: experimentar con tanta gente como puede. Se lo pasa genial. Y siempre que le es posible, visita a sus amigos. Especialmente a Mike, la más bonita y desastrosa amistad que ha tenido nunca.

Mike sigue a lo suyo, con las bandas y las fiestas. Se ha dado cuenta de que no necesita nada más para ser feliz, y eso está bien. Vive con Benny y su caos habitual, aunque en su trabajo es muy organizado. Nada odia más que a la gente que no se toma su trabajo en serio. Quizá por eso logró colar una de sus canciones en el top cien mundial —durante un minuto, pero no lo tengamos en cuenta—. Ahora trabaja en la que será un gran número uno; o al menos, eso espera él. No hay que rendirse, ¿no?

Oscar dejó el baloncesto y ahora trabaja en la empresa millonaria de sus padres. Únicamente entra en su despacho, enciende el ordenador y juega al solitario, pero no se queja. Prefiere dormir que trabajar, y mucho tiempo atrás entendió que su felicidad no pasa necesariamente por la realización profesional. Simplemente, no podría darle más igual.

Eddie sí que ha seguido con el baloncesto; de hecho, logró entrar en un equipo nacional de segunda división. Ahora lucha cada día por abrirse paso y conseguir un puesto más alto en la liga. Por lo que parece, lo está logrando. Y también continúa encerrándose en el cuarto de baño antes de cada partido.

Marco ha tenido que aprender a vivir sin el dinero de sus padres. Aún es engreído y pesado, aunque ahora solo se trata de una fachada. Y muchas veces tiene que tragarse sus palabras porque trabaja en el desguace de coches, y su jefe, Tad, no le deja pasar ni una mala cara. Aunque pueda llegar a ser un jefe un poco duro, le dio trabajo cuando más lo necesitaba, así que intenta no quejarse demasiado. Además, le proporciona buenas vistas.

Tad siempre ha sido un conformista y pronto descubrió que lo que más le gustaba era ayudar a los demás. Por eso propuso a su madre llevar el negocio familiar. Su alegría al ver a Marco fue tremenda y, aunque pensó en rechazarlo, terminó dándole trabajo para que no se muriera de hambre. Ahora disfruta dándole órdenes, sí, pero también le gusta su compañía. Especialmente cuando no se muestra tan engreído. Quizá un día reconsidere esa propuesta que le hace cada vez que se emborracha y la sinceridad escapa por sus poros.

Víctor entró en la universidad en cuanto Ellie se marchó a estudiar fuera de la ciudad. Disfruta de ello y de su trabajo como entrenador, le hacen sentirse realizado y completo. Está impaciente por terminar los estudios e irse a vivir con su novia, con quien habla todas las noches y espera hablar muchas más.

Lila nunca consiguió retomar la relación con Diana; aun así, encontraron un terreno neutral en el que pueden considerarse amigas. En medio de una crisis existencial, decidió dejar la carrera y meterse en el primer cursito que encontró. Resultó ser de primeros auxilios, así que siguió por ese camino y se ha convertido en socorrista. Es curioso, porque ahora visita la playa, como cuando estaban sus amigos.

Fred es una de las caras que ella ve más a menudo, ya que aprovecha cualquier rato libre para escaparse e ir a tomar el sol. Después de probar suerte en el baloncesto y el fútbol, decidió que eso último le interesaba mucho más. Ha seguido ese camino sin dudarlo y, aunque tampoco tenga el futuro asegurado, se lo pasa genial; eso le parece más que suficiente.

Beverly logró entrar en una academia de arte y centrarse de lleno en su mayor pasión. Ahora, después de mucha práctica profesional y con el apoyo de sus padres, ha empezado a tatuar de forma profesional. Nunca da explicaciones de cómo se hizo todos los que le cubren brazos y piernas. Tan solo Jay —su mejor amigo— conoce el secreto, que es la única persona con quien habla todos los días.

Di se alejó del grupo, aunque en algún momento logró hacer las paces con Beverly. Sucedió de forma casual, y pensó que era mejor así. Decidió centrarse en lo que más le interesaba, que era su familia, y en echarle una mano al hermano mayor para que él también pudiera disfrutar un poco del tiempo libre.

Nolan continuó con su vida. ¿Qué remedio? Sus hermanos fueron yéndose de casa y, aunque sabe que siempre van a estar ahí, no puede evitar sentirse un poco melancólico. Hace poco empezó a salir más, a buscar amigos y relacionarse con más gente, además de las personas mayores con las que trabaja. Es una tarea mucho más complicada de lo que habría esperado, pero le gusta. Le encantan los retos, ¿recuerdas? Quizá por eso, en cada fiesta de las luces, busca su sonrisa favorita entre las caras de la gente.

Ty nunca ha abandonado su objetivo de convertirse en gurú de la meditación, aunque ahora lo lleve con mucha más calma. Ha descubierto, casi por casualidad, que le encanta estar con su tío en el estudio. Se está planteando hacer lo mismo que su hermano mayor y escapar con él durante una temporada; aunque... con cuidado, para que a sus padres no les dé un infarto.

Jay hace tiempo que abandonó la idea de ser perfecto, que tanto lo atormentaba. Ahora se acepta a sí mismo. Le gusta quién es. También le gusta no saberlo. Le gusta vivir a su manera, sin tener que cumplir con las expectativas de nadie. Y le gusta la idea de que su familia siempre esté ahí, para el día que decida volver a casa... Si es que algún día lo decide, claro.

Ellie ya no lucha contra sí misma. Se acepta, algo que le supone un alivio. Le gusta ser quien es, aunque a veces no se entienda ni a sí misma. Le gusta su trabajo, y le gusta la perspectiva de estar a punto de convertirse en una profesional de lo que más le ha apasionado durante toda la vida. Cada noche habla con Víctor y está deseando volver para irse a vivir juntos.

Jen sigue dibujando, aunque ya se plantea la jubilación para disfrutar de más tiempo junto a su marido. Jack ha terminado su guion, y ya planea su última gira para disfrutar de más tiempo junto a su esposa. Son felices.

No necesitan nada más que eso.

En el fondo, nunca lo han necesitado.

FIN

Agradecimientos

Llega la peor parte de los libros; esa en la que puedo divagar y divagar sin rumbo fijo y nadie puede pararme. Fascinante, ¿eh?

Todos los libros van de la mano de muchos agradecimientos, y no quiero ser muy pesada, así que voy al grano.

Antes que nada: gracias, señorita Taylor Swift, por escribir *August* e *Illicit Affairs*. Fue el último empujoncito que necesitaba para escribir la historia de Jay.

Gracias a todos los que participáis en el proceso de estos libros. En especial a mis dos editoras, Gemma y Rosa: sin vosotras, a este libro le faltarían muchas lágrimas y muchas carcajadas, y a mí también. Gracias por ayudarme a encontrar la mejor versión de todos y cada uno de mis personajes. Gracias por la motivación que siempre conseguís trasmitirme en los malos momentos. *Us estimo molt!*

Gracias a todo el equipo de Editabundo por el apoyo y el cariño. Ya sabéis cómo me siento, pero nunca viene mal recordarlo. Pablo, querido agente, en especial a ti. Gracias por defender estas historias como si fueran tuyas. Si no fuera por ti y por nuestras llamaditas terapéuticas, dudo mucho que hubiera sido capaz de sacar este libro adelante. Creo que habrá un grupo de lectores que también te agradece esta última parte. Como siempre te digo y ya estarás cansado de oír: ¡te debo una mariscada!

Gracias a mi familia y a mis amigos por apoyarme en los malos momentos, por aguantar mis monólogos y echarme un cable cuando me quedaba en blanco. Me gusta pensar que todo el que aporta algo a la historia termina formando parte de ella, así que ojalá podáis veros reflejados en estas páginas. Nada me gustaría más.

Gracias, mamá, por retomar la lectura solo para dedicar tu tiempo a mis libros. Gracias, papá, por aguantar mis charlas interminables cada vez que me llevas al aeropuerto a por la siguiente firma. Gracias por creer en mí y apoyar la apuesta kamikaze que fue hacerme escritora. Gracias por cuidar a Tuski cuando yo no puedo estar presente. Y sí, voy a añadir a mi perrita al discurso, ¿a alguien le sorprende?

Gracias a la Joanita de quince años que decidió ver más allá del velo oscuro que tenía ante ella y se animó a seguir escribiendo. Mil gracias por creer en ti misma cuando eran tantas las dudas. ¿Quién nos habría dicho que ese librito de diciembre se convertiría en cuatro y marcaría un antes y un después en nuestra vida? Como solía decir mi abuela: por pequeña que parezca una decisión, puede cambiar tu vida entera. Y vaya si nos la ha cambiado, ¿eh? Con la broma, aquí estamos. Qué surrealista todo.

Y gracias, gracias, gracias a quienes me apoyasteis cuando tenía los quince años. A quienes estabais ahí cuando nadie más lo estaba. A quienes os habéis ido uniendo por el camino. A quienes dibujáis, editáis y compartís frases de mis libros. A quienes me apoyáis desde hace mucho y a quienes acabáis de llegar. A quienes agradezco que sean mis lectores y a quienes les deseo mucha suerte en su carrera como futuros escritores, que sé que también sois muchos.

Gracias, Jack y Jen. Puede que no seáis los primeros personajes sobre los que escribo, pero sí sois a los que más me cuesta dejar marchar. No olvidaré todas las noches que me quedé despierta imaginando las escenas de estas páginas, los dibujos sobre el piso, las notas sobre los personajes y sus rarezas, las listas de reproducción, las de películas, los dibujos a pie de página de las sudaderas, las ganas de seguir escribiendo pese a decirme que solo sería un capítulo más...

¿Qué más puedo decir? Gracias a ti por leer este pequeño monólogo. Gracias por acompañarme en esta aventura. Ahora toca una despedida. Pero, como la conciencia, no me gusta decir adiós, así que terminaremos con algo menos definitivo.

Hasta pronto, pequeños saltamontes. Nos veremos en nuevas páginas.